인물관계도
랑어벙

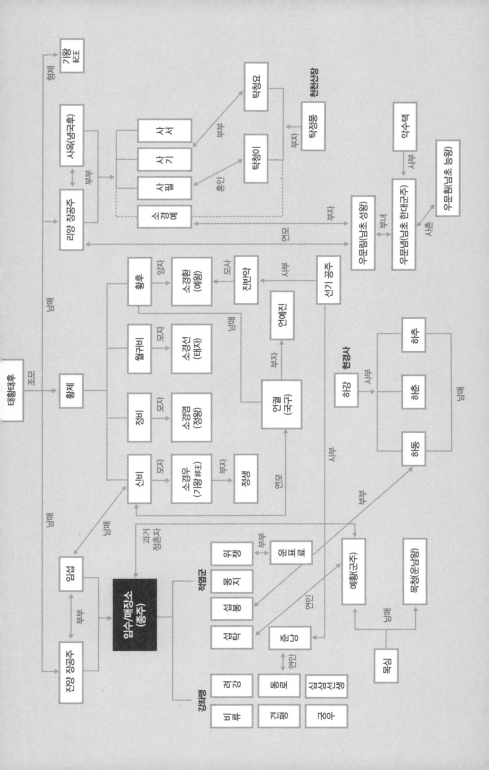

관악산

2
권력의 기록

⊙ 하이옌 海宴 지음 | 전정은 옮김

琅

琊

榜

마시멜로

차
례
◉

솟구치는 암류 (暗流)

조당의 논쟁에서 태자를 크게 물리친 후, 월비(越妃)의 복위로 인한 예왕의 초조함은 씻은 듯이 사라졌다. 손이 크기로 유명한 이 황자는, 흥분한 나머지 그 자리에서 공신들에게 후한 상을 내렸다. 다른 사람은 몰라도 가리개 뒤에 숨어 얼굴도 드러내지 않은 채 편지 한 통만 보내 계책을 헌납한 매장소는 특히 잊지 않고 챙겼다. 처음에는 황금과 백은, 능라 비단 몇 상자를 보냈는데, 이 선물들은 소철 저택의 문 안으로 들어가지도 못하고 고스란히 돌아가야 했다. 놓을 곳이 없어서 받을 수 없다고 했다.

예왕은 실수를 깨달았다. 상대는 고상하기 그지없는 명사(名士)이니, 금이니 은이니 하는 것에는 관심이 없는 게 당연했다. 그래서 곧 선물을 바꿨다. 이튿날 그는 유명한 상점으로 가서 보석과 진귀한 장식들을 손수 골랐다. 모두 세상에 둘도 없는 훌륭한 물건이었고 값도 매우 비쌌다. 하지만 이번에도 고스란히 돌아왔다. 장식할 곳이 없어서 받을 수 없다고 했다.

보석도 마다하는 것을 보고 예왕은 역시 서생은 글이 최고구나 생각했다. 그래서 살을 깎는 심정으로 저택에 있는 오래된 그림과 글씨들 중에서 아끼는 것을 몇 점 고른 후 셋째 날 다시 보냈다. 그러나 유감스럽게도 이번 역시 선물이 돌아오는 속도는 앞의 두 번과 전혀 다르지 않았다. 걸어둘 곳이 없어서 받을 수 없다는 공손한 말과 함께였다.

세 번째 선물이 되돌아왔을 때 마침 진반약도 곁에 있었다. 그녀는 소매로 입을 가리고 쿡쿡 웃었다. 예왕이 그 모습을 흘겨보았다. 그러잖아도 마음이 불편하던 그가 즉시 물었다.

"왜 웃느냐?"

진반약이 별처럼 반짝이는 눈을 깜빡이며 탄식했다.

"전하의 선물 고르는 솜씨는 아무래도 왕비 전하께 미치지 못하시는군요. 며칠째 심혈을 기울이셨는데 대문 안으로 들어가지도 못했다니요. 받을 사람이 좋아하는 것을 주셔야지요."

"그자는 집에 틀어박혀 밖으로 잘 나오지도 않는데, 무엇을 좋아하는지 본 왕이 어찌 알겠느냐? 내 저택에 여승의 친필 원고가 넘쳐나는 것도 아니고. 응? 표정을 보니 너는 꼭 아는 것 같구나?"

진반약은 봄꽃같이 활짝 웃으며 유유히 대답했다.

"아무리 속을 알 수 없는 사람도 평소 그 언행을 주의 깊게 잘 살피면 얻는 것이 있게 마련이지요. 제가 선물을 준비해보겠습니다. 이번에는 분명 대문 안으로 들어갈 거예요."

언제나 세심하고 아주 작은 것도 놓치지 않는 진반약을 잘 알기에, 예왕은 당장 그녀에게 맡겼다. 다음 날, 진반약은 새롭고 신기한 장난감을 조금 준비했다. 움직이는 오리 인형, 빙빙 도는 고양이 인형 같은 것인데, 모두 기관술(機關術)의 대가가 직접 설계하고 만들어서 시장에서 살 수 없는 것이었다. 그녀는 이 장난감들을 상자에 넣어 소철 저택으로 보냈다.

과연 이번 선물은 순조롭게 집으로 들어갔다. 상자를 열자 장난감은 모두 비류의 손으로 들어갔다. 소년은 몹시 들떠 후원으로 가져가 놀기 시작했다. 매장소는 직접 편지를 썼다. 겨우 몇 글자밖에 안 되지만 어쨌든 편지는 편지였다. 기대도 하지 않은 답례 편지까지 받은 예왕은 진반약에게 칭찬을 아끼지 않았다.

진반약은 별로 우쭐해하지도 않고 생긋 웃으며 말했다.

"또 다른 방식의 아부랍니다. 그 사람이 좋아하는 게 무엇인지 모를 땐 그 사람이 가장 중요하게 생각하는 사람을 관찰하는 수밖에 없지요. 소철이 데리고 다니는 그 소년은 비록 명목은 호위무사지만 실제로는 어린 아우처럼 사랑받고 있어요. 당연한 말이지만, 아이가 좋아하는 것을 찾아내는 일은 소철의 마음을 읽는 것보다 훨씬 쉽지요."

예왕도 웃었다.

"역시 여자들이 섬세하구나. 이 저택에 있는 다른 사람들은 아무도 그런 생각을 못했을 것이다."

진반약은 곧 웃음을 거두고 한숨을 쉬었다.

"하지만 소철 본인에 관해서는 아직도 모르는 게 너무 많아요. 그가 정말로 원하는 것이 무엇인지 알아내지 못하면 무슨 수로 그를 부릴 수 있겠어요?"

"그것이 바로 본 왕이 걱정하는 부분이다. 소철이 가진 재주 때문에 그의 존재가 갈수록 중요해지고 있다. 한데 그의 속을 알 수가 없어서 늘 찜찜하구나. 본 왕을 위해 움직이고 계책을 내지만 아무래도 충성하는 것 같지는 않고……."

"하지만 손짓만 하면 달려와 전하께 붙어서 부귀영화를 탐하는 자였다면 기린지재가 아니지요."

진반약이 어여쁘게 웃었다.

"사람을 얻고 적절한 곳에 쓰는 것은 전하의 장점이십니다. 제가 어찌 감히 왈가불가하겠어요."

"본 왕이 참고할 만한 정보를 알아내는 것은 네 장점이지."

예왕이 그녀의 고운 뺨에 얼굴을 살짝 가까이 가져가 귓가에 대고 속삭였다.

"더욱 주의를 기울이거라. 매장소에 관한 소식이라면 아무리 오래된 일이라도 다 알아야겠다."

"예."

진반약이 고개를 숙이며 대답했다. 예왕이 일어나 바람막이를 걸치는 것을 본 그녀가 급히 물었다.

"나가시려고요, 전하?"

"소철의 저택으로 가야겠다."

진반약은 영문을 모르는 듯 당황한 표정을 지었다.

"네가 고른 선물은 좋긴 하다만……."

예왕은 이 재주 많은 여자를 그윽하게 바라보며 웃었다.

"아무래도 너무 가볍구나. 잠깐 환심을 살 수는 있어도 마음속에 새기기엔 부족하지."

진반약의 고운 눈동자가 한 번 깜빡였다. 그녀는 곧 그 말을 알아듣고 살짝 무릎을 굽혔다.

"과연 전하께서는 세심하십니다. 부끄럽군요."

예왕은 그녀를 일으키며 온화하게 말했다.

"그럴 것 없다. 단순히 감사인사 때문에 본 왕이 직접 가는 것은 아니다. 듣자니 소철이 풍한이 들어 몸이 불편하다던데 병문안을 가봐야지."

진반약은 얼른 일어나 예왕과 함께 밖으로 나갔다. 그리고 예왕이 먼저 마차를 타기를 기다렸다가 자신도 가마에 올라 떠났다.

예왕이 도착했을 때, 매장소는 막 졸다 깬 상태여서 나른하고 기운이 없어 보였다. 귀빈을 대하는 태도도 전처럼 완벽하지 못해, 겨우 인사말 몇 마디만 하고 묵묵히 차만 홀짝였다. 병문안이랍시고 찾아왔으니 예왕도 그의 상태가 좋지 않다는 것을 이미 알고 있었다. 그래서 무례를 탓하지 않고 따뜻하게 안부를 물은 후, 어의에게 진맥을 받아보는 것이 어떠냐고 제의했다.

"코가 약간 막힌 것뿐입니다. 생강탕과 약을 먹으면 나을 텐데 어의까지 귀찮게 할 필요가 어디 있겠습니까?"

매장소는 푹신푹신한 방석과 두툼한 담요가 잔뜩 깔린 긴 의자에 기대어 눈을 반쯤 감았다.

"전하께서 몸소 병문안까지 오시게 했으니 실로 송구할 따름입니다."

"참 별말씀을 다 하는구려. 요즘 선생의 가르침 덕에 본 왕이 얻은 것이 참으로 적지 않소. 그 답례로 후한 선물을 하려고 해도 선생이 재물에는 관심이 없으니, 감사한 마음을 표할 길이 없소."

예왕이 겸허하게 말했다.

"이렇게 추운 날은 몸조심해야 하오. 선생은 몸도 약하니 좋은 의원을 상주시켜서 언제든 진맥을 받을 수 있게 해야겠소."

매장소가 고개를 저으며 웃었다.

"신경 써주셔서 감사합니다, 전하. 말씀하신 것처럼 마침 어제 강좌맹의 장로가 안(晏) 의원을 보내줬습니다. 연세는 많으나 저보다 훨씬 건강한데다, 잔소리도 많고 간섭도 심한 분이지요. 제가 괜히 이렇게 이불 둘둘 말고 방에 틀어박혀 있겠습니까?"

이불에 단단히 싸인 그의 모습을 새삼스레 살펴본 예왕은 웃음을 금치 못했다.

"아랫사람들이 선생에게 아주 관심이 많구려."

매장소는 대답 없이 웃으며 슬쩍 창밖을 훑었다. 예왕이 그 시선을 따라 돌아보자 비류가 눈 쌓인 뜰을 뛰어다니고 있었다. 바닥에는 목제 오리 한 마리가 뒤뚱뒤뚱 바보처럼 걷고 있었는데, 소년이 이따금씩 발끝으로 툭툭 차곤 했다. 소년 뒤로 보이는 복도에는 저택의 다른 하인들이 바삐 왔다갔다했다. 그러고 보니 정원을 싹 수리하고 곳곳에 등롱을 걸거나 도부(桃符, 복숭아나무 두 짝에 신의 이름이나 그림을 새겨 달아놓는 것. 중국 고대 풍습으로, 악을 쫓고 복을 부른다는 의미임—옮긴이)를 다는 등 꾸밈이 달라졌을 뿐 아니라 뒷문 쪽에는 고기와 채소, 기타 설맞이 물건을 파는 수레가 서 있었다. 이 모습을 보자 예왕은 약간 혼란스러웠다. 이 소철이라는 자는 정말 경성에 눌러앉으려는 것 같았다.

예왕이 입을 열려는데, 뜰에 있던 비류가 별안간 몸을 날렸다. 곧이어 하인 복장을 한 스무 살 정도의 남자가 그의 손에 붙잡혀 눈 위를 나뒹굴었다.

"비류, 멈춰! 예왕 전하를 뵈러 온 사람이란 말이다."

뒤에서 한 중년이 쫓아오며 외쳤다. 이때쯤 예왕도 자신의 집에서 부리는 하인을 알아보고 눈썹을 치켜세웠다. 어쩐지 좋지 않은 예감이 들었다. 대체 얼마나 급한 일이기에 여기까지 찾아온 것일까? 그사이 하인이 허겁지겁 안으로 들어와 바닥에 엎드리고 머리를 조아렸다. 숨이 가빠 당장 말을 하지도 못했다.

"진정해라. 왜 그리 급한 것이냐?"

매장소를 흘끗 본 예왕은 다소 낯부끄러워 하인을 꾸짖었다.

"누가 보냈느냐?"

"와…… 왕비께서……."

"왕비?"

예왕은 언제나 단정하고 조심스러운 부인의 성격을 잘 알고 있었다. 결코 사소한 일로 소란을 피우는 사람이 아니었기에, 저도 모르게 벌떡 일어났다.

"궁에 무슨 일이 있느냐?"

"왕비께서 소인더러 전하를 찾아가라 하셨습니다."

하인이 침을 꿀꺽 삼키며 숨을 골랐다.

"당장 입궁하셔야 합니다. 황후마마께서…… 마마께서 병으로 쓰러지셨습니다!"

예왕의 온몸이 부르르 떨렸다. 어수선한 마음에 똑바로 서 있기도 힘든지 휘청했다. 예왕은 하인을 와락 붙잡아 캐물으려다가 답이 나오지 않을 것을 알고 홱 내팽개쳤다. 그리고 바삐 돌아서서 매장소에게 작별을 고했다.

"선생, 그만 쉬시오. 본 왕은 급한 일이 있어 가봐야겠소!"

예왕은 대답도 듣지 않고 빠른 걸음으로 달려나갔다. 시종들이 황급히 쫓아가며 여우가죽 외투를 그의 어깨에 덮어주었다.

"황후가 병이 났다고? 이런 때에……."

매장소는 두 눈썹을 살짝 찌푸리며 의외라는 표정을 지었다. 곰곰이 생각하던 그가 소리 높여 외쳤다.

"려강, 거기 있나?"

"종주."

중년의 호위무사가 문 앞에 나타났다.

"무슨 일이십니까?"

"십삼 선생이 보낸 동로(童路)는 왔는가?"

"채소 수레를 끌고 왔는데 곧바로 예왕이 오는 바람에 바깥에서 기다리고 있습니다."

"데려오게."

"예."

매장소는 푹신한 베개에 기대어 눈을 감았다. 머리가 다소 복잡했다. 동로가 가져온 소식들은 그의 예상을 벗어나지 않을 것이다. 하지만 황궁은…… 황궁에서 또다시 일이 벌어질 줄이야. 황후는 정말 병이 났을까, 아니면 꾀병일까? 정말 아프다면 닷새 만에 나을 수 있을까? 황후의 병이 낫지 않으면 제례에서 그녀를 대신할 만한 사람이 있을까?

자료가 부족하다보니 그는 평소답지 않게 머리가 아프고 양 볼이 벌겋게 달아올랐다. 손으로 관자놀이를 눌러봤지만 그리 뜨겁지는 않았다. 그저 머리가 묵직하고 생각이 명료하지 않을 뿐이었다. 병이 때를 잘못 맞춘 것 같았다.

얼마 지나지 않아 려강이 스무 살 정도 되는 사내를 데리고 들어왔다. 거친 베옷을 입은 농부 차림에, 생김새가 큼직큼직하고 무척 건장한 사람이었다. 그가 매장소 앞에서 두 손을 모으며 인사했다.

"종주께 인사드립니다."

동로는 원래 농사일을 하던 사람인데 누이동생이 못된 토호의 눈에 띄는 바람에 큰 화를 입었다. 다행히 강좌맹이 도와주어 지금 노모와 누이동생은 랑주에 살고 있었다. 본디 자질이 총명하고 심지가 굳건한 그는 몇 년 전 매장소의 눈에 띄어 금릉으로 파견되었다. 십삼 선생은 아무래도 음악계에서 제법 유명했기 때문에 자주 매장소를 찾아오면 눈에 띄게 마련이었다. 따라서 영리하고 믿을 만한 동로가 정보를 전하는 최적의 인물이었다. 그는 거의 하루 걸러 한 번씩 채소를 판다는 명목으로 매장소의 집을 다녀갔다.

"수고가 많네. 앉아서 얘기하게."

매장소가 가볍게 손을 들었다.

"감옥에 새로운 움직임이 있나?"

"예."

동로가 빠른 말투로 대답했다.

"그쪽에서 벌써 적당한 사람을 찾아냈습니다. 제민이 믿는 심복 중에 오소을(吳小乙)이라는 자가 있는데 그가 처리했지요. 지금 오소을 집에 있는데 하문신과 제법 닮았습니다. 약간 말랐지만 술과 고기로 보양 중이고요. 하문신도 감옥에서 고초를 좀 겪었는지 예전처럼 토실토실 윤기가 흐르지 않더군요. 목이 잘릴 때쯤이면 속일 만할 겁니다. 문원백은 그들이 이런 방법을 쓸 줄은 꿈에도 생각지 못하고 있습니다. 게다가 본래부터 하문신을 잘 알지도 못하니, 처형장에 가더라도 아무것도 알아채지 못할 겁니다."

"음."

매장소가 낮게 말했다.

"그 오소을이라는 자와 대신 죽을 자의 가족, 감옥의 옥졸들을 단단히 지켜보게. 단, 절대 들켜서는 안 되네. 감옥에서 나오면 하문신은 즉시 경성을 떠나 달아날 걸세. 절대 놓치지 말게."

"예."

"형부에서 사형수를 바꿔치기한 지난 사건들은 찾아냈나?"

"일곱 건에 대해 증인과 물증을 확보했습니다."

"계속 힘쓰게. 반드시 가장 결정적인 증인을 손에 넣어야 하네."

"예."

"궁우에게 진반약을 잘 살피라고 전해주게. 누군가 형부의 뒷조사를 한다는 걸 그녀가 알아차리면 안 되네."

"예."

여기까지 말한 다음 눈앞이 까매지는 것을 느낀 매장소는 황급히 눈을 감고 숨을 골랐다. 이부와 형부. 잠시 동안은 편안히 새해맞이를 하도록 놓아줄 생각이었다. 내년 봄, 형이 집행되는 날 재미있는 구경거리가 펼쳐질 것이다. 그때까지 몹쓸 몸에 문제가 생기지 않기만을 바랐다.

"종주."

창백해진 그의 얼굴을 보며 동로가 걱정스러운 듯 조심스레 물었다.

"안 의원을 불러올까요?"

"됐네. 안 의원이 와봤자 보약밖에 더 먹이겠나."

매장소는 빙그레 웃었다.

"난 괜찮네. 십삼 선생이 다른 말씀은 없으셨나?"

"있습니다. 운하청타(運河青舵)와 각행방(脚行帮) 쪽에서 소식이 왔습니다. 요 몇 달 화물주들이 서로 다른 경로를 통해 잡화 속에 화약을 섞어 끊임없이 경성으로 보내고 있다고 합니다. 개개의 양은 많지 않지만 다 모으면 200근은 된답니다. 각행방 형제들은 일단 모르는 척하면서 암암리에 십삼 선생께 보고했고, 십삼 선생은 화물주를 추적하여 서로 관계가 있는지 조사 중입니다. 새로운 소식을 얻으면 종주께 보고하겠습니다."

"대량의 화약이라고?"

매장소는 눈을 찌푸렸다.

"강남 벽력당(霹靂堂)과 관계가 있나?"

"지금까지는 별다른 연관성을 찾지 못했습니다."

"그 화약들이 경성 어디에 보관되어 있나?"

동로는 고개를 숙이고 부끄러운 표정을 지었다.

"화물을 받는 쪽이 하도 신중하고 교활해서 몇 번이나 사람을 바꾸며 요리조리 피하는 바람에 놓쳤습니다."

매장소는 저도 모르게 허리를 펴고 앉았다.

"그래서, 그 화약의 행방이 묘연하다는 것인가?"

"예, 본래 이 화약 건은 강호의 분쟁과 관계있는 것 같고 저희와는 무관해서, 십삼 선생께서도 굳이 종주께 알릴 필요가 없다 하셨습니다. 그런데 화약의 행방과 용도를 전혀 모르는 상태에서 만약 종주께서 경성 곳곳을 다니시다가……."

"경성이 이리 넓은데 그렇게 재수가 없기야 하겠나?"

매장소는 저도 모르게 피식 웃었다.

"주의해서 살피도록 하되, 너무 걱정할 것 없네."

"예."

동로는 그렇게 대답하더니, 한참 동안 품을 뒤적여 손바닥만 한 담비 한 마리를 꺼냈다. 조그마한 담비가 꼬리를 팔랑팔랑 흔들며 고개를 외로 꼬고 매장소를 바라보더니 그의 품으로 쏙 뛰어들었다.

"소령(小靈)은 왜 데려왔나?"

"그게…… 궁우 낭자가 며칠 동안 소령이 종주께 가 있어야 한다고 했습니다."

동로는 고개를 숙이고 말을 이었다.

"화약에 민감해서 약간만 냄새가 나도 팔딱거린답니다. 소령을 데리고 계시면 종주께서 어디를 가시든 궁우 낭자도 마음이 놓인다 합니다."

매장소는 고개를 저으며 실소를 터뜨렸지만 그들의 호의를 모르는 바가 아니었다. 동로의 표정을 보니 화약의 행방을 놓친 일로 궁우에게 혼쭐깨나 난 모양이었다. 그래서 동로를 난처하게 하고 싶지 않아 고개를 끄덕이며 말했다.

"알았네. 귀여운 아이니 며칠 데리고 있어도 괜찮지."

동로는 곧 활짝 웃으며 두 손을 모았다.

"감사합니다, 종주!"

"감사는 무슨."

매장소는 우스운 듯 손을 내저었다.

"됐네, 그만 가보게. 십삼 선생과 궁우 낭자에게는 내 병이 많이 나았으니 랑주에 그만 좀 일러바치라고 전하게."

"아니……."

동로의 얼굴이 파래졌다가 하얘졌다.

"저희는 그런 적이……."

매장소는 듣는 둥 마는 둥 눈을 감았다. 동로도 차마 더 말하지
못하고 슬금슬금 물러나면서 남몰래 혀를 쑥 내밀며 웃었다.

소령은 까만 콩알같이 조그마한 눈동자를 깜빡이다가 매장소
의 어깨로 기어올라, 앙증맞은 앞발로 그의 귓불을 간질였다. 하
지만 한참이 지나도 아무 반응이 없자 심심한 듯 그의 옷깃 사이
로 들어가 잠을 청했다.

그때 어디선가 두 개의 손가락이 불쑥 나타나 소령의 귀를 확
낚아채 공중으로 들어올렸다. 갑작스러운 공격에 꼼짝없이 당한
소령은 깜짝 놀라 마구 발버둥을 쳤다. 토실토실한 두 뒷다리로
번갈아 발길질을 하며 끽끽 울어댔다.

매장소가 눈을 뜨고 부드럽게 물었다.

"비류, 왜 그러니?"

"세 사람!"

"아."

매장소는 관자놀이를 문지르며 정신을 차렸다.

"안으로 데려오렴."

"응!"

비류가 손을 놓자 소령은 공중에서 매장소의 목덜미로 곤두박
질쳤다. 다치진 않았지만 꽤 놀라 풀이 죽은 것처럼 몸을 웅크리
고 꼼짝도 못한 채 끽끽 울어댔다.

"괜찮아, 놀라지 마라. 비류가 널 좋아해서 그러는 거야."

매장소는 웃으면서 소령을 쓰다듬어주고는 다시 따뜻한 품에 넣었다.

"밤에 비류와 같이 자렴, 알겠지?"

다행히도 소령은 사람 말을 알아듣지 못했다. 그래서 놀라 기절하는 대신 여전히 까만 보석 같은 자그마한 눈을 깜빡이기만 했다.

그때 계단 쪽에서 발소리가 들렸다. 여러 사람의 발소리지만 무게감이 다르고 박자도 달라, 판이하게 다른 그들의 성격을 보여주는 듯했다.

"소 형, 괜찮아요?"

가장 먼저 들어와 말한 사람은 말할 것도 없이 언예진이었다.

"영남에서 막 보내온 감귤 몇 상자 가져왔어요. 병이 났을 때는 입안이 쓰잖아요. 감귤을 먹으면 훨씬 좋을 거예요."

"떠들지 좀 마."

소경예가 눈을 찌푸리며 그를 툭 밀었다. 그리고 창백한 매장소의 안색을 보며 걱정스레 말했다.

"소 형, 일어나지 말고 앉아 계세요. 이런 날씨에 앓으면 조심해야 해요. 의원이 준 약은 효과가 있어요?"

"다행히 많이 좋아졌네. 자네들까지 걱정시켰군."

매장소는 미소를 지었다.

"어서 앉게. 자네들과 얘기하는 것도 참 오랜만이군."

세 사람이 가까이 다가와 옆에 있는 의자에 각자 자리를 잡고 앉았다. 갑자기 옷 속의 소령이 앙증맞은 발을 이리저리 휘젓기 시작했다. 매장소는 퍼뜩 정신이 들었다.

"온천욕은 정말 좋더군요. 소 형도 한번 가보세요. 몸에 참 좋아요."

언예진이 말하며 소매에서 감귤 몇 개를 꺼내 탁자에 놓았다.

"상자는 후원에 옮겨놨는데 드셔보시라고 몇 개 챙겨왔죠. 껍질이 얇고 잘 벗겨져요. 즙도 많고 맛도 달고요. 소 형도 분명 좋아하실 거예요. 내년 봄엔 우리 집 정원에도 몇 그루 심을까 해요."

"회남에서 자라는 것만 귤이고, 회북에서 자라는 것은 탱자라고요."

사필이 그를 흘겨보았다.

"공부 좀 해요. 형네 집에 심어봤자 열매나 맺히면 다행이지."

소경예와 매장소가 동시에 웃음을 터뜨렸다. 매장소는 감귤 하나를 쥐고 살짝 냄새를 맡아보았다. 새콤달콤한 향기 속에 서리처럼 싸늘한 기운이 섞여 있었다. 좀 더 살펴보니 흐릿하나마 유황 냄새도 났다. 매장소는 그 이유를 어렴풋이 짐작했다.

"아주 신선한 귤이군. 영남에서 보낸 거라고? 그럼 관선을 이용했겠군?"

"그럼요. 영남 관아에서 직접 보낸 관선이에요. 부강을 따라 운반하고, 검사하느라 멈추지도 않으니 조운선보다는 훨씬 빨라요. 이런 감귤은 경성의 고관 귀족들이 무척 좋아해요. 열 척이나 왔는데 금방 다 팔려나갔어요. 이젠 뺏으려야 뺏을 수도 없죠. 다행히도 아버지께서 예약을 해두셨어요."

"그랬군. 자네 덕분에 귀한 걸 먹는군."

매장소는 인사치레를 하면서 빠르게 머리를 굴렸다. 운하와 지게꾼뿐 아니라 관선마저 화약을 섞어 운반하고 있었다. 일반적인 강호의 분쟁 때문에 이렇게까지 할 리는 없었다.

매장소는 아직도 품에서 발버둥 치고 있는 소령을 쓰다듬었다. 화약 냄새 때문에 잠시 소란을 피우긴 했지만, 별로 짙은 냄새는 아니어서 소령은 결국 진정하고 콜콜 잠이 들었다.

"소 형, 손이 곱으셨어요? 제가 대신 까드릴게요."

매장소가 감귤을 든 채 한참 동안 가만히 있자, 소경예가 친절하게 나섰다.

"아, 괜찮네. 예진 말대로 껍질이 아주 잘 까지는군."

매장소는 서둘러 노란 껍질을 벗기고 하얀 귤을 입에 넣었다. 한 번 씹자 차가운 즙이 입안을 가득 채웠다. 예상대로 새콤달콤 입맛을 돋우는 맛이었다. 무척 시원하고 맛있었다.

"맛있죠?"

언예진이 입안 가득 귤을 넣고 씹으며 말했다.

"따뜻한 불을 쬐며 먹으면 진짜 꿀맛이라고요."

"어휴, 소 형은 겨우 한입 드셨는데 벌써 두 개째라니."

사필이 웃으며 놀렸다.

"그러다 한 상자 싹 비우고 돌아가겠어요."

"맛있잖아."

언예진은 그의 놀림을 아무렇지도 않게 받아넘기며 매장소를 돌아보았다.

"소 형, 입에 맞으시면 집에 가서 더 보내드릴게요."

"됐네. 우리 집에는 사람도 많지 않고 다들 고기만 좋아한다네. 그래도 비류는 감귤을 무척 좋아하니 그 애 대신 감사하네."

"조금 전까지는 여기 있었는데 어디로 사라졌지?"

언예진이 좌우를 돌아보았다.

"아마 후원으로 놀러 갔겠지."

국구 공자를 가만히 바라보던 매장소는 갑자기 무엇인가 떠올랐다. 그는 무척 자연스러운 어조로 마치 우연히 생각난 듯 입을 열었다.

"오늘은 어떻게 시간이 났나? 황후마마께서 병이 났다던데 문안드리러 가지 않아도 되나?"

"황후마마께서 편찮으시다고요?"

언예진의 깜짝 놀란 표정은 분명 거짓이 아니었다.

"그럴 리가요. 어제 입궁했을 때만 해도 멀쩡하셨는데 어떻게 갑자기 병이 나요?"

"풍한이 드셨나보지."

매장소는 태연하게 미소를 지었다.

"날씨가 이렇게 추우니 밤에 이불을 잘 덮지 않으면 풍한이 들 수밖에. 하지만 황궁에 시중드는 사람이 많으니 황후께서도 별일은 없을 걸세."

"아……."

언예진은 바깥을 살폈다.

"지금은 너무 늦었네요. 내일 병문안을 가봐야겠어요. 병이 위중하면 아버지께 어서 돌아오시라고 알려야죠."

"그래? 국구께서 경성에 안 계신가?"

"천도제를 하신다고 성 밖에 있는 도관에 가셨어요. 아버지는 요즘 도 닦고 단약 만드는 일만 생각하시고 세상일은 안중에도 없어요. 아들인 제가 뜯어말리지 않았다면 집도 벌써 도관으로 만드셨을걸요."

언예진이 어쩔 수 없다는 표정으로 불평했다.

"하지만 좋은 점도 있어요. 아무도 저한테 이래라저래라 하지 않아서 무척 자유롭거든요. 예전에 갑자기 저를 용금위(龍禁尉, 황제의 근위대)에 밀어 넣으시려던 것만 빼면, 평소에는 제 앞길에 대해서도 아무 신경 안 쓰세요."

"형 같은 세가의 도련님이야 당연히 앞길을 걱정할 필요 없죠."

사필이 나섰다.

"하지만 형네 아버지는 갈수록 도사처럼 되시는 것 같아요. 1년이 다 가도록 황궁에도 몇 번 안 가셨잖아요. 그래도 황후마마께서 아무 말씀 없으세요?"

"글쎄……."

언예진은 고개를 갸웃했다.

"남매지간이지만 늘 소원한 거 너도 알잖아. 아버지는 도를 닦는 것만 좋아하시고. 경성에 있는 집안의 사당을 보살피는 일만 아니면 벌써 산속으로 들어가셨을지도 몰라."

소경예도 거들었다.

"닮은 얼굴만 아니면 부자지간이라는 걸 누가 알겠어? 언 백부님은 구름 속을 한가로이 나는 학처럼 담백하고 자유로우신데, 너는 구경거리만 있다 하면 쪼르르 달려가 문제를 일으키니, 학은커녕 들고양이에 가깝지."

"그래, 맞아. 우리 소 대공자께서는 나보다는 훌륭하시지."

언예진이 어깨를 으쓱했다.

"내가 들고양이면 너는 말 잘 듣는 집고양이랄까, 안 그래?"

매장소가 참다못해 웃음을 터뜨렸다.

"오랜만에 자네들 말다툼하는 것을 들으니 참 좋군."

일행은 아무 문제 없던 지난날 처음 만났을 때처럼 웃으며 이야기를 나눴다. 그사이 시간이 빠르게도 흘러 곧 날이 어두워졌다. 매장소는 술을 가져와 손님들을 대접했고 세 사람도 거절하지 않았다. 술자리에서 이런저런 이야기가 오갔지만 조정 일은 한마디도 입에 올리지 않아 무척 유쾌했다.

술은 북방에서 가져온 독주여서 입에 대기만 해도 화끈거렸다. 언예진은 '이게 바로 남자의 술이지' 하고 소리 높여 외치며 단숨에 큰 잔을 비우더니, 사레가 들려 캑캑거렸다. 그에 비해 사씨네 두 형제는 훨씬 점잖았다. 술을 무척 좋아하고 주량도 제법인 사필조차 작은 잔으로 홀짝홀짝 맛만 보았다. 언제 나타났는지 비류가 탁자 위의 액체를 호기심어린 눈으로 바라보았다.

"꼬마 비류야."

취기가 오른 언예진은 비류의 몸에서 흘러나오는 찬 기운은 무시한 채 술을 한잔 따르고는 손을 흔들었다.

"이거 못 마셔봤지? 엄청나게 맛있어."

"장난은 하지 말게."

병 때문에 탕만 마시고 있던 매장소가 웃으며 저지했다.

"우리 비류는 아직 어리다네."

"저는 열네 살 때부터 술을 마신걸요. 뭐 어때요? 비류도 남자라고요. 술을 안 마시면 절대로 어른이 될 수 없다고요."

언예진은 전혀 개의치 않고 손을 흔들었다.

"자자, 일단 한잔만 마셔봐."

비류는 형을 흘끗 쳐다보았다. 형이 웃기만 하고 더 이상 만류하지 않자, 마음 놓고 술잔을 받아 아무 생각 없이 꿀꺽 마셨다. 순간 입안이 바늘로 찌르는 것처럼 따끔따끔하고 머리는 폭죽이 터지는 것처럼 얼얼했다.

"맛없어!"

속았다는 것을 안 비류는 술잔을 내팽개치고 언예진에게 주먹을 휘둘렀다. 국구 공자는 탁자를 밀어내고 펄쩍 뛰어 피했다. 두 사람은 방 안에서 이리 뛰고 저리 뛰며 쫓고 쫓기기 시작했다. 처음에는 긴장해서 지켜보던 소경예도 비류가 정말 언예진을 해치려는 것이 아니라 단순히 화풀이를 하려고 쫓는다는 것을 알고 마음을 놓았다.

"나를 따라 금릉에 온 뒤로 비류는 저렇게 놀아본 적이 별로 없네."

매장소도 웃으며 그 모습을 바라보았다.

"그래서 비류는 자네들이 오면 늘 신이 나지."

소경예는 비류가 신나하는 것을 전혀 느끼지 못했지만, 텅 빈 이 저택이 썰렁한 것만은 확실히 느낄 수 있었다. 그가 물었다.

"소 형, 설날에도 이렇게 몇 사람이서 보낼 생각이세요?"

"그믐날은 거의 그렇겠지. 하지만 초사흘에서 나흘에는 손님들을 초대할 생각이네. 자네도 오겠나?"

"저야 언제든지 오죠."

소경예는 비류를 바라본 후 다시 매장소를 돌아보며 별 뜻 없이 말했다.

"하지만 그믐날에 두 사람밖에 없으면 너무 쓸쓸하겠군요. 우리 집에 와서 새해를 맞는 건 어떠세요? 그날은 천천산장의 가족도 경성에 오셔서 아주 시끌벅적할 거예요."

매장소는 그를 흘끗 보고는 아무 말도 하지 않았다. 소경예도 퍼뜩 정신이 들었다. 매장소가 설려를 떠나던 전날의 일이 생각나 저도 모르게 얼굴이 벌게졌다.

한바탕 몸을 풀고 자리로 돌아온 언예진은 소경예의 모습을 보고 의아해하며 물었다.

"왜 그래? 또 무슨 바보 같은 말을 한 거야?"

"경예가 나와 비류 단둘이 새해를 맞으면 쓸쓸할까봐 우리를 초대했다네."

매장소는 빙그레 웃으며 간단히 얼버무리려 했다.

하지만 언예진은 곧 핵심을 짚어내고 소경예의 이마를 콩 하고 때렸다.

"소 형더러 너희 집에 오라고? 소 형은 시끄러운 걸 싫어해. 게다가 비류까지 같이 있잖아. 동정하려거든 나를 동정해야지. 차례를 지내고 나면 우리 집에는 나 혼자 있는 거나 마찬가지야."

"영존께서는 어딜 가시고?"

매장소가 의아한 듯 물었다.

"방 안에서 도를 닦으세요."

매장소는 어리둥절했다. 언 노태사와 언예진의 어머니는 이미 세상을 떠났고, 그에게는 형제자매도 없었다. 아버지가 차례만 지내고 방으로 들어가버리면, 떠들썩한 것을 좋아하는 이 아이는 정말로 쓸쓸할 것이다.

"동정 같은 소리."

사필이 웃으며 끼어들었다.

"풍류를 좋아하는 방탕아가 아버지의 간섭이 없어지면 더 좋지 뭘 그래요? 기루에 가면 열댓 명의 낭자가 함께 있어줄 텐데 그래도 외롭다고요?"

매장소는 찻잔을 들어 향기 가득한 김을 후후 불며 속으로 한숨을 쉬었다. 사필은 가족의 아늑한 품속에서 자라나 어려서부터 외로움이라곤 느껴본 적이 없었다. 유흥가의 시끄러움이 어떻게 가족의 단란함을 대신할 수 있단 말인가?

언예진은 사필의 말에 반박하지 않고, 마치 아무렇지도 않은 듯 영원히 꺼지지 않을 미소를 입가에 띠우며 말했다.

"소 형, 새해에는 저와 함께 나시 거리의 청루를 돌아다니실래요? 비류도 이제 어른이 되었고……."

뜻밖에도 매장소가 눈썹을 치켜세우며 찬성했다.

"그거 좋군. 나는 병 때문에 못 가겠지만 비류는 데려가게."

"저 혼자 비류를 데려가라고요?"

언예진은 놀라 펄쩍 뛰었다.

"그건 너무 위험한데. 청루의 낭자들이 조금 만졌다고 이상한 짓이라도 하면 누가 막아요?"

"그럴 리가. 우리 비류는 무척 착하다네."

매장소가 빙그레 웃으며 말했다.

"차례를 지내고 바로 우리 집에 오게! 다 같이 술 한잔 한 다음 비류를 데리고 놀러 나가면 돼. 올해는 랑주에 있는 것도 아니어서 비류가 무척 낯설어할 거야. 더구나 내가 병까지 났으니."

"알겠어요. 꼬마 비류, 새해엔 내가 챙겨줄게!"

언예진이 기지개를 켜며 벌떡 일어나더니 웃으며 말했다.

"좋은 술은 즐겁게 마셔야 하는데 쓸쓸한 얘기라니…… 더 마시다간 엉엉 울겠어요. 소 형도 피곤해 보이니 그만 돌아갈게요."

"맞아."

소경예도 따라 일어났다.

"소 형은 풍한 때문에 푹 쉬셔야 해. 오래 떠들었으니 그만 가자."

매장소도 확실히 피곤했기 때문에 그들을 붙잡지 않았다. 그는 비류를 불러 배웅하게 한 다음 푹신한 베개에 기대 눈을 감았다. 오늘 하루 신경을 많이 썼는지 곧 몽롱해지며 잠이 들고 말았다. 얼마나 시간이 흘렀을까? 온몸이 불타는 것처럼 뜨끈뜨끈해졌다가 얼음물을 끼얹은 듯 뼈까지 서늘해지곤 했다. 한동안 전전반측하다가 갑자기 심장이 확 조여드는 느낌에 화들짝 놀라 잠에서 깨어났다. 눈을 떠보니 세 개의 얼굴이 그의 머리 위에 나타났다.

"여기서 뭘 하는 건가?"

매장소는 주위를 돌아보았다. 그는 어느새 침실 침대에 누워 있었다. 잠옷으로 갈아입고 부드러운 이불에 둘둘 말린 채였다.

"밤새 정신을 잃고 있었는데 몰랐나?"

안 의원이 허연 수염을 펄럭이며 노기등등하게 말했다.

"창밖을 보게, 날이 훤히 밝았어. 우리를 놀래 죽일 참인가?"

"아…… 전 아무렇지도 않습니다. 정신도 말짱하고……."

매장소는 침대에서 일어나려 했으나, 비류가 누르는 바람에 어쩔 수 없이 다시 누웠다. 그는 소년의 손을 쓰다듬으며 말했다.

"놀라지 마, 비류. 그냥 잠들었을 뿐이야. 나 좀 일으켜주겠니?"

"일어나겠다고?"

안 의원이 딱딱거렸다.

"사흘 동안 자네를 침대에 붙잡아두지 못하면 내 성을 갈겠네!"

"지금은 안 됩니다. 할 일이 많은데……."

"그래서? 자네를 돌보러 오면서 내기를 했네. 계속 이렇게 나오면 내가 진단 말일세!"

매장소는 한의 순진의 특제 단약이 있으니, 제때 먹기만 하면 큰 문제없다고 말할 생각이었다. 하지만 의원들 사이에도 호승심이란 것이 있어서, 그런 말을 했다가 상황이 더 나빠질까봐 차라리 입을 다물었다. 그는 노인의 화난 시선을 받으며 다시 누운 다음 비류를 돌아보았다.

"비류, 몽 아저씨한테 가서 우리 집에 좀 와달라고 해주련? 아무도 못 보게 조심조심 가야 해."

"응!"

매장소가 정신이 든 것을 본 비류는 평소의 표정과 말투로 돌아왔다. 성격이 단순해서 여전히 노심초사하는 안 의원이나 려강과 달리 곧 마음을 놓았다. 명령을 받은 그는 바로 방에서 사라졌다.

"려강, 십삼 선생에게 최근 항구에 들어온 관선을 조사하라고 전해주게. 최근 화약을 운송한 곳이 있는지."

"예!"

려강은 강좌맹의 사람이기 때문에 안 의원처럼 종주에게 이래라저래라 할 수 없었다. 그래서 마음 졸이면서도 차마 입을 대지 못하고 즉시 밖으로 나갔다.

"이제 끝났나?"

안 의원이 거칠게 그의 팔을 잡고 맥을 짚었다. 한참 동안 진맥하다가 다시 다른 팔의 맥을 짚어본 다음, 눈꺼풀을 뒤집어보고 혀를 내밀게 해서 살폈다. 병증에 관해서는 한마디도 없었지만, 그 외의 잔소리는 한바탕 쏟아냈다. 젊은이들은 몸을 아낄 줄 모른다는 둥, 몸에서 가장 중요한 것이 뭔지 아느냐는 둥, 마음을 편히 하려면 쓸데없는 잡생각을 하지 말아야 한다는 둥 그칠 줄을 몰랐다. 매장소는 조용히 그를 바라볼 뿐 반박 한마디 하지 않았다. 겉으로 볼 때는 무척 진지하게 듣고 있는 듯했다.

그러나 다른 사람은 몰라도 안 의원 자신은 이미 알고 있었다. 목숨 중요한 줄 모르고 일만 하는 이 젊은 환자는 벌써 다른 생각에 푹 빠져 있다는 사실을.

구름은 걷히고

—
23
—

당직을 끝내고 집으로 돌아간 몽지는 방에 들어서자마자 이상한 기운을 느꼈다. 여전히 느리지도 빠르지도 않게 관복을 벗고 편한 옷으로 갈아입었지만, 근육을 팽팽히 긴장시킨 표범처럼 언제 어떤 공격에도 대비할 수 있도록 바짝 경계를 했다. 하지만 그는 곧 깨달았다. 불청객의 존재를 이렇게 쉽게 알아차린 것은 그 사람이 처음부터 그를 속이려 하지 않았기 때문이라는 것을.

"느려!"

대들보 위에서 뛰어내린 소년은 썩 즐겁지 않은 표정이었다.

"뭐가 느리단 말이냐?"

몽지는 매장소가 아니니 비류의 생각을 읽을 수가 없었다.

"너무 늦게 돌아왔다는 거냐, 아니면 옷을 너무 느리게 갈아입었다는 거냐?"

"다!"

몽지는 큰 소리로 하하 웃으며 재빨리 허리띠를 졸랐다.

"꼬마 비류, 혼자 왔느냐?"

"응!"

"무슨 일로? 무예라도 겨루려고?"

"불러!"

"불러?"

몽지는 잠시 생각해보았다.

"그러니까, 너희 형이 나를 불러오라고 했단 말이지?"

"응!"

몽지는 갑자기 긴장했다. 며칠 전 소철이 병이 났다는 소문을 들고 문병을 갈 참이었는데, 심각한 병이 아니니 너무 자주 찾아올 필요 없다는 매장소의 전갈을 듣고 눌러 참았던 것이다. 그런데 비류가 그를 데리러 일부러 찾아왔으니 병이 악화된 건 아닐까 걱정스러웠다. 그가 다급히 물었다.

"형은 좀 어떠냐?"

"병났어!"

"병이 난 건 나도 안다. 병세가 어떠냐니까?"

"병났어!"

비류는 짜증을 내며 똑같은 대답만 했다. 이 아저씨는 정말 둔해빠진 것 같다. 대답을 했는데도 계속 묻다니.

몽지는 포기하고 고개를 설레설레 저었다. 비류에게 물어봤자 알아낼 수 있는 것이 없어서 서둘러 정리하고 집을 나섰다. 아직 안장을 내리지 않은 말에 올라 매장소의 집으로 달려갔다.

대문을 들어서자 하인이 말고삐를 잡아 데려갔다. 몽지는 곧장 후원으로 달려가 황급히 매장소의 침실로 뛰어들었다. 방 주인은 따뜻하게 이불에 돌돌 말려 구들장 위에 앉아서, 김이 모락모락

나는 약그릇을 들고 홀짝홀짝 마시는 중이었다. 안색은 창백했지만 정신은 괜찮아 보였다.

"소수, 괜찮나?"

매장소는 살짝 일어나 허리를 숙였다.

"앉으세요, 형님. 한기가 조금 들었을 뿐 괜찮습니다. 의원이 땀을 빼라고 하더군요."

"깜짝 놀랐잖아."

몽지는 겨우 한숨을 내쉬었다.

"급히 나를 찾기에 자네 몸에 무슨 일이라도 생긴 줄 알았네. 그래, 무슨 일인가?"

매장소는 거의 비운 약그릇을 탁자에 내려놓고, 몽지가 건넨 차로 입가심을 했다.

"황후께서 병이 나셨다던데요?"

그가 묻자 몽지는 어리둥절했다.

"소식 참 빠르군. 어제 병이 나셨는데, 아주 갑작스러웠다고 하더군. 하지만 나도 어가를 모시지 않을 때는 내원에 들어갈 수 없으니 구체적인 상황은 확실히 모르네. 진맥하고 나오는 어의에게 몇 마디 물어봤는데 그리 위험한 상태는 아니라고 했네."

매장소는 이해가 가지 않는 듯 두 눈을 찌푸렸다.

"황궁에서 예왕에게 그 소식을 전할 때 예왕이 여기 와 있었습니다. 소소한 병이라면 그렇게 허둥댈 리가 없을 텐데……."

"아마 너무 갑작스러웠고 처음엔 상태가 무척 심각해 보였기 때문에 그랬겠지."

몽지는 잠시 생각한 후 다시 말을 이었다.

"어의의 말을 빌리면, 생명에는 지장이 없는 것이 확실하네."

"원인이 뭔지, 얼마쯤 있어야 낫는지 물어봤습니까?"

"그건……."

몽지는 멋쩍은 듯 머리를 긁적였다.

"그것까지는 생각해보지 않아서 못 물어봤네."

매장소는 잠시 고민하다가 말했다.

"이렇게 하시죠, 형님. 예황 군주에게 병문안을 핑계로 궁에 들어가 살펴보고, 어의의 약방문을 구해 제게 알려달라고 하십시오. 경녕 공주에게서도 몇몇 소식을 들을 수 있을 겁니다. 그리고 예왕 쪽은 놔두십시오. 제가 직접 그에게 황후의 식사 내용을 살펴보라고 할 테니까요."

"황후의 병이 인위적인 문제라고 의심하는 건가?"

매장소는 고개를 끄덕였다.

"때가 때이니만큼 확실히 알아보지 않으면 마음이 놓이지 않습니다."

"누가 황후에게 손을 썼다면 가장 의심스러운 사람은 당연히 월비와 태자겠지."

"옳은 말씀입니다만, 아직 이해되지 않는 부분이 있습니다."

매장소는 눈을 찡그리고 고민하며 말했다.

"우선, 그들의 혐의가 가장 짙기 때문에 실패할 가능성이 무척 높다는 겁니다. 요 몇 년 황궁에서 황후에게 가장 중요한 일은 월비와 싸우는 것이었으니 경계 수위도 높을 겁니다. 전성기 때도 황후를 쓰러뜨리지 못한 월비가 지금 성공한다는 건 불가능하지요. 더욱이 생명엔 지장이 없다니, 정말 월비와 태자가 한 일이라면 그렇게 가볍게 손을 썼을 리 없어요. 방법이 먹히긴 했으나 죽지도 않고 며칠 앓아누울 정도라면 무슨 이득이 있을까요?"

"어쩌면 황후가 제례에 참석하지 못하게 하는 것이 목적일 수도 있지. 대신 월비가 참석해서……."

"하지만 대신 참석한들 무슨 소용이 있습니까? 실질적인 명분도 없고 그저 화풀이에 지나지 않겠지요. 황후를 앓아눕게 만들 능력이 있다면 차라리 직접적으로 죽이는 것이 수고를 덜지 않을까요? 그리고 잊으신 것 같은데, 월비는 예전처럼 일품의 황귀비가 아닙니다. 지금 후궁에는 월비에 앞서는 허 숙비와 진 덕비가 있습니다. 두 사람 슬하에 공주밖에 없어 감히 나서지는 못하지만, 명분상으로는 최소한 지금의 월비보다 한 단계 높아요. 그런데 월비가 황후를 대신한다는 보장이 어디 있습니까?"

"그럼 자네 생각은 월비와 태자는 이 일과 무관하다는 건가?"

매장소는 가느다랗게 한숨을 쉬었다.

"결론을 내리기에는 아직 이르니 단언할 순 없습니다. 어쩌면 황후 대신 올해 제례에 참석하는 것에 제가 모르는 이득이 있을지도 모르지요. 아니면 황후가 정말 우연히 병이 났을 수도 있고요. 여러 가지 가능성이 있으니 필히 더 많은 자료가 필요합니다."

"하지만 연말 제례까지는 며칠 남지 않았네."

"그러니 서둘러야지요."

매장소는 무거운 표정으로 관자놀이를 눌렀다.

"이 일 뒤에 반드시 아무도 모르는 속사정이 있다는 느낌이 듭니다."

몽지가 벌떡 일어났다.

"당장 가서 자네가 시킨 대로 조사해보겠네."

"부탁드립니다, 형님."

매장소는 고개를 들고 그를 향해 웃어 보였다.

"소식이 있으면 가장 먼저 제게 알려주십시오."

늘 행동이 시원시원한 몽지는 그러마고 대답한 후 즉시 사라졌다. 매장소는 길게 한숨을 내쉬고 몸을 뒤로 기대며 다시 깊은 생각에 잠겼다. 지치고 머리가 몽롱했다. 기력이 금방 떨어질까봐 그는 억지로 머릿속에서 잡생각을 몰아내고 숨을 돌리며 잠을 청했다. 하지만 내내 깊이 잠들지 못하고 멍하게 선잠이 든 상태였다. 그래도 어느덧 시간은 흘러, 다시 눈을 떴을 때는 벌써 오후였다.

다시 자려고 해도 잠이 오지 않아, 매장소는 옷을 걸치고 일어나 앉았다. 안 의원이 시킨 대로 용안열매죽 한 그릇을 먹고 마음을 안정시켜주는 경전을 느릿느릿 읽었다. 비류는 옆에 앉아 감귤을 까고 있었고, 주변은 고요했다. 가끔 바람 부는 소리가 은은하게 들려왔다.

이때까지는 새로운 소식이 없었다. 십삼 선생 쪽이든 몽지 쪽이든. 이것이 정상이었다. 그가 일을 시킨 지 겨우 몇 시간밖에 지나지 않았고, 그렇게 쉽게 조사해낼 만한 일도 아니었다. 그렇지만 매장소는 어쩐지 자신이 예상하지 못하는 어떤 일이 슬그머니 벌어지고 있다는 느낌이 들었다. 하지만 정신 차려 잡으려고 하면 손가락 틈으로 빠져나가 단단히 붙잡을 수가 없었다.

생각이 고르지 못한 와중에 문밖에서 갑자기 무슨 소리가 들려왔다. 곧이어 려강의 목소리도 들렸다.

"자, 이리로 들어오십시오."

매장소의 눈썹이 꿈틀했다. 누군가 문 안으로 들어섰지만, 그가 기다리던 몽지도, 동로도 아니었다. 그 두 사람이었다면 려강이 저렇게 예의 바르게 안내할 리 없었다.

"비류, 저 의자를 내 침대 옆으로 옮겨주겠니?"

비류는 들고 있던 귤을 모조리 입에 욱여넣은 후, 착한 아이처럼 의자를 지정한 위치로 옮겼다. 그가 일을 마치자 방문이 열렸다. 문밖에서 려강이 높은 소리로 말했다.

"종주, 정왕 전하께서 병문안을 오셨습니다."

"안으로 모시게."

매장소도 소리 높여 대답했다.

그 말과 함께 소경염이 성큼성큼 안으로 들어왔다. 려강은 다시 밖으로 나갔는지 따라들어오지 않았다.

"안심하시오, 소 선생. 내가 이곳으로 온 것은 아무도 알아차리지 못했소."

정왕의 첫마디였다.

"몸은 좀 어떠시오?"

"이제 괜찮습니다. 땀을 내기 위해 일어나지 못하고 있을 뿐이지요. 실례를 용서하십시오, 전하."

매장소는 손을 내밀어 침대 옆의 의자를 가리켰다.

"앉으십시오."

"그런 겉치레는 신경 쓰지 마시오."

정왕이 바람막이를 벗고 앉더니 단도직입적으로 물었다.

"황후의 병을 조사하고 있소?"

"어떻게 아셨습니까?"

매장소는 빙그레 웃었다.

"빈틈이 없는 선생이니 범상치 않은 일은 절대 놓치지 않으리라 생각했소."

"설마 전하께서도 황후의 병이 범상치 않다고 생각하십니까?"

"생각하는 게 아니라 사실이 그렇소."

정왕은 선이 뚜렷한 입을 다물었다가 다시 말했다.

"그래서 일부러 알려주러 온 거요. 황후는 연혜초(軟蕙草)에 중독됐소."

매장소는 다소 놀랐다.

"연혜초? 먹으면 사지에 힘이 빠지고 식욕이 감퇴하지만, 약효가 겨우 엿새나 이레 정도 가는 연혜초 말입니까?"

"그렇소."

"어떻게 그리 확신하십니까?"

정왕은 차분한 표정으로 무미건조하게 대답했다.

"오늘 문안인사를 하러 입궁했더니 어마마마께서 알려주셨소. 황후가 발병했을 때 어마마마는 후궁들과 함께 정양궁에서 아침 인사를 드리던 중이셨소. 황후 가까이 서 계셨기 때문에 확실히 보셨다고 했소."

매장소는 시선을 모으며 천천히 말했다.

"정빈 마마께서…… 그게 연혜초인지 어떻게 아셨습니까?"

"어마마마께서는 입궁하기 전부터 그 약초를 자주 보아 향기에 익숙하고 발작할 때의 증상도 잘 아시오."

정왕은 매장소의 표정을 살피며 말을 이었다.

"선생은 모르겠지만, 어마마마께선 의녀 출신이오. 잘못 보았을 리 없소."

"오해십니다, 전하. 정빈 마마의 판단을 못 믿어서 그러는 것이 아닙니다. 다만 대체 누가 황후에게 손을 쓸 수 있었는지 생각하는 중이었습니다. 별로 효력이 강하지도 않은 약초를 말입니다."

매장소는 눈을 찡그리며 가만히 생각에 잠겼다. 이마에 조그마한 땀방울이 배어나왔다. 초조한 마음에 그의 손가락은 무의식중에 비단 이불 끝을 꼬아 천천히 만지작거렸고, 어느새 손가락 끝이 발그레해졌다.

"별로 큰 사건도 아닌데 왜 그리 걱정하시오?"

정왕이 찌푸린 눈으로 그의 안색을 살피며 말했다.

"선생과 나뿐만 아니라, 예왕도 황후의 병인은 모르지만 황궁을 발칵 뒤집으며 조사하고 있소. 곧 약초를 쓴 자를 찾아낼 거요."

매장소는 눈을 감고 약간 힘없이 웃었다.

"전하의 말씀이 맞습니다. 최악이래봤자 황후께서 제례에 참석하지 못하는 것이니, 확실히 큰 문제는 아닙니다. 무슨 이유 때문인지 알아내지 못해도 상관없지요."

"소 선생은 생각을 할 때 무의식적으로 뭔가를 만지는 습관이 있소?"

순간, 매장소는 가슴이 철렁했다. 하지만 겉으로는 아무렇지 않은 표정으로 이불을 놓고 빙그레 웃었다.

"또 이 모양이군요. 깊이 생각에 잠기면 늘 손가락이 제멋대로 움직이는군요. 아마 이런 습관을 가진 사람은 많을 겁니다!"

"그렇소."

정왕의 눈에 그리움이 떠올랐다.

"내가 아는 사람 중에도 그런 사람이 있소."

매장소는 두 손을 난통(暖筒, 손을 따뜻하게 하는 덮개—옮긴이)에 넣으며 화제를 돌렸다.

"그간 안부인사가 소홀했군요. 전하께서는 요즘 어떠십니까?"

정왕은 그를 뚫어져라 보며 말했다.

"당연히 소 선생이 시킨 일로 바빴소. 집안과 군영을 다스리고, 밖에서는 선생이 준 명단에 따라 친구를 사귀었소. 소 선생은 확실히 혜안이 있더구려. 그 명단의 사람들은 모두 치세에 능한 좋은 신하들이오. 그들과 교류하는 일은 무척 즐거웠소. 참, 며칠 전 진산사(鎭山寺)에서 우연히 중서령 류징(柳澄)의 손녀를 구해줬는데, 그 또한 선생이 준비한 일이오?"

매장소는 고개를 꼬며 한동안 그를 바라보다가 갑자기 웃음을 터뜨렸다.

"전하께서는 정말 제가 요괴인 줄 아십니까?"

"그럼……."

추측이 빗나가자 정왕은 다소 멋쩍은 표정을 지었다.

"내가 지나쳤군."

"하지만 덕분에 깨달았습니다. 어쩌면 정말 계략을 꾸며 중요한 사람들에게 인심을 얻을 수도 있겠군요."

정왕은 냉소하며 별로 찬성하지 않는 투로 대꾸했다.

"그 은혜 속에 진심이 없으면 무슨 소용이오? 좋은 신하와 사귈 때는 술책을 많이 쓸 필요가 없소. 사람을 진심으로 대하면 그들이 내게 호감을 갖지 않을까봐 걱정할 필요가 어디 있소? 선생도 그런 일에는 신경 쓰지 말고 푹 쉬시오."

"군자는 군자에 맞는 도리로써 속이는 것이라 했습니다. 진심만 있고 술책이 없어도 안 되지요."

매장소는 살짝 한기를 내뿜는 소경염의 눈동자를 보면서 그보다 더 차갑게 말했다.

"황위를 얻는 데 진심과 선의만으로 겨룬다면 역사에 피가 낭자할 이유가 어디 있겠습니까? 전하께서는 이제 막 걸음마를 떼셨으니 아직 며칠은 더 숨어 있을 수 있습니다. 일단 태자와 예왕이 주시하기 시작하면 다시는 온정을 베풀지 않을 겁니다."

정왕은 차갑게 굳은 얼굴로 잠시 생각하더니 천천히 말했다.

"선생의 말은 알겠소. 이미 이 길로 들어선 이상 그렇게 순진하게 굴진 않을 거요. 방금 내가 한 말은 사람마다 방법이 다르다는 거요. 세상엔 술책을 부릴수록 도리어 멀어지는 사람도 있소."

매장소의 입가에 거의 알아볼 수 없는 미소가 떠올랐다. 그는 조용히 말했다.

"사람을 쓰는 일에는 본디 일률적인 법칙이란 없지요. 제게는 저만의 방법이 있고, 전하께도 전하만의 방법이 있을 겁니다. 저는 능력을, 전하께서는 인품을 보며, 때로는 능력 위주로, 때로는 인품을 위주로 판단하여 적당한 때 적당한 곳에 쓰면 됩니다."

정왕이 짙은 눈썹을 살짝 찌푸리고 고개를 숙인 채 묵묵히 그 말을 곱씹었다. 본래 이해력이 뛰어난 그였으므로 얼마 안 되어 매장소가 한 말의 뜻을 깨달았다. 그는 시선을 들고 솔직하게 패배를 인정했다.

"선생의 견해는 확실히 나보다 낫소. 앞으로도 계속 가르쳐주시오."

매장소가 빙긋 웃으며 분위기를 바꿀 말을 꺼내려는데, 문득 창틈으로 정원을 왔다갔다하는 동로가 보였다. 알릴 일이 있는 것 같은데 방 안에 손님이 있어서 들어오지 못하는 것이 분명했다. 매장소는 그냥 두려다가 곧 생각을 바꾸고 빙그레 웃으며 물었다.

"전하, 괜찮으시다면 제 부하를 불러 이야기를 좀 들어도 되겠습니까?"

눈치 빠른 정왕이 곧 몸을 일으켰다.

"할 일이 있다니 나는 그만 가겠소."

"잠시만 기다리시지요. 그가 가져온 정보는 전하께서도 알아두시는 게 좋을 것 같습니다."

매장소는 몸을 살짝 일으켜, 정왕이 뭐라고 하기도 전에 대뜸 밖에 대고 외쳤다.

"동로, 들어오게."

갑작스레 들려온 그의 목소리에 동로는 화들짝 놀랐지만, 곧 마음을 가라앉히고 황급히 섬돌을 올라와 방문을 열었다. 그가 손을 모으고 인사를 하기도 전에 매장소가 눈짓했다.

"정왕 전하께 인사드리게."

"동로가 정왕 전하께 인사드립니다!"

몹시 총명한 이 젊은이는 손님의 신분을 알자마자 옷자락을 걷고 바닥에 엎드렸다.

"일어나라."

정왕이 손을 들며 매장소를 바라보았다.

"강좌맹의 사람이오? 과연 기개가 뛰어나군."

"과찬이십니다."

매장소는 겸손하게 말한 후 동로에게 물었다.

"화약 문제로 찾아왔는가?"

"예."

동로가 일어서서 대답했다.

"전하께서 이 일을 잘 모르시니 처음부터 자세히 말해보게."

"예."

황자 앞에서도 동로는 여전히 시원시원하고 전혀 움츠러드는 기색이 없었다.

"이 일은 운하청타와 각행방 형제들이 전해온 소식에서 시작되었습니다. 누군가 수백 근의 화약을 소량씩 여러 가지 잡화 속에 섞어 경성으로 운반하고 있다는 소식이었습니다."

첫마디만 듣고도 정왕의 표정이 바뀌었다. 매장소는 빙그레 웃으며 친절하게 설명해줬다.

"전하께서는 강호에 자주 발길을 주지 않으시니 잘 모르시겠지요. 운하청타와 각행방은 선박과 수레로 화물을 운송하는 일꾼들이 결성한 강호 방파입니다. 한쪽은 수로를, 다른 한쪽은 육로를 이용하며 몹시 깊은 관계를 맺고 있지요. 비록 지위는 낮지만 의기로 똘똘 뭉친 사람들이고, 그들의 수령 또한 강직하고 호방한 사내대장부입니다."

정왕은 고개를 끄덕이며 매장소를 흘끗 쳐다보았다. 그가 천하제일 대방파의 종주라는 것은 익히 알고 있었지만, 책벌레 같은 평소의 모습과 문약한 외모 때문에 강호에서의 그의 신분을 잊기일쑤였다. 지금도 이 말을 듣고서야 그가 온갖 방파들에 미치는 영향력을 새삼스레 깨달았다.

"대량의 화약이기 때문에 살상력이 엄청납니다. 저희는 종주의 안전을 보호하기 위해 화약의 행방을 추적했습니다."

동로는 매장소의 눈짓을 받고 이야기를 계속했다.

"그런데 이리저리 옮기는 바람에 그만 놓치고 말았습니다. 그후 다시 종주의 명을 받아 특별히 최근에 도착한 관선을 살펴보았는데, 과연 화약을 운송한 흔적이 있었습니다. 이 관선에 실린 것은 신선한 과일과 향료, 남견(南絹)같이 귀족 대신들의 새해맞이 물품들이어서 목적지가 무척 다양했습니다. 예약을 해둔 저택도 매우 많아 당장 어느 쪽이 가장 의심스러운지 알아낼 수 없었습니다."

"관선에 실을 정도라면 보통 강호인은 아니오. 분명 조정 대신들과 관련이 있겠군."

정왕이 눈썹을 모으며 끼어들었다.

"양쪽 관선이 아닌 것이 확실하냐?"

정왕이 말한 양쪽 관선이 무엇인지는 그 자리에 있는 사람 모두 알고 있었다. 대량은 법에 따라 화약을 몹시 엄격히 관리하고 있었다. 병부 직속의 강남 벽력당이 조정의 허락을 받아 화약을 제작하고, 호부 직속의 제포방(制砲坊)에서 폭죽을 제조할 뿐, 다른 사람들은 예외 없이 화약에 손댈 수 없었다. 양쪽 관선이란 바로 벽력당이나 제포방의 이름을 걸고 화약을 운송하거나 거래하는 배를 가리켰다. 이 외에는 모두 위법이었다.

"확신합니다. 운송 목록엔 화약 자체가 존재하지도 않습니다."

동로가 단언했다.

"관선의 화물은 금릉성 전체에 퍼져나갔고 단서도 없어서 정말 속수무책이었지요. 그런데 공교롭게도…….

"동로, 결과부터 말하게."

매장소가 온화한 목소리로 말했다.

"전하께서는 그런 소소한 얘깃거리를 들으실 시간이 없네."

"예."

동로는 벌게진 얼굴로 머리를 긁적였다.

"화약이 북문 쪽에 울타리를 둘러친 커다란 집으로 들어간 것을 찾아냈습니다. 그곳에 사설 제포방이 있었습니다."

"사설 제포방?"

"전하께서는 모르실 겁니다. 연말이 다가오면 폭죽 가격이 크게 뛰어, 폭죽을 만들어 팔면 폭리를 취할 수 있습니다. 그렇지만 공설 제포방의 수입은 국고로 들어가니 호부에는 이득이 없지요. 그래서 전 상서 루지경은 몰래 사설 제포방을 만들고 화약을 밀수하여 폭죽을 만들었습니다. 그 모든 수익은 루지경 본인이 조금 먹고, 대부분은 태자의 손에 들어갔습니다."

"태자와 호부가 결탁해 사설 제포방을 열고 폭리를 취했단 말이오?"

화가 난 정왕이 벌떡 일어섰다.

"이게 다 무슨 짓들이지?"

"전하, 왜 화를 내십니까?"

매장소가 담담하게 말했다.

"루지경은 이미 물러났고 심추가 그 자리를 대신하고 있으니 분명 엄격히 조사할 겁니다. 그 사설 제포방도 오래 못 갑니다."

정왕은 잠시 생각하다가 대답했다.

"나도 화를 낼 필요가 없다는 건 알고 있소. 태자에게는 본래부터 기대 따위 없었으니까. 다만 도무지 참을 수가 없구려. 태자가 어떤 사람인지 더 확실히 알려주려고 내게 이 소식을 들려준 거요?"

"그렇지는 않습니다."

매장소는 약간 당황한 듯 실소를 터뜨렸다.

"동로가 말해주기 전에는 저도 저들이 무얼 찾아냈는지 모르고 있었습니다."

매장소는 품에서 조그맣고 토실토실한 담비를 꺼내 동로에게 건넸다.

"본래 주인에게 돌려주게. 내가 데리고 다닐 필요도 없어졌고, 또 돌볼 시간도 없네."

동로는 소령을 데리고 물러났다. 매장소는 그가 나가길 기다렸다가 정왕을 돌아보며 낮은 소리로 물었다.

"전하께서는 벌써…… 정빈 마마께 말씀드리셨는지요?"

정왕은 멈칫했지만 곧 고개를 끄덕였다.

"내가 선택한 길은 어마마마께도 알려드려야 하오. 그래야 준비하실 수 있으니까. 하지만 걱정 마시오. 어마마마는 결코 나를 만류하실 분이 아니오."

"압니다."

매장소는 들리지 않을 만큼 낮은 소리로 말한 후 다시 고개를 들었다.

"전하, 정빈 마마께 전해주십시오. 마마는 황궁에서 세력이 약하시니 결코 전하를 도우려 하시면 안 됩니다. 무슨 일이 생겨도 보기만 하되, 조사하거나 캐묻지 마십시오. 저도 황궁에서 약간 힘이 있으니, 어떻게든 정빈 마마를 보호할 사람을 곁에 보내겠습니다. 그러니 안심하십시오."

"황궁에도 사람이 있단 말이오?"

정왕은 놀라움을 전혀 숨기지 않았다.

"내가 정말 소 선생의 실력을 얕보았구려."

"놀라실 것 없습니다."

매장소는 차분히 그를 마주 보았다.

"세상 어디에나 박복한 사람들은 있게 마련입니다. 은혜를 베풀어 끌어들이는 일은 참으로 쉽지요. 방금 보셨던 동로도 핍박을 받아 갈 곳이 없을 때 강좌맹이 받아줬습니다. 그 후 충심을 다해 저를 돕고 있지요."

"그자를 그토록 믿기에 직접 내게 소개한 것이오?"

"제가 그를 믿는 것은 단순히 인품 때문만은 아닙니다."

매장소의 눈에 얼음처럼 싸늘한 빛이 서서히 떠올랐다.

"동로의 어머니와 누이동생은 지금 랑주에 있습니다. 강좌맹의 보살핌을 받으면서요."

그를 잠시 바라보던 정왕은 곧 무슨 뜻인지 깨닫고 눈썹이 꿈틀했다.

"동로를 편안하게 대하고 의심 없이 부리는 것이 제 진심이라면, 만약을 대비해 그의 어머니와 누이를 손아귀에 쥐고 있는 것은 바로 제 계략입니다."

매장소는 차갑게 말을 이었다.

"모든 사람에게 다 이러는 것은 아닙니다. 하지만 비교적 중요한 사람에게는 진심과 계략을 둘 다 써야 합니다. 조금 전 전하께 말씀드린 것도 역시 이런 관점에서지요.”

정왕은 고개를 저으며 한숨을 쉬었다.

“선생은 일을 할 때 항상 이렇게 무자비하시오?”

“저는 본래 이런 사람입니다.”

매장소의 얼굴에는 아무 표정도 없었다.

“배신하는 것은 언제나 친구지요. 적은 나를 팔아먹거나 배신할 기회조차 없으니까요. 가족처럼 가깝고 형제처럼 친한 사람도, 그 얇디얇은 피부 밑에 어떤 마음을 품고 있는지는 확신할 수 없습니다.”

정왕은 시선을 모았다. 지난 일들이 순식간에 머릿속을 스치고 심장이 쥐어짜는 듯 아팠다. 그는 이를 악물고 말했다.

“그 말은 맞소. 하지만 그런 식으로 사람을 대하면 그 사람도 당신을 그렇게 대할 것이오. 이 도리를 모르겠소?”

“압니다. 하지만 상관없습니다.”

매장소는 화로에서 탁탁 튀어오르는 빨간 불꽃을 바라보았다. 불꽃이 비친 그의 얼굴이 밝아졌다 어두워졌다 했다.

“전하께서 어떤 방법으로든 저를 시험해보셔도 상관없습니다. 제가 충성하는 것이 무엇인지 저는 잘 아니까요. 배신할 생각은 해본 적도 없습니다.”

담담한 말투였지만 그 내용은 몹시도 무자비했다. 그 말을 들은 정왕의 가슴속에는 온갖 복잡한 기분이 교차해 어떻게 반응해야 할지 몰랐다. 방 안은 갑자기 침묵에 잠겼다. 마주 보고 앉은 두 사람은 생각이 복잡한 것인지, 아니면 아무 생각도 않는 것인지 그저 멍하니 있기만 했다.

그렇게 차 한잔 마실 시간이 지나서야 정왕이 일어나며 천천히 말했다.

"푹 쉬시오, 선생. 이만 가겠소."

매장소는 가만히 고개를 끄덕이며 침대 가장자리를 잡고 살짝 몸을 일으켰다.

"조심히 가십시오. 배웅을 나가지 못해 죄송합니다."

정왕의 그림자가 사라지자마자 비류가 침대 옆에 나타났다. 손에는 여전히 감귤을 들고 있었다. 그는 고개를 갸웃하며 매장소의 표정을 살피더니 한참 후에야 귤껍질을 까서 알맹이 하나를 매장소의 입가에 내밀었다.

"너무 차갑구나. 나는 먹기 힘드니 너나 먹으렴."

매장소는 미소를 지었다.

"환기하게 창문을 좀 열어주겠니?"

비류는 창가로 달려가 영리하게도 햇빛이 들어오는 서쪽 창을 열었다. 실내의 공기가 순환하기 시작했다.

"종주, 이러면 너무 춥습니다."

뜰을 지키던 려강이 달려들어와 걱정스레 말했다.

"괜찮네. 잠시만 열어두는 걸세."

매장소는 귀를 기울이며 물었다.

"바깥에서 누가 떠들고 있나?"

"길 아저씨와 아주머닙니다."

려강은 웃음을 참지 못했다.

"길 아주머니가 또 길 아저씨의 술 호리병을 숨겼거든요. 아저씨가 슬금슬금 찾아다니다가 결국 아주머니한테 걸려 욕을 한 바가지 듣고 있습니다. 수년째 숨기고 또 숨기다보니 실력이 늘어 그렇게 쉽게 찾을 수는 없다나요."

그때 매장소의 손에 힘이 탁 풀렸다. 비류가 건네준 찻잔이 청석을 깐 바닥으로 툭 떨어져 산산조각 났다.

"종주, 왜 그러십니까?"

려강은 대경실색했다.

"비류, 어서 종주를 부축해드려. 나는 안 의원을……."

"괜찮네."

매장소가 손을 들어 그를 만류했다. 그는 침대에 다시 누워 곰곰이 생각에 잠겼다. 금세 이마에 식은땀이 맺혔다.

똑같은 이치였다. 사설 제포방이 화약을 밀반입한 것은 올해가 처음이 아니었다. 그런데 어째서 지금까지 모르다가, 하필 올해 이렇게 쉽게 운하청타와 각행방의 눈에 띄었을까? 설마 루지경이 쓰러지자 기강이 느슨해진 걸까?

아니, 그럴 리 없다. 사설 제포방은 화약을 다룬 지 오래되었으니 분명 그들만의 운송로가 있을 것이다. 운하청타나 각행방 같은 일반적인 운송 방식을 쓸 리 없었다. 오히려 관선에 섞어 옮기는 것이 더욱 적절했다. 호부는 매년 대량의 물자를 운송했다. 관선을 이용하면 관리하기도 쉽고 쥐도 새도 모르게 처리할 수 있는데, 무엇하러 위험을 무릅쓰고 민간 선박을 이용하려 하겠는가? 운하청타와 각행방을 시켜 화약을 운송한 사람은, 호부의 사설 제포방과는 무관한 것이 분명했다!

가령 그 사람이 이미 사설 제포방의 비밀을 알고 있다면 자연히 그것을 이용할 것이다. 화약을 경성으로 밀반입한 사실이 발각되지 않으면 그만이지만, 만약 발각되면 교묘하게 사설 제포방의 단서를 흘려 남들의 이목을 속일 수 있었다. 사설 제포방이 화약을 경성으로 운반한 것은 확실하므로, 보통 여기까지 조사한 사람들은 진상을 밝혀냈다고 여길 것이다. 다른 목적을 위해 다른 곳으로 옮겨진 화약이 여전히 경성에 남아 있다고는 생각도 못한 채.

대체 누구일까? 목적이 무엇일까? 화약을 폭죽 만드는 데 사용할 것이 아니라면, 이는 곧 무엇인가를 폭발시키는 데 사용한다는 말이었다. 이렇게까지 심혈을 기울이고, 호부마저 방패막이로 삼아 이용한 것을 보면 분명 보통 강호인은 아니었다. 강호의 은원 때문이 아니라면 조정과 관련이 있었다. 사람을 죽이려는 것일까, 아니면 무언가를 망가뜨리려는 것일까? 최근 경성에서 그자의 공격 목표가 될 만한 중대한 일은 무엇일까?

연말 제례…… 대량 조정에서 가장 중요한 제전…….

매장소의 안색이 눈처럼 창백해졌다. 하지만 두 눈동자는 더욱 빛나고 더욱 맑아져 형형하게 번쩍였다. 언젠가 들은 말이 생각났다. 그 말을 들었을 때도 뭔가 있는 듯했지만 깊이 생각하지도, 신경 쓰지도 않았다. 하지만 지금 그 말이, 수수께끼의 문을 여는 열쇠처럼 번뜩 머릿속에 떠올랐다. 매장소는 뿌연 안개 속에 가려진 허상들을 뛰어넘어, 단숨에 가장 깊은 곳에 자리한 차가운 빛을 움켜쥐었다.

안 의원이 달려왔을 때, 매장소는 이미 한의 순진의 특제 환약을 먹고 단정한 차림새로 방 가운데 서 있었다. 비류가 조그만 손난로에 숯을 갈아 넣는 중이었다. 늙은 의원이 씩씩거리는 얼굴을 보자 우리의 종주 나리께서는 미안한 듯 씩 웃었다.

"안 의원, 무슨 일이 있어도 제가 직접 가야 합니다. 따뜻하게 입었으니 걱정 마십시오. 비류와 려강이 저를 따를 겁니다. 바깥에는 눈도 그쳤으니 큰 문제는……."

"문제가 있는지 없는지는 내가 판단해!"

안 의원이 일기당천의 기세로 문가에 떡 버티고 섰다.

"무슨 생각을 하는지 내 다 아네. 그 순가 녀석의 환약이 영단묘약이라고 생각하는 모양인데, 그건 그저 위급할 때 도움이 될 뿐이지 목숨을 구해주진 못해. 비록 풍한이 든 것뿐이지만, 자네 몸은 보통 사람과는 다르네. 푹 쉬어야 하는데 어딜 그리 싸돌아 다니려는 겐가? 그러다 픽 쓰러져서 오기라도 하면 나더러 의원 짓 접으라는 말 아닌가?"

"안 의원, 오늘만 보내주십시오. 무사히 돌아오겠다고 약속하겠습니다. 앞으로는 시키시는 대로……."

매장소는 웃는 얼굴로 부드럽게 말하면서 비류에게 손짓했다.

"비류, 문 열어라."

"아니……."

안 의원은 격분하여 허연 수염을 올올이 곤두세웠지만, 아무래도 무림 고수는 아니었다. 비류는 인형 다루듯 금세 그를 어깨에 둘러메고 옆으로 옮겼다. 매장소는 그 틈을 타 방에서 나가, 려강이 미리 준비해둔 가마에 재빨리 올라탔다. 그가 분부를 내리자 가마꾼들은 늙은 의원의 포효를 뒤로한 채 바삐 움직였다.

약효 덕분인지, 가마가 편하기 때문인지 매장소는 몸 상태가 나쁘지 않다고 느꼈다. 머리도 맑고, 손발도 어제처럼 힘이 없지 않아서 곧 마주해야 할 상황에 충분한 준비가 되어 있었다.

가마는 빠르게 움직였지만, 아무래도 사람이 움직이는 것이다 보니 목적지에 도달하는 데 제법 시간이 걸렸다. 매장소는 눈을 감고 쉬면서 다시 한 번 생각을 정리했다. 단지 막기만 하는 것이라면 그리 어렵지 않았다. 밑에서 흐르는 암류를 억누르고 겉으로 드러난 고요한 얼음판을 깨뜨리지 않게 만드는 것이야말로 가장 힘이 많이 드는 부분이었다.

대략 이각 정도 후, 가마는 우아하고 점잖은 저택 문 앞에 멈췄다. 려강이 대문을 두드리고 명함을 건넨 지 얼마 지나지 않아 주인이 총총히 맞으러 나왔다.

"소 형, 무슨 일로 이렇게 갑자기 찾아오셨어요? 자, 어서 들어가세요."

매장소는 비류의 부축을 받아 가마에서 내린 후, 마주 선 젊은이를 자세히 뜯어보았다.

"이렇게 추운 날씨에 왜 그리 짧은 차림인가?"

"마구 연습 중이었어요. 하다보니 더워서 장포를 입을 수가 있어야죠. 땀 냄새가 진동해도 너무 뭐라 하지 마세요."

언예진은 웃으면서 매장소를 안으로 안내했다. 중문을 지나자 널따란 평지가 나왔다. 그곳에서 젊은이 몇 사람이 말을 타고 공을 때리는 연습을 하고 있었다.

소경예가 급히 달려왔다. 매장소의 뜻밖의 방문에 무척 놀란 눈치였다.

"심심해서 나와봤네."

매장소는 친하디친한 두 친구를 보며 빙그레 웃었다.

"경성에 온 지 이렇게 오래되었는데 예진의 집엔 한 번도 오지 않았으니 실례가 이만저만이 아닐세. 예진, 영존께서는 계신가?"

"아직 안 돌아오셨어요."

언예진은 어깨를 으쓱하며 홀가분하게 대꾸했다.

"요즘 아버지는 도사들에게 완전히 마음을 빼앗기셨다고요. 아침에 나가서 저녁 나절에나 돌아오시는데, 지금쯤이면 들어오실 때가 됐어요."

"내 접대는 필요 없으니 가서 놀게. 견문도 넓힐 겸 여기서 구경이나 하겠네."

"농담 마세요, 소 형. 차라리 같이 하시자고요."

언예진이 신이 나서 권했다.

"농담은 자네가 하고 있군. 이 몸으로 나갔다가는 공을 때리기는커녕 공에 맞기밖에 더하겠나?"

매장소가 웃으며 고개를 저었다.

"그럼 비류라도 불러요. 비류는 분명 좋아할 거예요."

좋은 생각을 해낸 언예진의 눈이 환히 빛났다.

"꼬마 비류, 이리 와. 어떤 색 말이 좋아? 이 형한테 말해봐."

"빨간색!"

언예진은 신이 나서 달려가 비류의 말을 고르고 마구를 구해주는 둥 바삐 움직였다. 하지만 소경예는 매장소의 곁에 남아 친절하게 물었다.

"소 형, 몸은 좋아지셨어요? 저기 의자가 있으니 앉으시는 게 좋겠어요."

매장소는 고개를 끄덕이며 그에게 웃어 보였다.

"사필은 어디 갔나? 같이 오지 않았나?"

"아우는 이런 놀이를 좋아하지 않아요. 게다가 새해맞이 준비 때문에 요 며칠 아주 바빠요."

매장소는 소경예가 그렇게 대답하며 겉옷을 걸치는 것을 보자 급히 말했다.

"나와 같이 있어줄 것 없네. 저들과 함께 계속 연습하게."

"거의 끝났는걸요."

소경예는 연습장으로 시선을 던졌다.

"비류가 마구하는 모습을 구경하는 것도 분명 재미있을 거예요."

"우리 비류를 얕보지 말게."

매장소는 의자에 앉아, 자신을 바라보는 어린 호위무사를 향해 손을 흔들었다.

"기마술이 제법이니 규칙만 익히면 자네들도 상대가 못 될지 모르네."

두 사람이 이야기를 나누는 사이, 비류는 어느새 대춧빛의 준마에 올라탔다. 언예진이 옆에서 손짓 발짓 해가며 공을 때리는 방법을 알려줬다. 소년은 몇 번 시도해봤지만 매번 힘 조절에 실패하여 잔디를 찍거나 헛손질을 했다. 다른 사람들도 연습을 멈추고 그들을 에워싼 채 호기심어린 눈으로 바라보았다. 그 시선에 몹시 화가 난 비류는 단번에 공을 때려 높이 날렸다. 어찌나 높이 날렸는지 공은 담장을 넘어갔고, 곧이어 담장 밖에서 누군가 소리소리 질렀다.

"누구야? 누가 공으로 우리를 때려?"

"사람이 맞았나봐요. 제가 가볼게요."

소경예는 일어나 언예진과 함께 문밖으로 나갔다. 일이 잘 풀리지 않았는지, 두 사람은 한참 후에야 돌아왔다. 그러나 비류는 전혀 개의치 않았다. 여전히 공을 쫓아 이리 뛰고 저리 뛰더니, 얼마 후에는 공 치는 막대마저 두 동강 내고 말았다. 그때쯤 다른 젊은 이들도 날이 어두워지는 것을 보고 차례차례 돌아갔고, 연습장에는 비류 혼자 남아 이리저리 말을 달렸다. 언예진이 새 막대를 줬지만 비류는 이를 거절하고, 말을 잘 조종하여 발굽으로 공을 차며 무척 즐거워했다.

"공을 맞은 사람이 누군가? 심각한가?"

매장소가 물었다.

"직접 맞은 것은 아니에요. 야진(夜秦)에서 공물을 보내기 위해 파견한 사신단인데, 공물 상자에 공이 맞았어요. 나가봤더니 이번에는 온 사람이 꽤 많더군요. 하지만 사신 대표는 얼굴이 뾰족하고 눈이 찢어진 게 꼭 쥐처럼 생겨서 사신다운 느낌이 전혀 없었어요. 야진이 비록 우리 대량의 속국이긴 하지만 그래도 한 지방의 패자인데, 어째서 어디 내놓아도 부끄럽지 않은 사람을 골라 보내지 않는지!"

그 말이 매장소의 오래된 기억을 끄집어냈다. 그가 흐릿한 눈빛으로 입을 열었다.

"그럼 우리 언 공자께서는 어떤 사람이 사신에 어울린다고 생각하나?"

"제 마음속에서 가장 사신다운 사람은 인상여(藺相如, 전국시대 조나라의 명 정치가이자 외교가-옮긴이) 같은 사람이에요."

언예진이 격앙된 목소리로 대답했다.

"야만적인 나라에 사신으로 가서도 두려워하지 않고, 말로써 그 신하들을 누르고, 용기로써 폭군을 눌러 화씨의 벽을 보존해 돌아왔잖아요. 또 주군과 나라를 욕되게 하지도 않았으니, 소위 밝은 마음과 쇳덩이 같은 용기란 바로 그런 거죠."

"옛사람을 칭찬할 것 없네."

매장소의 입가에 보일 듯 말 듯 엷은 미소가 떠올랐다.

"우리 대량에도 그런 사신이 있었지."

두 젊은이는 호기심어린 표정을 지으며 물었다.

"정말요? 누군데요? 어떤 사람이에요?"

"언젠가 대유와 북연, 서막(西漢) 세 나라가 연합하여, 함께 대량을 공격해 그 땅을 나눠 갖기로 한 적이 있었네. 병력 차가 커서, 우리의 다섯 배나 되는 군대가 끊임없이 밀려와 국경을 압박했네. 당시 스무 살이던 그 사신은 지팡이와 절(節)을 들고, 비단옷에 흰 관을 쓰고, 겨우 백 명의 시종만 데리고 적 진영을 뚫고 지나갔네. 적이 칼과 검으로 협박해도 물러서지 않았지. 대유의 황제가 그 용기에 감탄해 그를 불러들였네. 그는 궁궐 계단에서 대유의 군신들과 논쟁을 벌였는데 그 혀가 마치 칼날처럼 날카로웠다네. 이익으로 맺어진 동맹은 본디 튼튼하지 못한 법인데, 그의 활동 덕분에 연합군은 점차 분열되기 시작했지. 우리 대량의 군대는 그 틈을 타 반격하여 비로소 위기에서 벗어났네. 이 정도 사신이라면 인상여에 비해 전혀 손색이 없지 않나?"

"와, 우리 대량에 그렇게 멋진 사람이 있어요? 그런데 왜 저는 전혀 몰랐죠?"

언예진은 매우 놀라고 감탄한 표정이었다.

"30여 년이 지난 옛날 일이니, 시간이 흐르면서 점차 사람들 입에 오르지 않게 되었지. 자네들 나이에는 모르는 것도 이상한 일은 아니네."

"소 형은 어떻게 아셨어요?"

"나야 자네들보다 나이가 많으니 어른들이 하는 얘기를 들었지."

"그 사신이 아직 살아 있어요? 그렇다면 그 풍채를 꼭 한 번 보고 싶네요."

매장소는 언예진의 눈을 가만히 들여다보며 엄숙한 표정으로 또박또박 말했다.

"물론 아직 살아 있네. 예진, 그 사람은 바로 자네 아버지일세."

언예진의 얼굴이 순식간에 얼어붙고 입술이 부르르 떨렸다.

"뭐, 뭐라고요?"

"언후 말일세."

매장소가 차갑게 말했다.

"단순히 언 태사의 아들이고 국구이기 때문에 제후 자리를 얻은 줄 알았나?"

"하, 하지만……."

언예진은 너무 놀라 똑바로 앉아 있을 수도 없었다. 의자를 움켜쥔 후에야 겨우 중심을 잡은 그가 말했다.

"아버지는 지금…… 지금은 분명……."

매장소는 유유히 한숨을 쉬며 눈을 내리깐 채 고개를 설레설레 저었다. 그리고 길게 소리를 뽑아 읊었다.

"오의(烏衣, 검은 옷. 옛날 가난한 사람들이 입던 옷―옮긴이)의 젊은이 곱디고운 머리 위 창칼이 그득하다. 앞서서 강 건너는 교병(驕兵, 싸움에 이기고 승리감에 빠져 뽐내는 군사—옮긴이)을 보니 몰아치는 파도에 고래도 달아난다. 어느새 동으로 흐르는 물, 한 번 돌아봄으로써 공을 이루네." [송대 문학가 엽몽득(葉夢得)의 〈팔성감주(八聲甘州)·수양루팔공산작(壽陽樓八公山作)〉의 한 구절—옮긴이]

그의 목소리가 점점 낮아지다 사라졌고, 눈동자에는 측은한 표정이 떠올랐다.

호기 넘치는 청춘의 피 끓는 영웅들. 말에 올라 봉작을 받은 사람 중 한때 풍운을 누비며 일세를 풍미하지 않은 사람이 어디 있겠는가? 무상한 인생, 물처럼 흐르는 세월에 마치 잠시 반짝이는 불빛처럼 다시는 지난 젊은 시절로 돌아갈 수 없을 뿐인 것을.

그러나 매장소가 아무리 감개무량한들 언예진의 놀라움에는 비할 바가 못 되었다. 요 몇 년 무기력한 모습으로 매일매일 향을 사르고 단약을 만들며 시간을 보내는 그 노인과 가장 가까운 사람이 바로 그였다. 그 무심한 얼굴, 허옇게 센 머리칼, 세상 만물 그 어떤 것에도 관심이 없는 듯 언제나 내리뜨고 있는 눈…… 그런 그에게도 한때 위용을 자랑하던 세월이 있었다는 것은 아예 상상조차 할 수 없었다.

소경예가 언예진의 딱딱해진 등에 손을 올려놓고 가볍게 두드렸다. 그는 분위기를 바꿀 만한 말을 하고 싶었지만 무슨 말을 해야 좋을지 몰랐다.

그때 매장소가 두 젊은이를 내버려둔 채 일어나 대문 쪽으로 시선을 던지며 나지막이 말했다.

"돌아오셨군."

과연 그가 말한 대로 붉은 덮개에 푸른 띠를 두른 사인교가 중문으로 들어섰다. 가마꾼들이 가마를 내리고 가리개를 걷자, 솜을 넣은 갈색 두루마기를 입은, 큰 키에 허리가 약간 구부정한 노인이 하인의 부축을 받으며 가마에서 내렸다. 머리칼이 희끗희끗하고 얼굴에는 주름이 잡혔지만, 전체적으로 특별히 노쇠한 느낌은 들지 않았고 쉰 정도 되는 나이에 걸맞은 모습이었다.

매장소는 멀리서 그를 주시하다가 빠른 걸음으로 다가갔다. 하지만 언예진은 그 자리에 못 박힌 듯 서서 한 걸음도 움직이지 못했다.

"언후, 이렇게 늦게 돌아오시다니 참으로 수고가 많으십니다."

매장소가 가까이 다가가 직접 인사했다.

언궐(言闕)은 국구가 된 것이 먼저였고 나중에 제후에 봉해졌다. 제후 지위가 더 높았지만 호칭이 입에 붙은 사람들은 여전히 그를 국구 나리로 불렀고, 그 앞에서만 언후로 칭했다. 그러나 그 자신은 언후라는 호칭을 더 좋아할 것이 분명했다.

"선생께서는……."

"소철이라 합니다."

"아……."

최근 경성에서 워낙 유명한 이름이었으니, 세상일에 관심 없는 언궐도 들어본 모양이었다. 그래서 그의 얼굴에는 겉치레의 웃음이 떠올랐다.

"말씀 많이 들었소. 아들 녀석이 선생을 인중호걸이라고 칭찬하는 말을 종종 들었는데, 과연 풍채가 남다르구려."

매장소는 빙그레 웃었다. 그는 똑같이 겉치레의 말을 하는 대신 직접적으로 주제를 꺼냈다.

"시간을 좀 내주시겠습니까? 매우 중요한 일 때문에 단둘이 이야기하고 싶습니다."

"나와 이야기를?"

언후는 실소를 터뜨렸다.

"선생은 이 경성에 떠오르는 유명인사이고 이 몸은 서서히 지는 해이자 속세에 관여치 않는 사람인데, 무슨 중요한 이야기가 있다는 것이오?"

"부디 시간을 낭비하지 마십시오!"

매장소의 표정은 얼음장 같고 말투 역시 서릿발처럼 차가웠다.

"조용한 방이 없다면 여기서 이야기하시지요. 다만 집 밖이 너무 추우니 화약을 좀 가져와서 몸을 데우는 건 어떻겠습니까?"

제야의 살인 사건

—

24

—

매장소의 낮은 목소리가 적절하게 언궐의 귓속을 파고들었다. 그의 시선은 계속 언궐의 얼굴에 똑바로 못 박혀 단 한순간의 표정 변화도 놓치지 않았다.

하지만 의외로 언궐의 표정은 차분하기만 했다. 그 갑작스런 한마디는 그에게 아무런 충격도 주지 못한 듯했다. 그 고요함과 차분함 때문에 매장소는 자신의 그 모든 추측과 판단이 완전히 틀렸다고 생각할 뻔했다. 그러나 그런 느낌은 짧디짧은 한순간뿐이었다. 매장소는 곧 자신이 틀리지 않았다는 것을 확신했다. 언궐이 고개를 들고 그를 쳐다보았기 때문이다.

항상 감추듯이 내리뜨고 있는 그 두 눈 속 눈동자는 얼굴 표정처럼 차분하지 않았다. 비록 늙었지만 탁해지지 않은 그의 동공 속에서 번뜩이는 것은 이상하리만치 강렬하고도 복잡한 감정들, 놀라움과 절망, 원망, 슬픔이었다. 다만 두려움은 없었다.

하지만 언궐은 분명 두려움을 느껴야만 했다. 그가 꾸민 일은 어떤 눈으로 보아도 대역무도한 일이었고, 구족을 멸하는 벌을 받기에 충분했다. 그리고 그 엄청난 죄상이 눈앞의 고상한 서생 손에 쥐어져 있었다.

그런데도 그는 두려워하지 않았다. 그저 아무 표정 없이 매장소를 똑바로 바라볼 뿐이었다. 그의 눈동자에 묻어난 피로와 슬픔에는 너무나도 깊고, 결코 가라앉힐 수 없는 분노가 섞여 있었다. 그 눈빛 때문에, 그는 마치 험하고 가파른 산길을 지나 천신만고 끝에 거의 정상에 이르렀지만 별안간 결코 건널 수 없는 커다란 틈을 발견한 여행자처럼 보였다. 그 틈이 그에게 냉혹하게 속삭였다.

'돌아가라. 더 이상 갈 수 없다.'

지금 매장소는 그의 앞을 가로막고 실패를 알리고 있었다. 언궐은 실패가 가져올 피비린내 나는 결과를 생각할 겨를이 없었다. 잠깐 동안 그의 머릿속에는 오로지 한 가지 생각뿐이었다.

'그자를 죽일 수 없다. 이번에 성공하지 못하면 앞으로 결코 그자를 죽이지 못할 것이다.'

그때쯤 언예진과 소경예도 분위기를 파악하고 달려와 이상한 눈으로 두 사람을 바라보고 있었다.

"예진, 집에 조용한 방 없나? 영존과 할 이야기가 있는데, 아무도 방해하지 말았으면 좋겠네."

매장소가 언예진에게 고개를 돌리며 차분하게 물었다.

"있어요. 후원에 화각(畵閣)이……."

몹시 총명한 언예진은 두 사람의 표정만 보고도 뭔가 잘못되었다는 것을 깨달았다.

"소 형, 절 따라오세요."

매장소는 고개를 끄덕이고 언궐에게 말했다.

"언후, 가시지요."

언귈은 씁쓸한 미소를 지으며 고개를 들고 길게 숨을 들이켰다. 그리고 낮게 말했다.

"갑시다."

일행은 묵묵히 걸었다. 소경예조차 눈치 빠르게 입을 꾹 다물었다. 화각에 도착하자 매장소는 언귈과 함께 안으로 들어가며 두 젊은이에게는 밖에서 기다리라는 눈짓을 했다. 화각 맨 안쪽에는 정갈한 방이 있었다. 가구는 간소해서 벽을 꽉 채운 책장 외에 책상 하나와 작은 탁자 하나, 의자 두 개, 그리고 창가에 놓인 기다란 침대가 다였다.

"언후."

두 사람이 의자에 앉은 다음, 매장소는 곧장 본론을 꺼냈다.

"화약을 제단 밑에 묻으셨습니까?"

언귈은 양쪽 뺨 근육을 팽팽하게 긴장시키며 아무 말도 하지 않았다.

"물론 부인하셔도 됩니다. 하지만 조사하는 것은 어렵지 않습니다. 몽지 통령에게 통지만 하면, 그가 제단 안팎을 샅샅이 뒤질 겁니다."

매장소는 서슬 퍼런 목소리로 숨 쉴 틈도 주지 않고 몰아붙였다.

"제 생각에는, 언후께서 도를 닦는 것도 이목을 끌지 않고 제사를 맡은 법사(法師)들과 왕래하기 위해서겠지요? 그 법사들은 당연히 언후의 일당일 겁니다. 어쩌면 일당들을 모두 법사로 만들어 넣었는지도 모르고요. 안 그렇습니까?"

언귈은 그런 그를 흘끗 보며 차갑게 말했다.

"지혜가 과하면 요절하기 쉽다 했소. 소 선생이 이리도 총명한데 수명이 짧을까 두렵지 않소?"

"수명은 하늘이 정하는 것인데 초조해할 이유가 있겠습니까?"

매장소는 전혀 개의치 않고 그의 눈빛을 마주 보았다.

"그보다 언후께서는…… 정말 성공할 거라 생각하십니까?"

"최소한 소 선생이 나타나기 전에는 모든 것이 무척 순조로웠소. 내 법사들은 이미 제례 준비라는 명목으로 쥐도 새도 모르게 화약을 묻었고 신관은 화로 속에 넣었소. 제례 당일 황제가 향을 피우기 위해 종이에 불을 붙여 화로에 던져 넣으면, 제단은 통째로 날아가게 되어 있소."

"역시 그랬군요."

매장소는 탄식했다.

"황제가 향을 피울 때 황자들과 대신들은 제단에서 아홉 척이나 떨어진 곳에 엎드려 있어야 하니 화를 피할 수 있을 겁니다. 그러나 황후는 반드시 황제와 함께 제단에 있어야 하지요. 비록 오랫동안 서먹서먹하게 지냈다고는 하나, 아무래도 남매의 정을 저버릴 수는 없으셨을 겁니다. 해서 황후가 제례에 참석하지 못하게 손을 쓰셨겠지요. 맞습니까?"

"그렇소."

언귈은 담담하게 대꾸했다.

"비록 죄는 있지만 어쨌든 내 동생이오. 그녀가 갈가리 찢겨 죽는 것은 원치 않소. 소 선생은 황후의 병을 단서로 나를 찾아낸 것이오?"

"꼭 그런 것은 아닙니다. 황후의 병도 수상했으나, 예진이 한 말에서도 의심스러운 구석이 있었지요."

"예진이?"

"얼마 전 그가 영남의 감귤 몇 상자를 선물했습니다. 관선으로 운반한 것인데 무척 잘 팔린다고 하더군요. 하지만 언후께서 예약하신 덕분에 얻을 수 있었다고 했습니다."

매장소는 칼날같이 날카로운 시선으로 그를 흘끗 보았다.

"언후께서는 집안일은 손 놓고 도를 닦는 일에만 푹 빠져 계셨지요. 심지어 섣달그믐 밤에도 가족들과 함께 보내지 않는 분이, 연말에 쓸 신선한 과일을 준비하기 위해 특별히 예약까지 하시다니요? 그것은 단지 관선이 도착하는 날짜를 알아내기 위한 핑계에 불과했습니다. 그래야 언후께서 준비한 화약이 호부의 화약과 같은 날짜에 경성에 도착하게 해서, 누군가 이상을 감지해도 사설제포방으로 시선을 돌리게 할 수 있으니까요. 시간만 잘 맞추면 발각될 가능성이 무척 낮지요."

"아쉽게도 결국 선생에게 발각되었군."

언궐이 비웃듯이 말했다.

"이렇게 엄청난 능력을 가지고 있으니, 다들 선생을 손에 넣으려고 하는 것도 당연하오."

매장소는 그의 비웃음은 아랑곳하지 않고 여전히 차분하게 물었다.

"언후께서 멸족의 위험까지 무릅쓰고 황제를 암살하려는 것은 대체 무엇 때문입니까?"

언궐은 잠깐 동안 그를 똑바로 직시하다가 갑자기 껄껄 웃음을 터뜨렸다.

"다른 것은 없소. 그저 그자를 죽이고 싶을 뿐이오. 황제를 암살하는 것이 바로 내 최종 목표요. 그는 참으로 죽어 마땅한 자니까. 하늘을 거스른다느니, 대역무도하다느니 하는 말, 나는 전혀 신경 쓰지 않소. 그자만 죽여 없앨 수 있다면 무슨 짓이든 할 수 있소."

매장소의 시선이 멀리 앞쪽을 향했다. 그가 나지막이 물었다.

"신비(宸妃) 마마 때문입니까?"

언궐의 몸이 부르르 떨리고 웃음소리도 뚝 그쳤다. 그는 매장소를 돌아보았다.

"어떻게…… 신비를 아시오?"

"별로 오래된 일도 아닌데 안다고 이상할 것 없지요. 지난날 황장자 기왕(祁王)이 죄를 짓고 죽음을 맞자 생모인 신비 마마께서는 황궁에서 자결하셨습니다. 지금은 아무도 그 이야기를 꺼내지 않지만, 겨우 12년밖에 되지 않은 일이니……."

"12년……."

언궐의 웃음은 몹시 슬펐고, 살짝 물방울이 맺힌 두 눈은 불길처럼 이글이글 타올랐다.

"벌써 그렇게 되었군. 이제 나 말고 누가 그녀를 기억할지……."

매장소는 잠깐 동안 가만히 있다가 차분하게 입을 열었다.

"언후께서 신비 마마께 그토록 정이 깊었다면, 애초에 왜 두 눈 뻔히 뜨고 그분을 입궁시키셨습니까?"

"왜냐고?"

언궐은 이를 악물었다.

"그자가 황제이기 때문이오. 우리가 목숨 걸고 서로를 지키며 황위에 앉힌 바로 그 황제이기 때문에! 어려서부터 함께 공부하고, 함께 무예를 익히고, 함께 대량의 위기를 타파할 때만 해도 우리는 모두 친구였소. 하지만 일단 황제가 된 순간, 이 세상엔 오직 군신(君臣)이라는 두 글자만 남았지. 우리 세 사람은 한때 수많은 맹세를 했소. 어려움과 즐거움을 함께하고, 죽을 때까지 영원히 서로를 저버리지 말자고. 허나 그는 결국 단 하나도 지키지 않았소. 등극한 지 두 해째에 내게서 악요(樂瑤)를 빼앗아갔소. 우리가 서로 미래를 약속했다는 것을 누구보다 잘 알면서도 잠시도 주저하지 않았소. 임 형은 나더러 참으라고 했고, 나 역시 참을 수밖에 없었소. 경우(景禹, 황장자 기왕의 이름)가 태어나고 악요가 신비에 봉해졌을 때는 완전히 포기할 수 있다고 생각하기까지 했소. 그가 그녀에게 잘해주기만 하면 된다고 생각했지. 그런데 결과는 어떻게 됐소? 경우는 죽고 악요도 죽었소. 임 형마저 죽고…… 모질게도 그 뿌리까지 뽑아버렸소. 내가 낙담하여 세상에서 모습을 감추지 않았다면 내 목숨도 남겨두지 않았을 것이오. 이토록 야박한 황제는 죽어 마땅하지 않소?"

"그래서 단순히 그를 죽이기 위해 몇 년 동안 음모를 꾸몄단 말씀입니까?"

매장소는 다소 늙어 보이는 그의 눈을 응시했다.

"죽인 다음엔요? 제단에서 황제가 연기처럼 사라지면 혼란이 벌어질 겁니다. 태자와 예왕이 서로 싸워 조정이 불안해지고 변경도 위험해지겠지요. 결국 피해를 입는 사람은 누구이며, 이득을 보는 사람은 누굽니까? 언후께서 중요하게 여기는 사람들이 뒤집어쓴 오명은 여전히 그들의 몸에 낙인처럼 찍혀, 설욕할 가망은 전혀 없습니다. 기왕은 여전히 불효자요, 임가는 여전히 반역자요, 신비는 여전히 능도 위패도 없이 외롭게 구천을 떠돌 겁니다! 그 난리를 쳐서 나라를 뒤집어놓아도, 결국은 그저 사람 한 명 죽인 것밖에는 되지 않습니다!"

매장소가 병든 몸으로 이곳까지 온 것은, 첫째는 시간이 너무 촉박했기 때문이고, 둘째는 바로 언후를 보호하기 위해서였다. 그래서 이 매서운 질책에는 진심이 담겨 있었고, 목소리는 점점 격앙되고 두 뺨도 붉게 달아올랐다.

"언후, 이것이 복수라고 생각하십니까? 아니요, 진짜 복수는 그런 게 아닙니다. 언후께서는 그저 분풀이를 하고 계실 뿐입니다. 기분을 풀겠다고 더 많은 사람을 구렁텅이에 밀어 넣을 뿐입니다. 현경사가 호락호락한 줄 아십니까? 황제가 피살되면 당연히 전력을 다해 조사할 겁니다. 제가 언후를 찾아낸 것처럼, 그들도 분명 밝혀낼 겁니다! 언후께서는 사나 죽으나 아무 차이 없으실지 몰라도, 예진은 무슨 죄입니까? 설령 언후께서 사랑한 사람의 소생은 아니라도, 어쨌든 언후의 친아들입니다! 어려서부터 언후의 사랑과 보살핌을 받지 못한 것은 차치하더라도, 저 젊은 나이에 대역죄를 뒤집어쓰고 사형을 당한다면 과연 마음이 편하시겠습니까? 말끝마다 황제가 야박하고 박정하다고 하시지만, 이런 언후의 행동은 황제에 비해 다정하다고 할 수 있을까요?"

그 날카로운 말 한마디 한마디가 정곡을 찔렀다. 언궐의 입술이 격렬하게 떨리기 시작했다. 그는 손으로 자신의 두 눈을 가리며 중얼거렸다.

"예진에게는 미안하오. 내 아들로 태어난 것이 그 아이의 불행이지. 어쩌면 그것도 운명일지……."

매장소는 냉소를 지었다.

"지금은 성공할 희망조차 없습니다. 예진에게 조금이라도 미안한 마음이 있다면 한시라도 빨리 돌이키십시오."

"돌이켜?"

언궐은 씁쓸하게 웃었다.

"이미 시위를 떠난 화살을 어찌 다시 돌이킬 수 있겠소?"

"제례는 아직 시작되지 않았고, 불붙은 종이도 아직 화로에 들어가지 않았습니다. 그런데 돌이킬 수 없다니요?"

매장소는 차분한 눈빛과 엄숙한 표정으로 말했다.

"화약을 묻을 수 있다면 다시 가져 나오실 수도 있을 겁니다. 그것을 사설 제포방 근처로 옮겨놓으면 제가 사람을 보내 처리하겠습니다."

언궐은 고개를 들고 그를 쳐다보았다. 무척 놀란 눈빛이었다.

"그건 무슨 뜻이오? 선생이 어째서 이 더러운 물속으로 뛰어들겠다는 거요?"

"제가 예왕을 돕고 있기 때문입니다. 언후께서 대역죄를 저지르면 황후도 연루될 수밖에 없습니다. 가능하면 없던 일로 하는 것이 가장 좋은 선택이지요."

매장소는 담담하게 말했다.

"제가 뒤처리를 할 생각이 아니었다면 무엇하러 여기까지 찾아와 이렇게 밀실에서 이야기를 하고 있겠습니까? 바로 현경사에 고발하면 그만일 텐데요."

"그……."

언쿼른 눈빛을 번쩍이며 한동안 이 문약한 서생을 의심스레 바라보았다. 그러다 무슨 생각이 들었는지 그의 격앙된 표정이 차츰 쌀쌀하게 바뀌었다.

"나를 놓아주는 것은 물론 좋소. 허나 듣기 싫어도 미리 말해두겠소. 설사 이번에 내게 은혜를 베풀어 내 약점을 쥐었다 해도, 나는 결코 선생의 주인을 위해 힘쓰지 않을 것이오."

매장소가 싱긋 웃었다.

"저 또한 예왕을 위해 힘써달라고 할 생각 없습니다. 언후께서는 그저 편안하게 계속 도를 닦으시기만 하면 됩니다. 조정의 일이 어떻게 돌아가는지는 지켜만 보십시오."

언쿼른 믿을 수 없다는 눈빛으로 그를 보며 고개를 설레설레 저었다.

"이 세상에 이유 없는 호의란 없는 법, 나를 놓아주면서도 아무런 보답을 바라지 않다니, 대체 무슨 속셈이오?"

매장소는 아득한 눈빛으로, 얼굴에 처량한 웃음을 떠올렸다.

"언후께서 신비를 잊지 않으시는 것은 정이 있어서이고, 임 원수를 잊지 않으시는 것은 의리가 있어서입니다. 이 세상에서 아직도 정과 의리를 지니고 있는 사람은 실로 얼마 되지 않으니 구할 수 있다면 구해야지요. 부디 오늘 제 충고를 깊이 새기시고 다시는 경거망동하지 마시기 바랍니다."

언쿼른 한참 동안 그를 뚫어져라 보다가 길게 한숨을 쉬었다. 그리고 낭랑하게 웃으며 말했다.

"좋소! 젊은 나이에 이만한 기백을 지닌 분이니 이 몸도 함부로 선생을 재단하지 않겠소. 제단 아래의 화약은 어떻게든 빼내겠소.

허나 제례일이 멀지 않아 방비가 가중되었소. 혹여 불행히도 들킨다면 선생께서 아들 녀석과의 교분을 생각해 부디 그 아이의 목숨을 구해주시오."

매장소는 눈썹을 펴고 빙그레 웃었다.

"언후와 몽 통령이 전혀 교류가 없는 사이는 아니잖습니까? 이좋은 때에 몽 통령도 소란을 일으키고 싶진 않겠지요. 그러니 언후께서 조심하시기만 하면 큰 문제 없을 겁니다."

"선생의 축복대로 되기를 바라겠소."

언퀼은 두 손을 모으며 빙그레 웃었다. 어느새 완전히 평정을 되찾은 모습이었다. 생사가 걸린 이 무시무시한 대화를 통해 수년간 준비해온 계획이 중단되게 생겼는데도, 이렇게 빨리 감정을 추스르고 짧은 시간 안에 평소의 차분함을 되찾은 것을 보면, 확실히 담이 남다른 인물이었다. 매장소는 속으로 찬탄을 터뜨렸다.

이렇게 되자 더 이상의 말은 불필요했다. 두 사람은 약속이라도 한 듯 일어나 화각을 나섰다. 문이 열리기 무섭게 언예진이 달려와 외쳤다.

"아버지, 소 형, 무슨……."

하지만 뭐라고 물어야 할지 몰라 도중에 입을 다물고 말았다.

"영존과는 이야기가 끝났네. 올해 그믐날에는 제사가 끝나고 아버지와 함께 새해를 맞을 수 있을 걸세."

매장소가 미소를 지으며 말했다.

"비류는 다음에 시간 날 때 데리고 놀러 가주게."

언예진은 아버지와 매장소를 번갈아 보았다. 화각 안에서 나눈 밀담 내용이 이렇게 단순할 리 없다는 것을 알지만, 아무리 시시

덕거리는 것을 좋아해도 워낙 지혜롭고 영리한 그였다. 그래서 잠시 어리둥절했지만 의심을 꾹 누르고 환한 미소를 지으며 고개를 끄덕였다.

"좋아요!"

매장소도 따라 웃으며 주위를 둘러보았다.

"경예는 어디 갔나?"

"탁씨네 부모님이 오늘 저녁에 도착하기 때문에 마중 나가야 해서 보냈어요."

"탁정풍도 도착했군."

매장소의 눈썹이 꿈틀했다.

"매년 이렇게 오나?"

"2년에 한 번씩이요. 몇 년 연속해서 오시기도 해요. 사 백부님께서 요직에 계셔서 경성을 떠나기가 쉽지 않잖아요. 그래서 탁씨네에서 좀 더 움직이실 수밖에요."

"음."

매장소는 살짝 고개를 끄덕였다. 언궐의 눈빛이 자신을 살피는 것을 느꼈지만, 그는 별로 신경 쓰지 않고 아득한 하늘 저편을 바라보았다. 해가 지고 구름이 내려앉았고, 석양빛도 거의 다했다. 길디긴 오늘 하루도 마침내 끝을 향해 가고 있었다. 내일은 또 어떤 뜻밖의 파란이 일까?

"예진, 가서 소 선생의 가마를 중문으로 들이라 해라. 밤바람이 차니 가능한 한 적게 걷는 것이 좋겠지."

언궐이 차분하게 명했다. 아들이 돌아서서 떠나자, 그의 시선은 또다시 매장소를 향했다. 그가 가라앉은 목소리로 물었다.

"갑자기 이런 생각이 들었소. 선생께서 내 죄를 감춰주는 것이 예왕의 뜻은 아닌 것 같소만?"

"예왕은 전혀 모릅니다."

매장소는 솔직하게 말했다.

"사실 언후를 만나러 오기 전에는 저 자신도 십분 확신하지 못했습니다."

언궐은 눈을 질끈 감으며 탄식했다.

"예왕이 무슨 덕이 있어서 선생 같은 인물을 얻었는지! 아무래도 장래의 천하는 그의 것이 되겠구려."

매장소가 그런 그를 흘끗 쳐다보았다.

"언후께서는 아무래도 황후와 남매간이시니 예왕이 천하를 얻으면 좋지 않습니까?"

"좋지 않으냐고?"

반백이 된 언궐의 머리칼과 수염이 흐릿한 밤빛 아래 부르르 떨렸다. 수척한 얼굴도 찬 서리를 맞은 것처럼 쌀쌀해졌다.

"하나같이 잔인하고 야박하고, 차가운 심장을 가진 자들이오. 이자나 저자나 전혀 다를 게 없소. 내 이미 연인을 놓치고 친구도 잃은 채 겨우 목숨을 부지하여 살고 있지만, 그들의 억울함을 풀어줄 힘이 없소. 이 지경이 되었는데 누가 천하를 얻든 무슨 상관이오?"

매장소의 눈동자가 맑게 반짝였다.

"제가 예왕의 사람임을 알면서도 그런 말씀을 하셔도 괜찮겠습니까?"

"내 이런 생각은 예왕도 이미 알고 있소. 다만 내가 조정 일에 나서지 않고, 황후 또한 나를 내버려두라고 했기 때문에 지금처럼 서로 모른 척해주는 것이오."

언궐은 싸늘한 웃음을 지었다.

"선생의 주옥같은 재능으로 나를 무너뜨리는 것은 쉽소. 허나 예왕을 위해 나를 제어하고 마음대로 부릴 생각일랑 하지도 마 시오."

"공연한 생각이십니다. 그냥 별생각 없이 여쭤본 것뿐입니다."

매장소는 담담한 얼굴로 차분하게 말했다.

"언후께서 앞으로 이상한 행동만 하지 않으시면, 저 역시 결코 이 일로 언후를 협박하지 않겠습니다. 예왕 쪽은 말할 것도 없이 언후의 도움을 받겠다는 생각조차 못하고 있습니다."

언궐은 뒷짐을 진 채 심원한 눈빛으로 서 있었다. 매장소의 이 말을 믿어야 할지 말아야 할지 고민하는 눈치였다. 하지만 언예진 이 소철의 가마를 가지고 올 때까지 그는 한마디도 하지 않고 그 저 찬 서리 맺힌 섬돌 위에 꼿꼿이 서 있기만 했다.

가마가 흔들흔들 움직이기 시작한 순간에서야, 매장소는 이 지 난날의 영웅이 길게 한숨 쉬는 소리를 들을 수 있었다. 그 아득하 고 요원한 한숨 소리는, 마치 몸속 가득한 그리움을 세월 저편으 로 뱉어내는 것 같았다.

집으로 돌아왔을 때, 매장소는 온몸이 서늘해지는 것을 느끼면 서 진이 빠졌다. 억지로 버티며 사람을 시켜 언궐의 움직임을 지 켜보게 한 다음에야 겨우 마음이 놓여, 흐리멍덩한 상태로 침대로 돌아가 안 의원에게 사과했다. 늙은 의원은 사과 따위는 안중에도 없었다. 환자에게 침을 놓을 때도 여전히 솥바닥 같은 얼굴을 단단히 굳히고 있어서, 옆에 있던 려강은 그가 화풀이로 이상한 곳에 침을 마구 놓을까봐 불안했다.

이렇게 침대에 누워 사흘을 쉰 다음에야 매장소는 점차 정신을 차렸다. 부하들이 일부러 알리지 않았을 수도 있고, 정말 아무 일도 없었을 수 있지만, 사흘 동안 경성은 몹시 평온했다. 단 하나, 황제가 조서를 내려 황후의 병 때문에 연말 제례에 허 숙비가 대신 참석하게 되었다는 것을 알린 게 다였다.

궁에 떠도는 소문에 따르면, 황제는 본래 월비를 대신 참석시킬 생각이었다. 그러나 월비 본인이 직접 상소를 올려, 위계가 낮아 대신할 수 없으니 품계와 입궁 순서에 따라 허 숙비가 참석하는 것이 좋겠다고 권했다. 이 상소는 실로 이치와 인정을 겸비했고 도량 또한 눈부셨기에, 황제는 몹시 찬탄하며 월비에게 새 치마와 비녀를 상으로 내려 칭찬했다.

이 소식이 전해지자 예왕은 속이 터질 지경이었다. 하지만 속이 터지든 말든, 이런 일은 황위 다툼의 공방전에서 늘 있는 일이었다. 이런 일이 있다고 해서 반드시 그쪽이 이긴 것도 아니고, 다른 쪽이 큰 손실을 입은 것도 아니었다. 또 연말이 다가오면서 할 일이 많아지자, 태자와 예왕 모두 더 이상 상대를 물고 늘어지지 않았다.

소철의 저택에서도 당연히 연말을 보낼 준비가 한창이었지만, 매장소는 별로 신경 쓰지 않았다. 집안일의 달인인 려강도 있고, 십삼 선생 측에서도 궁우가 송년에 쓸 물건들을 꼼꼼하게 실어 날랐다. 대부분 유행하는 장난감이었다. 덕분에 비류는 매일매일 아침부터 밤까지 장난감을 갖고 노느라 정신이 없었다.

목왕부와 예왕부, 국구부, 녕국후부, 그리고 통령부 등 교류가 있는 곳에서도 연말 선물을 보내왔다. 정왕마저 장사를 시켜 간단한 선물을 보내고 문안인사를 전했다.

매장소는 대부분의 선물을 목록만 대충 보고 려강에게 처리를 맡겼다. 답례 선물 역시 려강에게 일임했고 그 자신은 묻지도 따지지도 않았다.

그 중에서 비류가 가장 마음에 들어 한 것은 목왕부에서 보낸 폭죽 일곱 상자였다. 폭죽 대는 어린아이 팔뚝만 했고 터뜨리면 몹시 현란하고 화려했다. 비류는 매일 밤 한 시간 동안이나 폭죽을 터뜨렸고, 그 결과 섣달그믐이 되기도 전에 깨끗이 써버렸다. 려강이 사람을 보내 새로 사오게 했는데, 이제 보니 목왕부에서 보낸 것은 황궁용 폭죽이어서 시장에서는 살 수가 없었다. 비류를 달래기 위해, 막 병이 나은 우리의 기린지재가 침대를 떠나 처음으로 쓴 편지의 내용은 바로 예황 군주에게 폭죽 열 상자를 더 사다달라고 부탁하는 것이었다.

편지를 보낸 지 단 하루 만에 폭죽을 실은 마차가 저택 후문에 도착했다. 비류는 엄청 신이 났고, 매장소도 속으로 매우 기뻐했다. 오로지 목왕부만 폭죽을 보내왔기 때문이다. 예왕 같은 무리가 소식을 듣고 너도나도 몰려들지 않았다는 것은 쓸데없이 소식이 바깥으로 새어나가지 않도록 예황이 아랫사람들을 엄격하게 다스리고 있다는 뜻이었다.

올해의 마지막 날이 다가왔다. 수많은 사람이 주목하는 연말 제례는, 비록 사전에 음으로 양으로 여러 가지 다툼과 풍파가 있었지만, 당일에는 순조롭고 편안하게 진행되어 아무런 변고도 일어나지 않았다. 황후가 몸져눕고 월비가 강등된 것 말고는 지난 제례와 큰 차이가 없었다.

제례가 끝나자 황제는 궁으로 돌아가 선물과 촛불을 나눠주었다. 황자들과 종친들, 가까운 귀족과 중신들은 인안문(引安門) 밖에 엎드려 은상을 받았다. 지금까지의 관례대로라면 어사품을 받은 등급은 태자가 가장 높고 예왕이 그 다음이었다. 나머지 황자들이 그 뒤를 잇고, 종친들과 대신들은 품계에 따라 서로 다른 선물을 받았다. 올해도 큰 줄기는 변함이 없었지만, 정왕은 다른 황자들과 똑같은 선물을 받은 후 원라은개(圓羅銀鎧)를 하나 더 받았다. 하지만 최근 그가 보여준 성과는 확실히 훌륭했고, 또 이 정도 선물은 예왕이 얻어간 푸짐한 선물에 비하면 새 발의 피였으므로 아무도 특별히 신경 쓰지 않았다.

그날 밤 함안전(鹹安殿)에서 새해 연회가 열렸다. 황제는 우선 자안궁(慈安宮)을 찾아 태황태후에게 문안을 드린 다음, 전각으로 돌아와 후궁과 황자들, 종친들과 어울려 즐겁게 설을 맞으며, 연회에 준비된 요리 일부를 주요 대신들의 집에 보냈다. 그믐날 밤 황제의 요리를 받는다는 것은 대신들에게는 비할 데 없는 영광이었다. 특별히 총애를 받지 못한 사람들은 보통 이런 영예를 얻지 못했다. 그러나 매년 있는 이 '황궁 요리 수여'라는 의식이 적잖은 사건을 일으킬 줄은 아무도 몰랐다.

새해 경성의 밤은, 폭죽이 하늘을 물들이고 색종이가 바닥을 뒤덮었으며, 가가호호 설을 쇠느라 등불이 환했다. 떠들썩한 것은 말할 것도 없지만, 어쨌든 원소절과는 달라서 모두 집에서 가족들과 함께 시간을 보냈다. 거리에는 어린아이들이 대문 밖에 나와 조그마한 폭죽을 터뜨리는 골목 외에는 기본적으로 다니는 사람이 없었다.

황궁에서 '황궁 요리 수여'를 맡은 태감은 황삼을 입고 다섯 사람이 한 조가 되어 질풍처럼 궁을 빠져나왔다. 그들은 아무도 없는 거리에서 말을 달려, 은총을 내릴 목적지를 향해 사방팔방으로 흩어졌다.

가운데 있는 한 사람이 찬합을 들었고, 앞뒤로 그를 둘러싼 네 사람은 눈부시게 환한 황궁용 유리등을 들고 있었다. 황궁을 둘러싼 대로 양쪽에도 환한 붉은 등불이 걸려 있었지만, 어디로든 새어들어오는 대낮의 햇빛에 비하면 이 등불은 아무래도 구석구석을 모두 비추지 못했고, 높디높은 성벽 아래쪽에는 여전히 어두컴컴한 음영이 남아 있었다.

변고는 이 어둠 속에서 생겨났다. 그 속도 역시 그림자가 없는 회오리바람처럼 빨랐다. 심지어 피해자 본인조차 자신의 목숨을 앗아간 이 차가운 빛이 언제 나타났는지, 어디로 사라졌는지 확실히 보지 못했다.

사람의 몸은 쿵 하고 바닥에 떨어졌지만 말들은 여전히 앞으로 질주했다. 피는 차가운 겨울 날씨에 순식간에 얼어붙었고, 미약한 비명 소리도 끊임없이 들려오는 탁 탁 탁 하는 폭죽 소리에 묻혀 들어주는 사람조차 없었다.

현란한 폭죽들이 하늘로 떠올랐다. 때는 이미 자정이 다 되어 지난해와 새해가 교차하는 시각이었다. 순찰 관병들조차 걸음을 멈추고 밤하늘에 활짝 피어난 아름다운 꽃들을 구경했다. 성 전체가 요란한 폭죽 소리에 뒤덮이고 축제 분위기가 최고조에 달했다.

매장소는 긴 향 한 개비를 들고 비류가 그를 위해 남겨둔 가장 큰 폭죽에 손수 불을 붙였다. 하늘로 솟구치는 빛 무리가 꼬리를 그리며 검은 장막을 갈라 어둠 속으로 사라졌다가 폭발했다. 하늘 반쪽을 환하게 밝힐 정도의 불꽃이 터지며 사르르 떨어졌다.

"새해다, 새해!"

저택 사람들은 아래위 할 것 없이 즐거워했다. 늘 차분한 려강마저 어디서 가지고 왔는지 나팔 하나를 입에 물고 빵 빵 신나게 불어댔다. 젊은 호위들은 북을 치며 정원을 이리저리 뛰어다니기 시작했다.

"역시 분위기를 잘 아는군. 이럴 때는 나팔을 불고 북을 쳐야지. 금을 탔다가는 분위기만 깰 거야."

매장소는 웃으면서 복도로 들어가 푹신한 의자에 앉았다. 그리고 천천히 밤을 까면서 하늘 가득 피어나는 불꽃을 구경했다.

마침내 자정을 알리는 종소리가 들려왔다. 모두 정원으로 모여들었다. 길 아주머니도 국자를 내던지고 주방에서 나왔다. 려강의 지휘 아래 순서대로 종주 앞에 나가 절하고 두둑한 빨간 주머니를 받았다. 대부분은 몇 년 동안 매장소를 따른 호위였지만, 경성에서 한 번도 종주에게서 직접 뭔가를 받은 적이 없는 사람도 몇 명 있었다. 그들이 감격해서 말조차 못하는 바람에 선배들은 머리를 쓰다듬으며 비웃어줬다. 이렇게 다 함께 모이자 몹시 즐거웠다.

비류는 랑주에서 자랄 때의 습관대로 줄의 맨 뒤에 섰다. 나이가 가장 어리기 때문이었다. 그는 바닥에 깐 모포를 걷어차고 찬 바닥에 그대로 엎드리며 큰 소리로 외쳤다.

"세배!"

"올해도 말 잘 들어야 한다!"

매장소는 웃으며 한마디 한 다음, 빨간 주머니를 그의 손에 쥐여주었다. 이 빨간색 주머니가 얼마나 좋은 것인지 비류는 잘 몰랐지만, 매년 이것을 받을 때마다 사람들이 무척 기뻐했기 때문에 그 역시 분위기에 맞게 웃음을 지어 보였다.

새해인사가 끝나자 매장소는 일어나 안 의원에게 다가가 그에게도 덕담을 건넸다. 늙은 의원은 아직도 화가 안 풀렸는지 얼굴을 굳힌 채였다. 하지만 아무리 그래도 새해 분위기를 깨뜨릴 수 없어, 결국 수염을 날리며 허허 웃고 매장소의 어깨를 툭툭 쳤다.

"다른 사람 얘기 할 필요 없네. 올해는 자네나 말 잘 듣게!"

"예예."

매장소는 웃음을 참고 정원 쪽으로 고개를 돌렸다. 모두 서로 절하고 덕담을 나누느라 정신이 없었다.

"교자 먹자! 모두 이리 와서 들어!"

길 아주머니가 정원 입구에서 소리치자 사람들이 즉시 그녀를 향해 우르르 몰려갔다. 매장소는 안 의원의 팔을 붙잡고, 비류를 데리고 방으로 들어갔다. 이곳에는 벌써 커다란 탁자 몇 개가 펼쳐져 있었고, 그 위에는 과일과 반찬, 술과 안주가 놓여 있었다. 뜨끈뜨끈한 교자가 줄줄이 날라져 왔다. 하얀 김이 모락모락 피어나고 맛있는 냄새가 사방에 진동했다.

길 아주머니는 잔 파와 생강, 식초를 섞은 작은 접시를 건네며 찍어 먹으라고 했지만, 젊은이들은 작은 접시는 밀쳐버리고 각자 커다란 그릇 하나씩을 잡았다. 비류도 눈을 동그랗게 뜨고 바라보다가 그들을 따라 큰 그릇을 들었다.

"고상하게 먹는 사람은 늙은 저희 둘밖에 없겠군요."

매장소가 안 의원에게 농담을 했다가 허리를 쿡 찔렸다. 두 사람은 한바탕 웃은 후 젓가락을 들었다. 그제야 사람들도 우르르 달려들어 순식간에 첫 번째 교자 접시를 깨끗이 비웠다.

"왜들 이 난리야? 굶어 죽은 귀신이라도 들었니?"

길 아주머니는 욕을 하면서도, 직접 만든 교자를 신이 나서 먹는 모습을 보자 기뻐서 눈이 없어질 만큼 웃었다. 곧이어 막 찐 두 번째 교자가 솥째로 들어와 빈 쟁반을 채웠다. 지름이 두 척이나 되는 커다란 솥 안에는 펄펄 끓는 물에 하얀 교자가 가득 들어 있었는데, 길 아주머니는 아무렇지 않은 듯 맨손으로 척척 옮겼다. 다른 상황이었다면 모두 놀라 입을 다물지 못했겠지만 지금 방 안에 있는 사람들은 그녀를 바라볼 틈조차 없었다. 모두 가득 담긴 교자만 노려보고 있었기 때문이다. 서로 많이 먹겠다고 젓가락으로 검법을 펼치는 사람까지 있었다.

"다행히 어른 대접은 할 줄 아는군."

안 의원은 득달같이 달려드는 그들을 보고 웃으며 고개를 저었다. 그와 매장소 앞에도 교자 한 쟁반이 놓여 있었기 때문에 저 혼전에 끼어들 필요가 없었다. 하지만 어찌된 셈인지 다른 쟁반에 있는 음식이 더 맛있게 느껴졌다.

"자, 비류, 이거 먹으렴."

매장소가 자기 쟁반에서 교자 하나를 집어 비류의 그릇에 넣어주었다. 소년은 교자 쟁탈전에서도 천하무적이었지만, 뜨거운 것을 잘 먹지 못해 움직임이 느렸다. 그래서 두 쟁반에서 열 개도 먹지 못했고, 세 번째 쟁반이 들어오기 전의 텅 빈 쟁반을 멍하니 바라볼 수밖에 없었다. 모두 그 모습에 배꼽을 잡고 웃어댔다.

"종주 쟁반의 것은 다 식었다. 비류야, 한입에 삼키면 돼!"

길 아저씨가 실눈을 뜨고 부추겼다.

말 잘 듣는 비류는 과연 단번에 교자를 입에 넣고 씹었다. 갑자기 그의 눈이 휘둥그레지더니 입술을 우물우물하다가 기름에 젖은 동전 하나를 뱉어냈다. 동전이 탁자에 떨어지며 땡그랑 소리를 냈다.

순간 방 안에서 환호성이 터졌다. 수많은 손이 비류의 몸을 마구 만져대며 시끄럽게 외쳤다.

"나도 복 좀 얻자! 나도!"

소년은 영문을 몰라 본능적으로 휙 몸을 날렸다. 그의 몸은 어느새 대들보에 올라가 있었다. 곧 혼란스러운 추격이 시작되었다. 길 아주머니의 세 번째 교자 솥조차 그 혼란을 막지 못했다. 별로 넓은 방이 아닌데도 많은 사람이 이리저리 뛰어다니면서 그릇은 전혀 깨지 않았고, 더욱이 비류의 옷자락을 잡는 데 성공한 사람도 없었다. 결국 매장소가 소년을 곁으로 불러들인 후, 그의 손을 잡고 누구나 만지게 해준 다음에야 겨우 휴전이 이루어졌다.

"만지는 게 좋아?"

비류는 새로운 규칙을 배운 사람처럼 놀란 얼굴로 물었다.

"그래, 우리 비류가 동전을 먹었기 때문에 올해 가장 복 많은 사람이 된 거란다. 그래서 다 너를 만지려고 하는 거야."

비류는 고개를 갸웃하더니 갑자기 소리쳤다.

"안 그랬어!"

방 안에 있는 사람들 중 그의 말뜻을 알아들은 사람은 매장소밖에 없었다. 그는 웃으며 설명했다.

"작년에 린신 형이 동전을 먹었을 때는 그러지 않았구나?"

"응!"

"린신 형이 잘못한 거야. 다음에 만나면 비류가 가서 만져줘!"

매장소가 진지하게 제안했지만, 린신을 아는 사람들은 배꼽을 잡고 데굴데굴 굴렀다.

비류는 가만히 생각해보다가, 저도 모르게 오싹 한기가 들어 고개를 마구 저었다.

"싫어!"

"어서 교자나 먹어. 다 식겠다!"

길 아주머니는 옆에 있는 젊은이들을 쥐어박아 다시 탁자로 돌려보내고, 매장소의 쟁반에도 뜨거운 교자로 바꿔주며 권했다.

"종주, 좀 더 드세요."

"많이 먹었소."

"길 아주머니, 인삼죽을 가져오시오. 매 공자는 죽을 먹고 자야 하오. 설이라고 해도 너무 늦게까지 버티면 안 되오."

안 의원이 만류했다.

매장소도 확실히 피곤해서 미소를 지으며 그러겠다고 했다. 그는 뜨거운 인삼죽 한 그릇을 천천히 비운 후, 방으로 돌아가 씻고 잠들었다. 그때는 이미 한밤중이 훌쩍 지난 후였지만, 경성의 소란스러움은 여전했다. 하지만 떠들썩한 분위기 때문에, 하늘에서 또다시 눈송이가 드문드문 떨어지기 시작했다는 것을 아무도 알아채지 못했다.

이정제동(以靜制動)

25

새해 초하루의 아침은 여전히 즐거운 분위기였다. 잠이 깬 매장소는 손수 연보라색 새 옷을 골라 비류에게 입히고, 연노랑 머리끈과 흰 여우털 목도리, 황강옥을 박은 허리띠로 소년을 예쁘게 치장했다.

"비류야, 새해인사하러 갈까?"

"좋아!"

밖에서 려강이 들어왔다.

"종주, 가마가 준비되었습니다. 바로 출발할까요?"

매장소가 그를 쳐다보았다.

"자네는 오늘 여기 남게. 따라올 것 없네."

순간 려강은 어리둥절했다.

"중요한 일이 있어서 남으라는 걸세. 나는 밖에 나가는 것을 좋아하지 않으니, 사람들은 내가 집에 있다 생각하고 인사를 하러 찾아오겠지. 다른 사람은 몰라도 예왕 같은 사람은 자네가 상대해 줘야 안심일세. 부탁하네."

"알겠습니다."

려강이 허리를 숙였다.

"예왕 몰래 외출하시다니, 무슨 이유라도 있으십니까? 제게 말씀해주시면 미리 준비해놓겠습니다."

"아무 이유도 없네."

매장소는 담담하게 말했다.

"오늘 같은 날에는 그를 만나고 싶지 않아서라네. 매일 독약을 먹으면서 어떻게 견디란 말인가? 새해도 되었으니 기분전환이나 하려는 것뿐일세."

"아, 예……."

려강의 눈빛이 어두워졌다.

"알겠습니다. 제가 알아서 할 테니 안심하십시오."

매장소는 그의 튼실한 어깨를 두드리고 돌아섰다. 입가에 가벼운 미소가 떠올랐다.

"가자, 비류."

"응!"

새해 초하루 오전 거리에는 곳곳에 타버린 폭죽과 색종이 조각이 떨어져 있었다. 행인이 적지 않았지만 노점상은 거의 없었다. 거리 양쪽의 상점들은 거의 문을 닫았고, 열린 곳은 초를 파는 두어 곳뿐이었다. 매장소가 탄 것은 두 사람이 메는 검은 천을 두른 작은 가마여서 사람들 틈바구니에서 별로 눈에 띄지 않았다. 가마는 흔들흔들 거리를 지나 성을 반쯤 통과한 후 어느 저택 앞에 이르렀다.

운남에 있는 왕부에 비해 경성의 목왕부는 규모가 조금 작았지만, 선제 때 칙명으로 건립되었기 때문에 제법 기백이 있었다. 대문 앞을 지키고 선 사람들은 철기군 군복을 입은 관병들이었다. 모두 허리를 단단히 졸라매고 목석처럼 꼿꼿하게 서서 한눈 한 번 팔지 않아 매우 씩씩해 보였다. 매장소가 명함을 건네자 소박한 차림새라고 냉대를 받지는 않았지만, 아무래도 새해 첫날 밀물처럼 밀려드는 고관귀족들 중에서는 그리 눈에 띄지 않았다. 그의 명함은 수북이 쌓인 다른 명함 속에 섞여 목 소왕야의 손 옆에 놓였다. 목청은 명함을 열어보고 한 명씩 한 명씩 불러들여 차를 마시고 몇 마디 나눈 후 내보냈다. 이렇게 한 시간 정도가 지나서야 마침내 '소철'이라고 쓰여 있는 명함 차례가 되었다.

처음 그 이름을 봤을 때 목청은 고개를 갸웃거렸다. 한참 동안 이리저리 뒤집어보며 살핀 끝에야 마침내, 다른 설명 한 줄 없이 '소철'이라는 두 글자만 써서 내밀 사람이라면, 천하를 통틀어 오로지 그 한 사람밖에 없다는 것을 떠올렸다.

"소왕야?"

곁에 선 집사는 주인의 표정이 변화무쌍하게 바뀌는 것을 불안한 눈으로 쳐다보았다.

"안 만나실 겁니까?"

목청은 바보처럼 고개를 들어 그를 바라보더니 입술을 우물우물했다. 그러다가 갑자기 벌떡 일어나 미친 듯이 누님을 부르며 후원으로 달려갔다.

잠시 후, 목왕부의 선마 위정암이 나와 다른 손님들을 곁채의 대청으로 안내해 접대했다. 그 후 예황 군주와 목청이 함께 문밖으로 나와 가마에서 기다리다 지쳐 거의 잠들 뻔한 매장소를 맞이

했다.

"소 선생, 정말 미안하오. 설마 소 선생이 오신 줄은……."

예황은 부끄러워하며 해명했지만, 매장소는 빙그레 웃으며 저지했다.

"조금 기다린 것뿐인데 뭐 어떻습니까? 어쨌든 전 오늘 한가합니다."

매장소는 그녀를 위로하며 나란히 자그마한 화청(花廳, 화원 근처에 있는 응접실—옮긴이)으로 들어가 손님 자리에 앉았다. 목청이 소철의 뒤에 선 비류를 보고는 황급히 사람을 시켜 의자를 하나 가져오게 했다. 하지만 비류는 앉고 싶지 않아서 잠시 서 있다가 곧 어디론가 사라졌다.

"처음 보는 이곳이 신기해서 구경을 간 겁니다."

매장소는 의아해서 좌우를 살피는 목청에게 설명한 후 물었다.

"문제가 될까요?"

"아니요, 아니요. 마음대로 구경해도 돼요."

비류와 나이가 비슷한 목청은 이 그림자 같은 호위무사에게 항상 흥미를 갖고 있었다.

"경공이 진짜 대단하네요. 어떻게 나갔는지도 못 봤어요."

"이제 와서 부럽니? 연공하라고 할 때는 들은 척도 않고 게으름만 피우더니."

예황이 얼굴을 굳히며 훈계했다.

"에이, 누님."

목청이 아양을 떨었다.

"제가 언제 게으름을 피웠어요? 그저 배움이 조금 느린 것뿐이라고요."

"부지런하면 재능이 부족해도 보충할 수 있다고 했어. 자질이 나쁜 것을 알면 다른 사람보다 더 열심히 해야지."

목청은 울상이 되었다.

"누님, 새해 아침이고 손님도 있잖아요. 제발 그만 좀 혼내요."

매장소는 꼬마 예황이 어엿한 어른이 되어 어린 동생을 가르치는 것을 보자, 씁쓸하면서도 우스워서 끼어들었다.

"이제 남쪽 정세가 안정되었으니 목 왕야께서 전쟁터에 나가 적과 싸울 일은 없을 겁니다. 무예가 조금 부족한 것은 괜찮습니다. 하지만 병법과 전략, 변경을 다스리는 방법은 부지런히 익히셔야 합니다."

"들었지? 소 선생의 좋은 말씀 꼭 기억해둬. 늘 이렇게 어린아이처럼 구니 내가 어떻게 마음 놓고 네게 운남을 맡기겠니?"

"너무 걱정 마십시오, 군주."

매장소가 다시 권했다.

"목 왕야께서는 경험이 조금 부족할 뿐이지 장군 가문의 풍모를 갖췄습니다. 평화로운 지금 변경의 업무를 차차 넘기시면 나중에 반드시 일대의 영명한 왕이 되실 겁니다."

"누님은 지금도 여러 가지 일을 저한테 넘겼다고요. 오늘 손님 맞는 일도 다 제게 맡겨서 결국 소 선생을 기다리게 했잖아요!"

목청이 히죽거리며 예황을 돌아보았다.

"후원에서 한동안 끙끙대더니 다 만들었어요?"

"뭘 말입니까?"

호기심이 동한 매장소가 저도 모르게 물었다.

"누님이 직접 탕수 떡을 만들겠대요. 같이 먹자나요?"

목청이 재빨리 말했다.

"예전에는 주방에 얼씬도 하지 않았는데, 요 몇 년 제가 다 자란 걸 봐서 그런지, 요리를 배우기 시작했거든요."

매장소는 빙그레 웃었다. 위세 당당한 남경의 여원수가 왜 갑자기 손을 씻고 요리를 하기 시작했는지, 그는 확실히 알 수 있었다. 그 순간 두 사람 다 미묘하게 민망해지기는 했지만, 그런 그녀의 모습에 마음이 놓이는 것은 진심이었다.

목청이 누님 자랑을 더 늘어놓으려는데, 갑자기 위정암이 허겁지겁 들어왔다. 안색이 무척 어두웠기 때문에 목청도 절로 놀라 물었다.

"위정암, 왜 그래?"

"군주, 소왕야."

위정암이 두 손을 모아 예를 갖춘 후 가라앉은 목소리로 말했다.

"방금 알았는데, 어젯밤 황궁 근처에서 일이 생겼다고 합니다."

"어젯밤? 어젯밤은 섣달그믐인데, 무슨 일?"

목청이 벌떡 일어나며 물었다.

"폐하께서는 어젯밤 관례에 따라 중신들의 저택 열두 곳으로 황궁 요리를 보내셨습니다. 소왕야께서도 아시지요?"

"알지. 우리는 비둘기 알 요리를 받았잖아. 폐하도 참, 좀 더 좋은 걸 주시지 않고."

"청아!"

예황이 꾸짖었다.

"넌 어쩜 이리도 점잖지 못하니? 위 선마의 말부터 들어."

목청은 목을 움츠리고 감히 더는 입을 열지 못했다.

"설음식은 태감 다섯 명이 한 조가 되어 가지고 나갔습니다."

위정암이 말을 이었다.

"어젯밤에 열두 개 조를 보냈는데, 오늘 날이 밝고 보니 열한 개 조만 돌아왔다는군요. 금군과 순방영이 그 소식을 듣고 출동했는데, 황궁 옆에서 다섯 구의 시체를 찾아냈다고 합니다."

"시체? 피살당한 건가?"

예황이 고운 눈썹을 찌푸렸다.

"예, 살인 방식은 무척 깔끔했습니다. 검으로 단번에 목을 꿰뚫어, 죽은 사람의 표정이 차분하고 옷도 깨끗해서 반항한 흔적이 전혀 없다고 합니다. 마치 갑자기 생명이 빠져나간 사람처럼 말입니다."

"그런 솜씨라면 강호의 고수 짓이 분명하군."

예황은 곰곰이 생각한 후 다시 물었다.

"달리 추적할 만한 정보는 없나? 설마 현장에 아무 단서도 없는 건 아니겠지?"

그녀의 이 질문이 떨어지자마자, 매장소가 엄숙한 표정으로 잠시 멈추라는 손짓을 했다.

"소 선생……."

"홍수 문제는 잠시 후 다시 이야기해도 늦지 않습니다."

매장소가 위정암의 얼굴을 똑바로 쳐다보았다.

"우선 몽 통령이 어떻게 하고 있는지 말해주십시오."

위정암은 이 소철이라는 자가 자기가 다급히 보고하러 온 가장 중요한 이유를 딱 잡아내자 저도 모르게 감탄한 표정을 지었다.

"몽 통령의 상황은 좋지 않습니다. 제야에 천자가 계신 황궁 근처에서 황제의 어명을 받은 태감을 죽인 것은 근엄한 황권에 대한 도전입니다. 폐하께서도 소식을 듣자 몹시 진노하셨지요. 이 사건의 발생지는 황궁에서 멀지 않은 해자 기슭이었으니 금군의 경호 범위에 들어갑니다. 때문에 몽 통령께서 이 사건의 책임을 지셔야 했지요. 폐하께서는 몽 통령이 직무에 태만하고 호위에 힘쓰지 않아 새해 첫날 이렇게 불길한 살인 사건이 벌어지게 했다고 꾸짖으시며, 그 자리에서 곤장 스무 대를……."

"곤장?"

매장소의 눈썹이 움찔했다.

"역시 인정사정없군. 그리고 어떻게 됐습니까?"

"그리고 몽 통령에게 한 달 안에 이 사건을 해결하여 흉수를 잡아들이라 하셨습니다. 안 그러면 중벌을 내리시겠답니다."

"폐하께서는 무슨 생각이시람?"

목청이 참다못해 튀어나왔다.

"몽 통령이 얼마나 충직한 분인데. 몇 년 동안 황성을 호위하는 데 큰 공을 세웠는데 설령 이 사건에 책임이 있다 해도 몽 통령에게 화풀이하실 것까진 없잖아. 무슨 그런 멍청한……."

"청아!"

예황이 매섭게 꾸짖었다.

"함부로 군주를 평하다니, 대체 생각이나 하고 말하는 거니?"

"여긴 다 우리 편이잖아요."

목청이 작은 소리로 우물우물하더니 다시 쑥 들어갔다.

예황은 곰곰이 생각하다가 매장소를 돌아보았다. 그러나 묵묵히 앉아 이마를 만지작거리며 깊이 생각에 잠긴 그를 보자, 방해할 수가 없어 다시 몸을 돌려 낮은 소리로 분부했다.

"위 선마, 계속 소식을 알아보고 무슨 일이 있으면 바로 보고하라."

"예."

"장군들은 물러가게 하라. 소문은 곧 퍼져나가겠지만 어디서건 목왕부 사람들이 이 일에 관해 이러쿵저러쿵 입방아 찧는 것은 절대 안 된다. 그러니 부하들을 잘 단속하도록."

"명대로 하겠습니다!"

"청아, 너는 당장 방으로 돌아가서 네 시간 동안 벽 보고 반성해. 그 조급한 성미는 대체 몇 번이나 말해야 고치겠니?"

"누님……."

"어서!"

"네."

눈 깜짝할 사이에 화청 안에 있던 사람들이 썰물 빠지듯 깨끗이 사라졌다. 예황은 그제야 천천히 매장소의 곁으로 걸어가 그의 앞에 웅크리고 앉아 조용히 물었다.

"임수 오라버니, 몽 통령과 사이가 무척 가까운 걸로 알아요."

매장소는 살며시 눈을 들며 고개를 끄덕였다.

"그래."

"제가 입궁해서 용서해달라고 빌어볼까요?"

매장소는 가만히 한숨을 쉬고 고개를 저었다.

"당장은 아니야. 지금 내가 고민하는 것은 형님이 처한 상황이 아니라, 앞으로 이 사건의 전개에 대해서야."

"앞으로?"

"천자의 뜻은 예측하기 어렵다지만, 폐하도 바보는 아니야. 이 사건 하나만으로 금군을 다스리고 황궁을 호위하는 형님의 능력을 모른 척하진 않겠지. 꾸짖거나 곤장형을 내린 것은 홧김에 화풀이를 한 것일 뿐이니 큰 상관없어. 형님도 받아들일 거야. 하지만 곤장이 끝이 아니야. 한 달 안에 사건을 해결하지 못하면 더 심한 일이 벌어질 거야. 만약 앞으로 유사한 사건이 계속 벌어지면 형님에 대한 황제의 평가는 점점 낮아질 거고, 그것이야말로 가장 위험한 상황이지."

"유사한 사건이요?"

예황은 약간 놀랐다.

"또 이런 일이 생긴다는……."

"그냥 내 느낌이야."

매장소는 예황을 부축해 일으켜 옆에 앉힌 다음 설명했다.

"생각해봐. 사람을 죽일 때는 동기가 있어야 해. 왜 하필 그 태감들을 골라 죽였을까? 치정에 의한 살인은 절대 아니야! 그럼 원한 때문에? 황궁에 있는 평범한 태감이 원한이 있어봤자 얼마나 있다고 섣달그믐 밤에 황궁 밖에서 그들을 죽였을까? 강도? 그들에게는 귀중한 물품이나 돈도 없었고, 옷은 건드리지 않았다고 했어. 물론 이런 흔한 동기 말고도 강호에는 또 하나의 살인 동기가 있어. 바로 명분 때문에 고수들이 싸울 때지. 그렇지만 태감들은 이름이 알려지지도 않았고, 설사 무예를 좀 익혔어도 고수는 아닐 거야. 그렇기 때문에 그들을 죽인 원인은 그들 자체와는 무관하고 그 신분 때문일 가능성이 높아."

예황은 고개를 끄덕였다.

"흉수가 죽이려던 것은 황제가 보낸 태감이고, 그들이 누구인지는 상관없다는 말이군요?"

"그럴 거야."

매장소는 이야기를 하면서 생각을 가다듬었다.

"하지만 왜 어명을 받은 태감을 죽여야 했을까? 황제를 화나게 해서 위세를 보이려고? 금군의 방어력을 시험해보고 더 심한 일을 꾸미기 위해서? 어쩌면 처음부터 몽 통령을 노린 것인지도 몰라. 그를 향한 황제의 믿음을 흔들어놓기 위해서. 어떤 목적 때문이든, 그 다섯 명의 태감을 죽인 것으로 끝나지는 않겠지."

"하지만 지금의 정보만으로는 흉수의 목적이 대체 무엇인지 알 수 없어요!"

"예황, 명심해. 적의 화살이 무엇을 겨누고 있는지 모를 때는 반드시 자신의 가장 약한 부분부터 보호해야 해. 일격에 죽지만 않으면 다른 것은 차차 해결하고 바로잡을 수 있어."

매장소는 빙그레 웃었다.

"이 사건에서 우리는 우선 형님을 보호해야 해. 더 많은 정보를 얻으면 그때 적을 상대할 대책을 생각해야겠지. 어쨌든 형님이 금군을 장악하고 있는 한, 황궁 안에서 큰 사건이 벌어지지는 않을 거야."

예황은 잠시 생각하다가 눈을 환하게 빛냈다.

"알았어요. 우선은 그들의 목표를 몽 통령이라고 생각하자는 거군요. 그러면 앞으로 어떻게 해야 할지 알 수 있으니까."

"맞아."

매장소는 찬탄하는 표정으로 웃었다.

"지금 상황으로 보아, 태감들을 죽인 일이 황궁의 안전에는 아무 영향을 주지 못했어. 그러니 그들의 목적이 금군에 대한 황제의 믿음을 깎아내리는 것이라고 볼 수 있지. 금군을 약화시키려는 것은 물론 황궁을 통제하기 위해서일 것이고, 좀 더 나아가서 황궁을 통제하려는 사람은 당연히 권력의 중심에 가까이 있는 사람이겠지."

"태자와 예왕……."

예황이 중얼거렸다.

"맞아, 둘 중 하나야. 하지만 예왕에게는 군대에 믿을 만한 사람이 없어. 설령 몽 통령을 끌어내려도 믿을 만한 후임자를 찾지 못할 거야. 하지만 태자는……."

매장소는 예황을 뚫어져라 쳐다보았다.

"그에게는 그럴 만한 인물이 있지."

"녕국후 사옥!"

예황은 알았다는 표정으로 두 손을 마주쳤다.

"사옥은 일품의 군후이고 폐하의 총애를 듬뿍 받고 있어요. 더욱이 순방영의 힘도 얕볼 수 없고, 마음대로 움직일 부대도 얼마정도 있어요. 금군이 압박을 받거나 몽 통령이 면직되면 사옥은 순조롭게……."

"그렇게 추측하는 것이 설득력 있어. 하지만 폐하도 바보는 아니야. 그리고 몽 통령을 몹시 신임하고 있으니 아무리 화가 나도 면직까지 시키진 않겠지."

매장소는 두 눈썹을 치켜세웠다.

"내 느낌으로는, 이 사건이 사옥의 짓이 확실하다면 분명히 다음 수가 따를 거야."

"방금 말한 것처럼, 새로운 사건을 계속 일으켜 폐하께서 점차 금군의 방어력을 믿지 못하게 한다든지 하는 건가요?"

"오늘부터 몽 통령이 신경을 많이 쓸 테니 사람을 죽이긴 쉽지 않을 거야."

"하지만 황궁이 넓어 소홀한 곳도 생기게 마련이잖아요. 사옥 같은 사람이 악의를 품으면 방어하기 어려울 거예요."

"네 말도 일리가 있구나."

매장소는 두 눈을 감고 의자 등받이에 머리를 기대며 천천히 중얼거렸다.

"내가 사옥이라면 살인이라는 간단한 방법만 쓰진 않을 거야. 폐하가 몽지를 더 이상 믿지 않게 하려면 반드시 폐하의 약점을 찔러야 해."

이렇게 말하던 매장소가 별안간 눈을 번쩍 뜨며 의자에서 벌떡 일어났다. 흑수정 같은 눈동자가 빛을 발했다.

"임수 오라버니?"

"폐하의 약점은 바로 의심이 많은 거야!"

매장소는 숨을 깊이 들이쉰 후 빠르게 말했다.

"몽지를 믿는 이유는 몽지가 충성스럽고 황위를 노리는 두 황자와 사사로이 교류하지 않기 때문이야. 그런데 이렇게 중요한 순간에 사옥이 무슨 술수를 부려 예왕이 폐하 앞에서 몽지를 용서해 달라는 말을 하게 만들면 사태가 악화될 거야."

"예왕이 그렇게 호락호락 넘어갈까요?"

"지금 예왕에게는 무기가 절실해. 경국공이 쓰러진 후 그에게는 군의 병력이 전혀 없어. 설령 요즘 정왕과 사이가 좋은 것처럼 보인다 해도, 그건 상징적인 지지일 뿐이야. 이런 때 금군통령이 편을 들어주면 자다가도 벌떡 일어나겠지."

매장소의 눈썹이 갈수록 찡그러졌다.

"그를 끌어들이는 것은 전혀 어렵지 않아. 몽 통령이 고작 황궁 해자 안에서 벌어진 살인 사건 때문에 곤장을 맞았고, 태자가 몽 통령의 억울함을 호소하고 용서를 빌기 위해 달려갔다는 소문만 흘리면 돼. 생각해봐. 예왕이 그런 좋은 기회를 태자에게 양보할 사람이야? 당장이라도 황궁으로 달려가 폐하 앞에서 몽지를 비호하겠지. 설사 몽 통령을 얻지 못하더라도 최소한 태자 편이 되는 것만은 막을 수 있어."

듣고 있던 예황의 안색도 차츰 하얘졌다.

"본래도 의심 많은 폐하께서 분노에 잠기기까지 했으니, 예왕이 몽 통령을 애써 두둔하는 것을 보면 분명 두 사람이 각별한 사이라고 의심할 거야. 황궁을 호위하는 금군통령이 황위에 오를 가능성이 있는 친왕과 관계를 맺는다는 것은 폐하께서 결코 용납하지 못할 일이지."

매장소가 말했다.

"아주 지독한 수법이야. 황제의 마음을 무기로 삼았으니까."

매장소는 이를 악물었다.

"사옥이 이런 수를 두다니…… 예황, 정세를 잘 지켜봐. 나는 당장 예왕부에 다녀와야겠어."

"알았어요."

예황은 매장소의 말솜씨를 잘 알았다. 아무도 모르게 예왕이 함정에 빠지지 않도록 만드는 것은 별로 어려운 일이 아니었다. 그래서 캐묻지 않고 일어나 그를 따라 중문으로 나갔다. 그가 서둘러 가마에 오르는 것을 지켜본 다음, 그녀는 곧장 작은 서재로 돌아와 위정암을 불러 이제부터 무엇을 지켜볼 것인지 자세히 논의했다.

그러나 예황과 매장소는 몰랐다. 그들이 제법 빨리 소식을 들었고 상황 분석과 행동 전략도 무척 정확했지만, 결국 한발 늦었다는 사실을. 매장소가 도착하기 바로 직전, 예왕은 이미 예왕부를 떠나 황궁에 들어가고 있었다.

매장소의 계획은, 우선 몽지의 일에 끼어들지 않도록 예왕을 말린 다음, 현경사로 하동을 찾아가 황제가 이 사건을 장경사에 맡겼는지 확인하는 것이었다. 하지만 한발 늦는 바람에 예왕은 반쯤 함정에 빠져 섶을 지고 불속으로 뛰어들기 위해 황궁으로 들어가고 있었다. 지금은 무엇을 하든, 예왕의 뜻에 따라 몽지를 구하기 위해 움직이는 것으로 보일 것이다. 그러니 일단은 여기서 멈추고 일이 흘러가는 것을 지켜보는 게 상책이었다.

저택으로 돌아가는 길에, 가마에 앉은 매장소는 눈을 감고 다시 이 사건에 대해 곰곰이 생각했다.

예왕이 입궁하여 몽지를 비호하면, 황제는 필시 금위군 통령에게 의심을 품게 될 것이다. 현 상황에서는 그 의심이 당장 행동으로 드러나진 않겠지만, 최소한 황제는 더 이상 마음 놓고 몽지 한 사람에게만 태감 살인 사건을 맡겨두지 않을 것이다. 장경사를 보내 동시에 조사하게 할 것이 분명했다. 장경사가 언젠간 이 일에

개입하리라는 것을 사옥도 알고 있었다. 그런데도 이런 수를 두었다면, 현장에 아무런 증거도 없다는 것을 몹시 자신하는 모양이었다. 그는 일품 군후이자 황제의 총신이었다. 하동이 아무리 그를 의심한다 해도, 아무 증거도 없이 황제에게 보고할 수는 없었다. 하물며 지금은 황위 다툼이 벌어지는 미묘한 시기였다. 증거 없는 고발은 상대가 '모함'이라고 주장할 핑계를 마련해주어, 목적을 이루기는커녕 도리어 정반대의 결과를 초래할 것이다.

그래서 지금 가장 중요한 것은 증거를 찾는 일이었다. 하지만 그것은 실로 어려운 일이었다. 살인 솜씨는 깔끔해서, 추측을 할 만한 아무런 실마리도 없었다. 그러니 당연히 물증이 될 수 없다. 그리고 사건이 발생한 날은 섣달그믐이었기 때문에 황궁 담장 옆에 난 큰길을 지나던 사람은 거의 없었다. 그래서 목격자를 찾기도 어려웠다. 사옥이 배후의 흉수라고 가정하고 탁정풍을 자세히 조사하는 것 외에, 이 사건은 그야말로 오리무중이었다.

매장소는 숨을 깊이 들이쉬었다. 가슴이 답답했다. 그때 가마가 저택 안채로 들어섰다.

"왜 이리 일찍 돌아오셨습니까? 예왕은 아직 오지도……."

려강이 다가와 부축하며 물었다.

"알고 있네. 오늘은 오지 않을 걸세."

매장소는 바삐 방으로 들어가며 바람막이를 벗었다. 내내 비어 있었는데도 계속 화로를 피워놓았던 방은 따뜻한 온기로 주인을 맞이할 준비를 하고 있었다. 매장소가 푹신한 의자에 앉기 무섭게 려강이 뜨거운 수건과 갓 끓인 인삼탕을 가져오게 했다.

"동로는 다녀갔나?"

"예, 종주를 기다리겠다고 했으나, 이렇게 빨리 오실 줄 모르고 보냈습니다. 다시 불러올까요?"

"됐네. 천기당(天機堂)에 연락해서, 탁정풍이 최근 어떤 고수들과 만났는지, 그 고수들 중 누가 경성에 와 있는지 가능한 한 빨리 조사하라고 하게. 그리고 십삼 선생에게도, 어느 문파든 간에 경성에 남아 있는 검술 고수들의 움직임을 엄밀히 살펴보라고 전하게. 그리고 녕국후부 주변에 감시자를 더 많이 배치해서 탁정풍과 그 큰아들 탁청요의 모든 행동을 즉시 나에게 보고해야 하네, 알겠나?"

"알겠습니다."

기억력 좋은 려강은 매장소의 명령을 유창하게 복창한 다음 즉시 명을 전하러 나갔다.

매장소는 의자 등받이에 기대며 차 탁자에 놓인 명함들을 뒤적였다. 대부분 예왕파 중 교류가 많지 않은 귀족이나 관리들이 예의상 사람을 보낸 것이었다. 아마 려강도 보고할 필요가 없다고 생각해, 매장소가 시간 나면 훑어볼 수 있도록 놓아둔 모양이었다.

비류가 소리 없이 방으로 들어왔다. 어깨에 눈처럼 하얀 소식전달용 비둘기가 앉아 있었고, 준수한 얼굴은 팽팽히 긴장해 있었다. 매장소 앞으로 온 그는 흰 비둘기를 건네고 융단 위에 앉아 매장소의 무릎에 얼굴을 묻었다.

매장소는 웃으며 그의 머리를 쓰다듬어준 후, 비둘기 다리에 묶인 통에서 돌돌 말린 종이를 꺼내 펼쳤다. 순간 눈동자에서 빛이 번쩍였다. 하지만 그것도 잠시, 곧 깊고 차분한 눈빛으로 돌아가 종이를 화로에 던져 태웠다.

자그마한 비둘기가 치솟는 불길에 놀라 고개를 갸웃하며 구구 소리를 내며 울었다. 매장소는 손가락 끝으로 비둘기의 작은 머리를 두드리며 나지막이 말했다.

"울지 마라. 비류는 너희만 보면 기분이 안 좋단다. 계속 울면 네 털을 뽑아버릴 거야."

"아니야!"

비류가 고개를 발딱 들며 항의했다.

"하지만 사실은 뽑고 싶잖니? 겁이 나서 못할 뿐이지."

매장소가 그의 뺨을 꼬집으며 말했다.

"지난번에 어두운 방에 갇힌 것도 린신 형이 보낸 비둘기를 숨겼기 때문이잖니?"

"안 그래!"

화가 난 비류의 볼이 뿌루퉁해졌다.

"그래, 이제는 안 그러지."

매장소가 웃으며 칭찬했다.

"오늘은 참 착하구나. 싫으면서도 지난번처럼 숨기지 않고 내게 데려왔으니까."

"착해?"

"그럼, 착하지. 종이 좀 가져다주련? 그리고 먹을 묻힌 가장 작은 붓도 가져오고, 알겠니?"

"응!"

비류는 벌떡 일어나 재빨리 종이와 붓을 가져왔다. 매장소는 단번에 종이 한쪽 구석에 조그마한 글씨를 써내려간 다음, 잘라내어 둘둘 말아 비둘기 다리의 통 속에 넣었다. 그런 다음 다시 비류에게 비둘기를 건넸다.

"날려 보내주겠니?"

비류는 실쭉한 얼굴로 느릿느릿 움직였다. 하지만 빙그레 웃는 매장소를 보더니 결국 착한 아이처럼 비둘기를 정원으로 데려가 공중으로 확 날렸다. 비둘기가 날갯짓하며 몇 바퀴 돌다가 멀리 날아갔다. 새하얀 비둘기의 모습이 점점 멀어지다가 까만 점이 될 때까지 비류는 고개를 들고 내내 그쪽을 바라보았다.

"비류, 하늘에서 선녀라도 떨어질까봐 그러냐?"

려강이 금박이 찍힌 명함을 들고 들어오다가 그 모습을 보고 쿡쿡 웃으며 말을 걸었다.

"아니!"

비류가 짜증을 냈다.

"알았다, 알았어. 실컷 기다려라."

"아니라니까!"

이번엔 버럭 화를 냈다.

려강은 웃으면서 비류의 공격을 피했지만, 방문으로 들어서는 순간에는 공손한 표정이 되었다.

"종주, 언 공자께서 찾아오셨습니다."

매장소는 그 명함을 빤히 보다가 실소를 터뜨렸다.

"늘 낄낄대며 쳐들어오더니 언제부터 이렇게 예의를 차리게 됐지? 아무래도 내게 할 이야기가 있는 모양이군. 들여보내게."

"예."

려강이 물러나고 얼마 안 있어 언예진이 바삐 들어왔다. 새로 지은 자줏빛 털 장포를 걸쳤는데, 여전히 멋들어지고 풍채가 늠름

해서 자세히 보지 않으면 표정이 다소 이상하다는 것을 발견하기 어려웠다.

"왔나? 어서 앉게."

매장소의 시선이 다소 붉어진 국구 공자의 눈을 슬쩍 훑었다. 그는 려강에게 사람을 불러 차를 가져오게 하라고 명했다.

"고맙습니다, 소 형."

언예진은 살짝 몸을 숙여 차를 받았다. 려강과 하인들이 모두 물러가자, 그는 바로 찻잔을 내려놓고 일어나 매장소에게 깊이 읍했다.

"아니, 왜 이러나?"

매장소가 웃으며 그를 만류했다.

"자네와 나는 친구잖나. 친구 사이에 이런 인사는 없네."

"소 형, 제가 새해인사로 이러는 게 아니라는 걸 알잖아요."

언예진은 정색을 하고 말했다.

"우리 언씨 일족을 구해주신 일로 감사인사를 하는 거예요."

매장소는 그의 어깨를 두드리며 자리에 앉히고 천천히 말했다.

"언후께서 벌써……."

"어젯밤 아버지께서 모두 말씀해주셨어요."

언예진은 고개를 숙였다. 얼굴이 약간 파리했다.

"아버지께서 늘 저를 등한시하셨다고는 해도, 아들로서 아버지께 그런 고초가 있는 줄 짐작조차 못했으니 효를 다했다고 할 수도 없지요."

"자네와 언후가 솔직히 털어놓고 서로를 이해하게 되었으니 정말 축하하네."

매장소는 부드럽게 웃었다.

"내가 영존을 고발하지 않은 일은 마음에 두지 말게. 요즘 조정에 변화가 많고 뒤숭숭해서, 영존의 행동으로 또 다른 변수가 생겨 제어할 수 없는 상황이 벌어지는 게 싫어서였을 뿐이니까."

언예진은 그를 뚫어져라 쳐다보았다. 눈빛이 차분했다.

"소 형이 왜 그런 결정을 내렸는진 캐묻고 싶지 않아요. 하지만 그 속에 정이 있다고 믿어요. 솔직히 말해 아버지는 지금까지도 그런 일을 꾸몄다는 걸 후회하시지 않지만, 그래도 그 일을 막아준 소 형에게 감사하고 계세요. 어떻게 보면 모순이지만, 사람의 감정이라는 게 본래 그렇게 복잡한 거잖아요. 단순히 옳고 그름, 검고 흰 것으로 딱 잘라 나눌 순 없는 거예요. 어쨌든 우리 집안은 계속 평화를 유지할 수 있게 되었고, 저는 소 형의 마음을 기억하는 것으로 충분해요. 더 깊은 속사정이야 저와 무슨 상관이겠어요?"

매장소는 한동안 그를 바라보다가 갑자기 실소를 터뜨렸다.

"역시 자네는 생각보다 훨씬 총명하군. 겉보기에는 가벼워도, 가족과 친구에게는 든든히 기댈 수 있는 사람이야."

"과찬이에요."

언예진은 고개를 들고 낄낄 웃었다.

"앞으로 우리 운명이 어떻게 될지, 어떤 일을 겪게 될진 아무도 예측할 수 없어요. 확신할 수 있는 것은 오로지 이 마음뿐이에요."

"술 한잔 해야 할 정도로 좋은 말이군."

매장소는 고개를 끄덕였다. 눈동자에 웃음기가 비쳤다.

"아쉽게도 약을 먹고 있어서 자네와 함께해줄 수가 없네."

"제가 소 형 대신 마시죠, 뭐."

언예진은 시원시원하게 말한 후, 밖으로 나가 려강에게 술 한 병과 잔 두 개를 가져오게 했다. 그리고 양손에 잔 하나씩을 들고 가볍게 부딪친 후 꿀꺽꿀꺽 마셨다.

"자네와 경예는 사이는 무척 좋지만 성격은 완전히 다르군."

매장소는 감탄하지 않을 수 없었다.

"하지만 경예도 고생이 많네. 지금쯤 집에서 네 분의 부모님과 함께 있겠지?"

"매년 초하루엔 늘 집에만 틀어박혀 있어요. 부모님께 효도해야 하잖아요."

언예진이 웃으며 말했다.

"제가 놀자고 찾아가도 다음 날까지 기다려야 한다니까요."

매장소는 그런 그를 흘끗 보며 별 뜻 없는 것처럼 말을 꺼냈다.

"그럼 내일 자네가 경예를 좀 데려오게. 집 안이 썰렁한데 내겐 친구가 많지 않아."

"당연하죠. 사필도 따라올 거예요."

매장소는 빙그레 웃으며 더는 그 이야기를 하지 않고 다른 화제를 꺼냈다. 얼마 떠들지도 않았는데 안 의원이 가득 채운 약그릇을 들고 들어왔다. 언예진은 매장소의 휴식을 방해하기 싫었고, 또 화제도 다했기 때문에 일어나 작별인사를 했다.

약을 다 마시고 나자, 매장소는 푹신한 침대에 누워 네 시간 정도 잠들었다. 깨어난 후에는 별로 중요하지 않은 손님 몇 명을 접대한 다음, 계속 책을 읽었다.

밤이 되어 등이 켜지자, 비류는 또 정원에서 폭죽을 터뜨렸다. 매장소는 복도에 앉아 웃음 띤 얼굴로 그 모습을 바라보다가 손을 흔들어 그를 불렀다.

"할래?"

"아니, 괜찮다."

매장소는 웃으며 그의 귓가에 속삭였다.

"비류, 우리 몰래 몽 아저씨 집에 다녀올까?"

—

26

—

금군통령으로서 몽지는 종종 황궁에서 숙직을 했다. 당번이 아닐 때는 대개 통령실에서 일했고, 이틀 이상 휴일일 경우에만 자택으로 갔다.

눈부신 명성을 지니고, 발만 굴러도 경성을 우르르 뒤흔들 인물을 주인으로 두고 있음에도, 몽지의 저택은 무척 소박해 보였다. 하인과 하녀는 열에서 스무 명밖에 되지 않았고, 경계도 삼엄하지 않았다. 하지만 몽지 본인이 대량의 제일 고수인데다 강호인이 아니기에, 그를 찾아와 귀찮게 구는 사람은 아예 없었다. 덕분에 그의 집은 늘 평화로웠고 아무런 소란도 없었다.

몽지의 아내는 어릴 때 부모들이 짝지어준 사람이었다. 가난한 집 출신이지만 몹시 어질고 현명했다. 몽지가 군에 들어가 고향을 떠났을 때 그녀가 시부모 봉양을 도맡았다. 한 번 유산한 후 다시는 아이를 가질 수 없었으나, 몽지는 첩을 들이지 않고 친척 조카를 입양하여 대를 잇게 했다. 이들 부부는 서로 존경하고 사랑했으며 늘 사이가 좋았다.

몽지가 벌을 받고 돌아왔을 때 집안이 발칵 뒤집혔지만, 몽 부인만은 여전히 차분했다. 그녀는 의원을 불러 약을 바르게 하고, 국을 끓여주며 쉬게 했다. 그리고 하인들을 단속하고 문을 닫아걸어 손님을 거절하며 상황을 안정시켰다. 이런 화를 입은 이유에 관해서 몽지는 아무 말도 하지 않았고, 그녀 역시 묻지 않았다. 그저 알뜰살뜰 남편을 보살피며 성심성의를 다했고, 밤에는 남편이 잠든 후에야 옷을 입은 채 한쪽에 누워 잠을 잤다.

몽 부인이 몽롱하게 선잠이 들었을 때, 창문을 똑똑 두드리는 소리가 났다. 깜짝 놀라 일어났지만 무슨 말을 하기도 전에 갑자기 남편의 손이 그녀의 어깨를 눌렀다.

"누구냐?"

몽지가 낮게 물었다.

"우립니다!"

맑은 목소리가 대답했다.

몽지의 얼굴에 저도 모르게 웃음이 떠올랐다. 그는 부인에게 나지막이 말했다.

"손님이오. 문을 열어주시오."

몽 부인은 황급히 겉옷을 걸치고 일어나 탁자에 놓인 사등롱을 켜고 방문을 열었다. 새까맣고 가벼운 외투를 걸친 젊은 서생이 서 있었고, 그 뒤로는 싸늘한 얼굴의 준수한 소년이 보였다.

"형수님, 놀라게 해드려 죄송합니다."

서생이 부드러운 목소리로 사과했다.

"남편의 친구시니 겸양하실 것 없습니다. 어서 들어오시지요."

몽 부인은 옆으로 비키며 두 사람을 들어오게 한 다음, 난롯가로 가서 계속 끓이고 있던 찻주전자를 가져와 손님을 대접했다. 그리고 사탕 두 접시를 가져다준 후 낮게 말했다.

"여보, 저는 건넛방에 가 있을게요."

"오늘 많이 피곤했을 거요. 가서 쉬시오."

몽지가 얼른 말했다. 몽 부인은 미소로 답하고 밖으로 나간 후, 세심하게도 문을 꼭 닫아주었다.

"저런 아내를 얻다니, 복이 많으시군요."

매장소는 칭찬을 한 후 걱정스레 물었다.

"몸은 괜찮으세요?"

"외공을 익혔는데 그깟 곤장 몇 대가 무슨 대수인가? 폐하의 화를 누그러뜨리기 위해 피를 좀 보여준 것뿐이야."

그의 충심을 잘 아는 매장소는 가타부타 말하지 않고 이렇게만 물었다.

"황궁을 지키느라 밤낮으로 고생하는데, 겨우 사건 하나 때문에 이렇게 모질게 구시다니, 너무하지 않습니까?"

몽지가 손을 내저었다.

"폐하는 항상 그러시네. 신하 된 몸으로 군주가 나 때문에 바뀌길 바랄 수야 있나? 게다가 확실히 금군의 경호 범위 안에서 벌어진 사건이니 내가 책임져야지. 벌을 받아도 억울한 일은 아냐."

매장소는 입가에 냉소를 지으며 등 심지를 뚫어져라 보았다. 그는 어두운 눈빛으로 다시 물었다.

"예왕이 입궁해서 형님을 용서하라고 청했습니까?"

"그건 나도 이상하게 생각했네. 평소 아무런 왕래도 없었는데, 갑자기 무슨 마음으로 그랬는지. 한데 무슨 말을 잘못했는지 그가 떠난 후 폐하의 안색이 더욱 어두워지셨다네."

"폐하께서 왜 더 화가 나셨는지 아십니까? 정말 예왕이 말을 잘 못해서라고 생각하시는 겁니까?"

몽지는 어리둥절했다.

"그런 생각은 해보지 않았는데, 설마…… 예왕이 나선 것이 부적절했나?"

"형님은 수만 명의 금군을 통솔하는 통령입니다. 듣기 싫은 말이겠지만, 폐하의 목숨은 형님 손에 쥐어져 있지요. 사건이 벌어지기 무섭게 황자 한 명이 가장 먼저 달려와 형님을 용서해달라고 청했습니다. 다른 사람도 아닌 마침 황위를 노리고 있는 예왕이었지요. 형님도 폐하의 평소 성격을 잘 아시니 생각해보십시오, 폐하께서 맨 먼저 어떤 생각이 들었을까요?"

그의 지적을 받자, 몽지는 순간 등에서 식은땀이 흐르고 오싹 한기가 일었다.

"하지만…… 하지만 난…… 폐하께서 그런 쪽으로 의심한다면 정말이지 억울해."

"억울하다고요?"

매장소의 냉소가 더욱더 짙어졌다.

"그런 군주 앞에서 억울하다고 외쳐봐야만 어떤 사람인지 아시겠습니까?"

몽지는 천천히 두 주먹을 쥐며 눈썹을 찌푸렸다.

"폐하께서 한 달 내 이 사건을 해결하라고 하셨네. 내 전문 분야도 아니고 단서조차 없네. 그런데 하필 이런 때 예왕까지……."

"예왕은 형님을 해칠 뜻이 없었습니다. 이 기회에 형님을 끌어들이려 했을 뿐이지요."

매장소가 웃으며 말했다.

"어쨌거나 형님은 이 사건 해결 못합니다."

몽지는 어리둥절해서 아무 말 못하고 멍하니 그를 바라보았다. 자신에게 사건을 조사하는 능력이 없다는 것은 그도 잘 알았다. 아마도 실타래처럼 복잡한 이 일을 풀어내지 못할 것이다. 하지만 처음부터 당연하게도 매장소가 대신 철저하게 파헤쳐주리라 생각하고 전혀 초조해하지 않았던 것이다. 그래서 이제 와 이런 말을 듣자 어떻게 반응해야 할지 몰랐다.

"한 달의 기한이 지나면 형님은 황제 앞에 나아가 죄를 청해야 할 겁니다. 무능해서 진범을 잡지 못했으니, 부디 금군통령 직위를 박탈하여 일벌백계해달라고 말입니다."

매장소는 웃으면서 그에게 조금 더 다가갔다.

"몽 통령, 어떠십니까? 자리가 아까우시죠?"

몽지가 껄껄 웃었다.

"관직에 목매다는 것은 내 취향이 아닐세. 하지만 내가 옷을 벗으면 무슨 수로 자넬 돕겠나?"

"별 탈 없이 계시는 것이 절 돕는 겁니다."

매장소는 탁자에 놓인 은 가위를 들고 탁탁 소리를 내는 심지를 잘라내며 느릿느릿 말했다.

"거의 확신하지만, 태감 살인 사건 배후에는 분명 사옥이 있습니다. 경성에 있는 그 누구도 그만한 동기가 없어요. 그만한 능력도 없고요."

"그럼 이 사건은 이미……."

"사옥이 배후라는 것을 안다고 사건이 해결된 건 아닙니다."

매장소의 표정은 차분했다.

"특히 형님은 방금 예왕과 무슨 관계가 있다고 폐하의 의심을 샀지요. 그런데 아무 증거도 없이 사옥을 고발하면 더욱 그렇게 보이지 않을까요?"

"그럼 증거를 찾아야지!"

"황명을 받은 사람을 암살하면 어떻게 될까요? 사옥이 어떤 사람입니까? 그런 일을 저지르면서 추호라도 증거를 남겼을 것 같습니까?"

매장소의 입가에 얼음처럼 서늘한 웃음이 떠올랐다.

"형님이 증거를 찾을 수도 없겠지만, 설령 찾는다 한들 이 사건은 형님이 해결해서는 안 됩니다."

몽지는 다소 혼란스러워 생각도 해보지 않고 물었다.

"어째서?"

"폐하에 대해 다른 것은 평하지 않겠습니다만, 어쨌든 평범한 사람은 아닙니다. 이번 사건은 황실의 체면이 걸려 있으니, 설사 형님한테 절대적인 신뢰를 갖고 있다 해도 사건 조사 경험이 별로 없는 금군통령에게 단독으로 맡겨두지만은 않을 겁니다. 그러니 분명 현경사도 명을 받아 동시에 조사를 할 겁니다. 단지 그들은 그들만의 방식으로 조사하고 형님과 협조하지는 않겠지요."

"그야 그렇지."

몽지는 저도 모르게 고개를 끄덕이며 말했다.

"원래부터 현경사가 나서야 할 일이었네."

"그렇죠. 원래부터 현경사가 조사하기로 되어 있다면, 사옥이 이 일을 저지르기 전에 우선적으로 고려한 상대는 형님 같은 풋내기가 아니라 현경사였을 겁니다. 그 말은, 사옥이 비록 현경사에 용의자로 지목되지 않는다고 확신하지는 못해도, 최소한 증거는 남기지 않으리라는 자신이 있었다는 말입니다. 증거가 없으면 현경사도 폐하께 사건을 해결했다고 보고할 수가 없죠."

매장소는 미소를 지으며 손마디로 탁자를 톡톡 두드렸다.

"현경사조차 해결 못하는 일을, 만에 하나 형님이 해결한다면 폐하께서는 놀라는 데 그치지 않고 도리어 경계할 겁니다."

"아……."

몽지는 바보처럼 한참 동안 멍하니 있다가 겨우 정신을 차리고 말했다.

"소수, 어떻게 그 많은 것을 생각할 수 있지? 나는 아예 그쪽으로는 생각해보지도 못했는데."

"그런 군주를 모시고 있는 이상 세심하게 살피지 않으면 형님만 다칩니다."

매장소는 살짝 고개를 숙였다. 얼굴 위로 어렴풋하게 괴로움이 스쳐 지나갔다.

"이제 폐하는 형님에게 의심을 품기 시작했어요. 이럴 때 형님이 무슨 난관이든 다 헤쳐나간다면, 폐하는 그간 형님을 잘못 보았다 여기고 형님을 완벽히 통제하지 못했다고 생각할 겁니다. 그러면 형님은 더욱 화를 당합니다. 그러니 유일한 방법은 바로 약한 모습을 보이는 겁니다. 형님이 위기에 처했고 감당하기 어렵다는 것을 알리면서, 잘못을 인정하고 은혜를 간청하는 겁니다. 그래야만 폐하는 형님을 마음대로 다룰 수 있다 생각하고 형님이 해를 끼칠까봐 걱정하지 않게 되지요."

몽지의 얼굴이 팽팽하게 긴장되었다. 분하면서도 슬픈 표정이었다. 그는 이를 악물며 말했다.

"자네 말도 일리는 있네. 하지만 군신 관계가 어떻게 그럴 수 있단 말인가? 내가 충성을 다하고 딴마음을 품지 않으면 제아무리 의심이 간들 나를 어쩌겠나?"

"충성을 다하고 딴마음을 품지 않은 사람들의 말로를 보지 못하셨습니까?"

이런 상황에서도 몽지가 그렇게 말하자 매장소는 약간 화가 났다.

"형님 목숨은 아깝지 않겠지만 형수님은요? 그렇게 순진한 말을 하다니, 제발 말만 그러시기를 바랍니다. 행동까지 그렇게 한다면 그건 충성스러운 게 아니라 멍청한 겁니다!"

"난······."

몽지는 분한 듯 고개를 숙였다.

"날 위해서 그런다는 건 아네. 하지만 어쩐지 마음이 너무 안 좋아서······."

그런 그를 응시하는 매장소의 얼굴은 백짓장처럼 허옜다. 가슴이 찢어지듯 아프다가 턱 막힌 듯 답답해졌다. 매장소는 저도 모르게 소매로 입을 가리고 격렬하게 기침을 했다.

몽지가 황급히 등을 두드려주고 진기를 주입했다. 몽지는 방금 자기가 한 말이 확실히 부적절했다고 생각했다. 부끄러운 마음에 할 말이 없었다. 설명하고 싶어도 말을 잘못해서 도리어 그를 마음 아프게 할까봐 걱정스러웠다. 몽지가 어쩔 줄 모르며 초조해하고 있는데, 비류가 방으로 휙 들어와 매장소의 손을 잡으며 그를 매섭게 노려보았다.

한바탕 기침을 하고 차차 호흡을 가다듬은 매장소는 먼저 비류의 손을 쓰다듬으며 위로한 후, 다시 미소를 지으며 말했다.

"죄송해요. 등불 연기가 너무 짙어서 기침이 나는군요."

"소수……."

"됐어요. 형님의 억울한 마음은 압니다. 하지만 상황이 이렇게 되었으니 제 말을 들으셔야 할 겁니다."

"알겠네."

몽지는 가슴이 뜨거워져 그의 손을 꽉 잡았다.

"소수, 자네가 하라는 대로 하겠네. 한 달 동안 아무것도 하지 않고 있다가 기한이 되면 폐하께 죄를 청하겠네."

"그럴 것까지는 없어요."

매장소가 빙그레 웃으며 말했다.

"한 달 동안 조사할 일이 있으면 조사하고, 알아내지 못해 초조하면 초조한 척하세요. 다만 결과는 없어야 합니다. 사직을 청해도 폐하는 받아들이지 않으실 겁니다. 비록 형님을 의심하지만 믿음의 뿌리는 아직 남아 있습니다. 조정에 문무 대신이 그득해도 형님만큼 믿음이 가는 사람을 어디서 찾겠습니까? 안타까운 것은 재수 없는 사람이 나올 수밖에 없다는 거지요."

"누구 말인가?"

"금군의 부통령 말입니다."

"주수춘(朱壽春) 말인가? 나를 따른 지 7~8년이나 됐는데……."

"그렇기 때문에 내보내야지요. 제 생각에 폐하는 형님의 직책은 남겨두고 형님과는 아무 관계도 없는 낯선 사람을 부통령으로

117

삼아 힘의 균형을 맞추려고 할 겁니다."

몽지가 냉소를 지었다.

"나는 양심에 대고 부끄러울 것이 없네. 누구를 보내든 상관없어. 하지만 파직된 형제들에겐 반드시 갈 곳을 마련해줘야 해."

"순방영으로 옮긴다면 사옥이 싫어하겠죠. 이 기회에 정왕 쪽에 밀어 넣으시죠. 정왕은 형님 사람들을 괴롭히지 않을 겁니다."

"어휴."

몽지가 한숨을 쉬었다.

"조금 괴롭긴 하네만, 자네가 방법을 생각해주니 마음이 놓이는군. 이 일은 대강 그렇게 덮으면 되겠나?"

"아직은 안심할 때가 아닙니다."

매장소가 고개를 저으며 말했다.

"한 달 동안 형님도 바쁘겠지만, 사옥은 더욱 바쁠 겁니다. 이런 짓을 한 이상 한 번으로 끝내지는 않겠지요. 그러니 더욱 엄중하게 황궁을 호위하십시오. 결코 또 다른 사건이 벌어져 사태를 악화시켜서는 안 됩니다."

"방비를 강화하고 황궁을 철통처럼 지키는 것은 자신 있네. 하지만 사옥에게는 탁정풍이 있어. 보통 사병으로는 무림 고수의 움직임을 막아내기 힘들다네."

"그건 제게 맡기십시오. 탁정풍은 밝은 곳에 있으니 상대하기 어렵지 않습니다. 탁정풍 본인이든 그 아들이든 그들과 교분이 있는 다른 고수든, 감시할 방법이 있습니다. 그들이 눈치 빠르게 감시당한다는 것을 깨달으면, 완전히 빠져나갈 자신이 없는 상태에서 일을 저지르진 않을 겁니다. 만약 아둔하게 제가 감시하는 것을 눈치 채지 못하면 제 품으로 뛰어드는 격이지요. 조금이라도 이상한 움직임이 있으면 증거를 잡아 하동 손에 넘겨줄 겁니다. 그녀가 이번에도 사옥을 놓아줄지 두고 보죠."

뚜렷한 눈썹을 치켜세우는 매장소의 얼굴에 문득 추상같은 오기가 떠올랐다.

"제야의 살인 사건은 사옥이 먼저 움직였기 때문에 성공한 겁니다. 강호의 일이라면 강좌맹이 천천산장에 질 리 없지요."

"아무렴."

몽지가 싱긋 웃었다.

"만약 탁정풍이 자네 힘이 강좌 열네 개 주에만 미친다고 생각한다면 바보 멍청이야."

매장소는 감상에 젖은 듯 한숨을 쉬었다.

"명분 때문인지, 이해관계 때문인지, 정 때문인지, 의리 때문인지, 탁정풍은 이미 사옥에게 홀려 한 배를 탔습니다. 어쨌거나 강호의 일대 호걸이니 얄볼 인물은 아니지만, 경성은 그가 익숙한 곳이 아닙니다. 그래도 인척이 되어 한집안이나 다름없으니, 이 일에서 빠지려고 해도 쉽지 않을 겁니다."

몽지는 다소 쌀쌀한 투로 대꾸했다.

"그래봤자 자기가 한 선택일세. 결과가 어떻든 스스로 감당해야지. 다만 소경예 그 아이는…… 온후한 성격이 늘 마음에 들었는데, 아버지 일에 연루될 수밖에 없는 것이 안타깝군."

그 말을 듣자 매장소도 눈을 살짝 찌푸렸다. 한동안 등 심지를 넋 놓고 바라보던 그가 천천히 중얼거렸다.

"경예는…… 안타깝다는 말만으로는 부족합니다."

다음 날, 예왕은 일찍부터 매장소를 찾아와 어제 무슨 일로 방문했는지 물었다. 이미 지난 일이기에 매장소는 새해인사를 하러 갔다고만 대답하고 다른 이야기는 꺼내지 않았다. 예왕이 먼저 태감 살인 사건을 입에 담았을 때도 지나가는 말처럼 다시는 몽지를 구원하지 말라고 깨우쳐줬다.

어젯밤 몽지의 집에서 돌아온 시각이 무척 늦었고 침대에 누워서도 오랫동안 잠들지 못했는데, 아침 일찍부터 손님을 맞자 매장소는 견디기 힘들 만큼 피곤했다. 그의 정신이 맑지 못하고 목소리에도 힘이 없는 것을 보자, 예왕은 오래 앉아 있지 않고 잠시 이야기를 하다가 일어났다.

그때는 아직 이른 시간이었다. 매장소는 어제 언예진에게 사씨 형제들을 데려오라고 청하긴 했으나, 오후에나 올 것이라 생각하고 려강에게 몇 가지 분부한 후 방으로 들어가 잠을 보충했다. 아침 일찍부터 매장소의 상태가 좋지 않았기 때문에 이 일이 려강에게는 가장 중요한 임무가 되었다. 그는 침실 주변에서 떠드는 것을 엄히 단속했고, 비류마저 달래고 속여 정원 밖으로 놀러 보냈다. 그래서 매장소는 그날 오전, 얇은 면사로 얼굴을 가린 여자가 옆문으로 슬그머니 들어와 그를 만나려 한 사실을 알지 못했다.

"죄송합니다, 궁 낭자. 종주께서는 잠이 드셨으니 지금은 깨울 수 없습니다."

려강이 난감한 듯 막아섰다.

"무슨 중요한 일이라도 있으십니까?"

"전…… 그냥 종주께 새해인사를 드리려고……."

"그 일만이라면 안 되겠습니다. 아시다시피 요즘 종주께서 몸이 좋지 않으시고, 의원도 가능한 한 많이 쉬라고 하셨습니다. 종주께서는 주무시기 전에, 오후에 일이 있으니 정오가 지난 후 깨워달라고 하셨습니다. 생각해보세요. 겨우 몇 시간밖에 안 주무셨는데 집안사람의 인사를 받으려고 깨운다는 것은 아무래도…… 바깥에서 기다리다가 정오에 종주께서 일어나시면 다시 오시는 게 어떨까요?"

얇디얇은 면사 아래로는 여자의 새하얀 피부와 반짝이는 눈만 보일 뿐, 표정은 알 수 없었다. 잠깐의 침묵 후, 가벼운 탄식이 새어나왔다.

"됐어요. 십삼 선생 몰래 나왔으니 오래 있을 수가 없어요. 려 대형, 종주께는 제가 왔었다는 말은 전하지 말아주세요."

"예?"

려강은 이해할 수가 없었다.

"종주를 뵈러 오셨잖습니까?"

"그랬지요. 종주를 한번 뵐 수만 있다면 야단을 들어도 괜찮다 생각했어요. 하지만 어차피 뵙지도 못했는데 괜히 화를 내시게 할 필요는 없잖아요? 종주께서는 저희더러 허락 없이는 이곳으로 오지 말라고 분부하셨거든요."

려강은 여전히 영문을 알 수 없었다. 하지만 여자의 마음이란 본래 변덕이 심하고 이해할 수 없다는 것을 알기에, 굳이 추궁하지 않고 웃으며 배웅했다. 궁우가 떠나기 무섭게 정문으로 다른 귀족들이 보낸 사람들이 새해인사를 하러 왔다. 려강은 황급히 나가 그들을 맞이했다. 이렇게 왔다갔다하며 쉼 없이 일하는 사이, 궁우가 찾아온 일은 저 멀리 잊혀갔다.

오후가 되자 매장소는 깨우기 전에 스스로 일어났다. 다시 세수하고 머리를 묶은 다음 밝은 색 옷으로 갈아입자, 훨씬 좋아 보였다. 안 의원이 와서 살펴보더니 퍽 만족스러운 표정을 지었다. 물론 그는 매장소가 어젯밤 몰래 나갔다는 사실을 몰랐다. 알았다면 분명 한 시간 이상 잔소리를 했을 것이다.

약속했던 젊은이들은 역시 오후에 나타났다. 익숙한 세 사람 외에도 열여덟이나 열아홉 살쯤 되는 젊은이가 한 명 더 있었다. 사씨네 셋째 공자 사서(謝緖)였다.

막내라고 예쁨을 많이 받아서인지, 나이가 어려 철이 없어서인지, 아니면 큰형처럼 강호 경험도 없고 둘째형처럼 정계에 발을 들여놓지도 않아서인지, 이 셋째 공자는 그들보다 좀 더 전형적인 명문 귀족 자제답게, 제 잘난 줄만 알고 남을 무시하고 아랫사람을 깔보았다. 형님들을 따라 관직도 작위도 없는, 병약하고 뛰어난 데라곤 없어 보이는 평민을 만나러 온 그의 눈동자에는 귀찮은 표정이 가득해서 마치 이렇게 말하는 것 같았다.

"이봐, 대단한 솜씨가 있으면 어디 한번 보여봐. 안 그러면 이름만 그럴듯하고 속은 텅 빈 사기꾼으로 여길 테니까."

하지만 매장소는 이 귀족 도련님을 길들이는 일에는 흥미가 없는 듯, 맨 처음 몇 마디를 건넨 후로는 사서를 완전히 무시했다. 매장소는 대부분의 시간을 소경예와 이야기하는 데 할애하며 그에게 무척 관심을 보였다.

"사씨와 탁씨 집안의 그 많은 사람이 그믐날 밤에는 꼭 그렇게 떠들썩하게 보내나?"

"떠들썩하긴 해요. 하지만 허례허식도 많아요. 항렬과 나이에 따라 돌아가면서 절하고 나면 어느새 한밤중이 되죠."

소경예는 매장소가 흥미를 보이자 덩달아 신이 나서, 그의 질문에 따라 새해를 맞이하는 가족의 모습을 자세히 묘사했다. 언예진처럼 말이 많은 편은 아니지만 말솜씨는 제법이어서, 무슨 일이든 재미있고 생생하게 설명해서 듣는 사람도 마치 그곳에 있었던 것만 같았다.

"뭘 그렇게 설명해요? 명문 귀족들은 다 그 규칙에 따라 섣달 그믐날을 보내잖아요?"

냉대를 받아 기분이 틀어진 사서가 참지 못하고 날카롭게 끼어들었다.

"소 선생은 그런 적 없나봐요?"

"셋째!"

소경예와 사필이 일제히 호통을 쳤다.

"아, 미안."

사서는 곧 실언한 척했다.

"깜빡했네요. 소 선생은 출신이 달라서 자유롭게 새해를 맞이하겠죠. 우리처럼 또박또박 규칙을 지키며 구속받을 리가……."

소경예가 안색을 바꾸며 화를 내려는데, 매장소가 슬쩍 손을 들어 그를 만류하며 담담하게 대답했다.

"부잣집들이야 새해맞이 규칙이 많겠지요. 어린 나이에 다 배우려면 셋째 공자께서 고생이 많겠군요."

그리고 곧 화제를 돌려 언예진에게 언제 비류를 데리고 놀러 가려는지 물었다. 매장소가 너그럽게 나오자 소경예도 남의 집에서 아우를 야단칠 수 없었다. 그래서 사필이 힘껏 사서를 잡아끌어

곁에 앉히는 것을 보자 아무 말도 하지 않았다.

"소 형, 정말 제가 비류를 데리고 가도 괜찮으시겠어요?"

언예진이 웃으며 물었다.

"데리고 나갈 때는 비류지만 돌아올 때는 '풍류(風流)'가 될지도 모르는데요?"

사필이 그의 말을 받아 놀려댔다.

"어이구, 풍류면 다행이게요? '삼류(三流)'로 만들까봐 문제지요."

"또 질투 시작했군. 아니꼬우면 같이 묘음방에 가자니까. 궁우 낭자가 너한테 관심을 보일지 내게 관심을 보일지 한번 보자고."

언예진이 득의만만하게 떠들었다.

"하지만 넌 말할 때마다 임자 있는 티를 내니까 조심해야 할걸."

"아니, 사필에게 곧 좋은 일이라도 있나?"

매장소가 웃으면서 일부러 캐물었다.

"헛소리예요. 아직 반년이나 남은걸요."

사필은 그렇게 대답하며 저도 모르게 얼굴을 붉혔다.

"어느 집 아가씨인가?"

소경예는 그가 정말 모르는 줄 알고 재빨리 대답했다.

"천천산장 아버지의 딸이에요. 자주 왕래하다보니 일찍부터 둘째가 점찍었거든요."

"형님!"

매장소가 빙그레 웃었다.

"서로 사이가 좋으니 혼례를 올리면 더욱 금슬이 좋겠군. 하지만 경예, 자네는 큰형인데 어쩌다 사필에게 선수를 빼앗겼나?"

"저는……."

소경예가 고개를 숙였다. 그의 안색은 도리어 창백했다.

"전 급하지 않아요."

"신경 쓰지 마세요. 저 녀석은 눈이 무지하게 높다니까요."

언예진이 건들거리며 끼어들어 화제를 바꿨다.

"소 형, 이제 몸도 나았으니 날을 정해 다 같이 나시 거리에 다녀올까요? 다른 건 몰라도 묘음방의 음악은 정말이지 최고예요. 소 형은 음률의 대가이니 한번쯤 들어봐야죠."

매장소가 피식 웃으며 대답하려는데, 려강이 편지 한 무더기를 들고 문밖에 나타났다.

"종주, 방금 역참에서 보내온 연하장입니다. 보시겠습니까?"

"일단 거기 두게."

매장소는 눈짓으로 옆에 있는 책상을 가리켰다.

"저녁 때 돌아와서 보겠네."

려강이 공손히 들어와 연하장을 가지런히 내려놓은 다음 허리를 숙이고 물러났다. 언예진의 자리는 책상에서 가까워 슬쩍 보기만 해도 맨 위에 있는 옅은 색 연하장의 발신인을 볼 수 있었다. 순간 그의 눈이 휘둥그레졌다.

"저…… 저건 묵산(墨山) 선생의 친필……."

"그래?"

매장소는 별생각 없이 그쪽을 돌아보았다.

"이렇게 빨리 받다니. 올해는 경성에 있어서 최소한 초닷새 후에나 올 줄 알았는데."

"묵산 선생이 매년 연하장을 보내나요?"

언예진이 달려가 자세히 살펴보며 물었다.

"'어리석은 형 묵산'이라고 쓰였네요. 소 형과 동년배로 칭하다니……."

"묵산 형님이 좋게 봐주니 예의상 거절할 수가 없었네. 사실 매년 편지만 주고받는 사이일 뿐이야."

"묵산 선생과 그런 사이인 사람이 세상에 몇이나 되겠어요?"

언예진은 큰 소리로 감탄하며, 일부러 어리둥절해 있는 사서를 바라보았다.

"묵산 선생의 송산서원(松山書院)은 젊은 영재가 아니면 받아들이지도 않아요. 참, 사서, 너도 송산서원에서 공부하잖아? 그렇게 따지면 너는 소 형보다 한 항렬 아래구나."

매장소는 사서의 얼굴이 벌겋게 달아오르는 것을 보았다. 아무래도 나이가 어린 그를 너무 난처하게 하고 싶지 않아 가벼운 투로 '아무 연고도 없는 사이에 무슨 항렬을 따지나' 하면서, 소경예를 돌아보며 빙그레 웃었다.

"경예, 자네 검술을 본 지 오래됐군. 오늘은 한가하니 얼마나 솜씨가 좋아졌는지 보여주겠나?"

소경예는 사서의 무례한 행동 때문에 화가 나 있었지만, 아우가 민망해하는 것을 보자 마음이 좋지 않았다. 그러다가 매장소의 말을 듣자 그가 분위기를 바꾸기 위해 권했다는 것을 알고, 급히 일어나 두 손을 모으며 웃었다.

"하긴 오랫동안 소 형의 가르침을 못 받았군요. 같이 정원으로 나가실까요?"

매장소가 머무는 곳은 남쪽의 흰 벽에 크고 튼튼한 정문이 나 있고 동서로 측문이 있는 넓은 원락으로, 담벼락으로 둘러싸인 가운데에는 푸른 벽돌을 깐 네모진 공간이 있었다. 간소하고 수수하며 제대로 된 정원이라고 볼 수도 없는 이 건축물들은, 확실히 고상한 문사 기질의 매장소와는 어울리지 않았다. 그 역시 개조하겠다는 뜻을 계속 비쳤지만, 한겨울이라 공사를 시작할 수 없어 아직도 처음 샀을 때의 모습을 유지하고 있었다. 비록 볼품은 없지만 연검을 하기에는 안성맞춤이었다.

연검이라고 했으니 당연히 검이 필요했다. 하지만 어쨌거나 소대공자는 순수한 강호인이 아니었으므로 새해인사를 하러 오면서 검을 가져올 리 만무했다. 그래서 매장소는 려강에게 집 안에 있는 검을 아무거나 찾아오게 했다.

얼마 지나지 않아 어디선가 구해온 검이 연검을 할 사람에게 건네졌다. 상어가죽 검집은 하늘을 삼킨 듯 푸르렀고, 검이 살짝 뽑히는 순간 한기가 눈을 찔렀다. 검을 뽑아 손에 쥐자 살짝 무거운 감이 있었다. 하지만 검신을 움직여 시험 삼아 찔러보자 재빠르면서도 뜻대로 움직여줬다. 검신을 자세히 들여다보니 가을 물처럼 푸르고 날카로웠다. 상등품의 귀중한 무기임이 분명했는데, 주인이 없는 것이 안타까웠다.

"경예, 그 자세가 멋있는 줄 아냐?"

언예진이 놀려댔다.

"언제까지 서 있기만 할 거야? 기다리다 돌 되겠다!"

소경예는 싱긋 웃고는 다시 검을 검집에 넣었다. 그리고 왼손으로 앞섶을 잡고 빙그르르 돌며 소매를 펄럭이자 어느새 겉에 두른 털옷이 벗겨져 려강에게로 날아갔다. 주홍색에 은빛 무늬가 있는 최신식 전의(箭衣)가 드러났다. 그는 본래 훤칠하게 키가 크고 잘생긴 젊은이였다. 소매가 좁고 길게 늘어지는 옷에 허리를 졸라맨 차림이 보기 좋은 몸매를 더욱 돋보이게 했다. 검술을 펼치기도 전에 언예진이 손뼉을 치며 외쳤다.

"좋아, 좋아! 멋져! 대단해!"

"자자, 누군가 질투하기 시작했어."

사필이 진지한 표정으로 날카롭게 한마디 하자, 매장소는 입가로 피어오르는 웃음을 꾹 참았다. 그때 정원에서 차가운 빛이 번쩍이며 검이 허공으로 솟아올랐다.

소경예가 펼치는 검법은 물론 천천산장에서 전해지는 천천검법이었다. 지난날 분좌 지방 탁씨는 전성기 때 남부 무림을 이끌었을 뿐 아니라 일품의 대장군 두 명을 배출해 천하에 위명을 떨쳤다. 훗날 조정에서 물러났지만 강호에서의 지위는 계속 유지했고, 현 장주인 탁정풍의 이름도 모르는 사람이 없었다. 근 10년간 그의 이름은 한 번도 랑야 고수방에서 밀려난 적이 없었고, 지금은 그 중 4위로 대량에서는 몽지 다음가는 고수였다.

소경예는 출신도 출신이거니와 장남도 아니었기에 천천산장을 계승할 수는 없었지만, 탁정풍은 그에게 검법을 전수할 때 그런 이유로 망설이지는 않았다. 명사(名師)가 성심성의껏 지도한데다 소경예 본인도 자질이 뛰어나, 이미 검법의 도리를 거의 깨우친 상태였다. 설령 적과 싸울 때는 임기응변이 부족하더라도, 평소 연검을 할 때는 아무런 흠이 없었다.

지금은 즐거운 새해였고, 매장소가 소경예에게 연검을 하라고 한 이유도 분위기를 바꾸기 위해서였지 정말 검법을 논할 생각은 아니었다. 그래서 찬탄과 함께, 연검을 게을리하지 않아 크게 진보한 그를 칭찬했다. 관중 가운데서 언예진의 무공은 소경예보다 약간 떨어졌고, 사필은 무공을 잘 알지 못했다. 사서는 비록 문무를 함께 익히고 있지만 다른 귀족 자제들과 마찬가지로 활과 기마술이 중심이었다. 그래서 모두 감탄은 하지만 평가할 순 없었다. 도리어 지붕 한구석에 앉아 처음부터 끝까지 진지하게 지켜본 비류만 그 초식을 파해하려는 듯 끊임없이 손가락을 왔다갔다했다.

연검이 끝나자, 때마침 길 아주머니가 막 솥에서 꺼낸 참깨 경단을 가져왔다. 모두 다시 따뜻한 방으로 돌아가 간식을 먹으며 담소를 나눴다. 사서는 재미가 없는지 대충 몇 개 먹은 후 먼저 가겠다고 핑계를 댔다. 그가 도무지 섞이지 못하는 것을 본 다른 사람들도 억지로 만류하지 않았다. 그래도 소경예는 같이 밖으로 나가 하인들에게 잘 모시라고 당부한 다음 안심하고 그를 보냈다.

"경예가 참 형님답군. 자네의 탁씨네 형님도 그렇게 신중하겠지? 그의 검법은 어떤가?"

매장소는 긴 국자로 그릇 속에 든 뽀얗고 부드럽고 찰진 경단을 살살 저어 달콤한 향기를 맡으며 아무 생각 없이 물었다.

"청요 형님의 공력은 저보다 훨씬 강해요."

소경예는 칭찬을 아끼지 않았다.

"예를 들어 비조투림(飛鳥投林)이라는 초식만 해도, 저는 일 초에 일곱 번만 찌를 수 있는데 형님은 아홉 번이나 찔러요."

"자네가 더 어리니 당연히 조금 뒤처지겠지. 탁씨네 첫째의 명성은 지금 강호에서도 유명하다네. 랑주에 있을 때부터 들었지."

매장소는 갑자기 생각난 듯 다시 물었다.

"평소 그에게 뭐라고 부르나? 형님? 아니면 매부?"

"형님이라고 하던데요."

언예진이 하하 웃음을 터뜨렸다.

"하지만 형님이기도 하고 매부이기도 하잖아. 모르는 사람이 들으면 무슨 소린가 했을 거야."

"경예의 일은 조정과 민간에 널리 퍼진 미담인데 아직도 모르는 사람이 있을 리가……"

매장소는 경단에서 나는 뜨거운 김을 호호 불고 천천히 한입 깨물었다. 하얀 증기가 감돌면서 얼굴 표정이 희미하게 흐려졌다.

"그분들은 제야를 보내고 바로 분좌로 돌아가셨나?"

"아뇨, 분좌에서 경성까지는 겨우 열흘 거리인걸요. 보통 4월까지 머물다 가세요. 하지만 올해는 아버지만 돌아가시고, 어머니와 청요 형님은 누이동생과 함께 남을 거예요."

그렇게 말하는 소경예의 얼굴에 즐거운 표정이 어렸다.

"누이동생이 아기를 가졌는데 5월쯤이면 출산하거든요. 저도 곧 삼촌이 돼요. 음, 그리고 외삼촌도……"

"축하하네."

매장소는 사씨네 형제들을 향해 웃어 보였다.

"장공주 전하께서 마음이 놓이지 않아 친정에서 출산하도록 하셨나보군!"

"맞아요. 아버지는 강호인이고 아버님은 군인이라 친정에서 출산하면 안 된다는 세속의 규칙 따위에 얽매이지 않아요. 게다가 여자들은 친정어머니의 보살핌을 받는 것이 제일 좋잖아요. 어머니도 남으실 테니 누이동생도 적잖이 안심할 거예요."

"경예."

언예진이 한쪽 눈을 찡긋하며 불렀다.

"탁 아저씨와 아주머니께서 왜 4월이 되어야 떠나시는지 얘기 해드려."

"다, 다들 좀 더…… 좀 더 같이 있고 싶어서잖아."

소경예의 얼굴이 약간 상기되었다. 그가 부끄러운 듯 언예진을 흘끗 보며 말을 이었다.

"저는 양쪽 집안이 같이 살면 좋겠다고 생각해요."

더없이 총명한 매장소가 눈을 반짝이며 웃음 띤 목소리로 말했다.

"4월에 중요한 날이 있나보지?"

"맞혀보세요, 소 형."

사필도 변죽을 울리며 거들었다.

"경예의 생일인가?"

매장소가 눈썹을 치키며 물었다.

"4월 언제지?"

"4월 12일이에요."

언예진이 재빨리 선수를 쳐서 대답했다.

"하지만 맞히기가 너무 쉬웠어. 경예의 표정이 '저하고 관계있는 날이에요! 저하고요!' 라고 외치고 있었다니까."

"허튼소리!"

소경예가 웃으며 그에게 발길질을 했다.

"표정이 말하는 거 봤어?"

매장소는 두 사람의 말다툼을 가만히 바라보았다. 익숙한 장면이지만 어쩐지 이유 없이 마음이 아팠다. 뜨끈뜨끈한 경단은 어느새 손안에서 식어버렸지만, 그래도 두어 개 더 먹었다.

"소 형, 어디 불편하세요?"

사필이 세심하게 그에게 몸을 기울이며 물었다.

"아니면 피곤하세요?"

"괜찮네. 겨울만 되면 늘 이 모양이라서."

매장소는 곧 웃음을 지으며 들고 있던 경단 그릇을 탁자에 내려놓았다. 그리고 부드러운 눈빛으로 소경예를 바라보며 물었다.

"평소 생일잔치는 어떻게 하나?"

"아직 어린데 잔치까지야……."

소경예가 말하기 무섭게 사필이 끼어들었다.

"그만 좀 해요. 형님 생일이 잔치가 아니면, 저와 사서가 왜 매년 울면서 생일을 보냈겠어요? 사서는 그렇다 쳐요. 어쨌든 그 아이는 그때쯤 서원에서 책을 읽고 있었으니까, 눈에 보이지 않으니 마음 쓸 일도 없었겠죠. 혼자 남은 저 혼자 손가락을 깨물며 질투해야 했다고요."

"하긴, 경예의 생일잔치는 사필과 사서보다 호화롭거든요. 어쩔 수 없죠, 뭐. 부모가 두 쌍이나 있으니 당연히 두 배가 되겠죠."

언예진은 상황을 무척 잘 아는 것 같았다.

"선물이 산더미처럼 쌓이는 건 물론이고, 매년 저녁 연회도 열어요. 초청하고 싶은 친구를 모두 불러 떠들썩하게 노는 거죠. 저녁식사가 끝나고 어른들이 사라지면, 그야말로 미친 듯이 놀 수 있다고요. 너도 1년 중 딱 그날 하루만 하고 싶은 대로 하지?"

"그러니까 경예는 매년 생일이 가장 즐겁다는 말이군!"

매장소는 소경예의 표정을 보고 언예진의 말이 거짓이 아님을 알았다.

"올해는 꼭 스물다섯이 되었으니 더욱 시끌벅적하겠군."

"친구들과 자유롭게 모여 즐길 수 있으니 당연히 기쁘죠."

소경예가 매장소를 바라보았다. 표정이 약간 울적해졌다.

"올해에는 소 형도 오시면 좋을 텐데……."

"무슨 소리야?"

언예진이 그에게 주먹을 날렸다.

"소 형은 4월에도 경성에 계실 테니 당연히 오실 거야. 섣달 그 믐날에도 무턱대고 오라고 하더니, 설마 생일잔치에는 초대하지 않을 생각이었어?"

소경예는 눈동자를 반짝이며 말을 하려다 입을 다물었다. 언예 진이 제아무리 총명해도 아직 모르는 일이 있었다. 매장소가 설려 에 머물던 마지막 날 밤 일어난 일을 생각하자, 소경예는 자신이 깊이 존경하는 소 형이 녕국후부의 대문 안에 발을 들여놓으려 할 지 확신이 서지 않았다.

소경예의 복잡한 심경과는 상대적으로 매장소의 표정은 태연 자약했다. 그는 여전히 웃는 얼굴로 말했다.

"그 말은 내가 들어도 이상하군. 경예, 정말 나를 초대하지 않 을 생각인가?"

소경예는 잠시 멍하니 있다가 주저주저하며 물었다.

"소 형도 오실 건가요?"

"자네와 나는 친구이고 같은 도시에 사는데 왜 안 가겠나? 다만 내가 한 일 없이 몇 살 더 먹어서 분위기 파악을 못할지도 모르니, 칙칙하다며 내치지나 말게."

소경예는 매우 기뻐하며 재빨리 대답했다.

"당연하지요. 그날 아침 일찍부터 소 형을 기다리겠습니다."

"흥, 장사 잘하는군. 소 형이 설마 빈손으로 오시진 않을 테고, 좋은 선물을 주시겠지."

언예진이 발끝으로 친구를 걷어차더니 돌아섰다.

"소 형, 제 생일은 7월 7일이에요. 잊지 마세요."

매장소는 참지 못하고 웃음을 터뜨렸다. 그러나 곧 헛기침을 하며 웃음을 감췄다.

"알겠네. 기억해두지."

"칠월칠석날 태어난 남자아이라니, 소 형이 잊고 싶어도 못 잊을 거예요."

사필이 이죽거렸다.

"며칠만 미뤄 7월 15일에 태어났으면 더 좋았을 텐데."

"칠월칠석에 태어난 남자아이는 겉모습과 상관없이 정을 무척 중요시하는 사람이지."

매장소가 일부러 편을 들었다.

"아마 예진도 그럴 걸세."

"흠."

사필이 고개를 끄덕이며 정색했다.

"아름다운 여자 앞에서는 정을 중요시하는 편이죠."

"귀찮은 녀석!"

언예진이 그를 향해 입을 삐죽이고는, 매장소의 귓가에 조용히 속삭였다.

"소 형, 경예에게 줄 선물을 결정하시면 꼭 제게 먼저 알려주세요. 같은 선물 주는 건 피해야죠."

목소리는 무척 작았지만 옆에 앉은 사람에게 들리지 않을 정도는 아니었다. 소경예가 그를 밀면서 웃음 섞인 목소리로 나무랐다.

"소 형이 만날 이상한 물건만 찾아내는 너 같은 줄 알아? 선물은 마음이야. 글 한 폭, 그림 한 점 같은 것이 난 더 좋아."

"확실히 선물 같은 것은 중요하지 않지. 경예가 올해 영원히 잊기 힘든 생일을 맞이할 것 같은 느낌이 드는군."

매장소의 이 말은 좋은 의미였고, 말할 때의 얼굴에는 옅은 웃음이 떠올라 있었다. 세 젊은이는 웃고 떠드느라 그의 짙은 눈썹 아래 가려진 새까만 눈동자에서 연민과 탄식, 그리고 냉혹함이 복잡하게 뒤섞인 빛이 번쩍이는 것을 눈치 채지 못했다.

"종주."

려강이 다시 한 번 입구에 모습을 드러냈다.

"예왕께서 사람을 보내 초닷새에 있을 연회 초대장을 전해왔습니다. 온 사람이 대답을 기다리고 있어 어쩔 수 없이 방해를 드렸습니다."

빨간색 초청장이 천천히 탁자에 놓이자, 방금까지 가볍고 즐겁던 방 안의 분위기는 금세 얼어붙었다. 언예진은 입을 삐죽였고, 소경예는 눈을 내리깔았으며, 사필은 안색이 하얘졌다. 무너지기 쉬운 우정 위로, 현실의 어두운 그림자가 언제까지나 흩어지지 않고 드리워져 있는 것 같았다. 매장소는 가볍게 세 사람을 훑어보며 담담하게 말했다.

"예왕께 전하게. 초닷새에는 왕부에 귀빈이 많을 것이고, 나 또한 다른 일이 있어 방해드리러 갈 수 없다고 말일세."

묘음방의 연주

—

27

—

금릉성 밖 서쪽과 남쪽, 북쪽은 평지 위에 간혹 완만한 구릉이 있고, 동쪽에만 산맥이 솟아 있었다. 아주 높지는 않지만 넓게 이어진 산맥이었다.

고산(孤山)은 바로 동쪽 근교 산간에서 경성과 가장 가까운 봉우리였다. 경성의 동문을 나가 빠른 말로 달리면 한 시간 만에 고산 기슭에 도착할 수 있었다. 가을에 산을 오르면 온통 빨간 단풍으로 물들어 있지만, 아직 한겨울인 지금은 민둥민둥한 마른 가지들만 잔설 속에 빽빽이 서 있고, 산길 양쪽으로는 쓸쓸하고 스산한 기운이 짙게 퍼져 있었다.

계단을 올라 외로운 봉우리 끝 후미진 곳으로 가면 정자가 하나 있었다. 등나무가 난간을 휘감고 띠가 처마를 덮어 예스럽고 소박한 멋이 있었다. 정자에서 서남쪽으로 백 보 정도 떨어진 곳에는 완만한 언덕이 있었다. 비스듬히 절벽과 이어진 이 언덕에는 화강암을 깎아 만든 묘분이 있었다. 묘 앞에는 신선한 과일이 담긴 바구니 두 개가 놓였고, 향 세 개가 타고 있었다. 희미하게 빛나는 불꽃에서 가느다란 연기가 모락모락 피어올랐다.

올해는 봄이 더디게 왔다. 사구(四九, 동지로부터 36일째 되는 날로, 겨울 중 가장 추운 시기를 의미함─옮긴이)가 지났는데, 비록 물이 얼 정도는 아니지만 산골짜기에 바람이 쌩쌩 불어 뼈가 시릴 듯이 추웠다. 하동은 한 벌로 된 새까만 솜 장포를 입고 묘분 앞에 가만히 서 있었다. 같은 색의 치맛자락이 갈라진 장포 틈으로 바람에 펄럭였다. 늘 어깨 위로 늘어뜨리던 긴 머리칼도 지금은 높이 올려 묶었는데, 여전히 눈에 띄는 흰머리가 눈가의 옅은 주름과 어울려 흘러간 청춘을 말해주고 있었다.

종이 재가 흩날리고 향은 거의 다 탔다. 땅에 뿌린 술도 흙 속에 스며들어 서서히 흔적을 감췄다. 창백한 손가락으로 수천수만 번 덧쓴 것이 분명한 묘비의 이름만이 여전히 은은한 붉은빛으로 눈을 자극했다. 하늘이 뿌옇게 밝아올 때부터 이곳에 서서 종이를 태웠는데, 어느새 해 그림자가 나뭇가지 틈으로 새어들어 눈이 어지러울 정도로 얼굴을 똑바로 비췄다. 저 앞 깊은 골짜기를 덮었던 안개도 사라졌다. 아마 등 뒤에 있는 경성의 윤곽도 차츰 희뿌연 안개 속에서 솟아나 흐릿하게 본모습을 드러내고 있을 것이다.

"섭봉, 또 1년이 지났군요."

그와 헤어진 후 하루가 1년 같았다. 하지만 진짜 1년은 느릿느릿 흘러가고 있었다. 그녀는 이렇게 그의 묘 앞에 서서 해마다 늙어가는 자신의 모습을 보여줬다. 그 모습을 보는 묘 안의 사람이 흘리는 눈물과 묘 밖의 그녀가 흘리는 눈물 중, 어느 것이 더 뜨거울까? 누구의 마음이 더 괴로울까?

어쩌면 눈물이 다하면 피가 흐르고, 고통이 극에 달하면 마비되어 느끼지 못하는지도 모른다. 아득히 이어지던 숨이 끊어지자, 만남이란 세상에서 가장 사치스러운 바람이 되고 말았다.

하동의 손가락이 다시 한 번 묘비의 익숙한 글자를 살며시 더듬었다. 거친 돌 표면을 차가운 손가락으로 문지르는 동안 획 하나마다 심장이 뒤틀렸다. 산바람은 여전히 귓가에 쌩쌩 울렸다. 그 처량한 훌쩍임 가운데 어렴풋이 사람 소리가 섞여 산길 저편에서부터 희미하게 들려왔다.

하동의 긴 눈썹이 단단히 조여들고 얼굴에는 음산한 기운이 떠올랐다. 겨울이면 이 산에는 인적이 거의 없었다. 하물며 이렇게 후미진 곳이었고 지금은 새해 초닷새였다. 매년 성묘하러 오지만 한 번도 방해를 받은 적이 없었다.

"종주, 이쪽은 오솔길이고, 봉우리는 저쪽입니다. 보세요, 벌써 저기 보이잖습니까?"

"상관없네. 나는 오솔길로 가고 싶을 뿐이야. 이쪽이 숲이 울창하고 빛도 있으니 더 재미있지 않나?"

가벼운 목소리와 함께 쌓인 눈을 밟는 뽀득거리는 소리가 들렸다. 하동은 깊이 숨을 들이쉰 후 천천히 몸을 돌렸다. 얼굴에는 아무 표정도 없었다.

"하 대인!"

나타난 사람이 약간 의외라는 듯이 말했다.

"어떻게 이런 곳에서……."

"엄동설한에 등산을 하시다니 취미가 고상하시군요."

하동이 차분한 투로 말했다.

"하지만 오늘은 연회가 있는 것으로 아는데……."

"그 번잡함이 싫어서 도망쳐나온 겁니다. 집에 있다가 계속 초대를 받으면 자꾸 거절하기도 뭣하니까요."

매장소는 꺼리지 않고 솔직하게 말했다.

"더군다나 이제 막 병이 나아서 천천히 등산을 하면서 체력을 회복하는 것도 일종의 치료법이라고 의원이 그러더군요. 마침 이 고산이 경성에서 가장 가까워 별생각 없이 나왔습니다. 제가 대인을 방해한 건 아닙니까?"

"이 고산은 제 것도 아니니 누구나 올 수 있지요."

하동이 차갑게 대꾸했다.

"망부(亡夫)의 묘인데 평소 찾는 사람이 거의 없어 의외였을 뿐입니다."

"이곳이 섭 장군의 유골이 묻힌 곳이군요?"

매장소는 아무 동요 없는 목소리로 말하고 한 걸음 다가갔다. 그리고 긴 속눈썹을 내리뜨며 그윽한 눈빛을 감췄다.

"일대의 명장이신 섭 장군을 예전부터 흠모하고 있었습니다. 오늘 인연이 닿아 이렇게 묘를 찾게 되었으니 괜찮으시다면 제를 올려 경의를 표하고 싶습니다만……."

하동은 당황했다. 하지만 이왕 여기까지 왔고 또 약간의 교분도 있었기에, 남편의 묘라는 것을 알고도 아무것도 하지 않으면 예의가 아니었다. 흠모한다느니 하는 말이 사실인지 아닌지는 따져볼 필요도 없었다. 그녀는 곧 고개를 끄덕이며 말했다.

"선생의 후의에 감사드립니다. 이쪽으로 오시지요."

매장소는 살짝 고개를 숙여 예를 갖춘 후, 천천히 묘비 앞으로 걸어가 몸을 숙이고 흙을 쌓아 향으로 삼은 뒤 세 번 깊이 절했다.

그리고 옆으로 고개를 돌리며 낮게 말했다.

"려강, 자네는 항상 술을 가지고 다니던 것 같은데?"

"예, 그렇습니다."

"좀 빌려주게."

"예."

려강이 공손하게 허리춤에서 은 술병을 풀더니 허리를 숙인 채 건넸다. 매장소는 술병을 받아 마개를 뽑은 다음, 두 손으로 쥐고 낭랑하게 외웠다.

"백전 용사 장군의 명성은 무너졌노라. 강가에 헤어져 돌아보니 머나먼 길, 옛 친구는 떠나고. 역수는 소소하고 서풍은 차갑노라. 자리 채운 옷들은 눈처럼 희다. 장사를 보내는 비가(悲歌)는 끊이지 않네. 울어대는 저 새 이 슬픔을 아는지, 맑은 눈물 다하여 피눈물 흘리는가. 이제 누구 있어 나와 더불어 술 마시며 달을 바라보려나. [송대 시인 신기질(辛棄疾)의 시 〈하신랑(賀新郞)〉. 한무제 때 흉노에 붙잡혀 투항한 장군 이릉(李陵)을 노래함—옮긴이] 장군, 영혼이라도 있어 마음으로 친구가 되길 바라신다면 부디 이 술을 받아주십시오!"

그는 술을 땅에 뿌린 후 고개를 젖히고 한 모금 들이켰다. 기침이 나왔지만 억지로 참으며 손등으로 입가에 묻은 술을 닦았다. 눈빛은 날카로웠고 옷자락은 마구 펄럭였다. 그는 가슴속 비분을 참을 수 없어 저도 모르게 낭랑하게 울부짖었다.

그의 뒤에 선 하동은 그 표정을 볼 수 없었지만, 그 말에 마음이 흔들렸다. 그녀는 버티고 서 있을 수가 없어 돌아서서 옆에 있는 나무에 기댔다. 눈물이 방울방울 얼어붙었다.

"섭 부인, 죽은 사람은 이미 떠났으니 너무 슬퍼 마십시오."

잠시 후, 부드러운 목소리가 귓가에 울렸다. 그가 호칭을 바꿔 부르자 더욱 마음이 쓰라렸다. 하지만 어쨌거나 하동은 규방의 아낙네가 아니었다. 오만하고 굳센 성격은 낯선 사람 앞에서 약한 모습을 보이는 것을 허락하지 않았다. 그녀는 재빨리 불안한 숨결을 가다듬은 후 뺨에 흐른 눈물을 닦고 꿋꿋하고 차분한 표정으로 돌아갔다.

"선생의 정에 감사드립니다. 조만간 답례하겠습니다."

매장소도 마주 예를 갖추며 권했다.

"제사는 마음입니다. 옷차림이 얇고 외투도 없으신데 이만 저와 함께 내려가시지요. 하늘에 계신 섭 장군도 부인께서 이렇게 고생하시는 것을 원치 않으실 겁니다."

하동도 제사를 끝내고 내려가려던 차였으므로, 굳이 거부하지 않았다. 두 사람은 묵묵히 돌아서서 산길에 난 돌계단을 따라 어깨를 나란히 하고 천천히 걸었다. 가는 동안에는 씽씽 불어대는 바람 소리와 사락사락 눈 내리는 소리뿐, 두 사람 다 아무 말도 하지 않았다.

산기슭에 이르러 저 멀리 띠를 덮은 찻집과 밖에 묶어둔 말이 보이자, 하동이 그제야 가만히 물었다.

"선생께서는 바로 성으로 돌아가십니까?"

매장소는 미소를 지었다.

"아직 정오가 지나지 않았으니 돌아가기에는 이르군요. 이웃 마을에 아름다운 석상이 있다고 하니, 시간이 난 김에 다녀오려고 합니다."

"적하진(赤霞鎭)의 석상 말인가요? 확실히 한번 볼 만하지요."

하동은 걸음을 멈추고 말했다.

"저는 경성에 일이 있어 함께 갈 수가 없군요."

"그리하십시오, 하 대인."

상황이 달라지자 매장소는 자연히 호칭을 바꿨다.

"태감 살인 사건은 확실히 조사하기가 어렵겠지요. 고생이 많으시겠지만 부디 몸조심하십시오."

하동의 눈빛이 날카로운 칼날처럼 그를 훑었다.

"무슨 말씀이신지?"

"예? 현경사가 그 사건을 맡은 것이 아닙니까?"

하동의 안색이 더욱 차가워졌다. 이 사건은 겉으로는 금군에서 조사하기로 되어 있었고, 그녀는 밀지만 받았다. 물론 조사를 시작한 이상 사람들이 알게 되는 것은 시간문제지만 이 소철은 너무 빨리 알고 있었다.

"기괴한 사건이니 현경사에서 흥미를 보일 수도 있겠지요."

하동은 대충 대답했다. 명확히 밝힌 것도 아니고 딱 잘라 아니라고 한 것도 아니었다. 그러면서 그녀는 에둘러 물었다.

"그런데 솜씨가 그렇게나 깔끔했다니 강호의 고수가 분명합니다. 소 선생께서는 어떻게 생각하시는지요?"

"강호에는 재주 있는 사람과 신비한 인물이 널렸습니다. 랑야각조차 매년 순위를 경신해서 발표할 정도인데 제가 감히 뭐라고 하겠습니까? 더욱이 강호인들에 관해서라면 현경사도 강좌맹 못지않게 잘 알고 있을 텐데요? 지금 경성에 머물고 있는 고수들 정보는 하 대인께서 저보다 더 확실히 알고 있지 않습니까?"

하동의 서릿발 같은 시선이 천천히 움직였다. 몹시 경계하는 눈빛이었다. 장경사는 황제의 심복이므로 정쟁에 끼어들 수 없으며 한쪽으로 기울어서도 안 되었다. 소철은 거의 예왕 진영의 사람이나 마찬가지니, 그와 이야기를 나눌 때는 더욱 조심하고 신중해야 했다.

매장소는 입가에 미소를 띤 채 천천히 시선을 돌렸다. 지금 하동이 무슨 생각을 하는지 당연히 알고 있었다. 경성을 통틀어 그의 진짜 목적을 알고 있는 몇 사람 외에는, 모두 그가 정쟁에 뛰어들었다는 것을 안 후로 태도가 약간씩 바뀌었다. 언예진과 사필도 예외가 아니었다.

처음부터 지금까지 진심으로 그를 대하는 사람은 오직 소경예뿐이었다. 다른 사람들 눈에 그는 기린지재를 가진 소철이었지만, 소경예의 눈에는 언제까지나 그냥 매장소였다. 그가 아무리 뛰어나고, 아무리 풍운을 일으켜도, 그 젊은이는 그와 처음 친구가 되었을 때의 마음을 추호도 잃지 않았다.

소경예는 항상 평화로우면서도 결코 무관심하지 않은 눈으로 정쟁을 지켜봐왔다. 그는 아버지의 선택이 틀렸다고 생각하지도 않았고, 소 형의 입장이 잘못되었다고 생각하지도 않았다. 단지 두 사람이 같이 서 있을 수 없는 현실에 슬퍼할 뿐이었다. 그렇다고 그 때문에 자신과 매장소 사이의 우정을 포기하려고 하지도 않았다. 그는 솔직하고 의심 없는 태도를 견지하며, 매장소의 물음에 사실대로 답했다. '소 형이 무슨 목적으로 이런 걸 묻지?' 하고 깊이 생각해본 적도 없었다. 그러지 못하는 것이 아니라 그러지 않는 것이었다.

이번 생일잔치에 초대한 것도 그랬다. 매장소는 이 젊은이의 밝은 마음을 너무도 분명하게 읽을 수 있었다.

'소 형은 제 친구예요. 소 형이 오시겠다고만 하면, 무슨 일이 있어도 보호하겠어요.'

소경예는 아버지에게 반항할 생각도, 매장소를 바꿔놓을 생각도 없었다. 그저 자신의 방식대로 친구를 사귀려 할 뿐이었다. 마치 시원한 바람 부는 하늘에 뜬 환한 달처럼. 그런 사람이 녕국후부에서 태어났다는 것이 안타까울 따름이었다.

매장소는 고개를 젓고 한숨을 쉬며 생각을 털어냈다. 덜거덕거리는 운명의 수레바퀴는 벌써 가까이 와 있었고, 이제 와서 아무리 생각해봐야 소용없었다. 지난 과거에 뿌린 씨앗을 다시 거둬들일 수 있는 사람은 없었다.

그의 감상과 침묵에 하동은 별로 주의하지 않았다. 그녀는 저 멀리 주변을 에워싼 산기슭 흙길 반대편을 바라보다가 문득 의외라는 듯 나지막이 탄성을 질렀다.

그녀의 시선을 따라 돌아본 매장소도 두 눈썹을 치켜세웠다. 산자락의 울창한 숲에서 백여 명쯤 되는 관병이 계속해서 달려나왔다. 긴 칼을 든 사람, 뾰족한 창을 든 사람은 물론이고, 등에 밧줄을 멘 사람도 있었다. 눈과 진흙이 묻은 장화와 더러워진 옷자락으로 보아, 벌써 한참 동안 숲속을 뛰어다닌 것 같았다.

"찾았느냐?"

우람한 몸집에, 복장으로 볼 때 백부장인 것 같은 무장이 뒤이어 튀어나왔다. 쩌렁쩌렁한 목소리가 메아리처럼 울려 퍼졌다.

"못 찾았습니다."

"아무것도 안 보입니다."

부하들이 차례로 대답했다. 모두 무척 실망한 표정이었다.

"촌민들이 여기서 보았다고 하지 않았느냐? 빌어먹을, 또 허탕이라니!"

백부장이 씩씩거리며 욕지거리를 했다. 그는 고개를 들다가 무의식적으로 매장소와 하동 두 사람 쪽을 바라보더니 흠칫 당황했다. 매장소는 환한 미소를 지으며 그에게 고개를 끄덕여 보였다. 이런 곳에서 우연히 아는 사람을 만나다니, 세상이 좁긴 좁은 모양이었다.

"아니, 소 선생이 아는 사람입니까?"

하동이 매장소의 표정을 살피며 물었다.

"안다기보다는 만난 적이 있지요. 정왕부의 사람입니다. 정왕 전하를 딱 한 번 찾아뵈었지만 저분은 기억에 남는군요."

하동은 약간 이상한 생각이 들었다.

"한낱 백부장을 기억할 정도라니, 남다른 부분이 있었나보군요?"

매장소는 고개를 끄덕였다.

"그 남다른 부분이 지금쯤 고쳐졌나 모르겠군요."

이상한 말이었다. 하동이 눈썹을 치키며 다시 물으려는데, 그 백부장이 성큼성큼 다가왔다. 그는 매장소를 모른 척하고 하동에게만 두 손을 모으며 예를 차렸다.

"이 몸은 정왕 휘하의 백부장 척맹입니다. 하 대인, 산에서 내려오시는 길입니까?"

하동은 그를 흘끗 살펴본 후 살짝 고개를 끄덕였다.

"그렇소."

"두 분, 산에서 괴수 같은 것을 못 보셨습니까?"

"괴수?"

하동은 눈을 찡그렸다.

"경성 관할인 이곳에 무슨 괴수가 있단 말이오?"

"있습니다. 갈색 털을 가진 괴수가 산골 백성들을 불안하게 만들고 있다 해서 저희가 명을 받고 잡으러 왔습니다."

"이 일을 시작한 지 꽤 오래된 걸로 기억하는데, 아직 못 잡으셨습니까?"

매장소가 끼어들었다.

척맹은 본래 사품의 참장이었다. 피 흘리며 얻은 계급인데, 매장소의 몇 마디 비아냥거림 때문에 백부장으로 강등되었으니 아니꼽게 생각하지 않는다면 거짓이었다. 하지만 정왕부에도 제법 혜안이 있고 사리에 밝은 사람들이 있었다. 그날 곤장을 맞은 후, 최소한 세 명 이상이 그를 찾아와 위로하고 이유를 분명하게 설명해주자 그는 부끄러움에 고개를 들 수 없었다. 때문에 매장소를 만나 다소 불편한 마음에 먼저 아는 척은 못했지만, 그가 나서서 물었을 때는 짜증 내며 무시하지는 못했다.

"동쪽 근교 산에는 숲이 많고 괴수가 워낙 교활합니다. 저희도 매일 이곳만 지키고 있을 수는 없어 백성들이 신고할 때만 오는데, 올 때마다 코빼기도 안 보이는군요. 사람들이 잘못 본 건 아닌지⋯⋯."

매장소는 눈을 크게 뜨고 너른 들판을 바라보았다. 동쪽 근교는 산맥이 연달아 솟아 있고 범위가 워낙 넓어 정해진 짐승 한 마리 잡는 일은 사막에서 바늘 찾기나 마찬가지였다. 늘 헛걸음만 하는 것도 이상한 일은 아니었다.

"이곳 백성들은 경조윤 관아에 신고해야 하지 않소?"

하동이 물었다.

"그 괴수가 워낙 무시무시하니까요. 경조윤 관아의 포졸들이 포위했다가 쉰 명 중 절반이 다쳤는데도 결국 못 잡았답니다. 고부윤께서도 어쩔 도리가 없어 정왕 전하께 부탁을 하러 오셨지요. 해결해도 별 칭찬 못 듣는 이런 일을 할 사람이 저희 전하밖에 더 있습니까?"

하동은 이 백부장의 말이 거짓이 아닌 것은 알았지만, 정왕에게 맺힌 것이 있어 가타부타 대꾸하지 않고 코웃음을 치며 매장소에게 돌아섰다.

"저는 그만 돌아가겠습니다. 다음에 뵙지요."

"조심히 가십시오."

매장소는 허리를 살짝 숙여 인사하고, 하동이 찻집에 맡겨둔 말에 올라 채찍을 휘둘러 떠날 때까지 눈으로 배웅했다. 그 후에야 그는 서서히 몸을 돌려 척맹을 쳐다보았다.

"뭡니까?"

그 시선을 받자 괜스레 찔린 척맹은 조금 전 말을 잘못 하지나 않았는지 재빨리 머리를 굴렸다. 긴장한 그의 모습을 보자 매장소는 저도 모르게 피식 웃었다.

"좋군요. 며칠 못 본 사이 반성할 줄 알게 되었으니까요. 정왕 전하께서 확실히 수하들을 잘 단속하시는 모양입니다. 사실 방금 하 대인 앞에서 한 말이 잘못된 것은 아닙니다. 그렇지만 앞으로는 가능한 한 그런 말은 삼가십시오. 정왕 전하께서는 일을 많이 하되 말은 아껴야 합니다. 그 도리는 전하 스스로도 잘 알고 계시니, 부하 되는 분들도 명심해야 합니다."

매장소는 일개 평민이고 정왕을 따르는 모사도 아니었다. 게다가 척맹과는 다소 틀어지기도 했으니, 굳이 따지자면 그에게 이래라저래라 할 자격이 없었다. 하지만 무슨 이유인지 저 나약해 보이는 몸에서 사람을 복종시키는 힘이 느껴져, 척맹은 저도 모르게 고개를 끄덕이며 '알겠습니다' 하고 대답했다.

그사이 마차를 불러온 려강이 발판을 놓고 매장소를 부축해 마차에 태웠다. 마차가 움직이려는 순간, 매장소는 갑자기 무슨 생각이 난 듯 가리개를 걷고 몸을 반쯤 내밀며 척맹에게 말했다.

"산골 백성들에게 괴수가 어떤 먹이를 좋아하는지 물어보고, 함정을 파서 유인하십시오."

척맹이 어리둥절해하는 사이 가리개는 다시 내려갔고, 마차는 마부의 채찍 소리와 함께 흔들흔들 움직이기 시작했다.

그날 저녁 매장소가 집에 돌아가자 과연 예왕이 몸소 찾아왔다고 했다. 그가 없다는 사실을 믿을 수 없었는지 끝내 후원까지 들어와 살펴보았는데, 아무래도 손님들이 거의 모였기 때문인지 오래 있지 못하고 서둘러 떠났다고 했다.

새해를 맞이한 지 열흘이 지나자, 경성 곳곳에서는 잇달아 화등(花燈)을 내걸고 원소절 준비에 들어갔다. 황궁도 마찬가지였다. 황후부터 말단 비빈에 이르기까지 모든 후궁이 온갖 기발한 생각으로 다투어 새롭고 신기한 화등을 만들었다. 보름날 황제 눈에 띄어 환심을 사기 위해서였다.

그러나 어떤 사람들에게는 이 즐겁고 상서로운 분위기도 그저 겉치레에 머물렀다. 금군통령 몽지는 태감 살인 사건 조사에 박차를 가하는 동시에 황궁의 방비를 크게 개선했다. 당번을 빈틈없이 배치하고 순찰을 강화한 것은 곧 효과를 보아, 태감들이 일부러 불을 지르려던 것을 두 번이나 저지했다. 붙잡힌 용의자는 그 자리에서 자결해 자백을 받진 못했다. 하지만 시체를 조사해보니 용의자는 외부에서 잠입한 자가 아니라 황궁에 등록된 태감이었다.

이 일로 언 황후는 그 자리에서 황제에게 꾸중을 들었고, 결국 머리를 풀고 사죄해야 했다. 황궁에서 일어난 모든 사건은 육궁의 주인인 자신의 책임이라는 것을 황후도 잘 알고 있었다. 당연히 다른 비빈들은 물론이고 월비도 아무런 처벌을 받지 않았다. 이 때문에 황후는 더욱 조심해서 후궁 사람들의 행동을 엄격히 관리했다.

황후는 선대 태부의 딸로, 열여섯 살에 아직 군왕이던 황제의 정비가 되었고 황제가 등극한 후 황후로 봉해져 지금까지 육궁을 맡고 있었다. 일찍이 은총을 잃었고 아들도 없지만, 그동안 공밥 먹듯 정실 황후 자리에 앉아 있던 것은 아니었다. 후궁을 다스리는 데 나름대로 터득한 방법이 있어서, 월씨가 황귀비로서 총애를 독차지했을 때도 큰 파란이 일어나지 않았던 만큼 지금도 마음먹고 단속하자 상황을 바로잡을 수 있었다.

황궁의 어두운 상황과는 달리 궁 밖에 있는 매장소는 무척 여유로워 보였다. 현재 경성에 있는 탁정풍과 관계된 강호 고수들을 찾아낸 후, 우리의 강좌맹 종주는 소리 소문 없이 무명의 검객 한 명을 불러들여 강호 규칙에 따라 고수들에게 도전하게 했다. 보름 만에 모든 고수가 침대에 드러누웠고 일은 깨끗이 처리되었다. 이 무명 검객은 바람처럼 빠르게 나타났다가 흔적도 없이 사라졌다.

한동안 사람들은 그자가 어디서 왔는지, 내년 랑야 고수방에 그 이름이 나타날지 이런저런 추측을 곁들여 떠들어댔다.

조력자가 사라진 탁정풍은 주변에 항상 감시의 눈길이 있다는 것을 느꼈다. 감시 솜씨도 무척 노련하여, 이상을 감지해도 붙잡을 수가 없었다. 이런 상황에서는 그 역시 움직이지 않고 기다림으로써 상대를 지치게 하는 수밖에 없었다. 사옥은 신중한 사람이어서 무슨 일이든 증거를 남기지 않기를 바랐다. 현경사가 벌써 움직였을까봐 걱정이 된 그는 무리하게 탁정풍을 재촉하지 않았다. 이렇게 대치 상태가 길어지자 경성은 자연히 평화로워졌다.

그믐날에 밤을 새는 것이 풍습이듯, 원소절에는 친구를 부르고 여자들과 아이들을 데리고 나가 화등을 구경하는 것이 풍습이었다. 황궁 안팎으로 남몰래 경비가 강화되었지만, 그 배후 인물인 매장소로서는 즐겨야 할 일을 빠뜨릴 수는 없었다. 특히 비류가 날이 어두워지기도 전에 고운 옷으로 갈아입고 새 머리끈을 묶고 나가기만을 기다리고 있을 때는 더욱 그랬다.

이날 밤은 야간 통행이 허락되기 때문에 거리에는 인파가 넘쳐났다. 려강은 단단히 긴장해서, 앞뒤 좌우로 호위병을 붙였을 뿐 아니라, 특별히 비류에게도 길을 잃어버리지 않도록 형의 손을 꼭 잡고 있으라고 당부했다.

"안 잃어!"

려 아저씨의 분부가 비류는 몹시 모욕적이었다.

"나가보면 알 거다. 원소절 거리는 아주 복잡해서 아차 하는 사이에 놓치고 만다. 비류, 절대 소홀히 하면 안 된다."

"안 잃어!"

비류는 여전히 화를 내며 우겼다.

매장소는 웃음을 꾹 참고 소년의 머리를 쓰다듬으며 부드럽게 말했다.

"오해란다. 려 아저씨는 형이 길을 잃을까봐 그러는 거야. 우리 비류가 아니라."

어리둥절해진 비류는 한참 동안 진지하게 생각해보더니, 갑자기 매장소의 손을 꽉 움켜쥐고 소리쳤다.

"안 잃어!"

려강은 그제야 안도하며 이마에 흐른 땀을 닦았다.

초경이 울리자 일행은 문을 나섰다. 등을 매단 번화가로 들어서자마자 행인들과 어깨가 부딪칠 정도로 북적이는 것을 느낄 수 있었다. 번쩍번쩍 화려한 불빛 속에 사람들이 끊임없이 밀려들고 웃음소리가 요란하게 울렸다.

이날은 대량의 수도에서 계급이나 지위가 가장 눈에 띄지 않는 하루였다. 고관 귀족이든 평민 백성이든, 등 구경을 하는 사람들 속에서는 아무 구별이 없었다. 심지어 귀족들 사이에서는 원소절에 흰옷에 가면을 쓰고 몰려다니며 등 구경을 하는 것이 유행하기까지 했다. 신분이 높은 귀부인이나 규수들만 가리개를 늘어뜨려 거리를 두었지만, 여전히 많은 사람이 평민 여자처럼 꾸미고 모자로 얼굴을 반쯤 가린 채 자유롭게 걸어다녔다. 원소절이 연인과 밀회하기 가장 좋은 날이 된 것도 이 때문이었다.

다른 아이들과 마찬가지로 비류 역시 이렇게 번쩍번쩍 빛나는 것을 좋아했다. 토끼 등, 금붕어 등, 말 등, 선녀 등, 호박 등, 나비 등…… 새로운 등이 나타날 때마다 눈을 떼지 못했다. 매장소가

'살래?'라고 물을 때마다 비류는 항상 '응!'이라고 대답했고, 결국 거리를 반도 돌아보기 전에 모두 등을 두세 개씩 들어야 했다.

"종주, 이렇게 오냐오냐하시면 안 됩니다."

참다못한 려강이 불평했다.

"이러다가 거리를 통째로 가져가려 하겠어요."

"좋아!"

소년은 무척 기뻐하며 찬성했다.

"괜찮네. 조금 있다 그들을 만나면 사람을 두 명 정도 불러 등을 옮겨달라고 하겠네. 어차피 집도 크니 처마에 매달아두면 비류도 며칠 잘 놀겠지."

매장소는 웃으면서 려강을 위로하고, 다시 비류를 돌아보며 달랬다.

"비류야, 규칙대로라면 이 등은 정월에만 걸 수 있단다. 정월이 지나면 모두 치워야 해, 알겠지?"

"알았어!"

려강은 쓴웃음을 지으며 포기하고, 목을 길게 빼고 앞을 바라보았다.

"사람이 이렇게 많은데 어떻게 찾지요?"

"복숭아 등을 찾게. 복숭아 등 아래에 있으라고 했으니……."

매장소의 말이 떨어지기 무섭게 호위무사 한 명이 외쳤다.

"저깁니다!"

모두 그가 가리킨 방향으로 고개를 돌렸다. 50보 정도 떨어진 곳에 어마어마하게 큰 복숭아 등 하나가 서서히 솟아올랐다. 분홍색 망사에 노란 꽃술을 달아 매우 정교하게 만든 등이어서, 온갖 등이 가득한 거리에서도 눈에 확 띄었다.

"저렇게 크니 못 찾는 것이 더 어렵겠군."

매장소는 웃으며 사람들을 이끌고 등을 향해 걸어갔다. 겨우 50보 거리였지만 밀고 밀리느라 거의 일각이 지나서야 간신히 도착할 수 있었다.

"꼬마 비류, 이 복숭아 등 너 줄게. 좋지?"

언예진이 등이 달린 기다란 막대를 흔들며 실실 웃었다.

"응!"

"고맙다고 해야지."

매장소가 일깨워줬다.

"고마워!"

"사람이 너무 많군. 자네가 말한 묘음방까지 가다가 날이 새지나 않을지……."

매장소는 파도처럼 밀려드는 인파를 바라보며 한숨을 쉬었다.

"자네들과 나오기로 한 것이 후회스럽군."

"걱정 마세요."

소경예가 말했다.

"중심가라서 이렇지, 골목으로 가면 바로 묘음방 후문으로 갈 수 있어요. 그런 길은 예진이 잘 알죠. 아마 며칠 전에도 다녀왔을 테니……."

언예진이 그런 그를 흘겨보았다.

"알면 뭐? 부끄러운 일도 아닌데. 본래 대영웅이란 꾸미지 않고 자연히 풍류를 드러내는……."

"됐어요, 됐어. 풍류는 잠시 미루고 빨리 가자고요. 더 늦었다간 예약한 자리가 취소될지도 몰라요. 궁우 낭자가 어렵사리 공연장에 나와 새 곡을 연주한다잖아요."

사필이 끼어들어 중재했다. 일행은 사람들 틈을 비집고 골목 입구로 들어선 다음에야 겨우 숨을 돌렸다.

중심가가 아닌 골목으로 가면 약간 돌아야 했지만, 속도는 훨씬 빨랐다. 싸늘한 달빛을 받으며 청석 위를 걷는 동안 귓가에는 여전히 큰길에서 나는 왁자지껄한 소리가 들렸다. 덕분에 사람들은 마치 서로 다른 두 개의 세상 사이에 있는 듯한 기분이었다. 나시 거리에 이르자 더욱 화려하고 번화한 환락가의 풍경이 펼쳐졌다.

언예진은 음악을 무척 좋아해서 묘음방의 단골이었고, 평소 그와 함께 오는 사람들은 보통 신분이 아니었다. 그래서 문으로 들어서자마자 일행은 빈틈없는 접대를 받았다. 붉은 옷을 입은 애교 많고 사랑스러운 아가씨 두 명이 동행하며 그들을 예약한 좌석으로 안내했다.

묘음방의 공연장은 무척 넓었고, 높이 창을 낸 둥근 지붕을 얹어 소리를 유지하는 효과가 뛰어났다. 공연장 안의 탁자는 거의 찼지만, 사람 수를 제한했기 때문에 비좁거나 시끄럽지 않았다. 한발 늦게 오는 바람에 자리를 차지하지 못한 명문 귀족이 적잖이 있었지만, 소란을 피우지는 않았다. 묘음방의 다른 누각에서도 근사한 연주가 준비되어 있는데다, 명문가 자제들은 본래 체면을 중요시하기 때문이었다. 하문신같이 품위 없는 사람은 별로 없었고, 아무리 기분 나빠도 청루에서 소란을 피워 웃음거리가 되려고 하지 않았다. 일찍부터 예약한 사람은 대부분 음악을 좋아하는 사람이었다. 그래서 궁우가 나오기 전에 이리저리 다니며 서로 새해인 사를 했다. 가만히 앉아만 있는 매장소에게도 몇 사람이나 찾아와 '안녕하십니까, 소 선생' 하며 인사를 건넸다. 물론 매장소는 누가 누군지 몰랐지만.

바쁜 시간이 지나고 인사를 끝낸 소경예와 사필이 자리로 돌아왔지만, 언예진은 여전히 어디로 갔는지 보이지 않았다. 이곳의 모든 사람이 그와 교분이 있는 모양인지, 그는 마지막 순간까지도 나타나지 않았다.

"아니, 저희와 함께 나온 게 또 후회되세요, 소 형?"

사필이 자줏빛 도자기 주전자(자사호)로 차를 따르며 우스개로 묻자, 매장소는 사방을 둘러보며 탄식했다.

"이렇게 어수선한 곳에서 무슨 음악을 감상한단 말인가?"

"그렇지 않아요."

소경예가 평소답지 않게 그의 말에 반박했다.

"궁우 낭자의 뛰어난 연주가 소란을 잠재울 거예요. 그녀가 나타나면 아수라장도 절간처럼 조용해지니 걱정 마세요."

그의 말이 떨어지기 무섭게 징이 두 번 울렸다. 크지도 작지도 않은 소리였지만 시끌시끌한 공연장을 관통했다. 마치 심장이 뛰는 사이사이에 맞춰 울린 것 같아서, 사람들의 마음은 징소리를 따라 묵직하게 가라앉았다. 매장소의 눈썹이 살짝 흔들렸다. 어느새 언예진이 자리로 돌아와 있었다. 신출귀몰한 움직임이 비류 못지않았다.

이때 공연장 남쪽의 무대 위로 머리를 땋은 어린이 두 명이 걸어나와, 주홍색 비단으로 만든 장막을 천천히 양쪽으로 젖혔다.

장막 뒤에는 금 하나, 탁자 하나, 의자 하나뿐이었다. 사람들의 시선이 무대 좌측 출구로 향했다. 몇 번 되지 않은 궁우 낭자의 공개 공연에서 그녀가 항상 그쪽에서 나왔기 때문이다.

과연 잠시 후, 분홍색 치맛자락이 무대 옆에 나타났다. 꽃신 끝에 달린 노란 방울이 바르르 떨리면서 잠시 멈칫했다가, 마침내 앞으로 나왔다. 그 사람은 곧 모든 사람의 눈길을 받았다.

"우우!"

공연장에서 실망의 소리가 터져나왔다.

"여러분, 모두 자주 묘음방을 찾아주시는 낯익은 분들이니 부디 제 체면 좀 세워주세요."

묘음방 주인 신 이모가 손수건을 흔들며 애교 있게 웃었다.

"궁 낭자는 곧 나옵니다. 그런 얼굴로 절 보실 필요 없어요."

신 이모는 중년이었지만 젊은 시절의 아름다움은 아직 남아 있었다. 탁자 사이를 이리저리 움직이며 익살을 떨자 가는 곳마다 즐거운 웃음이 터져나왔다. 사람들이 그녀의 농담에 한참 넋이 팔렸다가 돌아보니, 어느새 궁우 낭자가 금 앞에 앉아 있었다. 그녀가 언제 나왔는지 아무도 보지 못했다.

묘음방의 간판 아가씨로서, 기예만 팔고 몸을 팔지 않는 궁우는 나시 거리를 통틀어 가장 만나기 힘든 사람이었다. 비록 미모로 이름이 난 것은 아니지만, 이는 그녀의 연주 솜씨가 정말이지 무척이나 눈부시기 때문이었다.

사실 궁우의 외모는 매우 뛰어났다. 버들가지 같은 눈썹에 봉황 같은 눈, 옥같이 고운 피부를 지녔고, 눈가에 서린 곧은 기질 덕분에 전혀 연약해 보이지 않아 수수한 차림새에도 마치 신선의 아내처럼 눈에 띄었다. 비록 랑야방에 오른 적은 없지만, 궁우가 미인이라는 것은 아무도 부인할 수 없었다.

모든 사람이 궁우가 나타났다는 것을 알아채자, 신 이모는 살그머니 옆으로 물러나 익랑에 놓인 의자에 앉아 말없이 공연장 상황을 지켜보았다.

신 이모가 나와서 농담할 때와는 달리, 궁우는 무대에 나와서도 인사 한마디 없이 금을 조율했다. 그리고 생긋 웃기만 한 다음, 하얀 손을 들어 연주를 시작했다.

처음 세 곡은 모두 잘 아는 옛 곡 〈양관삼첩(陽關三疊)〉, 〈평사낙안(平沙落雁)〉, 〈어초문답(漁樵問答)〉이었다.

잘 알려진 곡이기 때문에 연주자의 수준이 얼마나 높은지, 감정을 얼마나 실었는지 확연히 드러났다. 궁우 같은 연주의 대가에게 실수란 있을 수 없었다. 거침없는 연주가 사람들을 끌어들여, 음악을 들으면서도 그 사실을 잊게 만들었다. 마치 심신을 깨끗이 씻어내는 듯해 진짜 같으면서도 환상적이었다.

세 곡이 끝나자 시중드는 아이가 비파를 가져왔다. 가슴 에이는 〈한궁추월(漢宮秋月)〉에 이어, 맑고 깨끗한 〈춘강화월야(春江花月夜)〉가 울렸다. 곡이 끝난 후에도 여음이 길게 이어져, 모두 달 밝은 봄날 강물에 푹 잠긴 것처럼 여유롭게 곡을 음미하며 정신을 차릴 줄 몰랐다.

언예진은 하늘하늘한 기분으로 손에 든 옥비녀로 박자를 맞추며 읊었다.

"봄날 강물은 바다에 닿고, 바다 위로 밝은 달 솟아오른다. 출렁출렁 파도 따라 천만리를 가니 봄날 강에 달 밝지 않은 곳 있으랴? 강물은 향기로운 땅 굽이굽이 흐르고, 달빛 비친 꽃밭은 싸락 눈 같구나. 하늘에서 서리 내려 흩날림을 모르고, 강가 흰 모래도 보이지 않는구나. 같은 빛깔 강과 하늘에 티끌 하나 없으니 교교 한 하늘에 외로운 달 하나. 강가의 그 누가 달을 처음 보았는가? 강가의 달 언제 처음 사람을 비추었는가? 대대손손 끝없는 인생 강가의 달만이 그와 같구나. 강가의 달 누구를 기다리는가? 흐르 는 물만 실어 보내는구나……." [당대 시인 장약허(張若虛)의 〈춘강화월야〉 의 한 구절―옮긴이]

가벼운 읊조림이 끝나기 전에, 궁우가 고운 눈을 깜빡이며 파초 같은 손가락으로 다시 현을 탔다. 곡조가 시에 어우러지고 시가 곡조에 어우러져 서로 섞이며, 마치 미리 연습한 것처럼 조화를 이뤘다.

곡이 끝나고 읊조림이 멈추자 장내는 고요했다. 궁우가 버드나 무 같은 눈썹을 살짝 치켜들며 '술'이라고 외치자, 아이가 금 주 전자와 옥배를 받쳐 들고 나왔다. 그녀는 한잔 가득 따라 마신 후 잔을 쟁반에 내려놓고 비파에 손을 올려 주의 깊게 한 번 쓸었다. 느닷없이 굉음이 울렸다.

"십삼 선생의 새로운 곡 〈재주행(載酒行)〉입니다. 평가를 부탁드 립니다."

이 한마디뿐 쓸데없는 말도 없었다. 음악이 시작되자 뜻밖에도 날카로운 무기로 빙하를 두드리는 듯한 소리가 났다. 호방하고 비 창한 격앙된 곡조가 잡다하게 뒤섞였으나 튀지는 않았다. 때로는 취해서 노래하는 듯 때로는 술로 웅심을 돋우는 듯하면서 기승전 결이 거칠게 이어졌다. 섬세한 옛 곡 이후에 연주된 이 음악은 사람들의 마음을 더욱더 사로잡았다. 모두 호기가 샘솟아 저도 모르게 잔을 들어 꿀꺽꿀꺽 들이켰다.

곡이 끝나자 궁우는 천천히 일어나 살짝 인사를 했다. 공연장에 잠시 정적이 흘렀다가 갑작스레 박수갈채가 터져나왔다.

"오늘 밤 이 곡을 들은 것만으로도 충분히 만족합니다."

소경예는 감정을 추스르지 못하고 연달아 두 잔을 비운 후 탄식했다.

"십삼 선생의 새 곡은 정말 호방하고 자유롭군요. 남자들을 고무시키면서도 웅심을 완전히 펼치지 않는 매력이 있습니다. 연약한 궁 낭자의 손가락에 이런 힘이 있을 줄이야. 지금까지 몰랐다니 정말 부끄럽습니다."

"그 말만으로도 곡을 알아보았다 할 수 있지."

매장소는 잔을 들어 입술에 대고 한 모금 맛보았다. 무대 위의 궁우를 향하는 그의 눈빛이 살짝 굳었다. 짧은 순간이지만, 시선이 마주쳤을 때 궁우의 얼굴에 살며시 홍조가 떠올랐다. 옅은 홍조가 운치를 더했다. 그녀는 계속 인사를 하며 공연장의 박수 소리에 답례한 다음, 사뿐사뿐 앞으로 나와 붉은 입술에 미소를 머금고 조용히 말했다.

"잠시 정숙해주시지요, 여러분."

아리땁고 부드러운 목소리는 우렁찬 환호에 묻혀 아무 효과를 보지 못해야 했지만, 그 순간 징 소리가 다시 한 번 울렸다. 그 소리가 사람들의 가슴을 두드린 것처럼 주위는 단박에 조용해졌다.

"원소절에 이렇게 묘음방을 찾아와 격려해주시니 참으로 영광입니다."

궁우가 눈가에 웃음을 띠고 은쟁반에 옥구슬 굴러가는 목소리로 말하자, 관중은 저도 모르게 귀를 기울였다.

"여러분을 즐겁게 해드리기 위해 궁우가 특별히 놀이를 준비했습니다. 함께 즐기실는지요?"

즐길 거리가 남아 있다는 말에 뜻밖의 행운을 얻은 손님들이 입을 모아 외쳤다.

"좋소! 좋소!"

"소리를 듣고 악기를 맞히는 놀이입니다. 찾아주신 분이 많아 시끄러울 수 있으니, 탁자마다 한 조가 되어 진행하시지요. 제가 장막 뒤에서 음을 연주하면, 어떤 악기로 낸 소리인지 알아맞히시면 됩니다. 가장 많이 맞힌 조에 큰 선물을 드리겠습니다."

손님들은 음률에 능통한 사람들이어서 어려울 것이 없었으므로 모두 찬동했다. 궁우가 웃으며 물러나자, 머리를 땋은 아이 두 명이 다시 나와 장막을 내렸다. 공연장은 점점 조용해지고 모두 주의 깊게 귀를 기울였다.

잠시 후, 장막 안에서 첫 번째 소리가 들렸다. 음악을 아는 사람들이기에 곡 전체를 연주하면 너무 쉬워서 한 음만 연주한 것이다. 장내가 잠시 웅성웅성하더니, 동쪽 창 가까이 있는 탁자에서 누군가 일어나 큰 소리로 외쳤다.

"호금!"

머리를 묶은 소녀가 달려나와 명주로 만든 모란 한 송이를 바쳤다. 그 사람은 득의양양하게 자리에 앉았다. 두 번째 소리가 들렸다. 소경예가 즉시 손을 들고 웃으며 말했다.

"호가(胡笳)!"

소녀가 또다시 황급히 달려와 모란을 전해줬다.

"왜 그렇게 빨라!"

언예진이 씩씩거리며 친구를 원망했다.

"우리는 한 조라고요!"

사필이 참지 못하고 웃어댔다.

세 번째 소리가 들렸다. 언예진이 벌떡 일어나 크게 외쳤다.

"호생(蘆笙, 고대 황관악기)!"

덕분에 모란 한 송이를 더 얻었다.

네 번째 소리가 들렸다. 국구 공자와 다른 탁자의 누군가 거의 동시에 '공후'라고 외쳤다. 소녀는 곤란한 듯 두 사람을 번갈아 보더니, 아무래도 두 송이를 얻은 이쪽보다는 약자 우선 원칙에 따라 꽃을 전해줬다.

다섯 번째 소리가 들렸다. 잠시 침묵이 흘렀다. 매장소가 사필의 귀에 뭐라고 속삭이자, 사필이 손을 번쩍 들었다.

"동각(銅角)!"

"동각이 뭐예요?"

언예진이 새로 얻은 모란을 바라보며 바보처럼 물었다.

"변방에 있는 군대에서 일종의 예악이나 군악에 종종 쓰는 악기인데 주로 동물의 뼈로 만드네. 자네들 같은 경성의 공자들은 거의 본 적이 없겠지."

매장소가 설명하는 사이 여섯 번째 소리가 들렸다. 이쪽이 설명을 듣느라 정신이 팔려 있는 동안, 건너편 탁자에서 소리쳤다.

"고훈(古塤, 고대 관악기)!"

이어서 피리, 방고(梆鼓, 대나무로 만든 악기), 해금, 동슬(桐瑟), 석반

(石磬, 고대 타악기), 방향(方響), 배소(排簫) 등의 악기가 연주되었다. 초강력한 이쪽 조는 매장소의 판별력과 언예진의 빠르고 경망스런 움직임 덕분에 자못 풍성한 전과를 거뒀다. 마지막으로 장막이 살짝 흔들리더니 뚝딱거리는 소리가 들렸다.

공연장은 잠시 조용해졌다. 곧 잇달아 사람들이 일어났지만 끝내 맞히지 못하고 다시 앉아야 했다. 언예진은 눈을 찡그리고 입술을 깨물며 한참 동안 머리를 굴렸지만 결국 자세를 낮추고 조언을 구했다.

"소 형, 무슨 소린지 아시겠어요?"

매장소는 웃음을 참으며 그의 귀에 속삭였다. 언예진은 눈을 둥그렇게 뜨며 놀란 목소리로 외쳤다.

"목어?"

그 말이 떨어지자 소녀가 쪼르르 달려왔다. 동시에 다시 장막이 걷히고 궁우가 고운 눈동자를 굴리며 장내를 둘러보았다. 이쪽에 모란이 가장 많이 쌓여 있는 것을 보자, 그녀는 절로 활짝 웃었다.

"선물! 선물!"

언예진은 잔뜩 들떠서 궁우를 향해 손을 흔들었다.

"궁우 낭자, 무슨 선물을 줄 거예요?"

궁우가 눈동자를 굴리며 분홍빛 뺨 위에 보조개를 지었다. 그녀는 빠르지도 느리지도 않게 말했다.

"궁우가 비록 예기(藝伎)이나 평소 묘음방에서만 연주를 했습니다. 허나 승리하신 분께 감사드리기 위해, 여러분의 저택에서 가까운 시일에 연회를 베푸신다면 금을 들고 찾아가 하루 종일 흥을 돋우겠습니다."

이 말이 나오자 장내가 소란스러워졌다. 궁우는 관기가 아니었고 성격도 오만해서 한 번도 부름을 받아 나간 적이 없었다. 왕공 귀족이라 해도 그녀를 나시 거리에서 한 발짝이라도 나오게 할 생각은 꿈도 꾸지 말아야 했다. 밖으로 나가 연주를 한다는 것은 그야말로 전에 없던 일이었다. 모두 놀라고 부러워했고, 특히 언예진은 기쁜 나머지 눈이 사라질 정도로 웃어댔다.

"궁우 낭자가 와준다면야 계획이 없어도 연회를 베풀어야지!"

그때 매장소가 고개를 살짝 돌리고 나지막이 물었다.

"궁 낭자, 이 약속에 기한이 있소? 반드시 며칠 안에 해야 하는지, 아니면 조금 미뤄도 되는지? 예를 들어 4월쯤······."

그의 한마디가 언예진을 깨우쳐, 그도 황급히 따라 물었다.

"맞아, 맞아. 4월에도 괜찮아요?"

궁우는 빙긋 웃으며 대답했다.

"올해 안에 언제든지 불러주세요."

"잘됐다!"

언예진이 소경예의 어깨를 두드렸다.

"네 생일잔치에 이 정도면 엄청난 선물이라고!"

소경예도 호의를 알고 굳이 반대하지 않았다. 그의 생일잔치는 언제나 마음먹은 대로 할 수 있었다. 한번은 나쁜 친구의 꾐에 넘어가 망사에 미인을 싸서 데려오다가 아버지에게 딱 걸렸는데도, 아버지는 고개를 설레설레 저으며 웃어넘겼다. 하물며 경성에서 유명한 궁우 같은 연주의 대가라면 더욱 아무 문제 없었다. 특히 리양 장공주 역시 음악을 좋아했다. 신분 때문에 직접 묘음방에 갈 수 없어 궁우의 연주를 듣지 못했지만, 이제 궁우를 불러 어머니께도 연주를 들려줄 수 있게 되었으니 기쁜 일이었다.

"그럼 결정! 궁우 낭자, 4월 12일에 녕국후부에 걸음해주시오."

언예진이 손바닥을 딱 마주치며 결론을 내렸다.

사필이 질투하는 척 웃으면서 형님은 운도 좋다고 떠들었고, 옆에 있던 사람들도 축하를 했다. 언예진은 의기양양하게 이리저리 답례했고, 궁우는 귀밑머리를 만지작거리며 엷게 웃기만 했다. 이 시끌시끌한 와중에 매장소는 눈을 내리뜨고 탁자에 놓인 옥배의 연푸른 술을 응시하다가 잔을 들었다. 그리고 술과 함께 소리 없는 탄식을 삼켰다.

화약 폭발

—

28

—

새봄을 맞이하면서 다사다난했던 지난해의 긴장된 형세도 최소한 겉보기에는 조금 완화되었다. 후궁에서는 월비가 약한 척 납작 엎드리고, 황후는 육궁을 안정시키는 데 힘을 쏟느라 한동안 아무 충돌도 일어나지 않았다. 조정에서도 태자와 예왕은 여전히 정치적 견해가 달랐지만, 얼마간은 별다른 도화선이 없어 날카롭게 맞서는 상황은 줄어들었다. 황제가 정무를 시작한 정월 16일부터 두 사람은 한 번도 직접적으로 맞서지 않았기 때문에 모두 무척 평화롭게 느꼈다. 너무 평화로워서 도리어 불안할 지경이었다.

과연 한가한 나날은 오래가지 못했다. 정월 21일, 엄청난 굉음이 경성을 뒤흔들었다. 그때 창가에서 따사로운 겨울 햇볕을 쬐던 매장소는 경미한 진동을 느꼈고, 약 한 시간 후 그것이 착각이 아니었다는 것을 알게 되었다.

"사설 제포방이 만든 화약이 갑자기 폭발했다?"

려강이 처음 이 소식을 전했을 때 매장소는 눈을 감고 혼잣말을 중얼거렸다.

"역시 예왕은 나보다 무자비하군. 이렇게까지 일을 벌이다니……."

"요즘 눈도 내리지 않아 건조한 상태에서 불꽃이 튀어 그랬다는군요. 폭발 때문에 제포방이 통째로 날아갔고, 주변에 있던 민가들까지 피해를 입었습니다. 첫 조사에서만 90여 가구가 말려들었다고 나왔는데, 대부분이 폭발 뒤에 이어진 화재 때문이랍니다. 이웃 태반이 불에 타 사상자가 이만저만이 아니었지요. 시체도 온전치 못해서 구체적으로 몇 명이나 죽었는지 집계하기도 어렵답니다. 사설 제포방 안에만 수십 명이 있었으니 뜻밖의 사고를 당한 백성들까지 합치면 최소한 백 명이 넘을 겁니다."

"다친 사람은?"

"거의 백오십 명 가까이 되고, 중상자는 서른 명 정도입니다."

"화재 상황은 어떤가?"

"다행히 오늘은 바람이 없어 다른 곳까지 번지진 않았지요. 지금은 어찌어찌 진압은 했습니다. 하지만 불길은 거센데 가장 먼저 도착한 경조윤 사람은 몇 명 되지도 않아서, 주민들이 자발적으로 불길을 잡으려고 나섰어도 어쩔 도리가 없었다지요. 근방에 사는 사람들이 서둘러 재물을 옮기는 사이 도둑질을 하는 간악한 자들도 있었습니다. 그때쯤 순방영이 도착했는데, 도둑들을 잡으면서 정신없는 틈에 물건을 슬쩍하기도 하는 등 무척 혼란스러웠다고 합니다. 결국 정왕 전하께서 병사를 이끌고 도착한 다음에야 진압되었지요. 정왕 전하는 이재민들과 부상자들이 잠시 머물 수 있도록 군의 장막 일부를 제공하셨습니다. 태의원의 의원이나 약품은 모두 관유물이라 당장 조달할 수 없었기 때문에 민간에서 징발을 하신다기에, 경성에 있는 약재상 형제들에게 가서 도우라고 일러 뒀습니다."

"잘했네."

매장소는 칭찬을 한 후 덧붙였다.

"화상은 치료하기가 쉽지 않아. 심양(瀋陽)의 운가에 괜찮은 고약이 있으니, 빠른 말로 구해 와서 정왕께 전해드리게."

"예."

매장소의 눈빛이 희미하게 반짝였다.

"정월도 거의 끝나가고 사설 제포방의 위험한 시기도 지났는데 이런 참혹한 사고가 일어나다니, 때가 너무 딱 떨어지는군. 예왕에게 초점을 맞춰 철저히 조사해서 어떻게든 그가 이 사건을 일으켰다는 증거를 찾아내라고 하게. 그 많은 목숨을 이렇게 헛되이 보낼 수야 있나. 조사에 진전이 있으면 즉시 은밀히 보고해주게."

"예."

려강이 허리를 숙이고 물러가자, 매장소는 천천히 일어나 책상 쪽으로 갔다. 그리고 마음을 가라앉히고자 새하얀 화선지를 한 장 펼쳐 붓에 먹을 찍어 그림을 그리기 시작했다. 비류도 들어와 붓을 들고 아무 말 없이 한쪽에 엎드려 그림을 그리면서 함께해줬다. 창밖의 햇발이 느릿느릿 자리를 옮기고, 매장소의 마음도 차츰 가라앉았다. 그림을 다 그린 후 붓을 놓고 일어나자, 약간 허리가 쑤셨다. 곁에 있던 소년도 따라서 고개를 들었다. 곱고 커다란 눈에 애정이 묻어났다.

"나가 놀래, 비류?"

"아니!"

소년은 고개를 저었다.

"그럼 형이랑 같이 나갈까?"

"좋아!"

매장소는 옷걸이에서 담비가죽 깃을 단 털옷을 꺼내 걸치고 방문을 나섰다. 정원을 지키던 호위가 외출복 차림의 그를 보고 재빨리 작은 가마를 준비했다. 대문을 나선 일행은 매장소의 지시대로 요리조리 골목을 통과해 연기가 가시지 않은 거리 끝에 도착했다.

검문소는 없었지만 경조윤 관아의 포졸이 두셋씩 짝을 지어 쓸데없이 드나드는 사람들을 막았다. 멀리서 보니 이웃집 반은 담벼락이 무너지고 탄내가 자욱했다. 이따금씩 남은 불씨가 피어오르면 순찰 도는 관병들이 물을 뿌려 껐다. 매장소는 가마에서 내려 어수선한 거리 안쪽으로 들어갔다. 경비를 맡은 포졸은 범상치 않은 그의 차림새를 보자, 맡은 업무대로 심문하면서도 상냥하게 대했다.

"나는……."

매장소가 뭐라고 해야 좋을까 고민하는데, 문득 정왕부의 중랑장 열전영이 저쪽 모퉁이를 돌아 나오는 것이 보였다. 매장소는 고개를 들고 그를 향해 인사했다. 사실 열전영은 매장소와 이야기를 나눠본 적조차 없었다. 하지만 정왕부의 내부 정돈을 직접적으로 불러일으킨 이 소 선생에게 깊은 인상을 받았기 때문에, 그가 먼저 인사를 해오자 즉시 예의를 갖춰 답했다.

인사를 나누는 두 사람을 본 포졸들은 모두 정왕부 사람이라고 생각하고 황급히 길을 비켜주었다. 매장소가 빠른 걸음으로 다가가 물었다.

"정왕 전하께서는 어디 계십니까?"

"저 안쪽입니다."

열전영이 손짓으로 방향을 가리키더니, 갑자기 아니다 싶은 생각이 들었는지 물었다.

"전하께서 선생을 부르셨습니까?"

매장소는 그를 흘끗 돌아본 후 장난삼아 이렇게 대답했다.

"아닙니다. 전하께서는 계속 저를 피하십니다. 오늘 이곳에 계시다기에 찾아왔지요."

"예?"

열전영이 어리둥절해하는 사이 매장소는 보란 듯이 가버렸다. 그가 정신을 차리고 황급히 쫓아갔을 때, 마침 정왕이 근위병들을 데리고 순찰을 돌며 나타났다. 세 사람이 딱 마주쳤다.

"소 선생?"

뜻밖이긴 했지만 정왕은 곧 어떻게 된 일인지 짐작했다.

"역시 경성에서 일어나는 일은 소 선생 눈을 피할 수 없구려."

매장소는 사방을 둘러보았다. 귓가에는 여전히 구슬픈 울음소리가 들려왔지만 거리를 떠도는 사람은 없었다. 거리 양쪽으로 장막이 다닥다닥 붙어 서 있고, 관병들이 김이 모락모락 나는 음식을 장막마다 돌아다니며 나눠주고 있었다. 길 반대편 끝에서 약초 냄새가 풍겼고, 동시에 하얀 천을 덮은 들것이 나갔다.

"전쟁터라면 이 정도는 아무것도 아니겠지요. 하지만 번화한 대량의 수도에서 벌어진 일치고는 너무 참혹하군요."

매장소가 탄식하며 말했다.

"전하께서 정말 수고가 많으십니다."

"모두 성실하고 부지런한 백성들이오. 옆집이 화약고인 줄 누가 알았겠소."

정왕도 따라서 한숨을 지으며 옆에 선 열전영을 돌려보냈다.

"이것도 다 운명인가보오. 하루만 늦게 터졌어도 좋았을 텐데."

"무슨 말씀이십니까?"

매장소의 눈썹이 꿈틀했다.

"어제 심추가 기뻐하며 알려줬소. 드디어 태자와 전 호부상서 루지경이 만든 사설 제포방이 폭리를 취한 사실을 밝혀냈다고 말이오. 다만 당장 손을 쓸 권한이 없기 때문에, 경조윤부의 협조를 받아 이곳을 봉쇄하여 부정 축재한 돈을 몰수하고 용의자를 체포할 수 있도록 허락해달라는 상소를 올렸다고 했소. 하루 이틀 안에 비답이 올 거라고 자신했는데, 뜻밖에도 상소가 올라가자마자 이렇게 참혹한 사고가 벌어져 백여 명의 목숨이 눈 깜짝할 사이에 재로 변했소. 대부분이 아무 이유도 없이 날벼락을 맞은 것이나 다름없소."

매장소가 그를 빤히 쳐다보았다.

"전하께서는 이것이 사고라고 생각하십니까?"

순간 정왕의 시선이 멈칫했다. 그는 천천히 고개를 돌려 매장소의 얼굴을 똑바로 보며 싸늘한 목소리로 물었다.

"무슨 말을 하는 거요?"

"후임자인 심추가 전임자를 탄핵하면, 제아무리 많은 증인과 물증을 제시하고 시끄럽게 굴어도 횡령 사건에 불과합니다. 태자는 어쨌든 태자이고, 폐하께서 뭐라고 꾸짖으셔도 결국 솜방망이 처벌을 하실 겁니다. 하지만 폭발이 일어나는 바람에 이 사건을 모르는 사람이 없게 되었습니다. 아무래도 백여 명이 목숨을 잃었고 백성들의 원성도 자자하니, 곧 이러쿵저러쿵 말이 많아지겠지요. 태자가 받을 처벌도 훨씬 무거워질 겁니다. 잘 생각해보십시오. 사건이 커지면 태자는 필시 손해를 봅니다. 그럼 누구에게 이득이겠습니까?"

"겨우 태자에게 더 큰 타격을 입히기 위해 사람 목숨을 이렇게 가벼이 다뤘단 말이오?"

정왕이 얼굴을 굳혔다. 피부 위로 노기가 스멀스멀 올라오고 입술은 쇳덩이처럼 무겁게 닫혔다. 그는 거칠게 혼잣말을 하더니, 별안간 의심스런 눈빛으로 매장소에게 시선을 던졌다.

"소 선생이 예왕에게 올린 계책이오?"

처음에는 매장소도 자신이 잘못 들었나 했지만, 고개를 돌려 정왕을 바라본 순간 그가 바로 그 뜻으로 말했다는 것을 깨달았다. 오해였고 정황상 그리 화낼 일도 아니었지만, 무슨 이유에선지 매장소는 화가 부글부글 끓었다. 그는 억지로 화를 가라앉히고 한참 만에야 겨우 차갑게 대꾸했다.

"아닙니다. 저도 일이 벌어진 후에야 조사하고 추측한 겁니다."

정왕은 그의 굳은 표정과 쌀쌀한 목소리에 실수했다는 것을 알고 미안한 마음에 서둘러 해명했다.

"내가 오해했소. 너무 마음에 두지 마시오."

매장소는 담담하게 고개를 돌려 짙은 연기에 까맣게 그을린 무너진 집들을 바라보며 아무 말도 하지 않았다. 자존심이 강한 정왕은 사과를 해도 상대방이 아무 반응이 없자 더 말하려 하지 않았고, 분위기는 순식간에 썰렁해졌다.

그때 정왕부의 내사(內史) 한 명이 달려와 보고했다.

"전하, 명을 받고 조사를 완료했습니다. 부중에서 조달한 물자 외에도, 군에서 도합 장막 200개, 이불 450장을 사용했습니다. 군수물자이니 병부에 보고해야 하지 않겠습니까?"

"알려줘서 고맙네. 잊을 뻔했군. 큰일은 아니지만 그래도 보고는 하는 편이 좋겠지."

"예."

내사가 물러가려는데, 문득 매장소가 뭐라고 말했다. 소리가 작아, 겨우 한 걸음 떨어진 곳에 있던 정왕도 처음에는 제대로 들었는지 확신하지 못했다. 돌아보니 매장소는 한 번 더 말할 생각이 없는 듯 차분한 표정으로 눈을 내리깔고 있었다. 정왕은 저도 모르게 슬쩍 마음이 움직여 내사에게 말했다.

"할 일도 많을 텐데, 본 왕이 그랬듯이 자네도 잊은 것으로 치고 잠시 보고하지 말게."

내사는 그가 이런 이상한 분부를 내린 까닭을 알 수 없어 한동안 의아한 듯 우물거렸다. 정왕이 인상을 쓴 다음에야 '예' 하고 냉큼 대답한 후 물러갔다.

그가 멀리 사라지자 마침내 정왕이 느릿느릿 입을 열었다.

"저 군수물자들이 내게 지급된 것은 맞지만, 이재민들에게 주는 것은 올바른 용도가 아니라는 것을 선생도 알 거요. 규칙대로라면 병부에 알리는 것이 맞는데, 어째서 보고하지 말라고 했소?"

"지금이 전시 상황입니까?"

"아니오."

"저 정도면 대량의 물품입니까?"

"수량만 따지면 별것은 아니오."

"장막과 이불을 한 번 사용하면 재활용할 수 없습니까?"

"물론 나중에 회수할 거요."

"전쟁이 난 것도 아닌데 장막과 이불 몇 개 빌려 쓴 것이 무슨 큰일입니까?"

"큰일은 아니지만 규칙대로라면 보고를 해야……."

"보고하지 않으면요?"

정왕이 눈빛을 굳혔다.

"알다시피 병부는 태자의 손아귀에 들어 있소. 비록 작은 잘못이지만 꼬투리를 잡히면 탄핵당할 수도 있소."

"바로 그겁니다."

매장소는 몸을 돌려 정왕과 마주 섰다.

"전하께서는 이재민에게 은혜를 베푸셨습니다. 그게 나쁜 일입니까?"

"물론 아니오만……."

"전하께서는 좋은 일을 하셨고, 고작 사소한 잘못이 있었을 뿐입니다. 거론할 가치도 없지요. 실수라고 이해해줄 수 있는 일인데도 병부는 군이 물고 늘어지려 할 겁니다. 이 얘기가 조정에 들어가면 대신들은 전하께서 용서 못할 죄를 지었다고 생각할까요, 아니면 태자가 병부를 이용해 전하를 억압한다고 생각할까요?"

매장소의 입가에 한 줄기 냉소가 떠올랐다.

"태자도 한 손으로 하늘을 가릴 수는 없습니다. 병부가 탄핵하면, 전하께서는 잘못을 인정하고 정신이 없어서 깜빡했다고 하십시오. 그러면 예왕이 나서지 않아도, 자연스레 강직한 대신들이 나서서 불공평하다고 전하 편을 들어줄 겁니다. 그런데 뭐가 걱정이십니까?"

정왕이 도도하게 대꾸했다.

"병부가 나를 어찌할까봐 걱정하는 게 아니오. 부황께서 아무리 엄격하셔도, 나는 이깟 사소한 죄목 따위는 신경 쓰지 않소. 다만 문제가 생길 것을 뻔히 알면서 왜 꼭 소란을 피워야 하느냐는 거요."

매장소의 웃음이 더욱더 차가워졌다.

"소란을 피울 수밖에요. 지금은 수많은 대신의 시선이 태자와 예왕에게 쏠려 있습니다. 전하께서 하신 일을 몇 사람이나 눈여겨볼까요? 왼손이 하는 일을 오른손이 모르게 하라지만, 다른 사람을 통해 알리는 것은 괜찮습니다. 병부의 고발이 올라가면, 그제야 폐하와 대신들도 알게 되겠지요. 태자와 예왕이 서로 물어뜯는 사이 상황을 수습한 사람이 누군지, 민심을 다독인 사람이 누군지, 분명 싸우지 않고 일만 했는데도 공격을 당한 사람이 누군지 말입니다. 누구의 마음에나 저울은 있습니다. 무엇이 옳고 무엇이 그른지 자연히 판단이 서겠지요. 하지만 전하께서 지금 병부에 보고하면 물샐틈없이 완벽한 처리가 되겠지만, 전하의 선행은 헛되이 묻힐 겁니다. 비단옷 입고 밤길을 가봤자 아무도 알아주지 않는데 무슨 소용이겠습니까?"

정왕의 짙고 빼어난 눈썹이 찡그러졌다.

"본 왕이 이 일을 하는 것은 남에게 보여주기 위해서가 아니오."

매장소는 연신 냉소를 지었다.

"일을 하기 전에 남들에게 보여줄 생각부터 하면 그건 전하께서 도덕적으로 문제가 있는 것이지요. 하지만 전하께서 선행을 했는데도 아무도 몰라주면, 그건 제가 모사로서 문제가 있다는 뜻입니다. 저를 위해서 억울해도 잠시 참으시지요."

비꼬는 말이나 날카로운 말투로 보아 조금 전의 화가 아직 가라앉지 않은 것 같았다. 하지만 정왕은 짜증 내지 않고 담담하게 말했다.

"모두 나를 위해서 하는 말인데 억울할 게 어디 있겠소. 선생의 이런 꼼꼼함을 따르지 못하는 것이 부끄럽소. 모두 선생의 말대로 하겠소."

아는 사람이 옆에서 보았다면 두 사람의 모습을 이상하게 생각했을 것이다. 주군은 신하를 달랠 뜻이 없고, 신하도 아부할 마음이 없어서, 가끔씩 몹시 신랄하게 서로 날카로운 말을 주고받으니 말이다. 하지만 거리낌 없이 무슨 말이든 하고, 서로 숨기거나 의심하지도 않으니 적의가 있다고 할 수도 없었다. 다행스러운 것은, 두 사람 다 이런 식의 관계를 나쁘지 않게 생각하고 반감도 없다는 사실이었다.

"전하, 정생은 요즘 어떻습니까?"

매장소가 뒷짐을 지고 태연하게 물었다.

"잘 지내오. 글과 무예 모두 진보했고, 성격도 점점 차분해지고 있소. 왕부 사람들 모두 그 아이를 무척 좋아하오."

정왕의 눈빛이 몇 번 흔들리더니 마침내 참지 못하고 물었다.

"늘 묻고 싶었소. 정생을 그렇게 아끼는 이유가 큰형님과 아는 사이였기 때문이오?"

"제가 정생을 아끼는 건 당연히 전하께 잘 보이기 위해서지요."

정왕은 매장소의 미적지근한 말에 약간 짜증이 나서 좀 더 강하게 물었다.

"농담을 하자는 게 아니오. 부디 진지하게 대답해주시오."

"기왕(祁王) 전하를……."

매장소의 시선이 옆에서 스멀스멀 피어오르는 검은 연기를 건성으로 훑었다.

"저는 늘 흠모해왔습니다. 한때는 그분 밑에서 포부를 펼쳐보려 한 적도 있었지요. 하지만 안타깝게도……."

그는 이렇게 말하다 말고 갑자기 입을 다물더니, 정왕에게 눈짓을 한 후 재빨리 돌아서서 떠나갔다.

어리둥절한 정왕은 매장소가 방금 보고 있던 쪽으로 고개를 돌렸다. 우뚝 솟은 장막들 틈으로 서른 일고여덟 살쯤 되는 관리 한 명이 힘겹게 비집고 나오는 것이 보였다. 그가 이쪽으로 다가오며 정왕에게 인사를 했다.

"안녕하십니까, 전하."

몸이 뚱뚱한 편이어서 가까이 왔을 때는 벌써 숨을 헐떡이고 있었다. 그가 두 손을 모으며 말했다.

"이런 참변이 벌어졌는데 전하께서 때맞춰 와주셔서 다행입니다. 저는 하필 오늘 외출했다가 이제야 왔습니다. 남은 뒷수습은 가능한 한 빨리 호부에서 처리할 테니 걱정 마십시오."

"모두 백성들의 일인데 네 일 내 일이 어디 있소."

정왕은 미소를 지으면서 남몰래 매장소가 사라진 방향을 흘끗 바라보았다. 심추가 오는 것을 보고 자리를 피한 것일까? 그가 교분을 트고 있는 이 충직한 관리들에게 두 사람의 관계를 들키고 싶지 않은 것일까?

"방금 누군가와 이야기를 나누시는 것 같던데 그 사람은 어디로 갔습니까? 누구였는지요?"

심추는 종친인데다 정왕과 마음도 잘 맞아서 두 사람은 비교적 편하게 지냈다. 그래서 이번에도 별생각 없이 물었던 것이다. 정왕은 약간 망설였지만, 결국 솔직하게 말했다.

"소철이오. 경도 그 이름을 들어봤을 거요. 최근 경성에서 크게 명성을 날리고 있으니까."

"예?"

심추는 까치발을 하고 저 앞을 내다봤지만 당연히 보이지 않았다.

"그 유명한 기린지재 말입니까? 자세히 못 봐서 애석하군요. 요즘 예왕 전하께 계책을 올리고 있다 들었는데, 전하께서는 어찌 아십니까?"

"알다뿐이겠소. 내 부중에 찾아온 적도 있소."

정왕은 담담하게 대답했다.

"재자라는 이름답게 행동이나 견식이 보통 사람과 견줄 바가 아니오. 경은 늘 재능 있는 사람을 아꼈으니 기회가 되면 한번 만나보시오. 분명 탄복할 거요."

"재능 말고 됨됨이는 어떤지 모르겠군요."

심추가 진심으로 권유했다.

"저 자의 재주는 태반이 권모술수에 있다고 들었습니다. 저런 사람과 왕래하실 때는 조심하시는 것이 좋습니다."

"음, 그렇게 하겠소."

정왕은 길게 말하지 않고 고개를 끄덕였다.

"이런 곳에 무슨 일로 왔답니까?"

심추가 좌우를 둘러보며 덧붙였다.

"설마 예왕 전하 대신 상황을 살피러 온 건 아니겠지요?"

"경은 모르겠지만, 저 소 선생은 경성의 상황을 손바닥 들여다보듯 훤히 알고 있소. 이렇게 큰일이 벌어졌는데 와보지 않으면 그게 더 이상할 거요."

정왕의 표정이 굳어졌다.

"지금은 그에게 신경 쓰지 마시오. 내일이면 이 일이 부황의 귀에 들어갈 텐데 어떻게 해야 좋을지 생각해보았소?"

심추의 표정도 따라서 엄숙해졌다.

"생각할 것이 뭐 있습니까? 사실대로 고하면 되지요. 루지경의 장부를 꼼꼼히 계산했고, 태자 전하와 이익을 나눈 비밀 장부도 손에 넣었습니다. 솔직히 말씀드리면 어젯밤 저희 집에 자객이 들었습니다."

정왕은 흠칫 놀라며 그의 어깨를 붙잡았다.

"다쳤소?"

감동한 심추가 황급히 웃으며 말했다.

"저는 복덩이로 태어나서 흉한 일도 언제나 복이 되곤 했지요. 어쨌든 자객이 워낙 대단해서 저희 집에 있던 돌팔이 호위들은 아예 상대가 못 되더군요. 다행히 어디선가 고수 한 명이 나타나 도와줬는데, 자객을 쫓아낸 후 이름도 안 남기고 사라져버렸습니다. 지금까지도 어떤 고인이 저를 구해줬는지 모른답니다."

"얼굴은 봤소?"

"복면을 쓰고 있었지만 눈이 아주 컸습니다. 아마 무척 젊을 겁니다."

"그럼 손에 넣었다는 그 비밀 장부는……."

"아침 일찍 현경사를 찾아가 직접 폐하께 올려달라고 했습니다. 증거만 무사하면 저를 죽여도 아무 소용 없지요."

심추가 낙관적으로 허허 웃었다.

"덕분에 제가 이렇게 여기저기 마음 놓고 다닐 수 있는 겁니다."

"너무 자신하지 마시오. 증거 인멸 때문이 아니라 보복을 할 수도 있소."

정왕이 정색을 하고 말했다.

"호부가 루지경 손에 이 꼴이 되었는데 바로잡을 사람은 경뿐이오. 나라의 재정과 백성들의 생활이 걸린 중요한 일인데, 경에게 무슨 일이라도 생기면 누가 이 무거운 짐을 감당하겠소?"

"전하의 후의에 참으로 몸 둘 바를 모르겠습니다."

심추가 한숨을 쉬며 말을 이었다.

"사직의 신하로서 당연히 어려움을 두려워하면 안 되겠지요. 저도 쉽사리 포기하진 않을 겁니다. 그러나 안타깝게도 조정은 권모술수투성이라 진정으로 나라를 생각하는 사람이 두각을 나타내기가 어렵습니다. 전하께서도……."

"됐소."

정왕이 그의 말을 잘랐다.

"그 이야기가 아니잖소. 이 사건을 조사한 것이 큰 공이긴 하나, 경에게 큰 화를 불러일으켰소. 경의 호위들이 그 정도라니 아무래도 마음이 놓이지 않는군. 그렇다고 대놓고 내 사람을 보내는 것은 적절치 않으니 외부인 몇 사람 추천해도 되겠소? 걱정 마시오. 모두 믿을 만한 호한들이오."

"그 무슨 말씀이십니까, 전하. 제가 좋고 나쁨을 구분 못하겠습니까?"

감격한 심추가 고마워하며 말했다. 두 사람은 몇 마디 한담을 나눴지만, 각자 바삐 할 일이 많아 곧 헤어졌다. 정왕은 먼저 정왕부로 돌아갔고, 심추는 일 잘하는 관리 몇 명을 데리고 현장에서 후속조치를 했다.

사설 제포방의 폭발 사고는 여파가 컸다. 비록 태자와 관계있는 부분은 슬그머니 덮였지만, 사실은 사실이었다. 진노한 황제는 태자에게 규갑궁(圭甲宮)으로 옮겨 반성하라고 명하고, 정무에 일절 나서지 못하게 했다. 이 사건에 연루된 관리가 서른 명 가까이 되었기 때문에, 심추는 정식으로 호부상서로 임명되어 일상 업무 외에도 황명을 받아 세수 누락을 막기 위해 제도를 고치는 일까지 맡게 되었다.

이번 사건은 화약 폭발 시점부터 결론이 나기까지 겨우 닷새밖에 걸리지 않았다. 증거가 확실하여 당사자인 태자조차 반박할 말이 없었으니, 다른 대신들은 말할 것도 없이 그를 편들 방도가 없었다. 후궁에서 월비가 엉엉 울며 애원한 것 말고는 감히 아무도 태자를 위해 나설 수 없었다.

하지만 이 과정에서 그 누군가의 태도가 모두를 의아하게 했다. 바로 태자의 철천지원수인 예왕이었다. 따지고 보면 그는 태자의 실각에 가장 기뻐해야 할 사람이었다. 평소 같으면 쪼르르 달려와 불난 집에 부채질을 했을 그가, 놀랍게도 무슨 가르침을 받았는지 처음부터 끝까지 태자를 공격하는 말 한마디 하지 않은 것이다. 심지어 따르는 관리들에게도, 조정에서 태자파를 미친 듯이 물어뜯지 말라고 단속했다고 했다.

이런 행동은, 이번 사건이 정쟁과는 무관하게 태자 본인이 덕이 없어 벌어진 것처럼 보이게 해주었다. 그 덕분에 황제도 예왕이 농간을 부리지 않았나 의심하지 않고, 모든 분노를 고스란히 태자에게 쏟아냈다.

이 고명한 술책을 대체 누가 그에게 알려줬는지는 모두 속으로 짐작했다. 극소수의 사람들만이 태자가 궁을 옮긴 그날, 예왕이 희희낙락하며 손수 새롭고 진기한 선물들을 골라 소철의 집으로 보냈다는 사실을 알았다. 물론 끝내 받아들여지진 않았지만.

이 추악한 사설 제포방 사건은 황제의 기분을 몹시 상하게 만들었다. 이와 동시에 이미 환갑을 넘긴 이 노인을 무척 지치게 만들기도 했다. 월말에 몽지가 그의 앞에 나아가 죄를 청하며 기한 안에 태감 살인 사건을 해결하지 못했다고 보고했을 때, 황제의 감정은 더 이상 폭발할 여유가 없었다. 그래서 석 달의 감봉을 명하고 금군의 부통령 두 명을 갈아치운 후 사건을 덮었다.

정왕은 예상대로 보고도 없이 군수물자를 유용했다며 병부에 고발을 당했다. 그가 표를 올려 죄를 청한 다음 날, 호부의 신임 상서 심추가 조정에 나가 열성적인 연설로 분노에 차서 정왕을 변론했다. 소경염은 고집스러워도 겸손하고 조용한 성격이었고, 최근에는 업무 성과도 좋았기 때문에 그에게 호감을 가진 조정 사람이 나날이 늘고 있었다. 황제마저도 한때 의견 충돌이 있었던 지난 일을 꺼내지 않은 지 오래되자, 예전만큼 그에게 반감을 갖지 않게 되었다. 이 사건에서 황제는 정왕이 큰 잘못을 저지르지 않았다고 생각해, 벌을 내리기는커녕 도리어 '결단력 있게 처리하여 조정의 시름을 덜었다' 고 칭찬하며 사후 보고서를 올리는 것으로 일을 마무리 지었다. 헛다리를 짚은 병부는 체면을 구긴 것은 물론이고, 쓸데없이 상대의 좋은 점만 부각시킨 꼴이 되었다. 이 일로 태자 진영은 설상가상의 상황에 처했다.

양패구상(兩敗俱傷)

—

29

—

춘분이 지나자 하루하루 날씨가 따뜻해지고 나뭇가지 위로도 따스한 봄기운이 솟아났다. 교외에는 복숭아꽃과 살구꽃이 향기를 내뿜고 풀도 빽빽이 자라났다. 참을성 없는 사람들은 재빨리 두꺼운 겨울옷을 벗어던지고 성 밖으로 나들이를 갔다. 소경예와 언예진도 몇 번이나 나가자고 찾아왔다. 하지만 매장소가 여전히 춥다며 나가려 하지 않자 어쩔 수 없이 둘만 놀러 갔다.

금릉성의 볼거리로 말할 것 같으면, 당연히 셀 수 없이 많았다. 봄에 구경하기 좋은 곳으로는 무선호(撫仙湖)의 수양버들, 만투산(萬渝山) 배꽃 언덕, 해십진(海什鎭)의 도원구(桃源溝)가 있었다. 세 곳 모두 경성 남쪽에 있기 때문에 남월문으로 나가는 관도는 무척 붐볐다. 심지어 관도 양쪽으로 임시 시장이 서, 간식거리나 차 또는 수공예 장난감 등을 팔기까지 했다. 예상 외로 손님이 구름처럼 몰려들어 장사가 무척 잘되었다.

나들이를 끝내고 돌아오는 길에, 소경예는 진흙을 빚어 만든 뚱보 인형 한 벌에 눈이 갔다. 각각 표정이 다른데다 천진난만하고 귀여워, 출산을 앞두고 답답해하는 누이동생에게 주려고 샀다. 노점상이 재빨리 포장지로 인형을 하나하나 싸서 작은 상자에 넣는 사이, 갈증이 난 언예진은 기다리지 못하고 혼자 차를 파는 곳으로 가버렸다.

잠시 후, 소경예가 단단히 묶은 상자를 들고 왔다. 그는 탁자에 상자를 조심스레 놓고, 역시 차를 한잔 시켜 천천히 마셨다. 상자를 요리조리 살피던 언예진이 턱을 괴고 웃으며 물었다.

"네 동생이 좋아할까?"

"나까지 마음에 들 정도로 귀여우니까 분명 좋아할 거야."

그러는 사이 옆 탁자에 앉았던 손님이 일어났다. 손님이 든 커다란 보따리가 휙 움직이면서 하마터면 진흙 인형이 든 상자를 떨어뜨릴 뻔했다. 다행히 소경예는 눈썰미가 좋고 움직임이 빨라, 얼른 상자를 잡으며 연신 안도했다.

"다행이다, 큰일 날 뻔했어."

"그래봤자 진흙 인형이잖아. 판 사람도 아직 저기 있고. 깨지면 하나 더 사면 될 걸 뭘 그렇게 벌벌 떨어?"

"이게 마지막 남은 건데 사긴 어디서 사?"

소경예는 상자를 조심조심 다른 쪽에 내려놓았다.

"요즘 기의 기분이 별로야. 이 인형들을 보고 기뻐했으면 좋겠는데!"

"기분이 별로라고?"

언예진의 두 눈이 다소 어두워졌다.

"청요 형님의…… 병 때문에?"

"그래."

소경예는 한숨을 쉬었다.

"지난달에 갑자기 병으로 쓰러지신 뒤로 아직까지 별 차도가 없어. 다들 아무 일 없을 거라고 위로하지만, 누이동생은 아무래도 걱정이 되겠지."

"청요 형님은 대체 무슨 병이야? 그 전날만 해도 멀쩡했는데 갑자기 중병이 들었다고 하니 말이야."

"의원 말이, 기혈이 뭉치는 증상이니 몸조리를 잘하면 괜찮대."

"믿어?"

언예진이 그를 가만히 바라보며 한마디 툭 던졌다.

"무슨 뜻이야?"

소경예는 어리둥절했다.

"기혈이 뭉치는 증상이라……."

언예진은 남들이 이해 못할 오묘한 미소를 지었다.

"난 청요 형님 문병을 몇 번이나 갔어. 솔직히 말해서 너도 의심을……."

"형제 사이에 무슨 의심을 해? 청요 형님이 꾀병이라도 부린다는 거야?"

"경예, 청요 형님은 병이 난 게 아니라 다친 거라고!"

언예진은 불쾌한 듯 그를 바라보며 빙빙 돌리지 않고 시원하게 털어놓았다.

"다쳐?"

소경예는 깜짝 놀랐다.

"청요 형님이 어쩌다가?"

"그걸 네가 알지, 내가 아냐?"

언예진이 그를 흘겨보았다.

"그럼 무슨 근거로 다쳤다고 하는 거야? 청요 형님은 강호인이야. 다치는 것이 부끄러운 일도 아닌데 병이 난 척하고 속일 필요가 어디 있어?"

"꼭 그런 것도 아니지. 다쳤을 때 마침 부끄러운 일을 하고 있었다면?"

"예진!"

소경예가 얼굴을 굳혔다.

"그게 무슨 말이야? 청요 형님은 협의심 강하기로 유명한데, 남부끄러운 일을 할 리가 있겠어?"

"왜 화를 내고 그래?"

언예진은 굴하지 않고 그를 마주 노려보았다.

"넌 내가 어릴 때 여자아이들을 놀리기만 해도 부끄러운 짓이라고 했잖아. 그때부터 지금까지 내가 화낸 적 있어?"

"그…… 나는……."

소경예는 웃을 수도 울 수도 없었다.

"그거야 농담한 거잖아!"

"나도 지금 농담하는 거면?"

소경예는 도저히 언예진을 이길 수가 없었다. 그는 어깨를 축 늘어뜨리며 포기한 듯이 말투를 누그러뜨렸다.

"예진, 앞으로는 형님 일로 그런 농담 하지 마."

"그래, 그래."

언예진은 손을 내저으며 탁자에 놓인 잔을 낚아챘다. 막 찻잔을 입에 가져가는데, 관도 쪽에서 누군가의 목소리가 들려왔다.

"주인장, 차 두 잔 주시오."

"예예!"

차 노점상이 쟁반으로 찻잔 두 개를 받쳐, 길가에 선 수레 형태의 간소하고 다소 낡은 마차 쪽으로 가져갔다. 마차에서 손 하나가 쑥 나와 가리개를 약간 걷어 찻잔을 받았다. 잠시 후 빈 잔과 돈이 나오더니, 마차는 곧 성 쪽으로 날쌔게 달려갔다. 언예진은 찻잔을 든 채, 마시는 것도 잊고 마차가 사라진 쪽만 멍하니 바라보았다.

"왜 그래?"

소경예는 옷에다 차를 쏟을까봐 재빨리 그의 손에서 찻잔을 빼앗았다.

"저 마차가 뭐가 이상해서 그래?"

"방금…… 방금 가리개를 걷었을 때 차를 주문한 사람 뒤에 누가 앉아 있는 것을 봤어."

"누군데 그렇게 놀라?"

"내가 잘못 봤는지도 모르겠어."

언예진은 절친한 친구의 팔을 꽉 붙잡았다.

"바로 하문신이었다고!"

"그럴 리가?"

소경예도 황당해했다.

"하문신은 곧 사형을 당할 테니 당연히 감옥에 있어야지, 어떻게 성 밖으로 나온단 말이야?"

"그러니까 잘못 본 건가 했어. 설마 그냥 닮은 사람인가?"

"그럴 거야. 이 많은 사람 중에 비슷하게 생긴 사람이 얼마나 많은데."

"그래, 내 눈이 삔 건지도……."

언예진이 일어나 옷을 탁탁 털었다.

"푹 쉬었으니 그만 가자."

소경예는 찻값을 치르고 상자를 들었다. 두 사람은 성으로 가는 인파를 따라 설렁설렁 걸어갔다. 성문에 들어서자 한 무리의 기마대가 쏜살같이 달려오는 것이 보였다. 소경예는 재빨리 친구를 길 옆으로 잡아당기며 눈을 찌푸렸다.

"형부 사람들인데, 무슨 일이지?"

"모레가 사형일이라 벌써 성 동쪽 식품 시장 입구에 사형장과 관람석이 섰고 어제부터 지키고 있어. 아마 교대하러 가는 사람들일 거야."

언예진이 저 멀리서 일어나는 먼지를 바라보며 말했다.

"아마 문원백도 구경하러 가겠지."

"아들을 죽였으니 당연히 원한이 사무쳤겠지."

소경예는 고개를 설레설레 젓고 한숨을 쉬었다.

"하문신이 제멋대로 설치고 다니지만 않았어도 살인까지 저지르게 되진 않았을 텐데. 그래도 어쨌든 처벌을 받는 게 마땅해."

언예진은 눈을 가늘게 뜨고 무슨 생각에 잠겼지만, 한참 후에 정신을 차리고서도 아무 말 하지 않았다. 두 사람은 국구부 문 앞에서 헤어졌다.

소경예는 곧장 집으로 돌아가 옷을 갈아입고 탁씨 가족이 머무는 서쪽 저택부터 들렀다. 탁정풍은 부재중이었고, 탁 부인과 배가 불룩한 사기는 정원의 앵두나무 아래에 앉아 수를 놓고 있었다. 소경예가 들어가자 탁 부인이 바늘을 내려놓고 아들을 곁으로 불렀다.

"어머니, 오늘은 어떠세요?"

소경예는 문안인사를 한 후, 들고 있던 상자를 누이동생에게 내밀었다. 사기는 포장을 풀고 열두 개의 조그만 진흙 인형을 앉은뱅이 탁자에 늘어세웠다. 무척 마음에 든 눈치였다.

"아유, 귀여워라. 고마워요, 오라버니."

소경예는 탁 부인에게 돌아서서 물었다.

"청요 형님의 병세는 좀 어때요? 기의 표정이 좋은 걸 보니 괜찮은 모양이군요?"

"그래, 좋아졌어. 오후에 약을 먹고 계속 잤으니 지금은 깼을 거야. 가보렴."

소경예는 당장 일어나 동쪽 곁채로 향했다. 그의 뒤에서 사기가 손가락으로 귀여운 진흙 인형들을 하나씩 만지작거렸다. 얼굴에 부드러운 미소가 떠올랐다.

탁청요 부부가 쓰는 곁채에는 마루 하나, 침실 하나가 있었다. 곁채로 들어서자 희미한 약 냄새가 났다. 창문이 모두 닫혀 있어 약간 어두웠지만, 시력이 무척 좋은 소경예에게는 아무 문제가 되지 않았다. 그는 단박에 눈을 뜨고 침대에 일어나 앉은 환자를 발견했다.

"형님, 깨셨어요?"

소경예가 재빨리 다가가 그를 잡아주며 베개를 가져와 등을 받쳐주었다.

"밖에서 그렇게 깔깔거리는데 깰 수밖에."

탁청요의 웃는 얼굴은 다소 힘이 없었지만 혈색은 훨씬 좋아졌다. 소경예는 창문을 몇 개 열어 방 안을 환기시킨 다음, 다시 침대로 돌아와 상냥하게 물었다.

"좀 괜찮으세요?"

"이제 일어나서 움직일 만한데, 어머니와 기는 계속 누워 있으라는구나."

"걱정이 되어 그러는 거예요."

탁청요가 허리에 힘을 주지 못하는 것을 보자, 문득 언예진이 한 말이 뇌리를 스쳤다. 소경예의 안색이 슬며시 어두워졌다.

"왜 그러니?"

탁청요가 그의 어깨를 붙잡으며 낮은 소리로 물었다.

"무슨 안 좋은 일이라도 있었니?"

"아니요."

소경예는 억지로 웃음을 지었다. 그는 잠시 입을 다물었지만, 결국 참지 못하고 물었다.

"형님, 경성에 오신 이후 싸운 적 있으세요?"

"아니."

탁청요의 대답은 빨랐지만 눈빛이 한 번 흔들렸다.

"왜 그런 걸 묻니?"

"그럼……."

소경예는 약간 주저했지만, 이를 악물고 말했다.

"그럼 어쩌다 다치셨어요?"

그가 솔직하게 묻자 탁청요는 그대로 굳어버렸다. 한참 만에야 탁청요는 한숨을 푹 쉬며 말했다.

"알아챘니? 어머니와 기에게는 말하지 마. 푹 쉬면 괜찮아질 테니."

"아버님께서 시키신 거예요?"

소경예는 탁청요의 손을 힘껏 잡으며 재차 물었다.

"경예, 너무 신경 쓰지 마. 장인어른께서 나라와 백성을 위해 하시는 일이야."

소경예는 바보처럼 큰형을 쳐다보았다. 갑자기 심장이 서늘해졌다.

황위 다툼, 권력 싸움. 그게 대체 얼마나 사람을 미치게 하기에, 그에게 소중한 가족과 친구가 하나둘 휘말려드는 것일까? 아버지, 사필, 매장소, 큰형까지…… 이렇게 끝까지 싸운 다음, 대체 무엇을 얻을 수 있을까?

누이동생의 출산이 임박했는데 아버지는 사위에게 위험한 일을 시켰다. 게다가 그가 상처를 입고 돌아왔는데도 가족들 누구도 터놓고 말하는 사람이 없었다. 과연 그것이 광명정대한 일이었을까? 나라를 위해, 백성을 위해. 이 무겁디무거운 말을 과연 그런 일에 갖다 붙일 수 있을까?

"경예, 또 쓸데없는 생각 하는 건 아니지?"

탁청요가 손가락으로 아우의 뺨을 쿡 찔렀다.

"넌 어려서부터 성격이 너무 무르고, 어머니와 장모님께서 애지중지하셨기 때문에 장인어른께서 큰일을 할 때 너와 상의하지 않으시는 거야. 예왕이 소란을 일으키며 황위를 넘보는데, 호국주석인 장인어른께서 어떻게 모른 척하시겠니? 너도 이제 다 컸고, 글과 무예 모두 출중하니 가끔은 주동적으로 장인어른을 좀 도와드려."

소경예는 입을 꾹 다물었다. 눈빛이 이상할 정도로 심오해졌다. 그가 무르다는 것은 사실이었다. 하지만 아버지의 생각과 조정의 정세에 캄캄절벽인 것은 아니었다. 탁청요의 말을 듣자, 형님은 물론이고 탁정풍마저 아버지에게 설득당해 돌이킬 수 없다는 것을 알 수 있었다. 그런데 탁청요가 위험을 무릅쓰고 한 일은 대체 무엇일까?

"형님의 천천검법은 저보다 훨씬 뛰어나고 강호에도 적수가 거의 없어요. 그런데 대체 누가 형님께 이런 중상을 입혔어요?"

탁청요는 한숨을 푹 쉬었다.

"부끄러운 말이지만, 그자의 손에 참패했는데도 얼굴조차 제대로 보지 못했어."

"어디서 다치신 거예요?"

탁청요는 곧은 눈썹을 잔뜩 찌푸리며 고개를 저었다.

"장인어른께서 네게 말하지 말라고 하셨어. 네가 강좌맹 종주와 무척 가깝다지?"

소경예는 약간 머뭇거리다가 고개를 끄덕였다.

"맞아요."

"매 종주는 확실히 기재야. 장인어른도 처음에는 그가 태자의 강력한 조력자가 되길 바라셨지. 그런데 그자가 옳고 그름도 구분하지 못하고 예왕 편에 붙다니…… 경예, 네가 그자와 교분이 있다는 건 안다. 하지만 조정의 대의를 마음에 새기도록 해."

소경예는 참지 못하고 대꾸했다.

"형님, 설마 태자가 무엇을 하든 덮어놓고 찬성하신다는……."

"쓸데없는 소리. 신하는 군주에게 의심을 품으면 안 돼. 장인어른께 벌써 들었어. 이번 사설 제포방 사건은 태자가 모함을 당한 거야."

탁청요가 예전부터 정통과 협의를 숭상해왔고, 한번 받아들인 일은 거의 바꾸지 않는다는 것을 소경예는 잘 알고 있었다. 그래서 아직 완전히 낫지도 않은 그의 화를 북돋을까봐 어쩔 수 없이 고개를 숙이며 알겠다고 대답했다.

이튿날 아침 일찍 사씨와 탁씨 집 여자들은 공주부로 꽃구경을 나갔다. 사필은 할 일이 있었기 때문에 소경예만 수행했다. 봄철에 피는 꽃은 무척 다양했다. 개나리, 천리향, 백목련, 불두화, 해당화, 정향, 두견화, 함소화, 자형화, 황매화, 병꽃, 석곡 등등. 온실에서 자라 일찍 핀 꽃들이 색색의 비단을 펼쳐놓은 것처럼 꽃밭을 물들이고 화려한 향기를 쏟아냈다. 하루 종일 구경해도 질리지 않아, 일행은 그날 밤 공주부에 묵고 다음 날도 늦게까지 구경한 후에야 가마를 타고 돌아갔다.

이틀 동안 즐긴 덕분에 여자들이 피곤해해서, 소경예는 후원 입구까지만 바래다준 후 재빨리 물러갔다. 그는 우선 탁청요를 보러 서쪽 저택에 갔다가 자기 방으로 돌아와 마음을 가라앉히려고 책을 펼쳤다. 그런데 두어 장 넘기기도 전에 밖에서 낯익은 목소리가 그의 이름을 불렀다. 무척 흥분한 목소리였다. 소경예는 쓴웃음을 지으며 책을 덮고, 문가로 나가 친구를 마중했다.

"또 무슨 일이야? 앉아서 천천히 얘기해."

언예진은 앉을 새도 없이 소경예의 팔을 부여잡고 다짜고짜 외쳤다.

"잘못 본 게 아니었어!"

"뭘?"

"그제 우리가 성 밖에서 본 마차 말이야. 그 안에 탄 사람이 진짜 하문신이었어. 잘못 본 게 아니었다고!"

"뭐?"

소경예는 당황했다.

"그럼 탈옥을 했단 말이야? 설마 탈옥한 사람이 왜 성 쪽으로 가겠어?"

"탈옥이야 했지. 하지만 새해가 되기 전의 일이었어. 우리가 본 그날은 다시 잡혀가던 길이었고!"

"작년에 탈옥했다고? 그런데 왜 아무 소문도 안 났지? 형부에서 수배 문서를 내지도 않았잖아."

"형부가 풀어줬으니 당연히 수배도 안 했지!"

언예진은 제멋대로 소경예의 찻잔으로 목을 축였다.

"이렇게 된 거라고. 하문신의 아버지 하경중이 형부의 제민과 결탁해서 하문신과 비슷하게 생긴 사람을 감옥에 가두고 진짜 하문신을 빼내 먼 곳에 숨겼어. 사형일에 그 대리자의 목이 떨어지고 땅에 묻으면 무슨 수로 대조하겠어? 하문신은 유유자적 신분을 바꾸고 다시 살아나는 거지!"

"그럴 리가?"

소경예는 놀라 입을 떡 벌렸다.

"그건…… 너무 엄청난 짓인데……."

"간이 배 밖에 나오지 않고서야 못할 짓이지만, 우리 대단하신 형부상서께서는 정말로 그 일을 해내셨지. 제민은 퍽 머리가 좋단 말이야. 그런데 과연 이 방법을 제민 혼자 생각해냈을까?"

소경예는 이상한 생각이 들어 팔짱을 끼며 물었다.

"예진, 이건 아무리 생각해도 극비 중의 극비인데 그걸 어떻게 알았어?"

"지금은 나뿐만 아니라 경성 사람 모두가 알걸!"

언예진이 그를 흘겨보았다.

"오늘 사형장에서 아주 난리가 났어. 넌 집에 처박혀만 있으니 당연히 모르지."

"사형을 보러 갔었어?"

"그게…… 나는 안 갔어. 사람 죽이는 게 뭐 재미있다고."

언예진은 무안한 듯 머리를 긁적였다.

"친구가 갔다가 처음부터 끝까지 자세히 봤대. 돌아와서 나한 테 모두 얘기해줬어. 들을 거야, 말 거야?"

"해봐. 엄청난 사건인데 당연히 들어야지."

언예진은 신이 나서 득의양양한 얼굴로 생생하게 묘사하기 시작했다.

"그러니까 그때 식품 시장 관람석에는 사람들이 구름처럼 모여 들었어. 형부 사람들도 모두 출동했고, 사형 감독관은 당연히 제 민이었지. 제민은 사형장 맞은편 관람석에 앉아서 빨간 사형표를 하나씩 아래로 던졌어. 표가 떨어질 때마다 사형수 머리도 떨어졌 지. 그렇게 철컹철컹 목을 베다가 하문신 차례가 되었지. 본인 확 인이 끝나고 제민이 사형표를 던지려는 바로 그 순간, 난데없이 너희 아버지가 외치셨어. '잠깐!'"

"누구?"

소경예는 놀라 펄쩍 뛰었다.

"아버님께서?"

"그래, 너희 아버지, 녕국후."

언예진이 이어 말했다.

"그분도 그때 관람석에 계셨어. 망나니를 멈추게 한 다음, 너희 아버지는 제민에게 물었어. '제 대인, 인명은 재천이라고 했소. 그 자가 사형수 본인이 확실하오?'"

언예진이 사옥의 말투를 흉내 내는 것이 제법이었다.

"그 한마디에 제민의 안색이 싹 변했어. 하지만 한번 시위를 떠난 화살을 무슨 수로 돌려? 철판 딱 깔고 결코 틀림이 없다며 어서 칼질을 하라고 망나니를 다그쳤어. 너희 아버지가 '멈춰라' 하고 소리치는데, 바로 그때 마차 한 대가 순방영의 호위를 받으면서 사형장 옆으로 달려들었지. 순방영 병사 여러 명이 마차 안에서 엎치락뒤치락하면서 누군가를 끌어냈어. 누구였게?"

"하문신."

소경예가 퉁명스레 대꾸했다.

"맞았어! 진짜 하문신이었지. 하지만 그 아비와 제민은 이를 악물고 부인했어. 그쪽이 가짜라고 소리소리 지르면서. 그러자 너희 아버지는 차갑게 후후 웃더니, 세 명을 더 데려왔어. 옥졸과 대리 사형수 중개인, 그리고 한 여자였지. 그 여자가 뭐라고 울부짖자 형장에 있던 가짜 하문신도 버티지 못했어. 갑자기 갈라진 목소리로 마구 소리를 지르는 거야. 자기는 사형수가 아니라고, 죽고 싶지 않다고. 상상이 돼? 발 디딜 틈 없이 주위를 꽉 채운 구경꾼들이 왁자지껄 떠들어대고, 완전 혼란의 도가니였대. 제민은 거의 기절할 뻔했지. 구경하러 온 문원백도 형부가 한 짓을 보고 화를 참지 못했어. 하경중과 제민을 붙잡고 폐하를 보러 가자고 펄펄 뛰었지. 어쨌든 너희 아버지는 대단하셔. 순방영 군사를 대량으로 풀어서 현장을 접수하셨는데 흐트러짐이 전혀 없었대. 그 후 대인들께서는 끌려가다시피 다 함께 황궁으로 갔어. 지금쯤 태화전 앞에서 알현을 기다리고 있을 거야."

상상도 할 수 없는 놀라운 이야기였다. 소경예는 잠시 바보처럼 생각에 잠겼다가 물었다.

"정말 하 대인과 형부가 짜고 사형수를 바꿔치기했다고 생각해?"

"그래."

언예진은 소리를 죽였다.

"너희 아버지가 얼마나 신중한 사람인데? 완벽한 증거가 없으면 아무리 밀고를 들었어도 절대 대중 앞에서 터뜨리지 않으셨을 거야. 하경중 혼자만의 책임이니 이부는 괜찮아. 하지만 형부는…… 아마 곤죽이 될걸."

"하긴, 만약 예전에도 비슷한 짓을 했다는 것이 밝혀지면 제 상서의 죄는 더 무거워지겠지."

소경예가 중얼거리듯이 대답했다. 생각해보니 그제 저녁 아버지가 무척 기뻐하며 돌아왔는데, 아무래도 하문신을 잡았기 때문인 것 같았다. 이부와 형부는 예왕의 지지 세력이었다. 순풍에 돛단 듯 거칠 것 없던 높으신 예왕 나리께서는 이 사건 하나로 양 팔을 꺾이게 되었으니 한동안 끙끙 앓을 것이다.

"모두 육부의 수장들인데 어찌나 더러운지."

언예진이 고개를 설레설레 저으며 탄식했다.

"언제부턴가 조정 대신들이 모두 이 꼴이야. 이런 사람들이 폐하를 도와 나라를 다스리는데 나라가 평안하겠어?"

소경예는 한동안 말없이 고개를 숙이고 있다가 불쑥 물었다.

"대신들 탓일까? 군주는 수원(水源)이야. 수원이 맑으면 물도 맑고, 수원이 탁하면 물도 탁해. 지금 조정에서 일하는 자들은, 성실하면 순진하다고 비웃고 권모술수를 모르면 미숙하다고 얕보지. 분위기가 이런 게 누구 잘못이겠어?"

이 말에 도리어 언예진이 놀라 입을 다물지 못했다. 한참 후에야 그가 겨우 말했다.

"정말이지 넌 평소에는 조용하다가 가끔 이렇게 깜짝 놀라게 한다니까. 조정에는 전혀 관심이 없는 줄 알았잖아? 그런 말도 할 줄 알다니, 자자, 내 절부터 받아."

"그만 좀 놀려."

소경예가 그를 흘겨보았다.

"더구나 내가 한 말도 아니야. 어쩐지 갈수록…… 그 말이 맞는 것 같아서……."

"누가 한 말이야?"

언예진은 잠깐 생각하다가 주저하며 물었다.

"소 형?"

"응, 천릿길을 함께 오면서 안 한 얘기가 없어. 어느 날 밤 사필은 잠들고 소 형과 단둘이 촛불을 켜놓고 얘기를 나눴는데, 그때 한 말이야. 정말 모르겠어. 그런 신념을 가진 소 형이 어째서 예왕을 선택했을까?"

"아마 선택의 여지가 없어서 아닐까?"

언예진이 어깨를 으쓱했다.

"태자든 예왕이든, 별 차이도 없잖아?"

소경예는 자포자기한 표정으로 고개를 끄덕였다.

"소 형은 군주는 덕이 있는 사람을 세워야 한다고도 했어. 군주가 현명하고 신하들이 올곧으면 사직의 복이라고. 백성은 인자함으로, 신하는 예로 대해야 하고, 덕스럽지 않으면 멀리 갈 수 없고, 인자하지 않으면 사람을 품을 수 없다고. 의심 많고 박정한 군주 중에 후세까지 명군으로 이름을 날린 사람이 몇이나 있을까? 아마 소 형은, 덕으로 자신을 설득할 수 있는 주군을 보필하지 못하는 것이 가장 괴로울 거야."

언예진의 눈빛이 반짝였다. 그는 무슨 말을 하려다가 결국 입을 다물고 탁자에 놓인 주전자 뚜껑을 열어 이리저리 돌리더니 갑자기 벌떡 일어났다. 그리고 방금 있었던 화제와 동떨어진 이야기를 꺼냈다.

"경예, 바깥에 달빛이 끝내주는데 같이 묘음방에 갈래?"

황제는 '사형수 바꿔치기' 사건에 관한 조서를 열흘 후에야 정식으로 발표했다. 이부상서 하경중은 해임되었지만, 아들을 위해서 한 일임을 참작하여 하급 내리로 삼아 악주로 좌천되었고, 하문신은 법에 따라 처벌 받았다. 형부상서 제민은 사람 목숨을 함부로 하고 법을 오용한 죄로 삭탈관직하고 유죄를 선고했다. 형부 좌승, 낭중, 외랑 등 이 사건에 연루된 관리들도 하나같이 같은 벌을 받았다. 예왕은 비록 연루되지 않았지만, 이부와 형부는 그가 조정의 육부 중에 마음대로 부리던 곳이었다. 한 번에 두 상서를 모두 잃자 그는 후회하며 아까워했고, 사옥을 향한 원망은 더욱 깊어졌다.

누군가 근 반년 동안 황위 쟁탈전을 벌이는 양쪽의 득실을 계산 해봤다면, 최근 태자가 누차 타격을 입어 예왕이 유리한 것처럼 보여도 사실 이번 사건으로 쌍방의 손실이 거의 막상막하라는 것을 알 수 있을 것이다.

태자 쪽은 어머니의 품계가 깎이고 조정의 논쟁에서도 졌으며, 예부상서와 호부상서를 잃고 태자 자신조차 규갑궁으로 밀려났다. 예왕 쪽은 토지 강탈 사건으로 경국공이 무너지고, 황후는 황궁에서 더욱 냉대를 받게 되었으며, 이제 형부상서와 이부상서까지 사라졌다. 잃은 것이 있으면 얻는 것도 있다고들 하지만, 이상하게도 태자와 예왕은 불꽃을 튀기며 싸우는데도 계속 잃기만 하고 얻는 것은 없어 보였다. 그래봤자 예왕이 그럭저럭 목왕부 및 정왕과 조금 가까워졌다는 것 정도였다.

하지만 태자와 예왕은 한가롭게 그런 것을 계산하고 있을 여유가 없었다. 지금 그들은 오로지 한 가지 문제에만 정력을 쏟고 있었다. 바로 형부와 이부의 빈자리에 자기 사람을 밀어 넣는 것이었다. 무슨 일이 있어도 상대방의 사람을 그 자리에 앉힐 수는 없었다.

태자는 규갑궁에서 반성 중이었으므로 이 일에 직접 나설 수 없었다. 남의 손을 빌려 싸워야 하기 때문에 아무래도 전력을 기울이기 어려웠다. 반면 예왕은, 쫓겨난 전임 상서 두 사람이 모두 그가 추천한 인물이었으므로, 황제에게 사람 보는 눈이 없다는 평을 받고 있어 예전처럼 쉽게 먹혀들지 않았다. 이 때문에 쌍방은 반

나절 동안 싸웠지만 결론을 내지 못했다.

이부는 그나마 괜찮았다. 상서 한 명만 떨어져나갔기 때문에 잠깐 동안 운영하는 데는 문제가 없었다. 그러나 형부는 절반이 화를 입어, 빨리 담당자를 정하지 않으면 일을 계속하기 어려웠다.

황제는 마음이 급했다. 노년에 접어든 황제는 머리가 맑지 않았기 때문에 여러 황자와 공주들이 잇달아 병문안하러 입궁했다. 정왕도 경녕 공주와 함께 황제를 찾아갔다. 황제가 최근 있었던 골치 아픈 사건에 대해 이야기를 꺼내자, 정왕은 지나는 말처럼 지난번 삼사의 협조를 받아 토지 강탈 사건을 조사했을 때 형부에서 파견한 채전을 언급했다. 그 말을 듣자 황제는 그가 보고서를 훌륭하게 써서 좋은 인상을 남겼던 것을 떠올렸다. 재빨리 조사를 시켜 그가 이번 일과 아무 관계가 없다는 것을 확인하자, 황제는 곧 그를 불러들였다. 네 시간에 이르는 면담 끝에, 황제는 그가 주관이 뚜렷하고 법률을 잘 알며 제법 식견이 있는 훌륭한 인재지만 경력이 약간 부족하고 뒷배가 없어 여태 진급하지 못했다는 것을 알게 되었고 곧 결심을 내렸다.

이튿날, 채전은 삼품의 형부 좌승으로 임명되어 잠시 상서 직을 대리하게 되었다. 황제는 그에게 한 달 안에 형부를 새롭게 운영하고 쌓인 업무를 정리하라고 요구했다. 티격태격 싸우던 태자와 예왕은 이 채전이라는 자가 어디서 튀어나왔는지 의아했다. 처음에는 상대의 복병이라고 생각했으나, 조사해본 결과 어느 편에도 속하지 않는 중립파라는 것을 믿을 수밖에 없었다.

형부가 안정되자 황제는 마음 편히 이부상서 후보를 검토하기 시작했다. 며칠 동안 고민하던 그는 마침내 중서령 류징의 추천을 받아들여, 반년 전 부모의 상을 당해 자리를 옮겼다가 아직까지 복직하지 못한 감찰원 어사대 대부 사원청(史元清)을 이부상서로 삼았다. 사원청은 평소 세심하고 강직한 것으로 이름이 나 있었다. 태자와 예왕과도 마찰이 있었을 뿐 아니라, 황제에게도 대든 적이 있어 황제 역시 그를 별로 좋아하지 않았다. 그런데 중서령 류징이 무슨 말로 달랬는지 몰라도, 뜻밖에 황제가 개인적인 감정을 누르고 중책을 맡긴 것이다.

그러나 조정의 뜨거운 열기는 점점 더 한가로운 나날을 보내는 매장소에게 아무런 영향도 주지 않았다. 비록 예왕의 모사로 여겨지고 있으나, 예왕이 '사형수 바꿔치기' 사건에서 입은 피해는 온전히 예왕 자신의 실수였고, 사전에 이 기린지재와 상의하지도 않았기 때문에 그에게 책임을 물을 수가 없었다. 그래도 빈 상서 자리 두 곳을 어떻게 할지에 관해서는 예왕도 매장소를 찾아와 의견을 물었다. 하지만 매장소는 결국 강호인이었고 조정에 쓸 만한 인맥도 없어, 분석을 통해 적당한 사람 몇 명을 추천했을 뿐 실질적으로는 큰 도움이 되지 못했다. 다행히 예왕도 그에게 큰 기대를 걸지 않았는지, 그의 생각을 들어본 후 혼자 일을 처리했다.

이렇게 해서 꽃이 피는 따뜻한 봄날, 매장소는 오로지 한 가지에만 집중할 수 있었다. 장인들을 불러 저택의 정원을 손보는 일이었다. 새 정원의 설계도는 매장소가 직접 그린 것이었다. 높낮음이 적절한 나무들로 이룬 주 경관에 물과 바위로 여백을 채우고, 새로 커다란 연못을 만들고 구곡교와 작은 정자를 세운 다음, 두 아름드리나 되는 큼직하고 오래된 나무 열 그루를 옮겨 심고, 서로 다른 계절에 피는 수많은 화초를 더했다. 예상과 달리 공사는 무척 빨리 진행되어 겨우 한 달 남짓한 사이에 끝이 났다.

저택을 개조한 다음 날, 매장소는 흥이 난 듯 경성에서 교분을 맺은 사람들을 초청해 구경을 시켜줬다. 그의 특별한 초청을 받자, 사씨 형제들은 탁청요와 탁청이(卓靑怡)를, 목왕부의 남매는 고급 장교 몇 사람을, 몽지는 부인을 데려왔다. 심지어 하동은 경성에 돌아온 지 얼마 되지 않은 하춘을 데려왔다. 언예진은 아무도 데려오지 않았지만, 정교한 쪽배 하나를 가져와 비류가 하루 종일 타고 연못을 떠다니게 만들었다.

주인의 열렬한 대접에 이 모임은 무척 시끌시끌했다. 찾아온 손님마다 평범한 인물이 아니었지만, 특히 문제는 서로의 입장과 지지하는 세력이 각각 다르다는 것이었다. 하지만 이 모임에서 아무도 정치 이야기를 꺼내지 않았고, 이런저런 가벼운 화제만 다뤘기 때문에 평소와 달리 분위기가 가볍고 편안했다.

그 중 언예진은 둘째가라면 서러워할 정도로 놀이를 좋아했고, 목청도 그와 제법 잘 맞아서, 마치 오리 떼처럼 꽥꽥거리며 떠들어댔다. 다른 사람들도 각자 특징이 있었다. 탁청요는 강호 이야기에 통달했고, 장경사들은 견식이 넓었으며, 예황 군주는 전설 같은 인물이었고, 주인인 매장소 역시 정취가 있는 명사였다. 이곳에 오기 전까지는, 겉보기엔 뭔가 이상한 구성인 이 모임이 이렇게 유쾌할 줄 아무도 예상하지 못했다.

정원 구경이 끝나자 야외에 놓인 평상에 오찬이 차려졌다. 담백하고 간단한 차림이었는데, 요리마다 서로 다른 술이 함께 놓여서 먹고 마시는 데 색다른 재미가 있었다. 그 자리에 있던 사람 중에서 술을 좋아하는 사필만 술 이름을 거의 맞혔고, 나머지는 한두 개 정도밖에 알아내지 못했다.

오찬을 마치자, 매장소는 차를 가져오게 하여 손수 찻잔을 데우고 차를 끓였다. 그는 사람들이 차를 맛보기를 기다렸다가 빙그레 웃으며 말했다.

"이렇게 가만히 앉아만 있으면 심심할 겁니다. 어젯밤 좋은 놀이가 떠올랐는데 혹시 관심이 있으십니까?"

강좌매랑이 생각해낸 놀이라면, 설령 하고 싶지 않아도 들어볼 만했다. 언예진이 맨 먼저 나섰다.

"좋아요. 말씀해보세요, 소 형."

"제가 인연이 닿아 죽간으로 된 금의 악보 하나를 얻었습니다. 한참 살펴봤더니 오래전에 실전된 〈광릉산(廣陵散)〉인 것을 대충 알 수 있었지요. 어젯밤에 그 악보를 집 안 어딘가에 숨겨뒀습니다. 실내외를 마음대로 뒤져 가장 먼저 찾는 분에게 그 악보를 선물로 드리겠습니다."

매장소는 그렇게 말하며 잔을 흔들어 차 향기를 흩뿌렸다.

"보물찾기에 흥미가 없으신 분은 이곳에서 저와 함께 차를 곁들여 이야기를 나누면서, 누가 이기는지 구경하시지요."

'광릉산'이라는 세 글자에 언예진의 눈동자가 환해졌다. 노는 것을 좋아하는 젊은 목청도 신난 표정이었고, 사필은 비록 악보에는 관심이 없지만 여기 앉아 차를 마시는 것보다는 보물찾기가 더 재미있을 거라고 생각했다. 그래서 세 사람이 가장 먼저 일어났다. 소경예는 가도 그만 안 가도 그만이라 망설이고 있었는데, 언예진이 눈을 부릅뜨고 노려보자 사람이 많을수록 승산이 크겠지 싶어 웃으면서 찻잔을 내려놓은 다음 탁청요까지 끌고 일어났다.

탁청이도 흥미가 있는 모양이었지만, 차분해야 하는 여자의 몸으로 마구 끼어들 수 없어 발그레한 얼굴로 자리에 앉아 예황을 흘끔거렸다. 영리한 군주는 그녀가 무얼 바라는지 금세 눈치 채고 생긋 웃으며 일어났다.

"탁 낭자, 저와 같이 갈까요?"

탁청이는 희색을 감추며 황급히 일어나 옷매무새를 가다듬으면서 인사했다.

"군주께서 불러주시니 영광입니다."

군주와 왕이 모두 일어나자, 몸이 근질근질하던 목왕부의 장교들이 가만히 앉아 있을 턱이 없었다. 그들도 즉시 일어나 두 사람을 따라갔다. 어느새 평상이 텅텅 비었다.

매장소는 얇은 자기로 된 찻잔을 만지작거리며 웃었다.

"저와 함께 차를 마셔줄 분은 몽 통령과 형수님, 그리고 하동 대인뿐이군요."

"그럴 리가. 하춘 대인도……."

몽지가 별생각 없이 말을 받으며 동쪽 자리를 돌아보다가 멈칫했다.

"아니, 하춘 대인은?"

"벌써 갔습니다."

하동이 웃음을 금치 못하며 대답했다.

"춘 형도 악기라면 사족을 못 쓰지요. 오래된 악보가 있다는데 가만히 앉아 있을 리 없지요. 소 선생의 말씀이 끝나기도 전에 바람같이 사라졌지요."

"참, 그렇지."

몽지가 손으로 이마를 탁 쳤다.

"이 건망증 좀 보게. 지난번 하춘 대인이 오래된 악보 때문에 폐하와 말다툼까지 했는데."

"하춘 대인은 기문둔갑술과 기관술에 능하시니, 제가 숨겨놓은 악보쯤이야 단숨에 찾아내시겠지요. 아무래도 오늘은 예진이 지겠군요."

매장소가 미소를 지었다.

"그건 모를 일입니다. 소 선생의 저택이 워낙 커서 처음부터 방향을 잘 잡아야 하니까요. 운이 따를 수도 있습니다."

하동이 눈썹을 치키자 봉황처럼 좁고 긴 눈이 빛을 발했다. 그녀가 사악하게 웃으며 말을 이었다.

"예진 녀석에게 조력자가 많으니, 춘 형뿐만 아니라 다른 누군가 그 악보를 찾아내면, 귀신처럼 물고 늘어져 빼앗을 겁니다. 예진이 이길 확률도 낮지는 않지요."

매장소는 말없이 웃기만 했다. 그는 찻주전자를 확인하고 손님들에게 다시 뜨거운 차를 따라주며 각지의 풍물에 관해 이야기를 꺼냈다. 약 삼각이 지나자, 하춘이 그 명성에 맞게 기쁜 얼굴로 돌아왔다. 그의 손에는 작고 빨간 나무 상자가 들려 있었다. 그는 성큼성큼 다가와 매장소를 향해 두 손을 모으며 말했다.

"소 선생, 이렇게 귀한 선물을 받아도 될지 모르겠군요."

매장소가 껄껄 웃었다.

"하춘 대인께서 찾으셨으니 당연히 드려야지요. 다른 사람들은요? 아직도 찾고 있는 건 아니겠지요?"

"글쎄요."

하춘이 약간 교활하게 웃어 보였다.

"저는 살그머니 돌아왔거든요."

"하춘 대인께도 이렇게 장난스런 구석이 있는지 몰랐습니다."

매장소는 실소를 터뜨리며 평상 왼쪽으로 시선을 돌렸다. 언제 나타났는지 려강이 그곳에 서 있었다. 종주의 시선을 받은 그는 아무 표정 없이 오른쪽 눈썹을 꿈틀하더니 허리를 숙였다.

매장소는 곧 안심한 얼굴로 말했다.

"군주를 찾아 모셔오게. 아무리 찾아도 두 개는 없다고 말일세."

"예."

명을 받은 려강이 물러간 지 얼마 되지 않아, 보물을 찾으러 떠났던 사람들이 속속 돌아왔다. 언예진은 악보가 하춘의 손에 들어간 것을 보자 마음이 울적했지만, 하춘이 자기보다 훨씬 음악에 푹 빠져 있다는 것을 알기에 안타까운 듯 한숨을 푹푹 쉰 다음 곧 포기했다.

해가 서쪽으로 뉘엿뉘엿 지고 흥도 다했다. 신시가 되자 손님들도 잇따라 작별을 고했다. 몽지가 맨 마지막에 일어났는데, 늘 말을 타고 다니는 그도 부인이 함께 있기 때문인지 마차에 올라 덜커덩거리며 떠나갔다.

처음 열린 밀실

—

30

—

매장소는 저택 문 앞까지 손님을 배웅한 후, 느릿느릿 후원의 안채로 걸어갔다. 방 입구에 들어선 그가 웃으며 말했다.

"형님, 빨리도 오셨군요."

"멀리 가지도 않았잖은가."

몽지가 다가와 대신 문을 닫아주었다. 그는 매장소에게 몸을 돌리며 눈을 찌푸렸다.

"오늘 그 자리에 하춘이 있다는 걸 잊었나? 그런 놀이를 한다는 말에 식은땀이 다 났네. 그는 유명한 기관 고수야. 무슨 생각으로 마음대로 이 집을 뒤지게……."

"그 놀이는 바로 하춘을 위해 준비한 겁니다."

매장소의 입술에 오만한 미소가 떠올랐다.

"하춘도 발견하지 못한 비밀 통로야말로 진짜 비밀 통로죠. 게다가 일부러 입구를 개조했으니 설사 하춘에게 발각되어도 그냥 밀실로만 여겼을 겁니다. 그를 속일 자신이 없었다면 이런 모험도 하지 않았겠지요."

"하긴 그래."

몽지가 길게 한숨을 쉬었다.

"자네가 언제 일을 대충 한 적이 있나?"

매장소는 웃으며 그의 팔을 붙잡고 나지막이 말했다.

"오늘이 밀실을 처음 여는 날입니다. 형님, 저와 같이 정왕부에 다녀오실까요?"

"그러세."

몽지는 추호의 망설임도 없이 대꾸했다. 그는 돌아서서 옷걸이에 걸린 여우털 외투를 매장소에게 걸쳐주었다.

"지하도는 춥고 습하니 두껍게 입어야 해."

"정말 같이 가시게요?"

매장소가 눈을 번쩍였다.

"정왕이 왜 따라왔느냐고 물으면 뭐라고 하시려고요?"

몽지는 그런 상황을 생각해본 적이 없는지 머뭇머뭇했다.

"이미 알고 있는 줄 알았……."

"제가 형님과 만난다는 것은 알죠. 형님이 제가 마음에 들어 이쪽으로 쏠렸다는 것도요."

매장소는 금군통령의 눈을 똑바로 바라보았다.

"하지만 형님과 저의 진짜 관계는 모릅니다. 형님이 저와 함께 경성에서 가장 비밀스런 이 길을 따라가시면, 정왕은 저와 형님의 관계가 그가 상상한 것보다 훨씬 가깝다고 생각할 겁니다. 그럼 얼마나 놀랄까요? 과연 어떻게 된 일이냐고 묻지 않을까요?"

"그게……."

몽지는 눈을 찡그리며 골똘히 생각했다.

"자네가 내 목숨을 구해준 적이 있어서 은혜를 갚는다고 하지 뭐. 아니면 자네한테 약점을 잡혀 어쩔 수 없이……."

매장소는 피식 웃으며 고개를 저었다.

"경염은 그렇게 멍청하지 않아요. 몽 통령께서 어떤 인물입니까? 겨우 은혜나 협박 때문이라니요. 만약 그렇다 해도 그냥 이용해먹으면 그만이지, 왜 굳이 마음을 털어놓고 형제처럼 믿으면서 제 목숨이 걸린 비밀 통로까지 형님에게 알려주겠어요?"

"소수."

갑자기 몽지가 그의 손을 와락 움켜쥐었다.

"차라리 다 말해버리게. 우리가 진짜 어떤 사이인지, 그리고 자네가 누구인지……."

매장소의 안색이 싸늘할 정도로 날카로워졌다. 부드럽던 눈빛도 순식간에 얼음처럼 딱딱해져 그 얼음 아래에서 요동치던 감정을 완전히 가려버렸다. 말투에서조차 서늘한 한기가 느껴졌다.

"형님, 제가 가장 걱정하는 것이 그겁니다."

매장소는 몽지의 손을 힘껏 마주 잡았다. 손가락이 몽지의 손등을 파고들 것만 같았다.

"이제부터 형님은 경염과 더 많이 만나게 될 겁니다. 그러니 반드시 명심하세요. 그 어떤 상황에서도 이를 악물고 절대 제가 누군지 말하지 마세요. 단 한마디도 하시면 안 됩니다!"

"왜? 왜 꼭 혼자 짊어지려는 건가? 정왕이 모든 진상을 알게 되면 분명히 더욱더……."

"도리어 일을 그르칠 뿐입니다."

매장소가 차갑게 그의 말을 잘랐다.

"경염은 지금 황위에 앉겠다는 결심이 강합니다. 제가 의견을 내면 어떻게 받아들일지 몰라도 최소한 듣기는 하지요. 제가 세운 계획, 제가 시키는 일, 그는 모두 따릅니다. 한 번도 반항하지 않고요. 왜 그런지 아십니까?"

"그야……."

몽지는 한참 동안 우물우물하면서도 끝내 한마디도 못했다.

"지금은 잡념이 없기 때문입니다. 황위를 얻는 것은 지금 그에게 가장 중요한 일입니다. 제가 그를 위해 하는 일에 대해서도, 그저 그 일이 황위를 얻는 데 유리한가 아닌가만 판단하면 됩니다. 최소한, 그 일들이 매장소라는 사람에게 어떤 결과를 가져다줄지는 신경 쓰지 않아도 되는 거지요."

매장소의 말투는 차가웠다. 하지만 눈동자에는 절로 슬픈 웃음이 떠올랐다.

"하지만 제가 임수라는 것을 아는 순간, 우선순위가 바뀔 겁니다. 저를 보호하려 하고, 제게 도망칠 길을 마련해주려 하겠지요. 그렇게 하면 제약이 많아져서 오히려 서로 힘들어집니다."

몽지도 정왕의 인품과 성격을 잘 알기에 그 말이 거짓이 아님을 알 수 있었다. 반박할 수는 없지만 괴롭고 마음이 아팠다.

"그에게 말하지 않는 것이 저도 편해요."

매장소는 깊이 숨을 들이쉬고 억지로 웃음을 지어 보였다.

"저와 경염은 어쨌든 서로를 너무 잘 아는 친굽니다. 매장소라는 신분으로 그의 앞에 설 때면 어떤 계략을 꾸며도 아무렇지 않지요. 하지만 임수가 되면, 아무래도 마음 아프고, 슬프고, 이유없이 불안해집니다. 이런 기분에 굴복하면 황위를 얻기는커녕 수

많은 사람의 목숨만 위태로울 겁니다."

"됐네."

몽지 같은 철한도 이 순간만큼은 눈시울이 붉어졌다.

"약속하네. 어떤 상황이 벌어져도 절대 말하지 않겠네. 정왕이 모르면 어떤가, 내가 있는데. 소수, 앞으로는 이 형님만 믿게나. 죽어도 자네가 억울하게 당하게 놔두지는 않겠네."

매장소는 격하게 끓어오르는 감정을 억누르고 그의 어깨를 가볍게 툭 치면서 위로했다.

"걱정 마세요. 경염은 사냥이 끝났다고 사냥개를 죽일 사람도 아니고, 어려울 때만 갖다 쓰고 부귀영화는 함께 나누지 않는 박정한 성격도 아닙니다. 제가 무슨 억울할 일이 있겠어요?"

"그건 그렇지."

몽지가 탄식했다.

"권모술수를 싫어하고 임기응변을 모르고, 정과 의리를 지나치게 중요시하는 것이 정왕의 단점이야. 그를 황위에 앉히려면 자네가 고생깨나 하겠지."

매장소는 슬쩍 창밖으로 얼굴을 돌렸다. 얼굴은 눈처럼 맑고 고왔으며 입가에는 얼음 같은 미소가 피어올랐다. 그가 싸늘하게 말했다.

"우리 대량에 각박하고 의심 많고 제왕의 마음으로 신하들을 통제할 줄만 아는 황제가 어디 적습니까? 경염을 황위에 앉히는 것은 어렵지만, 성공만 한다면 꺾이지 않는 의지와 충의를 가려낼 줄 아는 눈을 가진 공평하고 좋은 황제가 되지 않을까요? 내부적인 소모가 줄면, 군신이 한마음으로 어진 정치를 펼치게 될 겁니다. 그동안 형님도 보셨다시피, 조정의 문신들은 정치를 내팽개치고, 무신들은 전쟁에 대비하지 않은 채, 오로지 위의 눈치만 보며 권력을 유지하려고만 합니다. 그나마 국력이 튼튼하고 제도를 잘 갖춘 덕분에 가까스로 버티고 있지만, 다음번 조정도 이 모양이라면 국력은 나날이 약해질 겁니다. 계속 이렇게 정신을 못 차리면, 무슨 수로 호시탐탐하는 주변 나라들을 두려움에 떨게 만들어 국토를 보전하고 백성을 보살필 수 있겠습니까?"

그의 목소리는 깊고 묵직했고, 흥분한 말투도 아니었다. 하지만 몽지는 그 말을 듣는 순간 온몸의 피가 갑작스레 펄펄 끓고 가슴이 화끈화끈해지는 것 같았다. 조정의 기강을 바로잡고, 탁한 것을 몰아내 맑은 것으로 바꾸는 것은 황장자 기왕(祁王)의 오랜 숙원이었다. 지난날 적염군에 있을 때, 몽지 역시 이 현명한 왕이 속으로 그린 이상적인 조정을 설명하던 것을 들은 적이 있었다.

그러나 그가 죽은 후, 기왕부에 모여들었던 수많은 영재는 뿔뿔이 흩어졌다. 몇 명은 연좌되어 죽고, 몇 명은 소식을 감추고 은거했다. 압박을 받아 지금껏 두각을 나타내지 못하는 사람도 있고, 시류에 따라 마음을 고쳐먹은 사람도 있었다. 조정은 무기력하게 고개만 끄덕이는 사람으로 가득했고, 황제의 취향이 모든 것을 판단하는 기준이 되었다. 사람들은 어떻게 하면 권력을 쥘 수 있는지, 어떻게 하면 총애를 받을지, 어떻게 하면 미래를 위해 제대로 된 줄을 탈 수 있는지에만 골몰했다. 특히 태자와 예왕은 사람 마음을 가지고 노는 것이야말로 나라를 다스리는 비법이라고 여겼다. 대량 황족을 통틀어 기왕의 이상을 계승할 사람을 찾는다면, 역시 어려서부터 기왕 곁에서 가르침을 받은 정왕뿐이었다.

"형님."

몽지의 눈에서 그가 무슨 생각을 하는지 읽은 듯 매장소의 얼굴에 안심한 듯한 미소가 떠올랐다. 그는 가볍게 말했다.

"이제 아셨겠지요? 경염과 제가 함께할 수 없는 일이 많습니다. 지옥으로 떨어져 독을 품은 마귀가 되는 것은 저 혼자면 됩니다. 경염의 순수한 마음은 꼭 지켜야 해요. 경염이 반드시 알아야 하는 일도 있고, 또 천진한 생각을 바꿔놓을 필요도 있지만, 그의 기준과 원칙은 가능한 한 남겨둘 겁니다. 황위를 놓고 싸우는 동안, 그 마음이 너무 검게 물들면 안 됩니다. 훗날 그를 황위에 앉혔을 때 태자나 예왕 같은 황제가 된다면, 기왕과 적염군은 그야말로 헛되이 죽은 것이 됩니다."

몽지의 마음속에서 수많은 감정이 교차했다. 그는 무겁게 고개를 끄덕이며 한동안 아무 말도 할 수 없었다. 사실을 밝히지 않겠다고 매장소에게 몇 번이나 약속했지만, 진정으로 이유를 이해하고 약속을 가슴속에 새긴 것은 지금이 처음이었다.

매장소의 눈빛도 차분하고 부드러운 원래대로 돌아왔다. 그는 옆에 있는 책상에 기대며 말했다.

"형님, 오늘 같이 정왕부에 가자고 한 건 농담입니다. 경염이 의심하지 않게 하려면 아무래도 형님이 정왕부에 갔다가 이리로 오는 것이 낫겠어요."

그 말을 이해하지 못한 몽지가 어리둥절해하며 물었다.

"정왕부에서 오라니? 어떻게?"

매장소는 다소 피로를 느껴 가까운 의자에 앉으며 몽지에게도 의자를 권했다. 그런 다음 천천히 말했다.

"형님은 태감 살인 사건 때문에 공연히 폐하의 의심을 샀고, 부통령 두 명이 자리를 옮겼어요. 누구나 그 일을 알고 있고, 경염 역시 형님이 억울하다는 것을 알 겁니다. 기회를 보아 경염에게, 이 틈에 형님과 자주 만나면서 형님의 부하들을 정왕부에 받아들여 보살피라고 제안하겠어요. 형님도 가능한 한 남들 눈에 띄지 않게 태자와 예왕에게 반감이 있다는 것을 알리세요. 기왕을 그리워한다는 것도요. 형님과 경염은 본래 사이가 좋았으니, 좀 더 가까워지면 우연히 그의 침실에 있는 비밀 통로를 발견한 척하면서 경염 입으로 사실을 털어놓게 하십시오. 그런 다음 진심을 보이면서, 결코 폐하를 배신하진 않겠지만 황위 싸움에서는 경염을 지지한다는 뜻을 밝히는 겁니다. 경염도 형님의 충성심과 이상향을 잘 아니, 의심 없이 믿을 겁니다. 그리고 어차피 비밀 통로를 들켰으니, 경염과 함께 이쪽으로 와서 절 놀라게 하면 됩니다."

"자네 정말……."

몽지는 웃음을 참을 수가 없었다.

"그 머릿속이 어떻게 생겼는지 보고 싶단 말이야. 자네 말대로 하면 순조롭게 자네들 편이 될 수 있겠어. 정왕은 심장이 철렁하겠지만."

"앞으로 편하게 일할 수 있도록 형님이 우리 편이라는 것을 확실히 알릴 생각만 아니었다면 왜 이런 연극까지 하겠어요? 이제 우리는 훗날 같은 주군을 모실 동료가 되는 겁니다. 한 사람은 문신, 한 사람은 무신이라 충돌할 일도 없으니, 제아무리 교분을 쌓아도 정왕이 이상하게 생각하지 않을 겁니다. 은혜니 협박이니 하는 핑계보다 훨씬 낫지요?"

"그래그래, 자네 생각대로 하세. 하지만 오늘 저녁 첫 만남에는 함께할 수 없겠군."

"오늘 하루 종일 손님 대접하느라 지쳤고 급한 일이 있는 것도 아니어서 갈 생각이 없었어요. 시간이 늦었으니 형님도 그만 돌아가세요. 형수님께서 걱정하시겠어요."

몽지는 그의 안색을 꼼꼼히 살핀 후 눈을 찡그렸다.

"눈 밑이 까만 걸 보니 정말 지쳤나보군. 비밀 통로가 어디로 달아나는 것도 아니니 푹 쉬면서 체력을 회복하는 것이 낫겠어. 귀찮게 하지 않을 테니 어서 자게."

매장소는 피로가 몰려와 더 사양하지 않고 고개를 끄덕였다. 그리고 곧장 침실로 들어가 이불을 펴고 침대에 누워 잠들었다. 방의 작은 침대에서 자고 있던 비류가 고개를 들고 그를 바라보았다. 몇 번 눈을 끔뻑끔뻑하더니 다시 눈을 감고 픽 쓰러지는 모양이 방금 잠에서 깬 것인지 아닌지 판단이 서지 않았다.

그 귀여운 모습에 몽지의 얼굴에도 웃음꽃이 피었지만, 소리를 내지 않으려고 억지로 웃음을 참았다. 그는 자상하게 창문을 닫아주고 탁자 위의 촛불을 끈 다음 살며시 나갔다.

평온한 밤이었다. 바람도 없고 비도 오지 않고, 부드럽게 빛을 뿌리는 맑고 환한 달도 면사처럼 얇은 구름에 덮여 창 안을 눈부시게 비추지도 않았다. 매장소는 편안하게 잠들었다. 기침도 하지 않았고 가슴이 답답하여 한밤중에 깨는 일도 없었다. 이런 원기 왕성한 봄날은 깊이 잠들기에 딱 좋았다. 방 안에 있던 화로를 어제 치웠기 때문에 공기도 무척 상쾌했다. 방 밖에서도 여름부터 가을까지 이어지는 풀벌레 소리가 들리지 않아 편안하고 고요했다. 밤새도록 꿈도 꾸지 않고 자는 것은 정말 좋은 일이었다.

그러나 샛별이 점차 희미해지고 동쪽이 밝아오기 전, 갑자기 비류가 눈을 반짝 뜨고 일어나 앉았다. 소년은 외투도 걸치지 않고 새하얀 속옷만 입은 채 침실 북서쪽 책상 옆으로 달려가 고개를 외로 꼬고 귀를 기울였다. 그런 다음 돌아서서 매장소의 침대로 다가가 살짝 어깨를 흔들었다.

"형!"

혼수상태가 아니면 늘 얕은 잠만 드는 매장소는 몇 번 흔들자 곧 깨어났다. 그는 몽롱한 눈을 반쯤 뜨고 이마를 짚었다. 목소리가 약간 걸걸했다.

"무슨 일이니, 비류?"

"문!"

언제나 비류의 간단한 말에 담긴 뜻을 한 치도 틀림없이 이해했던 매장소지만, 이번만큼은 어리둥절했다. 일어나 앉아 정신을 차린 후에야 갑자기 비류가 무슨 말을 하는지 깨달았다.

그는 황급히 옷을 입고 머리를 아무렇게나 모아 묶은 후 담비털 외투를 걸친 다음 비류가 가져온 따뜻한 차로 목을 축였다. 그리고 대충 면 수건으로 얼굴을 닦은 후에야 서둘러 책상 앞으로 갔다. 발끝으로 티 없이 매끈매끈한 바닥을 요리조리 누르자 서쪽 벽에 한 사람이 겨우 들어갈 만한 좁은 통로가 나타났다. 앞장서서 들어가려는 비류를 매장소가 붙잡고 조용히 말했다.

"오늘은 들어가지 말고 밖에서 기다리렴, 알겠지?"

소년은 싫은 표정이었지만, 이번에도 착하게 시키는 대로 했다. 그가 옆으로 비켜나자 매장소는 통로로 들어갔다. 안에서 기관을 작동하자 벽은 곧 원래 모습으로 돌아갔다. 비류는 의자를 가지고 와 앉은 다음, 까만 눈동자로 벽을 뚫어져라 노려보며 몹시 진지하고 엄숙하게 기다렸다.

벽으로 들어선 매장소는 품에서 야명주를 꺼내 앞을 비추며 기관을 몇 자 아래로 내렸다. 비밀 통로 입구에 도착하자 그는 방향을 바꿔 좀 더 걸어가서 돌문 하나를 열었다. 안은 소박하게 꾸며진 석실로, 자주 쓰는 탁자와 의자 등이 놓여 있었다. 벽에 걸린 등은 이미 불이 켜져 있었다. 누르스름한 불빛 아래에서 푸른색 평상복을 입은 정왕이 돌아서서 천천히 매장소에게 다가와 고개를 끄덕여 인사했다.

"소 선생, 놀라게 했구려."

매장소도 살짝 허리를 숙여 예를 갖췄다.

"전하께서 부르실 때 달려오는 것은 제 의무입니다. 놀라다니요. 급히 일어나 나오느라 차림새가 단정치 못하니 용서하십시오."

정왕은 고민이 깊은 것 같았지만, 그래도 피식 웃음을 지으며 손짓으로 매장소에게 자리를 권했다.

새벽같이 찾아온 것은 분명 어려운 일이 있다는 뜻이지만, 인사치레부터 하는 것을 보면 화급한 일은 아닌 듯했다. 그래서 매장소도 그가 가리키는 곳에 자리를 잡고 앉은 후에야 느릿느릿 입을 열었다.

"무슨 일로 저를 찾으셨습니까?"

정왕은 짙은 눈썹을 찡그리며 잠시 망설이다가 대답했다.

"사실…… 소 선생을 귀찮게 할 만한 일은 아니오. 우리가 하는 일과도 무관하고. 다만 도무지 의논할 사람이 없어 어쩔 수 없이 선생의 지모를 빌리려고 하오."

"전하를 주군으로 섬긴 이상 전하의 일은 곧 저의 일인데, 관계가 있고 없고가 무슨 상관이겠습니까? 무슨 일인지 말씀해보십시오. 제가 도울 수 있으면 반드시 전력을 다하겠습니다."

정왕은 그런 반응을 이미 예상한 듯 빙그레 웃으며 대답했다.

"그렇다면 솔직히 말하겠소. 오늘 오후 어마마마를 뵈러 입궁했는데, 경녕이 찾아와 살려달라며 목 놓아 울었소. 듣자니 다음 달에 남초의 구혼 사절단이 금릉에 오는데, 부황께서 허락하시면 나이가 맞는 공주가 경녕밖에 없다는 거요."

"남초와 혼인 동맹을 맺는다는 겁니까?"

매장소는 가만히 생각하다가 말했다.

"예황 군주께서 남경에 주둔해 계시니 대량과 남초는 서로 대치할 뿐 몇 년 동안 싸움이 없었습니다. 물론 남초는 면(緬)을 평정하기 위해 혼인 이야기를 꺼냈겠지만, 우리 대량도 이 틈에 근 2년간의 재정 부족 상태를 정돈할 수 있으니 좋은 방법이긴 합니다. 하지만 혼인 동맹을 맺으려면 교환 조건이 있어야 하는데, 우리쪽 공주가 시집가면 그쪽에서도 공주가 시집을 와야겠지요. 그렇지 않으면 인질을 내다 바치는 꼴이니까요. 남초에서 그저 공주를 달라고 한다면 폐하께선 허락지 않으실 겁니다. 하지만 남초에서도 공주를 보내겠다고 하면 허락할 가능성이 8할은 되겠지요."

모사 상태로 돌입한 매장소를 보자 정왕은 우습기도 하고 황당하기도 했다. 정왕이 한숨을 쉬며 말했다.

"소 선생, 나는 부황께서 이 혼인을 허락할 가능성이 얼마나 되는지 알고 싶은 게 아니오. 부황께서 허락하셨을 때 경녕을 보내지 않을 방법이 있는지 조언을 구하는 것이오. 경녕은 이미 마음에 둔 사람이 있다고 했소."

매장소는 자기 발끝 앞으로 늘어진 그림자를 한참 응시하다가, 마침내 정왕의 얼굴로 천천히 시선을 옮겼다.

"전하, 혼기가 찬 공주가 몇 분이나 계십니까?"

정왕은 움찔하더니 어렵사리 대답했다.

"경녕뿐이오."

"친왕의 군주 중에서 공주로 봉할 만한 적령기의 사람은요?"

"부황께서 지난날 황위에 오르실 때 그 형제들이 많이 돌아가셨소. 남은 사람은 기왕(紀王)과 전왕(錢王), 율왕(栗王) 세 분뿐인데, 그분들의 딸 중에 성년이지만 미혼인 사람은 서너 명쯤 될 거요."

"명주(明珠) 군주는 허약하고 각혈 증세까지 있고, 명침(明琛) 군주는 왼쪽 다리를 절고, 명서(明瑞) 군주는 머리를 깎고 출가한 지 반년이 넘었고, 명영(明瓔) 군주는 정신병이 조금 있지요. 혼인 동맹인데 폐하께서 그들 중 누군가를 보내실까요?"

정왕은 종친 여자들의 상황을 잘 몰랐으나, 매장소의 말을 들으니 그 말이 옳은 것 같아 마음이 더욱 무거워졌다. 한참 고민하던 정왕이 갑자기 누군가를 떠올리고 황급히 말했다.

"내 기억에 율왕 숙부의 딸 중에 명각(明珏) 군주가 있소. 경녕과 나이가 같은……."

매장소가 싸늘하게 웃었다.

"내가 원치 않는 일은 남에게도 베풀지 않는 법이지요. 명각 군주는 선황의 태재였던 남궁씨의 한 젊은이와 연인 관계였는데, 정혼 전에 상대가 모친상을 당해 잠시 미뤄졌을 뿐입니다. 경성 사람이면 누구나 아는 일이지만, 전하께서는 밖으로 출병을 나가 계셨기 때문에 모르시겠지요."

바보처럼 듣고 있던 정왕이 얼굴 근육을 씰룩였다.

"선생의 말대로라면, 부황께서 혼인 동맹을 허락하시면 경녕은 도저히 방법이 없구려."

매장소는 무관심한 표정이었지만, 눈동자 깊은 곳에는 안타까움을 감추고 있었다. 그는 쌀쌀한 목소리로 말했다.

"경녕 공주는 일국의 공주입니다. 설령 다른 나라에 시집가는 것을 피할지라도 혼인 상대를 마음대로 정할 수는 없지요. 설마 아직도 그 사실을 직시하지 못하고 계십니까?"

정왕은 한숨을 푹 쉬었다.

"그걸 내가 왜 모르겠소? 하지만 슬피 우는 경녕을 보니 너무 가엾어서 혹시 선생에게 좋은 계책이라도 있나 싶어 이렇게 찾아온 거요."

매장소는 그를 흘끗 보더니 불쑥 물었다.

"이왕 말이 나왔으니 드리는 말씀입니다만, 전하께서는 경녕 공주만 걱정되십니까?"

정왕은 무슨 뜻인지 몰라 어리둥절했다.

"남초에서 공주를 시집보내면 반드시 황자가 맞이해야 합니다. 물론 측비로 삼을 수도 없지요. 생각해보십시오. 그럼 누가 남초의 공주를 맞이해야 할까요?"

"응?"

정왕은 곧 그 의미를 깨닫고 저도 모르게 탁자를 세게 눌렀다.

"그 말은……."

매장소는 진지한 얼굴로 말했다.

"남초는 결국 적국입니다. 남초의 공주 중에 예황 군주처럼 현명하고 재주가 뛰어난 사람이 있다는 소문도 듣지 못했습니다. 폐하께서는 의심이 많으시니, 전하께서 황위에 뜻을 두신 이상 적국 공주를 정비로 삼는 것은 결코 좋은 일이 아닙니다. 전하께서 이 위기에서 벗어나실 방법을 생각해봐야겠군요."

정왕의 표정이 흔들렸다.

"내가 혼인을 거절할 방법이 있다면 어째서 경녕은……."

"상황이 다르지요. 공주 중에는 나이가 맞는 사람이 경녕 공주뿐이지만, 황자 중에는 전하가 유일한 후보는 아닙니다. 태자와 예왕은 이미 정비가 있고, 폐하 또한 그 두 사람에게 적국의 공주를 짝지어주지는 않을 겁니다. 그러니 두 사람은 제외해야겠지요. 남은 사람 중에 셋째 황자는 장애가 있고 여섯째 황자는 비록 정치에 뜻을 두지 않고 책만 읽으시지만, 두 분 다 부인할 수 없는 황자이고 정비를 잃은 후 아직 혼인하지 않았습니다. 황위 계승과 무관한 황자들일수록 이 혼례의 적임자지요. 따라서 폐하께서 윤허하신다면 분명 전하를 포함한 세 사람 중에서 고르실 겁니다. 정혼을 하기 전에 사주팔자를 맞춰보는데, 경녕 공주의 사주가 남초의 황자와 맞으면 저희로선 어쩔 도리가 없습니다. 하지만 남초 공주의 사주팔자가 전해지면 우리 쪽 예천감(禮天監) 사람이 맞춰보겠지요. 그때 방법을 써서 바라는 결과가 나오도록 할 수 있습니다. 누가 남초의 공주를 맞아들이든 상관없겠지요. 전하의 사주와 남초 공주의 사주가 맞지 않으면 됩니다."

"아니, 예천감에도 선생의 명을 듣는 사람이 있소?"

"명을 듣는다기보다는 그저…… 부릴 방법이 있는 것이지요."

정왕이 진지한 눈으로 매장소를 똑바로 쳐다보았다.

"소 선생이 처음 경성에 왔을 때는 '기린지재'라는 명성 때문에 태자와 예왕이 끈질기게 달라붙는 것이 귀찮은 듯했소. 그런데 지금 보니 선생은 이미 이렇게 될 줄 알고 모든 준비를 해온 것 같군."

매장소는 아무렇지도 않게 웃으며 태연히 대답했다.

"본래 재주에 자신이 있어 강호에만 처박혀 조용히 살 마음이 없었으니까요. 평소 천하를 바로잡고 명성을 날리는 것이야말로 사내대장부의 포부라고 생각해왔습니다. 준비도 없고 자신도 없었다면, 어떻게 감히 태자와 예왕같이 쉬운 길을 버리고 전하를 군주로 모시겠다고 했겠습니까?"

정왕은 그 말을 계속 곱씹었지만, 그 진위를 판단할 수도 없었고 정말로 깊이 음미해볼 생각도 없었다. 매장소가 전심전력을 다해 그를 보위에 올리려고 한다는 것은 확실했다. 정왕 역시 이것만큼은 의심해본 적이 없었다. 하지만 매장소가 그를 선택한 진짜 이유는 아직까지 수수께끼였다. 다만 이런 때에 진상을 밝히려고 애쓸 생각은 없었다. 어쨌든 지금은 눈앞에 수많은 난관이 놓여 있었고, 우선적으로 생각해야 할 더 중요한 일이 많았다. 그에게 있어 속을 헤아리기 힘든 이 모사는 손에 쥔 더없이 예리한 검이었다. 잘 쓰기만 하면 그만이고, 이 검이 어떻게 만들어졌는지, 왜 검집에서 뽑혔는지는 당장은 신경 쓰고 싶지 않았다.

밀실은 찻집이 아니었다. 이야기가 끝나자 계속 앉아서 잡담을 나눌 이유가 없었다. 찾아온 목적은 이루지 못했지만, 정왕 본인도 경녕 공주에게 희망이 별로 없다는 것을 잘 알았기에 실망은 해도 괴로워하지는 않았다. 두 사람은 간단히 작별하고 각자 비밀 통로를 따라 방으로 돌아갔다.

소경염은 비록 왕부를 세워 주변 백성들을 다스렸고, 근위병도 있고 군에서 명망도 매우 높았지만, 어쨌든 겨우 군왕에 봉해진 서출 황자일 뿐이었다. 예왕처럼 여러 가지 특권을 누리지도 못해, 초하루와 보름, 절기, 생일, 어머니 생신, 제사 등 특별한 날이 아니면 황제의 명 없이 함부로 후궁을 드나들 수 없었다. 얼마 전 그를 만나 도움을 청한 후로 며칠 동안 일곱째 오라버니의 그림자 조차 보지 못한 경녕 공주는, 초조한 마음에 엄한 궁궐 규칙조차 무시하고 궁녀를 변장시켜 친필 편지를 들려 내보냈다. 황궁 밖에 있는 연인과 연락하게 해달라고 정왕에게 부탁할 생각이었지만, 궁녀는 정안문을 나가지도 못하고 금군에게 붙잡혔다.

이 소식을 들은 몽지가 달려와 편지를 몰수하고 궁녀는 내원으로 돌려보냈다. 그는 부하들에게 이 일을 함부로 떠들지 말라고 명하고 슬그머니 덮었다. 그날 밤 그는 밤을 틈타 몰래 정왕부로 가서 정왕에게 편지를 보여줬다. 정왕은 태감 살인 사건 이후로 몽지가 예전만큼 금군을 철통같이 단속하지 못한다는 것을 알고 있었다. 아마도 이 사건을 철저히 숨기기는 어려울 것 같아 그는 재빨리 매장소를 찾아가 의논했다. 과연 2~3일이 지나자 황제는 공주가 몰래 궁녀를 내보냈다는 소문을 들었다. 어린 딸을 애지중지하던 황제는 자연히 화를 참지 못하고, 당장 몽지를 불러들여 천둥처럼 소리를 지르며 마구 책망했다.

이미 가르침을 받은 몽지는 준비하고 있다가, 황제가 화를 모조리 쏟아낸 다음에야 머리를 조아리며 천천히 고했다.

"폐하의 꾸짖음을 들으니 신은 죽어 마땅합니다. 하지만 예부터 궁궐의 명예를 지키는 것이야말로 가장 중요한 일이었습니다. 신, 비록 폐하의 은총을 입어 분에 넘치게도 금군통령을 맡고 있으나, 결국은 신하일 뿐입니다. 그 궁녀는 공주를 가까이 모시는 사람이고 서신 또한 밀봉되어 있었습니다. 신은 후궁의 사람을 심문할 권한이 없고 편지를 뜯어 읽을 수도 없었습니다. 심문할 수도 없고, 내용을 볼 수도 없으니 사실인지 아닌지 알 수가 없었습니다. 진위를 모르는데 어찌 폐하께 고할 수 있겠습니까? 때문에 궁녀는 돌려보내고 부하들을 단속하고 서신을 불태울 수밖에 없었습니다. 그렇게 해야만 이 일을 덮고 공주마마의 성덕을 보전할 수 있다고 판단했습니다. 신이 견식이 부족해 부적절하게 처리했다면 부디 벌을 내려주십시오."

황제도 그의 해명을 듣고 곰곰이 생각해보니 일리가 있었다. 이런 사사로운 궁궐의 일은 없앨 수 있으면 없애고, 피할 수 있으면 피해야 했다. 함부로 조사를 하면 황실 체면만 깎일 뿐이었다. 그렇게 생각하자 노기도 점점 가라앉아, 엎드린 몽지를 일어나게 하고 몇 마디 위로를 건넸다. 그리고 심문하러 공주의 거처에 보낸 관리를 다시 불러들이고, 황후에게 경녕 공주를 더욱 엄중히 살피라고 몰래 명한 다음 서둘러 사건을 덮었다.

몽지와 정왕은 항상 사이가 좋았다. 그런데다 이번에는 정왕이 경녕 공주를 도와 바깥에 있는 사람과 연락하게 할 뻔한 사실을 몽지가 아무도 모르게 숨겨 커다란 호의를 보여줬다. 매장소로부터 몽지와 교분을 맺으라는 권고를 받았던 정왕은 이 일로 은혜까지 입자, 점점 더 몽지와 가까워졌다. 사람들이 눈여겨볼 정도로 빈번하지는 않아도, 진심을 주고받는 정도는 예전보다 훨씬 깊어졌다.

그와 동시에 몽지 역시 매장소가 시킨 대로 적극적으로 나갔다. 하루는 정왕부에서 열린 마상 궁술대회에 참석하여, 정왕이 북쪽 오랑캐의 왕에게서 빼앗은 쌍현검(雙弦劍)을 보고 싶다는 핑계를 대고 몽지는 원하던 대로 검을 걸어둔 정왕의 침실로 들어갔다. 그리고 아주 우연히도 은밀한 비밀 통로의 입구를 발견했다. 이렇게 해서 몽지는 순조롭게 매장소와 정왕의 군신 관계를 알아챈 첫 번째 사람이 되었다. 그리고 그 기회에, 자신도 황명을 거역하지 않는 한도 내에서 정왕이 황위를 빼앗는 것을 돕겠다는 태도를 밝혔다.

때는 벌써 풀이 자라고 꾀꼬리가 날고 향기로운 꽃들이 흐드러지게 피는 4월이었다. 남초의 구혼 사절단이 어마어마한 선물을 갖고 금릉성 밖에 도착했다. 남초의 황제는 친조카인 능왕(陵王) 우문훤(宇文暄)에게 사신 대표를 맡겼고, 이 때문에 대량의 황제도 왕족을 대하는 예를 따랐다. 예왕이 조서를 가지고 성문 밖으로 나가 사절단을 맞았고, 외국 사절단이 묵는 보성궁(保成宮)으로 안내했다. 남초의 정중한 태도와 대량의 예우로 보아, 이 혼인 동맹은 이미 반 이상 성공한 것이나 다름없었다. 남은 것은 세부적인 항목을 논의하는 것뿐이었다. 양국의 혼인은 엄청난 사건이었다. 혼인을 허락한다는 조서는 아직 없었지만, 조정은 위아래 할 것 없이 바빠졌다.

남초의 사신 우문훤이 입궁하여 황제를 뵌 지 닷새째 되는 날, 황궁에서 연달아 두 개의 조서가 내려왔다. 하나는 경녕 공주를 구석쌍국공주로 봉하는 것이었고, 다른 하나는 여섯째 황자인 회왕(准王)에게 왕부를 하사하는 것이었다. 이는 곧 혼인할 사람이 기본적으로 정해졌다는 의미였다.

울고불고 반항하며 단식까지 하던 경녕 공주도 결국 굴복했다. 대량의 공주로서, 사실 그녀 자신도 벗어던질 수 없는 족쇄와 책임이 있다는 것을 잘 알았다. 부황을 거스른 것은 이대로 자신이 선택하고자 했던 행복을 포기해야 한다는 것을 받아들일 수 없어서였다. 그러나 그 결과는 예상대로 냉혹했다. 황후는 가장 믿는 궁녀를 보내 밤낮으로 공주를 감시했고, 각 궁의 비빈들은 돌아가면서 찾아와 온갖 말로 꼬드겼다. 모든 것이 윗사람의 의지대로 움직이는 후궁에서, 경녕 공주는 그 어떤 공개적인 지지도 받지 못했다. 차가운 눈길로 방관하는 대부분의 사람에게 있어 그녀가 겪은 일은 그저 역대 공주들이 걸어간 똑같은 운명에 불과하기 때문이었다. 사랑을 듬뿍 받았다고 더 운이 따르는 것도 아니었지만, 그렇다고 더 불행한 것도 아니었다. 정왕은 입궁할 때마다 이 누이동생을 찾아갔다. 그리고 그녀가 차츰 현실을 받아들이는 것을 보자 정왕도 조금씩 안심을 했다.

태자가 벌을 받아 정사에 참여할 수 없는 지금, 예왕은 전에 없이 조정에서 활약했다. 논쟁이 있을 때면, 그 주제가 무엇이든 간에 적극적으로 참여했다. 물론 모든 조정 신하가 기꺼이 그에게 충성을 바친다고 하기엔 아직 한참 멀었지만, 요즘 가장 촉망받는 그의 위치 때문에 지나치게 비상식적인 내용만 아니면, 대신들도 굳이 그의 말에 반박하지 않았다. 게다가 무슨 이유에선지, 태자파의 사람들조차 요즘은 이상하게 공손했고 더 이상 예왕에게 맞서는 일에 열중하지 않았다. 현명하기로 이름난 이 황자는 평범한 인물이 아니었고, 예왕부에도 인재가 즐비했기 때문에, 큰 사건에서 사리에 벗어난 행동을 하는 경우는 거의 없다시피 해서, 마치 점점 대신들과 뜻이 맞는 것처럼 보였다.

황제가 속으로 무슨 생각을 하는지는 아무도 알지 못했다. 최소한 겉으로는 더욱더 예왕을 아끼는 것 같았다. 결정하기 힘든 일이 생기면 맨 먼저 예왕을 불러 상의하고 그의 의견을 들었다. 덕분에 유언비어가 퍼져, 모두 예왕이 곧 태자 자리에 오를 거라고 떠들어댔다.

이런 소문은 결국 황제의 귀에도 들어갔고, 황제는 곁을 따르는 몽지에게 물었다. 몽지는 그런 소문은 한 번도 들은 적이 없다고 대답했다. 황제는 정치 싸움에 전혀 관심을 두지 않는 그의 태도를 칭찬했지만, 아무래도 마음은 우울했다. 후궁으로 돌아갈 시간이 되자, 그는 답답한 마음에 가마를 내치고 가까운 측근 몇 명만을 데리고 한가롭게 거닐었다.

"폐하, 오늘 밤은 어디로……."

육궁 도총관 고담이 조심스레 물었다. 미리 통지하고 준비할 시간을 주기 위해서였다.

황제는 걸음을 멈칫했다. 황후는 늘 단정하고 근엄해서 마음에 들지 않았고, 월비는 요즘 태자 문제로 자주 눈물을 보여 보고 싶지 않았다. 물론 젊은 미인들은 아리땁고 얌전했지만, 오늘 밤은 흥이 나지 않았다. 그래서 결국 그는 얼굴을 굳힌 채 고담을 무시했다. 황제의 기색을 살피는 능력이 귀신같은 고 공공은 차마 다시 묻지 못하고 허리를 숙인 채 조용히 황제 뒤를 따랐다.

남초의 손님

—
31
—

여덟 개의 궁등(宮燈)이 야무지게 길을 인도했다. 궁마다 초를 켜 주변이 환했다. 하지만 황제는 굳이 가장 어두운 곳으로 향했다. 일부러 썰렁하고 고요한 곳을 고르려는 것처럼. 그렇게 걷다보니 문득 약 냄새가 물씬 풍겼다. 멍하니 고개를 들자 저 앞에 조그마한 궁이 하나 보였다. 이 화려하고 풍요로운 궁궐과는 어딘지 동떨어져 보이는 곳이었다. 멋진 나무를 심는 대신 조그마한 약초밭을 일구어 평온하고 소박하면서도 운치가 있었다.

"저기가 어디냐?"

고담이 재빨리 대답했다.

"폐하, 저곳은 정빈 마마의 거처입니다."

"정빈……."

황제는 기억을 더듬으려는 듯 눈을 가늘게 떴다.

그렇지, 정빈, 경염의 어미…… 확실히 종종 보긴 했지.

설 연회 같은 모임에서 후궁들의 하례를 받을 때, 그녀는 늘 고개를 숙이고 고분고분한 모습으로 맨 뒤에 서서 한 번도 먼저 입을 열지 않았다. 처음 입궁했을 때처럼.

"고담, 정빈이 입궁한 지도 거의 30년이 다 됐구나."

고담은 등에서 식은땀이 흐르는 것을 느꼈다. 차마 길게 대답할 용기가 나지 않아 그저 소리 죽여 '예'라고만 했다.

"악요는 경우를 낳고 늘 몸이 안 좋았지. 오랫동안 휴양을 해도 좋아지지 않았어. 임씨 가문은 걱정이 되어 의녀를 입궁시켜 가까이서 보살피게 했고…… 기억이 나는구나. 악요는 그녀를 마치 친자매처럼 대했지."

신비 임악요와 황장자 소경우. 이 둘은 툭하면 성질을 부리는 황제 앞에서 함부로 꺼낼 수 없는 금기어였다. 고담은 속옷이 축축이 젖은 것을 느끼면서, 숨이 가빠지지 않도록 갖은 애를 쓰며 허리를 더욱 깊이 숙였다.

황제가 그런 그를 차가운 눈길로 흘끗 바라보았다.

"그리 놀랄 것 없다. 가서 정빈에게 어가를 맞으라 알려라."

"예."

얼마 후, 약 향기가 감도는 지라원(止蘿院)에 등불이 켜지고, 정장을 갖춘 정빈이 궁녀들을 이끌고 마중 나와 문밖에 엎드렸다. 황제는 그녀를 자세히 보지도 않고 단 한 마디, '일어나라'고 툭 던진 후 성큼성큼 안으로 들어갔다. 정빈은 황급히 일어나 뒤따라가 외투 벗는 것을 도와줬다. 몰래 황제의 안색을 살핀 그녀가 부드럽게 물었다.

"폐하, 피곤해 보이는데 약탕에 들어가 피로를 씻어내시는 게 어떻겠습니까?"

황제는 그녀가 의녀 출신이라 치료에 능통하다는 것을 떠올렸다. 그러잖아도 머리가 아프고 힘이 없던 차라 그는 곧 고개를 끄덕였다. 정빈은 목욕통과 물을 준비하라 명하고, 직접 약재를 배합했다. 그리고 얼마 후 준비가 끝나자 황제의 목욕 시중을 들며, 약초 기름으로 훈증을 해주고 머리를 안마해 두통을 없애줬다. 정빈은 나이가 들었고 절세의 용모도 아니었지만, 의술을 배운 사람답게 차분하고 몸 관리도 잘해 귀밑머리에도 흰빛을 찾아볼 수 없었다. 특히 두 손은 매끄럽고 나긋나긋해서 안마를 받는 사람을 무척 편안하게 해주었다. 황제도 이렇게 고요하고 한적한 기분은 참으로 오랜만이었다.

"폐하, 훈증을 하면 목이 타게 마련입니다. 약차라도 드시겠습니까?"

정빈이 나지막하게 물으며 도자기 그릇을 황제의 입가로 가져갔다. 황제는 눈도 뜨지 않고 그녀가 주는 대로 몇 모금 마셨다. 약 냄새가 전혀 없이 달콤 상큼하고 향기로웠다. 몽롱한 의식 속에 문득 오래되어 흐릿해진 영상이 떠올랐다.

"정빈…… 그동안 짐이 너무 야박했구나."

황제는 그녀의 손을 잡으면서 고개를 들고 탄식했다. 그 말을 듣고서도 정빈은 섭섭하다며 하소연하거나 듣기 좋은 말로 아양 떨지 않았다. 그저 마음속에 아무 응어리도 없는 듯 생긋 웃으며, 욱신거리는 황제의 목과 어깨를 열심히 안마할 뿐이었다.

"어느새 시간이 이렇게 흘렀구나. 짐도 늙었어."

황제는 욕심 없고 평화로운 그녀의 성격을 잘 알기에 그런 태도에 개의치 않았다.

"보상해줄 방법은 없지만, 그래도 경염이 효성스러우니 말년

복은 있겠지."

"폐하의 말씀이 옳습니다. 경염이 있으니 신첩은 만족합니다. 그 아이는 효심이 깊고 정이 많아서 경성에 있는 동안은 자주 찾아온답니다. 그 아이를 볼 수만 있다면 신첩은 그저 기쁩답니다."

황제는 그녀를 흘끗 쳐다보았다. 맑고 투명한 눈동자에는 모성애가 가득했다. 그 모습을 보자 황제는 저도 모르게 마음이 약해졌다.

"경염이 착하고 정이 많은 아이라는 걸 짐이 어찌 모르겠느냐? 다만 고집이 좀 세서…… 재주는 있는데 펼치지 못했고 짐도 기회를 많이 주지 않았지. 하지만 걱정 마라. 짐이 그 아이를 보살펴주겠다. 전쟁터란 위험한 곳이니 앞으로는 가능한 한 나가지 않게 하마."

"조정에서 필요하다면 당연히 가야지요."

정빈이 대수롭지 않게 대답했다.

"궁 밖의 일은 신첩은 잘 모릅니다. 하지만 황자로 태어났으니 나라를 지키는 일에 책임을 다해야지요. 그 아이가 입으로 떠벌리는 것을 잘 못해서 그렇지, 속으로는 늘 폐하와 나라를 걱정한답니다. 폐하께서 그 아이를 아끼신다고 경성에서 한가로운 나날을 보내게 하신다면, 그 아이는 오히려 억울하게 여기겠지요."

황제는 저도 모르게 피식 웃었다.

"하긴 그렇군. 경염은 속이 깊어서 아무리 억울한 일을 당해도 짐에게 따지지 않아. 부자 관계보다 군신 관계가 우선이라고 하지만, 그 아이도 너무 소원하게 군단 말이야. 그 성격은 아무래도 그대를 닮은 게야."

"한 부모 밑에 태어난 자식도 각자 성격이 다르다고 하지요. 폐하의 황자들께서도 다들 성격이 다르지 않습니까?"

황제는 눈썹을 치켰다. 다시금 태자와 예왕의 다툼이 떠올라 가슴이 약간 답답해졌다.

역대 황제들에게 있어, 모든 사람의 존경을 받고 덕과 재능을 겸비한 후계자가 있다는 것은 그리 즐거운 일이 아니었다. 그래서 그는 태자를 세우고도 예왕을 아낌으로써 동궁의 세력을 깎아내려 제위의 안정을 꾀했다. 하지만 태자 소경선은 연장자이고 생모 역시 총애를 받고 있으며, 그 자신도 큰 잘못을 저지른 적이 없었으므로, 처음부터 태자를 바꿀 생각이 있었던 것은 아니었다. 최근 들어 여러 차례 안 좋은 일이 벌어져 크게 화가 나자, 그제야 폐할 생각이 들어 태자를 규갑궁으로 옮기고 정사에 참여하지 못하게 한 것이다. 예왕은 본래 동궁의 유력한 후보였으니 태자가 밀려나면 그에게 득이 되는 것은 당연한 일이었다. 하지만……

"정빈, 예왕을 어떻게 생각하느냐?"

후궁에도 파벌이 있어서 이런 일을 상의할 수가 없었다. 그런데 30년간 세상일에 무관심하게 살아온 품계 낮은 이 비빈 앞에서는 아무 걱정 없이 물을 수 있었다.

"예왕은 용모가 비범하고 기품이 있는, 기백 넘치는 황자인 것 같습니다."

"용모를 물은 게 아니다."

"폐하, 용서하십시오. 용모와 예절을 빼면 신첩은 예왕에 대해 잘 모릅니다. 하지만 가끔 후궁에서 나누는 대화를 들어보니 현명한 왕이라고들 하더군요."

"흥!"

황제가 코웃음을 쳤다.

"후궁의 부인네들이 현명한 게 무엇인지 알기나 해? 다 바깥에서 들은 것이겠지. 지금 조정 대신들은 오로지 예왕이 시키는 대로만 움직이고 있으니…… 하긴, 현명하긴 하지!"

"그야 폐하께서 예왕을 아끼시기 때문이지요."

정빈이 별 뜻 없는 것처럼 차분하게 말했다.

"예전에 태자가 조정에 있을 때도 그러지 않았습니까?"

무심한 한마디였지만 황제는 정신이 번쩍 들었다. 태자는 동궁의 지존으로서 황명을 받아 정치에 나섰지만, 조정에서 이렇게 순조롭게 지내지는 못했다. 그런데 예왕은 일개 친왕인데도 사람들을 두렵게 하는 힘을 지니고 있었다. 일단 그가 태자의 자리에 앉는다면 아마도…….

"폐하, 물이 식었습니다. 그만 일어나시지요."

정빈은 황제가 깊이 생각에 잠긴 것도 모르는 듯 그를 부축해 일으키며 시녀를 불러 수건으로 물기를 닦게 했다. 그리고 부드러운 내의를 입혀 침대에 눕힌 후, 자신은 그 옆에 무릎 꿇고 앉아 적당한 힘으로 다리를 주물러줬다.

"수고가 많았다."

황제가 상체를 일으키며 바삐 움직이는 정빈의 손을 꼭 잡았다.

"그만 자자꾸나."

정빈이 침착하게 고개를 돌리자, 등불이 세월의 흔적을 가리고 그녀의 피부를 유난히 매끄럽게 보이게 해주었다. 그녀는 온화하고 부드러운 미소를 지으며 조용히 대답했다.

"예, 폐하."

사흘 후, 궁에서 세 개의 조서가 내렸다.

태자를 사면하여 동궁으로 돌려보내되, 계속 방에서 나오지 말고 반성하게 할 것.

월비가 잘못을 뉘우치고 있으니 귀비로 복위시킬 것.

정빈을 정비(靜妃)로 높일 것.

조정과 민간이 모두 당황했다. 속을 알 수 없는 우리의 황제 폐하께서 대체 무슨 꿍꿍이속인지 짐작이 가지 않았다.

월비가 다시 귀비로 봉해지는 거대한 후광 덕분에 정빈의 책봉은 사람들의 이목을 끌지 못했다. 사실 그녀는 입궁 후 30년 동안 잘못을 저지른 적이 없으며, 아들이 성년이 되어 왕부를 열었으니 비가 되는 것은 당연한 수순이었다. 다만 냉대를 받아 몇 년 미뤄진 것뿐이었다. 그래서 후궁 사람들은 형식적으로 찾아와 축하한 다음, 예전처럼 월 귀비의 소인궁으로 우르르 몰려갔다. 예민한 극소수의 사람만이 올해 초 정왕이 평소보다 많은 선물을 받은 일과 정빈의 책봉을 한데 엮어 생각해, 곧 새로운 권력자가 나타날 것이라 예측하고 친해지려 애썼다.

하지만 정비나 정왕은 어떤 대우를 받아도 신경 쓰지 않는 태도였고, 예의를 차리면서도 거리를 두었다. 특히 정비는 의례적으로만 대접하고 축하 선물조차 받지 않았다. 황후를 배알할 때 서는 위치만 바뀌었을 뿐이어서 마치 이번 책봉이 아무런 실질적인 의미가 없는 것처럼 느껴질 정도였다. 심지어 어떤 사람들은 황제가 월 귀비를 복위시키는 것이 너무 갑작스러울까봐 그저 들러리로 정비를 책봉한 것뿐이라고 했다.

정왕의 태도는 어머니와는 약간 달랐다. 그는 조정 대신들을 잘 몰랐고, 매장소의 판단과 책략을 굳게 믿었기 때문에, 그의 말을 엄격히 따르며 그가 추천한 사람들하고만 교제했다. 그와 왕래하는 사람들은 모두 똑같은 예우를 받았지만, 그 아래에는 미묘한 차이가 숨어 있었다. 매장소는 이런 식으로 사람의 마음을 얻는 것은 훨씬 오랜 시간이 걸린다는 것을 잘 알고 있었다. 하지만 동시에 훨씬 견고한 관계를 맺을 수 있다는 것도 알았다.

한 달여 전 청명절 이후로 예황 군주와 목청은 봉지인 운남으로 돌아가겠다는 표를 올렸지만, 황제는 계속 불허하며 지금까지 잡아두고 있는 상태였다. 그러다 남초의 사절단이 경성에 들어오고 며칠 후, 예황 군주는 남경으로 돌아가 주둔하되 목청은 남는 조건으로 허락을 했다. 이유인즉 작위를 세습한 지 얼마 되지 않았고, 태황태후께서 아끼시니 좀 더 곁에 남아 있으라는 것이었다.

누가 봐도 인질이 분명했기 때문에 목왕부는 발칵 뒤집혔다. 두 사람을 따라 경성으로 온 남경의 장교들은 너나없이 소름끼친다며 분통을 터뜨렸지만, 오히려 예황 군주는 더욱 침착하고 신중한 태도로 부하들을 달랬다. 그녀는 부적절한 논의가 밖으로 새어나가지 못하게 하고, 경성에 남길 믿을 만한 심복들을 선별했다. 어린 아우에게는 특히 조심하라고 신신당부했다. 모든 일을 적절히 안배한 후에야 돌아갈 준비를 시작했다.

떠나기 전, 그녀는 경성에 있는 친구들을 차례로 찾아가 작별인사를 한 후, 마지막으로 매장소의 집을 찾았다. 새롭게 손본 저택의 화원에는 늦은 봄 풍경이 만연했다. 해당화는 지고 복숭아꽃이 가득 피어 화사하면서도 봄이 끝나가는 느낌을 주었다. 부하들이 물러가고, 도미화(荼蘼花, 장미과의 꽃) 시렁 밑에 나란히 선 두 사람은 더 이상 매장소와 군주가 아니었다. 바로 임수와 그의 소녀 예황이었다.

담담한 눈빛 한 번, 옅은 미소 한 줄기만으로도 생사를 넘나드는 신뢰와 따뜻하고 믿음직한 가족애가 솟구쳤다. 오늘 예황은 경장을 입지 않았다. 소매가 넓은 긴 치마에 머리에는 하얀 동백꽃과 백옥 떨잠을 꽂아 더욱 여성스러웠다. 아리따운 발간 얼굴 위로 드러난 근심만이, 여전히 어깨에 짊어진 무거운 책임과 가슴 가득한 부담감을 선명하게 드러내 보이고 있었다.

"임수 오라버니, 이번에 가면 짧은 시일 안에는 다시 만날 수 없어요. 우리 운남 목왕부는 경성에 약간의 인맥이 있어요. 이 황강옥패는 할아버지께서 물려주신 건데, 사람들을 호령하는 증표예요. 이걸 보면 청이도 반드시 따라야 해요. 오라버니께 맡길 테니 제발 사양하지 말아주세요."

간절한 말과 함께 예황이 아리땁게 절하며 두 손으로 바친 것은 반질반질 광택이 나는 오래된 옥패였다. 옥패 위에는 전서체로 '목(穆)' 자가 새겨져 있고, 그 아래로 물결무늬가 나 있었다.

매장소는 엄숙한 표정으로 천천히 옥패로 시선을 돌렸다. 그도 알고 있었다. 혼자 힘으로 운남 목씨를 지탱해온 이 여자가 지금 그에게 정중히 부탁하는 것은 겨우 이 옥패만이 아니라는 것을. 그보다는 경성에 남는 사랑하는 아우의 안위라는 것을. 이것을 받는다는 것은 무거운 책임이 따른다는 것이었다. 하지만 지금 이 순간, 그는 망설일 수가 없었다. 망설일 생각조차 하지 못했다. 그가 할 수 있는 유일한 일은, 단 한 번의 거절도 없이 옥패를 받고 예황을 일으켜 세우는 것이었다.

"걱정 마. 폐하도 그저 견제를 할 생각이지, 뭘 어떻게 하려는 건 아니야. 청이 비록 경험은 부족하지만, 눈치 빠르고 총명한 아이야. 내가 경성에 있는 한 위험한 일은 없을 거야."

예황의 뺨 위로 얕은 보조개가 피었다. 그러나 달처럼 환한 두 눈동자에는 눈물이 맺혔다.

"임수 오라버니, 오라버니도…… 몸조심하세요."

매장소는 그녀에게 부드럽게 웃어 보였다. 더 이상의 말은 필요 없었다. 심지어 섭탁 이야기도 더는 꺼낼 필요가 없었다. 서로가 끌린다는 것을 안다면, 서로의 마음속에서 가장 순수하고 가장 부드러운 부분을 안다면, 그걸로 충분했다.

예황 군주는 4월 10일 새벽에 금릉을 떠났다. 황제는 내각중서 (內閣中書)를 보내 성문까지 배웅하는 은총을 보여줬다. 예의를 다하기 위해 나온 조정 대신들 외에 소경예, 언예진, 하동 등도 배웅을 나왔다. 하지만 배웅하는 인파 속에 매장소의 모습은 없었다. 대신 아무도 예상하지 못했으나 응당 예상했어야 할 사람이 나타났다.

외모로만 볼 때 남초의 사신 대표 우문훤은 전형적인 남방 사람으로, 눈썹이 성글고 눈은 찢어졌으며, 몸은 늘씬하지만 어깨가 약간 좁아 무척 말라 보였다. 하지만 행동거지에서는 얕볼 수 없는 기개가 느껴졌다.

남초의 왕족은 전쟁에 나가지 않기 때문에, 우문훤은 예황 군주와 직접 겨뤄본 적이 없었다. 그러나 대대로 남방을 지켜온 목씨와 남초 사이에 100년이 지나도 풀기 어려운 원한이 있다는 것은 세상 모두가 알고 있었다. 더욱이 전대 운남왕이 남초와의 교전 중에 전사했고, 예황 군주 본인도 전쟁에서 여러 번 생사의 고비를 넘긴 적이 있었다. 때문에 이 남초의 능왕이 대량의 수도 성문 밖으로 다년간 적대해온 남경 여원수를 배웅 나왔다는 사실은 확실히 제법 간 큰 행동이었다.

남초 복장을 한 사람들과 남초풍 마차를 보자, 목청의 얼굴은 솥 바닥에 눌어붙은 누룽지처럼 딱딱해졌다. 그와 반대로 예황 군주의 얼굴에는 오만한 웃음이 떠올랐다.

"예황 군주."

마차에서 내린 우문훤이 빠른 걸음으로 다가와 예를 차렸다.

"능왕 전하."

예황도 마주 인사하며 물었다.

"외출하시는 길입니까?"

"무슨 말씀을. 일부러 군주를 배웅하러 왔습니다."

우문훤의 눈가에 웃느라 주름이 졌다.

목청이 짜증스럽다는 듯이 끼어들었다.

"이제 배웅은 다 했으니 돌아가시죠. 우린 아직 누님과 할 이야기가 많거든요."

"이분은……."

우문훤은 그를 자세히 살폈지만 잘 모르겠다는 표정을 지었다. 옆에 있던 부하가 작은 소리로 속삭이자 그제야 알겠다는 얼굴로 말했다.

"이런, 이런, 목 소왕야셨구려. 내 보는 눈이 모자라니 용서하시오. 우리 남초 사람들은 지금껏 예황 군주만 알았지 목왕인지 뭔지 하는 사람이 있는지조차 몰랐소. 싸움까지 누님이 해주다니, 소왕야께서는 참으로 복도 많소이다. 평소에는 뭘 하시오? 수라도 놓소? 아아, 누이동생이 같이 오지 못한 게 아쉽군. 그 아이도 자수를 무척 좋아하는데……."

아무리 속이 깊은 사람도 일부러 이렇게 도발하는 데는 참을 도리가 없는데, 하물며 젊고 원기 왕성한 목청은 말할 것도 없었다. 당장 얼굴을 붉으락푸르락하며 덤비려는 그를 예황 군주가 붙잡았다.

"능왕 전하 역시 낯이 섭니다만."

예황 군주가 싸늘하게 말했다.

"전쟁터에서 한 번도 뵌 적이 없는 것을 보면 싸움은 안 하시는 것 같은데, 설마 평소 심심풀이로 자수를 즐기십니까?"

우문훤이 히죽 웃으며 아무렇지도 않게 대답했다.

"이 몸은 본래 빈둥거리며 노는 왕인지라 싸우지 않아도 상관없습니다. 하지만 목 소왕야는 변경의 번왕인데 전쟁터에도 나가지 않으니 얼마나 복이 많습니까? 참으로 부럽군요."

화를 참지 못한 목청이 예황의 손을 홱 뿌리치고 앞으로 나서며, 늘 들고 다니는 날카로운 검으로 우문훤의 목을 겨눴다.

"똑바로 들어. 내가 작위를 이었으니 앞으로는 누님을 고생시키지 않을 거야. 당신도 남자라면 세 치 혀만 날름거리지 말고 전쟁터에서 보자구!"

"쯧쯧."

우문훤이 웃으며 혀를 찼다.

"뭘 화를 내고 그러시오? 지금은 귀국과 우리나라가 혼인 동맹을 눈앞에 두고 있는데 전쟁이라니 그 무슨 말이오? 더구나 불행히 전쟁이 벌어져도 말했다시피 나는 전쟁터에 나가지 않소. 그런 말은 소왕야께나 악담이 될 뿐이오. 그리고 내가 남자냐 아니냐 하는 것은…… 하하, 목 소왕야 같은 어린아이는 아마 판가름하기 힘들 거요."

예황 군주는 눈을 찡그렸다. 우문훤의 이런 말은 목청을 도발하기 위한 것이 분명했다. 만약 그녀가 나서면 사람들은 목청이 손윗누이의 치마폭에 싸인 어린아이라는 것을 더욱 확신할 것이기에 약간 망설여졌다.

바로 그때 소경예가 한 걸음 나서며 냉소를 섞어 말했다.

"능왕 전하, 두 분이 전쟁터에서 싸울 일이 없다는 것을 그리 잘 아시면서 무엇 때문에 그런 쓸데없는 말씀을 하십니까? 목 소왕야께서는 갓 성인이 되어 작위를 받으셨습니다. 훗날 전쟁터의 깃발 아래는 반드시 목 소왕야가 계실 겁니다. 그때 전하께 나란히 싸울 기회를 준다면 받아들일 용기가 있으십니까?"

목청은 단단히 이를 악물었다.

"맞아, 헛소리는 그만하시지. 이도 저도 아닌 척 도발하는 것도 능력이야? 당장 싸워보자. 직접 싸울 용기가 없으면 부하를 불러. 여러 명이어도 상관없어!"

우문훤은 비록 몸은 훤칠하지만 헛헛한 걸음걸이로 보아 장군가 출신인 목청보다 무예가 한참 떨어지는 것이 분명했다. 언예진은 불리한 언쟁은 끝내고 제대로 대결해보자는 소경예의 생각을 읽고 재빨리 거들었다.

"우리 대량의 풍속은 귀국과는 달라서, 실력으로 말하는 걸 좋아하지 입만 나불대는 건 잘 못해요. 특히 남자는 더 그렇죠. 외국에 가면 그 법을 따라야 한다는 말이 있지요. 능왕 전하께서도 입은 그만 놀리시고 한번 겨뤄보는 게 어떻겠어요?"

우문훤의 시선이 두 젊은이의 얼굴 위를 차례로 스쳐갔다. 갑자기 그가 고개를 젖히고 껄껄 웃었다.

"대량 사람들은 풍류가 넘친다고 들었소. 두 분은 고귀한 공자 같은데 어째서 북연 놈들처럼 다짜고짜 싸우려고만 하시오?"

"싸울 거야, 말 거야? 겁나면 일찌감치 물러나시지. 누가 당신과 수다 떨고 싶대?"

목청이 화를 냈다.

"겁이라니, 왜 겁을 내겠소?"

별안간 우문훤의 눈빛이 싸늘하게 식었다. 그는 머리에 쓴 관에서 늘어진 깃털을 어루만지며 말했다.

"허나 오늘은 군주를 배웅하기 위해 나온 자리인데 내가 이기면 실로 군주께 죄송스러운 일이오. 이 몸이 본래 내키는 대로 하는 성미지만 결코 미인을 괴롭히지 않는다는 것은, 우리나라 사람들이 다 아오. 그러니 오늘은 말이오, 여러분이 이 몸을 찢어발긴다 해도 싸울 수 없소."

"겁나면 겁난다고 할 것이지, 무슨 말이 그렇게 많아?"

목청이 입술을 뒤틀면서 돌아서서 예황을 잡아끌었다.

"그만 정자로 가요. 입만 산 겁쟁이는 신경 쓸 거 없어요."

"할 말이 아직 안 끝났는데 왜 그리 서두르시오? 혹시 이 몸이 정말 결투를 받아들일까봐 두려우시오?"

놀랍게도 우문훤은 여전히 시원시원하게 웃고 있었다. 그리고 더욱 놀랍게도, 그 눈동자에는 웃음기가 전혀 없었다.

"흥."

목청은 곁눈질로 그를 흘끔 쳐다보았다.

"사람 성질 돋우는 재주밖에 없는 당신한테 이제 신물이 났어. 새롭게 보여줄 재주가 없으면 사양하겠어."

그가 이렇게 빨리 감정을 추스르고 더 이상 우문훤에게 걸려들지 않는 것을 보자, 예황 군주의 입꼬리가 살짝 올라갔다.

우문훤이 고개를 갸웃하며 두 사람을 바라보다가 갑자기 껄껄 웃음을 터뜨렸다.

"거 참 재미있구려. 소왕야는 이 몸이 정말로 말로만 그러는 줄 아시오? 내 비록 오늘은 싸우지 않아도……."

그의 시선이 곧장 소경예를 쏘아갔다.

"내 친구 중에 소 공자를 오랫동안 흠모하여 가르침을 청하고자 하는 사람이 있는데, 받아주시겠소?"

사람들의 예상과 달리 목표가 갑작스레 바뀌었다. 하지만 도전을 받은 소경예는 한시도 망설일 수 없어 한 걸음 나서며 정색을 하고 대답했다.

"언제든지 찾아오십시오."

우문훤은 한참 동안 그를 뚫어져라 보더니, 얼굴 가득 띠운 미소를 싹 지웠다. 그와 함께 목소리도 진지해졌다.

"고맙소, 소 공자. 넘넘, 소 공자께서 허락하셨다. 나오너라."

능왕을 따라온 사람은 모두 여덟 명이었는데, 차림새로 보아 두 명은 마부였고 다섯 명은 시위였다. 마지막 한 사람은 연보랏빛 전의를 입고 있었다. 약간 마른 몸매에 금환으로 머리를 묶었고, 장신구는 전혀 하지 않았지만, 허리에는 정교하게 수를 놓은 술을 하나 달고 있었다. 차림새만 보아서는 대체 어떤 사람인지 판단하기 어려웠다.

얼핏 보면 평범한 외모에 얼빠진 표정인데, 느릿느릿한 걸음으로 가까이 다가오자 강호의 경력이 많은 예황과 하동은 그가 진짜 얼굴을 숨긴 인피(人皮) 가면을 쓰고 있다는 것을 알아챘다. 소경예도 이상함을 눈치 챈 듯 실눈을 뜨고 바라보았다.

인피 가면은 아무리 정교하게 만들어도 결국은 죽은 사람의 가죽인 만큼 산 사람의 미묘한 근육 움직임을 완벽히 전달할 수 없었다. 때문에 관찰력이 뛰어난 사람은 속이기 힘들었고, 이런 이유로 강호인들이 인피 가면을 쓰는 일도 점점 줄어들었다. 대신 쉽게 벗길 수 없는 가리개로만 사용했는데, 이는 '내가 가면을 썼다는 것을 알아봐도 돼. 어쨌든 내 진짜 얼굴은 볼 수 없을 테니까'라는 의미였다.

"소 공자, 부탁드립니다."

"네."

두 사람은 마주 보고 서서 검을 뽑은 후, 기수식(起手式, 검법 등을 펼칠 때의 시작 자세―옮긴이)으로 상대방에게 인사했다. 언예진이 참다 못해 웃음을 터뜨렸다.

"경예는 언제나 예의를 잘 지키니까 그렇다 치고, 저 념념이란 사람도 저렇게 예의가 바를 줄이야."

하지만 하동과 예황은 남몰래 눈짓을 주고받았다. 둘 다 눈빛이 어두웠다. 간단한 기수식이지만, 여자 고수인 두 사람은 저 도전자가 누구인지 대강 짐작이 갔던 것이다.

잠깐의 침묵 후, 용트림 소리가 치솟았다. 두 개의 검광이 눈부시게 어우러지면서 검을 든 사람의 모습은 흐려졌다. 검과 초식이 하나가 되고, 초식은 검기를 내뿜고, 검기는 검의가 되고, 검의는 마지막에 한 조각 검혼(劍魂)으로 변했다. 혼과 혼이 마주 닿자 아주 격렬하지는 않았지만 등에서 식은땀이 흐를 정도는 되었다. 검풍이 밀려들자 머리칼마저 광풍에 휘날려 꼿꼿이 일어섰다.

이것은 결투도 아니고, 목숨 건 싸움도 아니었다. 그야말로 진정한 시합, 두 검법의 시합이었다. 대결하는 쌍방은 서로 약속이나 한 듯 살수는 전혀 쓰지 않았지만 전력을 다했다. 초식으로 초식을 받아치고, 초식으로 초식을 꺾고, 초식으로 초식을 압박하고, 초식으로 초식을 바꾸는 싸움이 길어지면서 점차 승부를 가리기보다는 신나게 즐기는 모습으로 바뀌었다. 관중들마저 진지한 표정이 되어 점점 그 대결 속으로 빠져들었다.

시합은 빠르게 절정으로 치달았고, 빠르게 끝이 났다. 두 사람의 대결이 떼어놓기 어려울 정도로 치열해졌을 때, 소경예의 검세가 갑자기 느려졌다. 그가 팔을 거두고 몸을 빙글 돌리면서 검결을 펼치자, 천마(天馬)가 내닫는 것 같은 천자결(天字訣)과 급박하게 흐르는 물 같은 천자결(泉字訣)이 출렁이며 요동쳤다. 그 높이는 하늘과 같았고 그 솟구침은 샘과 같아서, 마치 하늘 가득 물보라가 이는 것 같았다. 상대방도 지고 싶지 않은 듯, 정면으로 맞서서 양손을 엇갈려 잡아 두 손으로 검을 쥔 자세를 만들었다. 두 손을 휘두르자 날카로움은 배가 되었지만 민첩함 역시 줄어들지 않았다.

검광이 눈부신 빛의 그물을 만들어냈다. 검기와 빛의 그물이 서로 부딪치는 찰나, 두 사람의 그림자가 보는 사람이 놀랄 만큼 그 자리에 못 박혔다. 마치 곡 하나가 요란하면서도 조용히 울려 퍼지다가 갑작스레 뚝 끊긴 것만 같았다. 먼지가 가라앉은 후 녬녬이라는 사람이 고개를 들었다. 이마 위로 머리칼 몇 가닥이 흘러내려와 있었다. 소경예는 즉시 두 손을 모았다.

"양보해주셔서 감사합니다."

녬녬은 한참 아무 말이 없었다. 가면에 가려져 어떤 표정을 짓고 있는지 볼 수 없지만, 눈동자는 약간 넋이 나간 것 같았다. 우문훤이 관심어린 표정을 지으며 나아가 그를 부축하면서 낮게 물었다.

"녬녬, 다쳤느냐?"

녬녬은 살며시 고개를 저은 후, 허리를 곧게 펴고 소경예를 잠시 바라보다가 입을 열었다. 목소리는 여전히 차분하고 듣기 좋았다.

"소 공자는 천천검법에 통달하셨지만, 제 알운검법(遏雲劍法)은 아직 부족합니다. 오늘 싸움은 제가 소 공자에게 진 것이지, 알운검법이 천천검법에 진 것이 아닙니다. 영존께 지난 약속을 잊지 말라고 전해주십시오. 사부님께서 이미 금릉에 도착하셨으니 날을 골라 찾아뵐 겁니다."

말을 마치자 그는 곧 돌아서서 사라졌다. 행동이 제법 시원시원했다.

"군주, 조심히 가십시오. 나도 더는 여러분의 시간을 빼앗지 않겠소. 그럼."

우문훤은 소매를 휘저어 가슴을 쓸어내리는 남초 식의 인사를 한 후, 부하들을 이끌고 바삐 사라졌다. 멀어지는 남초 일행의 뒷모습을 응시하는 소경예의 곧은 눈썹이 살짝 찌푸려졌다. 안색도 약간 어두웠다.

언예진이 무슨 생각을 하는지 머리를 긁적이며 말했다.

"알운검? 설마 저 녑녑의 사부란 사람이 바로……."

"악수택(岳秀澤), 남초 전전지휘사(殿前指揮使, 중앙군의 지휘자)이자 랑야 고수방 6위지. 어쩌면 지금은 5위일 수도……."

하동이 뺨으로 흘러내린 긴 머리칼을 홱 젖히며 말했다. 눈빛이 무거웠다.

"5위는 대유의 금조 시명이잖아요?"

언예진이 물었다.

"며칠 전에 들었다. 악수택이 약 한 달 전쯤 시명과 약속한 싸움을 벌였고, 칠십구 초 만에 시명을 패퇴시켰다고. 그 짧은 1년 동안 큰 진전이 있었던 모양이야."

"시명을 이겼다면, 다음 차례로 탁 백부님을 찾는 것도 당연하네요."

언예진이 친구를 흘끗 쳐다보았다.

"경예, 저 사람 말대로라면 탁 백부님께서 악수택과 약속을 하신 모양인데?"

소경예는 고개를 끄덕였다.

"아버지는 예전에 악수택과 두 번 싸워 두 번 다 이기셨어. 그당시 다시 겨루자는 약속을 했을 수도 있어."

예황 군주가 나지막이 말했다.

"악수택은 남초의 고관인데, 사절단과 함께 금릉에 오면서 명확히 신분을 밝히지 않은 것을 보면 공무 때문에 온 것이 아니라 자기보다 순위가 높은 고수에게 도전하기 위해서인 것 같군."

언예진은 소경예의 표정이 약간 어두운 것을 보고, 그의 어깨를 툭툭 치며 빙그레 웃었다.

"탁 백부님께서 강호를 종횡하시는 동안 도전장을 받은 게 어디 한두 번이야? 여긴 우리 대량의 땅이니 악수택도 이상한 짓은 못할 거야. 공평한 싸움이고 오로지 실력에 따라 승부가 갈릴 테니, 이기면 기쁘지만 져도 부끄러운 일은 아니잖아. 그런데 무슨 걱정이야?"

소경예가 그에게 온화한 미소를 되돌리며 말했다.

"걱정하는 게 아니야. 알운검법이 천천검법의 상극도 아니고, 악수택이 정진한 만큼 아버지도 1년 동안 놀고만 계시진 않았으니까 걱정할 이유가 어디 있겠어? 난 그냥 악수택이 아버지께 도전할 생각이라면, 어째서 그 제자가 먼저 나랑 겨룬 건지 모르겠어서 그래."

"그게 뭐 어때서?"

언예진이 웃으며 대꾸했다.

"그자는 알운검법의 전인이고 넌 천천검법의 전인이잖아. 그 사부가 젖 먹던 힘까지 다해 너희 아버지와 싸우려고 하니, 그자도 호기심이 생겨 천천검법이 얼마나 대단한지 한번 보고 싶었을 수 있지."

"그건 알겠어. 하지만 천천검법 때문이라면 왜 날 찾아왔을까? 본래대로라면 청요 형님을 찾아가는 게 맞잖아?"

듣고 보니 언예진도 이상하게 생각되었다. 그때 하동이 피식 웃으며 고개를 저었다.

"널 찾아오는 게 맞다. 자세히 보니 그 념념이란 사람은 진짜 얼굴을 숨기고 있지만, 아직 뼈가 여물지 않았고, 검법도 미숙한 것이 많아야 스무 살밖에 안 되었을 거야. 저 솜씨로는 탁청요에게 도전장을 내밀 처지가 아니라는 걸 본인도 잘 알겠지. 하지만 우리 소 공자는 부드럽기로 이름난 사람이고 천천검법에 조예가 깊다고 소문이 자자하니, 너밖에 달리 찾아갈 사람이 있을까?"

예황 군주가 천천히 탄식했다.

"저 념념 낭자, 나이는 어려도 솜씨가 보통이 아니군. 악수택이 열심히 가르친 게 분명하오. 오늘 떠나면 천천검과 알운검의 싸움이 어떻게 끝날지 볼 수 없어서 아쉽소만, 부디 편지로 알려주기 바라오."

하동이 빙그레 웃었다.

"반드시 그러지요."

그녀는 눈꼬리를 추켜올리며 옆을 흘끗 쳐다보았다.

"어이, 총각들, 왜 그렇게 넋 놓고 있지? 군주의 분부를 못 들었느냐?"

언예진은 눈을 동그랗게 뜬 채 연신 캑캑댔다.

"군주, 방금 뭐라고 하셨어요? 념념…… 낭자?"

"그래."

하동이 고개를 갸웃했다.

"몰랐느냐?"

언예진은 바보처럼 소경예를 돌아보았다.

"경예, 넌 알았어?"

소경예의 표정은 덜 바보스러웠지만, 사실은 언예진 못지않게 놀랐다. 그래서 질문을 받자 목을 뻣뻣하게 저었다.

"생각도 못했어."

"괜찮아."

목청이 위로했다.

"나도 몰랐으니까."

언예진은 이 소왕야를 흘끗 바라보며 생각했다.

'너 정도 안목이면 몰라보는 게 정상이지.'

하지만 아주 친한 사이가 아니기 때문에 끝내 밖으로 뱉어내지는 못했다.

"자자, 시간이 얼마 없다. 군주께서는 떠나셔야 해. 천릿길을 배웅해도 언젠가는 헤어져야 하는 법이니, 여기서 작별하자."

하동은 습관적으로 언예진의 뺨을 꼬집고는, 예황을 돌아보며 낮게 말했다.

"군주, 조심히 가십시오."

소경예는 미안한 마음이 들었다.

"배웅을 나와놓고 공연히 싸움을 벌여 군주의 여정을 그르쳤습니다. 정말 죄송합니다."

예황 군주가 낭랑하게 웃었다.

"서두를 이유도 없는데 미안할 것까지야? 더구나 방금 그 시합은 정말 훌륭해서 떠나는 마음을 오히려 가뿐하게 해줬단다."

"누님."

목청이 헤어지기 아쉬운 목소리로 불렀다.

"천천검과 알운검의 싸움을 보고 싶으면 이틀 정도 더 있다가 보고 가요."

"또 말도 안 되는 소릴 하는구나."

예황 군주가 눈살을 찌푸리며 야단쳤다. 하지만 눈빛은 부드러웠고, 손으로는 아우의 머리를 쓰다듬었다.

"떠난다고 폐하께 보고를 했는데 무슨 수로 마음대로 바꾸겠니? 내가 못 보더라도 네가 대신 보면 돼."

언예진이 히죽히죽 목청을 잡아끌면서 분위기를 가볍게 하려고 나섰다.

"그럼 경예를 구워삶아야겠군요. 악수택과 탁 백부님은 개인적으로 약속을 하셨을 테니, 경예가 알려주지 않으면 언제 어디서 싸우는지 누가 알겠어요?"

소경예가 분위기 파악 못하고 진지한 얼굴로 말했다.

"아버지께서 허락하셔야 해."

언예진이 고개를 삐딱하게 숙이고 대꾸했다.

"됐어. 네 상황을 내가 모르겠냐? 사 백부님은 네게 엄하시지만, 탁 백부님은 무슨 보물이라도 되듯 널 애지중지하시잖아. 네가 애교만 좀 부려주면 분명 허락하실 거야."

언예진이 끼어든 덕분에 목청도 결국 동요를 가라앉혔다. 그는 예황이 걱정하거나 슬퍼하지 않도록, 억지로 기운을 차리고 환하게 웃어 보였다.

"하긴, 아마 폐하께서도 곧 저를 운남으로 보내주실 거예요. 걱정 마세요, 누님."

예황이 미소를 지으며 고개를 끄덕였다. 그녀는 아우의 어깨를 두드리고 바람 때문에 뺨으로 흘러내린 머리칼을 쓸어주었다. 쇠처럼 단단한 여장군의 의지가 누군가의 누님이라는 연약한 마음을 숨겨주었다. 그녀는 몇 걸음 물러난 다음, 결연히 말 등에 뛰어올랐다. 입가에는 여전히 미소가 떠올라 있었다.

"운남이 머나먼 땅끝도 아니니, 언젠가는 다시 만날 거요. 모두 여기서 헤어집시다."

맑은 채찍 소리를 따라 번진으로 돌아가는 기마대가 정식으로 출발했다. 예황 군주는 경성을 마지막으로 한번 바라본 후 말머리를 돌렸다. 말 배를 살짝 걷어차자 말이 약하게 히힝 하더니 고개를 쳐들고 달리기 시작했다. 말은 누런 먼지가 뽀얗게 이는 관도를 따라 나는 듯이 달려갔다.

모여드는 귀빈들

—

32

—

매장소는 집 화원에 있는 잎이 무성한 용수나무 밑에 앉아서, 오른손 왼손 맞히기 놀이를 하는 비류를 보며, 동로에게서 오늘 군주의 배웅 길에 있었던 일을 보고받았다. 그는 우문훤의 의외의 출현에 관한 내용만 진지하게 들었을 뿐, 다른 일은 별로 관심 없는 것 같았다. 소경예와 알운검의 전인 념념의 시합에 관해서도 '그렇군'이라고만 할 뿐 눈썹 하나 까딱하지 않았다.

사실 자세히 생각해보면 그의 이런 태도가 이상한 것도 아니었다. 소경예든 악수택의 제자든 무림에서의 지위는 아무것도 아니었다. 천하제일의 방파를 거느리며 강호 최고의 대결을 신물 나도록 보아온 강좌매랑에게 있어, 그 정도 수준의 시합은 확실히 별달리 흥미를 끌지 못했다. 소경예가 친구가 아니었다면 아마 결과조차 궁금해하지 않았을 것이다.

"왼쪽!"

비류가 외치며 눈을 가렸던 손을 치웠다. 매장소는 빙그레 웃으며 왼손을 펼쳤다. 아무것도 없었다. 소년의 얼굴이 금세 울상이 되자, 옆에 있던 동로마저 참지 못하고 웃음을 터뜨렸다.

"자, 세 번 졌으니 벌을 받아야지. 길 아주머니한테 가서 참외 깎는 것을 도와드려. 한 조각 먹고 싶구나."

"참외!"

과일이면 죽고 못 사는 비류였다. 감귤 철이 지난 요즘은 매일같이 참외를 달고 살았다. 매장소는 하루에 엄청난 수의 참외를 먹는 비류를 보고 배탈이 날까봐 어쩔 수 없이 개수를 제한했다.

소년의 모습이 나는 듯 사라지자 매장소의 입가의 미소도 사라졌다. 그는 약간 쌀쌀한 목소리로 말했다.

"십삼 선생께 홍수초에 행동을 개시하라고 전하게. 첫 번째 행동부터 하되 필시 깨끗이 끝내야 하네."

"예."

동로는 얼른 허리를 굽혔다.

"다른 분부는 없으십니까, 종주?"

매장소는 베개에 반쯤 눕다시피 하며 눈을 감았다.

"내일은 오지 않아도 되네."

동로는 놀라 하얗게 질린 얼굴로 바닥에 엎드려 떨리는 목소리로 말했다.

"제가 무슨…… 무슨 잘못이라도 했습니까?"

매장소는 그의 격한 반응에 깜짝 놀라 돌아보았다.

"하루 쉬라는 뜻인데 왜 이러나?"

"예?"

동로는 그제야 안도하며 머리를 긁적였다.

"이제부터 올 필요가 없다고 하신 줄 알았습니다. 겨우 직접적으로 종주께 도움이 될 기회를 얻었는데 어떻게……."

"실없기는."

매장소는 실소를 터뜨리며 그의 머리를 툭 쳤다.

"실은 내가 제대로 하루를 푹 쉬고 싶어서일세. 아무것도 생각하지 않고, 아무것도 신경 쓰지 않고, 잡념을 떨치고 편안하게 하루를 보내는 걸세. 모레에 쓸 힘을 축적하는 셈이기도 하고."

동로는 모레에 얼마나 중요한 일이 있는지 몰랐다. 하지만 호기심이 강하지도, 말이 많은 편도 아닌 그는 모르면 모르는 대로 캐묻지 않고 조용히 다음 분부를 기다렸다.

"궁우에게도 내일은 푹 쉬라고 하게."

"예."

"다른 일은 없으니 가도 좋네."

동로는 깊이 읍하고 물러났다. 뒤이어 려강이 들어왔다. 손에 붉은 천을 덮은 커다란 쟁반이 들려 있었다.

"종주, 왔습니다. 보시지요."

매장소는 일어나 앉아 붉은 천을 걷었다. 쟁반에 티 없는 녹색을 띠는 옥을 깎아 만든 작은 병이 놓여 있었다. 얼핏 볼 때는 그저 그랬지만, 자세히 살펴보면 표면에 달리는 말이 새겨진 것을 알 수 있었다. 이 조각은 옥 자체의 무늬와 어우러져 힘차고 살아 있는 듯 생생했다. 구도가 훌륭하고 조각 솜씨도 뛰어나, 인공적인 느낌이 전혀 없어 감탄이 절로 나왔다. 물론 이 병 자체도 누구나 탐낼 만한 진귀한 물품이었지만, 가장 값비싼 것은 역시 그 안에 있었다.

"몇 알인가?"

"모두 열 알입니다, 종주."

매장소는 병을 들고 마개를 뽑아 살짝 냄새를 맡았다. 그런 다음 다시 마개를 닫고 손안에서 병을 살살 굴렸다. 려강이 하고 싶은 말이 있는 듯 눈동자를 빛냈다.

"할 말 있으면 하게."

고개도 들지 않았는데 려강의 표정 변화를 어떻게 알아보았는지 매장소가 말했다.

"종주, 선물이 너무 과하지 않을까요?"

려강이 낮은 소리로 물었다.

"곽 대사가 손수 만든 옥병과 죽은 사람도 살린다는 호심단입니다. 둘 중 하나만 해도 깜짝 놀랄 물건인데, 둘 다라니요?"

매장소는 잠시 말이 없었다. 눈동자에 슬픈 연민의 빛이 스르르 떠올랐다.

"이번 생일이 지나면 아무리 귀한 선물도 경예에게는 아무런 의미가 없을 걸세."

려강은 고개를 숙이고 입을 우물거렸다.

"하지만 자네 말도 맞네. 이걸 보내면 분명 사람들의 주목을 받겠지. 내 생각이 짧았네."

매장소는 손가락 끝으로 병의 표면을 쓸며 가볍게 탄식했다.

"보통 병을 가져와서 바꾸게."

"예."

옥병은 다시 쟁반으로 돌아갔다. 매장소의 시선도 질주하는 말의 부조를 천천히 훑다가 마침내 병을 떠나 감은 눈꺼풀 속으로 사라졌다. 사실 처음 이 옥병을 선택한 것도 바로 이 말 때문이었다. 어려서부터 말을 좋아했다는 경예를 생각하자, 분명 이 그림을 좋아할 것 같아서 그만 자신의 입장을 깜빡했던 것이다. 물처럼 고요한 것 같던 그의 마음도, 그날이 다가오자 결국 억누를 수 없이 뒤흔들리기 시작했다.

"려강, 금(琴)을 가져오게."

"예."

관심어린 얼굴로 매장소의 표정을 하나하나 살피던 려강이 재빨리 대답했다. 쟁반을 들고 물러난 그가 어느새 그을린 오동나무로 만든 고금을 들고 들어와 창가의 긴 탁자 위에 놓았다. 앉은뱅이 탁자 앞에는 의자가 없었고 방석만 하나 깔려 있었다. 매장소는 가부좌를 틀고 앉아 현을 조율했다. 손가락 끝으로 살짝 퉁기자 물처럼 맑은 소리가 흘러나왔다. 느릿한 곡조의 〈청평악(清平樂)〉이었다.

금 소리가 고요하여 마음을 가라앉혔다. 음악 속에는 숲을 흐르는 물이 있고, 인적 없는 골짜기에 핀 들꽃이 있었다. 세상 풍파에 흔들리지 않는 고요한 마음이 가슴속 울적함을 씻어내고 미간에 어린 처량함을 끊어냈다. 곡이 끝나자 그의 표정은 흔들림 하나 없이 고요해져 있었다. 특히 짙은 눈썹 아래에 자리한 눈동자는 물결 없는 호수의 수면처럼 깨끗하고 평온했다.

이미 정해진 일인데 동요할 필요가 어디 있겠는가. 소경예를 향한 연민과 안타까움 때문에 정해진 계획을 바꿀 수 없다면, 아무 의미 없는 이 감정은 값싼 거짓에 불과했다. 그 자신에게도 그 젊은이에게도 실질적인 의미는 전혀 없었다.

매장소는 고개를 들고 한 번 심호흡을 했다. 봄날 따스한 햇살이 그의 얼굴을 비췄지만, 그 얼굴에서는 따뜻한 느낌은 전혀 찾아볼 수 없었다. 도리어 엄숙함과 쌀쌀함만 느껴졌다.

그는 손을 들어 햇빛에 비춰보았다. 다소 창백하고 투명하고 허약하고, 또 무력해 보였다. 한때는 말을 몰고 칼을 휘두르던 손이었다. 한때는 활시위를 당겨 큰 매를 쏘던 손이었다. 그런데 지금은, 말고삐를 팽개치고, 훌륭한 활도 팽개쳤다. 대신 음모와 모략으로 가득한 지옥 속에서 풍운을 부리고 있었다.

"려강."

매장소는 고개를 돌려 문가에 조용히 선 려강을 바라보았다.

"걱정시켜서 미안하네."

순간 려강은 가슴속에서 뜨거운 것이 울컥 솟구치는 것 같았다. 코끝이 시큰해서 떨리는 목소리를 감출 수가 없었다.

"종주……."

매장소는 눈을 감았다. 아직도 가슴이 약간 답답하고 은은하게 아팠으나, 호흡을 가다듬으며 억지로 그 느낌을 무시했다.

하루만 지나면 소경예의 스물다섯 살 생일이었다. 매장소는 이 귀공자에게 있어 평생 잊기 힘든 하루가 될 것임을 너무나 잘 알고 있었다.

유시는 대부분의 사람에게는 황혼이 다가와 고된 하루를 마무리 지을 시각이었다. 하지만 붉은 등을 켜고 손님 접대를 하는 나시 거리는, 막 잠에서 깨어나 정원을 쓸고 손님 맞을 준비조차 하기 전인 한적한 시각이었다. 길디긴 거리의 모든 집이 문을 꼭꼭 닫아 거리는 썰렁했다. 너무 고요해서, 밤이면 마차 행렬이 끊이지 않고 화려하게 성황을 이룬다는 것을 상상할 수 없을 정도였다.

이 고요하고 인적 없는 시간, 옥과 구슬주렴을 드리운 마차 하나가 슬그머니 거리 입구로 들어서서 빠르지도 느리지도 않은 속도로 흔들흔들 앞으로 나아갔다. 마차 비스듬히 뒤로 온순한 눈빛을 한 새하얀 말 한 마리가 따르고 있었고, 그 위에 준수한 얼굴에 화려한 복장을 하고 희색을 띤 젊은 공자가 편안히 앉아 있었다. 그의 멋들어진 자태를 보면, 마치 수많은 여인의 환호를 받으며 가는 듯해서 거리에 아무도 없다고는 생각하기 힘들었다.

가볍게 삐걱대는 마차 바퀴 소리와 명쾌한 말발굽 소리를 따라, 간이 마차와 젊은 공자는 굳게 닫힌 빨간 칠을 한 대문을 지나 묘음방 옆문 밖에 멈췄다. 마부가 뛰어내려 문을 세 번 두드리자, 잠시 후 계집아이가 나왔다. 하지만 그녀는 머리를 내밀고 누가 왔는지 보더니, 아무 말도 없이 다시 쏙 들어가버렸다. 마부와 공자는 서두르지 않고 여유롭게 기다렸다.

향 한 자루 탈 시간이 지나자 옆문이 다시 열리고, 머리부터 발끝까지 얇은 망사 가리개를 뒤집어쓴 여자가 계집아이의 부축을 받으며 천천히 걸어나왔다. 생김새는 잘 보이지 않았지만, 어렴풋이 드러나는 부드러운 몸매와 우아하고 가벼운 걸음걸이를 보면, 누구든 반할 미인이 분명했다.

화려한 차림의 공자가 어느새 말에서 내려 그녀에게 다가갔다. 그는 허리를 숙여 예를 갖추면서 낭랑하게 웃었다.

"궁우 낭자는 역시 신의가 있군요. 경예의 생일잔치에 낭자가 손님으로 오다니, 아마 금릉성 사람 반은 부러워할걸요."

"과찬이십니다, 언 공자."

궁우는 부드러운 목소리로 겸양한 후, 옷깃을 여미며 감사인사를 건넸다.

"공자께서 몸소 데리러 와주시니 어찌할 바를 모르겠군요."

"미인을 호송하는 기회를 놓칠 순 없죠."

언예진이 은근한 눈짓을 하며 말했다.

"경예는 주인공이라 자리를 비울 수 없고, 사필은 곧 혼인할 몸이라 오고 싶어도 차마 대놓고 가겠다 나설 수 없고, 나머지는 궁우 낭자와 잘 모르는 사이이니, 제가 아니면 누가 오겠어요?"

궁우가 면사 밑으로 고운 눈을 반짝이며 입을 가리고 웃었다.

"언 공자는 항상 재미있으시군요."

언예진도 히죽히죽 따라 웃으며, 옆으로 비켜나 손을 들고 허리를 숙였다.

"마차가 준비되었습니다. 이제 가실까요, 낭자?"

궁우는 계집아이에게 뭐라고 이른 후, 마차에 올라 몸을 숙이고 앉았다. 마부가 짝 하고 채찍을 휘두르자, 마차는 화려한 옷에 백마를 탄 젊은 공자와 함께 안정적으로 움직이기 시작했다. 바퀴가 청석을 깐 도로를 덜거덕거리며 움직이면서 먼지를 일으켰다.

같은 시각, 녕국후부의 하인들은 큰 공자의 생일잔치 준비로 눈코 뜰 새 없이 바빴다. 소경예는 두 집안의 아들이기 때문에, 그의 생일은 그 자신과는 큰 관계없는 깊은 의미가 있었다. 그를 몹시 아끼는 탁정풍 부부는 말할 것도 없고, 자식에게 엄한 사옥마저도 소경예가 누리는 이 특별대우에 한 번도 반대하지 않았다.

일찌감치 확정된 손님 명단이 사옥에게 올라갔을 때, 그는 소철이라는 이름을 보고 표정이 약간 바뀌었지만 아무 말도 하지 않았다. 각자 입장은 달라도 사옥은 이 예왕의 모사꾼과 아들의 왕래를 막을 생각이 없었다. 소경예가 극히 제한된 정보만 알고 있기 때문에 소철이 꼬드겨 알아낸다 해도 별 의미가 없기도 했고, 한편으로는 언젠가 소경예와 소철의 우호적인 관계를 이용할 수도 있어서였다. 이용을 못한다 해도 최소한 그다지 나쁠 것도 없었다. 그래서 적의 모사와 청루 여자가 포함된 손님 명단을 보고도, 그는 태연히 이렇게만 말했다.

"어머니께 보여드려라."

사옥이 반대하지 않는데, 외출을 거의 하지 않고 행동거지도 조심스러운 리양 장공주는 물론 아무 이의가 없었다. 그리하여 초대장은 순조롭게 발행되었다.

소경예에게는 평소 잘 노는 술친구들이 있었다. 지난 생일에는 그들을 모두 불러 어른들이 자리를 뜬 후 한데 모여 마구 떠들며 놀았다. 생일을 핑계 삼아 실컷 놀 생각에 그랬지만, 올해는 매장소도 오고 좀처럼 묘음방을 떠나지 않는 궁우도 오기로 했기 때문에, 이번만큼은 지난번처럼 떠들고 마시는 시끄러운 모임으로 만들 생각이 없었다. 하지만 작년에 초청한 사람들을 올해 부르지 않으면 다소 실례인 것 같아서 고민에 빠졌다.

그의 생각을 읽은 언예진이 대신 해결책을 제시했다. 부모님 명으로 이번에는 고상한 잔치를 열기로 했다며, 시를 읊고 그림을 감상하고 음악을 듣는 것 위주로 진행되어 재미없을 거라는 핑계를 대는 것이었다. 대신 전날 경성에서 가장 크고 좋은 술집에서 한턱내기로 하고, 유명한 아가씨들을 십여 명 불러 하루 종일 놀 수 있게 해주었다. 실컷 즐긴 귀공자들은 이튿날 있을 '점잖고 고상한' 잔치에 손사래를 치며 알아서 물러났다. 덕분에 소경예의 난제는 순조롭게 해결되었다.

이렇게 해서 4월 12일 저녁에 소경예의 생일잔치에 온 사람은 별로 많지 않았다. 가족 외에는 매장소와 하동, 언예진, 궁우 네 사람뿐이었지만, 초대장이 왔을 때 우연히 매장소의 집에 있던 몽지가 지나가는 말투로 '경예, 왜 나는 빼놓았나?' 하는 바람에 우리의 소 대공자도 어쩔 도리가 없어 급히 초대장 하나를 더 만들어 보냈고 손님 목록에 올렸다.

사람 수는 적지만 준비할 것은 여전히 많았다. 여자들은 대청을 꾸미고 하인들을 부리는 일만 했고, 그 외 필요한 물품 구매는 사필이 맡았다. 그래서 이 둘째 공자님은 틈날 때마다 이를 갈며 형님을 원망했다.

"형님 생일인데 왜 형님은 한가롭고 저만 이렇게 죽을 둥 살 둥 바쁜 거죠? 못 참아, 선물은 반씩 나눠요!"

"형제 사이에 나누긴 뭘 나눠? 마음에 드는 것이 있으면 얼마든지 가져가."

우리의 소 대공자는 힘 하나 안 들이고 부드러운 말 한마디로 펄펄 뛰는 사필을 잠재운 다음, 겸사겸사 말도 전했다.

"어머님과 어머니가 부르시더라. 잔치 음식을 결정해야 한다고. 성가시게 안 할 테니 가서 일해."

주인공이 느릿느릿 문밖으로 빠져나가는 것을 보면서, 사필은 화를 참지 못하고 발을 쿵쿵 굴렀지만 결국 운명에 순응하고 일하러 갔다.

당일 저녁, 가장 먼저 도착한 사람은 말할 것도 없이 언예진과 궁우였다. 마중 나오는 소경예를 본 국구 공자는 미인의 귓가에 속삭였다.

"오늘은 낭자 덕분에 대우를 다 받네요. 평소에 제가 오면 나와 보지도 않아요. 저 혼자 쓸쓸하게 저 녀석을 찾으러 들어가야 한다니까요."

과연 소경예가 두 손을 모으며 한 첫마디는 이랬다.

"궁우 낭자께서 이렇게 걸음해주셨는데 멀리 마중 나가지도 못했습니다. 어서 들어오십시오."

"어이."

언예진이 얼굴을 굳히며 말했다.

"난 안 보여?"

"예예, 아무렴요."

소경예가 사람 좋게 역성을 들어줬다.

"언 공자께서도 어서 들어오시지요."

"멀리 마중 나오지 못해서 미안하다고는 왜 안 해?"

"예예, 언 공자께도 참 죄송합니다. 제가 업고 들어갈까요?"

"됐다. 부축만 해주면 되느니라."

궁우가 참다못해 하하 웃음을 터뜨리고는 고개를 저었다.

"두 분은 정말…… 정말 잘 어울리는 친구군요."

"제가 봐줘서 그래요. 안 그러면 친구는커녕 만날 싸울걸요."

언예진이 진지한 투로 말했다.

"진정한 포용력이 무엇인지 누가 묻는다면 저에게 가보라고 하세요."

"빨리 안 들어가?"

소경예가 웃음 섞인 목소리로 나무랐다.

"언제까지 궁우 낭자를 세워둘 거야?"

언예진은 황급히 미인에게 예를 갖추며 연극 대사처럼 읊었다.

"아이고, 아이고, 소생의 잘못이로소이다. 이렇게 바람이 거센데 어서 들어가시지요, 낭자."

"그만해, 극은 아직 시작도 안 했는데 네가 먼저 하려고?"

소경예는 그를 흘겨보며 궁우를 화청으로 안내했다. 손님에게 차를 대접하고 잠시 쉰 다음, 그는 궁우를 여자 가족들에게 소개해주겠다고 제안했다.

궁우는 가리개를 벗어 노란색의 우아한 옷을 드러내고 있었다. 화장을 하지 않은 하얀 얼굴은 그녀의 미모를 전혀 바래게 하지 않았고, 도리어 깨끗한 아름다움을 더했다. 소경예의 정성스런 초대에, 그녀는 공손하게 인사하고 낮은 소리로 완곡히 거절했다.

"제가 비록 초대장은 받았지만 결국은 공자의 흥취를 돋우기 위해 온 예인에 불과합니다. 장공주 전하가 얼마나 귀하신 분인데 감히 뵐 수 있겠습니까?"

언예진이 눈을 찡그리며 뭐라고 말하려는데, 소경예가 한발 앞서 온화하게 말했다.

"사교적인 만남인데 무엇하러 그런 것을 따지십니까? 게다가 안채에 있는 제 어머니와 누이동생 청이는 모두 강호인이라 그런 예의규범은 신경 쓰지 않고, 녕국후부의 동생 사기도 시원시원한 성격입니다. 장공주이신 어머님은 다소 쌀쌀하지만 오만한 분은 아닙니다. 특히 음률을 좋아하셔서, 오래전부터 낭자의 이름을 흠모해오셨지요. 제게도 낭자가 오시면 꼭 먼저 인사시켜달라고 말씀하셨고요.”

그의 간곡한 말에 궁우도 더는 거절할 수 없었다. 그래서 고맙다고 인사한 후 그를 따라나갔다. 따라갈 명분이 없는 언예진은 화청 안을 왔다갔다했다. 다행히 얼마 지나지 않아 소경예가 돌아왔다. 궁우는 따라오지 않은 것으로 보아 안채에 붙잡힌 모양이었다. 몇 마디 한담을 나누다가 시간이 거의 다 되었다고 생각할 때쯤, 갑자기 사필이 총총걸음으로 나타나 멀리서부터 소리쳤다.

“형님, 어서 나와요. 몽 통령이 오셨어요.”

소경예와 언예진은 황급히 일어나 중문 밖으로 바삐 마중 나갔다. 몽지는 사옥의 조정 동료이고 신분도 높았으므로, 문지기는 사옥에게 먼저 통보했다. 그래서 소경예가 도착했을 때는 이미 사옥과 탁정풍이 나란히 나와, 문간에서 몽지와 인사를 나누고 있었다. 소경예는 차마 어른들의 대화에 끼어들 수 없어 조용히 옆에 가서 섰다. 이야기가 끊긴 틈을 보아 인사하려는데, 문밖에서 또다시 높은 외침 소리가 들려왔다.

“소철 선생이 도착하셨습니다.”

문간에 있던 사람들이 일제히 몸을 돌렸다. 소경예가 손님을 맞으러 나가려고 막 발걸음을 떼려는데, 매장소가 엷게 웃음 띤 얼굴로 나타났다. 오늘 저녁 그는 달빛같이 하얀 장포를 걸치고, 안에 하늘색 겹옷을 받쳐 입어 안색이 무척 좋아 보였다. 박식하고 고상한 그의 모습만 보면, 근 1년간 경성에서 잇달아 일어난 파란이 대부분 그의 손에서 시작되었다는 사실을 상상할 수 없었다.

매장소는 슬쩍 본 것만으로 문간의 상황을 꿰뚫었다. 그는 예절에 따라 맨 먼저 사옥에게 허리를 숙이며 말했다.

"녕국후께 인사드립니다."

"별것도 아닌 아들 녀석 생일에 선생까지 왕림하시다니, 참으로 영광이오."

사옥이 인사치레로 대답한 후, 옆에 있는 사람을 소개했다.

"이분은 천천산장 장주 탁정풍이오."

매장소가 빙그레 웃으며 대답했다.

"탁 장주와는 몇 번 만난 적이 있습니다만 인연이 닿지 않아 이야기를 나눠본 일은 없습니다. 오늘 이렇게 뵈니 영광입니다."

"매 종주, 별말씀을. 종주의 풍모에 대해 오랫동안 들었소. 나야말로 영광이오."

탁정풍은 가슴 앞에 두 손을 모으고 길게 읍했다. 동년배를 대하는 예의였다. 옆에 있던 두 젊은이는 당황스러움 속에서 불현듯 깨달았다. 그들은 매장소와 워낙 자주 만나다보니 강호에서의 그의 높은 신분을 잊곤 했던 것이다.

이어서 매장소는 몽지와 인사를 나눴다. 각자 상투적인 인사치레를 하느라 시간이 한참 흘렀다. 언예진은 진작부터 좀이 쑤셨지만, 어른들 앞에서는 함부로 굴 수 없어 한쪽 옆에 우두커니 서서 소경예를 따라온 것을 후회했다. 역시 이런 부분에서는 사필이 영리했다.

겨우 인사말이 끝났다. 예의를 갖추고 나자, 주인인 사옥과 주인인 탁정풍이 두 명의 귀빈을 대청으로 안내해 차를 대접했다. 물론 소경예는 처음부터 끝까지 뒤를 따랐지만 언예진은 뒤에 남은 틈을 타 비류처럼 어디론가 사라져버렸다.

녕국후부는 일품 군후의 저택과 부마의 저택이 합쳐져, 보통 저택보다 규모가 약간 컸다. 일반적인 회의실과 난청(暖廳, 난방이 되는 거실-옮긴이), 객청, 화청, 곁마루 등의 대청 외에도, 안채와 바깥채 사이 호수 위에 정교하고 색다른 수상 가옥을 세우고 '임령각(霖鈴 閣)'이라고 이름 지었다. 올해는 사람 수가 적당해서 리양 장공주 는 특별히 이곳을 소경예의 생일잔치 장소로 정했다.

마지막 손님인 하동이 도착한 후, 사옥은 안채에 사람을 보내 알리고, 손님들을 임령각으로 안내했다. 모두 평소 알고 지내는 사이고 탁 부인만 아는 사람이 약간 적었을 뿐이어서 소개 시간은 길지 않았다. 얼마 후 사람들은 각자 자리에 앉았다.

사적인 연회였기 때문에 자리 배정도 엄격하지 않았다. 사옥 부부가 주인석에 앉고, 탁정풍 부부가 그 옆에 자리했다. 하동과 몽지는 서로 한동안 양보하다가 결국 나이 많은 몽지가 손님석 오른쪽 상좌에 앉고, 하동은 그 맞은편에 앉았다. 몽지의 오른쪽에는 매장소가, 하동의 오른쪽에는 언예진이 앉았다. 하동이 습관적으로 볼을 꼬집는 것을 막기 위해 언예진은 조심조심 자기 자리를 한 자 뒤로 밀었다.

나머지 젊은이들은 나이에 따라 자리를 정했지만, 궁우는 끝내 말석을 고집했다. 사람들도 그 고집을 꺾지 못해 하자는 대로 했다. 탁청이는 궁우를 너무 좋아해서 같은 탁자에 끼어 앉았다. 소경예는 비류를 챙기려고 했으나, 어디로 갔는지 찾을 수가 없었다. 매장소가 웃으며 신경 쓰지 말라고 했다.

주인공이 입은 옷은 탁 부인이 손수 지은 새 장포였다. 강호 여협들의 바느질 솜씨는 자수제품으로 유명한 서부재(瑞蚨齋)의 장인만은 못했지만 정성은 넘쳤다. 목덜미와 소매 끝에는 유행하는 구름무늬를 수놓은 후 금실로 마무리했고, 허리띠에는 둘러가며 주옥과 마노를 박아 넣어 호화롭고 근사했다. 다행히 예의가 몸에 밴 소경예는 그런 옷을 입어도 부잣집 망나니처럼 보이지 않았지만, 언예진은 이 옷을 입은 그를 처음 보았을 때 완곡하게 돌려서 평했다.

"경예, 그 옷을 입은 걸 보니 넌 진짜 효자가 분명해."

연회가 시작되었을 때 손님들의 선물이 도착했다. 어른들은 너나없이 옷이나 신발, 양말을 선물로 골랐다. 탁청요 부부는 옥피리 하나를, 사필은 단연(端硯, 단계에서 생산되는 최상급 벼루—옮긴이)을, 탁청이는 직접 만든 장식 술을 주었다. 언예진은 정교한 마구를, 하동과 몽지는 둘 다 평범한 장식품을 주었고, 궁우는 탁자에 놓는 잘 만들어진 자수 병풍을 가져왔다. 이런 선물들 사이에서, 매장소가 준 호심단은 처음에는 별로 눈에 띄지 않았다. 언예진이 호기심이 나서 다가와 물어보고는 호들갑을 떨며 탄성을 지르지 않았다면, 그 선물이 얼마나 진귀한지 아무도 몰랐을 것이다.

"안 돼, 안 돼. 소 형, 너무하잖아요. 경예한테 이렇게 좋은 선물을 줘봤자 낭비란 말예요. 저한테도 아직 안 주셨다고요. 분명 저를 더 좋아하시면서!"

언예진이 장난을 치는데, 옆에서 길고 힘 있는 손 하나가 불쑥 나와 그의 뺨에서 가장 두툼한 부분을 한 치 어긋남 없이 정확하게 꼬집었다. 살짝 힘을 주자 그의 얼굴 반쪽이 벌겋게 되었다.

"웬 소란이냐? 7월 보름은 아직 멀었다. 때가 되면 소 선생께서 더 좋은 것을 주실지도 모르지."

하동이 쿡쿡 웃으며 언예진의 얼굴에 대고 콧방귀를 뀌었다.

국구 공자는 뺨을 문지르며 옆으로 달아나 이를 갈았다.

"제 생일은 7월 보름이 아니라고요. 7월 7일, 칠월칠석이란 말예요!"

"아, 칠석."

하동이 곁눈으로 그를 흘끗 보았다.

"7월 보름과 별 차이도 없는데 뭐 어때?"

언예진은 눈물이 글썽글썽한 눈으로 그녀를 노려보았다.

'아니거든요? 칠석과 보름은 날짜만 다른 게 아니라 느낌도 아주 다르다고요.'

"됐어, 그만해요."

사필이 웃으며 중재하고 나섰다.

"하여간 뭐든 욕심을 낸다니까. 호심단이 비할 데 없이 귀한 물건이긴 하지만, 날마다 먹는 건 아니잖아요. 언 형이 피를 토하면서 다 죽어가면 우리 형님이 분명히 한 알 줄 거예요."

언예진의 분노한 시선이 곧 사필에게로 옮아갔다. 너나 피 토하며 죽어가라지!

젊은이들이 소동을 피우자 잔치가 시작되었을 때의 어색한 분위기도 그제야 풀어졌다. 리양 장공주마저 웃음을 참지 못했다.

"예진이 가끔 내게 와서 너희가 괴롭힌다고 읍소했는데 믿지 않았단다. 그런데 오늘 보니 사실이었구나."

"자."

사옥이 미소를 지으며 말했다.

"손님 접대가 이래서야 되겠느냐? 경예, 어서 손님들께 술을 드려라."

소경예가 대답하고 일어나 따뜻하게 데운 흑금 주전자를 들고
손님들의 잔을 차례차례 채웠다. 사옥이 잔을 들고 좌우에 권하며
말했다.

"아들의 변변치 못한 생일에 이렇게 왕림해주시어 황송할 따름
이오. 술 한잔으로 조금이나마 경의를 표하고자 하오. 여러분을
위해 이 몸이 먼저 한잔 바치겠소."

말을 마친 그가 곧 잔을 비웠다. 사람들도 잇달아 잔을 비웠지
만, 매장소는 입술만 적시고 내려놓았다. 그의 몸이 좋지 않은 것
을 아는 소경예는 더 권하지 않고 몰래 사람을 시켜 뜨거운 차를
가져오게 했다.

"자자, 여러분, 사적인 자리이니 사양하실 것 없소. 이 몸은 손
님 접대를 잘 못하니, 여러분께서는 자기 집이다 생각하고 편안히
하시오."

사옥이 껄껄 웃으며 시녀들에게 과일과 채소를 가져오라 명한
다음, 몸소 손님들의 자리로 가서 술을 권했다.

술이 세 차례 돌고 나자, 하동이 귀밑머리를 넘기고 한 손으로
턱을 괴며 몽롱해진 두 눈으로 주인을 바라보며 말했다.

"녕국후 나리, 자기 집처럼 생각하라는 말씀, 진심이십니까?"

"물론 사실이오. 어찌 물으시오, 하 대인?"

"그냥 확인해봤을 뿐입니다."

하동의 얼굴 위로 사악하고 아름다운 웃음이 떠올랐다. 그녀가
가벼운 목소리로 말했다.

"저는 집에서는 항상 내키는 대로 합니다. 혹시 무례한 행동을
하더라도 탓하지 않으시겠지요?"

사옥이 큰 소리로 웃었다.

"하 대인은 본디 남자처럼 솔직한데, 이 몸이 탓할 일이 어디 있겠소?"

"그럼 좋습니다."

하동은 입을 다물고 천천히 고개를 끄덕였다. 순간 부드럽던 눈빛이 칼날처럼 날카로워졌다. 그녀의 시선은 사옥의 어깨 너머 주인석 옆에 앉은 탁정풍에게로 날아들었다.

"탁 장주의 절륜한 무공을 오랫동안 우러러왔습니다. 오늘 이렇게 만났으니 가르침을 청할까 합니다."

입에서 매서운 목소리를 내뱉는 동시에 하동의 늘씬한 몸이 날아올랐다. 그녀는 손에 든 흑단 젓가락을 검 삼아 탁정풍의 목을 찔러갔다. 이 갑작스러운 상황에 모두 멍해졌다. 사람들이 반응하기도 전에 두 사람은 몇 초나 주고받았다. 젓가락 검이지만 초식은 날카롭고 거센 바람이 몰아쳐 숨이 턱 막혔다. 순식간에 수십 초가 지났다.

하동이 몸을 뒤로 빼더니, 공격할 때와 마찬가지로 아무런 징조도 없이 물러났다. 그녀가 귀밑머리를 넘기고 몸을 똑바로 세우자 휘날리던 치맛자락이 천천히 가라앉았다. 보통 사람의 눈에는 하동의 안색이 평소와 다르지 않았지만, 극소수의 사람들은 그녀의 눈동자에 재빨리 스쳐간 곤혹스러움을 느낄 수 있었다. 녕국후 사옥의 입가에 옅은 냉소가 떠올랐다.

하동은 역시 끈질긴 사람이었다. 태감 살인 사건은 이미 한물갔는데도, 그녀는 아직 포기하지 않았다. 그럼에도 오늘 그녀를 초청한 이상 필요한 준비는 다 되어 있었다. 이 여자 장경사는 탁정풍의 초식의 각도와 피해자의 상처를 비교해볼 생각이었겠지만, 그리 쉽지는 않을 것이다.

"훌륭하오!"

잠깐의 침묵 후, 몽지가 먼저 손뼉을 치며 찬탄했다.

"겨우 수십 초 겨뤘지만 두 분 다 훌륭했소. 내력과 검법 모두 감탄하지 않을 수 없구려. 오늘 내 눈이 실로 호강하는구려."

하동이 생긋 웃었다.

"몽 통령 앞에서 무공을 쓰다니, 공자 앞에서 문자 쓰는 격이지요. 부끄럽습니다."

탁정풍도 겸손히 대답했다.

"하동 대인께서 사정을 봐주셨지요. 몇 초만 더 싸웠다면 제가 졌을 겁니다."

"고수가 만났는데 어찌 술이 없을 수 있겠소? 자, 다시 한잔 듭시다."

사옥이 주전자를 들고 직접 잔을 가득 채워 하동에게 다가갔다. 이 갑작스런 파란을 이대로 잠재우려는 게 분명했다. 하동은 꼼짝도 않고 그를 바라보다가, 이윽고 천천히 잔을 받아 꿀꺽 마셨다.

그때 탁청요가 부인을 데리고 다가와 두 손을 모았다.

"하 대인, 참으로 주량이 대단하십니다. 이 기회에 저도 한잔 올리지요. 앞으로 강호에서 만나면 언제든지 가르침을 주십시오."

하동은 가볍게 웃으며 역시 아무 말 없이 받아 마셨다. 이어서 사기, 사필, 탁청이까지 어른들의 눈짓을 받고 차례로 술을 권했다. 탁 부인마저 일어나 남편과 함께 두 번째 잔을 올렸다. 한쪽에서 소경예와 수군거리던 언예진은 이상한 생각이 들어 소리 죽여

물었다.

"다들 뭐 하는 거래? 취하게 하려는 건가?"

소경예도 목소리를 낮춰 대답했다.

"하동 누님이 술 드시는 건 별로 본 적이 없어서 주량을 몰라. 가서 막아야 할까?"

"나도 마찬가지야. 봐, 얼굴이 빨개졌잖아. 역시 막는 게 좋겠어. 취하면 날 괴롭힐지도 모른다고."

마침 그들 곁을 지나던 몽지가 참지 못하고 웃음을 터뜨렸다. 그는 두 사람을 돌아보며 위로했다.

"괜찮다. 하동은 한잔만 마셔도 얼굴이 빨개지지만, 천 잔을 마셔도 얼굴만 빨개질 뿐이니까. 방금 무슨 논의 중이었지?"

"논의라뇨. 그냥 지금 분위기가 딱 좋으니 궁우 낭자를 부르라고 경예에게 알려주던 참이었어요."

언예진은 그렇게 말하며, 조용히 앉아 있는 궁우에게 시선을 던졌다. 그녀가 고개를 들어 마주 보자 그는 곧 헤죽거리며 웃어 보였다.

소경예가 웃으며 발끝으로 그를 툭툭 찼다.

"알았으니 침 좀 닦아. 가서 어머님께 말씀드릴게."

그가 일어나려는데, 장공주의 시중을 드는 아주머니가 다급히 사옥에게 달려가 뭐라고 보고하는 것이 보였다. 사옥은 고개를 끄덕이고 원래 자리로 돌아가 목소리를 가다듬고 말했다.

"여러분, 즐거운 연회에 음악이 빠질 수는 없지요. 묘음방의 궁우 낭자가 여기 있으니, 한 곡 청해 속세의 먼지를 털어내는 것이 어떻겠소?"

이 제의에 모두 당연히 찬성했다. 궁우가 사뿐사뿐 일어나 주위에 인사를 하고 부드럽게 말했다.

"녕국후 나리, 감사합니다. 비록 솜씨는 없지만 여러분의 홍을 돋워보겠습니다."

벌써 시녀가 금을 가져와 자리를 만들어뒀다. 장공주가 몹시 아끼는 고금이라는 것을 소경예는 한눈에 알아보았다. 평소 자녀들도 만지지 못하게 하던 것을 낯선 여자가 연주하게 내놓다니, 궁우의 음악 솜씨를 무척 아끼는 것을 알 수 있었다.

연주자인 궁우는 비록 리양 장공주가 이 금을 얼마나 아끼는지 몰랐지만, 그 진귀함은 소경예보다 훨씬 잘 감정할 수 있었다. 그래서 자리에 앉아 자세히 살펴본 후 뜻밖에도 다시 일어나 장공주를 향해 무릎을 꿇고 인사했다. 리양 장공주의 표정은 여전히 냉담했지만, 살짝 허리를 굽혀 마주 인사하는 것만 보아도 이 존귀한 황제의 누이동생이 궁우를 몹시 예우한다는 것을 알 수 있었다. 그녀의 성격을 잘 아는 사옥조차 깜짝 놀랄 정도였다.

다시 자리에 앉은 궁우는 천천히 손을 들어 몇 개의 음을 연주했다. 과연 옥구슬이 굴러가듯 비범한 소리였다. 이어 옥처럼 고운 손가락을 살짝 비비자 감미롭고 화려한 음이 흘러나왔다. 음률을 아는 사람은 이것만 듣고도 명곡인 〈봉구황(鳳求凰)〉이라는 것을 알 수 있었다. 일반적인 연주자들은 장소와 분위기에 맞게 연주해야 하지만, 궁우 같은 전문가에게는 입 댈 사람이 없었다. 이 때문에 그녀가 생일잔치에서 이렇게 애절한 연가를 연주해도 전혀 이상하지 않았다. 노래 중 '봉이여, 봉이여, 사해를 떠돌며 황을 찾노라. 한 둥지에 머물며 나란히 하늘을 날며'라는 가사의 의미가 감정을 자극해서, 곡이 끝나기도 전에 여러 사람이 아련하게 감상에 젖어들었다.

사옥도 공부는 많이 했지만 음률에 대해서는 거의 알지 못했다. 금 소리가 곱고 듣기 좋다는 것은 알았지만 그 속의 진짜 의미는 끝내 이해할 수 없었다. 하지만 부인을 돌아보니 그윽한 표정에 눈물까지 글썽이고 있어서 약간 기분이 상했다. 그래서 곡이 끝나자 헛기침을 하고 말했다.

"궁우 낭자는 과연 비범한 재능을 가졌구려. 하지만 오늘은 기쁜 날이니 좀 더 즐거운 곡으로 부탁하오."

궁우가 나지막하게 대답하고 다시 현을 골랐다. 즐거운 음색이 줄줄이 튀어나왔다. 〈어가(漁歌)〉라는 곡이었다. 맑고 은은한 소리가 울려 퍼지자 사람들은 석양의 노을 아래 서서 노래하며 돌아오는 고기잡이배를 보고 있는 것처럼 즐거운 기분이 되었다. 아무리 음률을 모르는 사람이라도 그녀가 연주하는 이 곡을 들으면 기뻐 흥이 나고 자족하는 마음이 들 만했다. 그러나 사옥의 마음은 딴 데 있었다. 그는 조용히 귀를 기울이면서 아무도 모르게 리양 장공주의 표정을 살폈다. 그녀가 찡그렸던 눈을 펴고 입가에 옅은 웃음을 떠올리자, 그제야 마음을 놓고 속으로 안도의 숨을 쉬었다.

두 곡이 끝나자 찬탄 소리가 방을 가득 채웠다. 언예진은 박수갈채를 보내면서 낯 두껍게 한 곡을 더 청했다. 그런데 그때 궁우가 미소를 지으며 대답하기도 전에, 갑자기 하인 한 명이 뛰어들어와 사옥 앞에 무릎을 꿇었다. 그리고 다급한 표정으로 헐떡이며 말했다.

"나, 나리…… 밖에…… 밖에 소, 손님이……."

사옥은 눈을 찌푸렸다.

"손님이라니? 문을 닫고 손님은 거절하라고 하지 않았더냐?"

"소인이 막을 수가 없습니다요. 버, 벌써 들어오셔서……."

사옥의 눈썹이 꿈틀하는데, 문가에서 살을 에듯 쌀쌀한 목소리가 들려왔다.

"탁 형, 약속을 해놓고 어찌 손님을 거부하시오? 설마 녕국후부에 들어앉은 이유가 내 도전을 피하기 위해서요?"

하늘과 땅이 뒤집히고

—
33
—

도발적이고 쌀쌀하지만 어투가 별로 격렬하지는 않은 이 한마디와 함께, 임령각의 격자문 밖에 몇 사람이 나타났다. 맨 앞에 선 사람은 옅은 잿빛 장삼을 입고, 전형적인 남초 사람같이 머리를 높게 올려 묶었으며, 얼굴은 마르고 두 뺨이 푹 들어가 있었다. 두 눈동자의 반짝이는 빛이 주인석을 똑바로 쏘아보았다. 마치 그 사람 자체가 날카로운 검처럼 예리하면서도 흉악했다. 그가 바로 랑야 고수방 5위인 현 남초의 전전지휘사이자, 알운검법 하나로 천하에 이름을 떨친 악수택이었다.

사옥이 옷자락을 떨치며 일어나 노기 서린 얼굴로 매섭게 대꾸했다.

"악 대인, 이곳은 내 사택이오. 이리도 무례하게 내 허락도 없이 드나들다니, 이 사옥을 뭐라 생각하는 것이오? 남초의 조정에서는 예의를 가르치지 않소?"

"억울하오. 참으로 억울하오."

사옥의 말이 끝나기도 전에, 갑자기 악수택 뒤에서 우문훤이 불쑥 튀어나왔다. 그가 두 손을 모으고 히죽거리며 말했다.

"악수택은 보름 전에 사직했고, 지금은 일개 평민 강호인일 뿐이오. 녕국후께서 그에게 불만이 있으시면 그에게 따지시되, 우리 남초의 조정은 끼워 넣지 마시오."

사옥은 기가 막혔지만 꾹 참고 얼음 같은 눈동자로 우문훤을 바라보았다.

"허나 능왕 전하께서는 조정 사람이시겠지요. 남의 집에 이렇게 함부로 들어오는 것은 도리에 어긋난 일이 아닙니까?"

"함부로 들어온 것이 아니오."

우문훤이 놀란 사람처럼 눈을 동그랗게 뜨며 몹시 과장된 표정을 지었다.

"미리 말해두지만, 악수택은 우리 일행이 아니오. 나는 오늘이 소 공자의 생일이라는 말을 듣고, 그래도 아는 사람인데 가만있을 수 없어 조촐한 선물을 준비해 축하도 할 겸, 녕국후의 환심도 살 겸 온 것이오. 여기까지 올 때 이곳 하인들이 악수택은 막아도 우리는 막지 않았소. 그런데 못 들어갈 이유가 없지 않소? 안 믿기면 친히 하인들에게 물어보시오."

말도 안 되는 것을 갖다 붙이는 그의 교묘한 언변에 사옥조차 순간적으로 말문이 막혔다. 진지하게 따져볼 때 저들은 들어오기만 했지 아무 짓도 하지 않았다. 하물며 아들의 생일을 축하하러 왔다는 명목을 내세우고 있었다. 구혼을 하러 온 사절단의 대표, 그것도 남초의 황족을 이렇게 거칠게 내쫓는다는 것은 스스로 기품을 깎는 행위였다. 그래서 사옥은 어쩔 수 없이 화를 누르고 악수택에게 공격을 쏟아부었다.

"녕국후부는 악 형 같은 손님을 환영하지 않소. 속히 이곳을 떠나면 함부로 뛰어든 일을 거론하지 않겠으나, 그렇지 않으면 이 몸이 체면을 봐주지 않았다고 원망 마시오."

그때 연회장 안은 몹시 고요했고 사옥의 목소리도 작지 않았기 때문에 악수택은 그의 말을 똑똑히 들을 수 있었다. 하지만 판자 같은 그의 표정은 마치 전혀 듣지 못한 것처럼 꼼짝도 하지 않았다. 그는 여전히 빛나는 눈동자로 탁정풍을 쏘아보며 조금 전과 똑같이 담담한 목소리로 말했다.

"직접 만나 도전하는 것은 강호의 규칙이오. 이를 위해 일부러 사직까지 했소. 탁 형, 피하고 싶어도 최소한 직접 하시오. 이렇게 남 등짝에 숨어 있는 것은 내가 아는 탁 형이 아니오. 설마하니 녕 국후와 사돈이 된 후로는 강호인 노릇을 때려치운 거요?"

탁정풍의 눈썹이 꿈틀했다. 턱 아래 늘어뜨린 긴 수염은 바람도 없는데 나부꼈다. 그가 오른손으로 탁자를 짚으며 일어나려는데, 사옥이 어깨를 눌러 앉혔다.

사실 강호에서 도전이란 무술을 겨루고 서로 교류하는 일반적인 방식으로, 원한이나 복수를 위한 싸움과는 전혀 달라 보통은 상대방도 몹시 신중했다. 도전 시합에서 상대방에게 필요 이상으로 무거운 피해를 입히는 것은 남들에게 멸시당하고 배척당할 행동이었다. 특히 악수택과 탁정풍 같은 고수들은 상대방을 해치지 않고도 승부를 가를 수 있었다. 그래서 장소가 부적절하다는 것만 빼면, 탁정풍이 이 도전을 받아들인다고 해도 위험할 것이 없었다. 최악의 경우 패배하여 명성이나 순위가 조금 떨어질 뿐이었다. 하지만 강호인으로서 직접 찾아와 도전을 청하는 상대를 거절한다면 그의 명성은 패배한 것보다 더 큰 손해를 볼지도 몰랐다.

그래서 그 자리에 있는 대부분의 사람은 사옥이 어째서 저렇게 까지 강하게 만류하는지 이해할 수가 없었다. 악수택이 너무 무례하게 쳐들어왔기 때문일까? 자신의 몸으로 쏟아지는 여러 개의 당혹스러운 눈빛을 느끼면서도, 녕국후는 차마 말을 할 수가 없었다. 솔직히 말해, 악수택이 무예를 사랑하고 사람들에게 도전하기 좋아한다는 것은 천하가 다 알고 있었다. 그의 무례한 난입도 그냥 웃어넘기는 것이 귀족다운 풍모를 가장 잘 보여주는 방법이었다. 하지만 안타깝게도 지금 그는 그런 풍모를 뽐낼 밑천이 없었다. 하동과 몽지가 이곳에 있기 때문이었고, 악수택이 고수이기 때문이었다.

방금 하동이 갑작스레 탁정풍을 공격한 목적은 바로 그의 검법과 검기가 섣달그믐 밤 태감을 살해한 상처와 일치하는지 살펴보기 위함이었다. 사옥은 그것을 미리 짐작하고 탁정풍에게 단단히 준비를 시켰다. 더욱이 그들은 하동이 단순히 시험만 해볼 생각이기 때문에 아무래도 전력을 다하지 않으리라 판단했다. 덕분에 싸울 때도 편한 마음으로 신경 써서 바뀐 검법을 쓸 수 있었기에 이 여자 장경사에게 꼬투리를 잡히지 않았다.

하지만 악수택은 그렇게 쉽게 따돌릴 수 없었다. 첫째, 탁정풍과 겨뤄본 적이 있는 그는 탁정풍의 검법을 훤히 알고 있었다. 둘째, 도전을 한 이상 다칠 정도로 싸우지는 않아도 맹렬하게 공격해올 것이 분명했다. 고수의 싸움에서는 아주 사소한 실수가 승부를 가르게 마련이었다. 하동과의 시합하고는 달리, 일부러 숨기거나 검법을 바꾸는 것은 단순히 볼썽사납게 지느냐 마느냐의 문제가 아니었다. 아예 할 수조차 없는 일이었다.

하지만 탁정풍이 진짜 무공으로 악수택과 겨루면, 요행히 하동은 알아차리지 못한다 해도 몽지 같은 대량 제일 고수의 매 같은 눈은 속일 수 없을 터였다. 게다가 하필이면 황명으로 정해진 태감 살인 사건의 담당자는 겉으로는 이 금군통령이었다.

사옥의 이마에 보일 듯 말 듯 식은땀이 솟았다. 탁씨 부자를 일찍 경성에서 떠나보내지 않은 것이 후회스러웠다. 하지만 돌려 말하면 남초에서부터 악수택이 달려와 하필 하동과 몽지가 함께 있는 시간에 찾아와 도전할 줄 누가 알았겠는가?

"악 형, 오늘 밤은 내 아들의 생일이오. 약속 시간을 다시 정할 수는 없겠소?"

탁정풍이 부드럽게 물었다.

"안 되오."

"어째서?"

"나는 사직하고 딱 반년 동안만 자유롭게 도전할 사람들을 찾아다닐 수 있소."

"그럼 내일이면 어떻소? 그렇게 화급을 다투는 일은 아니잖소?"

"내일이라……."

악수택의 눈동자에 남들은 이해하기 어려운 슬픔이 떠올랐다.

"밤은 기오. 오늘 밤 무슨 일이 일어날지 누가 알겠소? 내일이 있을지 없을지 누가 알겠느냐 말이오. 이왕 만났으니 끝장을 봅시다. 대결이 흉한 일도 아닌데 아드님의 생일이라고 못할 것이 어디 있소?"

"악 형의 말씀은, 반드시 오늘, 이 자리에서 해야겠다는 거요?"

"그렇소."

"무례하군!"

사옥이 노엽게 외쳤다.

"오늘은 아들의 생일잔치 중이고 귀빈들도 계신데 어디서 소란을 피우느냐! 여봐라, 저 자를 쫓아내라!"

악수택은 평소와 다름없는 얼굴로 담담하게 말했다.

"탁 형, 나는 도전을 하러 온 것이지 소란을 피우러 온 것이 아니오. 탁 형이 누구보다 잘 알 거요. 대답을 해주시오."

어느새 갑옷을 입은 무사 수십 명이 몰려와 부채꼴로 악수택을 포위했다. 눈처럼 하얀 창날이 당장이라도 공격을 퍼부을 것만 같았다.

"멈춰라!"

별안간 탁정풍이 큰 소리로 외쳤다.

사옥은 눈썹을 찡그리며 탁정풍의 어깨에 놓은 손에 더욱 힘을 주었다. 그가 뭐라고 말하기도 전에, 탁정풍이 간절한 눈으로 사옥을 바라보며 나지막이 말했다.

"사 형, 미안하오. 나는…… 역시 강호인이오. 하지만 걱정 마시오. 반드시 문제없이 처리할 테니."

사옥의 입꼬리가 살짝 떨렸다. 어렴풋이 짐작이 가서 다시 만류하려다가, 잠시 생각해본 후 마음 굳게 먹고 탁정풍의 어깨에서 천천히 손을 내렸다. 그가 부드러운 어조로 말했다.

"탁 형이 결정을 내리셨다면 방해하지 않겠소."

탁정풍은 빙그레 웃고, 차분한 표정으로 일어나 악수택과 마주 보고 섰다.

"좋소."

마침 궁우가 금을 가지고 한쪽으로 물러나 대청 한가운데 커다란 공간이 생겼다. 마치 본래부터 있었던 연무장 같았다. 서로를 마주 보는 두 명의 고수. 검은 뽑지도 않았으나, 그 육중하고 우뚝한 기운과 오만하고 자신 넘치는 눈빛은 이미 며칠 전 제자들의 싸움과 비할 바가 아니었다.

이 시합에 존경을 표하기 위해, 여전히 단정히 앉은 장공주 외에 모두 자리에서 일어섰다. 사기조차 남편의 부축을 받아 불룩한 배를 껴안고 일어났다. 우문훤 등은 문가에 서 있었기 때문에 문도 활짝 열었다. 한 줄기 밤바람이 시원하게 불어와 빨간 촛불을 휘감았다. 불꽃이 어른어른 춤을 추며 방 안에 그림자를 드리웠다. 눌어붙은 촛농이 탁 탁 탁 소리를 내는 순간, 두 개의 검이 번개처럼 허공을 가르고 부딪쳤다.

이름에서 알 수 있듯이 천천검법과 알운검법은 가볍고 날랬다. 두 검법은 100년 가까이 이어졌고 대대로 승부를 가려왔다. 강호에서 북연 탁발씨의 한해검 정도만 이따금씩 그들을 눌렀을 뿐, 다른 검법은 아예 따라잡을 수도 없었다. 탁정풍은 스물일곱 살에 악수택과 처음 싸워 이겼고, 서른다섯 살에 다시 싸워 승리를 얻어, 전적상으로 우위였다. 그러나 알운검법과 마주하며 평소답지 않게 무거운 표정인 것으로 보아 몇 번을 이겨도 여전히 얕잡아볼 수 없는 상대인 것이 분명했다.

대청에서 벌어지는 두 사람의 세 번째 대결은, 검 그림자가 거침없이 오가고 옷자락이 마구 펄럭이며 백 초 정도 주고받은 다음에도 아직 절정에 이르지 않았다. 눈앞의 광경만 보아서는 며칠 전 소경예와 넘넘의 싸움처럼 볼거리가 많지도 않았다.

하지만 실제로 이 싸움의 무게는 그날의 싸움과는 비할 바가 아니었다. 두 싸움을 모두 지켜본 하동은 그 사실을 명확히 알 수 있었다. 영롱하고 투명한 그녀의 눈빛은 마치 이 시합에 완전히 빨려들어 다른 것에는 전혀 신경 쓰지 못하는 것 같았다. 초식 하나하나의 각도와 힘, 속도, 어느 것 하나 최고가 아닌 것이 없었고, 더욱이 검결과 심법은 검에 달라붙은 영혼처럼 자연스레 어우러져, 젊은이들처럼 애써 펼치거나 어색하게 이어지지 않았다.

물론 탁청요와 소경예도 이것을 깊이 체득하고 있었다. 두 사람은 가장 밝은 촛불 아래에 서서 눈 하나 깜빡하지 않고 검이 쏟아내는 빛과 그림자를 뚫어져라 지켜보았다. 고수와 고수의 싸움이야말로 가장 환하고 아름다운 불꽃이었다. 1년 동안 가르침을 받는 것보다 이 한 차례의 싸움을 관전하는 것이 훨씬 유익했다.

그러나 넋을 잃고 지켜보는 대부분의 사람과 달리, 이 시합에 전혀 흥미를 느끼지 못하는 것 같은 사람이 셋 있었다. 리양 장공주는 눈을 감고 의자 팔걸이에 기대 쉬고 있었다. 그녀의 표정은 옆에서 잔뜩 긴장한 사옥과 탁 부인과는 선명한 대비를 이루었다. 매장소는 시합을 보고는 있었지만, 초점도 없고 약간 멍한 얼굴이었다. 분위기를 맞추기 위해 보고 있는 것이 분명한데, 머릿속으로 무슨 생각을 하는지는 알 수 없었다. 방 한구석에 있는 궁우는 차분하고 평화로운 얼굴로 금을 껴안고 나뭇결을 자세히 살피고 있었다. 흐르는 물처럼 긴 머리칼이 분홍빛 뺨으로 흘러내렸고, 눈동자는 아예 시합을 볼 생각도 없이 내리뜨고 있었다.

그들 세 사람은 모두 기다리는 중이었다. 이 시합이 끝나는 순간을. 리양 장공주는 본래 관심이 없어서 그랬지만, 다른 두 사람은 진정한 볼거리는 이 시합 뒤에 있다는 것을 알기 때문이었다.

옆에 있던 몽지가 갑자기 탁자에 올려둔 손가락을 움찔하며 주먹을 쥐었다. 그 동작에 놀란 매장소도 정신을 추스르고 시합을 바라보았다. 얽혀 싸우는 두 사람은 아직도 호흡이 골라 시작했을 때와 전혀 다르지 않아 보였다. 그런 진짜 고수들은 승부를 가릴 순간이 다가왔다는 것을 알 수 있었다.

우연인지 필연인지, 두 사람의 승부를 가른 마지막 일 초는 며칠 전 소경예와 념념의 마지막 일 초와 똑같았다. 천천검법이 비구름을 뒤집어 하늘 가득 수증기가 사방으로 흩어졌다. 소털같이 가느다란 빛 무리는 뚫고 들어갈 틈이 없었다. 악수택은 두 손으로 검을 쥐고 휘두르며 바람을 일으켰다. 그의 검이 그려낸 것은 제자가 만든 성긴 빛 그물이 아니라 단단한 빛의 벽이었다.

가느다란 침은 벽을 찌를 수는 있지만 뚫을 수는 없었다. 가랑가랑한 봄비가 흙 속으로 들어가도 표층만 적시는 것처럼. 악수택의 눈동자에는 절로 웃음기가 떠올랐다. 그러나 그 웃음은 떠오르기 무섭게 굳었다. 상대방의 검이 아직 기세를 잃지 않고 우뚝 멈추더니, 수증기가 눈 깜짝할 사이에 물의 화살로 변해 보일 듯 말듯 빛의 벽을 돌파했다. 악수택은 허리를 돌려 날아드는 화살을 피했지만, 가슴팍의 옷자락이 길게 찢어졌다. 남초 사람은 허공에서 기(氣)를 돋우고 전혀 흔들림 없이 손가락을 탁 퉁겨 검 자루를 반대로 쥔 다음, 몰아쳐오는 상대의 다음 초식을 막았다.

하지만 속으로는 그도 알고 있었다. 비록 때맞춰 다음 수를 막았지만 아주 조그만 그전의 패배가 결국 패배라는 것을. 이후는 그 패배가 더 커지지 않도록 막은 것에 불과했다. 그때 탁정풍의 얼굴에도 미소가 피어올랐다. 하지만 그 웃음 속에는 기쁨보다는 슬픔과 단호함이 강하게 묻어 있었다. 가로지른 검이 악수택에 막히자 그는 상대가 검을 미끄러지듯 올릴 때 그 힘을 따라 훌쩍 뛰어올랐다. 그리고 싸움은 끝났다.

진지하게 관전하던 사람들은 결과를 예측하고 몸에서 긴장을 풀었다. 사옥의 눈동자만 찬물처럼 시리게 장내를 노려볼 뿐이었다. 매장소는 가볍게 한숨을 내쉬었다. 그 탄식이 그칠 때쯤, 악수택이 검을 들어올리자 이미 검을 거둔 탁정풍의 손목에 검날이 푹 들어갔다. 선혈이 사방으로 튀고 천천검이 땡그랑 하며 바닥에 떨어졌다.

"아버지!"

"여보!"

아내와 아들딸의 놀란 외침이 터졌다. 소경예와 탁청요가 나란히 달려가 탁정풍을 부축하고, 동시에 이글거리는 눈빛으로 악수택을 노려보았다.

"그냥 시합일 뿐인데 어째서……."

악수택 역시 그들 두 사람 못지않게 놀란 것 같았다. 그가 탁정풍을 바라보며 중얼거렸다.

"탁 형, 왜…… 왜……."

"악 형이 잘못한 게 아니오."

탁정풍이 애써 목소리를 억누르며 말했다.

"마지막에 잠시 정신이 흐트러졌소."

소경예와 탁청요도 문외한이 아니었다. 방금은 다급한 마음에 그랬지만 속으로는 악수택의 책임이 아니라는 것을 알고 있었다. 다만 소경예는 뭐가 뭔지 몰라 혼란스러웠고, 탁청요는 대강 짐작할 뿐이었다.

"어서, 어서 의원을 불러라!"

사옥이 다급히 외치며 총총히 다가와 탁정풍의 손목을 살폈다. 손목 인대에 중상을 입어 회복할 날이 까마득해 보였다. 이 모습을 본 그는 저도 모르게 복잡한 표정을 떠올렸다.

"단순한 외상이니 의원을 부를 필요 없소. 금창약을 바르고 잘 싸매면 되오."

탁정풍은 일부러 사옥의 얼굴을 보지 않고 나지막이 말했다.

하동과 몽지는 이 혼란스러움을 계속 지켜보다가 그제야 서로 눈짓을 주고받았다. 보아야 할 것은 다 봤지만, 탁정풍이 다치는 순간 모든 것은 물거품이 되고 말았다. 사옥과 태감 살인 사건의 유일하고 실직적인 연관 관계는 이렇게 사라지고 만 것이다.

탁정풍은 도전을 피해 강호에서의 명성을 잃고 싶지도 않았고, 실마리를 남겨 사옥을 어렵게 만들고 싶지도 않았던 것이다. 그가 한 일이 옳은지 아닌지는 차치하고, 이렇게 손목을 끊는 기개만으로도 실로 탄복할 만했다. 안타깝게도 탁청요는 공력이 얕아, 아마도 몇 년 동안 랑야 고수방에서 천천검을 보지는 못할 것이다.

"내가 졌소."

악수택이 창백한 탁정풍의 얼굴을 보며 담담하게 말했다.

"우리 알운검파는 천천검 전인의 도전을 조용히 기다리겠소."

말을 마친 그는 가슴을 쓸며 예를 갖췄다.

"고맙소, 악 형."

손에 붕대를 감은 탁정풍은 두 손을 모을 수가 없어 허리를 숙여 마주 인사했다. 그런 다음 돌아서서 사옥에게 말했다.

"내가 악 형에게 언제든 찾아오라고 했었소. 그러니 오늘 밤 악 형이 사 형의 집을 침범한 것은 부디 탓하지 말아주시오."

사옥이 웃으며 대답했다.

"그게 무슨 말이오. 강호에는 강호의 규칙이 있다는 것을 나도 잘 아오. 악 형을 괴롭히지 않을 테니 안심하시오. 그만 들어가서 쉬시는 게 어떻겠소?"

쉬어야 할 정도로 무거운 상처는 아니었지만 마음이 착잡한 탁정풍은 방으로 돌아가 조용히 있고 싶어 고개를 끄덕였다. 두 아들의 부축을 받으며 돌아서는 순간, 갑자기 누군가 높은 소리로 외쳤다.

"잠깐!"

너무 뜻밖의 외침이라 모두 깜짝 놀랐다. 목소리의 주인공은 대량의 풍습에 따라 두 손을 모으고 사방으로 인사한 다음, 만면에 웃음을 띠고 사과했다.

"이거 죄송합니다. 다들 놀라셨군요."

"능왕 전하, 또 무슨 일입니까?"

사옥은 울화통이 터질 지경이었다.

우문훤은 그를 가만히 바라보았지만 대답하지 않고, 도리어 악수택에게로 시선을 옮기며 조용히 말했다.

"악 숙부, 내 약속대로 바람을 이루어줬소. 이제 내가 나서도 되겠소?"

"이보시오."

탁청요가 노한 목소리로 말했다.

"아버지께서 상처를 입으셨는데 위기를 틈타 공격할 참이오? 싸울 생각이면 내가 상대해주겠소!"

"어허, 오해요, 오해."

우문환은 연신 두 손을 내저었다.

"내 말은 시합하자는 게 아니오. 여기 계신 여러분 중 내가 누굴 이길 수 있겠소? 난 그저 이제부터 벌어질 일은 탁 장주께서도 남아서 보시는 게 낫다 생각한 것뿐이오."

사옥이 차갑게 코웃음을 치며 소매를 탁 떨쳤다.

"실로 우습고 황당한 말이군. 탁 형, 신경 쓰지 마시오. 몸조리가 더 중요하오."

하지만 바로 그때 매장소가 밑도 끝도 없이 권했다.

"경예, 내가 준 호심단을 자네 아버지께 한 알 드리게."

"예?"

소경예는 어리둥절했다. 손목에 외상을 입었는데 호심단을 먹는 게 무슨 소용이지?

매장소는 탁정풍의 눈을 똑바로 보며 한숨을 쉬었다.

"오랜 수련을 끊어내는 고통은 손이 아니라 마음에 있지요. 아쉬운 마음이 커서 기혈을 다스리기 어려우실 텐데, 이는 몸에 좋지 않을 겁니다. 오늘 밤은 아직 끝나지 않았으니 부디 몸을 아끼십시오."

그가 반쯤 말했을 때 소경예는 재빨리 선물이 놓인 탁자로 달려가 약을 챙기느라 나머지 말을 듣지 못했다. 그는 물을 가져와 아버지에게 호심단을 먹였다.

옆에 선 우문훤은 서두르지 않고 조용히 기다렸다가, 이윽고 돌아서서 누군가를 끌어당겨 사람들 앞으로 떠밀었다. 그리고 부드럽게 말했다.

"념념, 저 사람 때문에 오지 않았니? 가보려무나. 괜찮아. 내가 여기 있잖니?"

처음 왔을 때부터 념념은 우문훤 곁에 딱 붙어 있었다. 남초풍 곡거(曲裾, 옷자락을 몸에 휘감아 앞이나 뒤에서 교차하는 복식 – 옮긴이) 치마를 입고 망사를 늘어뜨린 모자를 쓴 채 지금까지 한마디도 없었다. 소경예 앞으로 떠밀린 후에도 소녀는 여전히 아무 말이 없었지만, 고개를 든 각도로 보아 소경예의 얼굴을 보고 있다는 것을 알 수 있었다.

갑자기 분위기가 미묘하고 어색해졌다. 장난을 좋아하는 언예 진조차 어쩐지 가슴이 콩닥콩닥 뛰어 놀릴 용기가 나지 않았다.

소경예는 상황이 무척 불편했다. 아무리 생각해보아도 며칠 전 한 번 겨룬 것 말고는 이 념념이라는 낭자와 다른 관계는 전혀 없었다. 한참이 지나도 그녀가 말을 하지 않자, 그는 어쩔 수 없이 목소리를 가다듬고 물었다.

"념, 념념 낭자, 무슨…… 할 말이라도 있소?"

념념은 본래 자세를 유지한 채 아무 말 없이 손을 들어 턱 밑에 묶은 모자의 끈을 천천히 풀기 시작했다. 손가락이 바르르 떨려 한참이 지나도 완전히 풀 수가 없었다. 매장소는 눈을 감고 차마 볼 수 없는 것처럼 고개를 돌렸다.

마침내 끈이 풀린 망사 모자가 주인의 손을 따라 바닥으로 툭 떨어졌다. 화려한 대청 안, 밝게 반짝이는 촛불이 살짝 치켜든 소녀의 얼굴을 비췄다. 순간 '헉' 하고 놀라는 소리가 대청을 울렸다. 하지만 말을 하는 사람은 아무도 없었다.

단 한 번, 단 한 번 본 것만으로도 소경예의 심장은 마치 굵직한 쐐기를 박아 넣어 피가 순환하는 것을 막아버린 듯했다. 그는 백 짓장처럼 새하얀 얼굴로 얼어붙은 듯 그 자리에 서 있었다.

두 사람은 그렇게 마주 보고 서서 서로를 응시했다. 옆에 있는 사람들 눈에는 마치 똑같은 사람이 서 있는 것 같았다. 찍어낸 듯한 두 개의 얼굴. 그 중 하나에는 기개와 예리함을 더해 남자로 만들고, 다른 하나에는 아름다움과 부드러운 선을 더해 여자로 만든 것 같았다.

저 눈썹, 저 눈, 저 콧날, 똑같이 생긴 저 입술 모양…… 물론 세상에는 아무 관계도 없는 사람들이 이렇게 닮은 모습일 수도 있었다. 하지만 침묵을 깨뜨리며 나온 우문훤의 말이 사람들의 마지막한 줄기 망상을 깨뜨렸다.

"이쪽은 내 사촌동생인 한대(爛代)군주 우문념(宇文念)이오. 숙부님이신 성왕(晟王) 우문림(宇文霖)의 딸인……."

순간, 주인석에서 비명이 흘러나왔다. 사람들이 돌아보니 리양 장공주가 두 눈을 꼭 감고 창백한 얼굴로 기절해 있었다. 시녀들이 허둥지둥 그녀를 부축하고 소리를 지르고, 물을 먹이고, 심장을 눌렀다.

우문훤의 목소리는 그런 상황에는 아랑곳하지 않고 잔인하게 대청에 울려 퍼졌다.

"20여 년 전 숙부님께서 귀국에 인질로 계실 때, 장공주 전하의 보살핌을 많이 받으셨소. 해서 누이동생은 아버지 대신 공주 전하께 감사하고자 왔소. 녑녑, 장공주 전하께 절해야지."

우문녑은 천천히 다가가 리양 장공주를 향해 무릎을 꿇고 세 번 머리를 조아린 후 일어났다. 그런 다음 고개를 돌려 소경예를 바라보았는데, 그 눈동자에는 기대가 짙게 깔려 있었다.

하지만 소경예는 눈앞이 흐릿해서 그녀를 제대로 볼 수조차 없었다. 대청에 있는 20여 명의 부모님과 가족도, 다른 어떤 것들도 볼 수가 없었다. 마치 홀로 횅한 저승을 둥둥 떠다니는 것만 같았다. 모든 감각이 정지되고 막연함만이, 찢어지는 듯한 고통만이, 사람을 철저히 붕괴시키는 실의만이 남았다.

어린 시절 그는 한때 자신이 탁씨의 자식인지 사씨의 자식인지 몹시 궁금했다. 그러나 자라면서 탁씨의 자식이기도 하고 사씨의 자식이기도 한 자신의 처지를 점차 받아들였고, 네 명의 부모와 한 무리의 형제들은 그에게 가장 중요한 가족이 되었다. 그들을 사랑했고 그들의 사랑도 받았다. 언젠가 저 하늘이, 20여 년 동안 그가 소유했던 모든 것이 그저 환상이요, 물거품일 뿐이라는 냉혹한 고백을 해올 줄은 꿈에서조차 생각지 못했다.

리양 장공주가 서서히 깨어났다. 헝클어진 머리칼은 땀에 젖어 이마에 달라붙었고 눈 밑이 푸르스름해 마치 10년은 늙은 것 같았다. 시녀가 뜨거운 차를 내밀었지만 그녀는 잔을 물리치고 힘없는 몸을 지탱하며 계단 아래로 덜덜 떨리는 손을 뻗었다. 쉰 목소리가 나왔다.

"경예, 경예야, 어미에게로 오렴, 어서……."

소경예는 바보처럼 시선을 돌리고, 역시 바보처럼 초췌해진 어머니의 얼굴을 바라보았다. 하지만 그의 두 발은 그 자리에 못 박힌 듯 꼼짝도 하지 않았다.

"경예!"

리양 장공주는 다급한 마음에 억지로 일어나려고 했지만, 무릎이 후들거려 버틸 수가 없었다. 그녀는 유모와 시녀들의 부축을 받아 휘청휘청 계단을 내려가면서 중얼중얼 말했다.

"두려워 마라. 어미가 있잖니? 내가 여기 있어."

가장 먼저 정신을 차린 사람은 탁정풍이었다. 20여 년 동안 그는 소경예가 친자식이 아닐 수도 있다는 사실을 받아들일 준비를 해왔다. 이런 결과에 가장 놀라고 당황할 사람은 역시 소경예와 사옥이었고, 그는 오히려 재빨리 감정을 추스를 수 있었다. 그래서 소경예의 어깨를 툭 쳐서 가장 먼저 그를 리양 장공주 쪽으로 민 사람도 역시 탁정풍이었다.

그때 매장소가 구석 자리에 있는 궁우를 흘끗 보았다. 그 시선은 신호였고 명령이었다. 물론 경악에 빠진 대청에서 그 누구도 얼음처럼 싸늘하고 쇳덩이처럼 단호한 이 눈빛을 알아차리지 못했다. 궁우만 빼고.

궁우는 안고 있던 금을 조심스레 바닥에 내려놓은 뒤 촛불 아래로 다가갔다. 그러더니 별안간 고개를 젖히고 깔깔거리며 웃기 시작했다. 그 웃음은 의심할 바 없이 팽팽하게 당겨진 활시위를 탁 끊어놓았다. 모두 화들짝 놀란 눈초리로 그녀를 돌아보았다.

"궁 낭자……."

그녀를 돌아본 순간 언예진의 몸은 얼어붙었다. 지금 그의 앞에 선 궁우는 평소 알던 그 부드러운 여자가 아닌 것 같았다. 여전히 나긋나긋하고 우아했고, 여전히 설백의 피부에 고운 얼굴이었지만, 이 똑같은 몸속에서 전혀 다른 세찬 불꽃이 타오르고 있었다. 나찰의 원한 같기도 하고 천녀의 분노 같기도 한 살기 가득한 그 기운에 오싹 한기가 들었다.

"녕국후 나리."

고드름 같은 궁우의 눈빛이 이 저택의 주인을 똑바로 쏘아갔다. 그녀가 맑은 목소리로 똑똑히 말했다.

"이제야 알겠어요. 당신이 왜 우리 아버지를 반드시 죽여야만 했는지. 아버지께서 일처리를 잘못했기 때문이군요. 영부인의 사생아를 죽이라는 명을 받고서도 탁씨의 아이만 죽이는 바람에 당신의 의뢰를 실패했기 때문이었어요."

그녀의 말은 우레처럼 장내 모든 사람을 뒤흔들어놓았다. 사옥의 얼굴이 파래졌다 하얘졌다 하더니, 갑자기 노성을 지르며 바닥에 떨어진 천천검을 주워 궁우를 내리쳤다. 사옥 역시 무술의 고수였다. 분노를 실은 검의 기세는 천둥처럼 무시무시했지만, 옷 무게조차 견디지 못할 것처럼 가녀린 궁우가 살짝 허리를 비틀어 귀신같이 몸을 날려 연기처럼 가볍게 피해냈다.

"한밤중에 거미줄처럼 가볍게 스며든다는 살수 상사(相思)와 어떤 관계냐?"

하동이 저도 모르게 놀란 소리로 외쳤다.

"돌아가신 아버지예요."

궁우는 그렇게 대답하며 계속 공격을 피했다. 다급하고 화가 난 사옥이 버럭 소리를 질렀다.

"여봐라!"

그 부름에 갑자기 그림자 하나가 휙 나타나 궁우를 덮쳤다. 그림자는 두 개의 판관필로 공격을 펼치는 한편, 비도 세 자루와 투골침 하나를 던졌다. 여지를 주지 않는 지독한 공격이었다. 눈이 좋은 사람은 암기가 독을 먹어 푸르스름하게 빛나는 것도 볼 수 있었다.

궁우가 구름 같은 소매를 휘둘러 침착하게 세 자루의 비도를 휘말아 챈 후, 은차를 뽑았다. 은차로 투골침을 막으려는 순간, 아미자 하나가 허공을 가르며 날아들어 투골침을 날려버렸다. 뒤이어 그녀 앞에 또 다른 사람이 나타났다. 자세히 보니 놀랍게도 탁 부인이었다.

"계속 말해라. 누가 내 아들을 죽였다고?"

핏줄 선 눈동자와 날카롭게 찢어지는 목소리에서는 부드럽고 얌전한 평소 모습을 찾아볼 수 없었다.

"부인, 진정하시오."

탁정풍이 부인을 말리며 부르르 떨리는 몸으로 사옥을 돌아보았다.

"사 형, 궁 낭자가 말을 마치게 놔두시오. 허튼소리를 한다면 나부터 용서치 않겠소!"

"허튼소리인지 아닌지는 소 공자의 얼굴을 보면 알 수 있어요."

궁우의 말이 사람들의 가슴에 와서 박혔다.

"그에게 갓난아기를 죽일 동기가 있었다는 것은 아무도 부인하지 못할 거예요. 그때 죽은 아기는 미간에 빨간 점만 찍히고 몸에는 아무 상처도 없었을 거예요. 내 말이 맞죠? 그때는 녕국후 나리도 아직 젊어 지금처럼 주도면밀하지는 못하셨죠. 살수 조직의 수령도 아직 살아 있어요. 탁 장주께서 그를 만나보시면 더 자세한 것을 아실 수 있을 거예요. 아니, 어쩌면 이 자리에서 장공주 전하께 여쭤보셔도 되겠죠. 장공주께서는 애초에 남편이 아들을 죽이려 한다는 것을 알고 계셨으니까요. 하지만 대놓고 물을 수도 없으니 얼마나 괴로우셨겠어요. 그때는 하소연을 들어줄 자매가 이미 없었지만, 다행히도 모든 것을 아는 유모가 늘 곁에 있었죠."

리양 장공주는 심장을 갈기갈기 찢는 것 같아 신음하며 얼굴을 가렸다. 갑작스레 닥쳐온 비바람에 더 이상 지탱할 힘이 없는 듯했다. 그녀를 부축하는 유모의 얼굴도 온통 눈물로 젖어 있었다.

"참으로 허망한 소리군!"

사옥이 살기를 번득이며 손을 휘저었다.

"여봐라! 저 요녀를 때려 죽여라!"

명령이 떨어지자 녕국후부의 무사들이 벌떼처럼 궁우에게 달려들었다. 탁정풍은 바보처럼 서 있었지만, 탁 부인은 칼을 움켜쥐고 이를 악물며 외쳤다.

"청요! 청이!"

부름을 들은 탁청이가 곧장 어머니에게 달려갔다. 탁청요는 잠시 망설이다가 놀라 어리둥절해 있는 부인을 안아 대청 구석 기둥 밑에 내려놓은 후 어머니 곁으로 휙 날아왔다. 언예진은 궁우를 바라보다가 소경예의 팔을 잡고 여전히 굳은 듯이 서 있는 친구를 매장소 곁으로 데려다놓았다. 그리고 자신도 몸을 날려 궁우 앞을 막아섰다.

이때 사옥의 얼굴은 물처럼 착 가라앉아 있었고 눈에는 살기가 등등했다. 그에게 있어 궁우는 당연히 죽여 마땅한 사람이었지만, 오늘 밤 탁씨와 사씨 일가 사이에 생긴 틈은 쉽게 아물지 않을 것이었다.

설사 탁정풍이 단박에 돌아서지 않더라도, 아들을 죽인 원한은 결코 작지 않았다. 혼인한 자녀들이 배반하지 않도록 탁정풍을 잡아줄 수 있을지도 전혀 자신이 없었다. 탁정풍은 오랫동안 그를 대신해 강호의 고수들을 끌어모아 조정에서 할 수 없는 일들을 해왔다. 그는 실로 너무 많은 것을 알고 있었고, 이대로 보내면 예왕의 손에 커다란 선물을 안기는 셈이었다. 앞으로는 그를 마음대로 주무를 수도 없고, 도리어 후환을 남겨 밤낮으로 편히 쉴 수도 없었다. 게다가 그렇게 되면 예왕은 반드시 온 힘을 다해 그를 보호할 테니, 그때 제거하려면 훨씬 어려울 것이다. 하지만 지금 그가 집에 있을 때 마음 독하게 먹고 승부수를 던져 후환을 제거한다면? 상황을 어지럽게 흩뜨려놓고, 사람들이 어전에서 말로 아무리 떠들어도 당쟁 때문이라고 우기면 살 길이 있을지도 몰랐다.

이렇게 생각하자 사옥은 결심이 섰다.

"비영대(飛英隊)는 저들을 포위하고, 속히 강노수(強弩手)를 불러라!"

궁수를 부른다는 말에 사기가 쉰 소리로 외쳤다.

"아버지!"

장내로 달려드는 그녀를 사옥이 부하를 시켜 붙잡았다. 그때쯤 사필은 거의 정신이 나가 입을 쩍 벌리고 한마디도 하지 못했다.

"사 형."

탁정풍은 가슴이 서늘해지는 것을 느끼며 떨리는 목소리로 물었다.

"어쩌려는 거요?"

"요녀가 사람들을 홀리고 있으니 율법에 따라 즉각 처형할 거요. 탁 형이 요녀를 보호한다면 부득불 공적으로 처리할 수밖에 없소!"

탁정풍은 궁우의 말을 끝까지 듣고 지난 사건을 명확히 밝힌 후 결정을 내릴 생각일 뿐, 그녀를 보호할 생각은 없었다. 그런데 사옥의 말에 그가 이미 독한 마음을 품었다는 것을 알고 일순 화가 나 몸이 부르르 떨렸다. 옆에서 지켜보던 하동이 결국 참다못해 나섰다.

"녕국후 나리, 저와 몽 통령은 안 보이십니까? 이렇게 마구 사람을 죽이는 것도 율법은 아닐 텐데요?"

사옥은 이를 악물었다. 얼굴이 쇳덩이처럼 시퍼레졌다. 하동과 몽지 앞에서 탁정풍을 죽이는 것이 똑똑한 짓이 아님은 잘 알지만, 지금 죽이지 않으면 탁정풍이 떠나 예왕의 보호를 받으면 손 쓸 기회가 없는 것도 사실이었다. 이미 시위에 얹은 화살은 쏠 수밖에 없는 법이었다. 어떤 것도 만전지책은 아니라면 결국은 하나를 선택해야 한다.

"본국에는 무당이나 요술을 부리는 자는 즉시 죽인다는 율법이 있소. 저 요녀는 내 집에서 음악으로 사람을 홀리고 지각을 잃게 했소. 하 대인, 부디 이런 일에 나서지 마시오."

사옥이 차갑게 면박을 주면서, 부하들을 지휘해 반호를 이루어 사람들을 포위하고 대청의 출구를 모조리 봉쇄했다. 하지만 대청에 있는 사람들이 저마다 쉬운 상대가 아니라는 것은 그도 알고 있었다. 특히 하동과 몽지는 가장 골치 아픈 자들이었다. 두 사람을 다 죽일 수도 없을뿐더러, 죽인다 해도 저들의 신분상 귀찮아지기는 마찬가지였다. 그래서 사옥은 이미 그들에게서 빠져나갈 방법을 마련해뒀다. 어쨌거나 일은 벌어졌고 마음이 급해 더 좋은 방법도 생각나지 않았다. 일단 죽일 수 있는 사람부터 죽이고, 하동, 몽지와는 황제 앞에서 쟁론을 벌이는 수밖에 없었다. 증인이 없는 상황이니, 황제가 누구를 믿어줄지는 알 수 없는 일이었다. 혹여 그 사람이 돌아와 자신을 도와주면 살아날 수 있을지도 몰랐다.

"녕국후 나리, 말로 하십시오. 왜 꼭 피를 보려고 하십니까?"

사옥이 살수를 쓰려고 하자 몽지가 눈을 찡그리며 말했다.

"오늘의 일은 이 몸과 하 대인 둘 다 수수방관할 수 없습니다. 다시 생각하십시오."

사옥이 냉소를 터뜨렸다.

"이곳은 내 집인데 두 분은 무얼 하는 것이오? 어전에서 따지겠다면 따라가겠소. 허나 요녀와 그에게 홀린 일당은 구하지 못할 것이오."

몽지는 눈썹을 치켜세웠다. 허장성세가 아닌 것이 분명했다. 일품 군후의 집에는 8백 명의 병사가 있었고, 그 중 창병 5백 명만 해도 상대하기 어려웠다. 하물며 강노수들이 도착해 사방에서 화살비를 뿌리면 개개인의 무공이 아무리 높아도 겨우 자신만 보호할 뿐 탁씨 일가를 보호하는 것은 마음처럼 되지 않을 것이다. 이런 생각이 들자, 그는 저도 모르게 매장소를 흘끗 바라보았다.

그러나 매장소는 리양 장공주를 보고 있었다.

—

34

—

이 혼란스러운 상황 속에서 리양 장공주는 멍한 표정으로 허약한 발걸음을 떼려 애쓰고 있었다. 오로지 소경예의 곁으로 갈 생각밖에 없는 것 같았다.

"리양."

사옥도 그녀를 응시하며 부드럽게 달랬다.

"나서지 마시오. 경예는 해치지 않을 테니. 죽일 생각이었으면 벌써 죽였을 거요. 그러니 안심하시오. 내가 한 일은 모두 당신을 위해서였소. 그것만은 결코 잊어선 안 되오."

리양 장공주는 20여 년 동안 남편으로 살아온 그를 바라보았다. 가슴이 찢어지고 장이 뚝뚝 끊기는 것 같아 그만 그 자리에 풀썩 쓰러져 소리 없이 흐느꼈다.

사옥의 눈빛이 우문훤에게 향했다. 우문훤은 어깨를 으쓱하며 말했다.

"녑녑의 소중한 사람을 해치지 않는다면 나도 이 혼탁한 물에 발 담그고 싶지 않소. 솔직히 나와 무슨 상관이겠소?"

사옥이 음침하게 웃었다.

"좋습니다. 이 은혜 반드시 갚지요."

말을 마친 그는 대청을 한 바퀴 둘러보았다. 매장소에게 시선이 닿자, 사옥은 마치 가장 골치 아픈 적의 모사를 이 기회에 함께 끓여먹을까 말까 고민하는 것처럼 한동안 그를 바라보았다.

약간 초조해진 몽지가 매장소 앞을 막아서며 고개를 슬쩍 숙이고 물었다.

"비류는 어디 갔나?"

매장소는 눈동자를 굴리며 하하 웃었다.

"결국 비류 이야기를 꺼내는 사람이 나왔군요. 사실 저는 녕국후께서 물으시기를 기다렸습니다. 안타깝게도 녕국후께서는 제가 어린 친구와 함께 왔다는 것을 잊어버리신 모양이군요."

사옥이 가슴 철렁하는 순간, 참장 차림을 한 사람이 달려와 보고했다.

"나리, 큰일 났습니다. 강노수들의 활시위가 모두 끊겨서……."

"멍청이들!"

사옥이 그를 걷어차 넘어뜨렸다.

"예비 활은?"

"그, 그것도……."

사옥의 머리에서 불길이 활활 타올랐지만 매장소는 얄밉도록 부드럽게 말했다.

"비류, 돌아왔구나. 재미있었니?"

"응!"

언제 어디서 나타났는지, 소년이 임령각으로 들어와 매장소 옆에 기대어 눈을 동그랗게 뜨고 대청의 무시무시한 상황을 바라보았다.

사옥은 화가 난 나머지 도리어 차분해졌다. 그는 고개를 젖히고 껄껄 웃으며 말했다.

"소철, 강노수가 없으면 내가 너희를 잡아두지 못할 거라 생각했느냐? 기린지재란 자가 이 녕국후부의 힘을 너무 얕봤구나."

"그럴 수도요."

매장소가 조용히 대답했다.

"오늘 밤 녕국후께서 꼭 피를 흘리셔야겠다면 제가 무슨 수로 막겠습니까? 무슨 일이든 원인이 있고 결과가 있다고 하지요. 오늘 이 모든 것은 나리께서 뿌린 씨앗이니, 아무리 싫다고 발버둥 쳐도 결국 그 과실을 삼키셔야 할 겁니다."

사옥은 뒷짐을 지고 오만하게 말했다.

"쓸데없는 말로 협박하지 마라. 나는 하늘의 뜻은 믿지 않는다. 이보다 더 심한 풍랑도 겪었는데, 고작 오늘 일이 나를 쓰러뜨릴 줄 아느냐?"

"압니다."

매장소가 고개를 끄덕였다.

"나리는 하늘을 믿지도 않고 인의도 모르는 사람이니, 당연히 못할 일이 없으시겠지요. 허나 저는 나리 같지 않아서 겁이 많습니다. 그래서 오늘 나리 댁에 오면서 약간 준비를 해두었지요. 예왕 전하께서 부중의 병사들을 문밖에 대기시키셨습니다. 기다려도 기다려도 제가 나오지 않으면 아마 그들은 참다못해 저를 구하러 달려들겠지요."

사옥이 의심스레 물었다.

"내가 믿을 것 같으냐? 너 같은 일개 모사를 위해 예왕이 일품 군후를 공격한다고?"

매장소는 새하얀 달빛처럼 밝고 환하게 웃으며 가볍게 대꾸했다.

"저 하나만이라면 그렇지 않겠지요. 하지만 녕국후 나리를 조정에서 끌어내리기 위해서라면요? 예왕께서 어떻게 하실까요?"

매장소는 더할 나위 없이 태연하게 말했지만, 사옥의 얼굴 근육은 팽팽하게 당겨졌다. 그가 부하 한 명을 불러 뭐라고 속삭이자 그자가 즉시 밖으로 달려나갔다. 정말 밖에 복병이 있는지 확인할 모양이었다.

매장소는 웃으며 말했다.

"보아하니 바로 싸우지는 않겠군요. 할 일도 없고 심심한데, 궁 낭자, 하지 못했던 이야기나 계속해보시지요. 만일 탁 장주께서 들어보고 오해라고 하신다면 모두 무기를 내려놓고 화해할 수도 있으니, 이 아니 좋은 일입니까?"

"알겠어요."

궁우는 이런 상황에서도 여전히 차분한 얼굴과 목소리로 한 자 한 자 또렷하게 말했다.

"모두 아시다시피 돌아가신 제 아버지는 살수였습니다. 살인 방법이 경쾌하고 흔적이 남지 않아 '상사'라는 이름을 얻으셨지요. 유명하셨지만 세상에 그분의 얼굴을 아는 사람은 속한 조직의 수령밖에 없었습니다. 살수무정이라는 말이 있듯, 사랑하는 것이 생기면 부담이 많아지는 법이지요. 해서 아버지는 어머니를 만난 후 손을 씻기로 결심하셨습니다. 그때 어머니는 막 임신을 하셨고 조직의 수령은 아버지에게 마지막 임무를 달성하면 놓아주겠다고 했습니다. 그 마지막 임무가 바로 조정 요인(要人)의 의뢰로, 아직 태어나지도 않은 갓난아기를 죽이는 것이었지요."

그녀는 느릿느릿 말을 이었고 어투도 평안했지만, 듣는 사람들은 모골이 송연했다. 넋이 나간 소경예조차 자신이 바로 그 갓난아기라고 생각하자 몹시 비통하고 괴로웠다.

"임무는 상세했습니다. 임산부의 신분과 용모, 행적, 그리고 시중드는 유모의 모습까지 아주 자세히 알려줬지요. 아버지는 한 달 동안 장공주를 쫓아다녔고 마침내 출산일이 되었습니다. 그런데 그날 밤 벼락이 쳐서 불이 났고 사람들은 혼란에 빠졌지요. 산부와 아기 곁에 사람들이 몰려들어 아버지도 손을 쓸 수가 없으셨습니다. 그래서 산에서 하루 더 숨어 있다가 이튿날 밤 다시 찾아갔지요. 장공주의 유모를 잘 알고 있었기 때문에, 아버지는 유모가 안은 아기를 소리도 없이 죽였습니다."

탁 부인이 목멘 소리로 오열했다. 똑바로 서 있을 수도 없어 딸이 단단히 붙잡아줬다.

"아버지는 임무를 끝냈다고 생각하고 예산을 떠났습니다. 번개 치던 날 밤 아기가 뒤섞인 소동은 전혀 모르셨던 거지요. 나중에 돌아온 사옥은 살아남은 아기가 여전히 절반은 그가 죽이려던 아기일지도 모른다는 걸 알자, 몹시 화를 내며 설사 무고한 아기라 해도 놓아줄 수 없다며 그 아기마저 죽이라고 아버지를 핍박했습니다. 그때는 어머니가 임신한 지 몇 달이 지나 뱃속에 태동이 있었지요. 매일매일 핏줄의 조그마한 움직임을 느껴보신 아버지는 더 이상 사람을 죽일 마음이 없었습니다. 그래서 어머니를 데리고 달아나셨지요. 뜻밖에도 살수 조직은 우리를 놓아줬지만 사옥은 그렇지 않았습니다. 그는 다른 사람을 보내 우리를 쫓았고, 우리는 2년 동안 도망치며 살았습니다. 결국 아버지는 어머니와 저를 작은 마을의 청루에 맡기고 홀로 추격자들을 유인했지요. 그리고 다시는 돌아오지 않았습니다. 제가 커서 조사해보니 저희를 떠난 지 이레째에 사옥이 보낸 사람 손에 돌아가셨다더군요."

"하지만 장인, 아니, 녕국후께서 당신들마저 용서치 않았다면 어떻게 경예를 살려두셨겠소?"

비교적 냉정한 탁청요가 물었다.

"그건 장공주께 물어보시지요."

궁우의 시선이 너무도 가엾어 보이는 여인을 그윽하게 바라보았다.

"그 아기가 죽은 이유를 다른 사람은 몰라도 전하께서는 아실 겁니다. 그래서 처음 몇 년 동안은 마치 미친 사람처럼 살아남은 아기를 보호하려고 잠시라도 곁에서 떼어놓지 않으셨습니다. 그렇지요?"

탁 부인도 경예가 어릴 때를 떠올리고 가슴이 철렁했다. 경예가 금릉에 머물 때 리양 장공주는 그를 팔에서 내려놓지 않았고, 천천산장에 머물 때도 꼭 따라와 곁에 있었다. 당시에는 첫 아기이고 또 출산일에 놀란 일이 있어서 그런가보다 했지만, 그 속에 이렇게 깊은 사정이 있는 줄은 알지 못했다.

"소 공자가 자라나면서 사옥도 처음보다는 죽일 마음이 옅어졌습니다. 장공주께서 알아채신 것을 알자 사이가 틀어지기 싫어서이기도 했지만, 더 중요한 것은 소 공자를 미끼로 강호의 실력자인 천천산장과 가족처럼 친밀한 관계를 맺게 되었기 때문이지요. 탁씨의 힘을 이용해 그가 원하던 일을 할 수 있었으니까요."

궁우가 탁정풍을 바라보았다.

"탁 장주께서도 잘 아시겠지요? 공통의 아들 때문에 자주 왕래하면서, 우정으로 시작해서 사돈이 되고, 점차 무조건적인 믿음을 주고 그를 위해서라면 비밀스러운 일도 기꺼이 하게 되셨을 테니까요. 아마도 자신이 하는 일이 모두 옳고 나라의 대의를 위한 것이라고 여기며, 멀지 않은 미래에 천천산장과 탁씨 일가는 무한한 영광을 누리게 되리라 생각하셨겠지요."

탁정풍의 입술이 시커메지더니 벌건 피를 토했다. 탁씨 일가는 놀라 허둥거렸지만, 매장소가 가볍게 위로했다.

"호심단을 드셨으니 괜찮습니다."

그 말을 듣는 순간 언예진은 갑자기 뭔가 깨달은 듯 선물 탁자로 달려가 약병을 가져왔다. 호심단 한 알을 꺼내 소경예에게 내밀었지만, 그가 멍하니 서 있기만 하자 억지로 입에 밀어 넣고 차를 먹여 삼키게 했다. 매장소는 온화한 눈길로 그의 행동을 바라보며 조용히 탄식했다.

"악 형."

몽지가 탄식 섞인 목소리로 남초의 고수를 불렀다.

"탁 장주와 대결하는 날을 미뤘다면 사옥을 위해 손목을 다쳐 그간의 공력을 버리지 않았을 거요."

악수택이 딱딱한 얼굴로 쌀쌀하게 대답했다.

"나는 시간이 없었소. 오늘 밤 저 아들이 진짜 아들이 아니라는 것을 알게 된다고 하기에, 그 일이 나와의 대결에 영향을 미칠까

봐 반드시 먼저 도전하려던 거요. 그가 스스로 상처를 입을 정도
로 어리석을 줄 누가 알았겠소. 더욱이 이런 일이 있을 줄은……."

"악 형의 탓이 아니오. 내가 보는 눈이 없었던 탓이오."

탁정풍이 형형한 눈길로 사옥을 바라보았다. 이마에 콩알만 한
식은땀이 송송 맺혔다.

"당신이 내게 했던 의기 충만한 말들을 생각해보면 참으로 소
름이 끼치는군."

"내가 한 말들이 모두 탁 형을 속이기 위한 것은 아니었소."

놀랍게도 사옥은 아직도 냉정을 유지하고 있었다.

"태자를 보필하는 것이야말로 대의요. 나머지 야심만만한 무리
는 모조리 난신적자들이지. 훗날 탁씨에게 영광을 돌리기로 약속
한 이상, 최소한 일이 끝난 후에 없애버릴 생각은 없었소."

"하지만 조금이라도 의심하거나 불만을 품으면 탁씨 일족을 모
조리 죽여 없앴겠지요?"

하동이 차가운 웃음을 흘렸다.

"따지고 보면 나리 역시 속 시커먼 야심가가 아닙니까?"

"큰일을 하는데 사소한 것에 얽매일 수는 없는 법."

사옥의 입가에 미소가 떠올랐다.

"폐하께서는 조정을 향한 내 충심을 이해하실 것이오."

매장소가 불쑥 끼어들었다.

"녕국후 나리, 염탐하러 간 사람은 아직 돌아오지 않았습니까?"

사옥은 잠시 그를 가만히 바라보다가 고개를 들고 껄껄 웃었다.

"역시 소 선생은 반응이 빠르구려. 내가 한담을 나눌 시간을 준
것은 다 이유가 있기 때문이오."

매장소는 곰곰이 생각하다가 저도 모르게 눈썹을 치켜떴다.

"순방영의 관병을 부르셨습니까?"

"그렇소."

사옥의 얼굴은 얼음장같이 차가웠다.

"예왕의 병사가 있으면 얼마나 있겠소? 순방영이면 그들을 막고도 남지."

몽지가 버럭 소리를 질렀다.

"사옥, 순방영은 당신의 사병이 아니오! 사사로이 사용하는 죄가 얼마나 큰데 감히 그런 짓을?"

"누명 씌우지 마시오. 내 어찌 사사로운 일로 순방영을 불렀겠소? 예왕 전하께서 오시든 안 오시든, 문밖의 큰길을 지키라 하는 것뿐이오."

매장소는 애초에 오늘 밤이 평화롭게 끝날 것이라고는 기대하지 않았다. 사옥이 순방영을 부른 것은 사건을 더욱 크게 만든 것일 뿐, 아주 나쁜 일도 아니었다. 하지만 급선무는 탁씨 일가를 보호해 증인을 확보하는 것이었다. 그는 몽지에게 눈짓하여 단단히 준비하게 했다.

사옥이 찬 서리 낀 얼굴로 손을 들어 명령을 내리려는 순간, 누군가 그의 발치에 털썩 엎드리며 다리를 끌어안았다. 사필이었다.

"아버님, 제발!"

사필의 얼굴은 누렇게 떴고 눈동자에는 눈물이 그렁그렁했다. 그가 애원했다.

"탁씨와 사씨는 몇 년 동안 가깝게 지냈습니다. 가족보다 더 가까운 사이인데 무슨 오해가 있든 죽이시면 안 됩니다!"

"쓸모없는 놈!"

사옥이 아들을 걷어찼다.

"내가 널 계집애같이 키웠더냐!"

"아버님!"

사필은 아픔조차 잊고 다시 기어와 그의 손을 잡아당겼다.

"우리 두 집안의 관계를 세상이 다 압니다. 사람들이 입방아를 찧으면 어쩌려고 이러십니까?"

"사람들이 뭘 아느냐? 똑똑히 명심해라. 살아남는 자만이 말할 권리가 있는 게다! 대의를 위해서는 가족도 버릴 줄 알아야지. 썩 꺼지지 못해!"

사필은 절망에 빠졌다. 사옥의 옷자락을 잡은 손이 격렬하게 떨렸다. 별안간 그가 앞으로 달려들더니 사옥이 허리에 찬 작은 단도를 꺼내 자기 목에 가져갔다. 눈물이 펑펑 솟구쳤다.

"용서하십시오. 아버님께서 이렇게 잔인한 일을 하는 것을 차마 볼 수가 없습니다. 저들을 죽이시려거든 저부터 죽이십시오!"

사옥은 차갑게 그를 노려보며 콧방귀를 뀌었다.

"자결하겠다고? 오냐, 어디 해보아라."

"아버님……."

"어릴 때부터 네 놈을 키웠다. 네가 어떤 놈인지 모를 것 같으냐? 네가 정말 네 목을 그을 수 있다면 이 애비가 널 얕본 게다."

사옥이 말하며 성큼성큼 다가가 사필이 든 단도를 탁 쳐서 떨어뜨렸다. 그리고 그대로 뺨을 세게 올려붙이고는 팔을 붙잡아 옆으로 휙 밀치며 명령했다.

"세자를 데려가 잘 감시해라! 이곳은 혼란하니 장공주와 아가씨도 후원으로 모시고."

"예!"

"대청의 요녀와 탁씨 일족은 가차 없이 죽여라!"

명을 내린 사옥이 뒤로 몇 걸음 물러나자 관병들이 파도처럼 밀려들었다. 피비린내와 살기가 요동쳤다.

사옥은 군인 출신이었고 그의 병사들도 훈련이 잘되어 있었다. 그들이 사용하는 것은 정교하게 만들어진 장창으로, 근접전보다는 조직적인 포위전에 유리했다. 몽지와 하동은 고수지만, 명령을 따르는 관병들에게 살수를 쓸 수는 없어 아무래도 속도와 힘이 제한적이었다. 하물며 몽지는 난군 중에 비류 혼자서 매장소를 지킬 수 있을지 걱정스러워 정신을 집중할 수가 없었다. 이런 상황 때문에 탁씨 집안 사람들은 채 이각도 지나지 않아 위기에 처했다.

검을 들고 오지 않은 탁청요는 탁 부인의 아미자를 하나 받아 썼지만, 싸움을 하면서 다친 아버지까지 보호해야 했기 때문에 얼마 지나지 않아 어깨에 피를 흘렸다. 탁정풍의 천천검은 사옥이 가져가버렸고, 탁청이도 보호용 단검밖에 없었다. 탁 부인은 아미자 하나를 쥐고 남편과 딸을 보호하면서 좌우로 찔러댔으나 점차 힘에 겨워졌다. 필사적으로 창 몇 자루를 잘라냈을 때 오른쪽에서 차가운 빛이 날아들고 옷의 허리 부분이 쭉 찢어졌다. 돌아서서 방어하려고 하자 이번에는 앞이 비었다. 창 하나가 교묘한 각도로 비스듬히 아래쪽에서 찔러왔다. 그녀가 발견했을 때는 이미 피할 수 없는 상태였다. 탁청이가 놀라 비명을 질렀다.

"어머니!"

창날이 탁 부인의 아랫배를 찌르려는 순간, 청봉검(靑鋒劍) 한 자루가 번개처럼 짓쳐와 창끝을 잘라버렸다. 검광이 번쩍이면서 훤 칠한 그림자가 탁 부인 앞을 가로막았다. 앞에 있던 십여 명의 장 창병이 모두 밀려났고, 그 중 몇 명은 상처를 입었다.

"경예……."

탁 부인이 눈시울을 붉히며 떨리는 소리로 불렀다.

경예는 돌아보지 않고 대답만 했다. 뒤에서는 그의 표정을 볼 수 없었지만 목소리가 낮고 쉰데다 떨려서 뭐라고 하는지 잘 들리 지 않았다. 하지만 탁 부인은 부드럽게 대답했다.

"난 괜찮단다…… 걱정 마."

소경예가 벽에 걸린 보검을 들고 싸움에 참가하자, 내내 보고만 있던 우문념도 뛰어들어 관병들 사이에 길을 내며 그에게 다가왔 다. 악수택도 한숨을 푹 쉬며 알운검을 다시 뽑아 탁정풍 곁으로 몸을 날렸다.

뒤에서 사옥이 높이 외쳤다.

"능왕 전하, 나서지 않겠다고 하지 않으셨습니까?"

"난 가만히 있소."

우문훤이 손을 내저었다.

"나와는 상관없는 일이라 한 발짝도 움직이지 않고 있소. 억울 하게 왜 그러시오?"

사옥은 그를 상대할 틈이 없어 차갑게 코웃음만 치고 더욱 맹렬 히 공격하라고 부하들을 재촉했다. 2백 명의 장창병은 모두 솜씨 좋은 자였다. 포위된 적에게 약간의 전력이 보태졌다 한들 무너지 는 기세를 다시 세울 정도는 아니었다. 또한 임령각 밖이 조용한 것으로 보아 구원군이 올 것 같지도 않았다.

"하 대인, 장경사들 간에 연락용 폭죽이 있다던데, 맞습니까?"

이 긴박한 순간, 매장소가 하동에게 말을 걸었다.

"그렇습니다."

대답하는 순간 하동도 그의 뜻을 깨닫고 품에서 신호탄을 꺼냈다. 신호탄을 쏘기 위해 몸을 날리려는 그녀를 매장소가 말 한마디로 붙잡아 세웠다.

"비류에게 주시지요. 폭죽을 좋아합니다."

과연 비류는 폭죽을 좋아했고, 몸을 날리는 속도도 훨씬 빨랐다. 장창병들은 그의 옷자락조차 건드리지 못했으니 막는 것은 꿈도 꾸지 못했다.

폭죽이 하늘로 올라가 찬란한 불꽃을 뿜었다. 비류는 고개를 들고 불꽃을 구경하면서 돌아오다가 공격해오는 관병 두 명의 팔을 부러뜨렸다. 매장소는 찬탄하는 눈으로 고개를 끄덕이며 몽지에게 말했다.

"몽 통령, 아무래도 예왕 전하의 병사들은 들어오지 못할 것 같습니다. 하춘 대인도 오려면 시간이 걸릴 테니 몽 통령께서 나서주셔야겠습니다. 적을 무너뜨리려면 대장부터 잡아야 한다는 말이 있지요. 인질을 잡아 사람들을 좀 쉽게 해주시지요. 보십시오, 벌써 많은 사람이 다쳤습니다."

몽지는 알겠다고 대답한 후 와락 소리를 질렀다. 가까이 있던 관병들이 놀라 넋이 나간 사이 그는 날개를 활짝 편 붕새처럼 그들의 머리를 밟고 임령각을 벗어나 사옥에게 날아들었다. 몽지가 가까이 오는 것을 본 사옥은 가슴이 철렁했다. 곧 자신을 잡아 관병들을 멈추려는 의도를 파악하자, 그는 황급히 가까이 있는 호위병들을 불러 막게 하고 자신은 뒤로 물러났다. 몽지는 1만 명의 적군 속에서 장수의 머리를 베는 초일류 고수였다. 사옥의 호위병들은 잠시밖에 그를 막지 못했으나, 그 짧은 시간에도 녕국후 나리께서는 종적을 감췄다.

몽지가 소득을 올리지 못하고, 곁에 있는 부인과 자녀들이 누차 상처를 입자 탁정풍은 참담했다. 궁우에게 진상을 듣고 싶을 뿐이었는데, 사옥이 이렇게 매정하게 돌아설 줄은 생각지 못했다. 앞에서는 쓰러뜨리고 또 쓰러뜨려도 무사들이 새까맣게 몰려오는데, 이쪽의 전력은 점점 약해지고 있었다. 많아야 일각 정도만 버티고 쓰러질 것이다. 절망에 빠진 탁정풍은 가족들이 이런 위기에 빠진 것이 모두 자신이 사람을 잘못 보았기 때문이라는 생각에 일시적으로 부끄러움을 견딜 수가 없었다. 그는 저항을 포기하고 눈을 감은 채 창날에 몸을 맡겼다.

소경예가 날아와 탁정풍을 밀치고 검으로 창을 가로막았다. 위기는 모면했지만 옆구리에 상처가 하나 더 생겼다. 악수택이 눈을 부릅뜨고 노해 외쳤다.

"나를 이겨놓고 이런 하찮은 놈들 손에 죽으면 내 체면이 뭐가 되오?"

욕을 듣자 탁정풍도 정신이 번쩍 들었다. 그는 왼손을 휘둘러 장창 한 자루를 뺏은 후 몸을 비키며 창을 가로로 쓸면서 외쳤다.

"옳은 말씀. 죽을 때 죽더라도 체면은 살려야지! 좀 더 손을 봐주마!"

악수택이 탁정풍을 나무라는 것을 듣자, 언예진도 절친한 친구에게 똑같이 하고 싶었다. 소경예는 싸움에 나섰지만 탁씨 일가를 보호하기만 하고 자기 몸을 방어하는 일은 완전히 손을 놓고 있었다. 마치 살 생각이 없는 사람 같았다. 귀신같은 신법과 매서운 공격 덕분에 궁우는 걱정할 필요가 없음을 알자, 언예진은 곧 소경예에게 집중했다. 그는 우문념과 좌우에서 소경예의 허점을 막았다. 처음부터 둘 다 아무 말도 하지 않았지만 손발이 썩 잘 맞았다.

이 혈전 속에서 유일하게 손가락 하나 까딱하지 않는 사람은 바로 매장소였다. 몽지와 궁우가 시시각각 그를 살폈고, 비류도 명령 없이는 곁에서 한 걸음도 떨어지지 않았다. 대담하게 매장소를 공격한 병사는 모두 이 소년의 잔혹한 수법에 손목이나 팔이 우두둑 부러져, 고통에 차 바닥을 뒹굴었다. 매장소까지 음산하고 차가운 목소리로 덧붙였다.

"비류, 팔만 부러뜨려야지, 실수로 목을 부러뜨리면 안 된다."

마치 이 얼음 도깨비 같은 소년이 자주 사람 목을 부러뜨린다는 말 같아서, 비교적 가까이 있던 병사들은 우르르 뒤로 물러났다. 게다가 사옥이 척살하라고 명한 주 목표는 탁씨 일가였기에, 매장소를 공격하던 대부분은 점차 탁씨들 쪽으로 옮겨갔다. 이곳에서 소득 없이 팔다리만 부러뜨리고 싶지 않았던 것이다.

몽지가 사옥을 쫓아 밖으로 나가는 바람에 방 안에 초일류 고수가 한 명 줄자 상황은 즉각 악화되었다. 내력이 부족한 탁 부인과 탁청이는 점점 체력이 고갈되었고, 다친 탁정풍은 더욱 좋지 않아 보였다. 사옥의 척살 범위에 없는 하동과 언예진, 남초의 사람들만 버틸 만했으나, 암담한 상황은 마찬가지였다. 구원병이 오지 않는다면 사옥이 원하는 결과를 맞을 것이었다.

바로 그때, 하동이 등기름 타는 냄새를 맡고 저도 모르게 눈을 찡그렸다.

"설마 사옥이 임령각에 불을 지를 생각인 건……."

"뭐라고요?"

언예진은 깜짝 놀랐다.

"이 임령각 뒤에는 호수가 있다. 앞문을 막고 불을 지르면 우리는 물에 뛰어들 수밖에 없어. 호숫가에 장창병을 배치하면 뭍으로 올라가기 어려울 것이다. 너나 나는 별일 없겠지만 그렇지 못한 사람도 있겠지."

언예진은 쉬지 않고 손을 휘둘렀지만 심장이 철렁했다. 물에 뛰어든 후 한데 모여 기슭으로 나가면 적의 집중 공격을 받을 것이고, 각자 흩어지면 힘이 부족해 이 깊디깊은 일품 군후의 저택을 빠져나가지 못할 것이다. 여기까지 생각이 미치자 이마에 땀방울이 솟았다.

"하동 누님, 저쪽이 어떻게 나올지 예측하지만 말고 우리가 어떻게 해야 할지나 알려줘요!"

언예진이 소리를 질렀다.

"서두르지 마라. 사옥도 처음부터 불을 지를 계획은 없었을 테니, 불쏘시개가 될 만한 것이 충분하지는 않을 거다. 그래봤자 등유뿐인데, 거리가 멀어 지붕에 쏟기는 불가능하고, 회랑에 불을 질러 바깥쪽 누각부터 태우겠지. 다행히 어제 봄비가 내려 대들보가 젖었으니, 그렇게 빨리 우리를 호수로 몰아붙이진 못해."

"하지만 언젠가는 그렇게 될 거잖아요! 더구나 우린 오래 버틸 수도 없다고요."

하동은 바삐 움직이면서 매장소를 흘긋 바라보았다. 이렇게 이야기를 했는데도 그가 아무런 반응이 없자, 그녀는 참지 못하고 화를 냈다.

"소 선생, 다들 이렇게 바쁜데 혼자 여유 만만하시군요. 명상이라도 하십니까?"

"아닙니다."

매장소가 눈을 감고 대답했다.

"두 분께서 우리 녕국후 나리를 너무 몰라주셔서 그럽니다."

"음? 무슨 뜻이지요?"

"지금 우리는 물 위에 지어진 누각에 있으니 당장 태워 없앨 수 없습니다. 그러니 사옥도 불을 지르진 않을 겁니다. 그가 요녀를 척살한다는 명목으로 집 안에서 우리를 죽이는 것은 이 일을 조용히 덮기 위해서입니다. 바깥에 있는 순방영은 치안을 유지하고 아무도 들이지 말라는 명을 받았지만, 안에서 무슨 일이 벌어지는지는 전혀 모르지요. 하지만 불이 나면 이곳에 사고가 났다는 것을 알리는 꼴이 됩니다. 그렇게 되면 예왕이 살펴보겠다는 핑계로 들어올 수도 있지요. 아마 하춘 대인과 언후께서 걱정이 되어 달려오면 아무도 막지 못하겠지요. 사옥이 무엇 때문에 제 손으로 불을 질러 사람들을 불러들이는 바보짓을 하겠습니까?"

언예진은 흐리멍덩한 표정이었지만, 손은 놀지 않고 달려드는 병사를 내리쳤다.

"누구요? 아, 아버지가요?"

"자네가 녕국후부의 잔치에 갔는데 이곳에 불이 나면 영존께서 왜 걱정을 안 하시겠나? 여기서 거리 하나만 지나면 언부이니 금방 소식을 들으실 걸세."

언예진은 가슴이 훈훈해졌지만 걱정스럽기도 했다.

"이 난리 통에다 순방영까지 밤을 지키고 있으니 안 오시는 게 좋을 텐데……."

매장소의 입가에 한 줄기 미소가 떠올랐다.

"걱정 말게. 오늘 밤 순방영의 당직자는 구양 장군일 걸세. 그는 절대 언후의 털끝 하나도 건드리지 않을 거야."

비록 부자간이었지만, 언예진은 아버지의 과거에 대해 전혀 몰랐기 때문에 얼른 물었다.

"왜요?"

그사이 장창 하나가 그의 옆구리를 거의 찌를 뻔했지만 우문념이 검으로 밀쳐냈다. 국구 공자는 정신을 차리고 연신 고맙다고 인사했다.

"조심 좀 해."

하동이 소리를 길게 늘여 말하고는 깔깔댔다.

"오늘 밤이 지난 후에 나한테 물어보렴. 구양 장군과 영존이 오랜 친구라는 것은 이 하동 누님도 잘 안단다."

언예진은 저도 모르게 오들오들 떨며 못 들은 척했다.

"아, 불이……."

갑자기 옆에서 우문념의 가느다란 목소리가 들려왔다. 그와 동시에 모두 불길로 환하게 빛나는 창틀을 볼 수 있었다. 바람 속에도 연기와 먼지 냄새가 실려왔다.

"사옥은 불을 지를 리 없다고 했는데…… 그럼 저 불은 누가 낸 거지?"

언예진이 중얼거렸다.

"설마…… 몽 통령은 어디서 등유를 찾아냈을까?"

비류가 소리 없이 입을 헤벌렸다. 하얗고 가지런한 치아가 드러났다. 불이 나자 방 안에서 맹공격을 퍼붓던 병사들도 혼란에 빠졌다. 들어오려는 사람, 나가려는 사람이 뒤엉켜 엉망이 되었다. 하동 등이 그 틈을 타 반격하자 곧 부담이 확 줄었다.

"음, 조금 늦었지만 역시 물어보는 게 좋겠군."

매장소가 느닷없이 외쳤다.

"우리 중에 수영 못하는 사람 있습니까?"

한참이 지나도 아무 대답이 없자, 매장소는 심히 만족스러웠다.

"다 할 줄 아는 모양이군. 탁 장주, 다친 곳은 견딜 만하십니까?"

탁정풍이 이를 악물고 대답했다.

"괜찮소!"

그때 몽지가 다시 돌아왔다. 그가 가는 곳이면 병사들이 재빨리 물러나는 바람에 거칠 것이 없었다. 임령각 밖에서 우문훤의 외침 소리가 들려왔다.

"념념, 조심해!"

"괜찮아요!"

우문념이 소리 높여 대답했다.

"오라버니, 어서 피하세요."

"그래, 먼저 나가서 밖에서 기다릴게."

그 말을 끝으로 밖에서는 더 이상 그의 목소리가 들리지 않았다. 한참 후, 언예진이 가벼운 소리로 평가했다.

"남초 사람들은 참 시원시원하기도 하군요."

바깥에서는 불길이 점점 거세지고 방 안이 후끈후끈해졌다. 포위한 병사들도 모조리 철수했다. 아마 여기서 그들을 죽일 수 없음을 깨달은 사옥이 호숫가에 병사를 배치하기 시작한 모양이었다. 사람들은 숨을 돌리며 불에서 가장 먼 구석으로 물러났다. 서로 상처를 살펴보니, 뜻밖에도 탁청요의 상태가 가장 심각했다. 왼쪽 가슴과 등이 피로 축축하게 젖어 있었다. 매장소가 고약을 건넸다. 지혈과 봉합 효과가 아주 좋다는 말에 탁 부인은 급히 받으며 눈물을 머금고 감사했다. 아들의 상처에 고약을 부드럽게 바르고 싸매면서, 그녀는 눈물을 뚝뚝 흘리며 괜찮으냐고 계속 물었다. 하지만 탁청요는 벌건 눈으로 슬프게 고개를 저으며 아무 말도 하지 않았다. 계속 시뻘건 불길이 날름거리는 바깥을 쳐다보는 게, 출산을 앞둔 아내가 마음에 걸리는 것이 분명했다.

그때 궁우가 탁씨 일가 앞으로 나와 매무새를 가다듬은 후 절을 했다. 그녀가 고요한 어투로 말했다.

"아드님께서 제 아버지 손에 목숨을 잃었으니 씻을 수 없는 죄이지요. 제가 사옥에게 복수를 한 것처럼 여러분도 제게 복수하실 수 있습니다. 제 목숨을 내놓을 테니 원하시는 대로 하세요."

"궁……."

다급해진 언예진이 달려가려는 것을 하동이 붙잡았다.

탁정풍 부부는 잠깐 동안 그녀를 응시했다. 얼굴은 서릿발처럼 싸늘했지만 그 자리에서 펄펄 뛰지 않고, 마치 말없이 의견을 주고받듯 천천히 서로 마주 보았다. 잠시 후, 탁 부인이 고개를 돌려 궁우를 바라보며 차갑게 말했다.

"네 아버지가 살아 있었다면 하늘 끝까지라도 쫓아가서 죽여야

속이 시원했을 것이다. 하지만 이미 죽었으니…… 그리고 너는 그 때 태어나지도 않았으니 내가 아무리 한스러워도 너를 죽인들 무슨 소용이 있겠느냐? 우리 탁씨는 앞으로도 네게 복수하지 않겠다. 하지만 오늘 밤 이후로 다시는 우리 앞에 나타나지 마라."

궁우는 고개를 숙였다. 구슬 같은 눈물방울이 옷깃으로 뚝 떨어졌다. 그녀는 재빨리 눈물을 훔치고 우물우물 대답한 후 일어나 그들에게서 멀찌감치 떨어졌다.

옆에서 묵묵히 지켜보던 매장소가 탁정풍에게 다가가 말했다.

"탁 장주, 지치신 건 압니다만 묻고 싶은 것이 있습니다."

탁정풍은 깊이 숨을 들이쉰 후 손바닥으로 얼굴을 문질렀다.

"말씀하시오."

"비록 사옥이 자식을 죽였지만, 만약 오늘 밤 그가 장주를 죽이려 들지 않았다면 그의 비밀을 폭로하셨겠습니까?"

탁정풍은 하늘을 올려다보았다. 그 짧은 순간 얼굴의 주름살이 훨씬 깊어졌다. 잠시 곰곰이 생각하던 그가 여전히 망연한 눈빛으로 대답했다.

"솔직히 말해 모르겠소. 아들을 죽인 것이 얼마나 사무치는 원한인데 쉽게 잊을 수 있겠소? 허나 정말 사옥을 죽음으로 몰아가면, 청요는…… 청요는 어쩌겠소? 청요의 아이는……."

"하지만 사옥은 애초에 탁 장주께 생각할 기회조차 주지 않았습니다. 반드시 죽여 비밀을 지키려 했지요."

매장소는 마음을 단단히 먹고 그의 슬픔과 괴로움을 무시하며 더욱 몰아붙였다.

"왜 그랬는지 아십니까?"

탁정풍은 멍하니 강좌매랑의 얼굴로 시선을 옮기며 떨리는 목소리로 물었다.

"알려주시오."

"도박을 할 수 없기 때문이지요. 자신에게 가장 치명적인 비밀을, 그 자신의 손에 아들을 잃은 상대에게 맡겨둘 수 없었던 겁니다. 지금까지 탁 장주께서는 사옥과 협력해왔다고 생각하셨겠지만, 이제는 이용만 당했다는 것을 아셨겠지요. 심지어 사돈을 맺은 것도 장주를 이용하기 위한 하나의 방법일 뿐이었습니다. 사옥과 장주 사이에는 더 이상 아무런 믿음도 남아 있지 않습니다."

이렇게 말하면서, 매장소의 눈빛은 눈처럼 하얀 탁청요의 얼굴을 스쳐갔다. 그는 애석한 듯 한숨을 쉬었다.

"슬프게도 그 혼사는 사옥에게는 일종의 계략이었으나, 탁 공자와 사 소저에게는 진정한 사랑이었지요. 누가 뭐래도 사 소저는 탁 공자의 부인이고, 그의 아이를 가졌습니다. 이곳에서 살아나가기만 하면 방법이 전혀 없는 것도 아닙니다."

탁청요가 입을 막고 격렬하게 기침을 하더니, 입술에 묻은 핏자국을 쓱 닦고 질끈 눈을 감았다.

"매 종주."

탁정풍은 희끄무레한 얼굴로 맥없이 아들의 어깨를 부축하며 나지막이 말했다.

"종주가 오늘 우리를 도운 이유는 알고 있소. 하지만 소위 태자를 보좌하는 것이 대의라는 말 때문에 나는 이미 잘못된 길을 갔고 오늘 같은 어려움에 처했소. 정말이지 더 이상은 깊이 말려들고 싶지 않소."

매장소는 냉혹한 얼굴로 천천히 고개를 끄덕였다.

"탁 장주께서는 아직도 빠져나갈 수 있다고 생각하시는군요. 축하드립니다."

탁정풍은 흠칫했다. 한참 동안 머뭇거리며 아내와 자식들에게서 시선을 떼지 못하던 그가 낙담한 듯 고개를 숙였다.

"나는 한 집안의 가장이오. 내가 이들을 잘못된 길로 인도했소."

"장주께서는 사리를 아시는 분입니다."

매장소가 담담히 말했다.

"사옥이 장주의 아들을 죽인 것을 알았으니, 장주께서 죽지 않는 한, 복수를 하지 않겠다고 약속한들 사옥의 성격상 믿을 리가 없지요. 이제 탁씨와 사씨는 불과 물 같은 관계가 되었습니다. 사옥은 절대로 여러분을 놓아주지 않을 겁니다. 가족을 보호하려면 사옥을 쓰러뜨리는 수밖에 없습니다. 다만 그렇게 된다면 장주께서도……."

매장소는 도중에 말을 끊고 입을 다물었지만, 탁정풍은 그의 말뜻을 알아들었다. 사옥을 쓰러뜨리려면 반드시 그의 비밀을 폭로해야 하는데, 그 자신도 그 비밀에 참여한 사람 중 하나였다. 고발한 공은 있지만 결국 완전히 죄를 면할 수는 없을 것이다.

"매 종주, 종주가 우리 탁씨 일문을 지켜주고, 아직 태어나지 않은 청요의 아이를 돌려준다면, 반드시 보답하겠소."

탁정풍은 천천히 말을 이었다. 너무도 슬프고 무력한 목소리였다.

"아무리 큰 죄라도 나 혼자 짊어질 것이오."

"아버지……."

탁청요가 마음이 흔들렸는지 번쩍 눈을 뜨고 고통스럽게 아버지를 불렀다.

"아무 말 마라."

탁정풍이 손을 들었다. 그의 손은 공중에서 잠시 머뭇거렸지만, 결국 탁청요의 머리 위에 내려앉아 살며시 쓰다듬었다.

"너는 장남이다. 어머니와 동생을 돌봐야 해, 알겠느냐?"

탁청요는 입을 꾹 다물었지만 두 입술은 바르르 떨렸다. 그는 한참 동안 감정을 꾹꾹 누르다가 겨우 말했다.

"하지만 아버지, 기는 무고합니다. 그녀는 아무것도 몰라요."

"그 애가 두 집안의 원한을 떠나 여전히 네 아내가 되길 원한다면, 나와 네 어미도 잘해줄 것이다. 하지만 원치 않는다면…… 청요 넌들 어쩌겠느냐."

여기까지 듣고도 탁청요는 끝내 이를 악물고 견뎠지만, 탁청이가 왈칵 울음을 터뜨렸다.

"내 잘못이다, 내가 가족들까지 이렇게 만들었구나."

탁정풍이 딸을 품에 안으며 말했다. 뜨거운 눈물이 흘러내렸다. 저 멀리 앉아 있던 소경예는 그들의 대화를 들을 수 없었을 텐데도 그 순간 그의 눈동자에도 물기가 비쳤다.

매장소는 멀리서 그를 흘끗 보더니 일어났다.

"나중에 이야기하시지요. 곧 불길이 번질 겁니다. 우선 뒤쪽의 잔교로 피합시다."

모두 그 말에 따라 일어나 차례차례 뒷문으로 나갔다. 소경예는 내내 고개를 숙인 채 말이 없었다. 우문념과 언예진이 그를 잡아끌자 그제야 묵묵히 따라왔지만, 머릿속이 텅 빈 사람 같았다.

임령각의 뒤쪽 복도는 나무로 만든 구곡교가 호수까지 쭉 뻗어 있었고, 끝에는 조그마한 정자가 서 있었다. 매장소는 몽지와 하동에게 불길이 번지지 못하도록 잔교를 끊게 했다. 사람들은 작은 정자 안에 빽빽이 들어섰다. 잠시 동안은 안전했다.

"여기 호심정이 있다는 걸 깜빡했어!"

언예진이 제 머리를 쥐어박으며 말했다.

"그럼 우리를 태워 죽일 수가 없겠네요. 그런데 소 형, 왜 수영할 줄 아느냐고 물으셨어요?"

하동이 대번에 그의 뺨을 꼬집으며 화를 냈다.

"다리가 끊겼으니 수영을 하지 않고 어떻게 돌아갈 테냐? 이렇게 얕은데 우리 도련님께서 직접 땅을 파서 배라도 띄우시려나?"

매장소는 그들을 무시한 채 맞은편 호숫가만 바라보고 있었다. 불빛 하나 없이 컴컴한 어둠뿐이었지만, 그 속에 어떤 음모가 숨어 있을지 알 수 없었다. 사옥의 패배는 이미 결정되어 있었다. 지난날 저지른 잘못의 대가를 이제야 치르게 된 것이다. 하지만 가련하고 무고한 젊은이들도 무거운 상처를 입었다. 사필과 탁청이의 연분은 맺어질 수 없게 되었고, 집안도 몰락했다. 탁청요와 사기는 헤어지고 태어날 아기는 의지할 곳을 잃었다. 그리고 경예는……

경예는…….

매장소는 목에서 흘러나오는 탄식을 삼켰다. 더 이상 생각하고 싶지 않았다.

사방에서 출렁이는 물소리가 들려왔다. 저쪽에서 활활 타오르는 불꽃은 얕은 호수에 막혀 이상하리만치 멀게 느껴졌다. 방금까지 피비린내 나게 싸우다가 갑자기 고요해지자 모두 얼떨떨했다. 무서울 정도로 고요한 모든 것이 보이지 않는 손처럼 심장 가장 깊은 곳에 자리한 차가움을 들춰내고, 격전 덕분에 잠시 잊었던 고통을 깨웠다.

길고 긴 침묵이 지난 후 언예진이 벌떡 일어나 외쳤다.

"다들 보세요! 호숫가 상황이 바뀐 것 같아요."

임령각에 이어진 이 인공 호수의 기슭은 완만하게 굽이져, 일행이 있는 이 조그만 정자와의 거리는 위치에 따라 각각 달랐다. 어떤 쪽에는 버드나무가 서 있고, 또 어떤 쪽에는 앉은뱅이 화초들만 있어서, 깊은 밤중에는 거무튀튀하거나 희끗희끗한 반점으로 보였다. 그 가운데에서 그림자들이 어지럽게 흔들리고 있었는데, 시력이 약한 사람은 무엇인지 알아볼 수도 없었다.

"구원병이 왔어요. 이리저리 뛰어다니네요."

언예진이 더욱 자세히 보려고 눈을 가늘게 떴다.

정자 안에 침묵이 감돌았다. 한참 후, 몽지가 어험 하고 헛기침을 했다.

"내가 보기엔 사옥이 순방영에서 활과 화살을 가져온 것 같은데……."

하동이 언예진의 뺨을 꼬집으려 했다. 언예진은 피하려고 했으나 정자 안이 너무 좁아서 피할 곳이 없었다.

"예진, 네가 야맹증이 있다는 것을 몰랐구나? 낮에 훨씬 잘 보이지 않던?"

여자 장경사가 눈썹을 세우며 비웃었다.

"누님이야말로……."

언예진이 반격하려는 순간, 뺨에서 느껴지는 더욱 지독한 통증이 그녀가 다름 아닌 하동이고, 반항할 수 없다는 사실을 일깨웠다. 그는 하는 수 없이 억울한 목소리로 대꾸했다.

"저녁이 되면 시력이 아주 조금 안 좋아지는 것뿐이라고요. 야맹증은 아니라고요."

"사옥이 얼마 안 되는 수까지 다 써버렸군요. 문밖에서 압박이 심한 모양입니다. 그래봤자 최후의 발악이겠지요. 이 정자가 비록 기슭에서 좀 떨어져 있지만, 위치를 잘 잡으면 사정거리 안에 드니 모두 조심하십시오."

"걱정 마시오, 소 선생."

몽지가 껄껄 웃었다.

"아마도 사옥의 마지막 공격일 거요. 이 거리에서 화살을 쏘면 여기 닿을 때는 힘이 많이 빠질 수밖에 없소. 다친 사람과 여자들은 뒤로 가시오. 나와 몇 사람이면 잠깐 동안은 버틸 수 있소. 아니, 하 대인, 어딜 가시오?"

"여자들은 뒤로 가라고 하시지 않았나요?"

하동이 눈웃음을 치며 말했다.

"저는 여자가 아니라는 건가요?"

말은 그렇게 했지만 농담이었을 뿐, 그녀도 곧 정자 동남쪽을 지키고 섰다. 언예진은 들릴락 말락 조그만 소리로 '원래 여자 같지 않잖아' 하고 투덜거린 후 역시 앞에 섰다. 정자 안에는 곧 두 겹의 부채꼴이 생겨났다. 안쪽에는 무공이 없는 매장소와 상처투성이가 된 탁씨 일가가 서 있었고, 바깥에는 몽지, 하동, 악수택, 언예진, 소경예와 비류가 섰다. 우문념과 궁우도 바깥에 비집고

서려 했으나 도저히 자리가 없어 남자들에게 밀려났다. 하동은 저도 모르게 깔깔 웃었다.

"여자라면 끔찍이도 아낀다니까."

그 말이 떨어지기 무섭게 첫 번째 화살비가 날아들었다. 예상보다 훨씬 강력하고 빽빽했다. 방패막이가 된 사람들은 정신을 집중하고 기다렸다가 진기를 운용해 손을 휘둘렀다. 기슭의 궁수들 역시 훈련이 잘되어 있어 다음 열과 위치를 바꿀 때도 빈틈이 없었다. 하늘을 가득 덮은 화살비는 한 움큼, 한 움큼씩 쏟아졌고 도중에 멈추지도 않는 것 같았다. 그렇게 시간이 흐르자, 내공이 약한 편인 언예진은 어느새 옷이 축축하게 젖고 옆구리가 결려와 화살두 대를 놓치고 말았다. 다행히 옆에 있던 소경예가 검을 휘둘러 떨어뜨린 다음 언예진을 뒤로 밀어냈다. 궁우가 재빨리 그의 손에서 무기를 뺏어 들고 자리를 메웠다.

매장소는 언예진을 부축해 옆에 앉히며 당부했다.

"어서 숨을 고르게. 두 번 운기행공한 다음 바로 기를 흩어버리지 말고 단전에 모아둬야 하네. 자네는 선천적으로 강한 체질이 아니어서 옆구리가 결리기 시작할 때 바로 운기행공하지 않으면 오장이 굳어 다칠 수 있네."

언예진은 시키는 대로 눈을 감고 잡념을 몰아낸 후 호흡을 가라앉혔다. 처음에는 정신이 몽롱했지만 점점 집중이 되면서 바깥의 소란스러움이 사라졌다. 그는 따뜻한 기운을 운행하여 뻣뻣해진 몸과 경맥을 푸는 데 집중했다. 마지막으로 기운을 단전에 모으자 내장 속 통증이 조금씩 사라졌다.

운기행공을 끝내고 다시 눈을 떴을 때, 언예진은 너무 놀라 펄쩍 뛸 수밖에 없었다. 사방에서 쏟아지던 화살비는 멈췄고, 모두 굳은 표정으로 한쪽 기슭을 바라보고 있었다. 하지만 그쪽을 돌아봐도 그의 눈에는 아무것도 보이지 않았다. 그는 습관적으로 소경예의 소매를 잡아당기며 물었다.

"경예, 저기 뭐가 있어?"

언예진은 말을 하자마자 소경예의 상태가 정상이 아니라는 것을 떠올렸다. 그가 황급히 돌아보니 소경예 역시 얼굴이 종잇장처럼 허옜다. 위로할 말을 찾느라 골몰하는데, 소경예가 갑자기 그의 손을 뿌리치고 호수 속으로 풍덩 몸을 날리더니 기슭을 향해 빠른 속도로 헤엄쳐갔다.

"어이!"

붙잡을 틈을 놓친 언예진이 발을 동동 굴렀다. 하동이 한숨을 쉬고 말했다.

"우리도 가시죠."

그 말이 끝나기도 전에 우문념이 물속으로 들어가 소경예가 일으킨 물보라를 따라갔다. 남은 사람들도 서로 부축하고 보살피며 무리를 이루어 뭍으로 헤엄쳐갔다. 4월의 호수는 시릴 정도로 차갑지는 않았으나 따뜻하지도 않았다. 축축하게 젖은 상태에서 바람을 맞자 온몸이 으슬으슬했다. 몽지는 자꾸만 매장소를 돌아보았다. 매장소는 그가 걱정하는 것을 알아채고 조용히 말했다.

"괜찮습니다. 약을 먹었어요."

사실 그때 호숫가에 모여 있는 사람은 그리 많지 않았다. 녕국 후와 예왕의 병사들이 서로 대치하며 저 멀리 꽃길 한쪽으로 물러나 있었다. 예상대로 하춘과 언궐도 와 있었다. 사람들이 작은 정자에서 물로 뛰어들 때 곧장 기슭으로 마중을 나온 모양이었다. 하지만 둘 다 내향적인 사람이었다. 하춘은 하동을 한번 살펴본 후 아무 말도 하지 않았고, 언궐은 딱 한 마디만 했다.

"괜찮으냐?"

"괜찮아요, 괜찮아요."

언예진은 아버지가 한 마디를 하든 두 마디를 하든 개의치 않았다. 더욱이 기슭의 상황을 똑똑히 본 지금은 그쪽에 정신이 팔려 있었다.

호숫가 석가산(石假山) 쪽에 푸르스름한 안색에 입술마저 창백한 사옥이 서 있었다. 평소 깊고 새까맣던 눈동자가 지금은 어딘지 희미해 보였다. 예왕은 그에게서 일고여덟 걸음 떨어진 곳에 뒷짐을 지고 서 있었다. 표정이 몹시 엄숙했고 웃음기라고는 전혀 없었지만, 어떻게 된 셈인지 사옥의 불행을 즐기며 득의양양해하는 것을 숨길 수 없었다.

그 두 사람의 시선은 지금, 똑같은 곳을 향해 있었다.

뒤집힌 둥지

—
35
—

밤이슬에 젖은 풀밭 한가운데 리양 장공주가 앉아 있었다. 높이 올렸던 머리칼이 양쪽 어깨로 늘어지고 옷도 약간 주름이 지고 너저분했다. 얼음처럼 싸늘한 장검 한 자루가 납처럼 하얀 그녀의 손에 쥐어진 채 옆으로 비스듬히 누워 있었다. 소경예가 그녀 옆에 앉아 어머니를 부축하고 머리를 자기 어깨에 기대게 했다. 그리고 한 손으로 천천히 어머니의 등을 쓰다듬고, 다른 손 소맷자락으로 눈물에 얼룩진 화장을 살며시 닦으며 조용히 위로했다.

"괜찮아요, 제가 있잖아요. 괜찮아요, 괜찮을 거예요."

"그, 그들은……."

리양 장공주가 눈을 감고 물었다.

"조금 다쳤지만…… 아직 살아 있어요."

장공주는 마른 입술을 꽉 깨물고 깊지만 다급하게 숨을 쉬었다. 하지만 여전히 눈은 뜨지 않았다. 하동이 목소리를 낮춰 사형에게 물었다.

"어떻게 된 거죠?"

330

하춘도 똑같이 낮은 목소리로 대답했다.

"네 신호를 받고 달려와보니, 예왕 전하께선 벌써 문밖에 와 계셨고 조금 있다가 언후도 왔다. 녕국후는 실수로 작은 불이 난 것뿐이라며 우리를 들어가지 못하게 막아서 거의 싸움이 날 뻔했지. 그런데 갑자기 장공주께서 검을 들고 나타나 충돌을 막고 우리를 여기로 들여보내셨다. 대체 무슨 일이야? 어쩌다 이렇게 됐지?"

"후유, 여기선 그렇고, 돌아가서 말씀드리지요."

오늘 하룻밤 만에 운명이 달라진 사람들을 생각하자 하동은 저도 모르게 마음이 복잡해져 고개를 저으며 탄식했다.

그때 매장소가 장검을 든 리양 장공주의 손에 별안간 힘이 주어지는 것을 보고 다급히 외쳤다.

"경예!"

소경예는 흠칫 놀랐지만 곧 어머니의 손을 붙잡았다.

"어머니, 이 검은 제가 가지고 있을게요."

소경예가 가볍게 말하자 리양 장공주는 고개를 저었다. 그녀는 드디어 힘이 난 듯 몸을 똑바로 펴고 천천히 눈을 떴다.

"걱정 마라. 세상에서 가장 힘든 게 죽는 것이라잖느냐? 나도 아직 할 일이 많아서 자결은 하지 않을 거야."

그녀는 그렇게 말하며 소경예를 붙잡고 일어나, 심호흡을 하고 살짝 고개를 들었다. 그리고 검을 쥔 채 쌀쌀하게 물었다.

"남초의 공주는 어디 있느냐?"

그녀가 자기를 찾을 줄 몰랐는지, 우문념은 잠시 어리둥절하다가 정신을 차렸다.

"저, 저는 여기……."

리양 장공주는 그녀에게로 시선을 던졌다. 오랫동안 그녀를 똑바로 바라보던 리양 장공주가 말했다.

"유모에게 들으니, 내게 세 번 절을 했다지?"

"예."

"그가 내게 절하라고 시킨 이유가 경예를 데려가기 위해서냐?"

"그게……."

아무래도 아직 어린 우문념은 우물거리며 대답했다.

"제가 장공주보다 한참 어리니 당연히……."

"잘 들어라."

리양 장공주가 매몰차게 말을 끊었다.

"당시 그가 달아날 때 나는 이렇게 말했다. 우리가 서로 원해서 사랑했으니 후회는 없다고. 천명을 어길 수 없는 이상 누구 탓을 하겠느냐고. 네 절은 받겠다. 하지만 경예는 성인이니 어디로 가든 본인이 결정해야 한다. 강요하는 것은 허락하지 않겠다."

우문념은 그 기세에 눌려 조그맣게 대답하는 수밖에 없었다.

"예."

그녀가 남초를 떠나기 전, 아버지는 밤새도록 추억 속 리양 장공주에 대해 이야기해줬다. 도화마(桃花馬) 위에서 석류빛 치마를 펄펄 휘날리던 이야기 속 그녀의 모습은 무척 강렬했지만, 직접 보니 아버지가 묘사한 것과는 많이 다른 것 같았다. 그런데 이제야 지난날 그녀의 풍모를 어렴풋이나마 알게 된 것이다.

그 말을 하고 나자 리양 장공주는 완전히 감정을 추스른 것처럼 점점 결연한 표정이 되었다. 그녀는 부축한 아들의 손을 천천히 밀쳐내고 앞으로 한 걸음 나아가 차분히 말했다.

"경환, 이리 오너라."

예왕은 당황했지만, 모두 쳐다보고 있어서 따를 수밖에 없었다. 그가 인사를 하고 '고모님' 하고 부르는 순간, 차가운 빛이 번득이며 눈부신 칼날이 그의 가슴팍에 닿았다.

"장공주!"

놀란 하춘이 막으려고 달려가려는데, 리양 장공주가 먼저 입을 열었다.

"경환, 넌 탁씨 일가를 데려가려고 왔겠지?"

예왕은 바로 앞에 있는 검을 바라보았다. 흔들림조차 없는 안정된 손길이었다. 그는 고개를 끄덕이고 대답했다.

"사옥은 황친이지만 국법이 있으니 이런 악행을 넘어갈 수는 없습니다. 탁씨는……."

"그런 쓸데없는 말은 할 필요 없다. 네 목적은 나도 잘 아니까."

리양 장공주가 차갑게 내뱉었다.

"두 가지만 약속해라. 그렇게만 하면 폐하께도, 태황태후나 황후께도 아무 말 하지 않겠다. 그러면 너도 귀찮은 일을 덜겠지."

예왕은 저울질을 해본 후 허리를 숙였다.

"말씀하십시오, 고모님."

"첫째, 연좌제는 절대 안 된다."

예왕은 고민했다. 사씨들 중 사옥 말고는 모두 황실의 피였고 조정에서 실무를 맡지도 않았다. 때문에 본래부터 연루시키기 쉽지 않았다. 하물며, 사옥이야말로 태자의 오른팔이었고 그를 꺾기만 해도 목적을 이룰 수 있었으니, 다른 사람들은 어떻게 되든 상관없었다. 그래서 그는 곧 고개를 끄덕이며 시원스레 대답했다.

"알겠습니다."

"둘째, 탁씨 일가를 잘 보살펴라."

이상한 조건이었다. 무표정한 몇몇 사람 외에 대부분 당혹스런 얼굴이었다.

예왕은 눈꼬리로 탁정풍의 표정을 살폈지만, 그가 의심할까봐 재빨리 해명했다.

"탁씨 일문은 증인으로서 큰 공을 세울 테니 반드시 예우를 다할 겁니다. 아, 사면에 대해서도 제가 책임지고 부황께 말씀드리겠습니다."

"지금만이 아니다. 영원히 그래야 한다. 그들이 훗날 네게 쓸모가 있든 없든, 영원히 탁씨 가족에게 나쁜 짓을 하지 않겠다고 황족의 이름으로 맹세할 수 있겠느냐?"

탁정풍을 끌어들여 사옥을 쓰러뜨리는 것이 목표인 예왕이 얼른 동조했다.

"저는 탁 장주의 대의를 존경하는 것이지 이용하려는 게 아닙니다. 허나 고모님께서 못 믿으시겠다니 맹세 못할 이유도 없지요. 황족의 이름으로 맹세합니다. 앞으로 탁씨를 괴롭히면 저는 천벌을 받을 것입니다."

리양 장공주의 손에 있던 검이 천천히 내려갔다. 그녀는 그제야 몸을 돌려 억지로 눈을 들고 탁씨 부부를 바라보았다. 눈물이 글썽글썽했지만 꾹 참고 낮은 목소리로 말했다.

"나는 이기적인 사람이에요. 내 자식을 위해 이렇게 오랫동안 여러분을 속였으니 무슨 변명을 하겠어요. 하지만 기는 아무 잘못이 없어요. 그 아이는 이미 탁씨 사람이 되었으니, 비록 두 분께서 우리 부부에게 옛 정이 남아 있지 않더라도 아이들의 얼굴을 보아 부디 잘 대해주세요."

탁씨 부부는 한동안 묵묵히 말이 없었다. 그러다 결국 탁 부인이 나서서 대답했다.

"우리는 강호인이라 은원은 분명히 해야 한다는 것을 압니다. 후예들까지 연루시키지 않을 겁니다. 기는 우리 집 며느리이니, 아이를 데리고 돌아온다면 그에 걸맞은 대우를 받을 테니 걱정 마세요."

리양 장공주는 고개를 숙이고 인사했다. 눈물이 풀 위로 뚝 떨어지자 소매로 훔치고 주변을 한 바퀴 둘러보았다.

"사옥과 할 이야기가 있소. 잠시만 시간을 내주시겠소?"

마치 묵인이라도 하듯 주위가 고요했다. 리양 장공주는 소경예의 손을 톡톡 두드린 후, 그를 남겨두고 혼자 사옥 곁으로 천천히 다가가 따라오라는 손짓을 했다. 두 사람은 사람들의 시선을 피해 석가산 옆으로 돌아갔다. 그제야 리양 장공주는 남편의 눈을 똑바로 보며 낮은 소리로 물었다.

"내가 원망스럽나요?"

사옥은 부인과 마주 보며 잠시 생각하는 듯하더니 대답했다.

"당신이 나오지 않았어도 저들은 결국 뚫고 들어왔을 거요. 하물며 내가 모두 죽여 없앨 생각을 한 것도 사실이니, 당신이 나를 믿지 않은 것도 당연하오."

"그 말이 아니에요."

"지난 일이라면 나는……."

"지난 일도 아니에요. 경예 문제가 당신에게 미안한 일이라면,

335

그전에 당신도 내게 미안한 일을 하지 않았나요?"

사옥의 눈동자가 약하게 반짝였다. 그는 아무 말도 하지 않았다.

"역시 당신은 내가 무슨 생각을 하는지 전혀 모르는군요."

리양 장공주는 가볍게 한숨을 쉬며 고개를 저었다. 그리고 쓴웃음을 한 번 흘린 후 말을 이었다.

"내 말은…… 하루라도 부부로 살면 정이 끝없다고 했어요. 부부라면 본래 서로 도와야 하는데, 오늘 밤 나는 내 아이 셋과 탁씨 일가를 보호하고, 간접적으로는 당신이 비밀을 숨기려고 죽이려한 사람들도 보호했지만, 당신만은 보호하지 않았어요. 하지만 당신은…… 분명 내가 보호해야 할 사람이지요. 그런데 괜찮나요?"

사옥은 곧장 고개를 저었다.

"그런 것이라면 난 당신을 미워하지 않소."

"어째서?"

"보호하고 싶어도 할 수 없었으니까."

리양 장공주는 고개를 끄덕이고 천천히 말했다.

"역시 그랬군요. 당신이 위험을 무릅쓰면서 무슨 수를 써서라도 그들을 죽이려는 것을 보고, 장공주인 내 힘으로도 도울 수 없는 죄를 지은 거라고 짐작은 했어요. 한마디만 묻겠어요. 죄가 폭로되면 어떻게 되나요?"

"사람이 죽으면 이름도 사라지는 법, 사씨의 세습 작위는 없어지겠지."

리양 장공주는 그를 응시하며 한숨을 쉬었다.

"일이 이렇게 된 것을 구천에 계신 시부모님과 사씨 열조들이 아신다면 어떻게 생각하시겠어요?"

사옥은 냉소를 지었다.

"이기면 왕이고 지면 역적이 되는 법. 조상들이라고 왜 모르겠소?"

"사씨 가문이 이런 일을 당하지 않도록 열심히 지키려는 생각은 해본 적이 없나요?"

이번에는 사옥도 그녀의 말뜻을 바로 알아들었다. 가슴이 조여들어 저도 모르게 이를 악물었다.

"사씨 가문은 대대로 공을 세우고 이름을 남겼어요. 그 명성을 하루아침에 물거품으로 만들 순 없어요."

리양 장공주의 눈에 위엄이 넘쳤다. 그녀는 들고 있던 장검을 남편에게 건넸다.

"내가 당신을 위해, 사씨 가문을 위해 할 수 있는 일은 이것뿐이에요. 당신은 실패했고 이제 살아날 길도 없어요. 차라리 사씨 가문의 호기를 잃지 않도록 깨끗이 죽는 것이 나아요."

사옥은 멍한 표정으로 중얼중얼 물었다.

"내가 죽으면 모든 풍랑이 가라앉겠소?"

"최소한 그 풍랑이 범람하지 않도록 막을 수는 있어요. 예왕은 정적일 뿐이지 원수가 아니에요. 당신을 쓰러뜨리는 것이 목적이지, 사씨와 탁씨 일가를 멸문할 생각도 아니에요. 나는 폐하께 출가를 청원하고, 아이들을 데리고 경성을 떠나 채읍으로 가서 은거하겠어요. 그러면 예왕도 다시는 우리에게 쓸데없이 시간을 낭비하지 않을 거예요."

리양 장공주의 표정은 어두웠고, 눈빛은 흐릿하고 처량했다.

"내 힘으로 당신의 목숨은 보호할 수 없지만, 그 이름만은 보호할 수 있어요. 구천에서 혼자 외로운 것이 싫으면, 아이들을 잘 다독인 후 나도 당신을 따라가겠어요. 어때요?"

그녀는 살짝 고개를 들었다. 몽롱한 달빛 덕분에 눈가에 맺힌 눈물이 희끗희끗한 귀밑머리를 따라 흘러내려 귓가로 똑똑 떨어지는 것이 보였다. 느닷없이 사옥이 팔을 뻗어 그녀를 품에 꼭 끌어안고 귓가에 입을 맞췄다. 그리고 나지막이 말했다.

"리양, 당신이 어떻게 생각하든 나는 정말 당신을 좋아하오."

리양 장공주는 두 눈을 꼭 감았지만, 쏟아지는 눈물을 막을 수가 없었다. 20여 년 동안 그녀는 단 한 번도 남편의 자상한 위로에 반응한 적이 없었다. 하지만 지금은, 어느새 두 손으로 그의 허리를 감고 있었다.

하지만 짧은 포옹이 끝난 후, 사옥이 느릿느릿 그녀를 밀어냈다. 그녀가 든 장검까지도.

"사옥……."

"미안하오."

사옥의 얼굴에 그림자가 드리워져 표정을 자세히 볼 수 없었다.

"나는 아직 죽고 싶지 않소. 아직은 돌이킬 수 없을 정도로 막다른 곳에 몰리지 않았소. 풍랑은 범람하도록 내버려둡시다. 마지막 순간까지 싸워보지 않고 누가 이길지 어떻게 알겠소? 깨끗이 패배해서 사씨 가문이 무너진들 어떻소? 죽으면 정말 아무것도 없는 거요. 반드시 죽어야 한다면 최소한 내가 원해서 죽기라도 해야지!"

사옥의 대답에 리양 장공주의 표정이 복잡해졌다. 실망한 것 같기도 하고 안도한 것 같기도 했다. 어쩌면 그녀 자신조차 어떤 것이 옳은지 갈팡질팡하고 있었는지도 몰랐다.

사옥은 그녀의 머리칼을 부드럽게 쓰다듬어준 후 먼저 석가산을 돌아나가 제법 차분한 걸음걸이로 예왕에게 다가갔다. 가던 도중 탁씨 일가가 보였지만 전혀 멈추지 않았다.

"전하께서 손님으로 모시고 싶으시다니 마음껏 데려가십시오. 이제 날도 어둡고 바람도 강하니, 초대도 없이 찾아온 전하를 모실 곳이 마땅치 않습니다. 부디 탓하지 마시기 바랍니다."

안정을 되찾은 그를 보자 도리어 예왕의 가슴이 철렁 내려앉았다. 매장소가 옆에서 나지막이 일깨워줬다.

"탁씨 일가가 묵던 객원이 불에 탔습니다. 서두르시지요."

예왕은 눈을 반짝였다. 그는 곧 부장 한 명을 불러 왕부(王符, 왕의 명령임을 확인하는 표식—옮긴이)를 쥐여주며 밤새 분좌로 달려가 천천산장을 봉쇄하고 아무도 접근하지 못하게 하라고 명했다. 그런 다음 코웃음을 치며 사옥에게 작별한 후, 부하들에게 탁씨 일가를 보호하라는 손짓을 하고 밖으로 나갔다.

탁 부인은 아무래도 소경예가 마음에 걸려 그를 돌아보았다. 좀 더 이야기를 하고 싶어 하는 것 같았다. 때마침 장공주가 나왔다. 그녀는 피로에 지친 얼굴로 아들의 팔에 기대, 자기 거처로 돌아가 쉬자고 부드럽게 권했다. 소경예는 고개를 숙인 채 대답하고, 그 자리에 꿇어앉아 탁 부인을 향해 세 번 깊이 머리를 조아렸다. 아무 말도 없었지만 탁 부인은 비 오듯 눈물을 흘리며 목멘 소리로 울었다. 탁정풍이 아내의 어깨를 붙잡고 몸을 돌려 걸어갔다. 하지만 점점 마음이 아파오는 바람에 결국 걸음을 멈추고 돌아보며 애처롭게 말했다.

"경예야, 이리 오너라. 할 말이 있다."

소경예는 잠시 움찔했지만 마침내 천천히 다가갔다. 눈앞에 있는 사람은 분명 20여 년 동안 그를 아껴준 아버지였지만, 지금은 그의 눈을 똑바로 볼 수가 없었다. 그의 시선은 정처 없이 헤매다 탁정풍의 어깨 뒤쪽에 떨어졌다.

"경예."

탁정풍이 한 손을 소경예의 어깨에 무겁게 올려놓았다.

"네가 참을성 강한 아이라는 건 안다. 하지만 쏟아내야 할 때는 참으면 안 된다. 네 어미와 나는 사리를 모르는 사람이 아니다. 지난 일이 어찌 네 탓이겠느냐. 그러니 너무 자책하지 말……."

'말아라'라는 말이 떨어지기 전, 갑자기 소경예의 동공이 수축되면서 어깨에 놓인 탁정풍의 손을 낚아채 옆으로 밀었다. 사람들의 비명 속에, 탁씨 일가를 둘러싼 예왕의 부하들 중에서 한 사람이 확 튀어나왔다. 번쩍이는 칼날이 탁정풍의 등을 찔렀다. 소경예가 제때 밀어냈는데도 칼날은 끝내 등 쪽의 옷자락을 찢었다. 자객의 움직임이 얼마나 빠른지 알 만했다. 탁정풍을 밀어낸 소경예는 반격하거나 피할 시간이 없었다. 차가운 빛을 뿌리는 칼날이 빠른 속도로 그의 배를 찌르고 호를 그리며 다시 뽑혔다. 피가 사방으로 튀었다.

너무나도 순식간에 벌어진 일이라 고수들도 구할 수가 없었다. 소경예가 고통에 잠긴 나머지 탁정풍의 자애로운 눈빛을 대할 수 없어 일부러 시선을 돌리고 있지 않았다면, 그렇게 빨리 탁정풍을 밀어낼 수 없었을 것이다. 공격에 실패하자 다시는 기회가 없다는 것을 알았는지, 자객은 곧 칼을 되돌려 자기 목을 그었고, 쓰러지기도 전에 숨이 끊어졌다. 가장 가까이 있던 하동이 달려가 살폈지만, 눈을 찌푸리며 고개를 저을 수밖에 없었다.

"경예! 경예!"

탁정풍은 축 늘어진 소경예를 끌어안고, 바람처럼 빠른 속도로 큰 혈자리 몇 곳을 짚어 상처에서 샘물처럼 솟구치는 피를 막았다. 그때 장공주와 탁 부인 등이 울면서 달려왔고, 언예진도 허둥지둥 품을 뒤적였다. 방금 대청에 있을 때 품에 넣었던 호심단 병을 찾으려고 했지만 다급한 마음에 한참을 뒤져도 찾을 수가 없었다. 매장소도 재빨리 다가와 그의 상처를 자세히 살폈다. 상처는 깊었지만 다행히 급소는 피했고, 그전에 심맥을 보호하는 호심단을 먹었기 때문에 생명에는 지장이 없을 것 같았다. 그제야 간당간당하게 날뛰던 심장이 가라앉았다. 그는 금창약을 발라주라며 탁 부인에게 건넸다.

그때 마침내 약병을 찾아낸 언예진이 다급히 한 알을 친구에게 먹이려고 했지만 매장소가 고개를 저으며 말렸다.

"남겨두게. 생명을 구해주는 약은 그런 식으로 쓰면 안 되네. 하루에 한 알이면 충분해."

핏빛 습격 현장에 비교적 가까이 있다가 놀란 예왕도 겨우 정신이 들어, 고개를 돌려 사옥을 노려보았다. 사옥이 냉담하게 어깨를 으쓱했다.

"모두 똑똑히 보았다시피 자객은 전하의 사람이었습니다. 그런데 왜 저를 노려보십니까?"

말문이 막힌 예왕은 화가 부글부글 끓어올랐다. 그가 노한 목소리로 옆에 있던 심복을 불러 마구 소리쳤다.

"시체를 가져가라! 어떻게 우리 틈으로 끼어들었는지 철저히 조사하겠다!"

매장소는 그를 흘끗 바라보며 아무 말도 하지 않았다. 머리를 싸매고 짜낸 주도면밀한 계획도 결국 완벽하지는 못했다. 방금 일어난 사고는 그마저도 깜짝 놀라게 만들었다. 큰 피해가 없어서 천만다행이었다. 예왕이 병사들을 어떻게 관리하는지 따위는 눈곱만큼도 관심이 없었다.

응급처치 후 소경예의 상처에서는 피가 멎었지만, 여전히 정신을 차리지 못했고 안색도 허옜다. 녕국후부는 머물 곳이 못 되었으므로, 장공주는 마차를 준비시켜 그를 공주부로 데려가 진맥하게 했다. 우문념은 기가 죽어 떨리는 목소리로 소경예를 자기에게 맡겨달라고 부탁했지만, 아무도 그런 괴상한 생각에 동의하지 않을 것은 자명했다. 악수택이 당장이라도 울음을 터뜨릴 것 같은 제자를 보고, 그녀를 한쪽으로 데려가 소리 죽여 말했다.

"이곳은 금릉이지 않느냐. 좀 더 참아라."

"훤 오라버니는 왜 안 계세요?"

의지할 곳 없는 우문념이 울먹이는 소리로 물었다.

"아마 밖에서 기다리고 있을 게다. 어쨌든 우리는 타국 사람이니까."

"사부님, 이제 어떡해요?"

우문념이 두 손을 맞잡았다.

"장공주는 너무 무섭고 오라버니도 제게 관심이 없어요. 신(辰)법사의 점괘에는 4월이 대 길일이니 이때 가면 반드시 오라버니를 데려올 수 있을 거라고……."

남초 사람들은 점괘와 천문을 몹시 믿었다. 남초의 어떤 황제는 한때 자미성(紫微星)이 희미해지는 것을 보고 태자에게 자리를 물려준 적도 있었다. 때문에 악수택은 곧 그녀를 위로했다.

"신 법사의 점괘가 있는데 무슨 걱정이냐? 비록 젊고 법력도 그리 높지 않지만, 최근 능왕 전하께 올린 점괘가 족족 맞아떨어지지 않았느냐. 너는 정성을 다하면 된다."

사제 두 사람이 소리 죽여 나누는 이야기에 아무도 신경 쓰지 않았고, 매장소만 이따금씩 시선을 던졌다. 예왕은 벌써 가장 믿는 부하들을 불러 탁씨 일가를 보호하게 했고, 다친 사람을 운반할 들것도 도착했다. 리양 장공주는 하인들에게 사필, 사기를 데려오라고 분부한 후, 마지막으로 혼자 남은 남편을 돌아보았다. 그리고 눈물을 참으며 다 함께 밖으로 나갔다.

예상대로 우문훤은 아무것도 모르는 순방영 관병들과 함께 문밖에서 기다리고 있었다. 내내 의심스런 눈빛으로 대문을 바라보고 있었지만, 겉보기에는 태연자약했다. 녕국후부 안에서 일어난 사건에 대해서는 그는 아무 관심이 없었다. 사촌동생이 무사히 나오자 미소를 띠며 맞으러 나가 부드럽게 말했다.

"념념, 괜찮니?"

"저한테 말 한마디도 안 했어요."

우문념이 그의 품에 뛰어들어 억울한 목소리로 하소연했다.

"괜찮아. 오늘 너무 충격을 받아 너에게 신경 쓸 틈이 없었던 거야. 그와 나란히 싸웠으니 분명 기억해줄 거야."

우문훤은 사촌동생의 어깨를 감싸며 다정하게 위로했다.

"생각해봐. 우리는 이렇게 공개된 장소에서 사실을 폭로해 그가 물러날 곳을 틀어막아버렸어. 몰래 밝히는 것과는 비교할 수가 없지. 그는 한순간에 신분과 처지가 싹 달라졌어. 지금은 모르겠지만 곧 알게 되겠지. 아무리 장공주가 보호해도 이 대량의 금릉성에서는 그가 머물 곳이 없다는 사실을 말이야. 그때 다시 권하면 분명 따라갈 거야. 어쨌든 사람이란 친아버지를 보고 싶게 마련이니까."

우문념은 고개를 끄덕였다. 그녀의 시선은 내내 소경예가 실린 마차를 쫓다가 마차가 덜거덕거리며 떠나자 참지 못하고 눈물을 흘렸다. 아버지와 함께 돌아가려던 언예진은 우연히 이 모습을 보자 미인을 끔찍이 아끼는 몹쓸 병이 도져, 잠시 걸음을 멈추고 위로했다.

"우문 낭자, 경예의 목숨은 지장이 없다니 걱정 마세요. 장공주께서는 시원하고 너그러운 분이니 자꾸 찾아가면 경예를 만나게 해주실 겁니다."

호의를 받은 우문념은 재빨리 눈물을 닦고 허리를 살짝 숙여 인사했다.

"예, 감사합니다, 언 공자."

언예진은 고개를 끄덕이며 마주 인사를 했다. 우문훤이 보였지만, 늘 가식적인 미소를 띤 이 남초 능왕이 별로 마음에 들지 않아 더 이상 아무 말도 하지 않고 돌아섰다.

하동이 떠나기 전 일부러 매장소에게 다가와 귀에 대고 속삭였다.

"대 재사 나리, 과연 대단하십니다. 나리의 바둑 솜씨가 별로라는 소문이 정말 가소롭군요."

매장소가 웃으며 대답했다.

"저는 정말 바둑을 잘 못 둡니다. 한번 겨뤄보면 아실 겁니다. 허나 하 대인께서는 손에 들어온 사건에 흥미가 생겨 다른 사람의 바둑 솜씨에는 별로 관심이 없으실 것 같습니다만?"

"하긴 그렇지요."

하동이 생긋 웃으며 가볍게 숨을 내쉬었다.

"저는 제 사건만 해결할 뿐입니다. 다른 쓸데없는 일 앞에서는 장님이자 귀머거리지요. 예왕 전하께도 괜히 저를 찾아와 시간낭비하지 말라고 전해주십시오."

"저는 말을 전하지 않습니다."

매장소는 그녀의 숨소리에 귀가 간질간질해서 웃으며 몸을 피했다.

"더욱이 예왕 전하께서는 총명하신 분이지요. 언제 그분이 하 대인을 귀찮게 하신 적이 있습니까?"

하동은 깔깔 웃으며 돌아서서 하춘과 함께 물러갔다.

이사이 예왕은 탁씨 일가를 호송하는 등 여러 가지 일을 적절히 처리했다. 그는 늘 손에 들어온 사람에게 친절한 주인이었고, 탁정풍은 시원스러운 강호인이었다. 비록 완전히 경계를 풀지는 않아도 예왕을 보는 눈은 조금 달라진 것 같았다.

매장소도 지금은 나설 때가 아니라는 것을 알고 예왕에게 나머지 일을 맡긴 채 멀찌감치 떨어져 서 있었다. 어쨌거나 탁씨 가문이 잠시나마 위험한 상황에서 벗어났으니 조금 마음이 놓였다. 탁정풍은 사옥과 몇 년간 함께 일을 꾸몄기 때문에 여러 가지 자세한 일을 알고 있었다. 그의 자백만으로도 타격은 클 것이고, 천천 산장에서 조그만 물증이나 자료라도 발견된다면, 사옥이 반등할 가능성은 아예 없었다. 이 모든 것을, 예왕은 분명 무척 잘해낼 것이다.

"소 선생, 본 왕이 사람을 시켜 자택까지 안내해드리는 것이 좋겠소?"

틈을 내어 다가온 예왕이 매장소를 더욱더 진귀한 보물처럼 바라보며 물었다.

"물에 들어가는 바람에 몸이 흠뻑 젖었구려. 풍한이라도 들면 어쩌려고 그러오. 돌아가면 본 왕이 어의를 보내겠소."

"감사합니다, 전하."

매장소는 빙그레 웃었다.

"앞으로의 일이 중요합니다. 전하께서 밤새 처리해야 하실 테니 제게는 신경 쓰지 마십시오. 어쩌다보니 몽 통령이 끼어들었는데, 아무래도 우리에게 이용당했다는 것을 알고 다소 불쾌한 모양입니다. 그는 아직 폐하의 총애를 받고 있고 지위도 높으니 미움을 살 수야 없지요. 전하께서는 먼저 가십시오. 저는 몽 통령께 몇 마디 해명을 하고 돌아가겠습니다."

예왕은 흠칫하며 다소 어두운 얼굴로 선 몽지를 돌아보았다.

"그렇다면 부탁드리겠소. 몽 통령은 충직한 사람이니 조심해서 해명하시오. 지금은 절대 그와 적이 되어서는 안 되오."

매장소는 고개를 끄덕였다. 돌아선 예왕은 일부러 몽지에게 다가가 인사말을 한 후에야 탁씨 일가와 함께 마차를 타고 떠났다. 곧이어 매장소가 다가가 웃으며 인사했다.

"수고하셨습니다, 몽 통령."

몽지는 좌우를 둘러보고 갈 사람은 다 떠났다는 것을 확인한 다음에야 안도한 얼굴로 말했다.

"아직도 이러고 있구먼. 춥지 않나?"

"이제 약간 쌀쌀하군요. 벌써 통행금지 시간이 되었으니 일개 평민인 제가 밤길을 가면 붙잡힐지도 모릅니다. 몽 통령께서 좀 바래다주시겠습니까?"

일순간 몽지는 진담인지 농담인지 구별할 수가 없었다. 마차 하나가 가까이 다가오는 것을 보고서야 정신을 차리고 매장소와 함께 마차에 올랐다.

"비류는?"

"부근에 있겠지요."

마차 가리개를 내린 후 매장소는 훨씬 편안한 자세로 축축한 겉옷을 벗어던지고 마차 안에 있던 담요로 몸을 둘둘 감았다. 몽지가 얼른 그의 등에 손을 대고 공력으로 기운을 불어넣고 피가 돌게 해주었다.

"솔직히 말해 오늘 밤은 정말……."

진기 주입이 끝나고 매장소의 안색이 정상으로 돌아오는 것을 보자 몽지는 안심했다. 하지만 방금 있었던 수많은 일을 떠올리자 절로 감회가 밀려들었다.

"자네가 미리 말해줬는데도 손에 땀을 쥘 정도로 놀랐네."

매장소는 한숨을 푹 쉬었다.

"제3자인 형님이 그 정도니, 당사자들은 말할 것도 없이 괴롭겠지요."

"참, 장공주의 지난 이야기는 극비였을 텐데, 어떻게 알아냈는지 예왕이 묻지 않던가?"

"제가 알아낸 것이 아닙니다."

매장소는 담요를 꼭꼭 여미며 대수롭지 않게 대답했다.

"예왕이 자기 입으로 알려준 거지요."

"응?"

뜻밖의 대답에 몽지는 얼떨떨했다.

"뭐, 뭐라고?"

매장소는 복슬복슬한 담요 속에서 고개를 돌리며 천천히 설명했다.

"모든 일의 시작은 작년이었지요. 처음에는 가죽제품을 파는 상인이 홍수초에 왔다가 남초의 나이 지긋한 어떤 왕이 소 대공자와 비슷하게 생겼다고 떠들었고, 그다음에는 오래 황궁에 있던 궁녀가 우연히 황후께 리양 장공주의 지난 이야기를 꺼냈습니다. 이 두 가지 일만 해도 한데 묶어 생각하기에 충분했지요. 예왕은 꿍꿍이속이 많고, 진반약도 비밀이라면 반드시 파헤쳐보는 성격이니, 굳이 그들이 움직이게 손을 쓸 필요도 없었지요. 형님은 모르시겠지만, 지난달에 궁우가 사옥을 습격했고…….."

"뭐?"

"당연히 성공하지는 못했습니다. 그녀는 상처를 입고 쫓기다가 묘음방까지 갈 수가 없어, 우연히 홍수초에 들어가 진반약의 도움을 받았지요."

매장소의 눈동자가 차갑게 움직였다.

"그렇게 해서 예왕은 지난날 사옥이 갓난아기를 죽였다는 것을 알아낸 겁니다."

"알겠네!"

몽지가 무릎을 탁 쳤다.

"여러 가지 사실을 알아낸 예왕은 분명 자네를 찾아와 어떻게 이용할 수 있을지 물었겠지. 그래서 자네는 생일잔치에서 모든 것을 폭로하라고 한 거야. 정말이지 대단한 묘책이야! 하지만 우문 훤 등은……."

"우문훤이 금릉성에 왔을 때 예왕은 사절단을 접대하는 일을 맡았습니다. 자연히 우문념을 만날 기회가 생겼지요. 우문 낭자의 얼굴을 한 번 보기만 하면 뻔하지 않습니까? 어린 소녀의 마음은 금방 알 수 있는데다 예왕의 언변까지 있었으니 오늘 밤에 저들을 불러들이는 것도 어렵지는 않았을 겁니다."

"맞아, 조금 잔인하긴 했지만 확실히 얻기 어려운 기회였지."

몽지는 감개무량했다.

"하지만 정말 때를 잘 맞춰서 찾아왔군."

"예왕이 제게 상의하러 왔을 때, 저는 궁우를 생일잔치에 불러 연주를 한 후 탁씨 일가 앞에서 때를 보아 사옥의 비밀을 폭로하 겠다고만 말했습니다. 하지만 증거 없는 자백만으로는 효과를 예측하기 어려웠지요. 그래서였는지 남초의 혼인 사절단이 경성에 들어오고 그들 속에 우문념이 있다는 것을 알게 된 예왕이 뛸 듯이 기뻐하더군요. 제게 달려와 연신 '하늘이 도우셨다'고 중얼거 렸지요."

매장소는 쌀쌀하게 웃었다.

"운이 좋아서 하늘이 도왔다고 생각하도록 놔두죠. 사실 예왕이 없었다면 사옥을 쓰러뜨리기 힘들었을 겁니다."

"다행히 모든 것이 자네 예상대로 되었네. 약간의 사고가 있었지만 큰 영향은 없었고."

몽지는 입술 위의 수염을 만지작거리며 한숨을 쉬었다.

"오랫동안 속고 지낸 탁씨 일가만 가엾지. 그리고 경예 그 아이도 앞으로 어떻게 될지. 자네가 이 일에서 어떤 역할을 했는지 짐작하고 있겠지? 그래도 친구 사인데 자네를 많이 미워할까?"

"미워하라면 하라지요."

매장소의 말투에는 아무 감정도 없었지만, 내리뜬 눈동자는 약간 어두워졌다. 그가 중얼거리듯 말했다.

"잔인하게 하지 않았다면 무슨 수로 그와 사옥의 관계를 끊어 내겠습니까? 그 아이도…… 언젠가는 이 일을 겪었을 겁니다."

말을 마치자 매장소는 눈을 감고 마차 벽에 기대 조용히 쉬었다. 몽지는 그의 성격을 잘 알았다. 반드시 가야 하는 길이고 후회하지도 않지만, 씁쓸한 마음은 어쩔 수 없을 것이다. 그래서 쓸데없는 말은 하지 않고 저택에 들어갈 때까지 묵묵히 앉아 있었다.

"안 의원에게 진맥을 받아보고 아무 문제 없으면 일찍 쉬게."

작별하기 전에 몽지가 나지막이 당부했다.

하지만 매장소는 그의 말에 귀 기울이는 것 같지 않았다. 눈빛이 반짝였지만 무슨 생각을 하는지는 알 수 없었다. 몽지는 그를 방해할까봐 천천히 돌아서서 슬그머니 떠나려고 했다. 그런데 몇 걸음 옮기기 무섭게 매장소가 그를 불렀다.

"형님, 모레가 폐하께서 사냥을 나가시는 날이지요?"

"그래, 올해 마지막 봄 사냥이지."

매장소가 눈을 가늘게 뜨며 서릿발 같은 목소리로 말했다.

"이번 사냥 때 폐하께서는 분명 남초 사절단을 부르실 겁니다.

정왕과 얘기해서 때를 보아 우문훤을 좀 밟아주십시오. 우리 대량 조정의 무장들이 모두 사옥같이 권력을 농단하는 사람이 아니라는 것을 보여주어 야심을 키우지 않도록 해야 합니다."

몽지도 가슴이 약간 철렁하여 그러마고 했다. 하지만 한동안 묵묵히 있다가 결국 입을 열어 충고했다.

"소수, 자넨 신이 아닐세. 우문훤까지 신경 쓰다가는 어떻게 버티겠나?"

매장소는 살며시 고개를 저었다.

"제가 아니었다면 우문훤은 우리 조정의 내분을 볼 기회가 없었을 겁니다. 그를 처리하지 못하면 마음이 놓이지 않아요."

"그게 무슨 말인가?"

몽지는 동의하지 않았다.

"태자와 예왕이 허구한 날 서로 쪼아대고 있다는 사실은 벌써 천하가 다 알고 있네. 남초라고 그런 일이 없겠나?"

"최소한 요 몇 년간은 그랬지요."

매장소의 눈동자가 약간 걱정스러운 빛을 띠었다.

"남초의 황제는 지금 한창때이고 등극한 지 5년 만에 많은 업적을 세웠습니다. 점차 나라가 안정되어, 면(緬)과의 다툼 외에는 별달리 큰 문제도 없지요. 대량이 계속 이렇게 내분을 일으키며 강력한 이웃 나라를 억제하는 힘이 약해지면, 언젠가 노리는 자가 나타날 겁니다."

"자네도 참……."

몽지는 어쩔 수 없이 한숨을 쉬면서도 속으로는 크게 감동했다. 그는 매장소의 어깨를 힘껏 두드리며 호기 넘치는 목소리로 자신했다.

"걱정 말게. 사냥터에서 나와 정왕 전하가 우문환에게 진정한 군인이 어떤 것인지 똑똑히 보여줄 참이니, 남쪽에 돌아가서도 몇 년은 고분고분 앉아만 있도록 만들어주겠네. 더구나 남쪽은 예황 군주가 지키고 있잖은가."

"무엇이든 미리 준비하는 것이 좋지요. 남초가 우리를 꺼리게 만들어야 예황도 부담이 덜합니다. 모레 일은 부탁드립니다."

매장소는 싱긋 웃으면서 조금 편안한 표정을 지었다.

"어서 가십시오. 이젠 정말 춥군요."

달빛에 비친 매장소의 안색을 살핀 몽지는 더 이상 귀찮게 할 수가 없어 재빨리 밤의 어둠 속으로 사라졌다. 벌써 뜨거운 물 같은 것을 준비하고 기다리던 려강이 얼른 다가와 직접 매장소의 목욕을 도와줬다. 안 의원을 불러 진맥해보니 한기가 몸속까지 침범하지는 않아서 모두 안심했다.

그날 밤 매장소는 편히 잠들 수가 없었다. 잠이 잘 오지 않았지만 비류가 걱정할까봐 뒤척거릴 수도 없었다. 다음 날 일어나보니 두통이 약간 있었다. 안 의원은 침을 놓으면서 딱딱한 얼굴로 아무 말도 하지 않았다.

려강은 솥바닥처럼 딱딱한 그의 얼굴에 겁을 집어먹고, 종주의 휴식을 방해하지 않도록 보고하러 온 동로를 네 시간이나 바깥에 세워뒀다. 결국 다음 날 오후에야 그 사실을 알게 된 매장소는 평소답지 않게 화를 냈다. 비류마저 놀란 나머지 대들보 위에 숨어 내려오지 못했다.

려강은 월권을 저질렀다는 것을 알고 내내 정원에 꿇어앉아 죄를 빌었다. 매장소는 그를 무시한 채 방 안에서 동로에게 보고를 들었다. 예왕부와 공주부의 주요 움직임을 들은 후에야 그의 얼굴이 약간 풀렸다.

황혼녘이 다가오고 려강이 무릎을 꿇은 지 장장 여섯 시간쯤 되어서야 매장소가 정원으로 나와 담담하게 물었다.

"왜 이렇게 오래 꿇어앉게 했는지 알겠나?"

려강은 바닥에 엎드렸다.

"제 마음대로 일을 처리했기 때문입니다. 용서하십시오, 종주."

"나를 위해서 그랬다는 것을 왜 모르겠나?"

매장소가 그를 바라보며 말했다. 눈빛은 엄했지만 말투는 많이 풀어져 있었다.

"내게 충고하고, 내 앞을 막는 것은 상관없네. 하지만 속이는 것은 절대 허락하지 않겠네! 이 저택을 자네에게 맡긴 이상 자네는 내 눈이자 귀일세. 자네마저 중간에서 눈과 귀를 막으면 장님에 귀머거리가 된 내가 무슨 일을 할 수 있겠나? 처음부터 당부했듯이 내가 정신을 못 차릴 정도로 아플 때를 제외하면, 어느 때고 보고를 하러 온 사람은 반드시 내게 알려야 하네. 동로도 그 중 한 사람일세. 그 명령을 한 귀로 듣고 한 귀로 흘려버린 건가?"

려강은 부끄러운 얼굴로 눈물까지 머금고 머리를 조아렸다.

"종주의 명을 저버렸으니 무슨 벌이든 달게 받겠습니다. 부디 몸을 생각해서 화를 거두십시오."

매장소는 한참 동안 그를 바라보다가 고개를 저었다.

"이는 단 한 번이라도 어겨서는 안 되는 명령이었네. 랑주로 돌아가고 대신 견평을 부르게."

려강은 대경실색해서 와락 달려들어 매장소의 옷자락을 붙잡고 애원했다.

"종주, 종주! 제 잘못입니다. 랑주로 쫓아내시려거든 차라리 저를 죽이십시오."

매장소는 다소 지친 얼굴로 그를 바라보았다. 하지만 목소리는 더욱 부드러워졌다.

"나는 경성에 와서 너무 많은 적을 상대하고, 너무 많은 일을 하고 있네. 내 곁에 있는 사람은 반드시 내 명령을 따르고, 내 의사를 파악하고, 나를 돕고 지지하여 내부 일에는 신경 쓰지 않아도 되게끔 해야 하네, 알겠나?"

려강은 울먹거리느라 대답할 수가 없었다. 이렇게 덩치 큰 사내 대장부가 지금은 부끄러움에 말조차 제대로 할 수 없었다.

"가서 견평을 부르게."

"종주……"

려강은 절망했지만 더 이상 애원할 수가 없었다. 꼭 틀어쥔 두 손에는 손톱이 깊이 박혀 핏방울이 스며나왔다.

"자네도…… 남게. 요즘 내 병이 잦아져 자네가 부담을 느낀 것도 어쩔 수 없는 일이지. 자네 혼자 이곳 일을 맡으려니 책임이 너무 무거워 늘 긴장해 있고 편안히 쉴 시간도 없으니 실수가 있을 수밖에. 일찍 알아챘어야 했는데 마음이 늘 밖에 있다보니 신경을 못 썼네. 자네와 견평은 항상 잘 맞았으니 그가 오거든 서로 일을 나누게. 서로 의논할 사람이 있으니 나도 더 안심이 되겠지."

려강은 고개를 들고 입을 반쯤 벌린 채 그를 바라보았다. 처음에는 무슨 말인지 어리둥절했지만, 한참이 지나서야 겨우 말뜻을 깨닫고 기쁨에 겨워 외쳤다.

"예!"

매장소는 긴말하지 않고 방으로 돌아갔다. 안 의원이 뒤따라 들어와 억지로 약을 먹였다. 울화를 식혀주는 것이니 꼭 먹으라고 했다. 매장소가 약을 다 마시자 려강이 들어와 침대에 눕혀주었다. 그런데 이불을 덮어주기 무섭게 호위병 한 사람이 달려와 보고했다.

"종주, 동로가 다시 왔습니다."

동로가 하루에 두 번 오는 일은 거의 없었다. 매장소는 급한 일이 생겼다는 것을 알고 황급히 일어나 그를 불러들였다.

"종주."

동로가 문밖에서 서둘러 인사하고 말했다.

"방금 장공주부에서 소식이 왔습니다. 사씨 가문의 딸 사기가 오늘 해산을 시작했는데 상황이 별로 좋지 않다고 합니다."

매장소의 눈빛이 흔들렸다.

"난산인가?"

"예, 태위가 뒤집어져 아기의 발이 먼저 나왔답니다. 벌써 다섯 명의 어의가 들어갔습니다."

"심각한가?"

동로와 려강 모두 뭐라고 대답해야 좋을지 몰라 멍하니 서 있었다. 옆에 있던 안 의원이 대답했다.

"발이 먼저 나온 아기는 솜씨 좋은 산파가 돕지 않는 이상 십중팔구는 살아나지 못하네. 게다가 산모는 귀한 집 딸이니 체력도 부족할 테지. 아무래도 둘 다 목숨을 잃겠군."

매장소의 안색이 하얗게 질렸다.

"한 사람도 살릴 수 없다는 말씀입니까?"

"구체적인 상황을 모르니 단언할 수는 없네."

안 의원은 고개를 저으며 한숨을 내쉬었다.

"하지만 난산을 하는 여자는 거의 죽음의 문턱에 들어갔다고 봐야지."

"장공주께서 어의를 부르셨으니 방법이 있지 않을까요?"

안 의원이 허연 눈썹을 꿈틀거렸다.

"어의가 될 정도면 의술이 부족하진 않겠지. 하지만 해산을 돕는 일은 경험이 많아야 하네. 어의들이 아이를 몇이나 받아봤겠나? 좋은 산파 하나보다도 못할걸."

매장소는 저도 모르게 벌떡 일어나 왔다갔다했다.

"장공주께서 부른 산파는 분명 경성 제일일 겁니다. 부디 사기가 아무 탈 없이 위기를 넘겨야 할 텐데……."

난산의 위험을 그보다 잘 아는 안 의원은 수염을 쓰다듬으며 아무 말도 하지 않았다. 그때 려강이 무슨 생각이 났는지 별안간 눈을 빛내며 말했다.

"종주, 소적아(小吊兒)를 기억하십니까? 그 애가 태어날 때도 발이 먼저 나와서 모두 살릴 수 없다고 했지요. 그런데 길 아주머니가 배를 막 두드리고 문지르고 하면서 태위를 조절했더니 무사히 태어났지요."

"어서 길 아주머니를 부르게!"

매장소가 소리쳤다.

려강이 홱 돌아서서 밖으로 뛰어나가더니 곧 길 아주머니와 함께 달려왔다. 매장소가 다급히 물어보자 길 아주머니는 고향에서 대대로 전해지는 태위 조절 방식이라며 무척 효험이 있다고 했다. 그는 마차를 준비해 길 아주머니를 태우고 장공주부로 달려갔다.

앞에 도착해보니 안은 이미 혼란에 빠져 있었다. 단단히 지켜야 할 대문도 매장소가 '해산을 도우러 왔다'고 하자마자 연신 어서 들어오라면서 허둥지둥 안으로 안내했다. 어의들은 이미 속수무책이었고, 도처에서 불려온 민간 의원들이 안뜰에 와 있었기 때문에 매장소도 그 중 한 명으로 오인 받은 것이 분명했다.

삼중 문을 지나자 꽃과 나무가 울창한 정원이 나타났다. 곧장 대청으로 들어가보니 리양 장공주가 산발이 되어 왼쪽 의자에 앉아 있었다. 눈빛은 흐리멍덩하고 얼굴은 온통 눈물 자국이었다. 매장소가 황급히 다가가 허리를 숙이며 말했다.

"장공주, 소저께서 난산이라는 말을 듣고 산파 한 분을 모셔왔습니다. 솜씨가 무척 좋은 분이니 한번 기회를 주시지요."

리양 장공주가 화들짝 놀라며 고개를 들어 매장소를 바라보았다. 무슨 말인지 알아듣지 못한 듯 눈동자가 느릿느릿 움직였다.

"장공주……."

매장소가 다시 말하려는데 밖에서 슬픈 외침 소리가 들려왔다.

"부인! 부인!"

비틀비틀 뛰어들어오는 초췌한 얼굴의 청년은 다름 아닌 탁청요였다. 그 뒤로 두 명의 호위병이 따르고 있었다. 아마도 예왕이 관대함을 과시하려고 그를 보내준 모양이었다.

"장모님, 기는 어떻습니까?"

리양 장공주를 발견한 탁청요가 앞에 털썩 엎드렸다. 얼굴이 잿빛이었다.

"괜찮습니까? 아기는요?"

리양 장공주의 두 입술이 파르르 떨렸다. 벌겋게 부은 눈에서 또다시 굵은 눈물방울이 뚝뚝 떨어졌고 목소리도 말이 아니었다.

"청요…… 너무…… 너무 늦었네."

마치 천둥이라도 친 것처럼 탁청요는 눈앞이 까매지고 머리가 핑 돌았다. 일순 그는 자기가 어디 있는지도 잊은 사람처럼 멍해졌다. 매장소도 참혹한 마음에 고개를 돌리고 한숨을 쉬었다. 길 아주머니가 다가와 소리를 낮춰 물었다.

"종주, 들어가서 봐도 될까요?"

매장소는 산모가 죽었는데 본들 무슨 소용인가 싶어 가만히 있었지만, 길 아주머니는 허락으로 받아들이고 재빨리 가리개를 걷고 내실로 들어갔다.

갑자기 안에서 놀란 비명이 들려왔다.

"누구냐?"

"뭘 하는 거예요?"

"여봐라!"

그 소리가 탁청요를 깨웠다. 그는 벌떡 일어나 비통한 얼굴로 안으로 달려들어가려 했다. 그와 동시에 길 아주머니가 꽐꽐한 소리로 외쳤다.

"종주, 아기는 살릴 수 있어요!"

부리는 사람에 대한 믿음에 매장소는 추호의 망설임도 없이 탁청요의 앞을 가로막고 들어가지 못하게 했다. 하지만 이미 혼란에 빠져 앞뒤 가리지 않는 젊은이의 눈에는 아무것도 보이지 않았다.

그가 다짜고짜 손을 휘둘렀다.

"비류, 해치지 마라!"

혼란 속에서 매장소는 겨우 그 말밖에 할 수가 없었다. 몇 초를 주고받은 후 탁청요의 몸이 뒤로 날아갔다. 기둥에 부딪힌 다음에야 겨우 멈췄지만 탁청요는 또다시 달려들었다. 그것만 봐도 비류가 시킨 대로 상처를 입히지 않은 것을 알 수 있었다.

매장소가 해명하려고 입을 여는데, 달려들던 탁청요가 알아서 우뚝 멈춰 섰다. 희미한 아기 울음소리가 장막을 뚫고 흘러나왔다. 처음에는 크지도 않았고 계속 이어지지도 않아서 두어 번 끙끙대다가 멈추곤 했다. 하지만 몇 번 그러다가 점점 소리가 커졌다.

탁청요는 아기의 울음소리에 힘을 쭉 빨린 것처럼 그 자리에 털썩 쓰러졌다. 겨우 한 손으로 돌바닥을 짚고 버티며, 다른 한 손으로 눈을 가린 채 끊임없이 어깨를 들썩였다. 잇새로 억지로 참는 흐느낌 소리가 끊어졌다 이어졌다 했다. 목 놓아 우는 것은 아니었지만, 낮게 억눌린 그 소리는 더욱더 듣는 사람의 애간장을 저몄다.

리양 장공주는 이미 안으로 들어가 있었다. 잠시 후, 그녀가 강보 하나를 안고 천천히 걸어나왔다. 길 아주머니가 뒤를 따라나와 재빨리 매장소의 곁에 서서 보고했다.

"종주, 제가 들어갔을 때 산모는 가사(假死) 상태였어요. 하지만 이젠…… 정말 희망이 없어요. 아이는 남자예요."

매장소는 고개를 끄덕였다. 기쁜지 슬픈지 모를 멍한 기분이었다. 그와 사기는 아무 교분도 없었다. 하지만 어제까지만 해도 발그레한 뺨의 젊은 부인이 오늘은 싸늘한 혼백이 되었다고 생각하자 감상에 젖지 않을 수 없었다.

"자, 자네 아이야. 안아보게."

리양 장공주가 흐느낌을 참으며 품속의 연약한 갓난아기를 탁청요의 팔에 안겼다. 젊은 아버지는 고개를 숙여 아기를 바라보더니 갑자기 번쩍 고개를 들었다. 두 눈에 희망이 가득했다.

"기는요? 아기를 낳았으니 기도 무사하겠지요?"

리양 장공주의 눈동자에 비애가 짙게 묻어났다. 하지만 눈물이 말라버렸는지 눈만 빨개질 뿐이었다.

"청요, 아기를 데려가서 잘 키우게. 기가 살았다면 분명 아기가 아버지를 따라가길 바랐을 거야."

탁청요는 뚫어져라 그녀를 보았지만, 그 시선은 리양 장공주를 통과해 저 멀리 아득한 곳을 바라보는 것 같았다. 방 밖에서 바람이 휭휭 불어 가리개를 펄럭였다. 피비린내가 진하게 풍겼다. 그는 팔에 힘을 주어 아기를 단단히 가슴에 안고 비틀비틀 일어났다.

"기는 제 아내입니다. 이렇게 떠나는 게 아니었어요."

탁청요는 몇 걸음 걸어가다가 고개를 휙 돌렸다. 눈빛이 이상하리만치 또렷했다.

"기도 함께 데려가겠습니다. 살았든 죽었든 우리는 같이 있어야 해요."

리양 장공주의 몸이 휘청했다. 안색은 죽은 듯 잿빛이었고 얼굴도 초췌하게 말라 있었다. 이 나이까지 간직해온 기품과 고운 용모도 지금은 온데간데없이 사라지고, 오로지 나이 지긋한 어머니와, 받아들이기 힘들지만 받아들일 수밖에 없는 슬픔만이 남아 있었다.

매장소는 계속 지켜볼 수 없어 살그머니 돌아서서 밖으로 나갔다. 장공주부 전체가 무덤처럼 적막에 싸여 슬픈 흐느낌만 가득하고 말하는 사람은 아무도 없었다. 왔을 때처럼 나갈 때도 무슨 일이냐고 따져 묻는 사람 하나 없었다. 매장소는 청석을 깐 길을 따라 겹겹이 세워진 문을 통과해 밖으로 나갔다. 도중에 쉬지도 않았다. 도리어 갈수록 걸음이 빨라져 숨을 헉헉거릴 때까지 걷다가 겨우 걸음을 멈췄다. 눈앞이 까맸다.

눈을 감고 호흡을 가다듬자 누군가 휘청거리는 그의 몸을 단단히 붙잡는 것이 느껴졌다. 귓가에 놀란 소년의 목소리가 들렸다.

"형!"

매장소가 고개를 들자 따스한 저녁 바람에 머리칼이 마구 춤을 췄다. 다시 눈을 떴을 때는 고요한 물처럼 무심하고 차갑고 차분하면서도 그윽한 눈빛으로 돌아와 있었다. 마치 그 눈빛이 모든 감정을 덮어버린 듯했다. 아니면 아예 처음부터 아무 감정이 없었던 것 같기도 했다.

"비류."

그는 소년의 손을 꼭 쥐며 중얼거렸다.

"사람의 마음도 딱딱하게 변할 수 있단다, 알고 있니?"

천뢰(天牢)의 끝자락

그 후 며칠 동안 매장소는 벌써 감정을 추스른 듯, 비류를 놀리면서, 동로에게 경성 각 곳의 동향을 들었다. 가족의 운명의 소용돌이에서 사라져간 여자에 대해서는 더 이상 생각하지 않았다. 그 여자는 어릴 때 그의 발치로 아장아장 걸어와 옷자락을 잡은 적도 있지만, 너무도 오래된 기억이었다. 하도 오래전이어서 그 자신이 아닌 것 같았다. 성인이 된 후의 사기에 대한 기억은 더욱 옅어서, 단순히 그가 짠 계획의 배경에 불과했다. 그래서 생각하지 않을 수만 있다면 가능한 한 생각하지 않으려 했다.

예왕의 움직임은 빨랐다. 셋째 날 사옥이 나라의 중죄인을 가두는 천뢰(天牢)에 갇혀 조정이 술렁거렸다. 태자 쪽 사람들은 온 힘을 쏟아부어 속사정을 알아보는 한편 돌아가며 구명 운동을 했다.

일품의 군후가 느닷없이 쓰러진 일은, 어찌되었건 최근 들어 가장 큰 사건이었다. 하지만 사정을 모르는 사람들은 이 사건을 일으킨 예왕 쪽이든 목숨 걸고 태자를 보호하려는 쪽이든, 꼭 필요한 절차인 심문을 요구하지 않았다는 사실에 놀랐다. 그래서 사옥의 사건은, 명확하게도 공개적으로 끼어드는 사람 없이 황제가 독단적으로 처리하게 되었다.

이런 상황에서 사기의 장례는 지연되었다. 조용히 법사(法事)를 치른 후, 그녀의 영구는 경성 서쪽 상고사(上古寺)의 고요한 방으로 옮겨졌다. 여기서 장명등을 켜고 남편이 와서 탁씨 일가의 무덤으로 이장하기를 기다려야 했다. 소경예는 상처가 다 낫지 않았지만 억지로 누이동생의 영구를 들었다. 리양 장공주는 출가를 청하고, 상고사에 들어가 딸을 위해 향을 피웠다. 잇단 충격에 적잖은 파란을 겪은 리양 장공주도 견디기 어려웠는지 병을 앓았다. 이 때문에 제대로 쉴 시간이 없는 소경예도 상태가 호전되지 않았다.

어쩔 수 없이 사필이 이를 악물고 정신을 바짝 차려야 했다. 그는 이런저런 일을 처리하고, 병이 난 어머니와 다친 형님을 보살폈다. 송산서원에서 공부 중인 사서도 변고를 들었다. 하지만 리양 장공주가 경성으로 오지 말라고 직접 편지를 썼고, 스승인 묵산 선생도 매장소의 부탁을 받아 그를 붙잡아뒀기 때문에 집으로 돌아오지 못했다.

수많은 골칫거리에 마음이 복잡해진 황제는 기분 전환 겸 원래 계획대로 사냥터에 나가 이틀 동안 머물다가 궁으로 돌아왔다. 황제는 돌아오자마자 정왕에게 좋은 말 스무 필과 금구슬 열 알, 옥여의 하나를 내렸고, 몽지도 약간의 주보를 하사받았다. 빈손으로 돌아온 태자와 예왕은 기분이 씁쓸했지만, 태자는 후계자로서 체면을 차리느라, 예왕은 평소 저것보다 훨씬 많은 상을 받았다는 사실을 위안삼아, 너그럽고 정다운 형처럼 보이려고 겉으로는 드러내지 않았다. 도리어 선물을 보내 정왕이 무위로 대량의 체면을 세워준 것을 칭찬했다. 몇몇 관리도 그에 편승해 자연스레 선물을 보내왔다. 정왕은 '형제의 선물을 거절하는 것은 우애가 아니다' 라는 말로 황자들의 선물만 받고 예법대로 답례품까지 보냈지만, 다른 사람들이 보낸 선물은 완곡하게 거절했다. 찾아오는 사람들 과도 차 한잔만 마시고 헤어졌고 길게 이야기를 나누지 않았다. 이 소식이 귀에 들어가자 황제는 몹시 만족스러워했다.

봄 사냥이 끝나고 닷새 후, 사옥이 아직도 판결을 받지 않았다 는 소식이 전해졌다. 매장소는 초조해하지 않고 한가롭게 정원의 꽃을 다듬었다. 오후가 되자 려강이 예왕이 찾아왔다고 알렸다. 그가 정원일로 더러워진 옷을 갈아입을 새도 없이, 예왕이 씩씩거 리며 나타났다. 두 사람은 함께 방으로 들어갔다. 하인들을 내보 내기도 전에 예왕이 화를 참지 못하고 소리쳤다.

"부황께서 정신이 나가셨나보오!"

"전하, 차 드시지요."

매장소는 청색 도자기로 만든 작은 잔을 예왕 앞에 내밀며 차분 히 물었다.

"방금 뭐라고 하셨습니까?"

"아······."

예왕은 실언을 깨닫고 얼른 말을 바꿨다.

"그러니까, 부황께서 대체 무슨 생각이신지 모르겠다고 했소. 사옥의 사건은 너무나도 명확하잖소. 아무리 높은 신분이라지만 그래봤자 연좌만 하지 않을 뿐이고 사형은 피할 수 없소. 망설일 일이 어디 있소?"

"폐하께서 망설이고 계십니까?"

매장소는 여전히 동요하지 않았다.

"며칠 전까지는 괜찮지 않았습니까?"

"선생은 모르겠지만 하강이 돌아왔소. 그 늙은이가 사옥과 교분이 있을 줄은 몰랐소. 현경사는 이런 일에 나서지 않아야 하는데, 사옥 때문에 전례를 깨고 직접 부황을 찾아갔소. 뭐라고 속닥거리며 혀를 놀렸는지는 모르지만 부황의 말이 싹 바뀌었다오. 본왕을 불러 그날 있었던 일을 세세히 조사하라고 하시지 뭐요. 아무래도 사옥이 함정에 빠진 건 아닌지 의심하시는 것 같소."

"든든한 증거가 있지요. 천천산장이 사옥의 친필 서한을 갖고 있지 않습니까? 탁청요에게도 사옥이 그려준 호부상서 심추의 저택 평면도가 있고요. 불법적인 방법으로 조정 대신을 죽이려 한 죄를, 누군가 혀를 놀린다고 뒤집을 수 있는 게 아닐 텐데요?"

"그렇긴 하지만 마음이 불편하오. 하강이란 자는 제법 교활하고 부황의 신임도 얻고 있소. 듣자니 그날 밤 하동이 우리를 도왔다는 말을 듣고 크게 야단치고 출입금지령을 내렸다고 하오. 상황을 보니 무슨 수를 써서든 사옥을 보호하기로 결심한 것 같소. 두 사람은 평소 가까이 지내지도 않았는데 어떻게 저런 관계가 되었는지 모르겠소."

매장소는 눈을 빛내며 담담하게 물었다.

"그가 천뢰에서 사옥을 만났습니까?"

"한 번 만났소. 내 사람들을 모두 쫓아내 무슨 이야기를 나눴는지는 듣지 못했소."

"사옥의 자백은 어떻습니까?"

"일부는 시인했지만 나머지는 부인했소."

"태자를 위해 불법을 저지른 것은 인정하지만, 태감을 살해하는 등 황실의 위엄을 상하게 하는 큰 사건은 모조리 부인했군요?"

"그렇소. 탁정풍의 힘을 이용하고 심추를 살해하려 한 것은 딱 잘라 시인했소. 하지만 다른 중요한 사건들은 억울하다고 호소하고 있소. 도리어 탁정풍이 개인적인 원한 때문에 일부러 뒤집어씌웠다고 고발했지."

"음."

매장소는 고개를 끄덕였다.

"사옥이 목숨만은 부지하려는 모양이군요. 하긴, 살아만 있으면 어디로 유배를 가든 견딜 수 있겠지요. 태자께서 순조롭게 등극하면 다시 기회가 올 테니까요."

"헛된 망상이오."

아픈 곳을 찔린 예왕이 쌀쌀하게 코웃음을 쳤다.

"본 왕이 그자를 죽이지 못하면 선생이 고심 끝에 낸 계책을 허비하는 셈이 아니오."

"참."

매장소는 그 말에 대답하지 않고 화제를 돌렸다.

"며칠 전 탁정풍이 그간 한 일의 목록을 정리해달라고 부탁드렸습니다만, 완성되었는지요?"

"여기 가져왔소."

예왕이 신발 속에서 종이 한 장을 꺼내 매장소에게 내밀었다.

"사옥은 실로 겁 없이 날뛰었더구려. 본 왕이 그자에게 해를 입지 않은 것만 해도 천운이오."

매장소는 목록을 받아 대충 한번 훑어본 후 물었다.

"이들 중에는 사옥이 왜 죽이려고 했는지, 탁정풍조차 연유를 모르는 사람도 있겠군요?"

"그렇소. 본 왕도 왜 그랬는지 이해가 되지 않았소. 예를 들어 누구더라…… 글방 선생인가 하는 사람도 있던데, 정말 이상하더구려."

매장소는 잘 기억나지 않는 것처럼 다시 종이를 들여다보았다.

"아, 이중심(李重心)이라는 사람 말입니까? 정평 23년에 죽었군요. 12~13년 정도면 한참 오래전이니 개인적인 원한일 수도 있지요."

"글방 선생이 녕국후와 사사로운 원한을 맺다니, 선생이 들어도 우습지 않소?"

"그건 그렇군요."

매장소는 태연스레 화제를 돌렸다.

"서두르실 것 없습니다, 전하. 하강이 비록 폐하의 신임을 받고 있지만, 전하께서도 그 못지않은 총애를 받고 계시지 않습니까? 만약 사옥이 살아나더라도 재기할 기회는 없을 겁니다. 문무백관 앞에서 전하의 위세가 조금 상하겠지만 양보하지 못할 일은 아니지요."

예왕의 표정이 어두워졌다. 그 한마디가 정곡을 찌른 것 같았다. 사실 사옥은 이제 실권이 전혀 없으니 죽든 살든 큰 차이가 없었다. 하지만 이렇게 보란 듯이 떠벌였는데 끝이 좋지 않으면, 그의 진영 사람들은 황제의 총애가 줄어든 것으로 오해하고 불안해할 것이다.

그런데…… 정말 단순히 '오해'일까? 최근 어가를 뵈었을 때 황제는 여전히 온화한 태도를 보여줬지만, 말투는 훨씬 차가웠다. 예민한 예왕은 그 차이를 느꼈지만 그 이유는 짐작하지 못했다.

"전하."

매장소의 목소리가 예왕의 생각을 끊어냈다.

"전하께서는 천뢰에 힘을 쓰실 수 있지요? 제가 사옥을 한번 만나보게 해주시겠습니까?"

"사옥을? 그자는 승냥이같이 흉악한 자요. 게다가 지금은 목숨을 보존하기 위해 혈안이 되어 있으니, 말로는 움직이지 못할 것이오."

"그럼 뭐라고 하는지 들어나 봐야지요."

매장소는 들고 있던 종이를 천천히 접었다.

"전하께서는 사옥과 하강이 별다른 교분이 없다고 하셨습니다. 제 생각에 하강이 사옥을 애써 보호하려는 것은 정 때문이 아니라 이해관계 때문인 것 같습니다."

"하강에게 무슨 이득이 있겠소? 설마 그자도 태자의……."

"아닙니다."

매장소가 단호하게 고개를 저었다.

"폐하를 향한 하강의 충성심은 의심할 수 없지요. 그자는 무슨 일을 하든 폐하를 생각할 겁니다. 그것만큼은 전하께서도 부인하지 못하실 테지요?"

"그건 그렇소. 하강은 부황에게 누구보다도 충성스럽소. 그렇기 때문에 갑자기 이렇게 나오는 이유를 모르겠단 말이오."

"그런 것이라면 저도 며칠 전에 겪었지요. 충성스럽다는 것이 반드시 주인을 속이지 않는다는 것은 아닙니다. 때로는 주인을 속이고 어떤 일을 할 때도 있지요. 속으로는 주인을 위해서라고 확신하면서 말입니다."

"선생의 말씀은, 하강이 부황에게도 속이는 게 있다는 것이오?"

"추측일 뿐입니다."

매장소는 손에 든 명단을 흔들었다.

"추측이니 모든 가능성을 생각해보는 겁니다. 예를 들어, 이 명단의 누군가는 사옥이 하강을 위해 죽이지 않았을까 하는……?"

그 말이 떨어지기 무섭게 예왕이 벌떡 일어났다. 그는 오른 주먹으로 왼 손바닥을 내리치며 싸늘하게 말했다.

"그렇군! 선생은 역시 머리 회전이 빠르구려. 하강과 사옥 사이에 무슨 정이 있겠소? 사옥이 하강의 약점을 쥐고 있는 것이 분명하오. 사옥은 목숨을 구하기 위해 입을 다물기로 했겠지. 이건 거래요! 천뢰에서 만났을 때 성사된 거래가 틀림없소!"

매장소는 진정하라는 듯이 천천히 손을 내밀며 입가에 미소를 떠올렸다.

"전하, 흥분을 가라앉히십시오. 방금 제가 한 말은 추측일 뿐입니다. 추측을 사실로 믿고 대책을 세우면 오류가 생기지요. 우선 제가 사옥을 만날 수 있게 해주십시오. 그 입에서 대답을 듣지 못하더라도 말속에 허점이 드러날 수도 있으니까요."

"맞소. 본 왕이 경솔했구려."

예왕은 추태를 보였다는 생각에 황급히 표정을 가다듬었다.

"천뢰에 가는 것은 쉬우니 안심하시오. 그자가 선생에게 무례를 저지르지 않도록 잘 묶어놓으라고 하겠소."

"괜찮습니다. 비류도 함께 갈 테니까요."

매장소는 잠시 말을 멈췄다가 다시 물었다.

"같이 가도 되겠습니까?"

"물론 되오, 되고말고."

예왕이 재빨리 대답했다.

"깜빡했군. 비류가 호위하는데 그런 걱정을 하다니."

매장소는 몸을 살짝 숙여 인사했다.

"다른 조정 대신들의 상황은 계속 주의해서 지켜보셔야 합니다. 최근 새로운 움직임은 없는지요?"

그가 말을 꺼내자 예왕의 눈썹이 절로 찡그려졌다. 요즘 무엇 때문인지 진반약이 하는 일마다 틀어지고 있었다. 여러 대신의 저택에 심어둔 첩들에게 차례차례 문제가 생긴 것이다. 정보를 수집하다 발각되거나 사통하다 붙잡히거나 느닷없이 총애를 잃어 별원으로 내쫓겼고, 심지어 남몰래 달아난 사람도 있었다. 이 짧은 시일에 일고여덟 명의 중요한 첩자를 잃자, 재주꾼인 그녀도 골치를 썩이며 뒷정리를 하느라 바빴다. 덕분에 벌써 오랫동안 유용한 정보를 가져오지 못하고 있었다.

매장소는 그를 흘끗 바라본 후 캐묻지 않고 태연하게 말했다.

"그리 중요한 일은 아닙니다. 지금 조정 대신들이야 전하께서 하란 대로 하고 있지 않습니까? 허나 어렵사리 태자의 기세를 꺾었으니 결코 뒷심이 약해져서는 안 됩니다."

예왕은 얼굴에서 살기를 흘리며, 소매 속에서 남몰래 주먹을 꽉 쥐었다. 잇새로 음습한 바람이 흘러나오는 것 같았다.

"걱정 마시오, 선생. 본 왕도…… 잘 아오."

매장소는 천천히 눈꺼풀을 내리며 옆에 놓인 하얀 도자기 찻잔을 들어 입가로 가져가 편안하게 한 모금 마셨다.

천뢰는 세상에서 가장 음산하고 공포스러운 곳은 아니었다. 하지만 낙차를 가장 크게 느끼게 해주는 곳이기는 했다. 천뢰에 들어오는 사람들은 칠을 한 오동나무 목책 문에 발을 들여놓기 전만 해도 의기양양하고 존귀했다. 하지만 부귀한 세상에서 갑작스레 밑바닥으로 떨어진 그들에게, 다른 감옥보다 특별히 더 음습할 것도, 잔혹할 것도 없는 천뢰는 세상에서 가장 무서운 곳이 분명했다.

노황두(老黃頭)는 천뢰의 옥지기였고, 그의 아들인 소황(小黃) 역시 천뢰의 옥지기였다. 그들 부자는 천뢰에서 한(寒)자 옥방이라 불리는 독립된 구역을 담당했다. 매일 규칙대로 순찰을 돌고 밤낮으로 교대를 하며 지켰지만, 사실 진짜 하는 일은 정원을 치우는 것뿐이었다. 왜냐하면 이 한자 옥방 안에는 죄수가 없었기 때문이다. 단 한 사람도.

이곳은 천뢰에서 가장 특수한 곳으로, 중죄를 지은 황족을 가둘 때 사용했다. 그들도 법을 어기면 서민과 똑같은 죄를 지은 것이지만, 사실상 황족처럼 높디높은 존재에게 감히 죄를 물을 수 없다는 것을 누구나 알고 있었다. 노황두는 10여 년 전 이곳에 세상에서 가장 존귀한 황자가 갇혔던 것을 희미하게 기억했다. 이후 한자 옥방은 늘 비어 있었고, 매일 한 번씩 청소해서 깨끗하고 썰렁했다.

한자 옥방 밖 공터 한쪽에는 '유명도(幽冥道)'라는 이름의 긴 복도가 있었다. 이 복도 끝은 벽돌을 쌓은 큼직한 감옥으로 이어져 있었고, 죄를 저지른 관리들은 모두 그곳에 갇혔다. 썰렁한 한자 옥방에 비해 유명도는 제법 떠들썩했다. 우는 사람, 넋이 나간 사람, 미쳐서 소리를 질러대는 사람이 있었지만, 결국 가지각색의 표정을 한 그들은 쇠사슬에 묶여 끌려갔다.

　노황두는 종종 목을 길게 늘이고 구경했고, 아들이 교대하러 오면 감개무량하게 말하곤 했다.

　"다들 높은 어르신이야."

　그 한마디는 오랫동안 한결같았고 한 번도 바뀌지 않았다.

　물론 유명도에서 나오는 사람도 있었다. 나오는 사람이 여전히 족쇄와 차꼬를 차고 있고 비쩍 마른 얼굴이라면, 노황두는 속으로 안녕히 가라고 인사하면서 '죄업을 씻고 빨리 환생하시오' 라고 빌었다. 하지만 나오는 사람이 비교적 자유롭고 호위병의 안내를 받고 있다면, 노황두는 읍하는 자세로 허리를 숙이고 아무 말도 하지 않았다. 무미건조한 옥지기 노릇 속에서 유명도의 인생극을 지켜보는 것은 시간을 때우는 좋은 방법이었다.

　그날도 노황두는 평소대로 한자 옥방을 청소하고 문을 잘 잠근 후, 바깥 공터에 서서 팔짱을 끼고 허리를 숙인 채 멍하니 유명도 쪽을 바라보았다. 가끔 소매에 넣어둔 기름종이 안에서 땅콩을 꺼내 꼭꼭 씹으면서. 땅콩 다섯 개째를 씹고 있을 때, 유명도 바깥의 사립문 쪽에서 철겅철겅하는 소리가 들려왔다. 누군가 자물쇠를 여는 소리였다. 새로운 죄인이 들어온다는 의미인 것을 아는 노황두는 재빨리 그림자가 진 곳으로 물러나 섰다.

　문이 열리고 맨 먼저 들어온 두 사람은 익숙한 얼굴이었다. 옥졸인 아위(阿偉)와 아우(阿牛)였다. 그들의 튼튼한 몸이 양쪽으로 나뉘 서서 재빨리 허리를 숙였다. 노황두는 덜덜 떨며 서둘러 벽에 딱 붙었다. 나중에 들어온 사람은 정말이지 무서운 사람이기 때문이었다. 바로 천뢰에서 가장 높은 사람, 제형사(提刑司) 안예(安銳)

대인이었다. 그 어르신은 관복을 벗고 짙은 남색 장포만 입은 채
싱글싱글 웃으며 길을 안내하듯 손을 내밀었다.

"자, 들어오십시오, 소 선생."

안 대인에게 소 선생이라고 불린 사람은 학자 같은 차림새의 청
년이었다. 제법 준수한 얼굴이지만 약간 야위어서 별로 대단한 사
람 같아 보이지는 않았다. 하지만 제형사 어르신의 공손한 태도에
도 청년은 아무렇지 않은 듯 빙그레 웃기만 했다. 그의 걸음은 빠
르지도 느리지도 않았다.

일행은 유명도를 따라 들어갔다. 죄수를 만나기 위해 감옥으로
가는 것이 확실했다. 노황두가 허연 눈썹을 잔뜩 찡그리고 청년의
신분을 추측해보려는데, 갑자기 청년이 우뚝 멈추고 이쪽을 쓱 돌
아보았다. 노황두는 놀란 나머지 다리에 힘이 풀렸다. 상대방이
여기서 훔쳐보고 있다는 것을 알아챈 것 같았다.

"저쪽은…… 좀 다른 것 같군요."

청년이 노황두가 있는 방향을 가리키며 물었다.

"저곳은 한자 옥방입니다."

안예가 신중하게 대답했다.

"소 선생도 아시다시피 황족을 가두는 곳이지요."

"음."

청년은 무표정하게 고개를 끄덕인 후 계속 걸어갔다. 그의 뒤로
별안간 그림자 하나가 휙 스쳐갔다. 그림자는 귀신처럼 순식간에
앞으로 갔다 뒤로 갔다 했지만, 청년이 한마디 하자 순순히 멈췄
다. 자세히 보니 보통의 잘생긴 소년이었다. 제형사 어르신과 두
명의 옥졸도 호기심어린 표정이었지만 물어보지 못하는 것 같았

다. 일행은 그렇게 긴 복도를 뚫고 저쪽 사립문 안으로 사라졌다.

노황두는 재빨리 자기 영역으로 돌아가 숨을 가다듬고 자리에 앉았다. 그리고 눈을 찡그린 채 나타난 사람이 누굴까 계속 생각해보았다. 이런 것이 재미였다. 아무리 겁이 나도 포기하지 않았고, 추측한 결과가 맞는지 틀리는지 확인할 방법이 없어도 신경 쓰지 않았다.

노황두의 심심한 하루에 새로운 할 일을 더해준 이 청년은 물론 매장소였다. 예왕이 직접 손을 썼기 때문에 안예도 차마 푸대접할 수 없었던 것이다. 상대방은 관직조차 없는 백의 서생이지만 그는 직접 나와서 동행했고, 신분만 믿고 함부로 굴지 않았다.

천뢰의 감옥들은 하나같이 단출했고, 회삼물을 발라 지은 벽은 튼튼하기 그지없었다. 모든 감옥이 그렇듯 이곳에도 높이 달린 작은 창 하나밖에 없어 공기가 잘 돌지 않아 음습한 곰팡이 냄새가 났다. 감옥 복도로 들어선 매장소가 걸음을 멈추고 손으로 이마를 짚었다. 이곳의 어두운 빛이 익숙하지 않은 모양이었다. 비류가 다가와 착하게 그의 옆에 바짝 붙었다.

"소 선생, 발밑을 조심하십시오."

굽이진 곳을 지날 때 안예가 알려줬다.

"사옥의 감방은 아래층에 있습니다."

매장소는 비류의 팔을 잡고 열 개쯤 되는 거친 돌계단을 내려갔다. 아래층에 도착해 두어 칸 정도 지나자 비교적 안쪽에 자리한 감방에 이르렀다.

안예가 문을 열라는 뜻으로 부하들을 향해 손짓했다. 감방은 넓이가 대략 반 평 정도 되었고 어두컴컴했다. 꼭대기에 비스듬하게

난 작은 창에서 희미한 햇빛이 새어들어왔는데, 빛이 닿는 곳에는 먼지 알갱이가 가득해서 보기만 해도 더럽고 꽉꽉 막힌 느낌이 들었다.

"소 선생, 편히 얘기하십시오. 저는 위에서 기다리겠습니다."

안예가 나지막이 말한 후 옥졸들을 데리고 물러갔다. 매장소는 문밖에 잠시 서 있다가 천천히 안으로 들어갔다. 밖의 대화를 들었는지, 사옥이 구석에 쌓아둔 지푸라기 더미에서 일어나 족쇄를 질질 끌며 나와 눈을 가늘게 뜨고 방문객을 바라보았다.

"녕국후, 잘 지내셨습니까?"

매장소가 싸늘한 목소리로 인사했다.

이 차분한 젊은이를 보는 사옥의 기분은 복잡했다. 사실 이 젊은이가 바로 기린지재라 불리는 강좌매랑이라는 것을 알고부터 그는 분명히 이 자를 막으려고 애썼다. 각종 수단을 동원했고 더욱더 조심해서 움직였다. 그러나 결국은 이렇게 벼랑 끝으로 몰려 이 춥고 습한 감옥에 갇히고 말았다. 이 모든 것이 운이 따르지 않아서 우연히 발각된 것이라면 차라리 나았다. 반면, 이 강좌매랑이 만들어낸 것이라면 도저히 어떻게 한 것인지 알 수가 없어 소름이 돋고 심장이 떨렸다.

"왜 그러십니까? 보름 정도 못 만났다고 저를 잊어버리신 겁니까?"

매장소가 다시 한 번 그를 자극했다.

사옥은 치밀어오르는 노기를 억누르고 차갑게 코웃음을 쳤다.

"모를 리가 있소. 소 선생이 경성에 처음 왔을 때 손님으로서 이 몸의 집에 머물지 않았소?"

"맞습니다."

매장소가 태연하게 대꾸했다.

"처음 녕국후를 뵈었을 때, 생기 가득하고 멋진 외모와 '호국주석' 다운 위엄 덕에 감히 똑바로 쳐다볼 수도 없었지요."

"이제 보니 선생께서는 곤궁에 빠진 내 모습을 보고 비웃기 위해 찾아오셨구려. 그것 참 별로 고상하지 못한 취미로군."

사옥이 무거운 눈빛으로 그를 바라보았다.

"내가 운이 없어 억울하게 누명을 쓰고 어려운 상황에 처했으나, 여기까지 쫓아와 괴롭히다니 소인배 같다고 생각지 않소?"

매장소가 빈정거렸다.

"아니, 녕국후께서도 소인배라는 말을 아시는군요. 그런데 어려움에 처하신 것은 맞지만 누명이라니요? 탁정풍이 자백한 내용이 모두 사실이라는 것을 우리 둘 다 잘 알고 있습니다. 살아보겠다고 낯 두껍게 잡아떼시는 것뿐이지요. 하지만 증거가 너무도 확실해서 아무리 발악한들 목숨을 구하기는 어려울 겁니다. 그래봤자 하강만 살려줄 뿐이지요."

사옥의 눈빛이 반짝이고 입가에 냉소가 피어올랐다. 과연 예상대로 하강의 이름이 나왔다. 하강 때문이 아니라면 저 강좌매랑이 이렇게 더러운 곳까지 왕림하지는 않았으리라.

이렇게 명확한 사건인데도 보름 동안 갇혀 있으면서 아무 판결을 받지 않은 것은, 하강이 분명 그와 약속한 대로 하고 있기 때문이었다. 하강이 그의 목숨을 구하기 위해 온갖 방법을 동원하면 예왕은 필시 격노할 것이고, 그때 이 황자를 이용해 적절한 반격을 할 수 있었다. 매장소가 이 감방에 나타난 것은 그에게서 하강을 상대하기 위한 돌파구를 찾아 근본적인 해결을 하기 위해서였다. 그래서 사옥은 단단히 준비를 했다. 자신만의 딱딱한 갑옷 속으로 기어들어가 아무리 건드려도 입을 꾹 다물고 반응하지 않을 생각이었다.

"녕국후 나리."

매장소가 한 걸음 다가서서 몸을 살짝 기울였다.

"저만 보면 어쩌다 패했을까 하는 생각이 드실 겁니다. 아닙니까? 게다가 지금까지도 합당한 이유를 생각해내지 못하셨겠지요. 아닙니까? 대체 어디서 잘못했는지, 어디서부터 새어나갔는지 알 수도 없고, 어쩌다 일이 이런 식으로 흘러 하룻밤 만에 심연 속으로 떨어졌는지 궁금하실 겁니다. 귀한 신분의 권신에서 감방에서 죽음만 기다리는 상황으로 추락했으니까요. 아닙니까?"

냉혹하고 자극적인 말에 사옥은 얼굴을 실룩였다. 너무 힘껏 이를 악무는 바람에 양쪽 뺨이 얼얼했지만, 끝내 아무 말도 하지 않았다.

"솔직히 깊이 생각하실 것도 없습니다. 오늘 제가 확실히 알려드리러 왔으니까요. 녕국후 나리, 나리께서 패한 이유는……."

매장소의 눈빛이 고드름처럼 죄수의 얼굴을 할퀴었다. 그가 천천히 내뱉었다.

"당신이 멍청하기 때문이었습니다."

사옥의 눈썹이 꿈틀했다.

"보통 사람보다 멍청하다고는 하지 않겠습니다. 하지만 저보다는 멍청했지요."

매장소가 유유히 미소를 지었다.

"저는 당신보다 똑똑하기 때문에 당신이 어떻게 반응하고, 어떤 일을 하고, 무슨 계략을 꾸미는지 다 간파할 수 있었습니다. 반대로 제가 무슨 생각을 하는지, 어떻게 반응하는지, 무슨 계략을 꾸미는지 녕국후께서는 전혀 간파하지 못했을 겁니다. 그러니 어떻게 지지 않을 수 있겠습니까? 더욱이 계속 지면서도 어떻게 졌는지조차 알 수 없으니 이게 멍청한 것이 아니면 무엇일까요?"

사옥의 얼굴이 새하얘지고 가슴은 격렬히 오르락내리락했다. 콧김도 거칠었다. 매장소는 간소한 방 안을 구경하듯 몇 걸음 거닐며 주위를 둘러보았다. 그리고 마지막에는 사옥 앞에 천천히 몸을 웅크리고 그를 똑바로 보며 피식 웃었다.

"저 말고도 당신보다 똑똑한 사람이 있지요. 아십니까?"

사옥은 끝내 무시하고 고개를 돌려버렸다.

"하강입니다."

그러든 말든 매장소는 태연하게 말을 이었다.

"하강은 당신보다 훨씬 똑똑합니다. 그래서 당신은 여전히 제게 졌을 때의 전철을 밟으면서 계속 질 겁니다."

매장소는 일부러 잠시 뜸을 들이며 사옥의 목에 푸른 힘줄이 서는 것을 바라보았다. 그리고 한 점 흔들림 없이 차분하면서도 유혹적인 목소리로 계속 말했다.

"똑똑한 사람이 당신을 어떻게 상대하는지 알려드리지요. 그것만 알면 무척 간단합니다. 우선, 이곳에 와서 어려움에 처한 당신을 살펴봅니다. 그리고 모른 척하지 않겠다며 거래를 하자고 하지요. 그의 비밀을 폭로하지 않으면 당신의 목숨을 보호해준다고 합니다. 물론 이 거래는 거짓이 아닙니다. 그는 당신이 살아서 이 천뢰를 나갈 수 있도록 무척 열심히 방법을 연구할 겁니다. 당신이 사형을 면하고 천뢰에서 나가면 그는 약속을 지킨 것이지요. 목숨을 구해줬으니 당신은 결코 그의 죄를 알리지 않을 겁니다. 그 후 당신은 판결대로 곤궁한 곳으로 유배를 떠납니다. 어쩌면 그 정도 어려움은 참고 견딜 수 있다고 생각할지도 모르지만, 사실상 그 어려움을 겪을 기회조차 없을 겁니다. 그때쯤이면 이 사건은 마무리가 되어 더 이상 아무도 당신을 심문하지 않을 것이고, 아무도 당신이 하는 말에 귀 기울이지 않을 테니까요. 하강의 비밀을 아무리 많이 알고 있어도 털어놓을 기회조차 없습니다. 경성에서 유배지까지의 길고 긴 여행길 어느 곳이든 당신의 무덤이 될 수 있습니다. 그때 당신은 그저 유배당해서 죽은 사람일 뿐이니, 관심 갖는 사람도 신경 쓰는 사람도 없겠지요. 설령 죽은 후에 누군가 관심을 보인다 한들 무슨 소용이겠습니까? 이미 죽었는데 말입니다. 비밀을 지켜준다는 조건으로 누군가를 협박할 수 없는 상황에서는, 모든 것을 깨끗하게 다른 세상으로 보내버리기도 쉽지요. 그리고 하강은…… 그 똑똑한 사람은 편안하게 두 발 뻗고 살 수 있습니다. 이 얼마나 좋은 일입니까?"

콩알만 한 땀방울이 사옥의 이마에서 또르륵 굴러내려, 더러워져서 본래 무슨 색인지조차 알 수 없는 죄수복으로 떨어져 천을 까맣게 적셨다.

"녕국후 나리."

바짝 조여드는 매장소의 목소리는 마치 지옥에서 들려오는 것처럼 서늘하고 잔혹했으며, 글자 하나하나가 사옥의 심장을 찔러댔다.

"이제 고개를 들고 저를 보시는 게 좋겠군요. 둘이서 잘 이야기 해봅시다, 어떻습니까?"

사옥은 그가 말한 것처럼 고개를 들지는 않았지만, 매장소가 한 말은 독침처럼 그의 가슴에 파고들었다. 그가 정말 멍청하다 해도 강좌매랑이 허튼소리를 하지 않았다는 것은 알 수 있었다. 하물며 그는 전혀 멍청하지 않았다.

하지만 하강에게 의지할 수 없다면 다른 선택이 있을까? 전혀 없다. 마지막으로 틀어쥔 지푸라기인 만큼 아무리 비현실적이어도 꼭 붙잡을 수밖에 없었다. 이리저리 재고 따질 여유가 없었다.

사옥 자신도 잘 알고 있었다. 이 천뢰에서 나간다면 그는 결코 하강을 배신할 리 없었다. 그래봤자 얻을 것이 없기 때문이었다. 하강은 그의 목숨을 부지시켜줄 수도, 뒤를 봐줄 수도 있었다. 나아가 훗날 그가 재기하는 발판이 될 수도 있었다. 그러니 그는 분명 하강의 비밀을 끝까지 지킬 것이다. 그 현경사의 수좌가 믿어주기만 한다면…….

"나중의 일을 누가 확실히 알겠습니까?"

매장소는 그의 마음속을 훤히 들여다본 것처럼 차갑게 말했다.

"보름 전만 해도 그렇지요. 녕국후께서 이런 처지가 될 줄 생각이나 하셨습니까? 지금 상황만 보면 당신을 구해줄 사람은 하강뿐입니다. 당신에게는 그를 배신할 이유가 없으니까요. 하지만 세상 모든 것은 변하게 마련입니다. 당신을 믿기보다는 죽은 사람을 믿는 것이 더욱 깔끔하지 않겠습니까? 그쪽이 현경사 수좌다운 행동이 아닐까요?"

마침내 사옥이 고개를 들고 매장소의 시선을 마주 보았다. 표정은 여전히 꿋꿋했다.

"옳은 말이오. 분명 하강은 내가 천뢰를 나간 후 죽일 수도 있소. 하지만 가능성일 뿐이오. 지금 내게 남은 판돈은 그자뿐인데, 그를 믿지 말라면 설마하니 당신을 믿으라는 거요?"

"저를 못 믿으실 이유가 어디 있습니까?"

매장소가 빙그레 웃었다.

"당신을? 소 선생, 지금 농담하시오? 내가 이런 처지가 된 것 중 반은 당신 탓이오. 당신을 믿으니 자살하는 게 낫겠소."

"틀렸습니다."

매장소의 목소리는 얼음처럼 차가웠다.

"녕국후께서 이런 처지가 된 것은 뿌린 대로 거뒀기 때문이지요. 그러니 전혀 억울해하실 것 없습니다. 하지만 저를 믿으라고 한 것은 농담이 아닙니다."

사옥의 시선이 빠르게 움직였지만 대답은 없었다. 매장소는 입매를 당기며 느리지만 분명하게 말했다.

"하강에겐 당신을 죽여야 할 이유가 있지만 제겐 없으니까요."

"내가 죽기를 바라지 않는다고?"

사옥은 앙천대소했다.

"내가 너무 늦게 죽기를 바라지 않는 것은 아니고?"

"방금 말씀드렸듯이."

매장소는 개의치 않고 여전히 차분하게 말을 이었다.

"천뢰를 나간들 당신은 일개 죄인일 뿐입니다. 죽든 살든 저와 무슨 상관이 있겠습니까? 당신과 싸운 것은 당신이 쥔 권력이 예왕 전하께 방해가 되었기 때문이지요. 하지만 완전히 무너진 지금, 당신의 목숨 같은 것은 중요하지 않습니다."

사옥이 의심스레 그를 바라보았다.

"내게 남은 것이 별로 중요하지도 않은 이 목숨뿐이라면, 내가 죽든 말든 모른 척할 것이지 무엇 때문에 이곳까지 찾아와서 시간 낭비를 하는 거요?"

"좋은 질문이군요."

매장소는 천천히 고개를 끄덕였다.

"녕국후 나리의 목숨에는 일말의 관심도 없습니다. 제가 관심 있는 것은…… 하강입니다."

사옥이 몸을 홱 돌렸다.

"소철, 참 대범하구려. 하강은 내 마지막 희망이오. 나를 이용해 그를 쓰러뜨리려 하다니, 미치기라도 했소?"

"당신을 이용하는 것이 문제라도 됩니까?"

매장소가 그를 흘끗 보며 말했다.

"이런 처지에서도 이용할 곳이 조금이나마 남아 있다면 기뻐해야 할 일이지요. 정말 아무짝에도 쓸모가 없다면 끝장이니까요."

"그렇다면 소 선생을 실망시켜야 할 것 같군."

사옥은 이를 악물었다.

"그래도 나는 하강에게 걸겠소. 그는 내가 절대 배신하지 않는 다는 것을 믿어줄 것이오. 이게 내 유일한 살 길이오."

매장소는 고개를 옆으로 숙이며 그를 바라보았다. 갑자기 매장소의 얼굴 위로 웃음이 떠올랐다. 분명 우아하고 연약한 모습인데도 사옥은 어쩐지 가슴이 서늘했다.

"이거 참 죄송하게 됐군요. 그 살 길을 제가 막아버렸으니."

사옥은 그의 유혹에 넘어가지 말아야 한다는 것을 알면서도 저도 모르게 물었다.

"무슨 뜻이오?"

"13년 전, 당신은 사람을 시켜 이름도 없는 글방 선생 이중심을 죽였습니다. 하강을 대신해 죽였겠지요?"

사옥은 가슴이 철렁했지만 억지로 웃어 보였다.

"무슨 헛소리요?"

"헛소리일 수도 있지요."

매장소는 홀가분하게 대답했다.

"저도 추측으로 도박을 하는 것뿐입니다. 어쨌든 지금 예왕 전하께서는 하강을 찾아가 어째서 당신을 통해 하찮은 글방 선생을 죽였는지 묻고 계실 겁니다. 물론 하강은 절대 아니라고 잡아떼겠지요. 그러나 그 후에는 분명 이렇게 생각할 겁니다. '예왕이 이중심의 일을 어떻게 알았을까? 아무리 생각해도 사옥이 말했다고밖에는……'"

"말한 적 없소!"

"압니다. 하지만 하강은 모르지요."

매장소는 빙그레 웃으며 두 손을 펼쳐 보였다.

"녕국후의 반응을 보니 제 추측이 맞았군요. 그렇다면 죄송하게도 당신은 하강을 한 번 배신한 게 됩니다. 일부러 흘렸다고는 생각하지 않더라도, 최소한 당신의 입이 죽은 사람의 입보다 가볍다는 것을 느끼고 조금씩 조금씩 준비를 하겠지요. 물론 더 많은 비밀을 지키기 위해 여전히 당신을 구하려고는 할 겁니다. 하지만 구한 다음에는, 눈 딱 감고 깨끗이 잘라내 후환을 없애겠지요. 제가 말한 똑똑한 사람이 될 수밖에 없는 겁니다. 녕국후 나리, 하강에게 걸면 반드시 집니다. 당신의 희망은 그가 당신을 믿어주는 것밖에 없는데, 이제 그 믿음도 완전히 사라졌으니까요."

"이, 이런……."

꽉 깨문 사옥의 잇새에서 뿌드득 소리가 났다. 온몸이 격렬하게 떨리고 두 눈에서는 불꽃이 튀었다. 매장소에게 달려들고 싶지만 옆에 지푸라기를 뒤적이며 노는 비류가 있기 때문에 씩씩거리며 소리를 지르기만 했다.

"소철, 나한테 무슨 원한이 있어서 이렇게까지 몰아붙이느냐?"

"원한이라…… 원한……."

매장소는 중얼거리듯 그 단어를 반복하더니 큰 소리로 웃음을 터뜨렸다.

"녕국후 나리, 우리 둘 다 명예와 이익을 위해 각자의 주인을 보필할 뿐입니다. 자기 목적을 이루기 위해 수단과 방법을 가리지 않는 당신이 제게 그런 질문을 하다니, 우습지 않습니까?"

사옥은 지푸라기 위에 털썩 주저앉았다. 얼굴은 창백했고 심장은 절망에 푹 잠겼다. 그는 쥐였고 눈앞에 있는 매장소는 쥐를 갖고 노는 고양이였다. 고양이는 앞발만 살짝 흔들었을 뿐이지만 쥐는 도무지 막을 힘이 없었다. 이렇게 무시무시한 상대라니. 태자는 애초에 쉽게 그를 포기하지 말았어야 했다.

"녕국후 나리, 기회가 있을 때 어서 제게로 갈아타시지요. 저는 당신에게 책잡힌 곳이 없으니 당신을 살려둬도 상관없습니다."

매장소는 그의 앞에 몸을 웅크리고 가벼운 목소리로 말했다.

"어쨌든 제 쪽에는 아직 살 길이 있지요."

사옥은 고개를 떨어뜨렸다. 온몸이 땀으로 축축이 젖었다. 한참 후에야 이윽고 그가 잠긴 목소리로 입을 열었다.

"내가 어찌하면 좋겠소?"

"걱정 마십시오. 직접 하강을 고발하라는 게 아닙니다. 또다시 새로운 사건을 벌일 생각도 없고요."

매장소의 목구멍에서 부드러운 웃음소리가 흘러나왔다.

"우리 둘 다 잘 알다시피 하강이 하는 모든 일은 어명에 따른 것입니다. 다만 폐하조차 모르는 방법으로 목적을 달성하기도 했겠지요. 제 추측이 맞습니까?"

사옥은 멍한 표정으로 가만히 있다가 천천히 고개를 끄덕였다.

"폐하는 예측하기 어렵고 의심이 많은 분이오. 하강은 지난날 폐하를 속이고 한 일들을 앞으로도 계속 숨길 수 있기를 바라오. 그뿐이오."

매장소는 담담하게 말을 이었다.

"결론적으로 그 일들은 지금 제가 꾸미는 일과는 큰 관계가 없습니다. 우연히 알았을 뿐이지요. 하지만 예왕 전하께서는 하강이 태자 때문에 당신을 도우려 한다고 걱정하십니다. 대대로 정쟁에는 나서지 않던 현경사의 전례를 깰까봐 두려우신 거지요. 그래서 이렇게 물으러 올 수밖에 없었습니다. 녕국후 나리, 이중심의 일에 관해 알려주십시오. 이 일이 지금 정쟁과 무관하다는 것만 확인하면 모른 척해드리겠습니다. 현경사를 건드리는 것이 쉽지 않다는 것을 누가 모르겠습니까? 밀명을 받아 일하는 곳인데 실수로 폐하의 아픈 곳을 건드리기라도 하면 좋을 것이 없지요."

사옥이 그를 뚫어지게 쳐다보았다.

"그 이야기를 해주면 내게 무슨 좋은 점이 있소?"

"많은 것은 못 드리지만, 예왕 전하를 포기시켜 하강이 당신을 이곳에서 풀어주도록 하겠습니다. 그리고 무사히 유배지로 가서 그곳에서 살 수 있도록 보호해드리지요."

사옥은 눈을 감았다. 머릿속으로 열심히 생각해보는 것 같았다. 이중심의 비밀을 알려줘도 예왕이 그것으로 풍파를 일으킬 리는 없었다. 예왕 본인도 이 비밀 뒤에 딸려오는 사건에서 이득을 본 사람 중 한 명이기 때문이었다. 그때는 아직 덜 여문 청년이라 깊숙이 관여하지 않았을 뿐이지, 분위기를 선동하고 곤경에 빠진 사람에게 돌을 던지는 짓은 황후와 그 역시 적지 않게 저질렀다. 매장소가 돌아가서 설명하면 그는 곧 제 입으로 이 일을 떠벌려 하강을 공격할 순 없다는 것을 깨달을 것이다. 하강이 막고자 하는 것은, 사건 전체가 새어나가거나 일부러 숨겼던 세세한 일들을 황제가 알게 되는 것뿐이었다. 문제는 사옥이 모든 것을 말했을 때, 이 강좌매랑이 정말 약속을 이행할 것인가였다.

"이것은 도박입니다."

매장소는 또다시 그의 생각을 꿰뚫어본 것처럼 가볍게 말했다.

"이제 다른 곳에 걸 수도 없습니다. 저는 강호인이니 어떻게 하면 당신을 살릴 수 있는지 압니다. 제 약속을 믿는 것 말고는 선택의 여지가 없지요."

사옥의 몸이 철저히 붕괴된 것처럼 힘없이 앞으로 기울었다. 두 손으로 바닥을 짚고서야 억지로 앉아 있을 수 있었다. 족히 향 하나 탈 시간이 지난 후에야 마침내 그가 바싹 마른 입술을 뗐다.

"이중심은…… 확실히 일개 글방 선생이었소. 하지만 신기한 재능이 있었는데 바로 필적을 똑같이 흉내 내는 것이었소. 전혀 허점이 없어서 아무도 진위를 알아볼 수 없었지. 13년 전, 그는 하강의 명으로 편지 한 통을 썼소. 섭봉의 필적을 흉내 내어······."

"섭봉이 누굽니까?"

매장소가 일부러 물었다.

"당시 적염군 선봉대장이자 하동의 남편이오. 덕분에 하강은 그가 쓴 글을 얻을 기회가 많았소. 그 속에서 필요한 글자를 잘라 내 이중심에게 보이고, 하동마저 진위를 가려낼 수 없을 만큼 빈틈없는 편지를 쓰게 했소."

"편지의 내용은요?"

"구원 편지였소. '원수가 역심을 품은 것을 알아냈소. 비밀을 지키기 위해 나를 사지로 몰고 있으니 구원을 청하오' 라는 글이었지."

"제가 아는 사건 같군요. 그 편지가 거짓이었군요."

매장소는 냉소를 지었다.

"그래서······ 녕국후께서는 천리를 마다 않고 섭봉을 구하러 달려갔지만, 결국 늦어서 그의 시신만 가져올 수밖에 없었습니다. 그것도 거짓입니까?"

사옥은 입을 다물었다.

"제가 들은 이야기로는, 당시 사 대장군이던 당신은 동료를 구하기 위해 열심히 달려갔습니다. 하지만 섭봉이 있던 절혼곡에 도착했을 때 정찰병은 골짜기에 살아 있는 우군은 한 명도 없고 적국 오랑캐들이 돌격해오고 있다고 보고했습니다. 그래서 당신은 결단을 내려, 나무를 베고 골짜기를 막은 후 불을 질러 오랑캐들을 막았고 우리 대량의 좌측 방어선을 지켜냈습니다. 실로 듣는 사람을 숙연하게 만드는 이야기지요."

매장소가 비꼬았다.

"지금 생각해보니, 당신이 막은 것은 섭봉의 퇴로였고, 사지에 처해 있지도 않았던 선봉대장은 당신 손에 사지에 빠져 결국 참혹한 결말을 맞았군요. 제 추측이 맞습니까?"

사옥의 굳게 다문 입매는 일직선을 이룬 채 끝내 대답이 없었다.

"관두지요. 다 먼지 풀풀 날리는 지난 이야기이니 밝혀낸들 무슨 이득이 있겠습니까?"

매장소는 시선을 모으며 냉랭하게 말했다.

"그래서 어떻게 됐습니까?"

"당시 그 편지가 가짜라는 것을 아는 사람은 하강과 나밖에 없었소. 그에게는 그만의 목적이 있었고, 나도 그랬지. 우리는 아무 말도 하지 않았지만 마음이 통했소. 제자들이 눈치를 챌까봐 하강은 현경사의 힘을 쓸 수가 없었소. 그래서 내게 암시를 보냈고, 나는 그를 대신해 이중심의 일가를 몰살했소."

사옥의 어조는 전혀 양심에 거리끼지 않는 것처럼 평온했다.

"그게 다요. 지금의 정쟁과는 아무 관계도 없으니 만족하오?"

"이제 보니 호국주석이라는 칭호 아래 그런 기반이 깔려 있었군요."

매장소는 고개를 끄덕였다. 남몰래 소매 속에서 두 주먹을 꽉 쥐었지만 얼굴은 차분했다. 사옥이 말한 것은 지난날 숨겨진 사건 중 빙산의 일각에 불과했지만, 너무 몰아붙이면 도리어 좋을 것이 없었다. 이 짧은 대화만으로도 오늘 찾아온 목적은 이루었다. 앞으로도 지금처럼 천천히 조심스레 한 걸음씩 나아가야 했다.

사옥의 처리라면 자연히 맡아줄 사람이 나타날 것이다. 죽음이 반드시 가장 무서운 결과는 아니었다.

"그만 쉬시지요. 하강은 오늘 제가 이곳에 온 줄 모릅니다. 예왕 전하께서도 지난 일에는 흥미가 없으실 것이고요. 저는 약속을 지킬 테니 비명에 가는 일은 없을 겁니다. 하지만 당신이 유배지의 고초를 견디지 못해 쓰러지는 것은 제 소관이 아닙니다."

매장소는 태연하게 마지막 말을 마친 후, 더 이상 사옥을 바라보지 않고 돌아서서 감방을 나갔다. 비류가 황급히 이리저리 꼬며 놀던 지푸라기를 집어던지고 뒤를 따랐다. 왔던 길을 되짚어 위층으로 가는 돌계단에 이르렀을 때, 매장소는 무심코 사옥의 감방 옆 어두컴컴한 곳을 흘끗 바라보았다. 하지만 걸음을 멈추지는 않고 재빨리 계단 출구로 사라졌다.

그가 떠나고 잠시 후에 어둠 속의 문이 소리 없이 열리고 두 사람이 차례대로 나왔다. 걸음걸이가 무척 느리고 다소 불안하기까지 했다. 앞에 있는 사람은 날씬하고 키가 컸으며, 검은 웃옷에 검은 치마를 입고 있었다. 새까만 머리칼에 섞인 몇 가닥의 흰머리가 눈에 확 들어왔다. 고운 얼굴에는 핏기가 전혀 없어 마치 종이처럼 창백했다. 어두운 복도에서 별것도 아닌 조그마한 돌부리에 채어 쓰러지려는 그녀를, 다행히 뒤에 있던 사람이 붙잡아줬다.

어둠 속에서 나온 두 사람은 대화 한마디 없었다. 방금도 단순히 붙잡아 당겨주기만 했을 뿐, 곧 다시 물러섰고 괜찮으냐는 말조차 없었다. 그들도 방금 매장소가 올라간 돌계단을 따라 천천히 올라갔다. 단 한 가지 다른 점은, 문밖에서 그들이 나오기를 기다리는 사람이 제형사 안예가 아니라 정식 형부상서로 승진한 채전이라는 것이었다.

"번거롭게 해서 미안하오, 채 대인."

"무슨 말씀이십니까, 정왕 전하."

그 두 마디를 끝으로 더 이상 인사치레도 없었다. 일행은 뒷문으로 은밀하게 천뢰를 빠져나왔다. 하동은 고개 한 번 돌리지 않고 빠른 걸음으로 그곳을 떠나면서도 시종 입조차 떼지 않았다. 정왕은 멀어져가는 외로운 그녀의 뒷모습을 묵묵히 바라보았다. 하지만 두 눈동자에는 형형한 불길이 타오르고 있었다.

국상(國喪)

—
37
—

저택으로 돌아온 후 매장소는 곧장 침대에 누웠다. 오늘 밤 푹 잘 수 없다는 것을 알기 때문이었다. 과연 삼경쯤 되자 비류가 달려 와 말했다.

"문!"

매장소는 벌떡 일어나 대충 매무새를 가다듬었다. 그리고 비류를 달래 밖에서 기다리게 한 다음 바삐 비밀 통로로 들어갔다. 정왕이 밀실의 늘 앉는 자리에서 생각에 잠긴 듯 고개를 숙이고 있었다. 매장소의 발소리가 들리자 고개를 들었는데, 표정은 평온했지만 눈동자에는 복잡한 빛이 번쩍이고 있었다.

"전하."

매장소는 살짝 허리를 굽혔다.

"오셨습니까?"

"내가 올 줄 짐작하고 있었던 모양이오."

정왕이 손을 내밀어 자리를 권했다.

"오늘 천뢰에서는 정말이지 훌륭했소. 사옥 같은 사람조차 선생의 손아귀에서 놀아나다니, 기린지재라는 말이 명불허전이오."

"과찬이십니다."

매장소는 담담하게 대답했다.

"사옥이 사실을 털어놓게 되어 저도 마음이 훨씬 편합니다. 하강이 태자를 보호하려는 생각이 있는 줄 알았으니까 말입니다. 현경사의 수좌이니 쉬운 상대는 아닌데, 그가 정쟁에 끼어들지 않았다는 것을 확인했고 하동과의 사이에 내부적인 틈이 생겼으니 더이상 그에게 신경 쓰지 않아도 되겠습니다."

정왕은 말없이 그를 뚫어져라 보기만 했다. 바라보는 시간이 길어지자 매장소는 약간 불편한 기분이 되었다.

"왜 그러십니까?"

"그런 생각만 하고 있다니."

소경염의 눈동자에 노기가 떠올랐다.

"사옥이 폭로한 진상을 듣고도 놀라지 않았단 말이오?"

매장소는 가만히 생각해본 후 천천히 대답했다.

"당시 섭봉이 해를 입은 지난 일 말입니까? 오랜 시일이 지났고 상황도 많이 바뀌었습니다. 조사해봤자 아무 의미가 없는 일인데다 하강은 우리의 적도 아닙니다. 아무 의미도 없는 일을 위해 강적을 만드는 것은 지혜로운 자가 할 일이 아니지요."

"지혜로운 자가 할 일이 아니다."

정왕이 되풀이하며 냉소를 지었다.

"아는지 모르지만, 섭봉 사건은 지난날 적염군 역모 사건의 시발점이오. 그 시작조차 거짓이라니, 그 어마어마한 사건 뒤에 얼마나 많은 흑막이 있을지 누가 알겠소? 큰형님과 임씨 일가가 뒤

집어쓴 죄도 억울한 누명일지 모르는데, 선생은…… 그 일을 단순히 옛일로 치부한단 말이오?'

매장소는 정왕의 시선을 똑바로 마주하며 태연하게 대꾸했다.

"설마 전하께서는 기왕(祁王)과 임씨 일가가 억울한 누명을 썼다는 것을 이제야 아신 겁니까? 제 기억으로는 그들이 모반을 하지 않았다고 굳게 믿고 계셨던 것 같습니다만?"

"그건……."

정왕은 말문이 막혔다.

"지금까지는 큰형님과 임 원수의 위인 됨을 믿었던 것뿐이지만, 지금은……."

"지금은 확실한 단서를 얻었고, 당시에는 아무리 생각해도 알 수 없었던 진상을 알게 되었다, 그 말씀이시지요?"

매장소의 표정은 여전히 차분했다.

"그럼 전하께서는 어떻게 하길 바라십니까?"

"당연히 재조사해야 하오. 그들이 어떻게 큰형님과 임 원수를 모함했는지 낱낱이 밝힐 거요!"

"그런 다음에는요?"

"그런 다음…… 다음에는……."

정왕은 갑자기 말을 잇지 못하는 자신을 발견하고, 그제야 매장소의 뜻을 깨달았다. 저도 모르게 얼굴이 하얘지고 숨이 막혔다.

"그런 다음, 찾아낸 결과를 들고 폐하 앞에 나아가 억울함을 밝히고, 당시 역모 사건을 바로잡고, 관련자들에게 엄벌을 내리라고 청할 생각이십니까?"

매장소가 차갑게 몰아붙였다.

"전하께서는 정말 하강과 사옥만으로 가능한 일이라고 보십니까? 설사 황후와 월 귀비 모자가 가세했다고 해서, 재덕을 겸비한 황장자를 죽이고 혁혁한 위명을 날리는 임 원수 일가를 몰살시킬 수 있었다고 생각하십니까?"

정왕은 풀죽은 듯 어깨를 늘어뜨렸다. 손가락에 어찌나 힘을 주었는지 배나무 탁자에 손자국이 찍힐 것만 같았다. 그가 낮은 목소리로 말했다.

"무슨 말인지 알겠소. 하지만 어째서? 무엇 때문이오? 당시 큰형님의 힘이 황위를 흔들 정도로 강했고, 조정을 혁신하는 일에서도 부황과 의견이 맞진 않았지만 어쨌든 현명하고 인자하며 추호의 역심도 없었는데 부황이 어째서 그렇게까지 의심을 하셨단 말이오. 친아버지와 아들인데……."

"역대 황제들 중에서 친아들을 죽인 사람은 헤아릴 수 없이 많습니다."

매장소는 깊이 숨을 들이쉬고 감정을 억눌렀다.

"우리 황제 폐하의 좁은 속도 나중에서야 생긴 것이 아닙니다. 제 추측으로는 벌써부터 의심하고 있었지만 기왕부의 위세 때문에 함부로 권력을 빼앗을 수 없었던 것이겠지요. 그 마음을 하강에게 들킨 겁니다. 하강같이 충성스러운 자가 군주의 근심을 알고도 가만히 있었겠습니까?"

"부황께서 정말 그 일을 믿었단 말이오?"

정왕이 고통스러운 눈빛으로 물었다.

"큰형님이 역모를 꾸미고, 적염군이 모반했다고?"

"의심 많은 폐하의 성격으로 보아 처음에는 믿으셨을 겁니다.

그래서 그렇게 모질게 처리하셨겠지요."

그렇게 말한 뒤 매장소는 약간 망설이다가 덧붙였다.

"하강이 다급히 사옥의 입을 틀어막으려 한 것을 보면 최소한 처음 섭봉 사건의 진상은 폐하께서도 모르셨을 겁니다."

정왕은 탁자 위의 등불을 바라보며 고개를 절레절레 흔들었다.

"아무튼 부황께서 본래부터 의심한 것이 아닌 이상 경성으로 불러들여 확실히 조사했어야 했는데 어째서…… 당시 내가 국내에 없었던 것이 한스럽소."

"국내에 안 계신 것이 다행이었지요. 그렇지 않았다면 전하께서도 화를 입으셨을 겁니다."

매장소가 무심한 표정으로 말했다.

"이 사건을 일으킨 것은 하강이지만 결국은 폐하께서 처결하셨습니다. 판결을 뒤집는 것은 쉽지 않을 겁니다. 차라리 제 말대로 여기서 손을 떼시고 더는 조사하지 마십시오."

정왕이 일어나 방 안을 몇 바퀴 돌았다. 마침내 걸음을 멈췄을 때 그의 얼굴은 평정을 되찾은 후였다.

"선생의 말도 물론 맞소. 하지만 내가 정말 손을 떼면 세상에 정이 남아 있겠소? 사옥의 말은 시작에 불과하오. 그 후 어떻게 그런 파국으로 치닫게 되었는지 명확히 밝혀내지 못한다면, 앞으로 편히 잠들지 못할 것 같소. 선생이 꼼꼼하고 사람 마음을 잘 읽는다는 것을 아오. 오래전 사건의 누명을 씻기 위해서 부디 나를 도와주시오."

매장소가 고개를 들어 그의 눈을 들여다보면서 가볍게 말했다.

"전하께서 기왕의 지난 사건을 조사하고 있다는 것을 폐하께서 아시면 어떤 일이 생길지 아십니까?"

"알고 있소."

"앞뒤 정황을 낱낱이 밝혀낸다 해도, 전하께서 지금 도모하는 일에 아무런 이득이 없다는 것도 아십니까?"

"알고 있소."

"폐하께서 재위하시는 동안은 잘못을 인정하지 않을 것이고, 어떻게 해도 기왕과 임씨 일가의 누명을 벗길 수 없다는 것은 알고 계십니까?"

"알고 있소."

"다 아시면서도 반드시 조사해야겠습니까?"

"그렇소."

정왕의 눈빛은 결연하고 입술은 차갑게 다물려 있었다.

"그들이 얼마나 억울하게 죽어갔는지 반드시 알아야겠소. 그래야만 훗날 내가 황위에 올랐을 때 하나하나 씻겨줄 수 있소. 나 자신의 이익을 위해 형님과 친구들의 억울한 죽음을 못 본 체하라니, 난 그럴 수 없소. 소 선생도 더 이상 권하지 말아주시오."

매장소는 목구멍에서 솟구치는 뜨거운 것을 꿀꺽 삼키고 조용히 등불 아래 앉아 있었다. 한참 후에야 그는 천천히 몸을 일으키고 정왕을 향해 허리를 숙여 절한 후 잠긴 목소리로 말했다.

"전하를 주인으로 삼은 이상 전하의 명령은 반드시 따르겠습니다. 오랜 시간이 흘러 사정을 아는 사람이 많지 않을 겁니다. 하지만 반드시 전력을 다해 진상을 밝혀내겠습니다."

"부탁드리오, 소 선생."

정왕이 매장소를 일으켜 세웠다.

"선생같이 재능 있는 사람을 얻다니 정말 행운이오. 사옥을 쓰러뜨리는 계획도 탄성이 절로 날 만큼 치밀했소. 나는 직접 보지 못했으나 당시 얼마나 긴장된 상황이었을지 상상이 가오. 이제 태자는 강력한 조력자를 잃어 불안한 상황일 거요. 예왕에게 이 기회에 끝까지 밀어붙이라고 권할 참이오?"

매장소는 고개를 저었다.

"아닙니다. 잠시 손을 떼라고 할 생각입니다."

"음?"

정왕은 잠시 생각한 다음 깨달았다.

"하지만 예왕은 듣지 않겠군."

"물론 강력하게 권하지는 않을 겁니다. 간단히 말만 전할 테니 듣지 않으면 어쩔 수 없지요."

매장소가 씩 웃으며 몹시 교활한 표정을 지었다.

"순조로운 상황에서는 아무래도 냉정을 잃기가 쉽소. 태자가 궁지에 몰렸으니 부황께서는 분명 감싸려 하실 거요. 예왕이 물러날 줄 모르고 덤비면 정을 맞을 수도 있겠군."

정왕은 고개를 들고 생각에 잠겼다.

"부황께서 사옥의 판결을 미루고 있는 것이 하강의 중재 때문만은 아니겠구려?"

매장소가 웃으며 찬탄했다.

"전하께서 열심히 지켜보시더니 많이 느끼셨군요. 한두 해만 지나면 저 같은 모사는 더 이상 필요 없으시겠습니다."

"농담도 심하군. 책략을 짜는 데 소질이 없다는 것은 나 자신도 잘 알고 있소."

정왕이 손을 내저으며 사양한 다음, 다시 물었다.

"정말 사옥을 살려줄 생각이오?"

매장소는 담담하게 대꾸했다.

"하강이 보낸 사람을 막을 정도만 도울 겁니다. 그 외에는 나설 생각이 없습니다."

"그 외?"

"하동은 호락호락한 사람이 아닙니다. 남편을 죽인 원수이니 대놓고는 아니더라도 몰래 죽이려 하겠지요."

"하지만 하동 남편이 죽은 것이 반드시 사옥의 탓만은 아니오."

정왕이 동정어린 표정으로 말했다.

"어쨌거나 하강은 그녀의 사부인데 그 죄를 어떻게 처리할 지……."

"오랫동안 장경사를 해왔으니 하동에게도 자연히 생각이 있을 겁니다. 그녀는 겉모습과는 달리 이리저리 떠벌리는 사람이 아니지요. 사옥의 말을 믿을수록 하강에게 직접 물어보지는 않을 겁니다. 저는 그녀가 이 일을 가슴속에 담아뒀다가 훗날 전하께 도움을 줄 수 있기를 바랍니다."

정왕은 그의 깊은 뜻을 알고 고개를 끄덕였다. 나중에 기왕을 복권시킬 날이 정말 온다면, 섭봉의 미망인이 나아가 억울함을 호소하는 것이 가장 좋은 시작이었다. 하지만 그전에 지존의 자리를 얻을 수 있도록 힘을 기르는 것이야말로 가장 중요한 일이었다. 그런 생각이 들자 정왕은 정신을 가다듬고, 섭봉 사건의 진상으로 인한 비분은 잠시 내려놓은 채 매장소와 조정의 일을 논의하기 시작했다.

오랫동안 군 생활을 하느라 정치에 익숙하지 않다는 것이 정왕의 큰 약점이었다. 때문에 매장소는 정치에 밝은 사람들을 물색하고 그들이 정왕과 친해지는 기회를 제공하여 통치와 민생 정치에 관한 지식과 방법을 배우도록 했다. 밀실에서 만날 때마다 두 사람은 구체적인 사항을 상세하게 토론했고, 그러다보면 어느새 날이 밝곤 했다.

정왕과 매장소의 관계는 한동안의 적응기를 지나 점차 좋은 사이로 변해가고 있었다. 어제 조정에서는 각지의 철광석 감독관 설치 및 관용 말 관리제 통일이라는 두 가지 사안에 대한 논의가 있었다. 군대를 이끄는 정왕은 무기 제조와 군마 공급에 관해 제법 상세한 견해를 갖고 있었으나, 조정에서는 소리를 낮추고 신중을 기해야 했기 때문에 가능한 한 발언을 줄이는 원칙을 고수하느라 속에 있는 말을 다 털어놓을 수가 없었다. 하지만 꺼릴 것이 없는 지금 이 순간만큼은 생각하는 것을 모두 이야기했다. 놀랍게도 매장소는 그의 생각을 잘 따라와줬고, 심지어 논의를 하기도 전에 마음이 맞는 부분도 있었다. 신나게 이야기할 때는 몰랐지만, 대화가 끝나갈 즈음에는 정왕도 이상한 생각이 들어 물었다.

"선생이 기린지재를 가졌다고는 하지만 결국은 강호인인데 군의 일을 어찌 이렇게 잘 아시오? 마치 전쟁을 해본 사람 같군."

매장소는 살짝 당황했다. 방금까지 신나서 마음대로 떠든 것이 후회되었지만 겉으로는 드러내지 않고 아무렇지 않은 듯 웃어 보였다.

"모든 것을 먹어봐야만 맛을 아는 것은 아니지요. 강좌맹에는 퇴역 군인들이 자주 들어옵니다. 경험 많은 사졸들을 얕보지 마십시오. 그들의 눈은 보통 사람과는 달라 시야를 많이 넓혔지요. 경성에 와서는 비류 덕에 몽 통령을 알게 되었고, 이야기를 나누다 보니 그분께 배우기도 했습니다. 하지만 결국 이 방면에서 제 지식은 여기저기서 주워들은 잡다한 것들이라 체계가 없습니다. 전하께서 비웃지나 않으셨는지 모르겠습니다."

정왕도 그냥 물어본 것이지 깊이 생각하지는 않았으므로, 겸손한 말을 듣자 얼른 부인했다.

"무슨 말씀을. 선생의 날카로운 통찰력에 탄복했소. 선생의 재주는 결코 가벼이 볼 것이 아니구려. 다시 보았소."

매장소는 허리 숙여 감사인사를 했다. 조심스러워서 더 이상 말하고 싶지 않았다.

"모래시계가 다 되어가는군요. 전하께서도 아침 조회에 나가셔야 하니 이만 돌아가서 쉬시지요. 아무리 군인의 몸이라도 너무 무리하시면 안 됩니다."

정왕은 아직 피곤하지 않았지만, 매장소의 눈 밑이 어두운 것을 보자 그의 체력이 자신만 못하다는 것을 떠올렸다. 그래서 일어나 작별인사를 하고 정왕부로 가는 돌문을 열어 사라졌다.

매장소가 침실로 돌아왔을 때 바깥 하늘은 아직 어두웠다. 등잔을 켜고 가만히 앉아 있던 비류가 그를 보고 달려왔다.

"한참 지났어!"

소년이 마음이 상한 듯 원망했다.

"미안하다, 비류야."

매장소가 웃으며 그의 등을 두드렸다.

"우리 비류를 한참 기다리게 했구나. 날이 아직 밝지 않았으니

다시 자자꾸나."

비류가 그를 침대 쪽으로 밀며 외쳤다.

"자!"

매장소는 그의 머리를 쓰다듬어준 후, 겉옷을 벗고 침대에 누웠다. 비류는 머리맡에서 그를 지켜보다가 바깥으로 뛰어나가, 종이와 먹을 챙겨 붓을 휙휙 놀리며 그림을 그렸다. 춘분이 지나 밤이 짧아졌다. 매장소가 돌아왔을 때는 벌써 새벽이었기 때문에, 비류가 그림을 두 장 그리기도 전에 창이 어슴푸레 밝아왔다.

매장소는 몸을 뒤척이며 안쪽으로 얼굴을 돌렸다. 훈련이 잘된 비류는 금세 창가로 달려가 대나무 가리개를 내리려고 했다. 손잡이를 잡는 순간, 바깥 어디선가 종을 치는 소리가 은은히 들려왔다. 비류는 귀를 쫑긋 세웠다. 그와 동시에 매장소도 뭔가에 놀란 듯 침대에서 벌떡 일어났다. 그는 옷을 걸칠 새도 없이 침대에서 내려오더니 신발도 없이 정원으로 달려나갔다.

"형!"

비류가 깜짝 놀라 쫓아왔다. 매장소는 하얀 버선발로 차디찬 돌바닥에 서서 고개를 들고 종소리에 귀를 기울였다. 그때 려강 등도 소리를 듣고 차례차례 달려와 종주를 둘러쌌다. 하지만 종주의 굳은 얼굴을 보자 아무도 입을 열지 못했다.

"비류, 몇 번 울렸지?"

종소리가 멈춘 후 매장소가 물었다.

"스물일곱!"

려강이 눈썹을 꿈틀했다.

"금종 스물일곱 번이면 대상(大喪)이군요. 황궁에 태후가 안 계시니 저것은……."

말이 끝나기도 전에 매장소가 새하얘진 얼굴로 눈을 감았다. 참아보려 해도 참을 수가 없었는지 그의 입에서 새빨간 피가 왈칵 쏟아져 옷자락을 적셨다.

"종주!"

"형!"

주위에 있던 사람들은 깜짝 놀랐다. 안 의원을 부르러 달려가는 사람도 있었다. 려강은 서둘러 그를 방 안으로 옮겨 침대에 눕혔다. 곧 안 의원이 나타났다. 맥을 짚어보고 침을 놓으려는데 매장소가 일어나 앉으며 손을 내저었다. 그는 고개를 숙인 채 잠긴 소리로 말했다.

"걱정할 것 없네. 혼자 있고 싶으니 모두 나가게."

"종주……."

려강이 입을 열었지만 안 의원이 손을 들어 저지했다. 그는 먼저 나가면서 사람들에게도 따라나오라는 눈짓을 했다. 유독 비류만 꼼짝도 않고 있었기에 내버려둘 수밖에 없었다.

방 안이 다시금 조용해지자 매장소는 천천히 고개를 들었다. 빨갛게 변한 눈시울에 눈물이 그렁그렁했다.

"비류야."

그는 소년의 머리를 쓰다듬으며 중얼거렸다.

"증조할머니께서 결국 나를 기다려주지 못하셨구나."

태황태후의 훙서는 뜻밖의 일도 아니었다. 나이가 많고 오래전부터 정신이 오락가락한데다 건강도 좋았다 말았다 했다. 예부에서도 벌써부터 장례 준비를 하고 있었다. 모든 것이 규칙대로 진행되어 장례 준비도 착착 정리가 되었고, 연초에 예부상서가 바뀐 일로 혼란이 일지도 않았다.

대상을 알리는 종이 친 후 전국은 즉시 국상 기간으로 들어갔다. 황제는 예법에 따라 한 달간 조회를 멈추고 상복을 입었고, 종실들은 제사를 지내고, 삼품 이상의 관리들은 입궁하여 예를 갖췄다. 또 전국에서 3년 동안 연회가 금지되었다.

그와 함께 몇 가지 부수적인 효과도 나타났다.

우선 사옥은 참수형을 선고받았으나, 국상 기간이기 때문에 검주(黔州)로 유배 보내는 것으로 바뀌었다. 출발은 두 달 후였고 사씨 일족은 모든 작위를 삭탈당하고 서민이 되었다.

또 대량과 남초의 국혼도 잠시 중단되어, 혼약만 맺고 3년 후에 혼례를 올리기로 했다. 이 혼인은 남초에서 먼저 제안한 것이었다. 대량과 우호를 맺고 그 틈에 면을 평정하기 위해서였는데, 상대방이 국상을 당해 그 예에 따라 방어에 필요한 병력 외에는 먼저 병사를 일으킬 수 없게 되었기 때문에 목적을 달성한 것과 마찬가지였다. 그래서 별말 없이 애도를 표하고 돌아갔다. 경녕 공주는 증조모 상을 당해 비통해하면서도 혼인 날짜가 미뤄져 다소 안심했다. 희비가 교차하고 온갖 복잡한 기분이 들자, 그녀는 오히려 까무러칠 정도로 슬피 울었다.

사찰에 은거하던 리양 장공주도 소식을 듣고 경성으로 달려와 상을 지켰다. 소경예와 사필은 봉작이 없어 제사에 참석할 자격이 없었지만, 떠나간 노인이 오랫동안 이 젊은이들을 애지중지했기 때문에 오는 것을 막을 수 없었다. 그래서 곤란한 신분에 예전과는 다른 처지였지만, 어머니와 함께 경성으로 돌아와 리양 공주부에 묶게 되었다.

불을 뿜던 정쟁도 대상의 종소리에 잠시 멈췄다. 한 달의 경야 기간 중에 모든 황자는 궁에 머물러야 했다. 방으로 돌아가거나 씻을 수도 없고, 피곤해도 누워서 잘 수 없었다. 또 육식도 금한 채 매일 영정 앞에 꿇어앉아 아침저녁으로 곡을 해야 했다. 사치 스러운 나날을 보내던 태자와 예왕은 이런 고생을 견뎌낼 재간이 없었다. 처음에는 어찌어찌 버텼으나 갈수록 힘들어졌다. 황제가 자리를 비우기만 하면 두 사람은 곧 슬픈 표정을 거뒀고, 부하들 은 비위를 맞추려고 규칙에 어긋난 행동들로 주인의 환심을 샀다. 상을 치르는 예법이 워낙 엄격하여 방법을 강구하지 않으면 경야 기간이 끝나기도 전에 반죽음이 될 수 있었다. 그러니 자기 몸부 터 챙기는 것도 어쩔 수 없는 일이었다.

어쨌거나 두 사람이 나란히 규칙을 어겼으므로 아무도 그들을 고발하지 않았다. 함께 있던 대신들은 더욱이 그들의 잘못을 떠들 수 없었다. 그들을 시작으로, 다른 황자들도 약간은 삼가면서도 따라하게 되었다. 반면 군에서 단련된 정왕은 효성이 깊어 경야 기간에도 슬픔과 예를 조금도 소홀히 하지 않아 다른 황자들과는 완전히 달랐다. 정왕의 작위는 겨우 군왕이었으므로, 성대한 자리 에서는 보통 태자나 예왕과 함께 있는 일이 거의 없었다. 하지만 한 달간 같은 곳에서 상을 지키게 된 지금, 함께 있는 고관대작들 의 눈에 그들의 대비되는 모습은 유난히 돋보였다.

그 한 달 동안 매장소는 방에서 효를 다했다. 안 의원은 이 방식 이 그의 몸에 막심한 피해를 준다는 것을 알면서도, 그렇게 하지 않으면 울화가 쌓여 더 좋지 않을까봐 세심하게 보살피기만 했다.

매장소가 흰죽만 먹었기 때문에 려강과 길 아주머니는 어떻게든 매장소 몰래 죽에 약재를 섞었고, 들킬까봐 무척 조심했다. 다행히 매장소는 슬픔에 빠져 전혀 눈치 채지 못했다.

유명 인사들이 모두 궁에 들어갔기 때문에 금릉성에는 낮에도 시장이 서지 않았고 밤에는 통행금지가 내렸다. 복상 기간 동안 흉악한 사건이 벌어질까 두려워 경비도 삼엄했다. 아무런 사고 없이 한 달이 무사히 지나는 동안, 려강은 그사이 경성에 도착한 견평과 함께 안을 지키고, 십삼 선생은 밖을 지키면서 상을 치르는 종주가 마음 쓸 일 없도록 힘을 다했다.

경야 기간이 끝나고 발인일이 되었다. 백 세 가까이 살며 네 명의 황제를 모시면서 백성들과 자손들의 사랑을 받은 고령의 태황태후는 위릉으로 들어가, 그녀보다 40여 년 먼저 떠난 남편과 합장되었다. 영구는 황궁 주작문의 큰길로 나갔고 슬픈 장송곡과 함께 지전이 흩날렸다. 이 길과 이웃한 매장소의 저택 안에서도 구성지게 울리는 장송곡을 또렷하게 들을 수 있었다. 매장소는 복도에 꿇어앉아 절을 했다. 눈은 붉게 충혈되었지만 눈물은 흘리지 않았다.

발인 다음 날 황제는 조정에 복귀했다. 하지만 오랜 경야로 너나없이 지쳐 있었기 때문에 간단하게 끝냈다. 사람들은 집으로 돌아가 가족들을 만나고 깨끗이 씻고 맛있게 먹은 후 푹 잤다.

한 달 동안 고생한 매장소도 병이 나지 않을 수 없었다. 다행히 안 의원이 옆에서 잘 보살핀 덕분에 예전처럼 위험하지는 않았다. 소량의 각혈을 하고, 열이 오르며 기침을 했고, 식은땀을 흘리며 기절하기도 했지만, 발작할 때 약을 먹이면 억지로나마 넘길 수 있었다.

　매장소는 오후 내내 혼수상태였고, 밤이 되자 깨어났다. 그는 이불을 덮고 침대맡에 앉아 비류가 종이접기 하는 것을 바라보았다. 시선이 여기저기 맴돌다가 탁자에 놓인 하얀 편지에 닿았다. 예황 군주가 운남에서 쾌마를 통해 보낸 것으로 어젯밤에 도착했다. 편지에는 '몸조심하세요'라는 한 문장만 쓰여 있었다. 어제는 그 글만 보아도 마음이 아파 옆으로 밀어뒀는데, 아마도 려강이 어떻게 처리해야 할지 몰라 탁자에 놓아둔 모양이었다.

　"비류, 편지를 좀 가져다주렴."

　소년이 몸을 휙 날려 재빨리 임무를 완수했다. 매장소는 편지를 열고 수려하면서도 힘찬 글자를 뚫어져라 보았다. 잠시 넋을 놓고 있던 그는 다시 비류를 불러 등을 가져오게 했다. 그런 다음 덮개를 열고 편지를 불꽃에 태우며 천천히 재가 되는 것을 바라보았다.

　"태워?"

　비류가 눈을 깜빡이며 이상하다는 듯 물었다.

　"괜찮아."

　매장소는 빙그레 웃었다.

　"가슴에 새길 수 있으니까."

　소년은 무슨 말인지 모르겠다는 듯 고개를 갸웃했다. 하지만 그런 것으로 골머리를 앓는 사람이 아니었기에, 곧 자기의 조그만 의자로 돌아가 계속 종이를 접었다. 종이인형 머리가 잘 접히지 않는지, 참을성 없이 성질을 부리더니 발을 쿵쿵 구르며 소리쳤다.

　"짜증 나!"

　매장소가 손짓을 해서 새 종이를 가져오게 했다. 그는 비류를 옆에 앉히고 천천히 종이를 접어 예쁜 인형을 만들어줬다. 머리도 있고 팔다리도 있고, 한쪽 손을 잡아당기면 다른 쪽 손이 함께 움직였다. 비류는 무척 마음에 들었는지 활짝 웃다가 갑자기 버럭 외쳤다.

"거짓말!"

난데없는 한 마디였지만 매장소는 곧 알아듣고 책망하듯 말했다.

"린신 형이 알려준 방법도 맞아. 비류 네가 완전히 배우지 못해서 그렇지, 거짓말이 아니란다. 함부로 누명을 씌우면 안 돼!"

비류는 손에 든 종이 인형을 보며 억울한 목소리로 대꾸했다.

"달라!"

"종이 인형을 접는 방법은 여러 가지가 있단다. 이 방법은 증조할머니께서 가르쳐주신 거야. 증조할머니는 형이 어릴 때 종이 인형이나 종이학 같은 것을 자주 접어주셨지. 하지만 그때는 종이 인형을 별로 좋아하지 않아서 늘 도망칠 생각만 했어. 밖에 나가서 말을 탈 생각만……."

"어릴 때?"

소년은 무척 곤란해했다. 아마도 형에게도 어린 시절이 있었다는 것을 상상할 수 없는 모양이었다.

"우리 비류보다 더 어릴 때야."

"와!"

비류가 탄성을 내질렀다.

"종이를 더 가져와보렴. 형이 공작을 접어주마."

신이 난 비류는 가장 좋아하는 노랑 종이 한 장을 가져와 눈 한

번 깜빡하지 않고 몹시 진지한 얼굴로 매장소의 손을 바라보았다. 공작의 꼬리가 점점 모습을 갖춰가자, 비류가 갑자기 고개를 홱 돌리며 외쳤다.

"아저씨!"

매장소는 흠칫하더니 손을 멈추고 분부했다.

"가서 아저씨를 모셔오렴."

"공작!"

"아저씨가 간 후에 다시 접어줄게."

너무나도 재미있는 종이접기 놀이가 도중에 멈춰버리자, 비류는 그 원인 제공자인 몽지에게 몹시 화가 났다. 그를 데리고 들어올 때 평소 준수하던 얼굴은 먹을 칠한 것처럼 시커멨고, 온몸에서 풍기는 서늘함에 며칠 동안 우박이라도 쏟아질 것 같았다. 몽지는 어쩌다 이 소년을 화나게 했는지 몰라 머리를 긁적였다.

"앉으세요, 형님."

매장소는 반쯤 완성된 공작을 비류에게 주어 놀게 하고, 살짝 허리 숙여 인사한 후 똑바로 앉았다. 몽지가 얼른 그를 부축했다.

"한 달 동안 고생 끝에 겨우 교대하셨군요. 황궁은 아직 정신이 없을 텐데, 시간이 났을 때 댁에 가서 쉬시지 않고요?"

"자네가 걱정되어서 말일세."

몽지는 등불에 비친 그를 꼼꼼히 살폈다. 더욱 야윈 모습을 보자 그는 절로 마음이 아팠다.

"자네가 태황태후께 사랑을 듬뿍 받았다는 것은 알지만, 어쨌든 장수를 누리셨고 누가 봐도 호상이라네. 그러니 자네 몸부터 챙기게."

매장소는 눈을 내리깔고 천천히 말했다.

"걱정 마십시오. 저도 압니다. 다만 참을 수가…… 지난번 할머님을 뵈었을 때, 제 손을 잡고 소수라고 부르셨지요. 정말 저를 알아보셨던 건지 헷갈려서 그러셨는지는 모르지만, 마음속으로 언제나 소수 걱정을 하셨으니 그 이름이 나왔겠지요. 할머님께서 저를 기다려주시기를 바랐는데, 이제는 그 희망조차 없어졌군요."

"그 마음은 구천에 계신 태황태후께서도 아실 거야. 어려서부터 자네를 가장 예뻐하셨으니, 자네가 이렇게 슬퍼하는 것은 원치 않으실 걸세. 진양(晉陽) 장공주께서 자네를 낳으셨을 때 태황태후께서는 한 달을 못 참으시고 몸소 자네를 보러 나가셨다지. 궁에서 시위를 맡고 있을 때 태황태후께서 아이들을 데리고 계신 모습을 종종 보았네. 그 중에서 가장 귀여워하던 아이는 늘 자네였지. 그때 자네는 정말 장난이 심했는데……."

"그랬던가요?"

매장소의 눈가에 물이 반짝였지만, 입가에는 따스한 미소가 떠올랐다.

"요 며칠 저도 지난 일들이 자꾸 생각납니다. 제가 사고를 칠 때마다 할머님께서 구해주셨지요. 결국 아버지는 저를 때리지만 않으면 할머님이 심하게 간섭하지 않는다는 것을 아시고, 때리지는 않고 때리는 것보다 더 견디기 힘든 방법으로 벌을 주셨죠."

"기억나네, 기억나."

몽지도 그리운 웃음을 떠올리며 말했다.

"한번은 자네가 그 뭐더라…… 아마 선황 폐하께서 아끼는 물건을 깨뜨렸지. 화가 나신 임 원수께서 어가를 모시고 사냥을 나가면서, 일부러 자네에게 어린아이들을 돌보는 일을 맡기고 절대 실수하지 말라고 엄명을 내리셨지. 그때는 자네도 아직 덜 자란 어린아이였을 뿐인데."

매장소도 기억나는지 고개를 끄덕였다.

"그때 저는 혼자 곰과 싸울망정 **빽빽** 떠들어대는 남자아이들을 돌보고 싶진 않았죠. 경예는 그나마 조용했지만, 예진 그 녀석은 이리저리 뛰어다니며 한순간도 가만있지 않았어요."

"그래서 예진을 나무에 묶어뒀나?"

몽지가 눈썹을 세우며 물었다.

"그러고는 정왕이 그랬다며, 좋은 마음으로 도와주러 온 정왕에게 억울하게 누명까지 씌웠지."

"하지만 결국 벌 받은 사람은 저였어요. 할머님께서 구해주러 오실 때까지. 그때는 정말 억울했죠. 분명 경염이 제 입으로 자기가 했다고 했는데도 왜 제게 벌을 내리시는지……."

매장소는 쿡쿡 웃다가 기침을 하기 시작했다. 한참 만에야 기침이 멈추자 그는 잠깐 숨을 가다듬은 후 계속 말했다.

"그때의 일을 생각하면 마치 가슴에 살짝 달군 얼음덩이가 놓인 기분입니다. 한동안 따뜻하다가도 순식간에 심장이 시릴 정도로 차가워지지요."

"소수……."

몽지는 가슴이 쥐어짜듯 아파왔다. 위로하고 싶지만 적당한 말이 떠오르지 않았고, 무쇠 같은 대장부조차 눈시울을 붉혔다.

"슬퍼하지 마세요."

도리어 매장소가 그를 위로했다.

"할머님은 편안히 잠드셨고, 저도 가장 슬픈 날은 넘겨서 이젠 괜찮습니다. 그저 저와 함께 지난 일을 떠들어줄 사람이 형님밖에 없어서 몇 마디 한 것뿐입니다."

몽지가 장탄식을 하며 그의 어깨를 두드렸다.

"사실 내 마음도 모순적일세. 자네가 소철일 뿐 아니라 임수이기도 하다는 것을 기억할 수 있도록 옛이야기를 하고 싶지만, 한편으로는 너무 많은 이야기를 하면 자네 마음이 아플까봐 걱정되기도 한다네."

"호의는 알겠습니다."

매장소는 두 눈을 들고 그윽한 눈빛으로 바라보았다.

"하지만 임수든 소철이든, 허약한 종이 인형은 아닙니다. 이 정도 고통은 견딜 수 있어요. 앞으로 할 일이 많이 남아 있는데 도중에 쓰러지면 되겠습니까? 형님, 저는 반드시 최후의 순간까지 갈겁니다. 형님도 저를 믿어주셔야 합니다."

몽지는 '최후의 순간'이라는 말에 괜히 가슴이 철렁했다. 하지만 무엇 때문인지는 알 수 없어 억지로 웃으며 말했다.

"당연히 믿네. 자네 재능과 성품으로 못할 일이 어디 있겠나?"

매장소는 따뜻한 미소를 지어 보이며 등을 기댔다. 그는 몇 번 기침을 한 후 재촉했다.

"일찍 돌아가세요. 형수님과 시간을 보내셔야지요. 저는 괜찮으니 걱정할 필요 없습니다. 교대가 끝나면 또 바빠지실 테지요."

몽지도 시간이 늦은 것을 알고 매장소의 휴식에 방해될까봐 순순히 일어났다. 떠나기 전 그가 마지막으로 당부했다.

"급한 일이 있고 천천히 해도 되는 일이 있네. 지금은 자네 건강이 가장 중요하니 다른 일은 모두 잊게. 어쨌든 급한 일도 아니니 천천히 진행하는 것이 나아."

매장소는 고개를 끄덕이고, 더 미적거리지 못하도록 비류를 불러 배웅하게 했다. 빨리 공작을 접고 싶은 소년은, 몽지를 거의 밀어내다시피 하여 쫓아냄으로써 이 명령을 효과적으로 수행했다.

때는 이미 이경이었다. 거리 쪽 아득히 멀리서 경쇠 소리가 들려왔다. 매장소는 입은 상복을 어루만지면서 흔들리는 마음을 다잡으려 애썼다. 한 걸음을 내디딘 이상, 반드시 최후의 순간까지 견뎌내야 했다.

소년이 나는 듯이 돌아와 반쪽짜리 공작을 건넸다. 사실 남은 작업은, 한 번 접고 뒤집은 다음 부채꼴의 꼬리를 잡아당겨 모양을 잡는 것뿐이었다. 즐거운 비류의 탄성을 들으면서, 매장소는 천천히 공작을 높이 들어올리며 중얼거렸다.

"할머님, 보이세요?"

—

38

—

금릉성은 내궁(內宮)과 외성(外城) 두 부분으로 나뉜다. 내궁의 치안
은 황제의 직속인 금군이 맡았고, 현재 최고 지휘관은 금군통령
몽지였다. 담당 기관이 하나인 내궁과 달리 외성의 치안체계는 복
잡할 정도로 나눠져 있었다. 민간의 법률 사건과 순찰, 도적이나
강도 체포, 자연재해 구제 등은 경조윤 관아의 업무였고, 성문 수
비, 야간통행 관리, 흉기난동 제압 등의 일은 순방영의 책임이었
다. 경조윤 관아는 지방관이므로 육부의 명을 받았다. 순방영은
편제로 따지면 병부 소속이지만, 순방영 통솔자가 녕국후가 되어
병부상서보다 높은 자리에 오르자 독립적으로 운영되었고, 병부
는 순방영에 아무런 명령을 내릴 수 없게 되었다.

그 외에도 외성에는 사병을 가진 곳이 몇 군데 있었다. 동궁은
혜제(惠帝) 때 내궁에서 독립한 후로 외성에 속하게 되었고, 제도
에 따라 3천 명의 사병을 기를 수 있었다. 친왕부는 2천, 군왕부
는 1천, 일품 군후는 8백 명의 사병을 거느렸다. 이런 특권을 가진
저택은 크든 작든 외성의 상황에 영향을 주었고, 각자의 힘이 뒤

섞여 난마처럼 헝클어져 있었다. 순방영 지휘를 맡은 사옥이 쓰러진 일은, 복잡한 실타래 속에서 억지로 실 하나를 잡아당긴 꼴이 되어 상황을 더욱 어지럽게 했다.

태황태후의 발인으로부터 한 달쯤 지나자 어명이 내렸다. 사옥은 천뢰의 유명도에서 나와 유배지인 검주로 떠날 준비를 했다. 세가에서 태어나 젊어서 공주를 아내로 삼고, 누차 봉작을 받아 일품 군후가 되고 혁혁한 권세를 누린 그였다. 그런데 그 모든 것은 한여름 밤 꿈처럼 하루아침에 사라졌다. 부귀영화는 가시고 남은 것은 족쇄와 차꼬뿐이었다. 그는 다른 유배자들과 마찬가지로 거친 옥졸들의 호송을 받았다. 하다못해 호송하는 옥졸 수조차 남들보다 많지 않았다.

남월문을 나가자 누런 흙으로 덮인 길이 나왔다. 평탄해서 걷기에도 나쁘지 않았다. 무예를 익힌 사옥은 다리 힘이 약하지 않았기 때문에, 호송하는 옥졸들의 몽둥이세례를 받지 않아도 느리지 않게 걸을 수 있었다. 약 한 시간 정도 지나자 하늘이 환하게 밝아왔다. 옥졸 하나가 걸음을 멈추고 땀을 닦으며 별생각 없이 뒤를 돌아보았다.

그때 까만 덮개를 씌운 마차 하나가 뿌연 먼지를 일으키며 달려오고 있었다. 마차를 끄는 준마만 보아도 보통 집안 마차가 아니라는 것을 알 수 있었다. 세 사람은 다 함께 옆으로 비켰다. 옥졸들은 호기심어린 눈초리로 쳐다보았지만 사옥은 돌아서서 길옆 풀 속으로 숨었다. 마차는 세 사람과의 거리가 수 장 정도 되는 곳에 멈췄다. 가리개가 올라가고 상복을 입은 청년이 뛰어내렸다. 그는 옥졸들의 손에 은자를 듬뿍 쥐여주며 나지막이 말했다.

"배웅을 나왔으니 좀 봐주게."

누군지는 모르지만 사옥의 배웅을 나왔다면 시정잡배는 아닐 것이다. 눈치 빠른 두 옥졸은 배시시 웃으며 멀찍이 떨어졌다.

"아버님······."

사필이 떨리는 목소리로 불렀다. 눈이 빨갰다.

"괜찮으십니까?"

사옥은 한동안 아무 말 없이 서 있다가 결국 담담하게 대꾸했다.

"오냐."

사필이 다시 입을 열었지만, 뭐라고 해야 할지 모르는 듯 멍하니 있기만 했다. 잠시 후 그가 마차를 돌아보았다. 마차에 다른 사람이 있다는 것을 깨달은 사옥의 눈빛이 저도 모르게 흔들렸다. 이런 상황에서도 그녀를 한 번 더 보고 싶은지 아닌지 알 수 없었다. 하지만 보고 싶든 아니든 지금 그에게는 선택권이 없었다. 마차 가리개가 다시 한 번 올라가고, 소복을 입은 리양 장공주가 천천히 마차에서 내렸다. 뜻밖인 것은 다소 쇠약해진 장공주를 부축하고 있는 사람이 소경예라는 사실이었다.

사옥과 대여섯 걸음 떨어진 곳에서 소경예는 어머니를 놓고 그 자리에 멈춰 섰다. 리양 장공주는 계속 사옥에게 걸어와 가만히 그를 응시했다. 사필은 부모님 단둘이 이야기할 기회를 줄 겸, 갈등과 슬픔에 싸여 있을 소경예를 생각해서 좀 더 멀리 떨어진 곳으로 그를 데려갔다.

"끝났나요?"

오랜 침묵 끝에 나온 장공주의 첫마디였다.

"아니오."

"내가 도울 일이 있나요?"

"괜찮소."

사옥은 고개를 저었다.

"경성에서도 나를 보호해줄 수 없었는데, 아득한 강호에서 무
· 슨 힘이 있겠소."

리양 장공주의 눈빛은 차분하면서도 슬픔에 차 있었다. 눈물을
너무 많이 흘려 눈언저리가 누렇게 시들고 주름이 깊게 패었지만,
눈동자에는 아직도 추수 같은 광채가 남아 있었다. 가끔씩 반짝이
는 그 눈동자는 여전히 매혹적이었다.

"그 소 선생이…… 어제 사람을 보냈어요. 당신더러 내게 편지
한 장을 남기라고 하더군요."

"편지?"

사옥은 어리둥절했다. 하지만 생각만 해도 소름이 돋는 매장소
의 말이라면 한 귀로 흘릴 수가 없었기에 머리를 쥐어짜며 생각해
보았다.

"그 사람 말이, 아직 편지를 쓰지 않았다면 지금이라도 쓰라고
했어요. 당신이 말한 이야기 뒤에는 더 깊은 것이 숨겨져 있을 테
니, 그걸 써서 내게 주면 당신이 살 수 있다고 하더군요."

그 말뜻을 전혀 모르는 리양 장공주는 그저 또박또박 진지하게
전달하기만 했다. 이 남자는 청춘 시절 그녀의 아름다운 사랑을
찢어발겼고, 그녀의 아이를 죽이려고 했다. 그래도 20여 년간 부
부로 살아온 정이 있었고, 세 아이의 아버지였다. 그런 그가 처참
하게 죽었다는 소식은 듣고 싶지 않았다. 특히 이 남자 스스로 죽
음을 원치 않는 상황에서는.

사옥은 눈동자를 굴리며 생각하다가, 갑작스레 매장소의 생각을 깨달았다. 그가 쥐고 있는 비밀 중에는 그날 매장소에게 말해준 것 말고도, 당장은 말하고 싶지 않은, 말할 수 없는 것들이 있었다. 길고 긴 유배 길에서 하강이 그를 죽이려 든다면 막을 방법이 없었다. 유일한 방법은 가진 비밀을 모두 써서 리양 장공주에게 맡기는 것이었다. 그에게 아무 일이 없으면 리양 장공주도 그 편지를 공개하지 않겠지만, 그가 죽으면 이 편지는 빼도 박도 못하는 증거가 될 것이다. 하강은 멍청이가 아니니, 그를 살려두는 것이 낫다는 것을 알아차릴 것이다. 살아 있어도 의지할 곳이 없는 그가 두 사람의 목숨이 걸린 비밀을 아무렇게나 발설할 리 없었다. 반대로 그가 죽으면 아무것도 지켜낼 수 없었다. 이것이야말로 확실한, 무엇보다 확실한 최후의 지푸라기였다.

리양 장공주는 여전히 차분한 얼굴로 그를 바라보고 있었다. 재촉하지도 않고 차분하게 그의 결정만을 기다렸다.

문득 사옥은 가슴속이 뜨거워지는 것을 느끼며 눈시울을 적셨다. 오랫동안 원망하며 살아왔지만, 그래도 그가 이 세상에서 유일하게 믿을 수 있는 사람, 유일하게 희망을 걸 수 있는 사람은 역시 리양 장공주뿐이었다.

"종이와 붓이 있소?"

마음을 다잡은 후, 사옥이 낮게 물었다.

리양 장공주는 넓은 소매에서 길쭉한 상자를 꺼냈다. 안에는 붓과 먹 그리고 기다란 비단이 들어 있었다.

"여기에 쓰세요."

사옥이 망설이듯 멀리서 흘끔거리는 옥졸들을 바라보자, 리양 장공주가 말했다.

"괜찮아요. 소 선생 말로는 당신이 편지를 쓰는 것을 보는 사람이 많을수록 좋다고 했어요."

사옥도 곧 그 뜻을 깨닫고 재빨리 붓을 들었다. 차꼬를 차고 있었기 때문에 리양 장공주가 비단을 그 위에 펼치고 몇 줄 쓸 때마다 옆으로 밀어주었다. 처음부터 끝까지, 그녀의 시선은 단 한 번도 비단 위의 글자를 향하지 않았다. 사옥이 어렵사리 다 써내려가자, 그녀는 곧 비단을 접어 수를 놓은 주머니 속에 넣은 후, 가느다란 침으로 입구를 단단히 봉했다.

"리양……"

"당신이 쓴 이 편지는 아무에게도 보여주지 않겠어요. 나도 보지 않을 거고요. 당신이 했던 일들은 하나도 알고 싶지 않아요. 내겐 아무것도 모르는 편이 더 좋으니까요."

리양 장공주는 주머니를 품에 넣으며 처량한 눈으로 말했다.

"옷가지와 은자를 좀 준비했어요. 가면서 쓰세요."

사옥은 부드럽게 그녀를 바라보았다. 얼굴을 만지고 싶었지만 손을 뻗는 순간 차꼬를 차고 있다는 것을 깨닫고 억지로 멈췄다. 그가 가볍게 말했다.

"리양, 몸조심하시오. 반드시 당신을 만나러 돌아오겠소."

리양 장공주의 눈시울이 빨개졌다. 그녀는 아무 대답 없이 고개를 돌리고 사필에게 손짓했다. 사옥은 얼른 정신을 차리고 아들이 오기 전에 재빨리 말했다.

"리양, 절대로 그 주머니를 매장소에게 주면 안 되오."

리양 장공주는 그를 돌아보더니 차분하게 고개를 끄덕였다.

"안심하세요. 당신이 살아 있는 한, 늘 몸에 지니고 있겠어요."

말이 끝나자 사필이 다가왔다. 꼼꼼한 성격의 그는 어머니의 마음을 읽고, 마차에 실었던 보따리를 가져와 사옥의 등에 매주었다. 소경예는 여전히 멀리 서서 가끔 이쪽을 돌아보곤 했다. 사옥은 소경예에게 진심으로 부정을 보여준 적이 없었다. 리양 장공주는 아들의 슬픔을 이해했고, 사필도 세심했기 때문에 아무도 그를 부르지 않았다. 그들은 말없이 서로 바라보고만 있었다. 결국 사옥이 먼저 말을 꺼냈다.

"갈 길이 머니 그만 헤어집시다. 필아, 어머니를 잘 보살펴드려라."

사필이 고개를 끄덕이며 어머니를 부축하고 천천히 물러났다. 배웅이 끝난 것을 본 옥졸들이 몽둥이를 들고 다가왔다. 사옥은 리양 장공주의 마차가 멀어지는 것을 보고 싶지 않아 먼저 돌아섰다. 심호흡을 하고 걸음을 옮기려는데, 갑자기 등 뒤가 서늘해지며 오싹 소름이 돋았다. 황급히 사방을 둘러보았지만 잡초 가득한 고도(古道)에 인적이나 짐승의 종적은 없었다. 그는 착각인가 싶어 힘껏 고개를 저었다.

바로 그때, 사필이 '헉' 하고 찬 숨을 들이켜는 소리가 들렸다. 사옥이 다시 고개를 들어보니, 조금 전까지만 해도 아무도 없던 저 앞에서 사람 키만 한 풀들이 파도처럼 출렁이며 갈라지더니 새까만 옷을 입은 하동이 천천히 걸어나왔다. 하동뿐이었다면 사필이 그렇게 놀라지는 않았을 것이다. 사필을 놀라게 한 것은 바로 하동의 표정이었다. 바다처럼 깊고 뼈에 사무칠 듯 날카롭고 얼음처럼 차디차고, 원한과 증오로 흠뻑 젖은 그녀의 표정……

사필마저 하동의 몸에서 흘러나오는 한기와 적의를 느낄 정도라면, 다른 사람들은 말할 것도 없었다. 리양 장공주는 곧 다시 마차에서 내려 그녀를 불렀다.

"하 경……."

하동은 그녀를 무시했다. 심지어 시선조차 주지 않고, 느리고 결연하면서도 위압감 넘치는 걸음걸이로 한 걸음 한 걸음 사옥에게 다가갔다. 그와 삼 장 정도 떨어진 곳에 이르자 그녀가 멈췄다.

하지만 하동 스스로 멈춘 것은 아니었다. 소경예가 앞을 막아섰기 때문이었다. 쾌유한 지 한 달도 되지 않았기 때문에 소경예의 얼굴은 아직도 창백했고 두 뺨은 홀쭉했다. 하지만 그의 눈동자는 약간 우울해지고 근심이 더해지긴 했어도 여전히 부드럽고 따스했다. 누님이자 스승인 하동을 앞에 두고, 그는 두 손을 모아 예를 갖추며 평온한 목소리로 물었다.

"하동 누님, 무슨 일이신지요? 제가 도와드릴까요?"

"내게 무슨 일이 있는 것 같으냐?"

하동이 차갑기 그지없는 냉소를 흘렸다. 얼굴에는 살기가 감돌았다.

"네가 도울 일은 없다. 그냥 비키면 돼."

그녀의 잔혹한 시선을 마주하면서도 소경예는 전혀 움츠러드는 기색이 없었다.

"어머니께서 여기에 계시고 아우도 있습니다. 죄송하지만 비킬 수 없습니다."

"내가 장공주와 사필을 괴롭히려는 것도 아닌데 그들이 무슨 상관이지?"

"누님께서 괴롭히려는 사람이 그들과 관련이 있으니까요."

하동의 가느다란 아름다운 눈동자가 칼날처럼 날카로운 빛을 뿜었다. 노기어린 빛이 소경예의 얼굴을 스쳤다.

"네가…… 날 막을 수 있다고 생각하느냐?"

"막지 못하는 것과 막지 못해도 버티는 것은 다르지요. 저는 전력을 다할 뿐입니다."

"전력을 다하는 게 무슨 소용이지? 나는 널 밟고 지나갈 수도 있다."

소경예는 태연히 고개를 끄덕였다.

"그럼 어디 밟아보시지요."

그 말과 함께 하동의 동공이 확 줄어들었다. 고드름같이 날카로운 시선이 젊은이의 얼굴에 깊숙이 꽂혀 한참 동안 움직이지 않았다. 서슬 퍼런 그 분위기에 불안해진 사필이 손을 문지르며 어두운 표정의 어머니를 바라보았다.

하지만 소경예는 여전히 태연하게 그 자리에 서서 하동의 시선을 받고 있었다. 대항하는 것처럼 보이지만, 사실은 신경 쓰지 않는 것이라고 하는 게 옳았다. 참혹했던 그날 밤을 겪은 후, 소경예는 하동이 정말 그를 밟고 지나갈 것인지 아닌지 하는 따위의 사소한 일에는 아무 관심도 없었다.

이 차분한 방해자 앞에서 하동은 차갑고 날카로운 시선을 유지했다. 하지만 시간이 흐를수록 굳게 다문 그녀의 입가가 차차 풀어지며 천천히 휘어졌다. 그녀가 갑자기 큰 소리로 깔깔 웃음을 터뜨렸다. 웃음이 그친 후 그녀의 분위기는 완전히 바뀌어, 다시금 모두가 잘 아는 그 하동으로 돌아와 있었다. 사악하면서도 오만하고, 언제나 웃는 듯 마는 듯한 얼굴로 모두의 존경과 두려움을 받는 하동으로.

"왜들 긴장하시나."

하동은 뺨으로 흘러내린 머리칼을 젖히며 눈동자를 굴렸다.

"내가 왜 나왔겠느냐, 당연히 배웅하러 왔지. 지난날 녕국후께서 내 남편의 시신을 경성까지 가져와줬으니 인사를 해야지."

살기를 풀풀 날리던 여자 장경사가 꽃처럼 어여쁘게 웃자 모두 안도의 숨을 쉬었다. 사필이 눈썹을 삐죽거리며 말했다.

"하동 누님, 사람 놀리기 좋아하는 건 여전하시군요. 지금이 어느 땐데 우리에게 농담을 하는 거예요."

"미안하게 됐다."

하동이 건성으로 사과했다. 그녀는 더 이상 다가가지 않고 그 자리에 서서 사옥을 바라보며 천천히 말했다.

"배웅하러 왔습니다. 부디 몸조심하십시오, 녕국후. 길이 험하니 편한 날이 없을 겁니다. 부디 언제나 조심하시고 긴장을 풀지 마십시오. 검주는 가난한 땅이니 참고 견디셔야 할 겁니다. 이 세상에는 죽는 것보다 더 괴로운 상황도 있게 마련이지요. 반드시 이겨내야 합니다."

정왕과 함께 천뢰를 다녀오던 날, 하동이 무척 은밀하게 움직인 덕분에 사옥은 그들이 건넛방에 있었다는 사실을 알지 못했다. 하지만 처음 나타났을 때의 하동의 표정이 너무나 무시무시했기 때문인지, 아니면 죄지은 사람을 만났을 때의 불안함과 예민함 때문인지 모르지만, 사옥은 다른 사람들처럼 하동의 변화에 쉽게 마음을 놓지 않았다. 그녀가 나타난 순간, 그는 하동이 진상을 알고 있다는 확신이 들었다.

　죽을 고비에서 겨우 살아났다고 생각했는데 또다시 음산한 골짜기에 처박힌 것이다. 이 갑작스런 변화에 사옥은 그대로 무너질 것 같았다. 하동은 하강과 달랐다. 그녀는 단순히 원한만 품고 있기 때문에 꺼릴 것이 없었다. 복수를 원한다면 언제 어디서든 가능했다. 가장 잔혹한 수법으로 복수하려 할 것은 자명한 일이었다. 하지만 그에게는 구원을 청할 곳조차 없었다.

　하동은 미소를 지었지만 눈동자는 웃고 있지 않았다. 그녀에게 있어 복수의 첫걸음은 뗀 셈이었다. 사옥은 끝없는 두려움을 안고 유배지로 가야 했다. 앞으로 그녀에게는 목적을 이룰 수많은 방법이 있었다.

　"이제 떠나셔야겠군요. 오늘 여정을 지체시킬 수야 없지요."

　하동은 옆으로 길을 비켰다. 소경예도 그녀 옆에 섰지만 사옥은 한 걸음도 떼지 않았다. 구불구불 얽힌 머리칼과 수염 때문에 얼굴이 잘 보이지 않았지만, 차꼬 위로 떨어지는 땀방울과 팽팽하게 긴장된 근육, 뻣뻣해진 다리, 살며시 떨리는 몸 등이 그의 두려움을 고스란히 드러내 보였다. 하지만 리양 장공주와 아들들은 그가 대체 무엇을 두려워하는지 알 수 없었다.

　하늘을 살피던 옥졸들이 서로 눈짓을 주고받았다. 그들이 다가와 사옥의 팔을 잡아당겼다.

　"가자!"

　그들은 사옥을 가운데 세우고 길을 따라 서남쪽으로 걸어갔다.

　잠시 남편을 배웅하던 리양 장공주는 천천히 몸을 돌려 하동을 바라보았다. 그녀가 낮은 소리로 물었다.

"하 경, 성으로 돌아가나요?"

"예."

하동이 차갑게 고개를 끄덕였다.

"네 분은 어떻게 하실 겁니까?"

"우리도 돌아가야지요."

장공주는 이상함을 눈치 채지 못하고 대답했다. 하지만 소경예는 눈썹을 꿈틀하며 주위를 둘러보았다. 하동이 숫자를 못 세는 사람이 아니었다. '네 분'이라고 한 이상 분명 한 사람이 더 있다는 뜻이었다. 그 사람을 찾기가 어렵지는 않았다. 주위를 둘러본 순간 그녀의 모습을 발견할 수 있었던 것이다. 멀지 않은 곳의 경사진 언덕에서 오래된 버드나무에 몸을 반쯤 숨겼지만, 분홍빛 적삼과 노란 치마가 드러났다. 남초 사절단은 벌써 떠났는데 그 어린 아가씨는 아직 떠나지 않은 것이다. 우문훤과 악수택은 그녀를 몹시 귀여워했는데 무슨 생각으로 홀로 남겨뒀을까?

그날 소경예는 중상을 입었고 그 후에는 사기가 세상을 뜨고 태황태후의 상까지 겹쳤다. 그래서 우문념도 그에게 요구할 시간이 없었다. 하지만 말하지 않아도 모두 알고 있었다. 그녀가 소경예를 남초로 데려가고 싶어 한다는 것을.

리양 장공주는 우문념이 소경예를 만나는 것을 막지 않았다. 장공주부에서든, 상고사에서든, 그녀가 주위를 알짱거리도록 내버려뒀다. 하지만 어머니의 마음으로는, 이런 시기에 소경예가 시야에서 벗어나는 것을 원치 않았다. 그를 잃어버릴까 두려워서가 아니었다. 이 온후한 아들이 겉으로는 별로 격해지지 않은 것처럼 보여도, 사실은 출신의 비밀이라는 그림자에서 완전히 빠져나오지 못하고 있다는 사실을 너무나 잘 알기 때문이었다.

모든 것이 뒤집어지고 무너지는 고통은 달랜다고 나아지는 것이 아니었다. 극복하는 데는 시간이 필요했고, 천천히 조정하고 적응해야만 했다. 리양 장공주는 그 기간 동안 아들과 함께 있어주고 싶었다. 낯선 나라로 보내 낯선 아버지를 만나 또다시 감정의 동요를 받는 것은 원치 않았다.

훗날 소경예가 상처를 회복하고 감정을 가라앉히면 친아버지가 어떤 사람인지 궁금해하고, 아버지 곁에서 살고 싶어 할 수도 있었다. 리양 장공주도 동의할 준비가 되어 있었다. 하지만 지금 같은 상태에서는 소경예를 곁에 두고 싶었다. 그래서 쫓아내진 않았지만, 우물쭈물 주위를 맴도는 우문념을 모른 척했던 것이다.

그러나 저 어린 아가씨의 끈기는 칭찬할 만했다. 이렇게 오랫동안 따라다니면서도 전혀 기죽지 않았고, 장공주만 없으면 소경예에게 가서 말을 걸곤 했다. 그는 자신과 흡사하리만치 닮은 그녀의 얼굴을 보면 가슴 아픈 그날의 일이 떠올랐지만, 그래도 누이동생이니만큼 부드럽게 대해주었다. 그녀의 질문에 대답하는 것뿐만 아니라, 가끔씩 그녀가 안전하게 지내는지, 몸이 아프지는 않은지 신경 쓰기도 했다. 우문념은 점점 더 이 오라버니가 좋아졌고, 그를 남초로 데려가겠다는 결심도 점점 강해졌다.

그때 하동은 이미 갈 길을 가버린 후였고, 리양 장공주도 묵묵히 아들들을 데리고 마차에 올랐다. 우문념은 붉은 말을 타고 멀리서 뒤를 따랐다. 가까이 오지는 않았지만 언제든 볼 수 있는 거리를 유지했다. 하지만 앞서가는 사람들은 그녀의 존재를 신경 쓸 여유가 전혀 없었다.

사옥이 유죄 선고를 받은 후, 그가 직접 관리하던 순방영은 총괄자인 구양격(歐陽激)이 잠시 맡게 되었다. 그러나 구양격은 겨우 사품의 참장이므로 일상적인 업무는 그럭저럭 처리할 수 있지만, 군영의 최고 지휘권을 넘겨주기는 불가능했다. 이 때문에 태자는 순방영을 병부가 직접 지휘하고 독립적인 권한을 거둬들여야 한다고 제안했다.

당연히 예왕은 극력 반대했다. 병부는 관청 기구인데 어떻게 지휘를 하느냐며, 특정한 사람을 지정해야 한다는 것이었다. 병부상서는 일이 많아 겸임하기 어렵고, 병부의 다른 관리들은 자질이 부족해 구양격보다 별로 나을 것이 없었다. 이 때문에 바깥에 주둔하는 삼품 이상의 장수들 중 한 명을 불러들여 직책을 맡기는 것이 낫다고 제안했다.

당연하게도 황제는 순방영을 금군만큼 중요하게 생각하지 않았다. 그렇지만 외성의 중추적인 기관들과 왕부들, 대신 관저들의 안전과 서로간의 균형과 밀접한 관계가 있었으므로 사소한 일은 아니었다. 태자와 예왕이 끊임없이 다투는 바람에, 황제는 결단을 내리기 어려워 7월 말까지 질질 끌었다.

7월은 무척 더웠다. 특히 오후에는 매미까지 울어대 더 짜증 나게 했다. 황제는 혹서를 피하기 위해 일상적인 일은 일선전(逸仙殿)으로 옮겨 처리했다. 이곳은 나무가 울창하고 삼면으로 물이 있어 궁에서 가장 서늘한 곳이었다. 하지만 나무가 많은 만큼 매미도 많았다. 어린 태감들이 매일같이 바삐 쫓아다녔지만 다 잡을 수가 없었다.

황제도 젊을 때는 베개에 머리만 닿아도 잠들었는데, 노년에 접어들자 완전히 변했다. 조그마한 소리만 들려도 잠이 깼고 그럴 때마다 마구 성질을 부렸다. 며칠 전, 어린 태감 하나가 실수로 잔을 깨뜨려 낮잠 자는 황제를 깨웠다가 즉각 끌려나가 맞아 죽었다. 그래서 점심식사가 끝나면 황제를 모시는 사람 모두 잔뜩 긴장했다.

그날도 태자와 예왕이 조당에서 시비가 붙어, 궁으로 돌아온 황제는 벌써부터 기분이 좋지 않았다. 식사할 때 바깥에서 매미 소리가 들리자 황제는 눈을 찌푸리며 노기를 띠었다. 혼비백산한 어린 태감들이 허둥지둥 매미채를 들고 사방으로 뛰어다녔지만, 식사가 끝났을 때에도 여전히 가끔씩 매미 울음소리가 들려왔다.

육궁 도총관인 고담은 점점 어두워지는 황제의 표정을 보자 당황하고 불안했다. 어쩔 줄 몰라 갈팡질팡하던 그는 갑자기 머릿속에 떠오르는 것이 있어 재빨리 말했다.

"폐하, 오늘은 정비 마마의 생신입니다. 들러보시는 게 어떻겠습니까?"

지금까지 정비의 생일은 소리 소문 없이 지나갔다. 내정사가 규칙에 따라 황제의 이름으로 선물을 보내는 것만 빼면 평소와 다를 것이 없었다. 아무도 황제에게 알리려 하지 않았고 설사 알렸다고 해도 별다른 지시가 없었을 것이다. 하지만 올해는 비로 봉해져 지위가 높아졌으니, 똑같이 소리 소문 없이 보내더라도 고담이 새삼 이야기를 꺼낼 만했다.

"정비의 생일이라고?"

황제가 눈을 가늘게 떴다.

"선물은 보냈느냐?"

"예, 폐하, 보냈습니다."

황제는 잠시 생각하더니 일어났다.

"입궁한 지 오래된 사람이니 짐이 가봐야겠군. 비단 백 필과 진주 열 곡, 옥기 열 개를 챙겨 짐을 따르라."

"예."

황제가 움직인 이상 최소한 일선전에서 낮잠을 잘 일은 없다고 생각하자 고담은 속으로 안도했다. 황제 앞에서 물러난 그는 사람을 시켜 물건을 준비하게 하고, 어린 태감들에게는 그 틈에 매미를 모조리 잡아 없애라고 엄하게 이른 다음, 다시 들어가 황제의 옷을 갈아입혔다.

비가 된 후에도 정비는 여전히 지라원에 머물렀다. 하지만 원을 궁으로 바꾸고 규칙대로 태감과 궁녀, 사용할 수 있는 장신구와 그릇의 품목이 늘었다. 늘 욕심 없고 자족할 줄 아는 그녀는 예전과 똑같이 생활하며 크게 바뀐 것이 없었다. 항상 약초를 가꾸고 정원을 손질하면서 시간을 보낸 덕분에 지라궁은 다른 곳보다 훨씬 우아하고 탈속했다.

황제는 출발하면서 일부러 미리 알리지 말라고 명령했다. 지라궁 앞에 도착해보니 문과 이어지는 길은 향기로운 덩굴이 감싸고, 파란 잎과 빨간 과실이 어우러져 매우 아름다웠다. 이를 본 황제의 표정이 훨씬 좋아졌다. 그는 고담을 데리고 슬그머니 안으로 들어가 천천히 주위를 둘러보며 더위를 식혔다.

"봐라. 역시 정비가 꾸밀 줄을 안단 말이지. 이곳은 따뜻하고 상쾌하구나. 일선전처럼 시원하지는 않지만 한가롭고 쾌적한 느낌이야."

그렇게 칭찬하던 황제는 문득 이상한 생각이 들었다.

"그런데 오늘은 이렇게 조용해서는 안 될 텐데? 정비의 생일이라고 하지 않았느냐? 손님들이 줄을 잇지는 않아도 최소한 웃음 소리는 들려야지?"

"아마도……."

고담은 적절한 단어를 찾느라 고심했다.

"정비 마마께서 조용한 것을 좋아하셔서 연회를 열지 않으신 것 같습니다. 손님들이 아침에 왔다면 지금은 오후이니 거의 돌아갔겠지요. 그래서 조용한 모양입니다."

"핑계가 좋구나."

황제가 그를 흘겨보았다.

"짐이 모를 줄 아느냐? 정비는 총애 받는 후궁이 아니니, 아마 오늘이 정비의 생일인지 아는 사람은 별로 없겠지. 월 귀비였다면 오후는커녕 밤늦도록 사람들이 줄을 섰을 게야."

"영명하십니다."

고담이 바보처럼 히죽 웃어 보였다.

"월 귀비마마께서는 본디 떠들썩한 것을 좋아하시니 다들 가서 흥을 돋우겠지요."

황제가 그를 걷어차며 말했다.

"하여간 책잡힐 말은 절대 안 하지. 이 황궁에서는 떠들썩한 것을 좋아하는 것도 괜찮지만, 정비처럼 떠들썩한 것을 싫어해도 괜찮다."

"옳은 말씀이십니다."

고담이 허리를 더욱 깊이 숙였다.

"여기까지 오셨으니, 정비 마마께 어가를 맞으라고 알릴까요?"

"닥치고 짐을 부축하기나 해라."

황제가 오른팔을 내밀자 고담이 팔을 잡고 복도로 안내했다. 가는 길에 시립해 있거나 왔다갔다하는 궁녀와 태감들을 만났지만, 모두 고담의 눈짓을 받고 땅에 엎드려 찍소리도 내지 않았다.

정전의 문 앞에 도착하니 수를 놓은 열 폭의 병풍이 서 있었다. 아름다운 자수로 가득한 얇은 면사 뒤로 사람의 그림자가 비쳤다. 정비가 바로 뒤에 서 있는 것이 분명했다. 황제가 소리를 내어 정비를 놀래줄까 하는데, 갑자기 병풍 뒤에서 목소리가 들려왔다. 소경염의 목소리였다. 처음에는 의외였지만, 생각해보니 만약 오지 않았다면 그게 더 이상한 일이었다. 그가 소경염이 여기 있을 것을 예상하지 못한 것은 사실 평소 그들 모자에게 관심이 거의 없기 때문이었다. 그렇게 생각하자 저도 모르게 미안한 마음이 들었다.

"어마마마의 솜씨는 점점 더 좋아지십니다. 이 백합청양(百合淸釀)은 여름에 먹으니 정말 시원하군요. 군대를 이끌고 바깥에 있을 때, 군량이 떨어지면 병사들과 고통을 함께하곤 했습니다. 그때 배가 무척 고프면 어마마마께서 손수 만들어주신 약선(藥膳)을 생각하며 허기를 달랬지요."

정왕의 어투에 웃음이 묻어났다.

"어마마마께서 힘들지만 않으시면 매일매일 먹고 싶습니다."

"힘들 게 뭐 있겠니? 하지만 네가 매일 궁에 들어올 수 없으니 그렇게 해줄 수가 없구나. 온 김에 많이 먹으렴. 황금교(黃金餃)와 녹두취고(綠豆翠糕)도 만들었으니 가져가서 먹어라."

정비의 목소리는 자상하고 부드러웠다. 들어보니 아들에게 반찬을 집어주는 모양이었다.

"감사합니다."

"자, 복령계(茯苓雞)도 맛보렴."

"예."

안에서 들려오는 일상적인 대화에 황제는 갑자기 불편한 기분이 들어 일부러 헛기침을 했다. 병풍 뒤의 모자는 깜짝 놀랐다. 정왕이 먼저 살피러 나왔다가 황제를 보고 안색이 싹 변해 재빨리 엎드렸다. 정비도 다가와 치마를 걷으며 절했다.

"신첩이 폐하께서 오신 줄 모르고 마중 나가지 못했습니다. 부디 용서하십시오."

"일어나라."

황제가 그녀의 팔을 살짝 잡아 일으키며 정왕에게도 말했다.

"너도 일어나거라."

황제가 미리 알리지 않고 몰래 들어온 것은 정비를 놀래고 기쁘게 해주기 위해서였다. 하지만 그녀는 놀라기는 했지만, 고담이 준비한 선물들을 내놓았을 때도 별로 기뻐하지 않고 평소처럼 욕심 없는 얼굴로 부드럽게 감사인사만 했다. 아들을 돌아봤지만 그의 표정도 비슷해서, 어머니가 총애를 받는 것을 보고서도 기뻐하거나 놀라워하지 않았다.

아부하는 말과 총애를 받기 위해 다투는 모습을 지겹도록 듣고 보아온 황제는 이런 그들을 보자 불편한 기분이 더욱 강해졌다.

"경염, 언제 왔느냐?"

그가 푹신한 의자에 기대앉으며 물었다.

"오후에 막 도착했습니다."

"네 어머니의 생일인데 좀 더 일찍 오지 않고?"

정비가 황급히 대답했다.

"신첩이 오후에 오라고 했습니다. 아침에는 황후께 문안인사를 다녀오고, 태황태후를 위해 불경을 읽어야 해서 일찍 와도 만날 틈이 없었지요."

"음⋯⋯."

황제는 고개를 끄덕였다. 표정은 무심했지만, 말투는 평화로운 편이었고 정왕에게 칭찬도 했다.

"요즘 네게 맡긴 일을 잘 처리하더구나. 아주 마음에 든다. 상을 내려야겠다고 생각은 했는데 일이 많아 계속 미뤄졌구나. 마침 네 어머니도 있고 하니 어디 말해보아라. 무엇을 받고 싶으냐?"

정왕은 약간 의외였는지 당장 대답하지 못했다. 하지만 질문을 받고 대답하지 않을 수도 없어, 재빨리 생각해본 후 대답했다.

"부황, 어명을 받고 일하는 것은 당연한데 상이라니 당치 않습니다. 허나 천자가 내리는 상을 거절하는 것도 예의가 아니겠지요. 부황께서 이렇게 은혜를 베푸시니 용기 내어 한 가지 부탁드리겠습니다. 영남(嶺南)에 유배 중인 죄인 한 사람을 사면해주십시오."

"죄인?"

뜻밖의 이야기에 황제는 더럭 의심이 일어 눈을 찌푸렸다.

"무슨 죄인 말이냐? 높은 명성을 믿고 요망한 말로 함부로 조정에 대해 떠들던 그 미친놈 말이냐? 충성스럽던 네가 언제부터 명예를 탐내 사람의 마음을 홀리는 요망한 짓거리를 배운 게냐? 누가 가르쳤느냐?"

갑작스런 꾸짖음에도 정왕은 당황하지 않고 무릎을 꿇으며 죄를 청했다.

"그 죄인은 일개 평민으로 아무런 명성도 없습니다. 아들이 과거를 볼 때 제왕의 휘(諱, 황제 등 높은 사람의 이름 – 옮긴이)를 피하는 것을 잊고 불경죄를 저질렀는데 그 일에 연좌되어 유배를 간 것입니다."

황제의 얼굴이 약간 풀렸다.

"무명의 평민이 무슨 수로 네게 도움을 청한단 말이냐?"

"폐하, 용서해주십시오."

정비가 한 걸음 나서며 말했다.

"그 사람은 제 고향의 의원이었습니다. 신첩은 입궁하기 전 그에게서 의술을 배웠고 오랫동안 보살핌을 받았는데, 한 달 전 그의 소식을 탐문하다 영남에 유배된 것을 알았습니다. 가엾게도 노쇠한 몸으로 고된 노역과 장독에 시달리고 있다 합니다. 하지만 불경죄에 연좌되어 이번 사면에도 제외되었지요. 신첩은 그가 타향에서 죽어 외로운 넋조차 돌아오지 못하게 될까 두렵고 마음이 아팠습니다. 그래서 방금 경염에게 털어놓았는데 저 아이가 마음에 담아뒀을 줄은…… 폐하, 탓하시려거든 신첩의 죄를 물어주십시오."

"그랬군."

황제는 그제야 웃음을 지었다.

"아무튼 마음이 약해서 탈이야. 그건 어려운 일도 아니다. 경염은 황자니라. 부하를 시키면 어떻게든 구할 방법이 있을 테니 짐에게 사면을 청할 필요가 어디 있느냐? 다른 것을 청하거라."

정왕은 눈을 찌푸렸다. 약간 불쾌했지만 눌러 참고 다시 머리를 조아렸다.

"소자가 알기로 불경죄는 오로지 부황만이 사면할 수 있습니다. 소자가 비록 황자이나 다른 방법이 없었습니다. 어마마마의 근심을 풀어드리기 위해서 이렇게 청할 수밖에 없었으니, 부디 허락해주십시오."

황제는 정왕을 가만히 바라보았다. 그 말속에 숨겨진 뜻을 알아들은 그는 가만히 탄식했다.

"꺾일망정 숙이지 않는 그 고집스런 성질은 그대로구나. 허나 권력을 남용하지 않고 순수함을 지키는 것을 보니 위안이 된다. 네 부탁은 허락하마. 곧 사면을 내리겠다."

"감사합니다, 부황."

황제는 손짓을 해서 그를 일어나게 한 다음 옆에 세웠다. 평소에는 별로 주의하지 않았지만, 오늘 꼼꼼히 바라보니 새삼 훤칠하고 잘생겼다는 것을 깨달았다. 한 번도 이렇게 눈에 찬 적이 없던 아들이었다. 문득 머릿속에 한 가지 생각이 스쳤다.

"경염, 너는 병사를 부리는 데 능숙하겠지. 짐이 순방영의 지휘를 네게 맡기고자 하는데, 어떠냐?"

그 말이 떨어지자, 소경염은 오늘 두 번째로 맞는 의외의 상황에 한참이 지나도 아무 대답을 할 수 없었다. 황제는 참을성 있게 기다려줬다. 그는 정왕의 침묵을 어떻게 감사인사를 할지 심사숙고하는 것으로만 여겼다. 어쨌든 이 아들은 늘 군을 이끌고 밖에 나가 있었으므로 은총을 받을 일이 별로 없었다. 그래서 예왕처럼 예민하게 반응하며 듣기 좋은 사탕발림을 할 줄 몰랐으므로 기다려줄 만했다.

그러나 기다리고 또 기다리면서, 황제는 점점 이상한 기분이 들었다. 정왕의 표정은 아무리 보아도 감사인사를 고민하는 것 같지 않았다. 오히려 이 명령을 받아야 할지 말아야 할지 고민하는 것 같았다. 황제는 금세 기분이 나빠졌다.

태자와 예왕이 조정에서 핏대를 세우며 싸우는 모습을 정왕이 못 본 것도 아니었다. 그렇게 싸우고도 얻지 못한 은총을 그에게 주겠다는데, 눈물 흘리며 감사하지는 못할망정 최소한 감동은 해야 할 터였다. 어쨌거나 지금처럼 망설이는 표정은 맞지 않았다.

"경염, 고생할까봐 두려우냐?"

황제가 얼굴을 굳히고 차갑게 물었다.

"어찌 감히 그런 생각을 하겠습니까?"

정왕은 황급히 꿇어앉았다.

"부황의 은혜에 감사드릴 따름입니다. 다만……."

"다만?"

정왕은 잠시 망설이다가 마음먹은 듯 무거운 소리로 말했다.

"아닙니다. 소자, 그 직무를 맡겠습니다. 앞으로 반드시 맡은 소임을 다하며 부황의 은혜를 저버리지 않겠습니다."

비록 아무 말도 하지 않았지만, 망설이는 표정으로 보아 대충 짐작이 갔다. 은총을 받고도 무심한 반응을 보인 정왕의 태도가 황제의 역린을 건드리기는 했으나, 달리 보면 현 조정의 정쟁에 끼어들고 싶지 않다는 태도를 분명히 한 것이기도 했다. 황제는 이 아들에게 마음이 놓였다.

"너무 깊이 생각할 것 없다."

황제는 정왕의 어깨를 두드렸다.

"너는 당당한 황자이고 누차 전공을 세웠다. 별것도 아닌 순방영을 지휘 못할 이유가 어디 있느냐? 부황이 지지해주는데 감히 누가 따지고 들겠느냐? 앞으로 억울한 일이 있으면 말하거라. 내 책임지고 해결해주마."

사실 정왕이 망설인 이유는 황제가 생각하는 것처럼 욕심이 없어서가 아니었다. 황위를 목표로 삼은 이상 실권을 조금이라도 더 쥘 수 있으면 당연히 좋은 일이었다. 그가 망설인 이유는, 힘이 약한 지금 갑작스레 너무 큰 은총을 받으면 태자나 예왕이 경계할 수 있기 때문이었다. 하지만 황제가 대답을 기다리고 있었고 소철과 의논할 시간도 없었기에, 일단 받아들이기로 한 것이다.

그러는 동안 정비는 마치 아무 상관도 없는 사람처럼 한마디도 하지 않고 서 있기만 했다. 부자의 대화가 끝나자 그제야 설합갱(雪蛤羹) 한잔을 바치며 부드럽게 말했다.

"폐하, 아직 낮잠을 안 주무셨지요? 두어 입만 드시고 여기서 잠시 주무시는 것이 어떨까요?"

황제는 자기 잔을 받아 들고 작은 숟가락으로 맛을 보았다. 반쯤 먹으니 입안이 시원해지는 것 같았다. 그는 정비가 이끄는 대로 침대에 누웠다. 머리가 베개에 닿자 코끝에 선선한 향기가 감돌았다.

"이게 무슨 베개냐?"

"신첩이 말린 금은화의 꽃술을 채취하고 매화와 계화 꽃술을 더한 후 각종 약재를 섞어 연꽃잎에 잘 싸서 만든 금침입니다. 마음에 드시면 폐하를 위해 새로 만들어드리겠습니다."

"좋아, 좋군."

황제는 몸이 편안해지는 것을 느끼며 눈을 감았다. 그러다 다시 눈을 뜨고 말했다.

"짐이 여기서 쉬면 경염은 물러가야 하지 않느냐. 오랜만에 만났을 텐데 짐이 방해하는 게 아니냐?"

"폐하를 모시는 것은 신첩의 첫 번째 본분입니다."

정비가 태연하게 웃으며 대답했다.

"폐하께서 그리 말씀하시면 경염이 당황스러울 겁니다."

황제는 하하 웃으며 이미 문가로 물러난 정왕에게 말했다.

"경염, 짐이 오늘 너희 모자를 방해했으니 보상을 해줘야지. 앞으로는 언제든 지라궁에 와서 어머니께 문후를 여쭤라. 따로 허락을 청할 필요 없다."

평소와 달리 관대하게도 잇달아 은총을 내린 황제는, 마지막에 와서야 바라던 반응을 얻을 수 있었다. 정비는 입을 가리고 미소 지었지만 눈에는 눈물이 비쳤고, 정왕은 더욱더 기쁜 표정으로 옷자락을 걷고 엎드려 힘껏 머리를 조아렸다.

"소자…… 부황의 은혜에 감사드립니다!"

과거의 흔적

—

39

—

황제의 기호는 황궁에서 가장 민감한 풍향계였다. 낮잠 한번 자고 상 좀 내렸을 뿐인데, 사람들은 지라궁이 후궁의 떠오르는 별이라고 여기고 어가가 떠난 후 때늦게 축하하러 몰려들었다. 황혼이 내려 문안인사를 하러 가자, 황후는 어가를 어떻게 모셨는지 상세히 물으며 월 귀비를 자극했다. 하지만 궁중의 법도를 속속들이 아는 월 귀비는 질투하기는커녕 생글생글 웃으며 정비를 칭찬하는 한편, 표정 하나 바꾸지 않고 황후에게 반격했다. 오랫동안 숙적인 두 사람은 조양전에서 날카롭게 혀를 놀렸고, 웃음 속에서도 살기가 번뜩였다. 하지만 사건의 불씨인 정비는 여유롭게 입을 다물고 배경처럼 있기만 했다. 무슨 일이 닥쳐도 놀라거나 화내지 않는 그녀의 모습에 사람들은 속으로 감탄했다.

　혁혁한 명성을 날리는 소철에게는 후궁의 이런 움직임이 그리 빨리 전해지지 않았다. 그래서 몽지가 슬그머니 살피러 갔을 때, 매장소는 등불 아래에서 한가롭게 책을 읽고 있었다.

　"요즘 몸도 마음도 가뿐한가보군. 다행이네."

금군통령이 마음 편히 웃으며 말했다.

"무슨 책인가? 주해까지 달고?"

"《상지기(翔地記)》라는 책입니다. 인문과 지리를 상세하고 재미있게 써놓아서 직접 가보지 않아도 될 정도더군요."

매장소는 웃으면서 가느다란 붓을 내려놓았다.

"저도 가본 곳이 있어서 심심풀이로 몇 마디 덧붙여본 겁니다."

몽지는 책을 받아 자세히 살펴보았다. 매장소의 기분이 썩 좋은 것 같아 그는 예전부터 묻고 싶었던 것을 마침내 입 밖으로 냈다.

"필체가 전과는 다르군. 일부러 연습한 건가?"

"연습하기도 했고, 어쩔 수 없이 그렇게 되기도 했지요."

매장소는 책을 덮고 탁자 옆에 내려놓았다.

"팔목 힘이 약해져서 붓을 쥘 때 들어가는 힘이 달라졌고, 그러다 보니 필체를 바꾸기도 쉬웠지요. 이제는 예전처럼 쓰라고 해도 못 쓸 겁니다."

몽지는 왜 쓸데없는 질문으로 상처를 후벼댔느냐고 자책하면서 얼른 화제를 돌렸다.

"목청에게 운남으로 돌아가겠다는 상소를 올리지 말라고 했다지?"

"그랬습니다."

매장소가 차를 따라 손님에게 내밀었다.

"목청이 경성에 남은 것은 태황태후 때문이었지요. 태황태후께서 세상을 뜨자마자 황급히 돌아가겠다고 하면 너무 박정해 보이고, 폐하의 의심을 살 수도 있습니다. 이곳에 남는다고 위험한 것도 아니니 편안하게 1년 정도 머물며 많이 보고 익히는 것도 나쁘지 않지요."

"그건 그래."

몽지는 고개를 끄덕였다.

"목청이 황실 종친은 아니지만 태황태후께서는 항상 아이들을 좋아하셨지. 황족은 말할 것도 없고, 시집간 공주나 번왕의 아이들마저 사사롭게는 모두 할머니, 할머니 하고 부르지 않았나? 그분을 위해 마땅히 1년 정도는 남아 있어야지."

멍하니 등불을 바라보던 매장소가 낮은 소리로 말했다.

"그분이 아이들을 좋아했다는 것은 아이들도 압니다. 그래서 성질 급한 목청도 상소 올리는 것을 포기하고 남아서 효를 다하기로 한 거지요. 예황도 올 수 있었다면 벌써 왔을 텐데……."

몽지는 말을 할수록 상황이 나빠진다는 것을 느꼈다. 마치 일부러 매장소의 즐거운 기분을 망치러 온 사람 같았다. 그래서 그는 재빨리 찻잔을 들며 또다시 화제를 바꿨다.

"하동은 요즘 조용하더군. 별 움직임이 없어서, 평소 성격을 생각해볼 때 괜히 소름 끼친단 말이야. 하강이 벌써 눈치 챘을까?"

"현경사 쪽은 지켜보기만 할 생각입니다. 늘 말씀드리지만, 하동은 호락호락한 상대가 아닙니다. 진상을 안 이상, 지금까지 아무리 사부를 존경했더라도 이제부터는 경계할 겁니다. 아직은 자신을 지킬 힘이 있으니 제가 걱정할 필요도 없고요. 하강이 알아냈든 아니든, 먼저 두 사람이 싸우게 놔둡시다. 그들이 어떻게 하는지, 하춘과 하추는 또 어떻게 나오는지 지켜봐야지요."

이 말을 할 때의 매장소의 목소리는 국상 전보다 더욱 잔혹하게 들렸고, 눈빛은 뼈가 시릴 정도로 차가웠다.

"섭봉 형님의 미망인은 저를 실망시키지 않을 겁니다."

"소수."

몽지가 그를 똑바로 보며 입을 여는데, 밖에서 려강이 뛰어들어와 다급히 말했다.

"종주, 예왕이 오고 있습니다. 마차에서 내리자마자 안으로 들어오는 바람에 막을 수가……."

매장소는 눈을 찌푸렸다. 몽지가 지금 당장 나가도 마주칠 수밖에 없다는 것을 파악한 그는 벌떡 일어나 비밀 통로의 문을 열었다. 그리고 탁자 위에 있던 《상지기》를 건네며 몽지를 안으로 밀어 넣었다.

"고생스럽겠지만 안에서 책이나 읽고 계세요. 예왕이 가면 이야기하시죠."

몽지는 시킨 대로 안으로 들어갔다. 문이 닫히기 무섭게 예왕의 발소리가 문밖에 이르렀다. 매장소는 돌아서서 인사하며 려강과 예왕의 뒤를 따르는 견평에게 물러가라는 눈짓을 했다.

"소 선생, 순방영 지휘권이 어떻게 되었는지 아시오?"

안으로 들어온 예왕은 인사말도 없이 다짜고짜 주제를 던졌다. 입매가 굳어 있고 안색도 어두웠다.

"예?"

매장소는 눈썹을 치켰다.

"전하의 표정을 보아하니 제가 틀렸습니까?"

"틀리지 않았소. 병부에 맡기지 않은 것은 확실하니까."

예왕은 속이 터지는 듯 대꾸했다.

"지휘권은 정왕에게 넘어갔소."

이번에는 매장소도 정말 의외였다.

"정왕이라고요? 언제 그렇게 결정되었습니까?"

"오늘 오후요. 아무 징조도 없었고, 아무에게도 의견을 묻지 않으셨는데 갑작스레 결정되었소."

"한데 전하께서 왜 이렇게 화를 내시는지 모르겠습니다."

매장소가 담담하게 말했다.

"정왕이라면 잘된 일 아닙니까? 공평무사한 분이니 태자에게 기울까봐 걱정할 일도 없지요."

"정왕이 그냥 정왕이라면 당연히 기뻐할 것이오. 허나……."

예왕은 적을 구별하는 특별한 감각을 가졌고, 지금 그 감각이 무척 강렬하게 느껴지고 있었다.

"소 선생은 정왕이 너무 빨리 컸다고 생각하지 않소? 토지 강탈 사건부터 나날이 은총이 늘고, 중신들의 평가도 좋아져서 하루하루 명성이 올라가고 있소. 새로 임용된 조정 대신들도 그에게 무척 좋은 인상을 받은 것 같고. 물론 당장은 당파를 만든 것 같지 않지만, 이제 그는 막 경성으로 돌아온 작년의 그 정왕이 아니오."

매장소는 진지하게 생각해보는 척했다.

"확실히 의심스러운 징조군요. 하지만 정왕에게 야심이 있다 해도 떠받드는 사람 없이는 이루기 어렵습니다. 그들이 당파를 결성하지 않은 것은 확실합니까?"

"반약의 정보대로라면 그렇소. 하지만 요즘 반약은…… 약간 실망스럽소. 일이 다 끝난 뒤에야 보고하고 그것마저 어긋날 때가 있소. 그녀는 내부에 배신자가 있다고 의심하고 있소. 그렇지 않고서야 그 많은 첩자가 차례로 떨어져나갈 리 없다는 것이오."

매장소는 손마디로 탁자를 톡톡 두드리며 천천히 말했다.

"지금껏 진 낭자의 일에 관해서는 깊이 여쭙지 않았습니다만, 그녀의 첩자 명단은 극비일 텐데 마음먹고 배신자를 찾아내려 했다면 어째서 아직 밝히지 못했을까요?"

예왕은 아무 말도 하지 않았지만 눈빛은 어두워졌다. 진반약이 대신들의 집에 심은 첩자 명단은 그와 진반약 본인, 그리고 왕부의 수석 모사인 강 선생과 최근 신임을 얻은 태학사 주화(朱華)뿐이었다. 그 중 누구도 의심스러운 구석은 없었다. 그와 진반약은 말할 것도 없고, 강 선생은 왕부에 온 지 20년이 넘었으며, 주화는 조정의 유능한 조력자이자 왕비의 친오라버니였다. 왕비의…….

매장소는 곁눈질을 하며, 어두웠다 밝아졌다 하는 그의 표정을 못 본 척 편안하게 말했다.

"전하께서 노기등등해서 찾아오신 이유가 정왕이 순방영의 지휘권을 얻은 일 하나 때문입니까?"

"물론 그것 때문만은 아니오. 부황께서는 이제부터 정왕이 미리 허락을 받지 않아도 언제든지 입궁하여 정비를 만날 수 있게 해주셨소. 그건 친왕만이 갖는 특권이오. 어쩌면 곧 책봉을 받아 나와 나란히 서게 될지도 모르오. 부황께서 오랫동안 냉대하던 정빈을 갑작스레 비로 봉하시더니, 지금 생각해보면 절대 우연찮게 벌어진 일이 아니었소. 부황은 정왕을 키우시려는 것이 분명하오. 예전에……."

여기까지 말한 예왕은 갑자기 정신이 번쩍 들어 하려던 말을 꿀꺽 삼켰다.

예전에 당신을 키웠던 것처럼?

매장소는 눈을 내리깔고 눈동자에 떠오른 냉소를 가렸다. 하지만 겉으로는 눈치껏 못 들은 척하면서 태연하게 가위로 등 심지를 잘랐다.

"소 선생."

그의 무심한 태도에 더욱 화가 치민 예왕이 참다못해 짜증 섞인 목소리로 불렀다.

"본 왕은 지금 농을 하고 있는 것이 아니오. 한데 마치 어린애 장난처럼 받아들이다니, 본 왕의 처지를 너무 신경 쓰지 않는 것 같구려!"

매장소는 천천히 가위를 내려놓고 돌아서서 예왕을 마주 보았다. 그 눈빛은 물처럼 싸늘해서, 이 황자의 몸에서 활활 솟아오르는 불꽃을 모조리 꺼뜨리고도 남았다. 특히 목소리는 파문 하나일지 않는 오랜 우물처럼 고요했다.

"예왕 전하, 폐하께서 일부러 그러셨다는 것을 아신다면 초조해한들 무슨 소용입니까?"

예왕은 심장이 부르르 떨렸다. 매장소의 말을 곰곰이 되짚어보던 그가 천천히 물었다.

"선생의 말은……."

"사옥 사건 이후 저는 전하께 태자에 대한 공격을 늦추라고 말씀드렸습니다. 곤궁한 적은 쫓지 않는 법이니까요. 한데 전하께서는 제가 마음이 약해져서 그랬다고 생각하신 모양이지요?"

그런 이야기가 오간 것 같다는 생각이 들자 예왕은 더듬거렸다.

"선생이 지나가는 듯이 말하기에…… 별로 중요하지 않은 줄 알고……."

여기까지 말하다가 그는 입을 다물었다. 소철이 그의 모사인 것은 분명했다. 그러나 지금까지의 태도를 보면 적극적으로 나선 적이 없었다. 제안은 하지만 자기 의견을 설명하는 데 그쳤고, 그가 따르든 않든 강요하지도 않았다. 이 기린지재의 제안을 진지하게 듣지 않은 것은 자신의 잘못이었다.

"비록 태자에게 잘못이 있어도 폐하께서 세운 후계자입니다. 전하께서 너무 몰아붙이는 바람에 폐하의 역린을 건드린 것이지요."

매장소는 탄식하며 고개를 저었다.

"요즘 은총이 점점 줄어든다고 느끼시지 않습니까?"

"확실히 그렇소. 요즘 부황께서 본 왕에게 무척 냉담하신데, 아무리 생각해도 도통 이유를 모르겠소."

"어려운 이유도 아니지요."

매장소의 말이 사정없이 그를 찔렀다.

"동궁의 주인은 전하의 압박을 받아 고개조차 변변히 못 들고, 조정 대신들은 설설 기면서 아무도 전하를 거스르지 못하고 있습니다. 그 모습을 보고도 과연 폐하께서 기뻐하며 은총을 내리실 거라고 생각하셨습니까?"

"허나…… 허나 부황께서는 항상……."

"맞습니다. 폐하께서는 항상 태자와 싸우도록 전하를 부추기셨지요. 하지만 지금 상황은 애초에 폐하께서 예상하신 것과는 다릅니다. 여러 명의 상서가 쓰러지고, 조정에서 적서의 차이에 대한 논의가 벌어지고, 사설 제포방 사건에 이어 경천동지할 사옥의 사건까지 터졌습니다. 이 모두 폐하의 예상 밖의 일입니다. 더욱이 폐하께서는 이 모든 일을 전하께서 저질렀다고 생각하고 계시지요. 생각해보십시오. 전하께서는 폐하의 도움 없이도 동궁 태자의 양 날개를 잘라내고, 누차 궁지로 내몰았습니다. 그런데도 폐하께서 놀라지도, 미심쩍어하지도 않고, 전하의 기세를 가만히 내버려 두실까요?"

듣고 있던 예왕은 식은땀이 주르륵 흘렀다. 매장소의 말이 일단락되자 그는 즉시 두 손을 모으고 말했다.

"본 왕이 무모했소. 아직 돌이킬 방법이 있겠소?"

"너무 놀라실 것까지는 없습니다. 폐하께서 정왕에게 은혜를 베푸시는 것은, 전하께서 냉정을 되찾고 제1인자가 누군지 똑똑히 기억하도록 만들기 위해서입니다. 전하를 보호하겠다는 뜻이기도 하지요. 제 생각에는 폐하께서 이미 태자를 버릴 생각을 하신 것 같습니다. 후계자가 바뀌는 것은 시간문제입니다. 다만……태자를 폐위하는 것은 폐하께서 태자에게 실망하고 정이 떨어진 상황에서나 가능한 일입니다. 전하께서 공격하여 힘으로 빼앗는 상황이 되어서는 안 되지요. 전하께서도 그 차이는 아시겠지요?"

예왕은 계산이 빠르고 상황 파악을 잘하는 사람이므로, 이 정도만 말해줘도 무슨 뜻인지 깨달았다. 그가 천천히 자리에 앉으며 고개를 끄덕였다.

"그렇군. 이럴수록 초조해하면 안 되겠구려. 부황께서 정왕에게 은혜를 베푸는 것은 본 왕을 떠보기 위해서이니, 한 걸음이라도 잘못 디디면 무슨 일이 벌어질지 모르오. 역시 가만히 지켜보는 것이 낫겠소."

매장소가 찬탄하는 눈빛으로 미소를 지었다.

"지금 전하의 가장 큰 적은 여전히 태자입니다. 하지만 정왕 쪽도 모른 척할 수는 없으니, 진 낭자에게 주의해서 지켜보라고 하십시오."

고개를 끄덕이는 예왕의 표정이 점점 풀렸다. 그가 매장소를 보고 웃으며 말했다.

"선생께서 내 저택에 머물며 아침저녁으로 가르침을 준다면, 본 왕도 이렇게 배움이 더디지는 않았을 것이오."

거처를 옮기라는 요청을 여러 번 하고 그때마다 거절당했지만, 예왕은 화를 내지 않았다. 그 겸손한 태도는 감동적일 정도였지만, 태도야 어떻든 할 수 없는 일은 역시 할 수 없는 일이었다.

"제가 드려야 할 말과 해야 할 일은 결코 숨기지 않습니다."

매장소는 등받이에 편히 기대 몸에서 힘을 빼며 차분한 얼굴로 말했다.

"왕부로 옮긴다고 더 많은 말을 하는 것도 아닌데, 어디에 있든 무슨 차이가 있겠습니까?"

예왕이 재빨리 말을 받았다.

"선생이 얽매이지 않는 자유로운 생활을 좋아한다는 것은 잘 아오. 솔직히 본 왕부에도 별다른 규칙은 없소. 얼마든지 마음대로 다닐 수 있소."

매장소는 속으로 냉소를 지었다. 그래봤자 모사인데 자유로워 봤자 얼마나 자유롭겠는가? 하지만 겉으로는 웃는 얼굴로 완곡하게 거절했다.

"전하께서는 큰 뜻을 품고 계시니 규칙이 느슨해져서는 안 됩니다. 어찌 저 하나 때문에 예외를 두겠습니까? 참, 사옥 사건이 정리되었는데, 탁씨 일가는 어찌할 생각이십니까?"

"물론 잘 보살피고 있소. 곧 천천산장으로 보내 편안한 나날을 보내게 할 생각이오. 그들도 그곳에 쌓아둔 기반이 있으니 본 왕이 그 생활까지 신경 쓸 필요는 없을 것이오."

"그렇군요. 탁정풍은 다쳤지만 천천산장은 건재합니다. 재난을 잘 넘겼으니 다시 위명을 떨칠 날이 오겠지요."

매장소는 잠시 생각한 뒤 말을 이었다.

"탁씨 일가가 아직 강호에 힘은 좀 있으나, 아무래도 사옥과 결탁했던 사람들이니 전하께서 다시 쓰실 수는 없지요. 무사히 보내주어 전하께서 관대한 분임을 널리 알리는 것이 좋겠습니다."

예왕은 마음이 움직였다. 사실은 탁씨 일가가 언젠가 도움이 될지도 모르기 때문에 써먹을 수 있는 데까지 써먹을 생각이었다. 그래서 매장소가 이런 말을 꺼내자 얼른 물었다.

"강호의 세력을 조정과 비할 수는 없으나, 그 나름의 힘은 있을 것이오. 아무리 타격을 받았어도 얼마간 힘이 있을 텐데 어째서……."

"제가 있는데 무엇 때문에 강호를 걱정하십니까?"

매장소가 태연하게 대꾸했다.

예왕이 바란 것은 바로 강좌맹 종주의 이 한마디였다. 그는 곧 얼굴에 희색을 띠고 콧수염을 만지작거리며 웃었다.

"옳은 말씀이오. 최전성기의 천천산장인들 어디 소 선생의 눈에 차겠소?"

"과찬이십니다. 어찌 감히 그런 오만무도한 말을 하겠습니까?"

매장소는 겸손하게 말했지만, 냉엄한 표정에는 서리 같은 오만함이 어려 있었고, 몸에서는 아무도 얕볼 수 없는 자신감이 흘러나왔다. 신출귀몰하고 강호에 명성을 떨치는 이 기린지재를 부하로 삼고 있다고 생각하자, 예왕은 말로 표현할 수 없이 즐겁고 만족스러웠다. 덕분에 들어올 때의 초조함과 분노는 씻은 듯이 가셨다.

본론이 끝나고도 예왕은 한담을 나누며 매장소와 좀 더 친해져보려 했다. 하지만 이런저런 화제를 꺼내보아도 매장소는 건성으로 대답할 뿐 별 흥미가 없어 보였다. 게다가 비류까지 옆에서 눈을 번쩍이며 노려보고 있어서 어쩔 도리가 없었다. 인사말을 꺼냈더니 과연 주인은 굳이 붙잡지 않았다.

예왕이 저택을 떠난 후, 매장소는 불쾌한 표정을 짓는 비류를 잘 달래 밖에서 기다리게 하고 직접 비밀 통로를 열어 안으로 들어갔다. 익숙한 길을 따라 밀실로 다가가 돌문 안으로 들어선 순간, 웬만한 일에는 눈 하나 깜짝 않는 이 강좌매랑도 흠칫 놀랐다.

밀실에는 몽지 한 사람만 있는 게 아니었다. 벽 쪽에 뒷짐을 지고 서 있다가 돌문이 열리는 소리에 고개를 돌린 사람은 몽지였고, 탁자 옆 의자에 앉아 등불 아래에서 《상지기》를 읽고 있는 사람은 놀랍게도 정왕 소경염이었다.

"소 선생, 왔구려."

몽지가 다가오며 불렀다.

"방금 정왕 전하께서도 나를 보시고 소 선생처럼 놀라셨소. 어쩌다 여기 들어오게 되었는지는 내가 다 설명드렸소."

정왕이 책을 내려놓고 편안하게 물었다.

"예왕은 떠났소?"

매장소는 정신을 차리고 예의를 갖췄다.

"전하께 인사드립니다. 예왕은 방금 나갔습니다."

"예왕을 만났다니 벌써 알고 있겠군."

"예."

매장소는 고개를 까딱했다.

"폐하께서 전하께 순방영을 맡기고 친왕으로 봉하셨다더군요."

"으음?"

정왕은 어리둥절했다.

"순방영을 맡은 것은 사실이오만, 친왕이라니? 그런 말은 없으셨소."

"폐하께서 언제든지 입궁하라고 허락하지 않으셨습니까?"

"그야 그렇소만, 앞으로는 어마마마를 뵈러 갈 때 미리 허락을 얻거나 특별한 날을 따지지 않아도 되오."

"예왕이 그것 때문에 화가 나서 펄펄 뛰더군요. 그것이 친왕의 특권이라는 것을 전하께서는 모르셨습니까?"

그런 허락을 받았을 때 정왕은 언제든 어머니를 볼 수 있다는 생각에 들떠, 다른 것은 전혀 신경 쓰지 못했다. 그런데 매장소의 말을 듣고 보니 그럴지도 모른다는 생각이 들었다. 기쁜 마음이 드는 것도 잠시, 그가 주저하며 말했다.

"확실히 그 생각은 못했소. 아마 오늘이 어마마마의 생신이라 일시적으로 은혜를 베푸신 것이지, 친왕으로 봉할 뜻은 없으셨을 거요."

매장소는 잠시 생각한 후 대답했다.

"십중팔구는 맞을 겁니다. 따지고 보면 전하께서는 진작 친왕이 되셨어야 합니다. 폐하께서는 별생각 없이 허락하셨는지 몰라도, 내조(內朝)에서 성지를 작성할 때 그것이 친왕의 특권이라는 것을 알릴 겁니다. 친왕의 특권을 행사하게 해놓고, 별다른 이유도 없이 친왕으로 봉하는 것을 거절하신다면 그게 무슨 은총이겠습니까? 은총을 베풀기로 하신 이상, 반쪽짜리 은총으로 괜스레 다른 사람들을 불편하게 하지는 않으시겠지요. 빠르면 이달, 늦어도 중추절 전에는 반드시 정식으로 책봉되실 겁니다."

"암, 그래야지."

몽지가 기뻐하며 말했다.

"이제 매번 예왕 앞에서 고개를 숙이지 않으셔도 되겠군요."

"하지만…… 벌써부터 이렇게 주목을 받는 것이 적절한지 모르겠소."

정왕이 눈을 가늘게 떴다.

"선생은 내게 가능한 한 몸을 낮추라고 하지 않았소?"

"그때는 그때고, 지금은 다릅니다."

매장소의 표정은 태연자약했다.

"전하께서는 아직 힘이 약하시니 몸을 낮추는 것이 상책입니다. 하지만 무턱대고 움츠리기만 하고 한 걸음도 나가지 않는다면 그 또한 좋은 방법이 아닙니다. 비록 순방영을 얻을 생각은 없었지만, 이왕 손에 들어왔으니 밀어낼 이유도 없지요. 근 1년간 전하께서 해놓으신 일이 있는데, 순방영 하나쯤 소화를 못 시킨다면 모사인 제 책임입니다. 물론 늘 말씀드렸듯이 무리하게 앞으로 나가셔선 안 됩니다만, 절대 가만히 있으셔도 안 됩니다."

"알겠소."

정왕은 시원스레 고개를 끄덕였다.

"부황께서 그 자리에서 순방영을 내어주시기에 어쩔 수 없이 받았지만, 선생이 정한 흐름을 깰까봐 계속 마음에 걸렸소. 선생도 괜찮다면 더없이 좋은 일이오. 하지만 태자와 예왕이……."

"태자는 제 한 몸 지키기도 어려운 처지이고, 예왕에게만 이를 갈고 있으니 설령 전하께서 구석(九錫, 신하로서 최고의 특권. 후한 말 동탁, 조조가 받음—옮긴이)을 받으셨어도 전하를 공격하지는 않을 겁니다. 그리고 예왕은 제가 잘 달랬습니다. 그가 제 조언대로 전하를 가만히 내버려둔다면, 전하께서는 이 틈에 더욱 강해지실 수 있습니다. 반면 겉으로는 제 말을 듣는 척하지만 끝내 시기심을 억누르지 못하고 전하께 화풀이를 한다면, 우리는 오히려 그것을 역이용해서 폐하의 귀에 들어가게 하면 됩니다. 그렇게 되면 은혜를 베푼 사람이 알아서 처리해줄 겁니다."

"그렇다면 예왕은 뭘 해도 손해구려?"

몽지는 웃음을 참지 못했다.

"예상하지 못한 사건인데도 이렇게 빈틈없는 대책을 짜내다니, 소 선생, 정말 대단하오, 대단해."

"일을 꾸밀 때는 응당 이래야지요."

매장소의 얼굴에는 자만하는 기색이 전혀 없었다.

"성공 여부가 상대방의 선택에 달려 있는 것은 하책(下策) 중의 하책입니다. 상대가 어떤 선택을 하든 그에 맞는 해결책을 가지고 있어야만 상황을 장악할 수 있습니다. 전하께서는 아직 그런 경지는 아니지만, 제법 기초는 다져뒀다고 볼 수 있지요."

그 말을 듣자 정왕은 마음이 훨씬 편해졌다. 먼저 간 큰형님의 억울함을 씻어주겠다고 결심한 후로, 황위에의 갈증과 집념은 몇 배로 불어났다. 부지런히 익히고 실무를 많이 할 기회를 잡아 경험을 쌓는 것 외에 여러 면에서 정왕은 예전보다 훨씬 매장소에게 의지하고 있었다. 또한 의식적으로 모사에 대한 본능적인 혐오감을 줄이고, 편견으로 판단하지 않도록 애썼다.

이런 정왕의 노력에 대해 매장소는 아무 말도 하지 않았지만, 속으로는 상당히 기뻤는지 몹시 즐거운 표정으로 몽지에게 그 이야기를 꺼내곤 했다. 하지만 매장소는 자신의 그런 즐거움이 종종 이유 없이 몽지를 마음 아프게 만든다는 사실을 알지 못했다.

"정비 마마께서 무척 기뻐하셨겠군요."

두 사람이 아무 말이 없는 것을 보고 몽지가 썰렁함을 깨뜨리기 위해 입을 열었다.

"폐하의 어명이 내렸으니, 앞으로 정비 마마와 전하께서 만나기가 훨씬 쉬워지셨잖습니까?"

별 의미 없는 말이었기 때문에 정왕은 미소를 지으며 고개만 끄덕였다.

사실 지금까지 정왕과 매장소의 밀실 만남이 이렇게 썰렁하지는 않았다. 정쟁 이야기가 끝나면 구체적인 정무를 논의했고, 한 번 논의가 시작되면 한두 시간을 넘기기 일쑤였다. 그러나 오늘은 몽지가 곁에 있어서 정왕은 일부러 말을 아꼈다. 이 금군통령을 믿지 못해서가 아니었다. 비록 황위 싸움을 돕겠다고 선언했지만, 아무래도 몽지는 정왕보다는 황제의 충신이었다. 이미 뛰어든 정쟁에 관해 이야기하는 것은 상관없었지만, 황제가 결정한 안건에 반대하는 의견은 굳이 들려주고 싶지 않았던 것이다.

소경염의 이런 생각을 읽은 매장소도 다른 화제를 꺼내지 않았다. 그래서 분위기를 바꿔보려고 고군분투하는 몽지를 보자 웃음을 참지 못했다.

"몽 통령께서는 내일 아침 당번이 아니십니까? 전하께서도 그 만 쉬셔야지요."

마음껏 이야기할 수 없는 이 자리를 빨리 마무리 짓고 싶던 정 왕이 곧바로 대답했다.

"또 선생의 시간을 빼앗았구려. 그만 쉬시오. 다음에 어려운 점 이 있으면 또 가르침을 구하러 오겠소."

매장소는 그와 달리 긴 인사말도 없이 허리만 살짝 숙였다. 두 사람 사이에 선 몽지도 서둘러 두 손을 모아 작별인사를 했다. 정 왕은 고개를 끄덕이고 정왕부로 향하는 돌문으로 걸어갔다. 문 앞 에 이르자 갑자기 무슨 생각이 났는지, 그는 다시 돌아와 탁자에 놓인 《상지기》를 들며 물었다.

"이 책이 참 재미있던데, 아직 다 보지 못했소. 괜찮으면 며칠 빌려도 되겠소?"

이때 몽지는 마침 매장소 바로 옆에 서 있었다. 비록 고개를 돌 리지는 않았지만, 무공이 높은 이 금군통령은 매장소의 몸이 바짝 긴장하고 순간적으로 숨소리가 멈추는 것을 확실하게 느꼈다.

"괜찮습니다. 전하께서 마음에 드신다니 얼마든지 가져가서 보 십시오."

순간적인 망설임 후 매장소는 곧 미소를 지어 보였다. 말투도 평소와 전혀 다를 것이 없었다. 정왕은 살짝 고개를 끄덕여 감사 를 표한 다음 책을 소매 속에 넣고 돌아섰다. 그쪽 돌문이 닫히고 나서야 매장소도 느릿느릿 걸음을 옮겨 밀실에서 나왔다. 묵묵히 뒤를 따르던 몽지가 참다못해 물었다.

"소수, 그 책에 무슨 문제라도 있나?"

"없습니다."

뜻밖에도 대답이 너무 빨랐다.

"하지만 방금······."

매장소의 걸음이 살짝 멈췄고 눈동자도 그윽하게 반짝였다. 그가 낮은 소리로 말했다.

"주해 내용과 필체에는 아무 문제도 없습니다. 하지만······."

한참 기다렸지만 다음 말이 나오지 않자 몽지가 재촉했다.

"하지만 뭐?"

"이름을 피하려고 두 글자에서 획을 줄여 쓴 것이 마음에 걸리는군요."

"이름? 누구 말인가? 어떤 글자?"

몽지는 그래도 알 수가 없어 곤혹스레 눈을 껌뻑였다.

매장소는 곧바로 대답하지 않고 잠시 입을 다물었다가 말했다.

"돌아가신 어머니의 아명입니다. 주해를 달다가 우연히······."

"그게······ 심각한가?"

"아닐 겁니다. 경염은 어머니의 아명을 모르는데다 자주 쓰는 글자도 아니니까요. 예전에도 그는 제가 그 글자의 획을 줄여 쓰는 것을 몰랐지요. 마지막 한 획만 생략했으니 아마 눈치도 못 챌 겁니다."

"휴."

몽지는 안도의 숨을 쉬었다.

"그렇다면 왜 그렇게 긴장했나?"

"저도 모르겠어요."

매장소의 눈빛이 아득해지며 애수에 젖었다.

"아무래도 그 안에 과거의 흔적이 묻어 있기 때문이겠지요. 저도 모르게 긴장했지만, 곧 경염이 알아보지 못할 거라는 생각이 들더군요."

그때 밀실 가장 바깥쪽 문이 자동으로 열리고, 잘생긴 비류의 얼굴이 앞에 나타났다. 너무 오래 기다려서 짜증이 났지만, 매장소의 얼굴을 보는 순간 마음이 놓였는지 소년은 곧장 자기 침대로 휙 날아가 잠들어버렸다.

예왕을 피해 밀실에 숨을 때는 두 사람 다 나중에 이야기하자고 했지만, 벌써 시간이 늦었고 각자 마음 쓰이는 곳이 있었기에 바로 헤어졌다.

비류는 잘 때 등을 켜지 않아, 실내의 유일한 빛은 바깥 책상에 놓인 다섯 개 가지가 있는 은제 등잔뿐이었다. 매장소는 책상으로 다가가 등을 들면서 별생각 없이 시선을 내렸다. 책상에는 가느다란 붓이 여전히 본래 자리에 놓여 있었지만 책은 없었다. 그 모습을 보자 어쩐지 힘이 빠졌다.

흘러가버린 지난날은 끈적끈적한 거미줄과도 같았다. 우연히 소경염의 손에 달라붙기는 했지만, 너무 가늘고 투명해서 그는 영원히 알아볼 수 없을 것이다.

매장소는 이 연약한 감정을 떨쳐내려는 듯이 심호흡을 했다. 그리고 다른 책 한 권을 집어 들고 등잔을 든 채 안으로 들어갔다. 비류는 벌써 깊이 잠들었다. 깊고 편안한 숨소리가 고요한 방 안에서 규칙적으로 오르락내리락하며 마음을 가라앉혀줬다. 매장소는 멀리서 그를 한번 바라본 후, 등잔을 조심조심 침대 앞 조그만 탁자에 내려놓았다. 막 장포를 벗는데, 문 밖에서 나지막한 목소리가 들려왔다.

"종주, 주무십니까?"

"들어오게."

매장소는 대답하면서 옷을 벗고 침대에 비스듬히 기댔다. 려강이 문을 열고 곧장 방으로 들어와 구리로 만든 조그만 원통을 두 손으로 내밀었다. 매장소가 원통을 받아 익숙하게 이쪽저쪽을 누르자, 뚜껑이 열리고 손바닥에 조그맣게 말린 종이가 나타났다. 종이를 펼쳐본 그는 아무 표정 없이 등불에 태웠다.

"종주……."

매장소는 잠시 침묵하다가 천천히 입을 열었다.

"리양 장공주의 집을 더욱 주의해서 살피게. 새로운 움직임이 있으면 내게 바로 알리고."

"예."

잠시 독서를 하려고 책과 등을 가지고 들어왔지만 매장소는 갑자기 피로가 밀려왔다. 그래서 그는 명령을 마친 후 곧 침대에 누웠다. 려강은 감히 방해할 수가 없어 등을 끄고 소리 없이 물러가며 문을 닫았다.

밤이 깊어지고 바람이 불었다. 바깥에 비가 내리는지, 투두둑 하고 창문 두드리는 소리가 점점 강해졌다. 그 소리에 방 안이 더욱더 고요하게 느껴졌다. 매장소는 안쪽으로 돌아누우며 어둠 속에서 눈을 떴다. 하지만 오래지 않아 다시 눈을 감았다.

기약 없는 이별

—

40

—

서우진(犀牛鎭)은 금릉성 주변의 수많은 마을 중에서도 아주 평범
한 마을이었다. 가구 수는 200호가 넘지 않았고, 중심가는 단 하나
뿐이었다. 중심가에는 두부점, 간식점, 잡화점 등의 가게가 있었지
만, 장이 설 때나 북적거리지 평소에는 썰렁할 정도로 한산했다.

그날 아침 일찍, 두 사람이 드는 검은 가마 하나가 흔들흔들 마
을로 들어왔다. 전날 밤 가랑비가 내려 가마꾼의 발은 진흙투성이
였다. 관도에서 온 모양인데, 행색을 보아하니 마을에서 잠시 쉬
면서 요기를 하려는 것 같았다.

서우진에는 말린 간식을 파는 조그만 찻집 외에 따뜻한 음식과
국수를 파는 식당이 있었다. 그래서 가마는 중심가 끝까지 둘러본
후 다시 돌아왔고, 선택의 여지도 없이 식당 앞에 섰다. 가마꾼이
가리개를 걷자 여자 손님이 나왔다. 여름인데도 면사로 얼굴을 가
리고 있었다. 그녀는 식당으로 들어간 후 매장 가운데에서 주변을
둘러보았다. 너무 더러워서 영 내키지 않는 모양이었다.

맞으러 나온 주인이 친절하게도 탁자와 의자를 꼼꼼히 닦아주

었다. 그가 싱글벙글 웃으며 입을 여는데 그보다 앞서 여자가 물었다.

"넷째 언니는 없나요?"

주인의 둥글둥글한 얼굴에서 웃음이 얼어붙었다. 하지만 잠시뿐이었고 곧 원래대로 돌아와 수건을 어깨에 걸치며 대답했다.

"후원에서 쉬고 있습지요. 들어가시렵니까?"

여자 손님은 고개를 끄덕이고 주인을 따라 후원으로 들어갔다. 두 명의 가마꾼은 식당 문 앞의 탁자에 앉아 알아서 차를 따라 마셨다. 후원과 가게 사이에는 진흙으로 쌓은 낮은 담장뿐이었지만, 담장을 지나자 느낌이 확 달라졌다. 이곳은 더럽거나 낡기는커녕 몹시 깨끗하고 쾌적했다. 후원 한가운데 크고 높은 석류나무 두 그루가 서 있고, 초록빛 나뭇잎 사이사이에는 묵직한 과실이 잔뜩 매달려 있었다. 주인이 여자 손님을 석류나무 아래에 앉히고 동쪽 곁채로 들어갔다. 잠시 후 주인 대신 한 여자가 나왔다.

"넷째 언니."

여자 손님이 일어나 인사했다.

"앉아."

넷째 언니라고 불리긴 했지만 무척 젊어 보이는 여자였다. 피부는 부드럽고 용모도 단아하여, 수수한 차림새조차 그녀의 기품과 아름다움을 가리지 못했다. 이런 절세의 미녀가 무슨 이유로 이 한적한 마을에 숨어 있을까?

"몇 년 못 본 사이 살이 좀 찌셨네요."

여자 손님이 면사를 걷고 새하얀 피부와 고운 얼굴을 드러내며 생긋 웃었다.

"그래."

넷째 언니는 빙그레 웃었다.

"못 본 사이 넌 더욱 예뻐졌구나."

"언니에게는 한참 못 미치죠. 넷째 언니의 미모가 한창 물올랐을 때는 랑야 미인방 3위 안에 들기도 했지요. 갑자기 은거하는 바람에 얼마나 많은 사람이 한숨을 쉬었는지 몰라요."

넷째 언니는 눈을 내리깔고 둥글고 조그마한 턱을 살짝 당겼다. 다른 동작은 없었지만 그 모습만으로도 마음을 마구 때리는 슬픔이 느껴졌다.

"반약, 그때 인사도 없이 떠난 것은 미안해. 하지만 난 너무 지쳤어. 사부님의 은혜를 잊은 건 아니지만, 이제 그분도 세상에 안 계시잖아. 우리도…… 이제 각자의 삶을 살아야 해."

진반약의 고운 눈동자가 매섭게 반짝였다. 하지만 곧 미소를 떠올리며 잘 억제된 투로 말했다.

"그게 무슨 말이에요, 넷째 언니? 나라를 되찾는 일은 아직 끝나지 않았고, 나라를 잃은 치욕도 아직 씻지 못했어요. 그런데 어떻게 게으름을 피울 수 있겠어요?"

넷째 언니는 쓴웃음을 지었다.

"반약, 사부님이 너를 후계자로 삼으셨기 때문에 경성에 있을 때 난 언제나 네 명령을 따랐어. 하지만 이 말만은 해야겠어. 우리 활족(滑族)의 나라가 무너진 지 벌써 30년이 넘었어. 망국의 참혹한 고통조차 우리가 직접 겪은 것이 아니야. 모두 사부님께 들은 것뿐이지. 하물며 당시는 군웅이 일어나 땅을 병탄하던 시기였어. 수십 년간 대국의 손에 무너진 소국이 열 개는 넘고, 우리 활족은 그 중 하나일 뿐이야. 그런데 이렇게까지 집착할 필요가 있니?"

진반약은 이를 악물고 차갑게 대꾸했다.

"나라가 작으면 무너져도 된다는 건가요?"

"그런 뜻이 아니야. 네게 상황을 똑똑히 알려주려는 거지. 지난 날 우리 활족에게 나라가 있었을 때는 살아남기 위해 발버둥 칠 수밖에 없었어. 대량에 붙었다가 대유에 붙었다가 하면서 온갖 방법을 써봤지만, 끝내 나라를 지키지 못하고 배신했다는 구실로 대량의 손에 멸망당했지. 이제 우리는 나라도 없고 근본도 없어. 활족의 후예들도 흩어지거나 대량 사람과 동화되어, 지금 상황은 나라가 있을 때만도 못해. 나라를 되찾는다는 게 말은 쉽지만……."

"그러니까, 넷째 언니는 절 못 믿겠다는 말이군요."

진반약이 고운 눈동자를 굳히며 말했다. 얼굴에도 쌀쌀한 기색이 떠올랐다.

"사부님께서 살아 계셨다면, 그분의 뛰어난 재능과 귀신같은 헤아림 앞에서도 이렇게 낙담했을까요?"

정곡을 찔렸는지 넷째 언니의 안색이 약간 파리해졌다. 그녀는 시선을 피하며 한참 만에야 겨우 입을 열었다.

"총명이 과하면 요절한다고들 하지. 사부님께서는 너무 총명하셨기 때문에 장수를 누리지 못한 거야. 반약 너도 누구보다 총명하지만 아무래도 사부님만은 못하겠지. 생각해보렴. 사부님께서 세상을 떠나신 후 그렇게 열심히 일했는데도 사부님의 반만큼이나마 성공한 적 있니? 너 혼자 힘으로는 어려운 일인데 왜 무리하게 고집을 피우니?"

처음 들을 때는 다소 흔들린 듯하던 진반약은 점차 숙연한 표정을 되찾았다. 그녀는 얼음장같이 차가운 목소리로 말했다.

"그러니까 넷째 언니는 종묘가 무너지고 군주가 피살당한 일을 복수하지 말자는 건가요?"

"그 복수는 이미 끝나지 않았니?"

넷째 언니는 한숨을 쉬었다.

"사부님은 그 놀라운 지혜로 모사를 가장해 사람들의 마음을 주무르고 분란을 일으키셨어. 결국 대량 황실에 내란이 일어나 부자가 서로 의심하고 적염군은 사라졌지. 그건 복수가 아니란 말야?"

진반약은 고개를 저었다.

"활족을 무너뜨린 것은 적염군이지만, 망국의 원한은 대량 조정에 갚아줘야 해요. 안타깝게도 하늘은 사부님께 시간을 주지 않았죠. 그분의 지혜라면 나라를 되찾지는 못할망정 대량을 전복할 수는 있었을 거예요. 넷째 언니, 언니와 저는 사부님의 은혜를 입었어요. 아무리 힘이 부족하다 해도 그분의 바람을 모른 척할 수는 없어요."

"하지만 사부님께서 꾸민 음모가 성공한 것은 그분이 총명하셨기 때문이야. 물론 인맥과 정보망을 남겨주셨고 네가 잘 관리하고는 있지만, 우리는 그분처럼 꼼꼼하고 빈틈없이 계략을 꾸밀 수없어. 그런데 무슨 수로 바람을 이뤄드리겠니?"

넷째 언니의 눈썹이 파르르 떨리고 눈빛이 몹시 어두워졌다.

"너는 예왕의 모사가 되어 사부님이 하시던 대로 형제들을 이간질하고 있지만, 그 결과는 사부님만 못하잖니? 우선 예왕을 고른 것부터 잘못이야. 그는 네 맘대로 주무를 수 있는 인물이 아냐. 차라리 태자를 고르는 게 나았을 텐데. 어쨌든 네가 예왕을 도와 태자를 무너뜨리고, 이어서 예왕까지 무너뜨린다고 한들 무슨 일이 생기겠니? 그래봤자 대량의 국력이 약해지고 다른 나라가 어부지리를 얻을 뿐, 우리 활족의 나라를 되찾는 건 어림도 없어."

진반약의 입술 위로 차가운 웃음이 피어올랐다.

"나라를 되찾지 못해도 상관없어요. 대량에 똑같이 망국의 기분을 안겨주기만 해도 구천에 계신 사부님을 위로해드릴 수 있어요. 언니는 제가 성공할 수 없다고 생각하지만, 사부님의 유지를 받은 이상 성공하기 어렵다고 해서 포기할 수는 없어요. 언니가 평화롭게 사는 동안 제가 언제 한 번이라도 와서 방해한 적 있나요? 어려운 일이 아니었다면 이렇게 찾아오지도 않았을 거예요. 하지만 언니는 아직까지도 왜 찾아왔느냐고 묻지 않는군요. 정말 실망이에요."

넷째 언니는 고개를 푹 숙였다. 그녀가 부끄러운 표정으로 미안한 듯 말했다.

"몇 년을 한가하게 지낸 내가 무슨 힘이 있어 널 돕겠니? 그래서 차마 물을 수 없었던 거야."

진반약은 그녀를 응시하며 입술을 살짝 떨었다. 고운 눈에 서서히 안개가 꼈다.

"언니, 아세요? 홍수초가 무너질 것 같아요."

넷째 언니가 아름다운 눈썹을 치키며 놀란 목소리로 외쳤다.

"아니, 어쩌다?"

"요 몇 달 홍수초의 부하들이 죽거나 돌아서서 이제 얼마 남지 않았어요. 새로 들인 아이들은 훈련이 덜 되어 쓰지도 못하고, 정말 곤란한 상황이에요. 거기까지는 괜찮아요. 은밀하게 대신들 집에 심어놓은 첩자들도 하나둘 제거되는 바람에 남은 첩자들도 함부로 움직이지 못하고 있어요. 예왕은 그 아비와 똑같이 의심 많고 속이 좁아요. 몇 년간 쌓은 신뢰도 아무 소용이 없더군요. 수를 써서 왕비를 의심하게 만들지 않았다면, 그 잘못된 정보 몇 개 때문에 벌써 저를 내쳤을 거예요. 언니, 사부님께서 언니더러 저를 잘 보살피라고 하셨잖아요. 제가 이렇게 위험한 상황인데도 안 도와주실 거예요?"

그녀의 간곡한 말에 넷째 언니도 표정이 변했다. 그녀는 한숨을 쉬며 권했다.

"반약, 이왕 그렇게 되었다면 포기하자. 이참에 손을 떼고 마음 편히 사는 것이 낫지 않니?"

진반약이 얼음장 같은 얼굴로 단호하게 말했다.

"저를 고집 센 멍청이라고 생각해도 좋아요. 하지만 전 사부님의 명을 받았어요. 아무리 재능이 없고 성공하기 어려워도 제 한 목숨 건지자고 도중에 멈출 수는 없어요."

"그런……."

넷째 언니는 한숨을 푹 쉬었다.

"좋아. 내가 뭘 하면 되겠니?"

진반약은 기쁜 듯이 눈꼬리를 올리며 인사했다.

"언니의 미모와 유혹 기술로 남자 한 명을 꼬드겨주세요."

"남자?"

넷째 언니가 눈을 치떴다.

"남자를 상대하는 거라면 네 부하들 중에도 적당한 사람이 있잖니?"

진반약은 고개를 저었다.

"제 부하는 안 돼요. 늘 경성에서 활동하기 때문에 얼굴이 잘 알려져 있어요. 넷째 언니는 은거한 지 오래됐잖아요. 변장술도 뛰어나 누구보다 은밀하게 움직일 수 있고 성공 확률도 높아요. 더군다나 사람을 유혹하는 수법이라면, 제 부하 중 언니를 따를 사람이 어디 있겠어요?"

넷째 언니가 짙고 긴 속눈썹을 내려 반짝이는 고운 눈을 가리며 나지막이 말했다.

"반약, 경성에 날 아는 사람이 아주 없는 것은 아니야."

"알아요."

진반약은 곱게 웃었다.

"제가 약속할게요. 그 남자를 상대하는 동안 예전에 언니를 알던 고관대작들과는 절대로 마주치지 않을 거예요."

"응?"

넷째 언니는 의아해했다.

"그들과 마주칠 일이 없다고? 내가 상대해야 할 사람이 대체 누군데?"

"내일 일찍 경성 화용수방(華容繡坊)으로 오세요. 그럼 알려줄게요."

넷째 언니는 빨간 입술을 살짝 다물고 천천히 몸을 돌렸다. 그리고 생각에 잠긴 듯 정원을 천천히 거닐며 한동안 아무 대답도 하지 않았다.

"이번만 도와주면 앞으로는 언니가 무엇을 하든 다시는 방해하지 않겠어요."

진반약이 적절한 때에 한마디 덧붙였다.

"만약…… 내가 성공하지 못한다면?"

"그렇게 상대하기 어려운 사람도 아닌걸요. 언니라면 문제없을 거예요."

"나도 더는 지난날의 내가 아니야."

넷째 언니가 유유히 탄식을 내뱉었다.

"네 믿음을 저버려도 탓하지는 마. 어쨌든 우리는 동문이니 비록 각자의 길을 가더라도 완전히 남이 될 수는 없겠지. 마지막이라고 하니 믿을 수밖에. 좋아, 내일 화용수방으로 갈게."

진반약은 무척 기뻐하며 내내 암울하던 예쁘장한 얼굴을 환하게 빛냈다. 그녀는 넷째 언니의 손을 잡고 무척 다정하고 친절하게 안부를 물은 다음, 다시 면사를 쓰고 그곳을 떠났다.

그날 밤 진반약은 오랜만에 푹 잠들었다. 이튿날 그녀는 아침 일찍 일어나 씻고 화장을 한 후 소박한 옷으로 갈아입었다. 그런 다음 연푸른색 면사가 달린 모자를 쓰고 시녀도 없이, 가마를 타지도 않고 혼자 살그머니 밖으로 나왔다. 거리에서 아무 가마나 잡아타자 곧 화용수방에 도착했다. 이 자수 가게는 경성에서 규모가 가장 큰 곳 중 하나로, 그 명성과 인기를 알 수 있듯 문밖 벽을 따라 염료와 실, 비단, 도안 등을 파는 노점이 주르르 늘어서 있었다. 금릉성의 아가씨나 부인들 태반이 이곳에 와서 자수 물품을 사는 것을 즐겼다.

진반약은 색실을 고르는 척하며 기다렸다. 약속한 시간이 거의 다 되었을 때, 넷째 언니의 호리호리한 모습이 멀지 않은 곳에 나타났다. 두 사람은 마주치고도 간단히 인사만 했다. 진반약은 그녀를 데리고 노점상들을 따라 천천히 거닐며 색실과 도안을 몇 개 샀다. 그런 다음 노점상 중 유일하게 차를 파는 천막이 있는 곳으로 들어가 바깥쪽에 놓인 네모진 탁자 앞에 앉았다.

"저쪽을 보세요."

진반약이 파줄기같이 가녀린 손가락을 소매 밖으로 내밀어 어떤 방향을 가리켰다.

"저기가 어딘지 아세요?"

넷째 언니는 그녀가 가리킨 곳으로 고개를 돌렸다. 거리 건너편 자수 가게와 맞닿은 쪽으로 저택의 높은 담장이 보였다. 서쪽으로 까만 칠을 한 문이 열려 있었는데, 안쪽 정원에는 나무가 울창하여 그늘이 져 있었다. 녹음이 담장 밖으로 튀어나와 거리를 반쯤 가린 상태였다.

"부유한 고관대작네 뒷문인 것 같구나. 내가 상대할 사람이 저곳에 살고 있니?"

진반약이 입가에 산뜻한 미소를 떠올리며 천천히 고개를 저었다.

"언니는 멀지 않은 근교에 계시면서도 소식은 까맣게 모르는군요. 저 집 주인은 고관대작이 아니라 벼슬 하나 없는 평민이에요. 저 집을 산 지도 반년밖에 되지 않았죠. 하지만 지금 경성에서 '소씨네'라 하면 사람들이 가장 먼저 떠올리는 곳이 바로 저 집일 거예요."

"그러니까 더 궁금해지는구나. 얼마나 대단한 사람이기에 귀족과 부호가 가득한 경성에서 금세 자리를 잡았을까?"

진반약은 빨간 비단 손수건을 꺼내 입을 가리더니, 넷째 언니의 귓가에 대고 마치 규방 소녀들이 귓속말을 하듯 속닥였다. 그녀의 말을 들은 넷째 언니는 안색이 살짝 변한 채 나지막이 물었다.

"저 소 선생이 예왕의 모사라면 너와 대립할 이유가 어디 있지? 나더러 저 사람을 공략해서 뭔가 알아내라는 거니?"

"아뇨."

진반약이 넷째 언니의 팔을 잡으며 대답했다. 그 눈빛은 흘러가는 구름처럼 가벼웠다.

"저 소 선생은 속을 알 수 없는 사람이에요. 미모에 흔들릴 리가 없죠. 다른 사람에게는 여자의 유혹이 최고지만, 그에게는…… 최악이에요. 언니 자존심을 상하게 하려는 게 아니니 오해하지 마세요."

"그럼 나더러……."

"잠시만 기다려봐요. 곧 알게 돼요."

진반약은 찻잔을 입가로 가져갔지만, 값싸고 조악한 것이 싫어서 마시지는 않고 살며시 흔들면서 분홍빛 차를 바라보기만 했다. 넷째 언니도 급한 성격은 아니었으므로, 그녀가 말을 멈추자 캐묻지 않고 조용히 저택 뒷문만 바라보았다.

한 시간이 느릿느릿 흘러갔다. 까만 칠을 한 문으로는 계속해서 여러 사람이 드나들었다. 물을 운반하러 온 사람, 매일 생생한 꽃을 갖다 주는 사람, 과일을 가져온 사람 등등 종류도 다양했다. 모두 일상 소모품이었다. 차가운 눈으로 그 모습을 지켜보던 진반약이 마침내 허리를 꼿꼿이 세웠다.

넷째 언니가 알아채고 황급히 바깥을 내다보았다. 신선한 채소를 가득 실은 수레 한 대가 나귀에게 이끌려 덜커덩거리며 문 앞에 섰다. 수레를 모는 사람은 스무 살 정도 되는 건장한 청년이었다. 거친 베옷을 입었는데, 소매를 걷어붙여 튼튼한 두 팔이 훤히 드러났다. 채소를 배달하러 온 듯한 그는 문지기들과 인사하고 수레를 몰아 정원으로 들어갔다.

"바로 저 자예요."

진반약이 고개를 돌려 넷째 언니를 쳐다보았다.

"채소를 가져온 남자 말이야?"

넷째 언니는 의아해했다.

"저 사람이 어때서? 저택에 자주 드나든다고 해서 의심을 한다면, 과일과 꽃을 가져온 사람들도 똑같지 않아?"

"맞아요. 저도 처음에는 저 자를 다른 사람들과 똑같이 생각했어요."

진반약의 얼굴이 약간 어두워졌다.

"겸 아저씨가 재미있는 것을 발견하지 않았더라면, 아마 지금까지도 저 자를 의심하지 않았을 거예요."

"겸 아저씨까지 불러냈니? 그분한테도 마지막이라고 약속한 거야?"

"이번에 무너지면 끝장인데, 마지막일 수밖에요."

진반약이 고운 이를 살짝 깨물었다.

"그러니 이번 일에 전력을 다해야죠."

"겸 아저씨가 뭘 알아내셨니?"

"제가 고관대작의 집에 심어둔 첩자들 중 몇 명이 갑자기 여러 가지 이유로 실종됐어요. 그때는 우연이겠지 싶어 겸 아저씨한테 그들의 행방을 찾아봐달라고 부탁했죠. 그리고 힘을 아끼기 위해 다른 첩자들의 활동도 중단했어요. 그런데도 상황은 계속 악화되었고 나중에는 도저히 수습할 수가 없게 되었죠. 다행히 겸 아저씨 쪽에서 성과가 있어 두 명을 찾아냈어요. 그들을 잡아와 찬찬히 심문할 생각이었는데, 뜻밖에도 마지막 순간에 다시 달아나 실패하고 말았어요. 그런데 바로 저자가 그 중 한 명을 직접 구해줬어요."

"단순히 영웅 흉내를 낸 건지도 모르잖아?"

"그랬다면 좋았겠죠. 하지만 겸 아저씨가 저자의 뒷조사를 하면서 알아냈어요. 저자의 이름은 동로인데, 제가 쫓던 첩자 한 명만 구한 것이 아니라 소식이 끊긴 다른 두세 사람과도 크건 작건 관계가 있더군요. 생각해보세요, 아무리 영웅 흉내를 낸들 제가 데리고 있는 사람들만 구할 리가 있나요?"

넷째 언니는 가만히 생각하다가 고개를 끄덕였다.

"더군다나 허름한 집에 사는 일개 채소 장사꾼이라면 말할 나위 없이 하찮은 인물인데, 겸 아저씨마저도 그의 내력을 밝히지 못했어요. 그 후로 저 자가 늘 가는 곳 중에 매장소의 집이 있다는 것을 알아냈죠. 그러고 나서 예전 일들을 되짚어보니 가슴이 철렁하더군요. 하지만 지금은 저 동로라는 자가 매장소에게 채소를 갖다 준다는 것만 알아요. 정말 채소만 파는 건지 아닌지는 확실하지 않아요."

"겸 아저씨조차 확실히 밝혀내지 못했단 말이지?"

진반약은 어쩔 수 없는 것처럼 한숨을 쉬었다.

"겸 아저씨 말로는, 저 저택이 겉으로는 평온해 보이지만 사실은 깊이를 알 수 없는 늪이어서 접근할 수가 없대요. 겸 아저씨가 더 많은 것을 알아냈다면 제가 왜 언니를 찾아갔겠어요?"

"넌 저 동로라는 자가 소철의 사람이고, 지금 홍수초의 위기가 소철 때문이라고 생각하는 거지?"

"맞아요."

"하지만 소철도 예왕의 모사인데 어째서 널 공격하지? 네가 다른 마음을 품고 있다는 걸 알았을까?"

"그럴 리 없어요."

진반약은 단언했다.

"제가 다른 뜻을 가지고 있는 것은 마음속에만 있는 이야기예요. 최소한 지금까지는 예왕에게 불리한 일을 한 적이 없고요. 설령 저 소 선생이 독심술을 익혔다 해도, 지금까지 저를 만난 적조차 없는데 무슨 수로 제 마음을 읽겠어요?"

"그렇다면 소철은 네가 예왕의 심복이라고만 생각하고 진짜 의도는 모른다는 말이구나. 그런데도 널 공격하는 것은 예왕을 공격하는 것과 마찬가지 아니니?"

진반약의 눈빛이 물처럼 착 가라앉았다.

"그렇게 생각하면 여러 가지 이상한 일이 해결돼요. 저 기린지재는 예왕 휘하에 들어온 후로 확실히 교묘한 술책을 많이 부렸어요. 최근 1년간 예왕의 성과 대부분이 그의 공이죠. 그런데 그가 이렇게 공을 세웠는데도 어째서 예왕의 상황은 점점 나빠지고 세력도 예전만 못한 걸까요? 그가 오기 전에 예왕은 중추적인 역할을 하는 형부와 이부를 단단히 틀어쥐고 있었고, 군에서는 경국공의 지지를 받았어요. 하지만 지금은요? 가진 거라곤 허울 좋은 명예뿐이에요. 조정에서 그를 따를 자가 없는 이유는, 단지 태자 세력이 약해지면서 생긴 반사 이익에 불과해요. 꼼꼼히 따져보면 실질적인 기반은 전혀 없어요. 기린지재를 얻으면 천하를 얻는다더니, 과연 이게 천하를 얻는 법일까요?"

넷째 언니가 그런 그녀를 가만히 응시했다.

"그런 건 예왕에게 직접 말해도 되잖아."

"예왕은……."

진반약은 냉소를 지었다.

"제가 몇 번 실수를 해서 믿음을 크게 잃었어요. 하지만 소 선생은 얼마나 대단한지 방금 제가 말한 일들에는 전혀 나서지 않았어요. 그래서 그 일에 대해서는 좀처럼 책임을 지울 수가 없어요. 증거도 없이 그런 이야기를 꺼내면 예왕이 저를 믿겠어요? 만에 하나 예왕이 참지 못하고 그에게 직접 따지더라도, 그자의 궤변이라면 오히려 제가 화를 입을 거예요. 더구나 한 가지 확인할 것도 있어요. 그걸 알아내기 전에는 판단을 내릴 수가 없어요."

"그게 뭐니?"

"동기예요. 소 선생이 저를 공격해서 예왕의 정보원을 제거할 생각이라면, 그의 동기는 뭘까요? 어째서 그런 일을 할까요?"

"혹시…… 그가 태자의 사람인 게 아닐까?"

"저도 처음에는 그렇게 생각했어요. 하지만 그가 경성에 온 후로 태자가 어떤 처지에 몰렸는지 생각해봤죠. 커다란 사건이 잇달아 일어나 날개를 다 꺾였고, 후궁의 월 귀비도 예전처럼 총애를 받지 못해요. 바람 앞의 등잔처럼 언제 폐위되어도 이상한 일이 아니죠. 소 선생이 사옥을 어떻게 쓰러뜨렸는지 봤다면, 그가 태자와는 아무 관계도 없다는 것을 언니도 부인 못할 거예요."

"그렇다면 왜 예왕의 힘을 줄이려고 할까? 설마 황위에는 관심이 없고 그저 혼란을 일으킬 생각인 걸까?"

진반약은 손수건을 꽉 쥐며 깊이 숨을 들이쉬었다.

"나도 모르겠어요. 함부로 추측할 일도 아니고요. 언니, 지금은 동로가 유일한 돌파구예요. 제발……."

넷째 언니는 잠시 망설였다. 그때 동로가 채소를 다 내려놓고 수레를 끌고 나왔다. 맑은 채찍 소리와 함께 그의 수레는 유유히 떠나갔다. 멀리서 보기만 했을 뿐이지만, 넷째 언니는 저 젊은이가 아무리 쇳덩이처럼 심지가 굳은 사람이라도 결국은 자신의 손에 들어오리라는 것을 느낄 수 있었다. 일단 시작하면 실패할 리없었다. 다만…….

"반약, 매장소의 속마음을 알아낸들 어쩔 생각이니? 네가 알려준 대로라면 넌 그의 적수가 못 돼."

"적수가 될지 안 될지는 겨뤄봐야죠."

진반약은 턱을 살짝 들며 결연하게 대답했다.

"매장소는 확실히 기재예요. 하지만 지금 그가 유리한 건 숨어있기 때문이에요. 밖으로 끌려나와 정면에서 맞서 싸울 때도 그렇게 대단한지 봐야겠어요!"

넷째 언니는 하고 싶은 말이 있는 것처럼 앵두 같은 입술을 살짝 열었지만, 결국 아무 말도 하지 않았다. 이 순간, 진반약의 무자비한 모습은 어딘지 지난날의 사부를 떠올리게 했다. 하지만 애석하게도 그 활족 마지막 공주가 지녔던 놀라운 지략은 100년이지나도 다시 세상에 나타나지 않을 것이다.

"반약, 전력을 다하겠다고 약속할게. 너도…… 알아서 해."

짧은 한마디를 끝으로, 넷째 언니는 식어버린 차를 마시며 밖으로 내뱉지 못한 한숨을 함께 삼켰다.

상의가 끝나자 두 사람은 더 이상 기다리지 않았다. 값을 치르고 일어나 헤어질 준비를 하는데, 마침 소철의 저택 뒷문이 또다시 열리고 검은 천을 두른 작은 가마가 흔들흔들 밖으로 나왔다. 매장소가 평소 외출할 때 타는 가마라는 것을 알아본 진반약은 무슨 생각을 했는지 가마를 따라붙었다. 천성이 조용한 넷째 언니는 본래 쓸데없는 일에는 관심이 없었기 때문에 진반약도 그녀를 부르지 않았고, 그녀 또한 아무 소리 없이 살며시 사라졌다.

진반약은 매장소가 행적을 감추기 위해 뒷문에서 나온 줄 알았지만, 그의 가마를 따라 거리 두 개를 지난 후에는 부득불 인정할 수밖에 없었다. 그가 뒷문으로 나온 것은 단순히 남월문과 가깝고 길을 돌아가지 않아도 되기 때문이었다.

남월문을 나서자 오가는 사람도 성안처럼 많지 않았다. 피곤하기도 했고, 무림 고수가 아닌 다음에야 인적이 드문 곳에서 계속 미행하기도 쉽지 않아서, 진반약은 걸음을 멈추고 유유히 나아가는 가마를 바라보았다. 물론 그녀는 매장소의 목적지가 여기서 그리 멀지 않다는 사실을 몰랐다.

가마는 남쪽으로 난 큰길을 따라 2리 정도 가다가 작은 언덕 위 정자 옆에 멈췄다. 매장소는 가마에서 내려 정자로 들어갔고, 따라온 사람들이 정자 안에 술과 차를 차렸다. 매장소는 한가롭게 돌의자에 앉아, 정자 난간에 비스듬히 기대 천천히 책을 읽었다.

한 시간쯤 지나자 성문 방향에서 뿌얀 먼지가 일었다. 옆에서 시중을 들던 려강이 먼저 발견하고 매장소를 불렀다. 매장소는 책을 덮고 일어나 그쪽을 바라보았다. 제법 거리가 있어서 겨우 말을 탄 두 사람 정도만 어렴풋이 보였다. 두 사람은 말 반 마리 정도의 거리를 두고 앞뒤에서 달려오고 있었다.

려강은 시력이 무척 좋았다. 매장소가 그 둘이 자신이 기다리던 사람이라는 것을 확인하기도 전에 이미 그들을 알아본 그가 낮게 말했다.

"종주, 그분들입니다."

매장소는 고개만 끄덕이고 아무 대답도 없었다. 하지만 려강은 그의 뜻을 헤아린 듯 정자에서 나가 대로변에 섰다. 두 마리 말이 점점 가까워져 누군지 알아볼 수 있을 정도의 거리가 되었는데도 그들은 려강을 알아차리지 못한 듯했다. 그가 시선을 끌기 위해 손을 들려는 순간, 무슨 이유에선지 앞서 달리던 사람이 별안간 고삐를 잡아당기며 말머리를 돌려 뒤를 바라보았다.

그 행동의 이유는 금방 밝혀졌다. 날리는 먼지 속에서 세 번째 말이 빠른 속도로 달려오고 있었다. 말을 탄 사람이 뒤를 쫓으며 소리소리 질렀다.

"경예! 경예, 기다려!"

소경예와 함께 가던 사람이 초조해졌는지 자꾸 재촉했다.

"오라버니, 어서 가요. 오라버니."

소경예는 왼손을 들어 그녀를 안심시키면서도 계속 가기는커녕 도리어 말에서 내렸다.

"오라버니!"

조마조마해진 우문념이 떨리는 목소리로 다시 그를 불렀다.

"념념."

소경예가 그녀를 향해 웃어 보였다.

"내 친구야. 친구가 부르는데 어떻게 모른 척하겠어?"

"하지만…… 약속했잖아요."

"걱정 마. 같이 그분을 만나기로 약속한 이상 반드시 갈 테니까. 우리가 도망치는 것도 아니고, 친구가 배웅하러 나왔을 뿐인데 무슨 걱정이야?"

그러는 사이 언예진이 가까이 왔다. 먼지를 잔뜩 뒤집어써 평소처럼 번쩍번쩍한 차림은 찾아볼 수 없었다. 그는 말에서 뛰어내려 소경예에게 돌진하더니 팔을 부여잡았다.

"경예, 어디 가는 거야?"

소경예는 속이지 않고 말했다.

"남초의 수도 영도(郢都)에."

"경예!"

"념념이 편지를 받았는데, 그분의 병이 깊어져서 나를…… 나를 한번 보고 싶어 하신대. 어머니께서도 허락하셨으니 도리상 뵈러 가야지."

그를 만류하기 위해 쫓아온 언예진도 그런 이유에는 할 말이 없었다. 소경예의 팔을 붙잡은 손에서 스르르 힘이 빠졌다. 잠시 멍하니 있던 그가 마음이 놓이지 않는지 재차 물었다.

"그럼 다시 돌아올 거야?"

소경예는 눈을 내리떴다.

"어머니께서 계시는데 설마 영원히 안 돌아오겠어?"

담담한 목소리였지만 그 말을 듣는 언예진은 가슴이 짠했다. 하지만 당사자인 소경예는 멀쩡한데 자기 혼자 울고불고할 수도 없는 노릇이라, 억지로 입을 다물고 감정을 추슬렀다. 한참 만에야 그가 다시 입을 열었다.

"경예, 그날 이후로 널 찾아가 이야기를 하고 싶었는데 적절한 기회가 없었어. 하지만 떠난다니 지금 할 말을 해야겠어. 너무 신경 쓰지 마. 어차피 이미 지나간 일이잖아. 윗세대의 은원은 너와는 아무 상관……."

"알아."

소경예가 그의 말을 끊었다.

"말할 필요 없어. 무슨 말인지 아니까. 하지만…… 아무리 그래도 나와 아무 상관없다고 할 수는 없어. 내 아버지와 어머니, 형제자매, 그건 끊으려야 끊을 수 없는 관계야. 게다가 수십 년간 쌓아온 정은…… 숨겨진 사실이 밝혀졌다고 해서 칼로 자르듯 딱 끊어지는 것이 아니야."

"경예……."

"알아, 내가 훌훌 털고 예전의 소경예로 돌아가기를 바라겠지. 하지만 예진, 그건 정말 못하겠어. 그날 밤에 내 주변의 모든 것이 변했어. 모두 변했는데 나라고 안 변할 수 있겠어? 내가 바라든 아니든, 이 소경예는 더 이상 예전의 소경예가 아니야. 실망시켜서 미안해."

언예진이 깊숙이 숨을 들이쉬며 앞으로 한 걸음 나섰다. 그리고 한껏 힘을 주어 소경예의 팔을 붙잡고 힘차게 흔들며 말했다.

"맞아. 나는 네가 예전의 소경예였으면 해. 하지만 네가 못하겠대도 상관없어. 우리는 어려서부터 같이 자랐잖아. 그사이 너는 계속 변했어. 오동통하던 예전의 땅꼬마가 이렇게 크고 잘생겨졌고, 차분하고 말이 없던 아이가 사필과 짜고 내 결점이나 들춰내는 사람으로 변했지. 그러니 계속 변해도 난 괜찮아. 어떻게 변하든 넌 여전히 내 유일한 친구야. 우리 두 사람의 우정은 변하지 않아! 그러니 어딜 가든 이 친구가 있다는 걸 잊지 마. 감히 잊어버리면 절대 용서하지 않을 거야, 알겠어?"

마지막 말을 할 때는 목소리가 약간 쉬어 있었고 눈시울도 불그스름했다. 소경예의 팔을 붙잡은 손에 얼마나 힘을 주었는지 손가락이 아플 정도였다. 긴말은 아니었지만, 그 속에 든 진실함과 편안함, 따스함은 그 누구도 의심할 수 없었다. 소경예는 고개를 숙였다. 그의 눈시울도 촉촉이 젖었다. 옆에서 지켜보던 우문념도 참을 수 없어 고개를 돌리고 남몰래 손가락으로 눈가를 닦았다.

"자, 이제 가고 싶은 대로 가. 예전에도 넌 밖을 잘 쏘다녔는걸 뭐. 하지만 남초는 꽤 먼 곳이니 몸조심해야 해."

언예진이 코를 훌쩍이며 한 걸음 물러섰다.

"잊지 말고 편지 보내."

소경예는 대답하고 고개를 들었다. 서로를 응시한 두 사람은 약속이나 한 듯 미소를 지으려 애썼다. 하지만 두 사람의 미소 띤 얼굴 아래에는 덮을 수도 없고 지워낼 수도 없는 슬픔이 묻어 있었다.

이렇게 헤어지면 언제 다시 보게 될지 기약이 없다는 것을 두 젊은이 모두 알고 있었다. 태황태후의 탈상 기간이 끝나자 리양장공주는 경성을 떠나 자기 봉지로 돌아갔다. 그러니 소경예가 다시 돌아오더라도 경성 땅을 밟을 일은 거의 없었다.

두 사람은 출신과 나이가 비슷하고 성격도 잘 맞았다. 언제나 이렇게 둘도 없는 친구로서 비슷한 인생을 살아가리라 생각했다. 그런데 단 하루 만에 모든 것이 달라지고, 이렇게 하릴없이 헤어져야 할 줄 누가 상상이나 했을까? 언예진처럼 낙천적인 사람조차 막연한 기분이 들었다.

"오라버니, 그만 가요."

우문념이 빨개진 눈을 매만지며 다가와 오라버니의 소매를 잡아끌었다. 소경예와 언예진은 동시에 양팔을 벌려 서로를 힘껏 껴안았다.

"가봐. 네가 떠나는 모습을 지켜볼게. 가는 동안 조심……."

언예진이 억지로 웃으며 마지막 작별인사를 하다가 별안간 말이 뚝 끊겼다. 그의 시선은 소경예의 뒤를 바라보고 있었는데 표정이 약간 이상했다. 이상함을 눈치 챈 소경예가 그의 시선을 따라 돌아보았다. 열 장 정도 떨어진 길가에 려강이 꼿꼿한 자세로 서 있다가, 그가 돌아보자 언덕 쪽을 가리켰다.

사실 려강이 가리키는 쪽을 바라보기도 전에, 소경예는 이미 누구를 만나게 될지 짐작했다. 그래서 처음에는 잠시 망설였지만, 그 순간이 지나자 편안한 얼굴로 눈을 들었다. 언덕 위 정자 난간에 매장소가 기대어 서 있었다. 산바람에 소매가 불룩하게 솟아 있었다. 거리가 멀어 표정까지 볼 수는 없었지만, 그 자세는 일부러 이곳에서 소경예를 기다리고 있었다는 것을 확실하게 보여줬다.

"경예……."

언예진이 약간 걱정스레 그를 불렀다.

소경예는 정신을 차리고 그를 돌아보며 담담하게 말했다.

"아마 배웅을 나오셨을 거야. 가서 인사는 해야지."

"나도 같이 갈……."

언예진의 입에서 말이 튀어나왔지만 도중에 끊겼다. 총명한 그는 제3자의 간섭 없이 당사자들이 직접 풀어야 하는 일도 있다는 것을 잘 알기에 두말없이 뒤로 물러났다. 소경예와 매장소가 한때 어떤 사이였는지 잘 모르는 우문념이 상황 파악을 못하고 끼어들려 했으나, 언예진이 그녀를 붙잡아 세웠다.

그때 이미 소경예는 성큼성큼 정자를 향해 걸어가고 있었다. 얼굴은 약간 창백했지만 태도나 걸음걸이는 무척 차분했다.

"앉게."

매장소가 희미한 미소를 지으며 말했다. 그는 돌탁자에 놓인 은병을 들어 잔에 맑은 술을 가득 채운 후 소경예에게 건넸다.

"먼 여정을 떠나니 이 한잔으로 송별연을 대신하세. 무사히 가기 바라네."

소경예는 잔을 받아 한입에 털어 넣은 후 입가를 닦았다. 그러고는 탁자에 잔을 내려놓고 두 손을 모았다.

"배웅해주셔서 감사합니다, 소 선생. 그럼 이만."

매장소는 이 젊은이가 고개를 돌리고 돌아서는 것을 바라보았다. 그가 정자를 거의 나갈 때쯤에야 매장소가 물음을 던졌다.

"경예, 어째서 날 원망하지 않는가?"

소경예의 몸이 움찔했다. 잠시 말이 없던 그는 천천히 몸을 돌려 매장소를 똑바로 보며 대답했다.

"원망할 이유가 있을까요? 어머니의 과거를 소 선생이 꾸민 것도 아니고, 제 출생도 소 선생이 계획한 것이 아닙니다. 아버……녕국후의 불의한 행동 역시 그 스스로 한 일이지, 소 선생이 부추긴 것도 아닙니다. 우리 둘 다 알다시피, 저를 가장 괴롭게 하는 것은 사실 그 자체이지, 사실을 폭로한 사람이 아닙니다. 지난날의 일은 소 선생과는 무관합니다. 제가 아무리 어리석어도, 애꿎은 사람에게 화풀이하거나 다른 사람이 저지른 잘못에 대한 책임을 물을 정도는 아닙니다."

"하지만 나는 그 사실을 계속 숨길 수도 있었네. 그런데도 사실을 폭로했지. 그것도 그렇게 과격한 방법으로 말이야. 자네가 받을 타격은 생각하지도 않았고, 자네와 나의 우정도 고려하지 않았네. 그러니 크든 작든 원망해야 하지 않겠나?"

소경예는 고개를 저으며 쓸쓸하게 웃었다.

"솔직히 말해서 소 선생이 그런 일을 했다는 사실에 마음이 아프기도 했습니다. 하지만 저도 어린아이는 아니니, 사람이란 언제나 선택을 해야 한다는 것을 압니다. 소 선생은 가장 중요하다고 생각하는 것을 선택했고 저를 버리셨지요. 그건 선택일 뿐입니다. 저를 선택하지 않았다고 해서 선생을 원망할 수는 없지요. 어쨌든…… 소 선생에게는 반드시 저를 가장 중요하게 생각할 책임도, 의무도 없으니까요. 한때는 그러기를 바랐지만, 억지로 얻어낼 순 없는 것이지요."

"확실히, 내게 자네를 소중히 해야 할 의무는 없지. 하지만 서로 알고부터 자네는 항상 진심으로 나를 대해주었네. 그런 점에서는 내가 자네에게 빚을 졌네."

"제가 소 선생을 진심으로 대한 것은 그렇게 하고 싶었기 때문입니다. 그와 똑같은 진심을 얻을 수 있었다면 물론 기쁘겠지만, 얻지 못하더라도 후회는 없습니다."

매장소의 눈빛은 슬펐지만 얼굴에는 미소가 떠올랐다.

"자네는 후회하지 않는다지만, 이제 자네와 나는 더 이상 친구가 될 수 없겠지."

소경예는 고개를 숙이고 아무 말도 하지 않았다. 두 사람이 교분을 맺은 뒤로 그는 늘 매장소의 재능과 도량을 우러러왔다. 그를 좋은 스승이나 유익한 친구로 여기고, 조심스럽고 진지하게 그 우정을 이어왔다. 하지만 결국에는 더 이상 친구가 될 수 없는 지경에까지 오고야 말았다.

사실 인과관계를 꼼꼼히 따져보면, 두 사람 사이에 약간의 응어리는 있을망정 지울 수 없는 피맺힌 원한이 있는 것은 아니었다. 그러나 그 많은 일을 겪고 나서 소경예는 예전에 언예진이 했던 말이 옳다는 것을 깊이 깨달았다. 그와 매장소는 같은 세상에 속한 사람이 아니었다. 그들 사이에는 맞지 않는 것이 너무나 많고 친구가 될 바탕은 부족했다.

미움도 없고, 원망도 없이 헤어지는 것이 그들에게는 가장 좋은 결말이었다. 어쩌면 나중에 달라질 수도 있고, 또 어쩌면 우연찮게 얽히게 될 수도 있었다. 하지만 최소한 지금 이 순간은, 매장소의 말처럼 그들은 더 이상 친구일 수 없었다.

"경예."

매장소가 한 걸음 다가가며 부드러운 눈길로 젊은이의 얼굴을 쳐다보았다.

"자네는 내가 아는 한 가장 포용력이 큰 사람일세. 하늘이 자네에게 원한을 새기지 않는 따스하고 넓은 마음을 준 것은, 어쩌면 자네의 고통을 덜어주기 위한 것일지도 모르겠군. 나는 자네가 그 참된 마음을 지키고, 더욱 큰 고요함과 행복을 얻길 진심으로 바라네. 자네는 그럴 만한 가치가 있는 사람이니까."

"감사합니다."

소경예는 깊이 숨을 들이쉰 다음 천천히 내뱉었다. 사실 그에게도 하고 싶은 말은 많았다. 하지만 해봤자 아무 소용이 없다는 생각이 들었다. 그래서 정신을 차리고 다시 돌아서서 재빨리 정자를 떠났다. 우문념과 언예진이 언덕 아래 큰길에서 기다리고 있었다. 다시 모인 세 사람은 간단하게 몇 마디 작별인사를 나눴고, 소경예와 우문념은 곧 말에 올라 남쪽으로 달려갔다.

언예진은 그들의 모습이 사라질 때까지 울적한 표정으로 지켜보았다. 그리고 아직도 정자에 있는 매장소를 돌아보았다. 잠시 망설였지만 결국 그쪽으로 다가가 인사를 했다. 그러나 한담을 나눌 자리도 아니었고, 두 사람 다 이야기할 기분도 아니었다. 그래서 뻔한 인사말만 나눈 후 언예진은 작별인사를 하고 성으로 돌아갔다.

"종주, 바람이 찹니다. 그만 돌아갈까요?"

려강이 술상을 치우며 낮은 소리로 물었다.

매장소는 침묵으로 대신 승낙하고 느릿느릿 일어나 정자를 나갔다. 가마에 오르기 전, 그는 다시 한 번 소경예가 멀리 사라진 쪽을 바라보며 우뚝 서서 깊은 생각에 잠겼다.

"종주…… 종주?"

길고 새까만 매장소의 두 눈썹이 이마를 향해 천천히 모였다. 그가 가만히 탄식했다.

"남초는 아무래도 정토(淨土)는 아니지. 주서(朱西)를 보내 잘 살피라고 명을 전하게."

동궁의 격변

—

41

—

8월에는 조정과 백성들에게 대단히 중요한 날이 둘 있었다. 하나는 8월 15일 중추절이고, 다른 하나는 8월 30일 황제의 탄신일이었다. 그러나 태황태후의 국상 중이라 모든 축하 의식은 중지되었다. 이 때문에 중추절에는 조회를 쉬기만 했고, 황제 탄신일에는 각지의 축하 표문만 받고 중신들과 종친들만 작은 모임을 가졌다.

생신 연회의 규모는 작았지만 황족과 귀족들은 의례적으로 선물을 가져왔다. 이런 날에는 으레 경쟁이 벌어지곤 했으므로 참석자 모두 신경을 많이 썼다. 태자는 용이 수놓인 아홉 폭짜리 커다란 병풍을 선물했다. 자수 솜씨가 뛰어날 뿐 아니라 화려하고 환한 색감 덕분에 선보이자마자 찬탄이 터졌다. 예왕은 어디서 찾아냈는지, 사람 키의 두 배쯤 되고 자연적으로 '수(壽)' 자 모양으로 깎여나간 태호석을 선물했다. 특이하면서도 아름다워 두말할 것 없이 진귀한 물건이었다. 다른 황자들은 하나밖에 없는 고서나 벽옥 관음상 등을 준비했는데, 하나같이 천만금으로도 살 수 없는 귀한 물건임은 말할 것도 없었다.

정왕은 영리한 사냥 매 한 마리를 바쳤다. 훈련이 잘된 매는 씩 씩하게 황제의 어깨에 앉아 고개를 꼬고 황제를 마주 보는 바람에 한바탕 웃음이 터졌다. 본래 황제는 선물을 받으면서 겉으로는 똑 같이 좋아하고 칭찬했지만, 이번에는 웃기까지 했기 때문에 적잖 은 사람들이 그의 마음을 짐작했다.

국상 기간에는 음악을 연주할 수 없기 때문에 아무래도 분위기 는 조용했다. 손님들이 재미있는 이야기를 꺼내려고 힘껏 노력했 으나 끝내 황제의 흥을 돋우지 못했다. 황제는 상례에 따라 술이 몇 순배 돈 다음 후궁으로 돌아갔다.

후궁에서는 황후가 일찍부터 육궁을 지휘해 조촐한 연회 자리 를 마련해놓고 기다리는 중이었다. 바깥에서 술을 몇 잔 마신 황 제는 푹신한 베개에 반쯤 눕다시피 하여 후궁과 봉작이 있는 부인 들의 하례를 받았다. 허리가 욱신거린 황제는 하례가 끝난 후에 정비에게 옆에 와서 안마하라고 명했고, 눈을 껌뻑껌뻑하면서 아 래를 바라다보았다.

황제의 탄신일이지만 상중이므로 복장에는 제약이 있어, 너무 소박하게 차릴 수도 화려하게 차릴 수도 없었다. 둘러보니 예전처 럼 오색찬란하지는 않았지만 오히려 그 편이 더욱 고상해 보였다.

종실이나 관리의 부인들은 하례만 하고 모두 물러났고, 전각에 는 후궁과 공주들만 남았다. 자연히 황후가 가장 먼저 술을 권했 고, 그다음은 월 귀비였다. 태자가 여러 차례 꾸짖음을 들은 연유 로 월 귀비도 기세가 많이 줄어 있었다. 오늘 그녀는 가느다란 버 들가지처럼 눈썹을 그리고 연지분도 바르지 않았다. 창백하고 산 뜻한 얼굴에 옅은 웃음을 띠자 전처럼 화려한 아름다움은 간데없고 도리어 가냘프고 안타까운 분위기를 자아냈다.

황제는 상아같이 하얀 그녀의 손에서 금잔을 받아 들어 한 모금 마신 후, 고분고분하게 눈을 내리깔고 있는 그녀를 가만히 쳐다보았다. 조금 전 밖에서도 야윈 얼굴로 위축되어 있던 태자가 떠올라 마음이 약해졌다. 태자의 올바르지 못한 행실에 화가 나긴 했으나, 오랫동안 두 모자를 아끼고 예뻐한 만큼 아직 정은 남아 있었다. 하물며 나이를 먹으면서, 거울 속에 비친 귀밑머리의 성성한 백발을 보면서 노년의 슬픔을 느끼는 요즘은 전같이 마음이 모질지도 못했다.

"많이 여위었구나. 몸이 안 좋으냐? 어의라도 불러야지."

황제는 월 귀비의 어깨를 쓰다듬으며 부드럽게 말했다.

"야진에서 나대(螺黛, 눈썹 그리는 먹―옮긴이)를 보내왔더구나. 밤에 사람을 시켜 보내주마."

"감사합니다, 폐하."

월 귀비는 눈시울을 붉혔지만 이런 날 눈물을 보일 수 없어 재빨리 꾹 참았다. 눈동자에는 자연스레 엷은 막이 덮여 빛이 반짝였다. 그 모습에 더욱 가련한 마음이 든 황제는 그녀의 손을 잡고 오른쪽에 앉힌 후 둘이서만 이야기를 나눴다.

황후는 화가 치밀어 저도 모르게 황제 옆에서 어깨를 주무르고 있는 정비를 흘끗 보았다. 눈을 내리뜨고 차분한 표정을 짓고 있는 정비는 마치 아무런 느낌도 없는 것 같았다. 정비가 황제의 시선을 끌어주면 얼마나 좋을까 생각하고 있는데, 아직 어린 공주들이 눈에 들어왔다. 그녀는 얼른 손짓해서 공주들에게 술을 바치게 했다.

바깥에서 있었던 연회처럼 이번 연회도 오래가지 않았다. 술이 세 번 돌자 황제는 피로를 느끼고 황후에게 연회를 끝내라고 분부했다. 그리고 사람들에게 상을 내린 후 쉬기 위해 황제의 침궁으로 갔다.

지쳤기 때문인지, 술을 많이 마셨기 때문인지, 다음 날 황제는 체증이 있어 조회를 하루 쉬겠다고 알렸다. 곧 어의가 들어와 자세히 진맥했으나, 큰 병이 아니기 때문에 속을 풀어주는 처방전만 써냈다. 황제 자신도 약간 진이 빠졌을 뿐 특별히 불편한 곳은 없어서, 황족과 대신들에게 문병 오지 않아도 된다는 뜻을 전했다. 약을 먹고 푹 잤더니 오후에 일어났을 때는 몸이 훨씬 가뿐했다.

황제의 몸 상태는 좋아졌지만 여전히 정무를 볼 마음은 들지 않았다. 심심풀이로 책을 뒤적이다보니 문득 어제 본 초췌한 모습의 월 귀비 모자가 떠올라 마음이 흔들렸다. 황제는 당장 고담을 불러 어가를 준비하게 했다. 살그머니 동궁으로 가서 은총을 베풀 생각이었다.

황제가 '살그머니' 가자고 한 것은 미리 알리지 말라는 뜻이었다. 고담은 금군통령 몽지에게만 알려 호위병을 준비하게 했다. 황제의 어가는 몇 사람 동원하지 않고 단출한 차림으로 떠났다. 몽지를 포함하여 따르는 사람이 얼마 되지 않았다. 어가는 정원에서 동궁으로 이어지는 높은 담벼락을 따라 나아가, 빠르고 조용히 동궁 문 앞에 도착했다.

갑작스런 어가의 등장에 동궁 문 앞을 지키던 사람들은 당황하여 허둥지둥 바닥에 꿇어 엎드렸다. 황제가 벌써 도착했기 때문에 모두 절을 하느라 바빠서 아무도 일어나 안으로 달려갈 생각을 못했다. 덕분에 태자에게 알릴 사람도 없었다.

"태자는 무얼 하고 있느냐?"

황제가 별생각 없이 물었다.

육품의 내리 복장을 한 사람이 전전긍긍하며 대답했다.

"폐, 폐하…… 태자 전하께서는 지, 지금…… 지금 안에 계, 계십니다."

"어허! 그럼 안에 있지 밖에 있겠느냐? 짐이 태자가 무얼 하느냐고 묻지 않느냐!"

"예예, 폐하…… 소, 소인은 잘…… 잘 모릅니다."

땀을 뻘뻘 흘리며 당황해하는 그의 모습에 고담이 재빨리 화제를 돌렸다.

"폐하, 태자 전하께 어가를 맞으라고 알릴까요?"

황제가 승낙하자, 고담은 방금 대답한 내리에게 조용히 일렀다.

"빨리 가보시오!"

내리가 머리를 조아리고 허둥지둥 일어나 안으로 달려갔다. 하지만 당황한 나머지 계단을 내려갈 때 옷자락을 밟고 철퍼덕 하고 나자빠졌다. 그래도 그는 마치 뭐 마려운 강아지처럼 서두르려고 바둥거렸다.

뒤에서 그 낭패한 모습을 바라보던 황제는 웃음을 참을 수가 없었다. 껄껄거리다가 불현듯 이상한 생각이 들었다. 저 내리는 황제도 아는 얼굴이었다. 늘 태자 곁에서 시중드는 사람으로, 품계는 높지 않지만 처음 어가를 맞이하는 신출내기가 아니었다. 물론 갑작스레 찾아오긴 했지만 저렇게까지 당황할 이유가 없었다.

"저자를 불러들여라!"

고담은 황급히 어린 태감을 시켜 내리를 쫓았다. 내리는 다시 황제 앞에 끌려와 엎드려 심문을 받았다.

"방금 태자가 안에서 무얼 하는지 모른다고 했겠다?"

내리는 몸을 잔뜩 웅크리고 바닥에 엎드린 채 고개조차 들지 못하고 떨리는 목소리로 대답했다.

"소인은 확…… 확실히 모릅니다."

황제의 눈길이 잠깐 동안 무겁게 그의 얼굴에 내려앉았다. 차가운 명령이 떨어졌다.

"모두 이곳에 꿇어 엎드려 있도록. 아무도 통보하지 말고 함부로 움직이지도 말라. 몽지, 고담, 짐을 따르라!"

"예."

허리를 숙여 대답했지만 고담은 불안했다. 동궁 안에서 무슨 일이 벌어지고 있는지 확실치는 않지만, 뭔가 잘못된 것은 분명했다. 또 무슨 파란이 일까 두려운 마음에 그는 저도 모르게 곁눈질로 몽지를 바라보았다. 그가 어떻게 생각하는지 살펴보려 했는데, 뜻밖에도 이 금군통령은 아무 표정 없이 고개를 숙이고 묵묵히 따라 걷기만 했다. 고담도 별수 없이 더욱더 몸을 숙이고 점점 빨라지는 황제를 종종걸음으로 뛰다시피 쫓아갔다.

동궁의 규모는 천자가 있는 황궁보다는 못하지만, 아무래도 후계자의 거처이기에 정문에서 태자가 평소 쓰는 장신전(長信殿)까지는 결코 가까운 거리가 아니었다. 태자가 안에서 뭔가 나쁜 짓을 한다고 의심한 황제는 불쾌한 마음에 몰래 들어가보기로 했지만, 아무래도 나이가 나이인지라 얼마 못 가 숨을 헐떡였다.

황제의 뜻을 가장 잘 살피는 고담은 이미 이런 일에 대비가 되어 있었다. 그가 손을 흔들어 줄곧 뒤따르던 어가를 불렀고, 황제는 내시들의 부축을 받아 의자에 앉았다. 이제 움직임은 직접 걷는 것보다 배는 빨라졌다. 이렇게 가는 동안 동궁에서 일하는 사람들을 수없이 만났다. 그들은 영문을 몰랐으나 조용히 하라는 몽지의 손짓을 알아듣고, 재빨리 길옆으로 물러나 엎드렸다. 함부로 움직이는 사람은 아무도 없었다.

명당벽(明堂壁)을 지나 영봉각(永奉閣)을 끼고 돌자 장신전이 나왔다. 어가에서 내려 나무로 만든 전각 복도에 발을 들여놓는 순간, 안에서 들려오는 사죽(絲竹) 소리에 황제는 대노했다. 걸음이 더욱 빨라졌다.

국상 기간에는 전국에서 음악을 금지하는 것이 규칙이었다. 그러나 3년이라는 기간은 너무 길어 민간에서는 적지 않은 사람이 남몰래 이 규칙을 어기곤 했다. 조정에서도 공개적이거나 너무 과하게 하지만 않으면, 특별히 누군가 신고하지 않는 이상 모른 척 눈감아줬다.

하지만 태자는 보통 사람과는 신분이 달랐다. 나라의 후계자이기도 하고, 태황태후의 적계 후손이니 나라에 대한 효와 가족으로서의 효라는 두 개의 짐을 짊어지고 있었다. 하물며 지금은 국상이 끝나가는 시기도 아니었다. 채 반년도 지나지 않았는데, 동궁에서 연회를 열고 음악을 연주하는 것은 실로 엄청난 불효였다.

이 시기에 음악을 연주하는 것이 예에 어긋난다는 것을 태자가 모를 리 없었다. 그러나 늘 듣던 것이 습관이 된 나머지 적막한 국상 기간을 견디기 어려운데다, 요즘 울적한 일이 많아 기분전환을 하고 싶은 마음도 있었다. 장신전의 문을 꼭꼭 닫고 안에서만 연주하면 동궁을 보좌하는 어사나 언관들도 알아챌 수 없었다. 더욱이 부황의 갑작스런 방문은 전에 없던 일이어서 꿈에서조차 생각하지 못했다.

황제는 꼭 닫힌 전각 문 앞에 서서, 일부러 소리 낮춰 연주하는 음악 소리를 들었다. 안색이 보기 흉할 정도로 나빠졌다. 그러나 아직 조금은 이성이 남아 있었다. 이대로 쳐들어가면 태자가 상중에 음악을 연주해 불효를 저지른 것은 기정사실이 될 것이다. 대대로 효를 나라의 근본으로 삼아온 대량의 입장에서 이는 결코 사소한 죄가 아니었다. 본래도 거의 없다시피 한 태자의 명성을 완전히 바닥에 떨어뜨리는 것은 물론이고, 단순히 '폐태자'만으로 끝나지 않을 수도 있었다. 동궁과 관련된 사람들이 모조리 연루되어 끌려들지도 모를 일이었다. 한발 물러나 생각해보면, 아무리 태자에 대한 연민이 사라지고 폐할 마음이 생겼다 해도, 황제는 여전히 이 일을 천천히 처리하고 싶었다. 예상외의 갑작스런 사건으로 태자를 폐하는 상황은 원치 않았다.

이런 생각에 황제는 노기를 꾹 참고 어두워진 얼굴로 아무 말 없이 몸을 돌렸다. 조용히 떠나려는데 갑자기 안에서 말소리가 들려왔다.

"태자 전하, 한잔 더 드세요. 폐하께서 몸이 안 좋으시니 오늘은 전하를 부르시지 않을 거예요. 취하셔도 상관없어요."

간드러진 목소리에 이어 태자의 냉소가 들려왔다.

"몸이 좋든 안 좋든 날 부르진 않을 거다. 지금 부황 눈에 뵈는 사람이 예왕 말고 또 누가 있겠느냐?"

"무슨 그런 말씀을 하세요. 전하께선 이 나라의 태자이자 장래의 황제세요. 당연히 폐하께서도 전하를 눈에 들어 하실 거예요."

"됐다. 내 진작부터 알고 있었다. 부황은 무정하고 의심이 많아. 늘 덕이 없다고 날 야단치시지만 과연 아시기나 할까? 부황이 예왕을 키워 나와 대적하게 만들지만 않았다면 내가 무엇하러 그런 짓을 했겠느냔 말이다. 내가 덕이 없다고? 그러는 부황은 덕이 아주 높으신가?"

말을 마친 태자가 비참하게 웃어댔다. 이어 술을 마시고 잔을 팽개치는 소리가 들렸다.

황제의 얼굴이 붉으락푸르락하고 온몸이 경련하듯 부르르 떨렸다. 걱정이 된 고담이 다가가 부축하려 했으나 황제가 매몰차게 뿌리치는 바람에 엉덩방아를 찧을 뻔했다. 황제는 그를 쳐다보지도 않고 단걸음에 계단을 내려가, 몽지가 허리에 차고 있던 긴 칼을 뽑아 다시 문 앞으로 달려갔다. 고담은 혼비백산하여 무릎걸음으로 황제에게 다가가 조그만 소리로 흐느끼며 애원했다.

"폐하, 고정하십시오! 폐하, 제발 한 번 더 생각을……!"

사실 황제도 그저 너무 화가 났을 뿐, 자기가 무엇을 하려는지도 몰랐다. 그래서 칼을 든 채 굳게 닫힌 문 앞에 멍하니 서 있다가, 갑자기 힘껏 휘둘렀다. 전각 문 앞의 주홍색 원기둥에 날카롭게 흠집이 났다. 황제는 칼을 땅에 내팽개치고 돌아서서 성큼성큼 걸어갔다.

이 소란에 전각 안에 있던 태자가 놀라 밖으로 나왔다. 황제의 금빛 옷자락이 바깥 문 밖으로 사라지는 것이 보였고, 문 앞 기둥에는 칼자국이 나 있었다. 태자는 순간 땀이 뻘뻘 흐르고 머릿속이 웅웅 했다. 그는 마치 온몸의 뼈를 뽑아내버린 것처럼 흐물흐

물 바닥으로 쓰러졌다.

노기에 찬 장신전을 떠난 황제는 어가에 오르지도 않고 부축도 거부했다. 하지만 너무 급히 걷느라 영봉각에 도착할 때쯤 눈앞이 까매지며 몸이 휘청거렸다. 다행히도 몽지가 재빨리 붙잡은 덕분에 다치는 것은 피했다. 고담이 소매에서 마음을 진정시키는 가루를 꺼내 황제의 콧속에 조금 넣었다. 황제는 재치기를 해댔지만 벌게진 눈은 점점 맑아졌다.

"폐하……."

몽지가 황제가 기대 쉴 수 있도록 길옆 바위에 앉히고 권했다.

"옥체가 중요하니 부디 보중하십시오, 폐하."

황제는 고담이 건넨 수건으로 얼굴과 눈을 닦고, 몸무게를 거의 몽지에게 실은 채 힘껏 숨을 골랐다. 시간이 흐르자 조금 전까지 가슴을 답답하게 채웠던 분노가 점차 스러지고, 대신 슬픔과 처량함이 그 자리를 메웠다. 눈에서도 눈물이 흘렀다. 황제는 등을 구부리고 기침을 쿨럭였다. 누렇게 뜬 얼굴에 새겨진 주름이 더욱 깊어진 것 같았다.

"몽 경, 동궁이 저렇게 짐을 원망하다니, 짐이 정말…… 정말 그렇게 잘못했는가?"

그 당황스러운 질문에 몽지는 뭐라고 대답해야 좋을지 알 수가 없었다. 황제 곁에서 금군통령까지 맡으면서 결코 짧지 않은 시간을 보낸 그였다. 그러나 그동안 그는 이 황제가 온갖 방법으로 신하와 황자들을 제압하고 균형을 맞추는 것만 보아왔지, 스스로를 의심하거나 힘겨워하는 것은 한 번도 본 적이 없었다. 이렇게 실의에 빠져 보통의 아버지들처럼 약하고 상처받은 모습을 보인 적은 결코 없었다. 지금 그에게서 볼 수 있는 것은 하얗게 센 머리칼과 덜덜 떨리는 까칠한 손, 늙고 흐려진 눈뿐이었다. 살벌한 결단력과 매서운 기질을 뿜내던 이 황제의 지난날을 떠올리자, 몽지는 불안하고 얼떨떨한 와중에도 무척 낯선 느낌이 들었다. 어쩌면 사람이란 나이가 들면 정말 변하는 것인지도…….

"폐하, 동궁은 어떻게 하실……."

몽지는 그렇게 말하다가 적당하지 않은 말임을 깨닫고 황급히 입을 다물었다.

황제는 소매로 눈물을 닦고 이를 악물며 한동안 생각에 잠겼다. 너무나도 망설이는 얼굴이어서 아무도 재촉할 수 없었다. 뜨거운 차를 반 잔 정도 마실 시간이 흐른 뒤, 이윽고 그가 분부를 내렸다.

"오늘 일은 결코 밖으로 새어나가선 안 된다. 일단 숨겨라."

몽지와 고담 둘 다 약간은 의외라고 생각했지만, 겉으로 드러내지 않고 묵묵히 명을 받았다. 그러나 황제는 역시 관대한 사람은 아니었다. 잠깐의 망설임 끝에 그는 한마디를 덧붙였다.

"지금부터 동궁을 봉쇄하고 아무도 마음대로 드나들지 못하게 하라."

몽지가 망설이며 물었다.

"태자 전하까지 말입니까?"

"태자까지!"

황제의 말투는 침통했지만 단호했다.

"태자삼사 역시 어명 없이는 동궁에 들어갈 수 없다. 이번 일은 몽 경이 처리하게."

"용서하십시오, 폐하."

몽지가 바닥에 꿇어앉았다.

"태자를 유폐하는 것은 중대한 사건입니다. 구두로 명을 받고서는 이행하기 어려우니 부디 성지를 내려주십시오."

황제가 그를 바라보며 뭐라고 말하려는데, 고담이 불쑥 끼어들었다.

"폐하, 태자 전하께서 쫓아나와 선액지(仙液池) 옆에 꿇어앉아 계십니다. 만나보시겠습니까?"

"돌아가라고 해라. 짐은 지금…… 그 아이를 보고 싶지 않다."

황제는 눈을 감고 무척 지친 소리로 말했다.

"어가를 가져오너라. 돌아가자."

"폐하."

초조해진 몽지가 말했다.

"신은……."

"어가를 들여라!"

고담의 날카로운 목소리가 귀를 찢을 듯이 울리며 몽지의 말을 끊었다. 황제는 벌써 일어나 비틀비틀 어가의 발판을 밟고 있었다. 움직임이 불안했다. 고담의 명을 받은 어린 태감 서너 명이 둘러싸서 부축해준 다음에야 겨우 똑바로 앉을 수 있었다.

"폐하……."

황제가 앉기를 기다렸다가 몽지가 다시 입을 여는데, 고담이 또다시 '가자' 하고 외치며 그의 말을 끊었다. 몽지가 눈을 찌푸리며 한 걸음 다가갔지만, 황제는 푹신한 방석에 기댄 채 눈을 감고 손을 내저었다. 근심에 잠긴 얼굴로 보아, 더는 귀찮게 하지 말라는 뜻이었다. 몽지는 난처했지만 더 이상 물을 수가 없어 조용히 어가를 호송했다.

어가가 떠난 후의 동궁은 마치 무덤처럼 고요했다. 몽지는 한탄을 억누르고 곧바로 일을 시작했다. 오늘 장신전에서 있었던 일을 새어나가지 못하게 하는 것은 어렵지 않았다. 현장에 있던 사람이 별로 없었고, 금군의 입을 단속하는 일은 그에게 문제도 아니었다. 태감들은 고담이 처리했고, 동궁 사람들은 더더구나 입도 벙긋할 수 없었다. 덕분에 소문은 확실하게 막을 수 있었다.

하지만 동궁에 출입하는 사람을 막는 것은 좀 더 어려웠다. 태자 본인은 그나마 괜찮았다. 자신이 유폐된 이유를 너무나 잘 알기 때문에 절망에 빠져 소란을 피울 생각조차 하지 않았던 것이다. 그가 가만히 있자 동궁의 다른 사람들은 말할 것도 없었다. 가장 어려운 부분은 역시 바깥사람들이었다.

다른 사람은 상관없지만, 태자소사, 태자소보, 태자태부 등은 매일 태자를 만나야 했다. 비록 당파는 없지만 무슨 일이 있어도 책임을 다해야 하는 사람들이었다. 태자에게 잘못이 있으면 가장 호되게 혼나는 사람이 바로 그들이었다. 예전에 태자가 규갑궁으로 쫓겨났을 때 가장 열심히 보호한 사람 역시 바로 그들이었다. 다만 이 고상한 신하들은 현재 조정에서 아무런 실권이 없기에, 예전의 조정처럼 힘을 쓸 수가 없었다. 때문에 태자는 그들을 예우하면서도 그들에게 의지하지 않았고, 예왕은 그들을 중요하게 여기면서도 두려워하지는 않았다. 그들은 상징적인 의미만 갖고 있었고, 진짜 창칼을 휘두르며 서로 속고 속이는 황위 다툼 속에서는 큰 도움이 되지 못했다.

그러나 실권이 있건 없건, 이 늙은 선생들은 태자삼사였다. 단순히 '폐하의 명이다' 라는 한마디로, 상세한 설명도 없이 그들을 막는 것은 몽지에게는 너무도 어려운 일이었다. 더군다나 후계자인 태자를 동궁에 유폐하는 어마어마한 일을 성지도 없이 진행하였으니 여기저기서 질문이 쏟아지는 것도 당연했다. 태자삼사에게 장장 두 시간 동안이나 들볶인 후 마른 혀를 다시던 몽지는, 문득 자기가 너무 멍청한 짓을 하고 있음을 깨달았다. 여기서 떠들어대는 것이 능사가 아니었다. 어차피 말로 설득할 일이 아닌데 처음부터 잘못하고 있었던 것이다.

그 사실을 떠올리자 몽지는 곧장 해결책을 찾아냈다. 핑계를 대고 어수룩한 신참내기 병사 두 명을 불러 동궁 문 앞을 지키게 한 후, 누가 물어도 무뚝뚝하게 '폐하의 어명' 이라고만 대답하라고 일렀다. 누구든 이 병사들을 설득하려 들면 마치 벽에 대고 말하는 것과 마찬가지라는 생각이 들 것이다. 삼사들은 발을 동동 구르며 어서 몽지를 찾아오라고 소리소리 질렀다. 하지만 '당신들은 통령과 말할 자격이 없다' 는 뻣뻣한 대답과 함께 꼼짝도 하지 않는 병사들을 보자, 그들은 머리끝까지 화가 나 거품을 물고 쓰러질 지경이었다.

동궁 관리들과 늙은 신하들을 피한 몽지는 그렇게 마음이 편할 수가 없었다. 그는 가장 믿는 사람들에게 순번을 매겨 교대로 동궁에 보냈다. 다행히 황제는 거처로 돌아간 후 병이 나, 지라궁에 누워 한 발짝도 움직이지 않았기 때문에 일이 수월했다.

다음 날 오전이 되어 태자가 유폐된 소식이 퍼져나가자, 상황을 탐문하기 위해 여기저기서 사람들이 몰려왔다. 하지만 동궁에는 들어갈 수도 없고, 태감들과 금군들은 입도 벙긋하지 않았다. 진실이 밝혀지지 않을수록 추측이 난무했다. 예왕마저 혐의를 쓰는 것조차 아랑곳 않고 속을 떠보기 위해 직접 몽지를 찾아왔다. 그러나 허탕이었다. 사택에도 통령부에도 몽지는 없었다. 내원에서 당직을 서는 중이라고 생각했으나 찾아보니 그곳에도 없었다. 마치 흔적도 없이 사라져버린 것 같았다.

진짜 원인을 모르니 적당한 대책을 세울 수도 없었다. 앓아누운 황제는 조회에 나오지도 않고 정비의 시중만 받으며 황후와 월 귀비도 만나주지 않았다. 그의 속마음을 알아볼 방법이 없으니, 힘껏 보호하려는 사람이든 불난 집에 기름을 끼얹으려는 사람이든 함부로 움직이지 못했다. 갖가지 이상한 소문이 꼬리에 꼬리를 물었고 나라 전체가 어수선해졌다.

물론 이 사건의 주요 인물 중 하나인 몽지는 어디에 숨었는지는 몰라도 정말로 사라진 것은 아니었다. 아무도 찾아내지 못한 이 대량의 제일 고수는 바로 그때 정왕의 침실에서, 깜짝 놀란 방 주인에게 조용히 하라는 손짓을 하고 있었다.

"걱정 마십시오. 제가 이곳에 오는 것을 본 사람은 아무도 없습니다."

몽지가 나지막이 말했다.

"가능한 한 빨리 전하께 동궁의 일을 알리는 것이 좋겠다고 생각했습니다."

본래도 차분한 성격인 정왕은 최근 많은 경험을 쌓으며 더욱 노련해졌다. 그래서 잠시 놀라긴 했으나 곧 마음을 가라앉히고, 밖에 있는 심복에게 아무도 안으로 들이지 말라고 분부했다. 그는 몽지를 데리고 가서 비밀 통로를 열며 말했다.

"소 선생이 온 다음에 이야기해주시오. 같은 말을 두 번 할 필요는 없지 않소."

몽지는 정왕을 따라 비밀 통로로 들어가 벌써 몇 번 가본 적 있는 밀실로 향했다. 정왕이 벽에 걸린 줄을 잡아당겨 매장소를 불렀다. 그러나 평소보다 훨씬 오래 기다렸지만 그의 모사는 모습을 드러내지 않았다. 밀실 안의 두 사람은 다소 불안했으나 직접 가서 상황을 살펴볼 수는 없었다.

또다시 향 하나 탈 정도의 시간이 지나자, 마침내 소철의 저택 쪽 비밀 통로에서 기척이 있었다. 하지만 몽지보다 무공이 약한 정왕도 문이 열리는 소리 다음 들려오는 표홀한 움직임이 매장소가 아니라는 것은 확실히 알 수 있었다.

과연 잠시 후 어리고 잘생긴 비류의 얼굴이 밀실 입구에 나타났다. 그가 차가운 어투로 딱딱하게 말했다.

"기다려!"

몽지는 정왕을 쳐다봤지만, 그가 화난 기색이 없자 비류에게 다가가 물었다.

"비류, 형이 널 보냈느냐?"

"응!"

"형은?"

"밖에!"

"침실에?"

"더 밖에!"

"그럼 객청에?"

"응!"

몽지는 대강 짐작이 갔다.

"누가 찾아와서 이야기 중이냐?"

"응!"

"누구?"

"독사!"

몽지는 흠칫 놀랐다.

"누구라고?"

"독사!"

똑같은 질문에 대답하는 것을 가장 싫어하는 비류가 귀찮다는
듯이 그를 노려보았다. 잠시 생각하던 몽지가 확인차 되물었다.

"예왕 말이냐?"

"응!"

여기까지 듣자 정왕과 몽지도 상황 파악이 되어 겨우 안심하고
편안히 자리에 앉았다. 비류는 문밖에 서서 진지하게 두 사람을
바라볼 뿐 떠날 생각이 없어 보였다. 무슨 생각이 들었는지, 정왕
이 그를 부르며 물었다.

"비류, 어째서 예왕을 독사라고 부르느냐?"

"형이!"

매장소와 비류가 대화 나누는 것을 여러 차례 보아온 정왕은 이
소년의 생각을 어렴풋이나마 좇을 수 있어서 이렇게 추측했다.

"형이 그렇게 불렀단 말이지?"

"응!"

"왜 그렇게 부르는지 아느냐?"

"알아!"

"안다고?"

의외였다.

"어째서?"

"구역질나!"

"누가…… 누가 구역질난다는 거냐? 예왕이?"

"형이!"

정왕과 몽지는 서로 마주 보았다. 둘 다 무슨 말인지 아리송했다. 한참 생각한 끝에 마침내 합리적인 해석을 찾은 정왕이 물었다.

"비류 네 말은, 형이 구역질나는 사람이라는 뜻이 아니라, 예왕을 만난 후에 형이 구역질이 난다는 말이구나, 그렇지?"

"응!"

눈동자를 굴리던 정왕이 갑자기 호기심이 생겨 물었다.

"예왕은 독사, 그럼 나는 무엇이냐?"

비류는 고개를 갸웃하며 잠시 그를 보더니 천천히 대답했다.

"물소."

몽지는 깜짝 놀라 캑캑거렸다.

"물소라고? 왜 정왕 전하를 물소라고 생각하지?"

"몰라!"

"몰라?"

이번에야말로 몽지도 혼란에 빠졌다.

"아무 생각 없이 전하를 물소라고 불렀단 말이냐?"

"내 생각에는……."

정왕은 웃음기 없지만 여전히 차분한 얼굴로 입을 열었다.

"비류는 소 선생이 왜 나를 물소라 부르는지 모른다는 것 같소."

몽지는 심장이 덜컥 내려앉아 황급히 매장소를 비호했다.

"그럴 리가요. 소 선생같이 신중한 사람이 전하에게 별명을 지을 리가 있겠습니까? 소 선생답지 않습니다."

정왕은 담담하게 대꾸했다.

"어쩌면 소 선생에게 우리가 모르는 일면이 있을지도 모르오. 더욱이 나를 물소라고 부른 사람이 그가 처음도 아니고. 예전에도 큰형님과…… 소수가 나를 그렇게 불렀소. 차보다는 물 마시는 것을 좋아하고, 성격도 소처럼 우직해서 물소 같다고 했었지."

이번에도 몽지는 너무 놀라 숨이 턱 막혔다. 어떤 표정을 지어야 할지 몰라 얼굴 근육이 뻣뻣하게 긴장되었다. 하지만 그가 아무리 당황하고 추태를 보여도 큰 문제는 없었다. 때마침 매장소가 들어와 정왕의 시선이 그쪽으로 쏠렸기 때문이다. 그는 자신의 모사를 똑바로 응시했다.

"늦어서 죄송합니다. 예왕이 상의할 일이 있다고 찾아왔다가 이제 떠났습니다."

그렇게 설명하던 매장소는 평소와 다른 정왕과 몽지의 표정을 보고 곧 밀실의 분위기가 이상하다는 것을 깨달았다.

"왜 그러십니까? 방금…… 무슨 이야기 중이셨는지?"

"아무것도 아니오."

정왕은 그의 눈을 똑바로 들여다보았지만 목소리는 무척 태연했다.

"우리는…… 물소에 대해 이야기하고 있었소."

그 말이 떨어졌을 때, 밀실 안에서 가장 긴장한 사람은 몽지였고, 가장 마음 편한 사람은 비류였다. 그들 둘 사이에 낀 매장소는 별달리 당황한 표정은 아니었지만, 그렇다고 일부러 아무렇지 않은 척하지도 않았다. 그는 정왕이 무슨 뜻으로 이런 말을 했는지 살피는 것처럼 살짝 눈을 좁히며 쳐다보다가, 의미를 깨달았는지 약간 뜻밖인 것처럼 민망하고 황송한 표정을 지었다. 그는 천천히 몸을 돌려 책망하는 말투로 불렀다.

"비류야, 또 쓸데없는 말을 했구나?"

"아니야!"

소년은 자기가 왜 야단을 들어야 하는지 모르겠다는 듯 눈을 동그랗게 뜨고 억울한 표정을 지었다.

"비류야, 말하지 않았니? 예황 군주께서 장난으로 한 말이니 따라하면 안 된다고."

"형이!"

매장소는 소년의 반박에 할 말을 잃은 듯 잠시 입을 다물었다가 다시 말했다.

"그래, 형도 몇 번 따라 불렀지만 잘못한 거야. 앞으로는 우리 둘 다 고치자꾸나, 알았지?"

"아!"

비류가 다시 정왕을 흘끗 쳐다보았다.

"고쳐!"

"죄송합니다, 전하."

매장소는 그제야 정왕에게 허리를 숙여 예를 갖췄다.

"지난 설에 예황 군주께서 오셔서 이런저런 한담을 나눴는데, 그때 지난 일을 몇 가지 이야기해주셨습니다. 그 이야기가 재미있어, 전하를 그렇게 부르는 것이 실례라는 것을 알면서도 개인적으로 몇 번 그 단어를 썼는데 비류까지 배웠을 줄은 몰랐군요. 주제 넘게 무례를 저질렀으니 부디 용서해주십시오."

"이제 보니 예황 군주가 한 말이구려."

정왕의 표정은 별로 바뀌지 않았지만 내리뜬 눈에는 실망이 비 쳤다.

"난 또⋯⋯."

그는 일부러 말을 하다 말았지만, 매장소는 그 말을 받지 않고 가만히 서 있기만 했다. 참다못한 몽지가 물었다.

"무슨 생각을 하셨던 겁니까?"

"소 선생이 예전에⋯⋯ 누군가를 알지 않았었나 생각했소."

정왕의 눈빛이 흐려졌지만 곧 정신을 차렸는지 다시 빛을 발했 다. 그가 미소를 지으며 말했다.

"예황 군주가 그렇게까지 소 선생을 예우하는지 몰랐소. 지난 이야기까지 해주다니."

"전하께서는 제가 좋은 청중이라고 생각지 않으십니까?"

매장소는 태연하게 웃어 보였다.

"저는 예황 군주를 무척 존경하고 있습니다. 그래서 제 생각을 숨김없이 이야기하지요. 비록 제가 전하 휘하에 들어갔다는 사실 은 모르시지만, 한때 제가 기왕(祁王) 전하를 경모했고 그를 위해 일하고 싶어 했다는 것은 아십니다. 그러니 어쩔 수 없이 겉으로 만 예왕에게 협조하는 척한다는 것도 아실 겁니다. 그런 공감대 덕분에 군주는 저를 그리 경계하시지 않아서, 별로 중요하지도 않 고 비밀도 아닌 옛이야기를 가끔 털어놓으시지요. 아무래도 군주 곁에는 마음이 맞는 친구가 너무 없으니까요. 그분과 전하께서는 똑같이 병권을 쥐고 계시고 인연도 깊으니, 의심을 피하기 위해서라도 너무 친밀하게는 지내실 수 없겠지요. 하동 대인과는 옛일로 응어리가 남아 차마 꺼내지 못하는 이야기도 있고, 목왕야는 아직어려 그 사건을 겪지도 않았으니 이해해주시지 못하지요. 저는 비록 그분의 친구는 아니나, 나이가 비슷하고 경험도 비슷해서 공감할 일들이 있습니다. 아마도 그 때문에 군주께서 저를 좋게 보시는 게 아니겠습니까?"

정왕은 그런 그를 쳐다보며 진지한 얼굴로 고개를 끄덕였다.

"예황 군주는 여중호걸이고 사람 보는 눈도 나보다 훨씬 뛰어나오. 나는 최근에야 선생과 자주 만나며 그 뛰어난 재주와 기량을 알게 되었소. 선생은 내가 상상하던 모사들과는 전혀 다르오."

듣기 좋으라고 하는 말이 아니라 진심에서 우러나온 칭찬이었다. 당연히 그 차이를 아는 매장소는 뻔한 말로 겸손 떨지 않고 살짝 허리를 숙여 감사했다. 두 사람 사이가 좋아지자 가장 기쁜 사람은 옆에 있는 몽지였다. 그는 손을 마주 비비며 하하 웃었다.

"어려운 시기에 만난 군신의 모습이 바로 이런 것 아니겠습니까? 정왕 전하께서는 너그럽고 올바르시며, 소 선생은 재주가 뛰어나니, 두 분이 손을 잡으면 못할 일이 없겠습니다."

"몽 통령의 믿음이 저와 전하보다 훨씬 강하군요."

매장소는 탁자를 잡고 천천히 앉으며 싱긋 웃었다.

"하지만 원대한 포부가 있으니 한 걸음 한 걸음 착실하게 밟아나가야 합니다. 오랫동안 한담을 나눴으니 이제 무슨 일로 찾아오셨는지 말씀해주실 때가 된 것 같군요."

그가 일깨워주자 몽지는 곧 표정을 가다듬고 말했다.

"두 분 다 폐하께서 태자를 동궁에 유폐한 일은 아실 겁니다."

"상세한 내막은 모릅니다."

매장소가 시선을 모았다.

"대체 무슨 일이 있었는지, 당시 폐하의 행동은 어땠는지 부디 상세히 말씀해주시지요."

"좋소."

몽지는 그날의 일을 떠올리며, 황제를 따라 동궁에 갔던 일을 상세히, 그리고 천천히 이야기해줬다. 말을 잘하는 사람은 아니지만 기억력은 무척 좋았기에 간단명료한 단어로 그날의 상황을 정확하게 묘사해냈다.

그의 말이 끝나자, 매장소는 잠시 생각하더니 물었다.

"지금 태자 곁에는 여전히 본래 시중들던 사람들이 있습니까?"

"그렇소. 하지만 절망에 빠져 이상한 짓이라도 할까 걱정되어 눈치 빠르고 믿을 만한 자들을 보내 감시하게 했소."

몽지는 한숨을 푹 쉬었다.

"태자 나리께서는 이제 끝났소. 하지만 폐하께서는 대체 무슨 생각이신지 모르겠소."

"당장 폐하지는 않을 겁니다. 설사 폐한다 해도 곧 새로운 태자를 세우지도 않을 거고요."

매장소는 정왕을 돌아보았다.

"전하께서는 제 말뜻을 아시겠습니까?"

정왕은 고개를 끄덕였다.

"알겠소."

그는 알아도 몽지는 알 수 없었다. 그러나 우리의 금군통령은

506

호기심이 강한 사람이 아니었기에 아무리 생각해도 알 수가 없자 굳이 캐묻지 않았다.

"동궁은 외성에 있습니다. 내궁의 방비는 금군 소관이지만, 외성의 안전은 순방영의 책임이지요. 전하께서는 순방영에 순시를 강화하라고 하십시오. 조정이 아무리 어지러워도 동궁 부근에서 소동이 일어나서는 안 됩니다. 일단 소동이 벌어지면 사고가 생길 것이고, 그 책임은 두 분께 돌아갑니다. 그러면 예왕만 이득을 보지요."

몽지가 찬동했다.

"확실히 책임이 무겁소. 방금은 말하지 않았지만 지금 내겐 성지 한 장 없소. 당시 폐하께 성지를 내려달라고 청했으나 고담 때문에 말이 계속 끊기는 바람에 지금은 구두 명령 한마디에 의지하고 있을 뿐이오."

"그 일이라면……."

매장소가 그를 돌아보았다.

"고 공공께 무거운 선물을 드려야 할 겁니다."

"응? 어째서요?"

"고 공공이 몽 통령의 말을 끊은 것은 호의이자 정입니다. 그러니 답례를 해서 그의 호의를 알고 있고 감사한다는 뜻을 전해야겠지요."

매장소가 그를 보며 빙그레 웃었다.

"아시겠지요?"

몽지는 그를 멍하니 바라보았다.

"소 선생, 알다시피 내 머리는 그렇게 잘 굴러가지 않소. 장난은 그만하고 대체 어떻게 된 일인지 확실히 말해주시오!"

"그럼 묻지요. 처음 폐하께 성지를 청했을 때 폐하께서 통령을 무시하지 않으셨습니까?"

"그러고 보니……."

"왜 그러셨을까요? 잘못 들어서 그러셨을까요, 아니면 넋이 나가서 그러셨을까요?"

몽지는 당황해서 할 말을 잃었다.

"이 세상에서 폐하의 마음을 가장 잘 아는 사람이 있다면, 황후도, 월 귀비도, 태자도, 예왕도, 그리고 줄곧 황제의 마음을 추측해온 대신들도 아닙니다. 바로 고담이지요. 그는 밤낮으로 폐하 곁에서 시중을 들면서도 한 번도 폐하의 눈에서 벗어나지 않았습니다. 눈치 빠르고 정확한 판단이 없이는 불가능한 일이지요."

매장소는 몽지를 뚫어지게 쳐다보았다.

"그날 장신전에서 성지를 청하는 통령을 폐하께서 무시하신 것은 당시 폐하께서 망설이고 계셨다는 뜻입니다. 즉각 처리하고 싶지도 않고, 훗날 돌이킬 수 없을 만큼 못 박아두고 싶지도 않으셨던 거지요. 중서성에 알려 태자를 유폐한다는 성지를 내리려면 이유가 있어야 합니다. 무슨 이유를 갖다 붙이든 후계자를 유폐할 정도라면 결코 사소한 죄목은 아니어야겠지요. 지금 태자의 처지로는 그걸 견디지 못합니다. 성지를 내리는 순간, 폐하지 않아도 폐한 것이나 다름이 없지요. 그러니 폐하 입장에서는, 당시 통령께서 청한 것이 태자 폐위 조서나 마찬가지였던 겁니다."

몽지는 등에서 식은땀이 흘렀다.

"난 그런 뜻이 아니었소! 다만……."

"다만 동궁을 좀 더 쉽게 관리하기 위해서였지요. 그건 저도 알고 고담도 압니다. 폐하께서도 물론 아시지요. 그래서 몽 통령께서 처음 말을 꺼냈을 때에는 화를 내지 않고 무시하신 겁니다. 하지만 재차 성지를 내려달라고 청하면, 당시 폐하의 심리 상태와 평소 의심 많은 성격으로 보아, 단순히 무시하지만은 않으셨을 겁니다. 잊지 마십시오. 태감 살인 사건에서 예왕이 통령을 비호한 후로 폐하는 속으로 몽 통령이 예왕 편이 되었다고 의심하고 계십니다. 이럴 때 통령이 강력하게 성지를 청해 태자를 사지로 몰고 간다면……."

매장소가 냉소를 지으며 말을 이었다.

"우리 폐하께서 얼마나 관대하신지, 또 얼마나 자상하신지는 다들 아실 겁니다. 그분이 어디까지 의심을 하게 될까요?"

몽지는 두어 걸음 물러나 의자에 털썩 앉았다. 연신 숨을 가다듬었지만 도저히 정신을 차릴 수가 없었다.

"급한 일도 천천히 처리하려는 폐하의 마음을 고 공공은 잘 알고 있었을 겁니다. 그래서 몽 통령을 막은 것이지요. 좋은 마음에서 한 일인데 선물을 보내 감사를 해야 하지 않겠습니까?"

"들어보니 정말 그렇군."

몽지는 이마에 흐른 땀을 훔쳤다.

"무엇보다도 고담이 어째서 나를 도운 거요? 평소 마찰도 없지만 특별한 교분도 없는데 말이오."

"가까이에서 호랑이 같은 군주를 모시고 궤계 넘치는 후궁에 있으면서도 무사히 그 자리를 지키고 있으니, 고담은 분명 똑똑하고 현명한 사람입니다. 그는 한마음으로 군주에게 충성을 바치고,

후궁의 싸움에 휘말리지 않고, 조정의 시시비비에 간섭하지 않으며, 나쁜 마음으로 사람을 해치지도 않습니다. 또 기회가 있을 때는 보이지 않게 인정을 베풀어 호의를 사지요. 이렇게 처세하면 훗날 누가 총애를 얻든, 누가 보위에 오르든 천수를 다할 수 있습니다. 도리어 조정 일에 관심을 가지고, 이곳저곳 기웃거리며 달라붙는 사람은 하나하나 무너지게 되지요. 조정도 그렇고, 후궁도…… 다를 게 없습니다."

"소 선생, 고담이 폐하 곁에 있는 사람 중에서 가장 중요한 인물이고 총명하기까지 하다면, 그를 설득하여 전하께 도움이 되도록 하는 것이 좋지 않겠소?"

"안 됩니다."

매장소는 고개를 저었다.

"고담은 오랫동안 그런 처세술을 지켜왔습니다. 우리가 끌어들인다고 해서 흔들리지도 않을 것이고, 무엇보다 폐하와 너무 가까이 있습니다. 그를 설득하려면 기밀과 약점을 노출해야 하는데 혹여 실수라도 하면 도리어 일을 망칩니다. 정왕 전하께서 황위를 얻으려면 정도를 걷고 실력을 쌓아 정정당당하게 지지를 받아야 합니다. 고담도 중요하지만 반드시 있어야 하는 인물은 아니지요. 그렇게까지 욕심을 낼 이유가 없습니다. 성격상 그는 우리 편을 들지 않더라도 방해 또한 하지 않을 겁니다. 훗날 전하께서 충분히 강해지면, 그때는 우리 사람이 아니면서도 우리 사람이 될 겁니다."

몽지는 부끄러운 듯이 손을 내저었다.

"알았소, 알았소. 내가 참 어리석었소. 쓸데없이 끼어들어 중요

510

한 일을 논의할 시간을 빼앗았군. 선생이 이야기해주지 않았으면 몰라도, 듣고 보니 잘 알겠소!"

내내 듣고만 있던 정왕도 그 순간에는 웃지 않을 수 없었다.

"많이 물어보시오. 소 선생은 가끔 설명해주기 귀찮아할 때가 있다오. 몽 통령이 물은 덕분에 나도 확실히 알게 됐소."

"제가 언제 귀찮아했습니까? 전하께서 요즘 워낙 정진하셔서 조금만 설명해드려도 이해하시니 그렇지요. 이제 알게 되셨다니 더 잔소리를 늘어놓아봐야 뭐 하겠습니까?"

정왕이 얼굴에 떠올랐던 미소를 거두고 정색했다.

"무엇보다도 고담을 끌어들이지 말라는 세 번째 이유는 잘 알았소. 고맙소, 선생."

매장소는 그 뜻밖의 말에 당황했지만 곧 가슴속이 따뜻해졌다. 그는 빙그레 웃으며 아무 말 없이 고개를 돌렸다.

고담을 설득하는 것은 어렵고 위험했다. 하지만 그를 끌어들이면 헤아릴 수 없는 이익을 얻을 수 있었다. 그럼에도 불구하고 매장소가 최종적으로 고담을 끌어들이지 않기로 결정한 가장 중요한 이유는, 바로 그가 말하지 않은 세 번째 이유에 있었다. 그 이유란 정비를 끌어들이지 않기 위함이었다.

아무래도 정왕은 빈번하게 후궁을 들락거릴 수 없었다. 그 때문에 고담을 설득하는 동안이나 설득한 후에는 정비를 통해 연락해야 했다. 지혜롭고 침착한 정비에게 그만한 능력이 없는 것은 아니지만 천성적으로 욕심이 없는 그녀를 이용하여 음모를 꾸민다는 것은 결코 정왕이 바라는 바가 아니었다.

매장소는 그 점을 생각해서, 한 번도 정왕에게 후궁과 연합하여 풍파를 일으키라는 요구를 하지 않았던 것이다. 하지만 그간 이 부분에 대해 전혀 언급하지 않던 정왕이 속으로는 그 호의를 알고 있었다는 것은, 매장소로서는 뜻밖이었다.

"그럼 이제 어떻게 해야 하오?"

몽지는 분명하게 말하지 않는 두 사람의 대화를 알아들을 수도 없었고, 묻고 싶지도 않았다. 지금 그의 관심사는 바로 다시는 그런 실수를 하지 말아야 한다는 것이었다.

"단 하나, 가만히 지켜보는 겁니다."

매장소가 단호하게 말했다.

"모난 돌이 정을 맞는 법이지요. 두 분은 이 문제에 전혀 관심이 없는 것처럼, 해야 할 일만 하십시오. 통령께서는 동궁을 엄히 지키며 어명을 이행하시면 됩니다. 정왕 전하께서도 맡은 일을 하시며 예전처럼 태자와 예왕을 모른 척하십시오. 이런 때는 일을 꾸미는 사람만 당합니다. 방금 예왕에게는 '남몰래 조심조심 일을 꾸미라'고 권했습니다. 하지만 가장 정확한 답은 아무것도 하지 않는 겁니다. 지금 폐하께 필요한 것은 안정입니다. 안정을 지키는 사람에게 마음이 기우시겠지요. 황궁의 상황도 그렇지 않겠습니까?"

두각을 나타내다

논의가 마무리되자 정왕이 먼저 일어나 대화를 끝맺었다. 매장소는 그가 돌아선 틈을 타 재빨리 몽지에게 눈짓했다. 하지만 금군통령은 방금 매장소가 분석해준 내용을 곱씹느라 단번에 그 의도를 파악하지 못했다. 매장소의 입모양을 보고서야 겨우 며칠 전 그가 당부한 일이 떠올라 정신이 들었다.

"참, 전하."

정왕이 어느새 문가로 가 있는 것을 보고 몽지가 재빨리 불러 세웠다.

"지난번 가져가신 《상지기》는 다 보셨습니까? 저도 몇 장 읽었는데 아주 재미있더군요. 견식도 넓힐 겸 읽어보고 싶은데, 한 며칠 제게 빌려주시지 않겠습니까?"

"왜 내게 묻소? 책 주인은 소 선생이잖소. 빌리려면 그에게 빌려야지."

정왕이 눈썹을 치켜세우며 말했다.

"소 선생만 동의한다면 드리겠소."

매장소가 웃으며 말했다.

"그저 책 한 권일 뿐인데, 마음에 드시는 분이 가져가서 보시지요. 몽 통령께서 말씀하시지 않았다면 잊을 뻔했군요."

"그럼 이틀만 기다려주시오."

정왕도 웃었다.

"그 책은 지금 어마마마께 있소. 이틀 후에 문안인사를 드리러 입궁해서 가져오겠소."

매장소의 눈빛이 흔들렸다. 그는 의외라는 목소리로 물었다.

"어떻게…… 정비 마마께?"

"어마마마는 조용한 분이지만, 입궁 전에는 여러 곳을 유람하셨소. 지금은 궁에 갇혀 매일매일이 무료하기 짝이 없다보니 유람기를 즐겨 읽으시오. 소 선생의 책이 평소 보기 힘든 명작이어서 우연히 이야기를 꺼냈는데, 무척 보고 싶어 하시더구려. 가져다드린 지 보름은 되었으니 거의 다 읽으셨을 거요. 몽 통령이 보고 싶다면 다음번에 꼭 가져오겠소."

몽지가 그 책을 돌려받으려는 것은 매장소의 뜻이지 정말 읽으려는 것은 아니었다. 그래서 그 말을 듣자 매장소의 표정부터 살폈다. 매장소는 마치 차분한 표정의 가면을 쓴 것처럼 고요해서 약간 걱정스러웠다. 그는 뭐라고 해야 좋을지 몰라 그저 우물우물 감사인사를 하고 정왕을 따라 밀실에서 나갔다.

몽지가 살그머니 정왕부에 잠입했을 때 날은 이미 어두워져 있었고, 지금은 거의 한밤중이었다. 그래서 몽지는 밤인사를 한 후, 왔던 것처럼 살그머니 빠져나가려 했다. 그런데 그가 돌아서기 무섭게 정왕이 불러 세웠다. 몽지는 황급히 걸음을 멈추고 돌아섰다.

하지만 정왕은 사람을 불러놓고 한참 동안 말없이 망설였다. 오랜 시간이 흐른 후에야 마침내 그가 천천히 입을 열었다.

"몽 통령은 정말 《상지기》를 읽으려는 거요, 아니면 누가 돌려받으라고 시킨 거요?"

이 순간 이런 질문을 받을 준비가 전혀 안 된 몽지는 화들짝 놀랐다. 다행히 그다음 입에서 나온 말은 이 놀란 표정과 제법 어울렸다.

"그게 무슨 말씀이십니까, 전하? 당연히 제가 읽으려는 거지요! 전하께서는 제가 누구를 돕고 있다고 생각하십니까? 저희 말고 전하께서 소 선생의 책을 빌린 것을 아는 사람이 또 있습니까?"

실제로 놀란 이유와 그가 한 말은 달랐지만, 얼굴에 떠오른 경악한 표정은 진짜였기 때문에 정왕도 거짓을 알아차릴 수 없었다. 그는 약간 민망한 얼굴로 웃으며 해명했다.

"그저 몽 통령이 그렇게 책을 좋아할 줄은 몰라서 물어본 것뿐이오. 너무 깊이 생각하지 마시오."

몽지는 껄껄 웃었다.

"이 몸은 무인인지라 본래 책과는 담을 쌓았지요. 그 유람기가 그렇게 재미있지만 않았어도 볼 생각을 하지 않았을 겁니다. 전하께서 놀라실 만도 하지요."

"실례했소."

정왕이 살짝 고개를 숙여 사과했다.

"그런 말을 묻는 것이 아니었소. 마음에 담아두지 마시오. 그리고…… 소 선생에게도 말하지 않는 것이…….."

"예."

몽지는 도무지 무슨 뜻인지 몰랐지만 괜히 물었다가 말을 잘못하여 임수의 원망을 들을까봐 허허 웃으며 넘겨버렸다. 그리고 재빨리 작별인사를 하고 나는 듯이 그곳을 빠져나왔다.

그가 떠난 후, 정왕은 등불 밑에서 한참 넋을 놓고 있었다. 무엇 때문인지 마음이 가라앉지 않아, 바깥 서재로 나가 군무와 순방영의 일을 살핀 다음 한 시간 동안 정원에서 검을 연습했다. 몸이 지치고 피곤해지자 그제야 방으로 돌아와 씻고 잠이 들었다.

다음 날 그는 일찍 일어나 조회에 갔다. 오래지 않아 내원에서 오늘도 조회가 취소되었음을 알려왔다. 정왕은 주작문을 통해 후궁으로 가서 어머니를 찾아뵈었다. 벌써 이레 동안 정비를 만나지 못했다. 몇 번은 문 앞까지 갔지만 황제가 같이 있다는 말에 방해가 될까봐 밖에서 절만 하고 돌아갔다. 오늘도 황제가 조회에 나오지 않았으니 정왕은 이번에도 정비를 만나지 못하리라 각오하고 있었다. 그런데 지라궁에 도착해 통보하자, 여관이 나와 맞았다.

정비는 평소 머무는 서쪽 난각에서 아들을 기다리고 있었다. 여전히 소복에 가벼운 화장만 한 그녀는 얼굴 가득 부드러운 미소를 띠고 잘 지내는지 물은 다음, 직접 만든 다과를 가져오게 하고 아들이 먹는 모습을 다정하게 바라보았다.

"오늘은 어째서 부황께서 안 계십니까?"

정왕이 참깨 떡을 먹으며 지나가는 말로 물었다.

"듣자니 하강이 입궁해서 그와 무슨 일을 상의하신다는구나."

정비는 간단히 대답하고는, 밤을 넣어 끓인 국 한 그릇을 아들의 손에 쥐여주었다.

"이것 좀 먹어보렴. 새로 만든 거란다."

"뵈러 올 때마다 어마마마께서는 저를 밖에서 아무것도 못 먹는 사람처럼 대하시는군요."

정왕이 농담을 했다.

"언제든지 어마마마를 뵐 수 있게 된 후로 뚱뚱보가 되는 것 같습니다."

"뚱뚱보라니?"

정비가 부드럽게 말했다.

"어미란 항상 자식이 적게 먹을까봐 걱정이란다."

밤국은 워낙 소량이었기 때문에 정왕은 두 모금 만에 그릇을 비웠다. 그는 수건으로 손가락을 닦으며 말했다.

"어마마마, 지난번에 드린《상지기》라는 책은 다 읽으셨습니까?"

"그래. 가져가야 하니?"

"친구가 보고 싶다고 해서요."

정비가 일어나 몸소 건넛방으로 가서 책을 가져왔다. 그리고 한동안 겉표지를 가만히 들여다보다가 천천히 아들에게 건넸다.

"어마마마, 이 책이 그렇게 마음에 드십니까?"

"그래."

생긋 웃는 정비의 표정이 어딘지 쓸쓸해 보였다.

"지난 세월…… 지난 감정들을 떠올리게 하는구나. 참, 이 책에 주해를 단 사람이 네가 늘 말하던 그 소 선생이니?"

"예."

"주해를 읽어보니 맑고 고결하고 시원스런 사람 같구나. 네 말을 들을 때는 생각이 깊고 모략에 능한 사람 같았는데."

"소 선생은 여러 면모를 가진 사람입니다. 어떤 때는 소름이 끼칠 정도로 계산적이지만, 또 어떤 때는 저 사람도 감정이 있구나 하고 느껴지곤 합니다."

정왕이 짙은 눈썹을 세우며 물었다.

"왜 그러십니까? 그 사람에게 관심이 가십니까?"

"네가 형님과 충신들의 억울한 누명을 풀어주고 천하의 기강을 바로잡겠다는 큰 뜻을 품었으니 어미는 무척 자랑스럽단다. 안타깝게도 나는 힘이 약해 네게 아무 도움이 못 되니, 성실하고 유능한 사람이 네 곁에서 돕기를 바라는 수밖에 없겠지."

정비의 곱고 맑은 눈동자가 살며시 흔들렸다. 그녀가 부드러운 말투로 계속했다.

"이 소 선생이라는 분은 무척 좋은 사람 같더구나. 태자와 예왕 같은 지름길을 버리고 오로지 너를 돕기로 했으니 지극한 정성이야. 너는 늘 공평하게 사람을 대해왔으니 내가 당부할 필요도 없지만, 소 선생 같은 인재는 얻기 어렵다는 생각이 드는구나. 그러니 다른 사람보다 더 후하게 대해주는 게 옳아. 나중 일이 어떻게 되든 그가 처음부터 너를 도왔다는 사실을 잊으면 안 된다."

가만히 듣고 있던 정왕이 잠시 말없이 어머니를 그윽하게 바라보며 천천히 입을 열었다.

"말씀하셨어요."

"응?"

정비는 당황했다.

"뭐라고?"

"이 책을 처음 읽으셨을 때, 주해를 단 사람이 누구냐고 물으시더니 소 선생에게 잘해주고 더더욱 믿고 의지하라고 하셨습니다. 그런데 오늘 또 똑같은 말씀을 하시는군요. 소자가 잊었을까봐 그러십니까?"

"내 정신 좀 봐."

정비는 자조하듯 웃으며 비단 수건으로 손가락을 닦았다.

"나이가 들면 기억력이 많이 떨어져서 했던 말을 하고 또 한다더니…… 내가 정말 늙었나보구나."

정왕이 얼른 일어나 예의를 갖췄다.

"아직 정정하신데 그게 무슨 말씀이십니까? 소자가 이상한 말을 했습니다. 부디 용서하십시오, 어마마마."

"됐다."

정비가 다소 화난 표정으로 웃었다.

"친어미에게 뭘 그렇게까지 하니? 네가 이렇게 커서 포부를 품게 되었으니, 내겐 그게 더없이 위로가 된단다. 나는 바깥일은 잘 몰라. 그저 네가 건강하고 무사하면 돼."

"예."

정왕이 대답하는데 궁녀 한 명이 전각 밖에서 외쳤다.

"마마."

"들어와서 말하려무나."

궁녀가 고개를 숙이고 들어와 바닥에 꿇어앉았다.

"무영전에서 전갈이 왔습니다. 폐하께서 이리로 오고 계시니 어가를 맞을 준비를 하라십니다."

"알겠다. 물러가렴."

정비는 서두르지도 게으르지도 않은 동작으로 일어나 찬합 두

개를 정왕에게 내밀었다.

"내가 만든 약선과 간식이란다. 하나는 네 것이고 하나는 진심으로 너를 도와준 데 대한 사례로 소 선생께 드리는 거야."

정왕은 입을 굳게 다물고 찬합을 하나로 쌓아 든 다음 탁자에 있던 《상지기》를 품에 넣었다. 그리고 정비에게 인사한 후, 어가와 마주치지 않기 위해 일부러 옆문을 통해 회소루(懷素樓)를 돌아 반대 방향에서 주작문을 나간 다음 오랫동안 기다리고 있던 마차에 올랐다.

마차에 앉자마자 정왕은 찬합을 내려놓고 품에서 《상지기》를 꺼내 펼쳤다. 특히 매장소가 주해를 단 부분과 주해 내용은 전에 없이 꼼꼼히 읽었다. 하지만 아무리 읽어도 깊이 내포된 뜻은 없어 보여, 마침내 답답한 듯이 던져버렸다.

이 《상지기》에 대체 무엇이 있을까?

별생각 없이 책을 빌리려고 했을 때, 짧은 순간 매장소의 표정이 동요하는 것을 보았다. 마치 천년 동안 꽁꽁 언 얼음 위에 금이 생겨 깊고 어두운 비밀의 문을 들여다보는 것만 같았다. 너무나 짧은 시간이었고 그다음 순간 그 금은 흔적도 없이 사라졌지만, 그는 곧 깨달았다. 이 책 안에 무언가 있다.

하지만 그게 무엇일까? 대체 무엇이기에 태산이 무너져도 눈 하나 깜빡하지 않을 매장소가 순간적으로 그런 표정을 보였을까? 대체 무엇이기에 책을 좋아하지도 않는 몽지가 굳이 돌려받으려고 했을까? 무엇보다 중요한 것은, 30년 동안 구중궁궐에 머물며 아무런 파란 없이 살아온 어머니가 그걸 읽은 후 한 번도 보지 못한 모사를 잘 보살피라고 두 번 세 번 당부한 것이었다.

정왕도 알고 있었다. 가장 가까운 어머니마저도 일부러 숨기는 일이라면 그 누구에게도 물을 수 없다는 것을. 설령 묻는다 해도 진실한 답은 듣기 어렵다는 것을. 이 문제를 풀어내려면 스스로 생각해보아야 했다. 정왕은 던져버린 《상지기》를 주워 다시 한 번 꼼꼼히 살폈다. 심지어 매장소가 주해를 단 글자들을 분해했다가 다시 맞춰보기까지 했지만, 얻은 것은 없었다.

마차가 정왕부의 대문으로 들어서자, 정왕은 포기한 것처럼 한숨을 푹 쉬고, 책을 덮고 마차에서 내렸다. 늘 따라다니는 시종이 바람막이를 벗겨주자, 그는 《상지기》를 건네며 분부했다.

"사람을 시켜 이것을 몽 통령 저택으로 보내라. 몽 통령 본인에게 직접 전해야 한다."

"예."

정왕은 서재로 들어가다 말고 갑자기 생각난 듯 걸음을 멈췄다.

"마차에 찬합이 두 개 있다. 내 침실로 옮겨놓아라."

"예."

"열 장군과 계 장군, 유 참사, 위 순검을 서재로 불러라."

"예!"

정왕은 하늘을 향해 심호흡을 하여 머리를 어지럽히는 의심들을 털어내고 다시 정신을 가다듬었다. 그런 다음 성큼성큼 서재로 들어갔다.

바로 그때 문밖에서 소란스런 소리가 들리더니, 호위병 하나가 달려들어와 헐떡이며 보고했다.

"폐하의 성지입니다! 전하, 나오셔서 성지를 받으십시오."

여기까지 말한 호위병은 침을 꿀꺽 삼켜 목을 축인 후, 몹시 흥분한 목소리로 덧붙였다.

"성지를 가져온 사람은 사례감의 감정(監正) 대인입니다."

정왕은 곧 무슨 뜻인지 깨달았다. 마음속에서는 기쁨이 솟구쳤으나 겉으로는 여전히 차분한 표정으로 엷게 미소만 지었다. 마침 조복을 입고 있었기 때문에 그는 지체하지 않고 밖으로 나갔다.

성지를 들고 온 사람은 과연 사례감의 감정이었다. 근엄하게 관복을 차려입었지만 얼굴은 활짝 웃고 있었다. 정왕은 그와 가볍게 인사한 후 나란히 안으로 들어갔다. 신이 난 총관이 어느새 탁자와 융단을 준비해놓았다. 사례감 감정은 탁자 뒤에 서서 누런 비단으로 된 성지를 펼쳐 들고 높은 소리로 읽었다.

"하늘의 뜻을 받아 황제가 명하노라. 7황자 소경염은 후덕하고 인의롭고 효성이 지극하며, 덕과 예의를 겸비하였노라. 또한 신중하고 충성스러우며, 누차 공을 세웠으니 특별히 정친왕으로 봉하고 왕주 다섯 개의 관을 내리노라. 성은에 감사할지어다!"

소경염이 친왕으로 봉해지기 전까지는, 후궁이나 조정은 물론 황제 본인조차 둘 중 하나를 택해야 하는 제한적인 선택권만 갖고 있었다. 태자가 아니면 예왕, 예왕이 아니면 태자였다. 현 상황에서는 누구를 지지할지 확실히 표명하지 않더라도, 언젠가는 두 사람 중 한 명이 황위에 오를 것이 분명했다.

이런 상황에서, 종실의 이품 계급에 머무르던 정왕이 오단 용복을 입고 왕주 다섯 개가 달린 왕관을 쓰고 늠름하게 기세를 뽐내며 예왕 옆에 섰을 때, 그 충격은 처음 그가 친왕이 되었다는 소식을 들었을 때보다 더 컸다. 아무리 정치 감각이 무딘 사람들도 그 순간만큼은 조정에 새로운 국면이 열렸다는 것을 알 수 있었다.

사실 이때의 정왕을 예왕과 나란히 비교할 수는 없었다. 그의 왕관은 아직 예왕보다 왕주 두 개가 적었다. 하지만 어쨌든, 이제는 똑같은 일품의 친왕이었다. 왕주 두 개의 차이는 친왕과 군왕의 차이에 비하면 뛰어넘기가 수월해 보였다.

사람에게는 맹점이 있게 마련이다. 오랫동안 쳐다보지도 않고 눈앞에 갖다놓아도 알아보지 못하던 물건도 눈을 가렸던 얇은 창호지를 찢어내고 나면 새롭게 보이는 것처럼, 그 순간 조정의 모든 사람은 정왕도 예왕 못지않다는 사실을 깨달았다. 그가 지금까지 알려지지 않은 것은 총애를 받지 못했기 때문이다. 그 때문에 경성에서 쫓겨나 징집을 가거나 전쟁에 나가야 했지만, 도리어 전화위복으로 형제들을 납작하게 누를 수 있는 정치적인 업적과 군공을 세웠다.

출신에 관해서는, 작년 말 예왕이 조정에서 논쟁을 일으켜 다 함께 밝혔듯이 황자 중 누구도 적자가 아니었기에 누가 누구보다 귀하다고 할 수 없었다. 더군다나 후궁에서는 정비가 나날이 총애를 쌓아가고 있었다. 예왕은 황후의 양자지만 친어머니의 죽기 전 품계는 '빈'에 불과했다.

나이를 따지면 소경염이 확실히 예왕보다 뒤지지만, 그것은 별로 중요한 요소가 아니었다. 만약 나이가 결정적이었다면, 태자와 예왕이 10년 동안이나 아웅다웅할 필요도 없었다.

2~3개월 전, 또 다른 황자가 혜성같이 등장하여 한창 전성기를 달리는 예왕과 어깨를 나란히 하게 될 거라고 말한 사람이 있었다면, 아마도 그는 바보 취급을 당했을 것이다. 하지만 짧디짧은 몇 달 사이, 사람들은 예왕이 태자 말고 또 다른 적수를 만났다는 것,

그리고 그 적수보다 크게 우세할 것도 없다는 사실을 똑똑히 알게 되었다.

물론 그런 정세 변화를 가장 확실히 느끼는 사람은 바로 정왕 자신이었다. 맨 처음, 어려운 상황에서 황위 다툼에 참여하겠다고 결심했을 때 그의 자신감은 별로 크지 않았다. 그 후 그는 매장소에게 군의 심복 장수와 부하들이 놀라지 않도록 자신의 결심을 완곡하게 전하는 방법을 물었다. 그때 매장소는 이렇게 대답했다.

"알리실 것 없습니다. 전하께서 황위를 두고 싸우실 자격이 되었을 때, 곁에 있는 사람들이 전하보다 더 빨리 깨달을 겁니다."

친왕이 되고 나서, 정왕은 그 말의 진정한 뜻을 이해할 수 있었다. 예전에 부하들과 논의할 때 그들의 불만은 대부분 보급품이 부족하다느니, 옷이 너무 얇다느니, 조정이 군에 너무 관심이 없다느니 하는 것들이었다. 그런데 지금 정왕부의 호영당에서 논의되는 일들은, 어떻게 하면 좀 더 효과적으로 군대를 집결할 수 있는지, 어떻게 하면 새로운 말 관리제를 실시할 수 있는지 하는 조정의 대사들이었다. 제법 식견이 있는 친구와 심복들은 심지어 대놓고, 혹은 은연중에, 조정에 계속 솜씨를 보여주어 크게 쓸 수 있는 인재들을 끌어모으라고 종용하거나 격려했다. 정왕이 나라나 황위에 대한 관심을 살짝 드러내면, 심복들은 즉시 눈을 반짝이고 얼굴을 활짝 폈으며 흥분한 기색이 말투에 묻어났다. 오히려 정왕이 너무 흥분하지 말라고 암시를 줘야 할 정도였다.

이렇게 되자, 정말 아무 말 하지 않아도 모두 확실히 알게 되었다. 정왕은 자신이 영원히 세력을 얻지 못하더라도, 그를 따라 오랫동안 싸워온 부하들이 자신을 떠나지 않으리라 믿었다. 하지만 사내대장부의 포부를 생각하면, 새 왕조를 열 가능성이 있는 친왕을 따르는 것이 늘 억압받는 황자를 따르는 것보다 훨씬 유쾌한 일이었다.

정왕의 책봉에 가장 열 받은 사람은, 말할 것도 없이 예왕 소경환이었다. 이제 와 돌이켜보니, 두 눈 뻔히 뜨고 정왕이 조정에서 한 걸음 한 걸음 소리 없이 기반을 닦는 것을 지켜보기만 했다는 생각이 들었다. 그 과정에서 다시는 머리를 내밀지 못하도록 철저히 짓밟아줄 기회는 많았는데, 귀신에 홀린 듯 놓쳐버린 것이다. 더 짜증 나는 것은 가끔 그를 돕기도 했다는 사실이었다.

예왕은 자신이 마치 겨울잠 자는 뱀을 녹이는 농부가 된 느낌이 들어, 마구 욕을 해주고 싶을 정도로 후회했다. 오로지 태자를 공격하는 데만 심혈을 기울여온 예왕부는 새로 등장한 적수에 대해 잘 몰랐다. 겨우 겉으로 드러난 인상이 그들이 아는 전부였다. 심지어 궁에 있는 황후조차 정비가 대체 어떤 사람인지 잘 알지 못했다.

소경염이 친왕으로 봉해진 후, 예왕은 한 달 동안 몇 번이나 심복들을 불러 모아 대책을 논의했다. 하지만 끝내 쓸 만한 결과물은 나오지 않았다. 매장소를 찾아가 의논을 청하자, 그는 서두르지도, 미적대지도 않는 태도로 도리어 빙그레 웃었다.

"축하드립니다."

화가 머리끝까지 난 예왕이 탁자를 내리쳤다.

"경염이 친왕이 되었는데 축하를 한다고?"

"정왕이 친왕이 된다는 것은 곧 태자를 폐한다는 뜻입니다. 오랫동안 품어온 바람을 이루셨는데 축하할 일이 아니란 말씀입니까?"

예왕은 눈썹을 찌푸리며 잠시 아무 말도 하지 않았다. 매장소의 말이 무슨 뜻인지는 그도 알고 있었다. 황제는 기왕(祁王) 세력이 제어할 수 없을 정도로 커졌던 지난 경험 때문에 균형을 맞추는 데 몰두하고 있었다. 그 때문에 그동안 예왕과 태자가 서로 대립하도록 만들었던 것이다. 이제 정왕이 올라왔으니 태자가 버려질 것은 자명했고, 황제는 새로운 균형을 맞추려 할 것이다. 하지만 말은 그래도 몇 년간 노력을 쏟아부었는데 결국 아무것도 얻은 것이 없다고 생각하자 예왕은 울화가 치밀지 않을 수 없었다.

"10년 동안 태자와 싸워왔는데, 이제는 또 10년 동안 정왕과 싸워야 한단 말이오?"

매장소는 냉소했다.

"정왕이 어찌 태자와 같겠습니까? 태자에게는 명분이 있어서 전하께서는 자연스레 열세일 수밖에 없었습니다. 하지만 정왕은 겨우 왕주 다섯 개의 친왕입니다. 막 총애를 받기 시작했기 때문에 기세등등해 보이는 것뿐이지요. 앞으로의 일은 차치하고, 태자가 자리에서 물러나는 것만으로도 전하의 승리입니다. 그 일을 먼저 하지 않는다면, 만에 하나 폐하께 무슨 일이라도 생겼을 때 아무리 태자를 찍어 눌러도 황위는 그의 차지가 됩니다. 그때 다시 싸우는 것은 모반이지요."

그의 권유에 예왕은 약간 마음이 편해졌다. 하지만 예왕부로 돌아가 곰곰이 생각해보니 여전히 누워도 잠이 오지 않았다. 작년 이맘때 그가 한창 세력을 날릴 때였다면 매장소의 말이 무척 마음에 들었을 것이다. 하지만 믿을 만한 것들을 진지하게 꼽아본 지금은, 확실하게 손에 쥔 것이 아무것도 없다는 사실을 깨닫고 당황했다. 예왕의 가슴속에서 의혹이 스멀스멀 솟아났다.

매장소도 더 이상은 그를 달래지 못한다는 사실을 알고 있었다. 그래서 정왕이 친왕이 된 후로 매장소의 집은 경비가 강화되었다. 바깥에서 볼 때는 변화가 없지만 안에서는 려강과 견평이 철통같이 주변을 지켰다.

동로는 여전히 하루걸러 한 번씩 들렀고, 급한 정보가 있으면 매일 찾아오기도 했다. 하지만 저택에 머무는 시간은 그리 길지 않아서, 길어야 한 시간 정도였다. 매장소가 십삼 선생에게 전갈할 일이 있으면, 그는 채소 배달이라는 명목으로 묘음방에 들렀고, 그렇지 않으면 곧장 집으로 갔다.

신분을 숨기고 있기 때문에 동로는 빈민들이 거주하는 거리에 살았다. 좌우 이웃집에는 강좌맹의 사람들이 살았지만, 그 외의 이웃들은 모두 평범한 하층민이었다. 두부를 파는 사람, 잡화를 파는 사람, 심부름꾼, 바느질을 해주는 사람 등 몹시 고된 삶을 살고 있기에 다른 사람에게는 신경 쓸 여유가 없었다.

동로가 낡아빠진 그의 집으로 들어갈 때는 보통 황혼녘이었다. 가끔 채소를 실은 수레를 정원으로 가지고 들어갈 때 뒤에서 거친 숨소리가 들리곤 했는데, 바로 서쪽으로 두 집 건너에 사는 구 아주머니가 돌아오는 소리였다. 구 아주머니는 젊을 때 시집온 후로 반평생을 이곳에서 살았다. 남편과 아들은 모두 일찍 죽었고 곁에는 일고여덟 살 된 어린 손녀 하나뿐이었다. 매일 설탕물을 만들어 바퀴 하나짜리 손수레를 밀고 도처를 떠돌며 팔았는데, 그렇게 하루 종일 힘들게 일하고 돌아올 때면 기력이 다해 수레를 밀고 조그만 언덕을 올라올 힘도 없었다. 그래서 구 아주머니를 만나면 동로는 늘 같이 수레를 밀어주었다.

이런 습관은 동로가 몇 년 전 이곳에 들어와 살기 시작한 뒤부터 생겨났다. 그런데 최근 한 달 동안에는 약간의 변화가 생겼다. 예전에는 가끔 마주칠 때만 도와주던 동로가 이제는 일부러 구 아주머니를 돕기 위해 시간을 맞춰 귀가하게 된 것이다. 도와준 후에는 다 팔지 못해 남은 설탕물을 한잔 얻어 마실 수 있었다. 멀리서 의탁하러 온 구 아주머니의 질녀가 직접 물을 퍼주었다.

구 아주머니의 질녀는 준낭(隽娘)이라고 했다. 한 달 전 본래 살던 무주(婺州)에서 천릿길을 걸어 찾아왔다. 이 거리에 막 도착했을 때 그녀는 여행길에 고생을 많이 했는지, 얼굴이 누렇게 뜨고 여윈데다 정신도 오락가락했다. 길을 물을 때는 말도 분명하지 않았고, 결국은 기절해 쓰러졌다. 동로가 그녀를 구해 한참을 캐물은 다음에야 구 아주머니를 찾아왔다는 것을 알아냈다. 하지만 구 아주머니는 고향을 떠난 지 너무 오래되어, 질녀가 있다는 것은 기억하지만 확실히 알아보지는 못했다. 결국 준낭이 왼쪽 어깨에 나란히 붙어 있는 빨간 점 두 개를 보여주자 그녀를 알아보았다. 고모와 질녀는 서로 끌어안고 엉엉 울음을 터뜨렸고, 이웃과 친지들이 와서 달랜 다음에야 겨우 그쳤다. 그 후 준낭은 구 아주머니 집에서 살게 되었다.

이웃에 살다보니 아무래도 왕래를 하게 되었고, 준낭이 가끔 자기 이야기를 하기도 했다. 자식 없이 남편이 죽었는데, 지방 토호가 능욕을 하려 해서 밤을 틈타 달아났다고 했다. 그녀가 야위고 초췌하지만 타고난 미인이라는 것은 모두 알아보았다. 토호가 노린 것도 이상한 일이 아니었다. 그래서 사람들은 더욱 그녀를 동정했다. 특히 동로는 예전에 누이동생이 받은 치욕을 떠올리고 더 더욱 공감했다. 그는 틈날 때마다 가서 그녀를 도왔고, 당초 그의 도움으로 살아난 준낭도 보답할 생각에 종종 청소나 빨래 같은 잡일을 해주었다. 그렇게 해서 두 사람은 마주치는 일이 많아졌다.

새로 나타난 사람이 생기자 십삼 선생은 평소대로 뒷조사를 했다. 준낭이 말한 대로 첫 번째 남편이 죽고 과부가 되자 친척들이 받아주지 않았고, 토호가 욕을 보이려 해서 달아난 것 모두 사실로 확인되었다. 더욱이 준낭은 매일 일찍 일어나고 늦게 잠들며 구 아주머니의 설탕물 장사를 도왔다. 고생도 마다 않고 할 줄 아는 것도 많았으며 일상생활도 소박해서, 어려서부터 일하는 것이 습관이 된 농사꾼의 딸임을 누구라도 알 수 있었다. 때문에 십삼 선생도 신경 쓰지 않게 되었다.

한 달이 지나자 준낭은 삶은 고생스러워도 고모의 자애로운 보살핌과 이웃의 도움 덕분에 평온한 나날을 누릴 수 있었다. 마음이 안정되자 그녀의 얼굴에서는 누런 기가 가시고 점점 아름다운 자태가 되살아났다. 평범한 베옷에 나뭇가지로 머리를 묶었는데도 청아한 아름다움이 드러났다. 자주 묘음방에 가서 수많은 미녀를 만나는 동로마저 가끔 수줍은 눈길을 한 그녀 앞에서 넋을 잃을 때가 있었다. 일이 생겨 귀가하는 시간이 지체되어 그녀를 보지 못하는 날이면 어딘지 허전하고 쓸쓸했다. 준낭도 그에게 아무 감정이 없는 것 같지는 않았다. 때로는 정을 느끼는 것처럼 행동했고, 때로는 가까워지는 듯하면서도 멀어지곤 했다. 이런 간질간질한 기분에 동로는 부지불식간에 그녀에게서 눈을 뗄 수 없게 되었고 정신을 못 차릴 정도로 빠져들었다.

다가오는 비

—

43

—

상강(霜降)이 지나자 각지의 수확 내용을 담은 표가 속속 조정으로
보내졌다. 올해 봄과 여름은 약간 더웠기 때문에 몇몇 주에서는
일찍부터 재해를 알려왔다. 심지어 어떤 지방은 가을까지 메뚜기
피해를 입어 쌀 한 톨도 얻지 못했다. 굶주린 백성들이 사방을 떠
돌며 구걸하는 등 상황이 무척 심각했다. 예왕은 명성을 얻기 위
해, 호부에서 이재민을 돕기 위해 푸는 곡식과 은자 외에도, 절약
한다는 명목으로 예왕부의 씀씀이를 줄이고 백은 3만 냥을 내놓
아 큰 찬사를 받았다. 정왕은 본래 그렇게 부유하지도 않았고, 군
인들의 고아까지 키우고 있는데다 궁에 있는 정비도 도울 힘이 없
어 그렇게 후하게 베풀 수 없으니 예왕과의 차이가 드러났다.

　마침 그때 무주 지역에서 화물을 운송하는 사람들을 죽이고 물
품을 빼앗는 큰 사건이 벌어졌다. 놀란 형부에서 관리를 보내 조
사한 결과 마침내 사건을 해결했다. 형부는 빼앗긴 물건을 되찾고
도적 몇 명을 잡아들여 순조롭게 사건을 마무리 지었다. 사소한
일도 아니지만 그렇게 큰일도 아니어서 사건을 빨리 해결한 형부

가 위신을 세운 정도로 끝날 수 있었다.

그런데 나중에 밝혀진 바에 따르면, 이 화물은 악주 지부에서 예왕에게 보내는 예물이었고 금 5천 냥 가까이 되었다. 악주는 올해 재해 피해가 가장 큰 곳 중 하나로, 조정에서 구휼미를 보내는 사이에 수많은 사람이 굶어 죽었다. 도적들은 이런 큰돈을 보내는 데 불만을 품고 위험을 무릅쓰고 탈취해 이재민들에게 나눠줄 생각이었던 것으로 알려졌다.

이 소식이 전해지자 악주의 많은 백성이 도적들을 사면해달라고 청원했다. 의론이 분분하자, 예왕은 풀이 죽고 체면이 땅에 떨어진 상태로, 자신은 악주에서 보낸 예물에 대해 전혀 모르며, 예전에도 지방에서 오는 선물을 받은 적이 없다고 해명했다. 변명하려고 애는 썼지만, 조정 대신들 중에 악주가 풍년일 때는 가만히 있다가 하필 재해가 든 해에 선물을 보냈다고 믿는 사람이 몇 명이나 될지는 미지수였다.

이런 망신을 당하자, 황제는 대놓고 예왕을 책망하진 않았지만 혐의에서 벗어날 수 있도록 이재민 구휼 건에서 손을 떼게 했다. 대신 정왕이 파견되었다. 정왕과 호부상서 심추는 본래 사이가 좋았고 마음도 잘 맞아서 서로 방해할 이유가 없었다. 또한 둘 다 규율이 엄격하고 원칙주의자였다. 이러한 상황도 모르고 관례대로 일하던 주부의 관리들을 잘라내자 금방 정리가 되었다. 처음부터 끝까지 순조롭게 진행되었다고는 할 수 없지만, 구휼미의 10분의 3 정도만 이재민에게 돌아가던 지금까지에 비하면 천국과 지옥 차이였다.

실무가인 심추는 경성에만 앉아 있을 수 없어, 성지를 받아 직접 재해 지역을 순찰했다. 그리고 가능한 한 죽는 사람이 없도록, 폭동이 일어나지 않도록, 백성들이 무사히 겨울을 나고 내년 봄부터 경작을 잘할 수 있도록 열심히 일했다. 정왕과 그는 매일 편지를 주고받았고, 가능한 한 빨리 민생을 되살리기 위한 방책을 짜내느라 머리를 쥐어짰다. 정왕은 이런 방면에 약했지만, 매장소는 10여 년간 강호에 있으면서 민생을 잘 알게 되었고 부하들 중에도 하층민이던 사람이 여럿이기 때문에 정왕에게 몇 가지 제안을 하여 심추와 논의하게 했다. 상서 대인은 현장 조사를 하는 동안 정왕이 제안한 의견에 찬성했고, 몇 가지 항목을 덧붙여 최종적으로 황제에게 올렸다.

지난 재해 때는 자주 폭동이 일곤 했다. 먹을 것과 입을 것이 없고, 할 일조차 없는 이재민들이 다음 해에 봄갈이를 할 수 없어 절망 끝에 조그만 핑계라도 생기면 들고일어났기 때문이다. 이 일은 항상 조정의 최대 골칫거리였다. 정왕과 심추의 대책은 바로 여기에 주목했다. 상세한 항목은 무척 많았지만, 종합해보면 우선 이재민들을 배불리 먹이고 각 지역의 상황에 맞춰 다른 부업을 맡겨 흉년을 넘길 수 있도록 하자는 것이었다.

예를 들어 물과 접해 있는 위주(渭州)에서는 부들이 많이 나므로, 앞치마나 찻잔 깔개, 돗자리 등의 직물을 만들 수 있었다. 이런 물품을 관운을 통해 경성으로 보내면 무척 잘 팔렸다. 그 외의 주들도 이와 비슷한 산업을 일으켜 백성을 도울 수 있었다. 동시에 날씨가 좋은 한두 달 동안은 조정의 공부에서 도로를 닦고 물길을 만들고 광물을 캐는 등의 공사를 시작해, 힘은 있지만 손재주 없는 이재민들에게 품삯을 주자고 했다. 결빙이 없는 몇몇 주에서는 내년 봄이 될 때까지도 공사를 할 수 있었다. 봄갈이할 때 필요한 씨앗은 관부의 비용으로 제공하여, 씨앗이 없는 농부가 받아갈 수 있게 해야 했다. 그해 조세는 전부 면해주고 내년에 풍년이 들면 씨앗 값에 조세를 더해 이자 없이 갚으면 되었다. 이렇게 온갖 다양한 방법을 통해 이재민들은 예년보다 이득을 보면서도 조정에서 쓸 구제금은 훨씬 줄었다. 또 대부분의 이재민에게 할 일이 생겼다. 완전히 자급자족할 정도는 아니지만 곳곳을 떠돌며 구걸하거나, 죽치고 앉아 관부에서 주는 연명죽을 먹는 것보다는 나았다. 머리 회전이 빠른 지방관들이 적절하게 처리한다면, 재해의 고통은 훨씬 줄어들 것이었다.

이 상주문이 황제의 비준을 받아 실행되자 놀라운 효과를 보았다. 재해를 당하고도 큰 난리가 일어나지 않았고, 국고도 큰 손해를 입지 않았다. 동시에 지방관들의 행태를 단속하여 새로운 본보기를 세우기도 했다. 정왕은 말 타고 전장을 누비는 것은 물론, 정치에도 능하다는 인상을 심어줬고, 심추도 더욱 이름을 날려 조정에서 크게 명망을 얻었다. 예왕은 그의 흠을 찾아내려 애썼지만 결국 성공하지 못했다.

연말이 되자, 사례감에서 동남쪽에 붉은빛이 일어나 자미성을 침범하여 별빛이 쇠약해졌다고 보고했다. 황제는 태자가 덕이 없어 하늘도 경계하니 태자를 폐해 헌왕(獻王)으로 삼고 경성을 떠나 헌주로 귀양을 보낸다는 성지를 내렸다. 그와 함께 정왕에게는 왕주 두 개를 더해 예왕과 나란히 왕주 일곱 개의 친왕으로 삼았다.

이 성지가 발표되자, 한발 먼저 소식을 들은 예왕은 서재에서 마구 화를 내며 방 안에 있던 물건들을 잡히는 대로 깨부쉈다. 그가 가장 아끼던 혜란(蕙蘭) 화분도 해를 모면하지 못했다. 이 험한 광경에 아무도 감히 가까이 가지 못했다. 오랫동안 보이지 않던 진반약만 제법 용기가 있었는지, 내내 방 한구석에 서서 예왕의 모습을 바라보았다.

예왕이 마음속에 치밀어오르는 화를 거의 다 토해냈을 때쯤, 이 아름답고 재능 있는 여자가 쌀쌀하게 웃으며 입을 열었다.

"'기린지재를 얻는 자, 천하를 얻는다' 던 랑야각의 말은 역시 전혀 틀리지 않았군요!"

그 한마디가 칼날처럼 예왕의 심장을 푹 찔렀다. 그가 홱 돌아보며 벌겋게 달아오른 눈으로 진반약을 노려보았다.

"무슨 소리냐?"

진반약의 별처럼 초롱초롱한 눈은 얼음물처럼 차가웠다. 그녀는 선이 고운 턱을 살짝 쳐들고 이를 악물며 말했다.

"작년 가을 강좌매랑이 막 경성에 들어왔을 때를 생각해보세요. 전하께서는 어떤 상황이었고, 정왕은 또 어떤 상황이었나요? 1년 하고도 몇 달이 지난 지금, 전하께서는 어떻고, 정왕은 또 어떤가요? 이 둘을 비교해보면 기린지재를 얻은 사람이 누구인지 한눈에 알 수 있지 않으신가요?"

예왕은 비틀비틀 물러나 의자에 털썩 앉았다. 9월경 소경염이 친왕으로 봉해졌을 때부터 의심은 했지만, 내내 주저하며 단언을 내리지 못했다. 그런데 진반약이 명확하게 짚어주자 피가 거꾸로 솟는 것 같았다. 눈앞의 모든 것을 짓이기고 박살 내고 싶었다.

"전하, 더 이상 환상을 갖지 마세요. 정왕은 이미 매장소를 얻었습니다. 제가 벌써 확인했지요. 증거가 필요하신가요?"

진반약이 날카롭게 지적하자, 예왕은 맥이 빠져 고개를 숙였다. 그 모습을 보자 그녀는 더욱 차가운 소리로 웃었다.

"강좌매랑은 역시 대단해요. 결단력도 있고 선택할 줄도 알고 가르칠 줄도 알지요. 그의 도움이 없었다면 정왕이 어떻게 그 자리까지 올랐겠어요? 이제는 후궁의 상황도 변했어요. 월 귀비는 세력을 잃었고 정비가 올라갔지요. 정비는 그동안 찍소리 없이 죽은 듯이 살아왔으니 황후께서는 신경조차 쓰지 않으셨을 겁니다. 그런 그녀가 하루아침에 득세하여 어려운 상대가 될 줄 누가 예상했을까요? 그 이야기는 입궁하셨던 왕비께 들으셨겠지요?"

예왕은 이를 악물었지만 부인하지 않았다.

지난날 화려하게 빛나던 월 귀비와 달리 정비는 고인 물 같았다. 부드러운 수법이든 강한 수법이든 그녀에게는 아무 효과도 없었다. 그녀는 욕심이 없을 뿐 아니라, 의심도 없고 총애를 얻으려 싸우지도 않고 재물도 탐내지 않고 사람을 이용하지도 않았다. 예절에도 소홀함이 없고, 매일같이 황제를 편안하게 시중들며 쓸데없는 말은 한마디도 하지 않았다. 황제가 상을 내리면 받았고, 상을 내리지 않아도 억울해하지 않았다. 황후가 좋은 말로 대하면 그녀는 공손히 대했고, 일부러 괴롭히려 해도 기꺼이 받아들였다. 말하자면 솜뭉치 같아서, 찌그러지지도 망가지지도 않는데다 주먹질을 해도 아무런 힘을 받지 않았다. 황후는 10년 동안 월 귀비를 상대해왔지만, 정비를 상대하는 것만큼 피곤한 적이 없었다.

"내가 그들 모자를 얕보았다."

예왕이 길게 한숨을 쉬며 원망했다.

"양인 줄 알았는데 알고 보니 늑대였지. 하지만 패배를 인정하기엔 아직 이르다. 본 왕은 태자도 쓰러뜨렸는데 정왕 하나 박살 내지 못할 것 같으냐?"

"전하께서 웅심을 품고 계시니 깊이 탄복했습니다. 하지만 매장소는 실로 음험한 자입니다. 그자와 강좌맹부터 쓸어내지 않으면 정왕을 박살 내기 어려울 거예요."

예왕이 그녀를 흘끗 쳐다보았다.

"말은 쉽구나. 네 홍수초도 도리어 그자 손에 쓸려나가 이 지경이 된 것 아니냐?"

그 말이 진반약의 아픈 곳을 찔러, 고운 얼굴에 절로 악독한 빛이 떠올랐다.

"그 부분에서는 제가 졌습니다. 하지만 재기하기 어려울 정도는 아니에요. 그보다 중요한 것은 전하의 대업이 그런 소인배의 손에 망가질 수는 없다는 것이지요. 설마 전하께선 그자에게 속고 이용당한 수모를 갚아주지 않을 생각이신가요?"

이 도발에 예왕의 가슴에서 다시금 노기가 끓어올랐다. 그는 힘껏 탁자를 내리쳤다. 어찌나 세게 쳤는지 손바닥이 얼얼했다. 하지만 그렇게 화를 쏟아내고 나자 훨씬 냉정해졌다. 답답하고 우울할 만큼 화가 나고 숨이 가빠왔지만, 그는 결국 이를 악물고 참아냈다.

"내가 매장소에게 힘을 쏟아부어 홍수초를 무너뜨린 복수를 해줬으면 한다는 것을 나도 안다. 분한 것만 따지자면 나도 너만큼 그자가 원망스럽다. 하지만 지금 상황은 1년 전과는 다르다. 그때는 매장소만 쓰러뜨리면 정왕이 두각을 나타낼 수 없었지만, 지금 내 일곱째 아우는 연못 속에 갇힌 이무기도 아니고, 매장소 한 사람에게만 의지하고 있지도 않아. 두 번 다시 실수를 반복하여 세력을 키우게 놔둘 수는 없다. 하물며 매장소가 아무리 대단해도 모사가 아니냐. 모사의 약점이란 그 주군에게 있는 법이지. 매장소를 먼저 공격하기보다 그 기반인 정왕을 쓰러뜨리는 것이 낫다. 주군이 없으면, 아무리 기린지재라도 키워줄 사람 없는 들개나 다름없지 않겠느냐?"

마지막 한마디에서 예왕의 악독함이 그대로 말속에 묻어나와 진반약조차 속으로 흠칫 놀랐다. 그녀는 겨우 정신을 가다듬고 물었다.

"그럼 어디서부터 시작하실 건가요?"

"어디서부터?"

예왕은 엉망으로 어질러진 서재를 둘러보며 냉소를 지었다.

"매장소의 약점은 모르지만 정왕의 약점은 확실히 알고 있다. 10여 년간 그가 부황의 눈 밖에 난 이유가 무엇이겠느냐? 멍청해서? 일을 못해서? 잘못을 저질러서? 아니다. 오히려 누차 전공을 세우고 고생을 많이 했지만 부황께서 상을 내리지 않으셨던 것이다. 그 이유는…… 두 사람 다 한 걸음도 양보하지 않았던 지난 사건 때문이 아니면 무엇이겠느냐."

진반약이 눈동자를 굴리며 천천히 고개를 끄덕였다.

"그렇군요. 정왕의 약점은 바로 지난날 기왕과 적염군의 모반 사건이지요."

"그 반역자들을 위해 정왕은 여러 번이나 부황을 거스르고 대들었다. 셀 수도 없을 정도지. 하지만 10여 년간 멀리 떨어져 있는 사이, 나이 든 부황은 더 이상 따지지 않고, 배운 바가 있는 정왕도 더 이상 대들지 않게 되었다. 두 사람 다 조용히 마음속에만 덮어두고 꺼내지 않지만, 말하지 않는 것이 잊었거나 상처가 나았다는 뜻은 아니지. 기회를 보아 다시 한 번 헤집으면 결국 부자간의 가장 깊은 골이 될 것이다."

"과연 좋은 방법이군요."

진반약이 찬동했다.

"하지만 지난 상처를 다시 끄집어내실 생각이라면 대충 하시면 안 됩니다. 반드시 발칵 뒤집어놓아야 해요. 피가 철철 흘러넘칠 정도로 말이에요."

"그 때문에 아직은 구체적으로 어떻게 해야 할지 정하지 못했다. 어떤 계기가 생기면 좋겠는데……."

진반약이 흑수정같이 까만 눈동자를 굴리며 천천히 말했다.

"계기라…… 잊고 있었는데 한 사람이 있어요. 어떻게든 그와 손을 잡으면……."

"누구 말이냐?"

"현경사 수좌, 하강입니다."

"하강?"

예왕은 눈썹을 치켜세웠다.

"어려울 것이다. 현경사는 전통적으로 정쟁에 끼어들지 않아. 예전에 나와 태자가 격렬하게 싸울 때에도 그는……."

"예전은 예전일 뿐이에요."

진반약이 재빨리 말했다.

"전하와 태자의 싸움에 끼어들지 않은 것은 이상한 일이 아닙니다. 하지만 지금 전하의 적은 정왕입니다. 하강은 멍청한 사람이 아니에요. 정왕이 지난날 적염군 사람들과 어떤 관계였는지 잘 알지요. 물론 적염군 사건을 조사한 사람이 누군지도 기억할 것이 고요. 단순히 말하면 마음의 응어리에 불과하지만, 깊이 생각해보 면 원한이기도 해요. 정왕이 황위에 한 걸음 한 걸음 다가가는 것 을 하강이 가만히 보고만 있을까요? 그가 아무리 충성스러워도 자기의 미래는 생각해야 하지 않겠어요?"

진반약의 이 말은 예왕의 마음에 꼭 들어, 저도 모르게 손을 비 비며 흥분한 듯 눈을 반짝였다. 하강이 황제에게 미치는 영향력과 현경사가 각지에 드리운 보이지 않는 힘은, 지금 크게 힘이 꺾인 예왕에게는 가뭄의 단비 같은 것이었다.

"전하."

진반약이 생글생글 웃으며 옷자락을 여미고 예의를 갖췄다.

"하강이 우리와 힘을 합칠 생각이 있는지 떠보고 싶으시다면, 제가 해보겠습니다. 제게 사저(師姐)가 한 분 있는데 하강과 안면이 있습니다."

새해가 되기 며칠 전은 날씨가 몹시 추웠다. 연달아 며칠 동안 눈이 펑펑 내려 경성 전체가 온통 하얗게 뒤덮였다.

매장소는 지병이 도져서 밤새 기침을 했다. 그가 콜록거리며 정 왕을 만나러 밀실로 내려간 다음부터, 소경염은 다시는 먼저 그를 찾아오지 않았다. 연말에 할 일이 너무 많기 때문인지, 아니면 매 장소를 푹 쉬게 해주기 위해서인지는 알 수 없었다. 반면, 예왕은 몇 번이나 병문안을 왔고, 여전히 친절하고 관심어린 목소리로 이 야기를 나눴다. 마치 맺힌 것이 전혀 없는 사람 같았다. 하지만 그가 아무리 그럴싸하게 아닌 척해도 소용없었다. 이 상황까지 온 이상 매장소 역시 더 이상은 예왕이 아무것도 모른다는 환상을 품고 있을 수 없었다.

"종주, 동로가 왔습니다."

려강이 명을 받고 외출했기 때문에 보고하러 온 사람은 견평이었다.

"들여보내게."

동로가 눈에 젖은 몸으로 성큼성큼 들어왔다. 세심하기 이를 데 없는 견평이 재빨리 그를 붙잡아 화로 앞에서 몸을 녹인 후 들어가게 했다.

"보아하니 오늘도 급한 보고는 없나보군."

매장소가 웃으며 탁자를 가리켰다.

"차 한잔 하게."

동로는 손을 비벼 따뜻하게 한 후 웃으며 다가와 두 모금 만에 차를 마셔버렸다. 견평은 '소가 물켜듯 하는군' 하고 농담을 던진 후 일을 하러 나갔다.

"십삼 선생께서 종주께 두 가지를 전해드리라 하셨습니다."

일이 먼저라는 생각에 동로가 입가에 묻은 차를 닦으며 말했다.

"사옥은 유배지에서 수차례 피습을 받았으나 저희가 보호했습니다. 지금은 놀라서 벌벌 떨고 있다 합니다. 그리고 몇 달 경성을 떠난 하동의 행적을 알아냈습니다. 사옥의 좌부장이던 사람을 찾아갔는데, 현 가흥관(嘉興關)의 수비대장인 위기(魏奇)입니다. 하지만 어제 들어온 소식은 그녀가 가흥관에 도착하기도 전에 위기가 한밤중에 알 수 없는 연유로 죽었다고 합니다."

"죽어?"

매장소의 얼굴이 싸늘해졌다.

"하강이 한 짓인가?"

"아마도…… 하지만 확실히 조사하지는 못했습니다."

매장소는 눈을 감고 조용히 신음했다. 사실 사옥의 좌우 부장들은 사건 당사자이긴 하지만 명을 따랐을 뿐이지 진상에 대해선 잘 알지 못했으므로, 죽든 살든 별로 큰 문제는 아니었다. 다만 절혼곡 습격 시 위기는 따라가지 않았다. 하동이 섭봉의 일만 조사할 생각이었다면 어째서 그를 찾아갔을까? 설마 이 여자 장경사는 억울하게 죽은 남편을 위해 그 원수(元帥)의 사건까지 처음부터 다시 조사하려는 것일까? 입을 막기 급급한 것으로 보아, 하강은 이미 의심하기 시작한 이 여제자를 무척 중요하게 생각해, 그녀와 완전히 틀어지기를 바라지 않는 것 같았다.

하지만 가엾게도 하강은 그날 천뢰의 어두운 감방 안에서, 하동이 사옥의 입으로부터 가장 치명적인 자백을 들었다는 사실을 모르고 있었다. 때문에 그가 아무리 숨기려 한들, 모질게 살수를 펼친 그날부터 그녀와 틀어지는 것은 피할 수 없는 결말이었다.

"알겠네. 그만 가보게."

매장소는 다리에 올려둔 손난로를 위로 끌어당기고 손가락으로 천천히 어루만졌다.

"십삼 선생에게 전하게. 진반약은 쉽게 포기할 사람이 아니니 계속 주시하라고 말일세."

"예."

동로는 허리를 숙여 인사하고 천천히 물러갔다. 그가 나가자마자 견평이 약그릇을 들고 들어와 매장소에게 건넸다. 매장소가 얼굴을 찡그리고 약을 마시자 입가심으로 차도 따라주었다.

"안 의원의 약은 점점 써지는군. 내가 요즘 무슨 잘못이라도 했나?"

"병이 나신 게 잘못이지요."

견평이 웃으며 대답하고는 빈 그릇을 쟁반에 내려놓았다. 그리고 잠시 생각하더니 주저하며 입을 열었다.

"종주, 동로가 요즘…… 좀 변한 것 같지 않으십니까?"

"응?"

매장소는 입에 찻물을 머금고 있다가 양치 그릇에 뱉어낸 후 고개를 돌렸다.

"모르겠네. 왜 그러나?"

견평이 머리를 긁적였다.

"저도 구체적으로는 말씀드리기 어렵습니다만 아무래도 마치 바쁜 일이 있는 것처럼 예전보다 서두릅니다. 조금 전에도 나갈 때 인사를 하는데 예전과는 달리 멈추지도 않더군요. 마치 훨씬 활발해진 것 같달까요?"

매장소는 가만히 생각해보았다.

"내 생각에 동로는 항상 활발했던 것 같네만."

견평이 시원스레 웃음을 터뜨렸다.

"하긴 그렇습니다. 다른 사람들과도 말해보았지만 동로가 변했다고 하는 사람은 없었으니까요. 제가 또 병이 도졌나봅니다. 늘 남들이 못 보는 것만 본다니까요. 금릉성에 와서 길 아주머니를 처음 봤을 때 생각나십니까? 제가 살이 쪘다고 했더니 길 아주머니는 화가 나서 뒤집개를 들고 저를 때리려고 했지요."

"길 아주머니가 살이 쪘나?"

"당연하지요. 요즘엔 허리둘레가 두 푼이나 더 늘었던데요!"

"길 아주머니 허리둘레는 세 자는 되는데 겨우 두 푼 늘어난 것이 보인단 말인가?"

매장소는 웃음을 금치 못했다.

"때릴 만도 하군. 살찌는 것을 가장 싫어하는 분이잖나."

"그래서 몇 달 동안 열심히 비위를 맞췄지요."

견평이 눈을 껌뻑이며 일어나 약그릇과 찻잔을 치웠다.

"그만 쉬십시오, 종주. 나가보겠습니다."

매장소는 고개를 끄덕였다. 견평이 돌아서서 문밖으로 나갈 때 갑자기 매장소가 그를 불러 세웠다.

"견평, 아무래도 십삼 선생에게 동로를 주의하라고 전하게. 자네는 늘 세심했으니 아무 이유 없이 그런 느낌이 들진 않았겠지."

"예."

견평이 허리를 숙이며 명을 받았다. 그리고 잠시 생각하다가 덧붙였다.

"염려 마십시오, 종주. 동로에게 들키지는 않을 겁니다."

매장소는 곁의 부하들 중에서 견평이 가장 총명한 사람 가운데 하나임을 알고 있었다. 때로는 아무 말 하지 않아도 알아차리곤 했기에, 이번에도 미소를 지으며 고개를 끄덕여 그를 내보냈다.

방 안은 고요함을 되찾았다. 화로에서 타닥타닥 하고 나무 타는 소리와 비류가 전병 씹는 소리만 들려왔다. 매장소는 눈을 감고 잠시 쉬었지만 결국 참지 못하고 눈을 뜨며 말했다.

"비류, 그렇게 먹다간 돼지 된다."

침대 옆 작은 의자에 앉아 있던 비류가 전병을 입에 물고 고개를 들더니 우물거리며 말했다.

"마이쪄!"

"물론 맛있지."

매장소의 눈에 그리움이 떠올랐다.

"그분이 만드신 간식은 우리 모두 좋아했단다."

비류가 고개를 갸웃거리며 생각하더니, 쪼르르 달려가 찬합을 통째로 들고 와서 매장소 앞에 내밀었다.

"먹어!"

"세상에! 벌써 이만큼 먹은 거냐? 저녁은 먹을 수 있겠니?"

"응!"

매장소는 웃으며 대추소로 만든 떡 하나를 집어 입에 넣었다. 씹어보니 역시 익숙한 감미로운 맛이 났다. 정왕이 처음 찬합을 가져왔을 때는 완곡히 거절했다. 하지만 정왕은 어머니의 명을 어길 수 없다며 끝내 놔두고 가버렸다. 그 후로 거의 매달 찬합이 오는 것이 관례가 되었다.

한번은 찬합에 든 간식 종류가 열 개가 넘는 것을 보고, 매장소가 웃으며 물었다.

"전하, 혹시 전하께 드린 것을 잘못 가져오신 게 아닙니까?"

그때 정왕은 생각 한번 해보지 않고 바로 대답했다.

"두 개가 완전히 똑같으니 잘못 가져오고 말고 할 것도 없소."

그 대답에 매장소는 겉으로는 아무렇지 않은 척했지만 속으로는 당황했다. 소경염은 어려서부터 음식에 별로 신경 쓰지 않았다. 그래서 정비가 두 명분의 간식을 만든 뒤로 찬합 안에 변화가 생겼다는 사실을 알아차리지 못했다. 하지만 매장소는 차마 그가 영원히 모르리라고 장담할 수 없었다. 이런 걱정 때문에 비류가 찬합을 가져와 먹기 시작했는데도 매장소는 마음의 부담이니 앞으로는 간식을 보내주지 않아도 된다고 정비에게 전해달라며 정중하게 요청했다.

하지만 소경염은 그 말을 단순한 인사치레로 여긴 듯 농담까지 했다.

"어마마마는 선생이 얻기 어려운 인재라며 아끼시오. 내가 사람을 끌어들이는 데 재주가 없는 걸 아시고 대신 나서신 거요."

매장소는 괜히 그의 주의력을 찬합으로 돌리게 될까 두려워 더 이상 말하지 못하고 웃기만 했다. 친왕이 된 뒤로 정왕의 업무는 크게 늘어났다. 매일 아침부터 밤까지 바삐 일하느라 이런 사소한 일에 신경 쓸 틈이 없는 것 같았다.

"매화병!"

그의 다리에 기댄 비류가 찬합을 뒤지다가 와락 소리를 질렀다.

"오호, 우리 비류가 매화병을 알아보네? 누가 가르쳐줬지?"

비류는 대답하기 싫은 듯 입을 다물었다. 비류가 대답하지 않으려 할 때 그 대답은 불 보듯 뻔했다.

"자, 이제 그만 먹으렴."

매장소는 웃음을 참으며 비류의 머리를 쓰다듬었다.

"나가서 려 아저씨가 돌아왔는지 보겠니?"

"왔어."

매장소는 멈칫했다. 려강이 나갈 때 돌아오면 바로 보고하라고 했는데 어째서 아직까지 아무 움직임이 없을까?

"언제 돌아왔니?"

"방금!"

비류가 다시 귀를 기울였다.

"들어와!"

매장소는 그제야 깨닫고 실소를 터뜨렸다. 문밖에서 려강의 목소리가 들려왔다.

"종주!"

"들어오게."

문이 열리고 짙은 남색 솜옷을 입은 려강이 들어왔다. 어깨에 채 털어내지 못한 눈송이가 쌓여 있었다. 밖에 아직도 눈이 쏟아지는 모양이었다.

"자네 표정을 보니 일이 잘되었군?"

매장소는 침대 옆 의자를 가리켰다.

"언후께서는 뭐라고 하셨나?"

"언후께서는 종주께서 정왕을 도우신다는 말에 무척 놀라셨습니다. 하지만 곧 안정을 되찾으시고 '어쩐지'라고 한 마디만 하시더군요. 제가 종주의 뜻을 전하자 한참 동안 망설이시더니 결국 조건 하나를 말씀하셨습니다. 정왕부가 성공하면, 황후를 박대하지 말아달라는 조건입니다."

미소 한 줄기가 매장소의 입가에 떠올랐다.

"그리 어렵지 않은 조건이군. 어쨌든 황후는 모후이니 비록 그 사건 때 맺힌 일이 있어도 책임을 물을 수는 없지. 정왕이 황위를 계승하면 효를 다하기 위해서라도 황후를 박대하진 않을 걸세. 언후께서는…… 역시 정왕에게 기울어 계셨군."

"예, 언후께서는 그 조건만 걸고 종주의 부탁을 들어주기로 하셨습니다. 연말에 사람들이 인사를 다니느라 눈에 띄지 않을 때쯤 대신들이 정왕을 어떻게 생각하는지 알아보시겠답니다."

"다행일세."

매장소는 몸을 쭉 폈다.

"언후는 본래 실력 있고 언변도 좋은 분이지. 하물며 집에서 소일하며 조정 일에 간섭하지도 않으니, 그분이 나서면 눈에 띄지 않을 걸세. 더욱이 세밀하게 관찰하고 상대방의 태도를 판단하는 데는 지난날 언후를 따를 사람이 없네."

"제가 관찰해보니 언후께서는 폐하와 폐태자, 그리고 예왕에게 실망하여 도에 빠지셨지만, 사실은 대량의 조정에 관심이 많으십니다. 아주 연을 끊으신 것은 아니더군요."

매장소는 살짝 고개를 끄덕였다.

"당연하네. 명문대가 출신이고, 한때 풍운을 일으킨 나날도 있었네. 그 뜨거운 피가 전부 식어버릴 수야 있겠나? 나는 언후와 자주 만나는 것을 들키고 싶지 않으니 앞으로는 자네가 수고 좀 해주게."

"종주께서 시켜주신다면 만 번 죽어도 따르겠습니다! 갑자기 이렇게 내외를 하시니 괜히 불안합니다."

매장소는 아무 말 없이 그의 어깨에 한 손을 올리고 살짝 힘주어 잡았다. 그리고 피곤한 기색으로 침대에 기대 눈을 감았다. 려강은 아픈 몸으로 이것저것 신경 쓰는 그를 보자 마음이 짠했다. 황급히 옆으로 고개를 돌리는데 비류가 시야에 들어왔다. 소년은 배불리 먹고 형의 다리를 베고 잠들어 있었다. 그의 준수한 얼굴은 단순하고 평화로워 보여 더욱 복잡한 기분이 되었다.

"자네는 어젯밤 한밤중에야 잠들지 않았나. 일찍 가서 쉬게."

매장소는 려강이 아직 옆에 있는 것을 알고 눈을 뜨며 말했다.

"비록 살기가 만연하지만, 매일 밤 자네가 직접 지킬 필요는 없네. 열심히 가르친 아이들은 뒀다 어디에 써먹으려나? 밤에는 아경(阿慶) 등에게 맡기게."

려강이 눈썹을 꿈틀했다.

"저택의 경비는 저와 견평이 상의해서 정했습니다. 종주께서는 신경 쓰지 않으셔도 됩니다."

"알았네, 알았어. 내가 잘못했네. 이래라저래라 하지 않을 테니 자네들 알아서 하게."

려강의 가무잡잡한 얼굴 위로 따스한 웃음이 떠올랐다.

"종주의 호의는 알지만, 이런 일까지 신경 쓰시게 하고 싶지 않습니다. 제가 한밤중이 지나야 교대한다는 것을 아시다니, 어젯밤에도 푹 주무시지 못하셨군요?"

"많이 좋아졌네. 몇 번 깨는 것뿐일세."

매장소가 편안한 목소리로 말했다.

"날씨 때문이지. 봄이 되면 괜찮아질 걸세. 괜히 랑주로 보내는 편지에 쓸데없는 말은 말게."

려강은 차마 변명하지 못하고 얼른 대답했다. 매장소가 다시 눈을 감자 그는 그제야 살그머니 문밖으로 물러났다. 밖에는 여전히 눈보라가 휘몰아치고 있었다. 견평이 건물을 등지고 복도에 서 있다가 문소리를 듣고 돌아보았다.

"왜 그래? 안색이 왜 그렇게 어두워?"

려강이 다가가 그의 등을 힘껏 두드렸다.

"이 튼튼한 몸뚱이가 얼어붙기라도 했어?"

견평이 눈을 내리뜨고 낮게 말했다.

"방금 안 의원이 밤에 종주의 방에 한 사람 더 세우라고 하셨어."

"비류가 있잖아?"

"비류 말고 한 사람 더. 눈치 빠른 사람으로."

려강의 심장이 미친 듯이 뛰기 시작했다. 그가 견평의 팔을 낚아채며 물었다.

"무슨 말이야?"

"올 겨울은 작년보다 더 춥잖아. 특이 이 눈. 벌써 닷새째 그칠 기미가 없어. 안 의원이 아침에 진맥을 해보니 종주의 풍한이 재발할 기미가 있어서 부득불 독한 약을 지어드렸다는군. 그래서 한 며칠 위험할 수 있다고. 하지만 견뎌내기만 하면 생명에 지장은 없대."

려강은 한참 동안 멍하니 서 있다가 결국 머리를 흔들며 심호흡을 했다. 그리고 견평에게 하는 말인지 자기 자신에게 하는 말인지 이렇게 말했다.

"괜찮아. 반드시 견뎌내실 거야. 정신은 아주 맑으셨어."

견평도 정신을 가다듬고 말했다.

"오늘 저녁 약을 드시기 전에 안 의원이 종주께 말씀드리셨어. 휴식이 필요하니 그 기간에는 아무것도 신경 쓰지 말고, 정왕이든 동로든 아무도 만나지 말라고 말이야. 자네와 나도. 마음 단단히 먹어야 해."

려강이 이마를 힘껏 누르더니 한참 후에야 겨우 말했다.

"견평, 자네가 있어 다행이야! 나 혼자였으면 더 갈팡질팡했을 거야."

"난들 당황하지 않은 줄 알아?"

견평이 그를 힘껏 떠밀었다.

"가자. 서원에 가서 잘 이야기해보자고. 여기서는 비류가 들으니 좋을 게 없어."

뒤쪽 방은 여전히 고요해서, 매장소와 비류 모두 깊이 잠든 것 같았다. 려강과 견평은 복도를 돌아가지 않고, 약속이나 한 듯 찬바람 쌩쌩 부는 정원을 가로질렀다. 뼛속까지 얼어붙을 것 같은 눈보라로 혼란에 빠진 머리를 깨우려는 것처럼.

다행스럽게도 두 사람 모두 이때만큼은, 매장소의 병세가 가장 위급한 순간에 놀라운 소식 하나가 경성으로 날아들 줄은 전혀 예상하지 못했다.

성문의 습격

—

44

—

끝나지 않을 것처럼 휘날리던 눈보라는 섣달 28일에 갑자기 멈췄다. 하늘이 맑게 개고 햇살이 금빛으로 부서져 무척 따뜻해 보였다. 하지만 눈이 두껍게 쌓인 경성은 맑은 날씨로 하루를 보내자 더욱 건조하고 추워졌다. 냉기를 들이마실 때마다 입에서 하얀 김이 나오는 추위는 오장육부까지 얼려버릴 것처럼 코를 타고 들어가 몸속을 맴돌았다.

날씨가 이렇게 추운데다 며칠 지나면 새해였으므로, 밖으로 나올 필요가 없는 사람들은 자연히 집 안에 틀어박혀 따뜻한 난로와 뜨끈뜨끈한 술과 안주를 실컷 즐겼다. 하지만 이런 때에도 어쩔 수 없이 밖을 바삐 뛰어다녀야 하는 사람들은 더욱 괴롭고 외로웠다.

그날 아침 일찍, 순방영 병사들은 정해진 시간에 맞춰 사방의 성문을 열었다. 성문마다 첫 번째 당직인 네 사람이 양쪽 문루 밑에 나눠 서서 성문을 드나드는 사람들을 감시했다. 순방영은 사옥이 맡았을 때에도 군율이 나쁘지 않았지만, 정왕이 더욱 엄하게 다스려 감히 게으름을 피우는 사람이 없었다. 그러다보니 한층 엄숙해져서, 잠시만 서 있어도 발가락이 얼어붙어 욱신거릴 정도인데도 당직 서는 사람들은 발을 따뜻하게 하려고 움직이거나 동동거리지 않았다.

겨울 아침이라 사람은 별로 없었다. 특히 장독이 심한 지방으로 이어지는 서쪽 성문은 들어오는 사람 몇몇 외에는 아무도 다니지 않았다. 그래도 해가 중천에 뜨자 점차 사람이 늘어났다. 성문 옆 가판대에서 장사를 해서 겨우 입에 풀칠하는 노점상들이 속속 밖으로 나가 드문드문 길을 가는 손님들을 불러댔다. 다시 한 시간 정도 후, 성문 밖 저 멀리 검은 그림자 한 무리가 어렴풋이 모습을 드러내고 성문 쪽으로 다가왔다.

"상단인가?"

수비병 한 명이 목을 빼고 내다보았다.

"드물게 긴 대오군요."

"자넨 새로 와서 모르겠지만……."

옆에 있던 현지 출신 고참병이 곧 말을 받았다.

"약재를 운반하는 상단일세. 우리 대량 서쪽 지방은 두세 개의 주를 빼면 대부분 높고 추운 곳이나 장독이 강한 곳이야. 하지만 그런 곳일수록 진귀한 약재가 나지. 내 삼촌이 약재상인데, 가장 좋은 약재는 서쪽에서 온 것이라고 하셨다네. 그래서 상단들이 서쪽 성문으로 오는 거라네. 모레가 30일인데 이제야 도착하다니, 정말 고생이 많았겠군."

두 사람이 이야기하는 사이 대오는 점점 가까워져 마차와 사람들의 복장을 확실히 볼 수 있었다.

"제 눈에는…… 상단 같지 않은데요?"

신병이 한참을 살펴보다가 마침내 완곡하게 의견을 피력했다.

"상단은 관병의 호송을 받지 않잖아요?"

고참병도 그것을 알아보고는 쯧쯧 소리를 내며 의외라는 듯이 대꾸했다.

"정말 상단이 아니군. 가운데 마차가 하나밖에 없으니 약재를 운반하는 건 아닐 거야. 아무래도…… 저건…… 그래, 죄수 호송 마차야!"

그가 단정하는 투로 결론을 내렸을 때는 다른 수비병들도 확실히 본 후였다. 성문으로 느릿느릿 오고 있는 것은 죄수를 압송하는 관군들이었다. 그러나 평소와 다른 것은 압송하는 관병이 앞뒤로 최소 3백 명은 되는 반면, 죄수를 실은 마차는 단 하나밖에 없다는 사실이었다.

대체 얼마나 중요한 죄수기에 저 많은 사람이 동원되어 삼엄하게 경비하는 것일까? 설마 누군가 길을 막기라도 한다는 것일까?

서쪽 성문 수비병들의 호기심어린 시선 속에서, 길고 긴 대오는 마침내 성문 앞에 도착했다. 대오 중에는 무장을 한 병사들과는 달리 평범한 일상복을 입은 사람이 한 명 있었다. 대오의 맨 앞에 있는 지휘관인 듯한 남자였다. 잿빛 말을 탄 그는 키가 크고 훤칠했으며 균형이 잘 잡힌 몸매를 하고 있었다. 머리에 관을 썼지만 머리칼은 어깨 위로 흘러내렸고, 양쪽 귀밑머리의 흰머리에는 옥고리를 매달았다. 그의 얼굴은 무척 준수해서 비록 주름이 조금 있지만 나이를 짐작하기 어려웠고 성별을 판가름하기도 쉽지 않았다. 눈꼬리가 살짝 올라간 눈에는 사특하면서도 차가운 느낌이 담겨 있었다.

"아……."

고참병들은 그가 누군지 알아차린 듯 모두 고개를 숙이고 허리를 굽혔다. 신병은 영문을 몰랐지만 이렇게 많은 대오를 이끄는 사람이라면 지위가 높으리라 생각하고 황급히 고참병들을 따라 허리를 숙였다.

대오 한가운데에는 죄수의 호송 마차가 있었다. 크기나 모양은 보통 호송 마차와 똑같았으나 자세히 보면 다른 부분이 있었다. 우리는 연철로 만들었고, 쇠창살은 손바닥 반을 차지할 만큼 두꺼웠으며, 이음새는 단단히 땜질을 해서 무척 튼튼하게 만들어진 마차였다. 마차 안 구석에 웅크린 죄인은 무거운 족쇄와 차꼬를 차고 있었다. 새까만 머리칼이 엉망으로 얼굴을 덮어 생김새를 볼 수가 없었다. 앉은 자세나 싸맨 천에 배어나오는 피로 보아, 왼쪽 허벅지에 무거운 외상을 입은 것 같았다. 잡히기 전에 관병들과 싸움을 했는지도 몰랐다.

금릉의 성벽은 무척 튼튼했고, 덕분에 문루가 매우 길었다. 대오를 지휘하는 남자는 천천히 말을 몰아 문루의 그늘로 들어선 후 고삐를 당겨 멈췄다. 성문을 지키던 순방영 병사들은 차마 이유를 물어볼 수 없어 멍하니 그를 바라보기만 했다. 잠시 후, 그 남자가 차갑게 웃음을 터뜨리더니 목소리를 높였다.

"우리는 곧 성에 들어간다. 경성에 들어간 후에는 더욱더 기회가 없을 텐데, 한 번 더 해보지 않겠느냐?"

그 말이 공중에 울려 퍼졌지만 듣는 사람들은 무슨 뜻인지 갈피를 잡을 수 없었다. 하지만 병사들이 어리둥절할 시간은 길지 않았

다. 잠깐의 침묵이 지나고 갑작스레 살기가 치솟아올랐기 때문이
다. 성문 서쪽의 수풀에서 대략 쉰 명쯤 되는 장한들이 달려나왔
다. 모두 가벼운 복장에 긴 칼을 들고 곧장 대오로 돌진했다. 그와
동시에 성 안쪽 큰길에 가판을 깔고 있던 노점상들이 빠른 동작으
로 어디선가 무기를 꺼내 들고 공격 대형을 이뤘다. 그 중 서너 명
이 정면에서 공격을 퍼부었고 나머지는 우회하여 지휘자와 그 뒤
의 죄수 사이를 끊었다. 우선 지휘자를 잡을 생각인 것 같았다.

말을 탄 남자의 동공이 확 줄어들었다. 손을 드는 순간 어느새
무기가 뽑혀나왔다. 그가 쓰는 것은 심하게 휘어진 만도였다. 단
순하게 쓱 휘두르자 광채와 힘이 달려드는 사람들을 덮쳤다. 달려
드는 사람들은 각도에 상관없이 칼날이 날아드는 것을 느끼고 부
득불 멈출 수밖에 없었다. 유일하게 빨간 적삼을 입은 한 사람만
이 광채를 느끼지 못한 듯 똑같은 자세로 달려들었다. 가까이 다
가갔을 때 그의 몸이 갑자기 흔들 하더니 눈 깜짝할 사이에 다른
곳에 나타났다.

지휘자가 '앗' 하고 탄성을 질렀다. 몹시 의외였는지 안색도 변
했다. 그는 차마 모험을 할 수 없어 칼을 거두고 달려든 사람과 몇
초를 주고받았다. 임기응변하는 것이 제법 빨랐다.

적삼을 입은 사람과 거의 동시에 지휘자를 습격한 나머지 사람
들 중에는 이 습격을 통솔하는 사람이 있는 것 같았다. 그는 빨간
적삼을 입은 사람이 성공적으로 지휘자를 붙잡아놓았을 뿐 아니
라 열세에 처하지도 않은 것을 보자 휘파람을 불었다. 성안에서
쏟아져나온 사람들은 곧장 마차로 달려갔고, 성 밖의 동료들과 함
께 수비병들을 공격했다.

죄수를 압송하는 3백 명의 관군은 수는 많았지만 일반 병사에 불과했다. 무공을 지닌 강호인들과는 전력 차이가 커서 곧 혼란에 빠졌다. 호송 마차 주위에 있는 수십 명의 정예병들만 끝까지 싸웠고, 나머지는 몇 번의 돌격에 이리저리 흩어져, 머릿수에서 오는 유리함은 찾아볼 수도 없었다. 얼마 지나지 않아 습격자들 중 두 명이 호송 마차에 달려들었다. 그러나 안타깝게도 우리가 너무 튼튼해서 아무리 잘라내려고 해도 칼만 휘어질 뿐 꼼짝도 하지 않았다. 그들은 어쩔 수 없이 호송 마차를 통째로 훔쳐가려고 했다.

누군가 구하러 왔기 때문인지 다른 이유 때문인지, 호송 마차 안의 죄수는 무척 흥분해서 차꼬를 질질 끌며 미친 듯이 쇠창살을 흔들어댔다. 뭐라고 소리를 질렀지만 분명하게 말하지는 못하는 것으로 보아 입이 틀어막힌 모양이었다. 그의 흥분한 움직임에 통솔자는 갑자기 뭔가 깨달았는지 큰 소리로 외쳤다.

"철수! 모두 철수하라!"

그 말이 떨어지기 무섭게 지휘자의 얼굴에 냉소가 떠올랐다. 그 웃음에서 느껴지는 얼음장 같은 기운과 함께, 성벽 꼭대기에 별안간 나타난 백여 명이나 되는 강궁수들에게서 피어오르는 죽음의 기운이 서서히 퍼져나갔다. 호송 마차는 성문에서 몇 장 떨어진 곳에 있었고, 사방을 포위한 습격자들은 문루 아래에 있는 몇 사람 외에는 거의 모두 성벽 위 궁수들의 사정거리에 들어 있었다. 철수 명령을 받은 순간, 공격을 중단하고 빠르게 물러나고는 있었지만, 사람의 다리가 별똥별 같은 화살보다 빠를 수는 없었다. 순간, 날카롭게 공기를 가르는 소리와 참혹한 비명이 어지러이 교차하며 경성 밖은 참혹한 도륙의 현장으로 변했다. 무공이 뛰어난 강호인들이지만, 절세의 고수를 제외하고는 쏟아지는 화살비 속에서는 한낱 무력한 과녁에 불과했다. 얼마나 버티는지, 얼마나 멀리 달아날 수 있는지 정도의 차이밖에 없었다.

수차례의 화살비가 지나간 뒤, 습격자들의 반 정도만 동료들의 처절한 죽음을 방패삼아 성 밖 숲속으로 달아날 수 있었다. 눈 쌓인 땅에는 이리저리 시체들이 나뒹굴었다. 화살을 맞아 고슴도치처럼 된 사람도 있었다. 흘러내린 피가 쌓인 눈을 까맣게 적셨다. 이 참혹한 광경에 통솔자의 눈은 빨갛게 달아올랐다. 하지만 그는 심지가 굳은 사람이었다. 곧 미친 듯이 끓어오르는 감정을 억누르고, 성안에서 뛰쳐나왔다가 패배하여 다시 성문 안으로 무사히 돌아간 수십 명에게 빨리 달아나라고 명령했다.

하지만 적들도 보통이 아니었다. 성벽 위에 복병이 있는데, 성안이라고 없을까? 몇몇 골목에서 백 명이 넘는 관병이 튀어나와 눈 깜짝할 사이에 두꺼운 포위벽을 세웠다. 통일된 무기 모양과 잿빛 가죽 갑옷 복장을 보니, 현경사 소속 정예병이 분명했다. 하나같이 호랑이와 늑대처럼 사나운 그들은 흉흉한 기세로 명령을 기다렸다.

이 결정적인 순간, 관부 쪽 지휘자는 의외로 미적미적하며 명령을 내리지 않았다. 처음부터 지금까지 전투가 어떻게 흘러가든, 급변하는 주변 상황에 아무런 영향을 받지 않은 사람은 바로 이 지휘자와 싸운 붉은 적삼을 입은 자였다. 그는 오로지 진지하게 싸움에만 열중했다. 지휘자의 뛰어난 무공이 무척 만족스러웠는지 딱딱한 얼굴에 드러난 까맣고 차가운 눈동자가 반짝반짝 빛을 발했다. 그의 공격은 인정사정없었고, 지금은 한창 신나게 싸우고 있어서 지휘자는 부득불 전력을 다해 막아야 했다. 그래서 기운이 흐트러질까봐 한마디도 할 수 없었던 것이다.

붉은 적삼을 입은 사람이 지휘자를 인질로 잡는다면 상황은 바뀔 것이다. 그러나 습격자들의 통솔자는 보는 눈이 정확했다. 그 목적을 이루기 위해서는 한참은 더 싸워야 했고, 현경사의 병사들도 바보가 아니었다. 지휘자가 명을 내리지 않는다고 해서 계속 바보처럼 서 있을 리 없었다. 그들도 곧 정신을 차리고 알아서 공격을 시작할 것이다. 이 생각이 드는 순간, 통솔자는 큰 소리로 외쳤다.

"얘야, 돌아가야 한다. 포위를 뚫어라!"

돌아간다는 말에 붉은 적삼을 입은 사람의 눈동자에 불쾌함이 비쳤다. 하지만 결국 순순히 돌아서서 귀신처럼 공격 대상을 바꿨다. 사실 통솔자의 외침을 듣고 지휘자는 이미 이에 대비해 공력을 최대로 끌어올리고 있었다. 하지만 상대는 수월하게 전장에서 빠져나갔다. 마치 그냥 몸을 돌려 가버린 것처럼 전혀 멈추거나 어려워하지도 않았다. 이만한 고수가 나타날 줄은 예상하지 못한 데다 가능한 한 많은 포로를 잡고 싶었기 때문에 성안의 복병 중에는 궁수가 없었다. 보통 병사들보다는 강했지만 붉은 적삼을 입은 사람의 무공은 지휘자조차 어쩌지 못할 정도였으니, 그가 날아들자 막을 방법이 없었다. 포위된 십여 명도 눈이 시뻘게진 채 궁지에서 빠져나가려 전력을 쏟아부었다. 얼마 지나지 않아 그들 중 일부가 정말로 포위벽에 구멍을 내고 달아났다.

하지만 쌍방의 힘 차이가 워낙 컸다. 비록 몇 사람은 달아났지만 지휘자는 직접 서너 명을 잡아 압송하라고 부하에게 넘겨줬다.

붉은 적삼을 입은 사람은 무공이 너무 높아 쫓아도 소용없다는 것을 알고 깨끗이 포기했다. 대신 성안의 골목으로 달아난 통솔자를 쫓는 데 전력을 쏟았다.

금릉성의 거리는 별로 복잡하지 않았다. 성 중심에 강이 흐르는 곳 말고는 대부분 크고 네모진 사거리 형태를 띠고 있어서, 핏자국을 쫓아간 지휘자는 곧 도망치는 사람들의 모습을 발견할 수 있었다. 하지만 모퉁이를 몇 번 돌자 갑자기 핏자국이 사라졌다. 적이 피를 쫓아서 오는 것을 알고 처리한 모양이었다. 눈앞에는 거의 비슷하게 생긴 갈림길이 있었다. 각각 다른 구역으로 통하는 곳이었는데, 지휘자는 우선 큰길 쪽으로 달려갔다. 바로 그때, 오른쪽에서 마차 한 대가 달려들었다. 양쪽 모두 속도가 빨랐기 때문에 거의 부딪칠 뻔했지만, 지휘자가 재빨리 몸을 날려 길 건너편으로 피했고, 마부도 고삐를 홱 잡아당겨 억지로 마차를 세웠다.

"뭐야, 이게?"

갑작스럽게 멈추는 바람에 마차 안에 있던 사람이 바닥을 굴렀는지, 씩씩거리며 머리를 내밀고 소리를 질렀다.

"기분 좋은 연말에 누가 이렇게 마구 뛰어다니는 거야?"

그 말과 함께 그 사람의 시선이 지휘자에게 향했다. 순간 그 사람은 움찔하며 놀란 목소리로 외쳤다.

"하동 누님, 언제 돌아오셨어요?"

지휘자가 어깨를 으쓱하며 그를 흘끗 쳐다보았다.

"어……."

마차 안에 있던 사람이 머리를 긁적이며 눈을 찌푸리더니 다시

금 떠보듯 물었다.

"추 형?"

곁눈질하던 지휘자의 시선이 그를 똑바로 보자, 그 시선을 받은 사람은 길게 안도의 숨을 쉬며 투덜거렸다.

"어유, 참! 추 형의 그 버릇, 참 나빠요. 왜 하필 하동 누님과 똑같이 꾸미고 다니는 거예요? 간 떨어질 뻔했네."

"예진, 말했지만 꾸민 게 아니라 본래 똑같이 생긴 거야."

하추가 다가와 언예진의 어깨를 두드렸다.

"1년 정도 못 봤는데 많이 튼튼해졌구나."

"얼굴이야 나면서부터 그랬다지만 그 머리는요? 그 하얀 부분은 일부러 물들인 거죠?"

하추와의 관계는 무척 친밀한지, 언예진은 전혀 겁먹지 않고 온갖 호들갑을 떨었다.

"대체 어떻게 하면 그런 색이 나와요? 저도 이것저것 써봤는데 안 되던걸요."

"그 이야기는 나중에 하자."

하추가 씩 웃더니 갑자기 언예진에게 얼굴을 들이밀고 그의 눈을 똑바로 보았다.

"한번 말해보실까? 방금 다친 사람이 지나가지 않았니?"

"다친 사람이요?"

언예진이 목을 빼고 좌우를 둘러보았다.

"어떤 사람 말이에요?"

"봤어, 못 봤어?"

"전 마차 안에 있었잖아요."

언예진이 마부를 툭툭 쳤다.

"혹시 봤어?"

마부가 고개를 저었다.

하추는 살짝 눈을 찌푸렸다. 방향을 잘못 잡았나? 그렇지 않다면 언부의 마차는 분명 그 도망자와 부딪쳤을 것이다. 혹시……

"예진, 어디로 가는 길이지?"

"집으로요! 아버지께서 만정거(滿庭居)의 장조림을 좋아하시니 착한 아들인 제가 아침 일찍부터 사러 나왔죠. 늦게 가면 없거든요."

그런 다음 그가 소리를 낮춰 투덜거렸다.

"우리 아버지는 도사 노릇이 그렇게 좋으시다면서 왜 채식하는 건 안 배우시나 몰라요."

"그래서, 샀어?"

"세 통 샀죠!"

언예진은 마차에서 커다란 찬합을 꺼내 보였다.

"형님도 한 통 드릴까요?"

미식가인 하추는 냄새만 맡고도 만정거에서 매일 아침 백 통만 파는 장조림이라는 것을 알 수 있었다. 그는 빙그레 웃으며 고개를 저었다.

"나는 아직 일이 있어. 효자 도련님은 어서 가봐."

"잠깐만요, 잠깐만."

언예진이 쪼르르 달려와 돌아서서 떠나려는 하추를 붙잡더니 눈을 깜빡이며 물었다.

"추 형, 누굴 쫓는 거예요? 죄인이에요? 무슨 죄를 지었는데요?"

"너도 참."

하추는 손가락으로 그의 이마를 힘껏 때렸다.

"왜 이렇게 호기심이 많아? 어릴 때부터 뭐든 다 관심을 갖더니만! 빨리 가지 않으면 장조림이 식어버릴 거야. 아버지께 볼기나 맞지 않도록 해!"

"헤헤."

언예진은 입을 헤벌리고 웃었다.

"어릴 때도 안 때리셨는데 다 큰 지금 때리시겠어요? 어려서부터 절 때린 사람은 하동 누님뿐이라고요. 누님은 아직 안 돌아왔죠?"

"그래, 밖에서 뭘 찾고 있나 모르겠구나."

쌍둥이 동생 이야기가 나오자 하추는 마음이 약간 초조해졌다. 통솔자는 잡지 못했으나 처리할 일이 산더미 같아서 더는 지체할 수 없었다. 그래서 그는 언예진의 어깨를 두드려준 후 돌아서서 떠났다.

언예진은 그가 멀리 사라지고 나서야 재빨리 마부에게 서두르라고 분부한 후 다시 마차에 올라 두꺼운 가리개를 내렸다. 언예진이 탄 것은 사륜마차였다. 널따란 마차 안에는 매화 다발이 가득했고, 그 속에 누군가 웅크리고 있었다. 언예진이 들어오자 그는 꽃을 헤치고 반쯤 몸을 일으키며 두 손을 모았다.

"구해주셔서 감사합니다, 언 공자."

"뭘요, 별로 위험한 일도 아닌걸요. 혹시 추 형에게 들켜도 협박을 당해서 그랬다고 하면 그냥 놓아줬을 거예요."

언예진은 느긋하게 어깨를 으쓱했다.

"게다가 당신 주인은 우리 아버지께 큰 은혜를 베푸셨으니 조금 갚는 것뿐이에요."

도망자는 다소 놀란 듯 황급히 대꾸했다.

"언 공자, 무슨 오해를 하고 계신 것 같습니다만? 누구를 말씀하시는지……."

"려 총관님, 그만 모른 척하시죠."

우리의 국구 공자가 싱글싱글 웃으며 말했다.

"변장은 했지만 그 손목에 있는 푸른 문신은 보이거든요? 참, 상처는 어떠세요? 매화를 잔뜩 사둔 게 다행이었어요. 안 그랬으면 피 냄새 때문에 추 형을 속이지 못했을 거예요."

"괜찮습니다. 살짝 스친 것뿐입니다."

려강이 정신을 가다듬으며 대답했다.

"언 공자, 주변의 한적한 곳에 내려주십시오."

"알았어요."

언예진은 그를 가만히 보다가 지나가는 말투로 물었다.

"소 형은 병이 나지 않았어요? 무슨 힘으로 현경사와 충돌할 정도의 계획을 세우셨대요?"

려강이 고개를 숙였다. 한동안 묵묵히 있던 그가 겨우 입을 열었다.

"오늘 일은 종주와 무관합니다. 믿어주시겠습니까, 언 공자?"

언예진은 잠시 생각하다가 솔직하게 대답했다.

"아뇨."

"하지만 종주는 정말 모르십니다."

려강이 고개를 들었다. 눈이 형형하게 반짝였다.

"오늘 공자께서 베푸신 은혜는 훗날 반드시 갚겠습니다. 하지만 이 일은 종주와는 무관하니 부디 용서하십시오."

언예진은 한참 그를 똑바로 보다가 별안간 웃음을 터뜨렸다.

"뭘 그렇게 긴장해요? 내가 려 총관을 구해줬다고 종주 나리를 찾아가 빚을 갚으라고 할 것도 아닌데. 려 총관더러 보답하라고 소동을 피우지도 않을 거고요. 사실 강좌맹과 현경사의 문제가 강호의 일이든, 조정의 분쟁이든 나와는 아무 상관 없어요. 내가 너무 많이 묻는다 싶으면 대답하지 않아도 돼요. 걱정 말아요. 내가 호기심은 많아도 억지로 대답하라고는 하지 않을테니까요."

려강은 이 국구 공자가 겉보기에는 흔한 버릇없는 귀족 자제 같아도 사실은 시원시원한 성격임을 잘 알고 있었다. 그래서 군말 없이 두 손을 모아 감사를 표했다.

마차가 소철 저택과 비교적 가까운 한산한 골목에 들어서자, 언예진이 먼저 내려 주변을 잘 살핀 후 손을 들었다. 려강이 재빨리 마차에서 뛰어나와 골목으로 숨어들었다.

죄수를 빼앗으려던 움직임은 완전히 실패했다. 구하려던 사람을 구하기는커녕 도리어 사상자만 생겼다. 다행히 현경사의 병사에는 한계가 있어, 순방영의 허락 없이는 함부로 성을 수색할 수 없었고, 덕분에 현장에서 달아난 사람들은 요행히 살아날 수 있었다. 려강은 아직 최종 피해 상태를 집계하지 못했으나 저택으로 들어가 견평의 얼굴을 보는 순간, 상황이 나쁘다는 것을 알 수 있었다.

"비류는 돌아왔나?"

첫 번째 질문이었다.

"벌써 왔지."

견평은 동료를 부축해 방 안에 앉힌 다음, 하인을 불러 물과 약을 가져오게 했다.

"종주께는 말하지 않았지?"

"아직 주무셔. 하지만 비류의 표정이 별로였어. 한참 달래긴 했
는데 효과가 있을지 모르겠군."

려강은 눈을 질끈 감았다. 비류를 데려갈 수 있었던 것은 도전
할 만한 고수가 있다는 말로 달랜 덕분이었다. 소년은 무척 기뻐
하며 따라왔다. 그러나 하추가 고수이긴 하지만, 반쯤 싸우다 돌
아서야 했기 때문에 매장소에게 려강 아저씨가 거짓말을 했다고
불평할지도 몰랐다.

"지금 상황은 어때?"

견평도 옆에 앉으며 물었다. 려강에게 묻는 것 같기도 하고 자
기 자신에게 묻는 것 같기도 했다.

"오는 길에 세 번 습격했지만 구해내지 못했어. 이제 현경사 감
옥에 갇혔으니 훨씬 더 어려울 거야. 아무래도 종주께 사실대로
보고해야겠어."

"안 의원은 뭐래?"

"이틀만 더 버텨보래."

대답하던 견평은 갑자기 정원에서 소리가 들려오자 벌떡 일어
났다.

"위 부인이 온 것 같군."

그 말이 떨어지기 무섭게 방문이 활짝 열리고 가냘프고 아름다
운 그림자가 사뿐사뿐 들어왔다. 푸른색 긴 치마를 입고 수려한
외모를 한 그 사람은 바로 심양의 유명한 의원 가문의 종갓집 외
동딸이자, 랑야 미인방에 오른 운표료(雲飄蓼)였다. 그녀가 들어오

기 무섭게 말했다.

"려 대형이 돌아오셨다지요?"

하지만 몸 곳곳에 상처를 입은 려강을 보자 그녀의 고운 뺨이 하얗게 질렸다. 당장이라도 눈물이 흐를 것 같았지만 그녀는 억지로 참으며 부드럽게 물었다.

"려 대형, 다치셨군요? 괜찮으세요?"

누구보다 초조하고 불안할 운표료가 꾹 참고 자신의 상처부터 보살피자, 려강은 감동했다. 그가 재빨리 대답했다.

"괜찮습니다. 하지만 죄송하게도 위쟁(衛崢) 장군은…… 구하지 못했습니다."

려강의 모습을 보고 운표료도 이미 짐작하고 있었다. 하지만 그의 입으로 똑똑히 듣자 그녀는 가슴이 찢어지는 것 같았다. 그녀는 마음을 가다듬느라 한참 만에야 겨우 떨리는 목소리로 물었다.

"그를 보았나요? 괜찮던가요?"

"안심하십시오, 위 부인. 생명에는 지장이 없었습니다."

려강이 한숨을 쉬었다.

"다만 성으로 들어갔으니 즉시 현경사 감옥에 갇힐 겁니다. 적염군의 옛 장수이자 조정의 반역자라는 죄명을 쓰고 있으니, 황제의 허락이 떨어지면 심문조차 없이 어느 때고 사형을 당할 수 있습니다. 시간이 별로 없습니다."

운표료는 두 다리에 힘이 풀려 스르르 의자에 앉았다.

"힘으로 쳐들어가는 것 말고는 정말 다른 방법이 없나요? 재력이라면, 랑야 부호방 7위에 오른 서월(西越) 약왕곡(藥王谷)이 있어요. 위쟁은 8년 동안 소(素) 곡주의 양자로 지냈고 최근에는 그가 약왕곡을 관리하기까지 했어요. 의부께서는 분명 재력을 털어서라도 그를 구하려 하실 거예요. 거기다 우리 심양 운씨와 강좌맹도 있고…… 우리가 힘을 합쳐도 위쟁의 목숨 하나 살 수 없는 건가요?"

"위쟁 장군이 다른 사람 눈에 띄었다면 방법이 있었을지도 모릅니다. 하지만 현경사의 하강은…… 쉬운 상대가 아닙니다. 약왕곡과 운씨의 재력이 아무리 커도 지방의 부호일 뿐이지요. 나라와 맞먹는 재물이니 뭐니 하는 것은 그냥 말뿐입니다. 이 세상에 조정의 세력을 꺾고 혁혁한 황제의 위력을 꺾을 수 있는 것이 과연 있을까요? 한때 랑야 부호방 3위에 있던 여남 화씨 가문도 재력을 믿고 뽐내다가 예왕과 땅을 두고 다투다 모조리 살인 사건에 휘말려 몰락하지 않았습니까?"

이곳에 있는 사람 중에서 비교적 냉정한 견평이 낮은 소리로 분석했다.

"이제 위쟁 한 사람의 목숨만이 문제가 아닙니다. 현경사의 욕심이 얼마나 큰지 우리는 아직 모릅니다. 하강이 위쟁 장군을 잡았으니, 이 틈에 약왕곡과 운씨 가문이 반역자를 숨겨줬다고 고발하면, 큰 풍파가 일어날 겁니다. 더욱이 이번에 위쟁 장군을 경성까지 압송하면서 강좌 열네 개 주를 멀리 피하는 바람에 우리 행동에 제약이 많았지요. 아마 하강은 강좌맹도 적염군과 무슨 관계가 있다고 의심하는 것 같습니다."

"꼭 그렇지는 않아."

려강이 고개를 저었다.

"위쟁 장군은 한 번도 강좌맹과 직접적인 관련이 없었어. 하강이 위 장군을 잡아들인 것은 사실 정왕을 상대하기 위해서야. 종주가 정왕을 돕고 계신 것은 벌써 많은 사람이 알고 있어. 하강이 강좌맹을 적으로 생각하는 것도 당연하지. 위 장군과 종주가 직접적인 관련이 있다는 것까지 알아냈다는 뜻은 아니야."

견평은 가만히 생각해본 후 동의했다.

"그렇군. 우리 강좌맹이 10여 년 동안 본모습을 숨기고 있었는데, 그렇게 쉽게 발각될 리 없지. 이번 성문 습격도 실패를 대비해 금릉 주변 비밀 조직의 형제들을 불렀으니 다행이야. 그들은 아는 게 별로 없어서 붙잡혀도 일이 커지지는 않을 테니까. 다만 지금 상황은 우리 힘으로는 어쩔 도리가 없어. 종주께서 저렇게 병이 깊으신데 정말 말씀드려야 할까?"

려강은 발을 동동 굴렸다.

"이럴 때 린 공자께서 금릉에 며칠 와 계시면 이런 중대한 시점에 종주를 힘들게 하지 않아도 되잖아. 하필 남초에서 유유자적 즐기고 계시니, 멀리 있는 물로 가까운 불을 끌 수도 없고."

견평도 어쩔 수 없는 모양이었다.

"어쩔 수 없지. 린 공자는 우리 적염군도 아니고, 그저 재미있어서 강좌맹에 들어온 것뿐이니까. 재미있으면 뭐든 하지만, 재미없으면 아무도 감당 못해. 아마 린 공자의 속마음은 종주만 아실 거야."

려강은 뭐라고 말하려다 운표료가 말없이 눈물 흘리는 모습을 발견했다. 그녀의 초조한 마음을 헤아린 그가 허리를 숙이며 위로했다.

"위 부인, 슬퍼하지 마십시오. 아직 절망적인 상황은 아닙니다.

종주께서 분명 방법을 찾아내실 겁니다."

운표료는 고개를 저었다.

"제가 몰래 매 종주의 맥을 짚어봤는데 아직은 그분을 놀라게 해선 안 돼요. 비록 제가 모르는 게 많지만, 위쟁에게 매 종주가 얼마나 중요한 분인지는 잘 알아요. 그리고 저는 위 부인이기 전에 의원이에요. 환자의 병세가 심각한 상황에 걱정을 끼치고 마음 쓰게 하는 의원은 없어요."

그녀의 말에 려강과 견평도 마음이 어두워졌다. 임수가 열여섯 살에 그만의 '적우영(赤羽營)'을 갖게 된 후로, 위쟁은 줄곧 그의 세 부장 중 한 명이었다. 그리고 그 참혹한 현장에서 구사일생으로 살아남은 유일한 부장이기도 했다. 그가 사로잡혔다는 소식이 매 장소에게 얼마나 큰 충격일지, 그로써 벌어질 일이 얼마나 심각할지, 모두 똑똑히 알고 있었다. 그러나 이 일은 준비할 틈도 없이 갑작스레 일어났다. 현경사가 위쟁을 붙잡아 경성으로 압송하기까지 겨우 보름밖에 걸리지 않았다. 강좌맹이 약왕곡에서 소식을 듣고 서둘러 조직을 갖춰 두 번이나 습격했지만, 시간이 급박해 준비가 소홀했고 결국 실패했다. 오늘은 성에 들어가기 전 마지막 습격이었다. 비류까지 합세했지만, 결과적으로는 철저하게 준비한 적의 지략에 빈손으로 돌아와야 했다.

세 사람 다 방법이 없어 멍하니 있는데, 비류가 돌아왔을 때 견평이 내보냈던 정탐꾼이 총총히 들어와 성안의 상황을 보고했다. 운표료는 상의할 일이 생긴 것을 알고 알아서 후원으로 피해줬다. 려강과 견평은 그녀를 속일 생각도 없지만, 걱정시키고 싶지도 않았기 때문에 붙잡지 않았다. 그들은 정탐꾼을 데리고 방으로 들어가 자세히 캐물었다.

이 정탐꾼은 견평이 직접 훈련시켜 기민하고 쓸모가 있었다. 그가 가져온 소식도 제법 중요한 것들이었다. 그의 보고에 따르면, 이번 습격에 참여한 백여 명 중 현장에서 전사한 삼십여 명 외에 여덟 명이 붙잡히고 나머지는 성 밖 숲으로 달아나거나 성내 조력자들의 도움을 받아 숨었기 때문에 잠깐 동안은 붙잡힐 염려가 없다고 했다. 하추도 그런 하급 무사들에게는 관심이 없는지 굳이 뒤쫓지 않고 현장을 수습해 위쟁 등을 데리고 현경사로 갔다고 했다.

"형제들의 시신을 처리한 사람이 있나?"

려강이 찢어지는 가슴을 부여잡고 눈물을 참으며 물었다.

"예, 아무래도 성문 쪽이어서 경조윤 관아에서 곧 사람이 와서 처리했습니다. 쫓아가보니 모두 의장(義莊, 매장 전에 잠시 관을 두는 곳 – 옮긴이)으로 들어갔습니다. 편히 땅으로 돌아가게 할 테니 안심하십시오, 려 총관."

견평도 려강의 어깨를 두드리며 말했다.

"유가족 일은 내가 처리할 테니 신경 쓸 것 없어. 힘 좀 내. 지금 십삼 선생은 숨었고 묘음방도 문을 닫았어. 성안 비밀 조직과 소식 창구들은 우리 두 사람이 다시 정리해야 해. 위 장군의 일이 아니라도 할 일이 많다고."

려강은 깊이 숨을 들이쉰 후 탄식했다.

"묘음방 일이라면, 난 아직도 동로가 배신했다는 것을 믿을 수가 없어."

견평의 안색이 싸늘해졌다.

"정말 배신했는지 아니면 협박이나 속임수에 당한 건지는 아직 단정할 수 없어. 어쨌든 십삼 선생이 빨리 움직여서 다행이야. 동로가 실종되었다는 것을 알자마자 수하들을 각자 흩어져 숨게 한 덕분에 묘음방에 들이닥친 관부는 허탕을 쳤으니까. 한동안 형제들이 움직일 수 없게 되긴 했지만……."

려강은 고개를 끄덕이며 방 안을 맴돌았다. 그가 가장 걱정하는 일은 동로가 실종된 것이 아니었다. 소식을 전해주던 그 젊은이는 강좌맹의 가장 핵심적이고 가장 치명적인 비밀은 알지 못했다. 배신하더라도 십삼 선생의 소재와 한때 매장소에게 전달했던 정보뿐일 것이다. 십삼 선생은 순조롭게 빠져나갔고, 지난 정보들은 이미 시기가 지났다. 매장소가 남몰래 정왕을 도왔다는 비밀도 이제는 더 이상 비밀이 아니었다. 그러니 동로가 가져올 손해는 아무래도 제한적이었다. 가장 까다로운 문제는 역시, 신분이 드러나 현경사의 손에 떨어진 위쟁을 구하는 것이었다.

"려 형."

그의 마음을 읽었는지 견평이 다소 어두워진 눈빛으로 이를 악물며 말했다.

"종주께선 휴식에 동의하고 모든 것을 우리 재량껏 처리하라고 하셨지만, 이렇게 심각한 상황에 계속 버티고만 있어도 될까? 아니면 종주께 보고해야 할까?"

려강은 두 눈썹을 잔뜩 찌푸리고 한동안 생각에 잠겼다. 이윽고 그가 고개를 들고 입을 여는 순간, 밖에서 문이 벌컥 열리고 비류의 잘생긴 얼굴이 나타났다. 그가 턱을 쳐들고 분명한 목소리로 말했다.

"오래!"

곁채에서 매장소가 있는 안채까지 가는 동안, 려강은 비류에게서 종주가 왜 부르는지 캐내려고 몇 차례나 시도했다. 하지만 비류는 그에게 화가 났는지, 무시하거나 짤막하고 선문답 같은 대답만 해서 더욱 오리무중에 빠지게 했다.

안채에 도착해 문을 열어보니, 매장소는 혼자 있는 것이 아니었다. 게다가 침대에 누워 있지도 않았다. 그는 연붉은 가리개를 친 남쪽 창 아래의 긴 의자에 기대앉아 있었다. 이불을 둘둘 말아 두 손만 밖에 내놓았는데, 그 손도 소매를 바짝 걷어붙인 채였다. 안 의원이 허리를 숙이고 정신을 집중해 침을 놓는 중이었다.

"고맙습니다."

팔에 꽂힌 마지막 침을 빼낸 후 매장소는 소매를 내리며 감사 인사를 했다. 그는 낮에는 늘 기색이 좋아서 위험한 상태의 병자 같지 않았다. 하지만 저녁만 되면 심장은 뜨거워지고 팔다리가 차갑게 식었으며, 기운이 끊겨 피를 토하고 혼절하곤 했다. 하지만 안 의원이 정성껏 돌본 덕분에 가장 위험한 고비는 억지로나마 견뎌냈다.

"종주, 부르셨습니까?"

려강은 안 의원이 약상자를 닫기를 기다렸다가 한 걸음 나서며 물었다.

"음."

매장소는 옆에 있는 의자를 가리켰다.

"앉게."

려강과 견평은 가슴이 조마조마했다. 그들은 서로를 흘끗 보고는 차마 아무 말도 하지 못하고 의자에 앉았다.

"사실대로 말하게."

매장소의 시선은 차분하게 앞만 바라보고 있었고, 목소리는 다소 맥이 없었다.

"위쟁에게 무슨 일이 생겼나?"

단박에 정곡을 찔리자 두 사람은 저도 모르게 펄쩍 뛰었다.

"비류 말로는 위 누님이라는 사람이 집에 와 있다지."

매장소는 진정하라는 듯 손을 들었다.

"아무리 생각해봐도 자네들이 출입을 허락할 만한 위씨 성을 가진 여자는 떠오르지 않았네. 유일하게 생각난 사람이 바로 위쟁의 부인이지."

"위 부인이 오신 것이 맞습니다."

견평이 낮은 소리로 대답했다.

"종주께서 휴양 중이시라 보고를……."

"운표료가 위쟁 없이 혼자 경성으로 왔고, 이 저택에 머물고 있다면 나를 만나지 않을 리가 없는데……."

매장소의 시선이 부드럽게 견평의 얼굴로 떨어졌다.

"그래도 찾아오지 않은 것은 그녀가 여기 있다는 사실을 내게 알리기 싫었기 때문이겠지, 아닌가?"

려강과 견평이 일제히 고개를 숙였다.

"걱정 말게."

매장소가 가볍지만 차분한 어투로 말했다.

"내 몸 상태가 좋지 않아 흥분하면 안 된다는 건 아네. 하지만 이렇게 추측만 하고 있다고 좋을 게 있겠나? 위쟁이 대체 어떻게 되었는지 사실대로 알려주게. 충격으로 쓰러지진 않을 테니까."

여기까지 말하고서도 그는 약간 숨이 가빠져 몇 번 기침을 했다. 눈을 감고 한동안 마음을 가라앉힌 그는 다시 눈을 뜨고 아직도 망설이는 부하들을 바라보았다. 그리고 천천히 물었다.

"비류에게 들으니 위 누님이 소복을 입은 것 같지는 않더군. 최소한 위쟁은 아직 살아 있겠지. 혹시…… 붙잡혔나?"

무릎에 놓인 려강의 손에 힘이 꽉 들어갔다가 다시 풀렸다. 그렇게 몇 번을 반복한 후에야 마침내 그가 대답했다.

"예, 보름 전에 체포됐습니다."

매장소의 입술이 가볍게 떨렸다. 그는 시선을 저 앞 책상에 놓은 채 한참 동안 말이 없었다.

"종주……."

"괜찮네. 처음부터 상세히 말해보게."

"예."

어차피 말하기로 한 이상, 려강은 매장소가 하나하나 캐묻느라 정력을 낭비하는 것을 원치 않았다. 그래서 현경사 하추가 매복을 해서 위쟁을 잡은 일부터 강좌맹이 소식을 듣고 도중에 몇 번 습격한 일, 운표료가 경성에 온 일, 계획을 세워 성문에서 마지막으로 공격했지만 실패한 일 등을 원인과 결과까지 일일이 설명했다. 그리고 마지막으로 위로하듯 덧붙였다.

"위 장군은 크게 다친 것 같지는 않았습니다. 안심하십시오."

본래도 백짓장처럼 하얗던 매장소의 얼굴은 그 이야기를 듣고서도 크게 바뀌지 않았다. 다만 호흡이 가빠지고 몇 번 쿨럭거릴 뿐이었다. 안 의원이 다가와 가슴을 문질러줬지만, 매장소는 천천히 그를 밀어냈다.

"그리고?"

"종주······."

"경성에서 다른 일은 없었나?"

려강과 견평은 다시 한 번 서로를 쳐다보았다. 견평이 몸을 약간 앞으로 기울이며 가능한 한 차분한 목소리로 말했다.

"큰일은 없었습니다만, 지난번 종주께 동로가 조금 이상하다고 말씀드렸는데 정말 그럴 줄은······ 예왕 쪽에서 묘음방이 종주의 명을 받는 비밀 조직이라는 것을 알아낸 모양입니다. 관병이 조사를 나왔지만 다행히 십삼 선생께서 미리 아시고 모두 철수해 안전한 곳에 있습니다. 큰 손해는 입지 않았습니다."

"매 종주, 약을 들게."

안 의원이 그 틈을 타 끼어들었다. 그는 붉은색이 나는 알약을 매장소에게 먹이고, 뜨거운 생강차를 섞은 약물을 다 마실 때까지 지켜보았다. 그 덕분에 매장소가 다시 눈앞에 닥친 위기에 대해 생각할 때쯤 그의 감정은 많이 가라앉아 있었다.

"섭탁 쪽은 어떤가?"

약을 다 마신 그가 처음으로 물은 말이었다.

려강은 어리둥절해하며 대답했다.

"잠시 소식이 없었습니다."

"즉시 암호로 된 편지를 보내, 무슨 이야기를 듣더라도 운남군부에 남아 밖으로 나오지 말라고 하게."

"예!"

매장소는 잠시 입을 다물었다가 다소 감상어린 표정으로 말했다.

"지난날 적염군에는 영재가 즐비하고 훌륭한 장수도 구름처럼 많았지만, 겨우 살아남은 자들 중 이름이 알려져 사람들이 알아볼 만한 자는 위쟁과 섭탁뿐일세. 그래도 만일에 대비해 랑주의 옛 부하들에게도 계급에 상관없이 함부로 움직이지 말고 잠시 칩거하라고 하게."

"예!"

"자네 둘도……."

매장소의 눈이 옆에 있는 려강과 견평을 바라보았다. 그가 뭐라고 말하려는데, 갑자기 두 사람이 일제히 무릎을 꿇었다. 견평이 목멘 소리로 말했다.

"저희 두 사람은 고아이고 어려서부터 적염군에서 자랐습니다. 당시 저희는 겨우 십부장에 불과했고, 10여 년이 지난 지금 외모도 많이 변해 아무도 알아보지 못할 겁니다. 종주, 제발 이런 때 저희를 내치지 마십시오!"

매장소도 두 사람이 돌아갈 가족도 고향도 없다는 것을 잘 알았다. 당시 무명소졸이어서 발각될 가능성이 무척 낮았기 때문에 그들을 경성까지 데려왔고, 지금까지 아무 문제도 없었다. 또한 이런 시기에는 그들의 도움이 필요했다. 그래서 한숨을 쉬며 어쩔 수 없다는 듯이 다시 한 번 당부했다.

"자네 둘도 조심해야 하네."

"예."

안도한 려강과 견평이 큰 소리로 대답했다.

그때 닫혀 있던 방문에서 쾅쾅 하고 두 번 소리가 나더니, 려강과 견평을 안내한 뒤로 어디론가 사라졌던 비류의 활기 넘치는 소리가 들려왔다.

"왔어!"

"아니, 비류가 언제부터 문 두드리는 법을 배웠지?"

견평이 어리둥절해하며 다가가 문을 열었다. 서 있는 사람은 어린아이 같은 소년이 아니라 운표료였다.

"위 부인, 들어오시지요."

매장소가 부드럽게 말했다.

"려강, 의자 좀 가져오게."

운표료는 느릿느릿 안으로 들어와 매장소에게 인사한 후 자리에 앉았다.

"매 종주, 비류를 시켜 저를 부르셨다는데 무슨 일이신가요?"

이 굳세고 아름다운 여자를 바라보는 매장소는 마치 예황을 볼 때처럼 가엾은 마음이 들었다.

"위쟁에게 사고가 생기다니 정말 힘드셨겠군요."

운표료는 눈물을 글썽이면서도 억지로 참고 고개를 저었다.

"위쟁은 수년간 약왕곡에서 무사하게 숨어 지냈어요. 우리 운씨 가문의 변절자 때문에 이렇게 된 거예요."

"운씨 가문은 워낙 사람이 많으니 변절자가 생기는 것을 막기 어렵지요. 오랫동안 외로이 그를 기다려온 부인의 정에 비하면, 위쟁이 위험을 무릅쓰고 부인을 찾아간 것은 아무것도 아닙니다."

"하지만 이제……."

"아직 살아 있으니 방법이 있습니다."

매장소는 허약해 보이지만 말에는 힘이 있었고 눈빛도 더없이 결연했다.

"위 부인, 나를 믿으십니까?"

운표료가 벌떡 일어나 대답하려는데 매장소가 빙그레 웃으며 말을 끊었다.

"위 부인께서 나를 믿는다면 곧바로 심양으로 돌아가십시오."

려강이 끼어들었다.

"종주, 심양 운씨는 감시당하고 있습니다. 경성에서 명이 떨어지면 바로 움직일 텐데, 위 부인이 그리로 가시면 현경사의 매복에 빠지지 않겠습니까?"

"그렇지. 위 부인이 심양으로 돌아가면 필시 붙잡히겠지."

매장소의 표정은 차가웠고 눈빛은 어두웠다.

"하지만 잡힌다고 해서 죄가 있는 것은 아닐세. 반면에 도망치면 스스로 죄를 인정하는 셈이지."

그가 운표료에게 말했다.

"죄를 뒤집어쓰고 달아나는 기분이 어떤지 나는 잘 압니다. 최악의 경우가 아니면 그 길만은 피해야지요. 게다가 부인이 달아난다 하더라도 아버지는 어쩝니까? 그 많은 운씨 가족은요? 반역자를 숨겨준 죄는 연좌제가 가능합니다. 부인이 달아나면 그 어마어마한 죄가 사실이 되는 겁니다. 현경사가 부인의 아버지를 인질로 잡으면 자수를 할 수밖에 없지 않겠습니까?"

운표료의 고운 얼굴이 하얗게 질렸다.

"매 종주의 말씀은…… 일단 잡힌 후 억울함을 호소하라는 말씀이신가요?"

"그렇습니다. 위쟁은 13년 전의 반역자이고 두 사람이 혼례를 올린 것은 겨우 1년 전이지요. 운씨가 일부러 그를 보호했다는 것은 말이 되지 않음을 천하가 다 알 겁니다. 부인은 그가 약왕곡의 주인인 줄만 알았고, 반역자인 것은 몰랐다고 하소연하십시오. 운씨 밀고자의 고발 외에는, 현경사에서도 두 사람이 예전부터 알고 지냈다는 증거가 없지요. 큰 집안에 내분이 일어나는 것은 흔한 일이니, 부인이 종갓집 외동딸이라 그들이 재산을 탐해 어디선가 위쟁의 진짜 신분을 알아내어 무고를 했다고 하면 말이 통할 겁니다. 심양 운씨는 보통 가문도 아니고, 조정 귀족 중에서도 영존과 부인의 은혜를 입은 사람이 적지 않습니다. 부인이 나보다 잘 알겠지만, 한 사람이라도 나서서 구원을 청하면 그 틈에 억울함을 호소할 수 있지요. 운씨는 오랫동안의 선행으로 백성들 사이에 인망과 평판이 높습니다. 황제 폐하도 운씨 가문에 호감을 가지고 있으니 현경사에서 부인의 주장을 반박할 정확한 증거를 들이밀지 않는 한, 그리 쉽게 반역자를 숨겨줬다는 죄명을 씌우진 못할 겁니다. 다만 운씨 가문은 벗어날 수 있어도 부인은……."

운표료는 무슨 말인지 알고 고개를 끄덕였다. 운씨는 의술을 베풀어온 명문가로 명성이 높았다. 죄목이 확정되지 않으면 연루시키기 어려웠다. 하지만 그녀 자신은 어쨌거나 위쟁의 아내였다. 처음에는 그가 반역자라는 사실을 몰랐다고 해도 지금은 반역자의 아내라고 할 수 있었다.

"지금 위쟁은 부인마저 연루될까 가장 걱정하고 있을 겁니다. 그를 위해서라도 결코 약해지지 마십시오. 이를 악물고 몰랐다고 우겨야 합니다. 그러면 연루되더라도 가벼운 판결을 받을 수 있으니까요. 목숨을 부지해 현경사의 감옥에서 벗어나기만 하면, 여기저기서 도움의 손길이 있을 테니 크게 고초를 겪진 않을 겁니다."

"걱정 마세요, 매 종주."

운표료는 빙그레 웃었다.

"저는 곱게만 자란 규방 아가씨가 아니에요. 고초는 두렵지 않아요. 다시 위쟁을 만날 수만 있다면 어떤 괴로움도 견디겠어요. 하지만…… 운씨가 요행히 이 위기를 넘긴다 해도 약왕곡은……."

"약왕곡은 걱정하지 않습니다."

매장소가 웃으며 말했다.

"소 곡주는 평범한 분이 아닙니다. 자기 몸 하나 보호할 힘은 있을 겁니다. 서월은 장독이 강한 곳이고 숭산은 험준하지요. 소 곡주는 조정에 나가 억울함을 호소할 수도 있고 숲속에 숨을 수도 있습니다. 선택은 그분이 하시겠지요. 아마도 현경사에는 약왕곡을 소탕할 힘이 없을 겁니다. 그래봤자 약재를 운송하는 통로를 막아 약왕곡을 통째로 봉쇄하려는 정도겠지요."

"봉쇄라고요?"

운표료는 여전히 걱정스러웠다.

"그럼……."

"괜찮습니다. 약왕곡이 어떤 곳입니까? 3~4년 봉쇄를 당해도 아무 문제 없을 겁니다. 더구나 서월이라는 지역을 현경사가 잘 알겠습니까, 약왕곡이 잘 알겠습니까? 길 몇 개는 막겠지만 완전히 봉쇄하는 것은 말처럼 쉽지 않습니다."

운표료가 길게 안도의 숨을 내쉬었다.

"다행이군요. 의부께서 큰 해를 입지 않으신다면 위쟁도 심하게 자책하지는 않을 거예요."

"려강, 오늘 저녁 통행금지 전에 위 부인이 성을 나갈 수 있도록 호송하게."

"예!"

"위 부인, 가는 동안 조심하십시오. 다른 곳에서 붙잡히면 현경사는 부인이 도망치려다 잡혔다고 할 겁니다. 반드시 집에 돌아가셔야 그런 말이 나오지 않습니다."

"하긴, 몰래 도망치는 사람이 집에 되돌아갈 리는 없겠지요."

려강이 웃으며 말했다.

"가는 길에 적절히 준비를 해놓을 테니 안심하십시오, 위 부인."

"그 외에도 주의할 것이 있습니다. 위쟁은 약재를 운반하는 도중 잡혀 경성으로 압송되었습니다. 공개적으로 그의 죄를 선포하지 않았으니, 집으로 돌아가 체포되면 왜 잡혔는지도 모르는 척하셔야 합니다. 누군가 와서 위쟁이 반역자라는 것을 알려주기 전에는, 그가 소현(素玄)이라는 것 말고는 아무것도 모르는 척하십시오. 아시겠지요?"

"가르쳐주셔서 감사합니다, 매 종주."

운표료가 일어나 인사를 했다. 그녀는 몸조심하라는 말을 남기고 려강 등을 따라 밖으로 나갔다.

그들이 나가자 비류가 쪼르르 달려왔다. 손에 활짝 핀 홍매 한 다발이 들려 있었다. 그는 가장 큰 꽃병에서 이틀 전 꽂았던 매화를 빼내고 새로 꺾은 매화를 꽂았다.

매장소는 선명한 빛깔의 꽃을 한참 동안 바라보다가 문득 생각난 듯 물었다.

"비류, 우리 집 정원에는 홍매가 없잖니? 어디서 가져왔지?"

"다른 집!"

비류가 당당하게 대답했다.

울적하고 답답하고 괴롭던 매장소는 그 말에 웃어야 할지 울어야 할지 몰랐다. 몇 번 기침을 하던 그가 손짓으로 비류를 불렀다.

"비류야, 형 대신 밀실에 가서 문을 두드려주렴. 잠시 기다렸다가 누가 오면 형을 그쪽으로 데려가주려무나, 알겠지?"

비류가 고개를 갸웃했다.

"물소?"

"정왕 전하!"

매장소가 얼굴을 굳혔다.

"몇 번이나 말했는데 왜 안 듣니?"

"편해!"

비류가 변명했다.

"됐다. 편하든 아니든 앞으론 그렇게 부르면 안 된다. 어서 가."

소년은 경쾌하게 몸을 홱 돌렸다. 다음 순간, 그의 모습이 가리개 뒤로 사라졌다.

찬바람 가득

—
45
—

그러나 비류는 그날 밀실에서 정왕을 만날 수 없었다. 소경염이 왕부에 없었기 때문이다. 성 방위 부대는 서문에서 벌어진 혈투를 사전에 알지는 못했지만, 일이 끝난 후에도 감감무소식일 정도는 아니었다. 정왕은 곧 현경사가 중죄인을 압송하다가 성문에서 습격을 당했다는 보고를 들었다. 현경사는 황제 직속 기구이고 자체 조직이 있었으므로, 관련 부서에 알리지 않고 독자적으로 움직이는 일이 잦았다. 정왕도 처음에는 별 관심 없이 순방영 통령 구양격에게 지켜보라고만 분부했다. 현경사가 달아나는 습격자들을 잡아들이려 한다면, 특별한 지시가 없는 한 반드시 순방영의 협조를 구해야 하기 때문이었다. 이는 함부로 백성들을 혼란에 빠뜨리지 않기 위함이었다.

그 후 정왕은 성문을 나가 병세가 위독한 숙부 율왕의 병문안을 갔다. 냉대를 받던 군왕 시절과는 달리, 지금 소경염의 입장은 결코 예전 같지 않았다. 율왕부에 병문안을 온 다른 종친들과 대신들은 그를 보자 너나없이 인사를 해왔다. 한바탕 인사를 주고받으며 접대를 하고 나자 벌써 오후가 되었다. 그때 구양격의 보고가 날아들었다. 현경사에서는 아무 연락이 없었고, 제멋대로 성을 수색하지도 않은 것을 보아 달아난 습격자들에게는 관심이 없는 것 같다는 내용이었다. 대신 대부분의 병력을 압송해온 죄수를 지키는 데 쏟아부었다고 했다.

그제야 정왕은 슬며시 의심이 들었다. 곰곰이 생각해봤으나 그 중죄인이 요즘 벌어진 일들과 무슨 관계가 있는지 알아낼 수가 없었다. 하지만 평소 현경사와 관계가 좋지 않아 낯부끄럽게 직접 물어볼 수도 없고, 일이 바빠서 더 생각할 시간도 없었다.

올해 연말 제례에는 태자가 없어 여러 가지 변화가 있었다. 황제는 정왕에게 예왕과 나란히 제례에 참석하도록 명했는데, 예왕과 달리 그는 오랫동안 높은 자리에 올라가보지 못했기 때문에 의례에 익숙지 않은 부분이 많았다. 그래서 신임 예부상서 류기(柳曁)에게 내서정에서 예법을 가르쳐달라고 청했다. 그러다보니 한창 바쁠 때라 비록 의심이 들어도 깊이 조사할 겨를이 없었다. 그는 구양격에게 계속 탐문하라고만 한 후 내서정으로 향했다.

두 시간 가까이 예법을 익히고 났더니, 정왕은 멀쩡해도 예순이 다 된 류 상서는 숨을 헐떡였다. 그는 중서령 류징의 사촌동생으로, 명문 세가 출신이며 조정에서 명망이 높았다. 모든 황자를 차별 없이 대했고, 정왕 역시 그를 구슬려 끌어들이려 한 적이 없었다. 다만 쇠약한 노인의 몸을 생각하여 역대 왕조의 법령에 관해 듣고 싶다며 그를 자리에 앉혀 쉬게 했는데, 뜻밖에도 이야기를 해보니 서로 마음이 잘 맞았다.

사실 이 부분에서는 정왕이 유리했다. 평소 대신들이 알고 있는 그는, 고집스럽고 차가운 모습에, 군무에는 능숙하지만 정치는 잘 모르는 무인이었다. 그러나 사실 정왕은 어려서부터 궁에서 어머니와 신비의 가르침을 받았고, 자란 후에는 큰형인 기왕(祁王)에게 직접 배워 기본을 착실하게 쌓았다. 다만 자유롭고 영기가 넘치는 적염군 소원수 임수에 가려져 주목을 끌지 못했을 뿐이었다. 기왕의 역모 사건 이후 10여 년 동안, 소경염은 조정을 혐오하게 되었고 이 때문에 부황도 그를 변방으로 내쫓고 등한시했다. 하지만 어찌되었건 그 역시 유명한 학자의 가르침을 받았고 뛰어난 대신들을 스승으로 삼아 임수와 같이 공부했으므로, 배움이 약하지 않았다. 단순한 무장으로만 그를 평가하면, 친해진 후에 깜짝 놀라기 일쑤였다.

저녁 나절이 될 때까지 류 상서와 이야기를 나눈 다음에야 정왕은 내서정에서 나왔다. 궁성 밖에서 우연히 몽지를 만나, 그에게 현경사가 잡아온 사람이 누군지 물어봤지만, 몽지는 그런 사실조차 몰랐다. 두 사람은 몇 마디 나누다가 헤어졌다. 그 후 정왕은 왕부로 돌아갔다. 안타깝게도 그가 침실에 들어가기 바로 직전에, 세 번째로 비밀 통로의 문을 두드려도 여전히 대답을 듣지 못한 비류가 돌아갔다. 간발의 차이였다. 밤이 되어 다시 병세가 악화된 매장소는 결국 네 번째로 비류를 보낼 여유가 없었고, 그날 밤두 사람은 만나지 못했다.

다음 날 아침, 정왕은 일찍부터 문안인사를 하러 입궁했다. 연말이라 조정은 이틀 전부터 휴가에 들어갔고, 황자들은 문안을 드리기 위해 직접 후궁의 무영전으로 들어가야 했다. 정왕이 도착했을 때, 우연인지 필연인지 전각 문 앞에서 무척이나 오랜만에 예왕과 마주쳤다.

"경염, 왔구나."

예왕이 얼굴 가득 미소를 띠고 다가와 정왕의 손을 잡으며 우애 깊은 형제의 모습을 연출했다.

"얼굴이 좋은 것을 보니 어젯밤 푹 잔 모양이지?"

정왕은 평소에도 그와 가식적으로 친한 척하는 것이 싫었고, 매 장소 역시 겉으로 예왕과 하하 호호 하는 것이 아무 의미 없다고 생각했다. 그 부분에서 의견 일치를 보았으므로, 정왕은 예왕에게 무례할 정도는 아니지만 차가운 태도를 견지했다. 지금도 그는 살짝 허리를 숙여 인사만 하고, 예왕이 잡은 손을 천천히 빼냈다.

"자자, 같이 들어가자꾸나. 부황께서 오늘 기분이 좋으시다는 구나."

그의 미적지근한 태도에 익숙해진 예왕은 개의치 않고 손을 내밀었다. 두 사람은 어깨를 나란히 하고 무영전으로 들어갔다.

그때 전각 안에는 세 사람이 있었다. 황제와 현경사 수좌인 하강, 그리고 금군통령 몽지였다. 방금 무슨 이야기를 나눴는지, 한 사람은 어좌에서 이마를 찌푸린 채 생각에 잠겨 있었고, 한 사람은 수염을 쓰다듬으며 웃는 듯 아닌 듯한 애매한 표정을 짓고 있었다. 또 다른 한 사람은 아무 표정이 없었지만, 얼굴 근육이 팽팽하게 긴장된 것을 알 수 있었다. 두 친왕이 들어서자, 하강은 예왕을 향해 살짝 고개를 끄덕였고, 몽지는 정왕에게 눈을 찌푸려 보였다.

"소자, 부황께 인사드립니다."

형제 두 명이 나란히 절을 올렸다.

"오냐, 앉거라."

황제는 이마를 만지작거리며 천천히 고개를 들고 앞에 선 두 아들을 바라보았다. 이제는 복장이 똑같았기 때문에 더욱더 형제처럼 보였다. 한 사람은 좀 더 튼튼하고 과묵한 데 비해, 다른 한 사람은 좀 더 영리해 보이는 것 말고는 몸집이나 외모도 비슷했다. 이 대량의 황제는 10여 년 동안 예왕을 편애해왔다. 최근 그의 크나큰 야심이 불만스러워 일부러 총애를 줄이고 있었지만 여전히 그동안의 정이 남아 있었다. 그리고 정왕은 새롭게 황제의 눈길을 받을 기회를 얻은 후부터 하는 일마다 족족 마음에 들었고, 호감도가 크게 상승했다. 그래서 두 사람을 동시에 바라보자 황제 스스로도 둘 중 누가 더 좋은지 판가름할 수 없었다. 문득 희미하게 기왕의 모습이 떠올랐다. 너무나 뛰어나 황제 자신조차 다스릴 수 없었던 황장자. 그를 생각하자 갑자기 가슴이 미어지는 것 같았다. 나이가 들었기 때문일까, 아니면 일부러 덮으려 한 기억을 하강이 다시 끄집어냈기 때문일까. 알 수 없는 일이었다.

"부황, 왜 그러십니까?"

예왕이 관심어린 목소리로 다가가며 물었다.

"방금 무슨 골치 아픈 얘기라도 나누셨습니까? 소자가 부황의 근심을 덜어드릴 수는 없을까요?"

황제가 손을 내저었다.

"연말인데 무슨 골치 아픈 일이 있겠느냐."

"맞습니다."

황제가 계속 이야기할 생각이 없는 것을 보자 하강이 직접 화제를 꺼냈다.

"이 좋은 연말에 골치 아픈 일이 어디 있겠습니까? 옛 사건의 반역자를 붙잡은 것은 골치 아프다기보다 행운이지요."

"반역자?"

예왕이 깜짝 놀란 표정을 지었다.

"최근 무슨 역모 사건이라도 있었소? 본 왕은 어찌 몰랐소?"

하강이 하하 소리를 내어 웃었다.

"당연히 전하께서도 아시는 일입니다. 다만 최근의 일이 아니라 13년 전의 일이지요."

"응? 그러니까 하 수좌는 지금……."

예왕이 그 말을 받으며 정왕을 곁눈질했다. 과연 정왕은 그 말을 듣고 고개를 들어 이글이글 타오르는 눈으로 하강을 노려보았다.

"13년 전에 역모 사건이 어디 여럿이라도 된답니까? 당연히 적염군 사건이지요."

하강이 태연하게 말을 이었다.

"적염군이 나라를 배신하고 적국과 내통한 죄는 이미 밝혀졌습니다. 허나 그때 매령에서 그들을 포위했을 때 폭설이 내리고 폭풍이 몰아쳐 상황이 쉽지 않았지요. 폐하께서 잡아들이라고 명하신 주범 열일곱 명 중에서 네 명은 포로로 잡고 열한 구의 시체를 찾았지만, 남은 두 명은 달아났는지 백골이 되어 사라졌는지 모릅니다. 해서 현경사는 오랫동안 마음 놓지 못하고 그들을 찾아다녔지요. 폐하의 성덕과 하늘의 심판 덕분에, 13년이 지난 지금에야 그중 한 명을 붙잡았습니다."

"누구요?"

하강은 곁눈질로 정왕을 훑어보며 차갑게 대꾸했다.

"적우영 부장, 위쟁입니다."

무릎에 놓였던 정왕의 두 손이 저도 모르게 불끈 쥐어졌다. 가슴속에서는 뜨거운 것이 부글부글 끓어올랐다. 그러나 10년 넘게 탄압을 당하고, 최근에는 여러 가지 경험까지 쌓은 그는 더 이상 예전의 무모한 청년이 아니었다. 그래서 이를 악물고 눈을 내리떠 눈동자에서 일렁이는 불꽃을 감췄다.

"오, 그것 참 좋은 일이오!"

예왕이 일부러 목소리를 높였다. 귀에 거슬릴 정도로 날카로운 목소리였다.

"축하드립니다, 부황. 10여 년 전에 달아난 반역자를 잡다니, 나라의 홍복이 분명합니다. 그 위쟁이라는 자는 공개적으로 처형하여 불측한 마음을 품은 자들에게 본보기를 보여야 합니다!"

하강은 일부러 생각하는 척하더니 결국 천천히 찬성했다.

"예왕 전하께서는 역시 영민하시군요. 확실히 일리가 있습니다. 평소 딴마음을 품고 함부로 법을 어기는 역적들은 교화해도 소용이 없지요. 반드시 엄히 처벌하여 누구나 두려운 마음을 갖게 해야 합니다. 10여 년 동안 숨어 살았다는 것은 후회하는 마음이 전혀 없다는 뜻입니다. 신의 생각에는 요참형에 처하는 것이 적절할 것 같습니다."

정왕의 뺨 근육이 실룩였다. 그가 번쩍 고개를 들어 말을 하려는데, 몽지가 그보다 앞서 무릎을 꿇으며 말했다.

"폐하, 연말이 다가오고 있고 아직 국상 기간이니, 사람들 앞에서 그렇게 잔혹하게 처형하는 것은 맞지 않습니다!"

"몽 통령, 그 무슨 말씀이오?"

하강이 담담하게 말했다.

"역모는 용서할 수 없는 죄인데 국상과 무슨 관계가 있소? 반역자는 엄히 다스리고, 충신은 인의로 다스려야 하오. 순응하면 나라가 흥하고 거역하면 나라가 망한다는 것은 누구나 아는 이치요. 그렇지 않습니까, 정왕 전하?"

그는 반드시 입을 열게 할 작정으로 정왕에게 말을 돌렸다. 정왕이 입을 여는 순간, 자신을 속이는 말이거나, 그렇지 않으면 황제를 거스르는 말이 나올 터였다. 초조해진 몽지는 어떻게든 그가 말하는 것을 막고 싶었지만, 도리어 상태를 악화시킬까 두려웠다. 그가 이러지도 저러지도 못하고 있을 때, 정왕이 머리를 조아린 다음, 한 자 한 자 분명하면서도 차분하게 말했다.

"소자는 생각이 다릅니다."

소경염의 목소리는 크지 않았지만, 어투에는 강렬한 힘이 있었다. 반쯤 내리뜬 황제의 눈꺼풀이 부르르 떨리더니 천천히 올라갔다. 다소 흐려졌지만 여전히 날카롭게 번뜩이는 눈빛이 정왕의 얼굴을 쏘아갔다.

"너는…… 생각이 다르다고?"

길게 끄는 그 말투에서는 기쁨도 노여움도 느껴지지 않았지만, 호의가 없다는 것은 확실했다. 그의 왼쪽에 앉아 있던 예왕은 곧 공손하게 자세를 가다듬으면서 입술 끝을 살짝 올렸다. 하지만 그 득의한 표정도 곧 의식적으로 지워졌다.

정왕은 예왕은 쳐다보지도 않고 다시 한 번 고개를 숙이며 대답했다.

"소자는 지난 사건이 어떻게 결론 났든 결국 황실의 아픔이자 조정의 손실이라 생각합니다. 이는 재난이지 복이 아닙니다. 그런데 어찌 한 점 답답함도 없이 희희낙락하며 떠들 수 있겠습니까?"

그는 말을 이었다.

"하 수좌는 항상 철저하고 근엄하기로 유명하니 실로 탄복해 마지않소. 허나 부황의 치세가 난세도 아닌데 '엄히 처벌하여 두려운 마음을 갖게 해야 한다'는 말을 어찌 그리 쉽게 할 수 있소? 그리고 무엇이 나라가 흥하는 길이고 무엇이 나라가 망하는 길인지는, 멀리는 역대 성현의 저술에 나와 있고 가까이는 부황의 영명하심에서 볼 수 있소. 그런데 내게 물으니, 내가 어찌 대답할 수 있겠소?"

말솜씨가 없는 것으로 유명한 정왕이 이렇게 물 흐르듯이 대답하자, 그의 적들은 놀라지 않을 수 없었다. 예왕이 허리를 꼿꼿이 펴고 반박하려는데, 하강이 먼저 웃음을 터뜨리며 말했다.

"폐하 앞에서 논의할 때 의견이 다른 것은 늘 있는 일이지요. 전하께서 제 의견에 동의하지 않으신다면 아니라고 하면 될 것이지, 어찌 그리 화를 내십니까? 혹시 제 말이 아픈 곳을 찔러 전하를 불쾌하게 하기라도 했습니까? 그렇다면 먼저 사과드립니다."

"아무렴, 경염……."

예왕이 황급히 맞장구를 치는데, 하강이 재빨리 눈짓을 보내는 바람에 입을 다물었다. 예왕은 총명한 사람이었다. 두 사람이 연합한 것을 드러내 황제의 의심을 사는 것을 하강이 원치 않는다는 것을 깨닫자, 그는 곧 말을 돌렸다.

"경염의 말도 틀리지 않았소. 말투가 좀 강했을 뿐이지. 하지만 하 수좌도 쓸데없는 걱정이 많구려. 경염은 본래 성격이 그럴 뿐이지, 별달리 반대하는 건 아닐 거요."

"정왕 전하께서 다른 의견이 있으신지 아닌지는 모르겠습니다. 하지만 방금 '지난 사건이 어떻게 결론 났든' 이라고 하셨는데, 무슨 말씀인지 헷갈리는군요. 그 사건은 폐하께서 친히 심문하시고 하나하나 명확히 밝히셨습니다. 설마 전하께서는 아직도 판단이 서지 않는다는 말씀입니까?"

사실 이때 정왕이 '그런 뜻이 아니오' 라든가 '그 사건에 이견이 있는 것이 아니오' 라고 한두 마디 해명만 했어도 일은 거기서 끝났을 것이다. 아무리 하강이 원로 노신이라도 결국은 신하이므로 친왕의 말을 계속 물고 늘어질 수는 없었다. 그러나 정왕은 역시 정왕이었다. 13년 전의 꿋꿋함과 고집이 겨우 반년 사이에 닳아 없어질 리 없었다. 게다가 진상이 밝혀진 최근 들어 마음속 분노의 불길은 더욱 강해졌다. 그래서 황제가 겉으로는 듣지 않는 척 하면서 자신의 반응을 꼼꼼히 살피고 있다는 것을 잘 아는 이 순간에도, 자신의 진실한 마음을 속이고 듣기 좋은 말만 하는 것은 소경염으로서는 결코 불가능한 일이었다.

"그 일이 어떻게 시작되었는지는 분명 모르오. 내가 아는 것은, 내가 어명을 받고 동해로 출병하기 위해 경성을 떠났을 때, 기왕은 천하의 우러름을 받는 현명한 왕이었고 임 원수는 혁혁한 공훈을 세운 충신이었으며, 적염군은 대량의 북방을 지키는 용맹한 군사였다는 것이오. 하지만 돌아와보니 그들은 역적이자 반역자이자 죄인이 되어 죽거나 사라졌소. 어지러운 무덤과 위패 말고, 시체 한 구 볼 수 없었소. 그런데 어떻게 확실히 판단할 수 있겠소?"

"그러셨군요."

하강은 표정 하나 바뀌지 않은 채 고개를 끄덕였다.

"전하께선 현명한 왕이라는 덕망과 뛰어난 공훈, 그리고 수많은 용맹한 병사가 있다면 모반을 해도 된다고 생각하시는군요?"

악의에 가득 찬 하강의 질문이 떨어지자, 몽지는 가능한 한 가장 크게 정왕에게 냉정을 되찾으라는 눈짓을 보냈다. 하지만 이미 뜨겁게 끓어오른 피는 쉽사리 식지 않았다. 평생 가장 깊고도 아픈 상처를 마구 짓밟히자, 서른두 살의 소경염은 도저히 참을 수가 없었다.

"모반이라지만 실질적인 증거가 없소. 내가 본 것은 하 수좌가 쓴 보고서가 다였소."

"그럴 리가. 하 수좌의 보고서만 보았다고?"

예왕이 부드러운 말투로 끼어들었다.

"경염, 설마 부황께서 친히 승인하신 조서를 못 본 것이냐?"

그 말을 듣자, 베개에 기대 있던 황제가 마침내 이마를 짚은 손을 내리고 바로 앉아 정왕의 눈을 들여다보며 천천히 입을 열었다.

"경염, 적염군 사건에 대한 짐의 결정에 불만이라도 있느냐?"

듣기에는 평소와 다를 것 없는 목소리였지만, 자세히 뜯어보면 무척 심각하다는 것을 알 수 있었다. 정왕은 즉시 무릎을 꿇고 바닥에 엎드렸다. 그러나 고개를 들고 하는 말에는 여전히 한 치의 양보도 없었다.

"소자는 부황께 불만이 있는 것이 아닙니다. 다만 기왕은 평소……"

"폐서인 소경우!"

황제가 느닷없이 분노를 폭발했다.

"그리고 뭐, 임 원수? 그자는 반역자 임섭이야! 황제 앞에서 어찌 불러야 하는지도 배우지 못했느냐!"

정왕은 입술을 꽉 깨물었다. 잇자국이 깊이 새겨질 때쯤에야 겨우 부들거리는 얼굴 근육을 진정할 수 있었다. 몽지가 꿇어앉으며 낮은 소리로 말했다.

"폐하, 곧 연말이니 백성들을 생각하여 노여움을 거두십시오."

"경염, 너도 그만하려무나."

예왕도 소리를 낮춰 권했다.

"나와 신하들이 있는데 이렇게 부황께 대들어서야 되겠느냐?"

사실 말을 시작한 후로 정왕은 황제에게 겨우 두 마디 했을 뿐이고, 대드는 투도 아니었다. 하지만 예왕이 이렇게 덮어씌우자, 정왕이 한 말은 모두 황제를 겨냥한 꼴이 되었다. 실로 무서운 솜씨였다.

몽지의 이마에 식은땀이 맺히기 시작했다. 하지만 그는 임기응변에 능한 사람이 아니었으므로, 어떻게 해야 이 상황을 해결할지 알 수가 없었다. 그저 마음만 초조할 뿐이었다.

"폐하……."

내내 전각 한구석에 꿇어앉아 있던 고담이 살그머니 일어나 황제의 귓가에 속삭였다.

"감히 말씀 올립니다. 약물로 족욕하실 시간이 되었습니다. 정비 마마께서 준비를 해놓고 계시다고 지라궁에서 전해왔습니다."

흥분한 황제는 가슴을 들썩이며 전각 아래에서 서로 다른 표정을 하고 있는 사람들을 바라보았다. 황공하고 불안해하는 몽지와 어떻게든 공손하고 평화로워 보이려 애쓰는 예왕, 아무 표정도 없는 하강, 그리고 여전히 무릎을 꿇은 채 변론하지도, 그렇다고 사죄하지도 않는 정왕.

이미 예순을 넘긴 늙은 황제는 갑자기 맥이 탁 풀리는 것 같아, 눈을 감으며 힘없이 손을 내저었다.

"물러가라. 모두 물러가."

예왕은 약간 실망하여 한마디 덧붙이려고 했지만, 하강이 눈짓을 하자 어쩔 수 없이 꾹 참고 다 함께 물러나왔다. 전각 밖으로 나온 정왕은 얼굴을 굳힌 채 두 명의 동행에게 눈길조차 주지 않고 서둘러 사라져버렸다. 태자와 싸우는 동안 겉으로만 친한 척하는 능력을 차곡차곡 쌓아온 예왕은 체면치레조차 않는 이 새로운 적수의 냉담한 성격에 좀처럼 적응할 수가 없었다. 그의 뒷모습을 멍하니 바라보던 예왕이 한참 만에야 발을 쿵쿵 구르며 뒤를 돌아보았다.

"하 수좌, 저것 좀 보시오."

"아직도 혈기 넘치는군요. 서두르지 마십시오, 전하. 신도 이만 물러갑니다."

하강은 간단히 그 말만 하고 두 손을 모아 인사했다. 그가 조심하는 이유를 잘 아는 예왕은 좌우를 둘러본 후 더 이상 말하지 않고 마주 인사한 후 헤어졌다.

세 사람이 떠나고 얼마 되지 않아, 황제의 가마가 무영전 앞에 도착했다. 고담은 조심조심 황제를 부축해 가마에 태우고 흔들흔들 지라궁으로 향했다. 최근 몇 달간 황제는 발에 풍이 발작하여 통증으로 걷기가 힘들었다. 어의가 지어준 약은 큰 효과가 없었으나, 정비가 준비한 약물로 족욕을 하면 제법 통증이 줄었기 때문에 매일 정해진 시간에 지라궁을 찾아갔다. 고담이 방금 한 말은 거짓이 아니었다. 그저 시기가 공교로웠을 뿐이다.

정비는 물론 무영전에서 있었던 사건을 알지 못했다. 하지만 알았더라도 평온한 그녀의 태도에는 큰 변화가 없었을 것이다. 어가를 맞이하고 예의에 맞게 몇 마디 인사말을 한 것 외에, 그녀는 단한마디 쓸데없는 말을 하지 않고, 황제를 푹신한 의자에 앉혀 반쯤 눕힌 후 신발과 버선을 벗기고 발 찜질과 안마를 해주었다. 평소 이 시간에 황제는 별생각 없이 그녀에게 한담을 건네며 무료함을 달래곤 했다. 그러나 오늘은 기분이 평소 같지 않아서, 앉자마자 잠든 것처럼 눈을 감았다. 가끔 미간에 떠오르는 세 개의 주름살만 그의 불쾌한 마음을 보여줄 뿐이었다. 정비는 이유를 묻지도 않았다. 그저 눈을 감은 황제를 보고 향기를 먹인 보드라운 수건을 가져와 따뜻하게 데운 후 접어서 황제의 눈 부위에 살며시 올려놓았다. 그리고 반각이 지날 때마다 새 수건으로 갈았다.

한 시간 정도 지나 족욕이 끝나자, 정비는 부드러운 면으로 만든 하얀 버선을 황제에게 신겨주고, 궁녀가 가져온 의자에 다리를 올려 발이 약간 높아지게 한 다음 다리를 주무르기 시작했다. 한창 바삐 움직이고 있을 때, 갑자기 황제가 눈을 가리고 있던 수건을 걷어내고 정비의 손목을 잡아 자기 쪽으로 끌어당겼다.

"정비!"

"예."

정비는 순순히 그쪽으로 끌려갔다.

"폐하, 무슨 분부라도 있으신지요?"

"말해보라. 지난날 적염군 사건을 어떻게 생각하느냐?"

느닷없는 질문에 물처럼 고요하던 정비의 눈동자에도 여느 때와 달리 한 줄기 파문이 일었다. 그녀는 망설이며 물었다.

"폐하, 어찌 그런 질문을……."

"대답해보아라. 그대가 어떻게 생각하는지 듣고 싶구나."

정비는 다리를 주무르던 손을 천천히 떼어내고 한 걸음 물러나 꿇어앉은 다음 고개를 숙였다.

"폐하께서 물으시니 신첩이 어찌 대답하지 않을 수 있겠습니까? 하지만 신첩이 무슨 대답을 하든 폐하의 마음을 아프게 할 것이니 미리 죄를 청합니다. 부디 용서해주십시오, 폐하."

그 말에 마음이 움직인 황제가 일어나 앉았다.

"그게 무슨 말이냐?"

"신첩은 임씨 가문 출신입니다. 때문에 신비와는 정이 깊었다는 것을 폐하께서도 아실 것입니다. 그런데 만약 신첩이 악담을 하면, 폐하께서는 신비가 생전에 친한 친구 한 명 없었고, 죽어서도 추억하는 사람이 없다고 생각하시어 마음이 아프시겠지요. 적염군 사건은 폐하께서 친히 처결하신 일입니다. 영명하신 폐하께서 필시 조정을 안정시키기 위해 그리하셨을 것입니다. 그런데 또 만약 신첩이 신비와의 사사로운 정 때문에 적염군을 두둔한다면, 폐하께서는 신첩이 나라를 생각하는 폐하의 고심을 알아주지 않는다고 생각하시겠지요. 신첩은 구중궁궐에 있는 일개 후비일 뿐입니다. 그런 신첩이 적염군 사건을 어떻게 생각하는지는 거론할 가치조차 없는 일이지요. 하지만 신첩의 대답 때문에 폐하께서 상심하고 슬퍼하시면, 이는 신첩의 크나큰 죄입니다. 그 때문에 감히 용기를 내어 먼저 용서를 구한 것입니다."

말을 마친 정비는 다시 한 번 엎드려 절을 했다. 눈에 맺혔던 눈물이 방울방울 떨어졌다.

사실은 황제 자신도 최근 신비 임악요가 애처롭게 느껴져 그리워하던 차였다. 따라서 그녀와의 옛정을 꺼낸 정비의 말은 황제의 마음속 가장 부드러운 곳을 건드렸고, 이 덕분에 화가 나기는커녕 서로 같은 생각을 하는 동반자를 만난 듯한 기분이 들었다. 그는 손을 뻗어 정비를 가까이 오게 하며 탄식했다.

"됐다. 그대와 신비같이 착하고 연약한 사람을 난처하게 할 수야 없지. 모두 짐 곁에 있던 사람인데 짐이 모르겠느냐? 그대들은 황후나 월 귀비와는 다르다. 궁 밖의 일에 그대들을 끌어들이면 안 되겠지. 하지만……."

황제가 눈물을 흘리며 마음 아파하자, 정비는 재빨리 손수건을 꺼내 닦아주며 부드럽게 말했다.

"당시 폐하께서 신비에게 살 길을 마련해주시려던 것은 신첩도 잘 압니다. 하지만 폐하께서도 아시다시피, 신비가 비록 성격은 온화해도 필경은 장군가의 핏줄이라 그런 상황에서 혼자 살아남는 것을 견딜 수 없었던 것이지요. 신첩이 아는 신비라면, 죄가 두려워서가 아니라 폐하께 죄송한 마음에 살아도 그 정을 다할 길이 없어 자결했을 겁니다."

정비의 말에 황제는 마음이 훨씬 편안해져 연신 고개를 끄덕였다. 솔직히 말해, 당시 황제가 신비에게 모질지 않았다고 할 수는 없었다. 살아생전에는 직위를 박탈하고, 죽어서는 장례도 간소하게 치렀다. 달랑 관 하나에 넣어 아무 데나 묻고, 비석도 무덤도 세우지 않은데다 제사조차 지내주지 않았다. 분명하게 조서를 내려 자결을 명하지는 않았지만, 할 수 있는 한 온갖 박정한 짓을 마다하지 않았다. 다만 나이가 들고 추억에 잠기자 그녀에게 잘해준 일만 생각하며 마음의 안정을 얻으려는 것뿐이었다.

"어느새 시간이 이렇게 흘렀구나. 이제 이 궁에서 짐과 함께 신비 이야기를 할 사람은 그대뿐이야."

황제가 정비의 손을 쓰다듬으며 감상에 젖은 목소리로 말했다.

"경우가 태어나고 일 년이 못 되어 그대가 입궁했지. 그러니 짐이 그들 모자에게 얼마나 잘해줬는지 잘 알 게야. 그제 언궐을 보았다. 1년 내내 짐 앞에 얼굴을 내밀지 않아서 거의 잊어버릴 뻔했지. 하지만 만나고 보니 알겠더구나. 어떤 일들은 결코 잊을 수 없다는 것을……."

"폐하께서 오늘 어찌 이리도 감상적이신가 했더니 언후를 만나셨기 때문이군요."

"그렇진 않다. 짐이 이 일을 떠올린 것은 오늘 하강이 입궁해 당시 그물을 빠져나간 적염군의 반역자 한 명을 잡았다고……."

정비는 까무러치게 놀랐다. 그녀는 황제가 잡고 있는 손이 떨리지 않도록 억누르기 위해 온몸의 힘과 기운을 쏟아부어야 했다. 그러나 안색이 변하는 것은 막을 수 없어, 황급히 고개를 숙이고 마음을 가라앉혔다. 한참 후에야 그녀는 겨우 입을 열었다.

"10년이 넘었는데…… 어떤 사람인가요?"

"그대는 모르겠지. 소수의…… 음…… 당시 적우영에 있던 부장 중 한 명인 위쟁이라는 자다."

그제야 간당간당하던 정비의 심장이 겨우 제자리를 찾았다. 그녀는 몰래 안도의 숨을 쉬며 말했다.

"그럴 리가요? 그때 보고에 따르면 적우영 전군이 불에 탔다고 했으니 살아남은 사람이 없지 않을까요?"

"짐도 그리 생각했다. 그래서 하강에게 캐물었더니 위쟁은 명이 질기다고 하더군. 본래 적우영 부장의 우두머리인데 매령 북쪽 골짜기에 있었지만, 하필 그날 명을 받아 남쪽 골짜기에 있는 적염군 본영으로 갔다고 했다. 그래서 요행히 살아났지. 북쪽 골짜기에 있었다면 지금쯤 유골도 못 찾았을 게야."

위쟁의 이야기가 나오자 황제의 말투는 방금 신비 이야기를 할 때의 따스함은 사라지고 몹시 차갑게 변했다. 그 목소리를 듣는 정비는 온몸이 오싹할 정도로 한기를 느꼈다. 다행히 오랫동안 수양하여 익힌 침착한 태도 덕분에 겨우 부적절한 표정을 짓지 않을 수 있었다. 북쪽 골짜기의 적우영이 어째서 본영보다 더 지독하고 모질게 해를 입었는지, 어째서 철저하게 죽여 없애려고 불까지 질렀는지, 정비는 속으로 짐작하고 있었다.

적우영의 주장(主將)이자 용맹하고 영기 넘치는 총아 임수는 적염군 원수 임섭과 진양 장공주의 외아들이었고, 어려서부터 태황태후의 보물덩어리였다. 적염군 사건이 처음 터졌을 때, 3대째 조정에 있으면서 단 한 번도 정치에 간섭하지 않았던 늙은 태후는 머리를 풀어헤치고 맨발로 무영전을 찾아왔다. 그리고 눈물투성이 얼굴로 임수의 이름을 주범 명단에서 **빼달라**고 황제에게 호소했다. 당시 비탄에 잠기고 절망에 빠진 태황태후에게 있어 적염군을 보호하는 것은 이미 불가능한 일이었다. 하지만 적어도, 겨우 열일곱 살밖에 되지 않은 증손자의 목숨만큼은 살리고 싶었다. 그러나 이미 적염군을 철저히 쓸어버리기로 결심한 황제가, 열세 살

때부터 전장에 나가 기발하고 뛰어난 계략으로 종횡무진 누비며 불패의 명성을 쌓은 소년 장군을 살려두어 후환을 남길 리 없다는 것을, 늙은 태황태후는 알지 못했다. 당시 태후의 압박에 못 이겨 약속을 하고 임수를 주범 목록에서 제외시켰던 황제는 결국 임수에게 목숨을 건질 기회를 절대로 주지 말라고 사옥에게 밀명을 내렸다. 그리하여 적우영이 격렬하게 저항하다가 결국 너나없이 모두 타죽었다는 보고가 태황태후에게 전해졌다.

차분하게 전방의 소식을 기다리던 진양 장공주는 남편과 아들의 부고를 들은 그날, 검을 들고 황궁으로 쳐들어가 조양전 앞 모두가 보는 앞에서 자결하여 그 피로 옥으로 만든 계단을 적셨다. 그러나 태황태후의 병과 진양 장공주의 피도 다시 한 번 지고무상한 황권을 세우려는 황제의 철퇴를 멈추지 못했다. 그리고 사흘 후, 소경우가 사사당했다. 같은 날 신비가 자결했다.

생기 넘치고 영재가 즐비하던 기왕부는 연기처럼 사라지고, 조정에는 무슨 일이건 고개만 끄덕이는 사람들만 남았다. 구중궁궐의 정빈도 그날 이후 황실의 냉혹함을 뼈에 새겼다. 죽어간 사람들 중에는 그녀의 목숨을 구해주고 누이처럼 아껴주던 임섭이 있었고, 마음이 맞아 허물없이 지내던 진양 장공주가 있었고, 궁궐에서 자매처럼 서로 의지하던 신비가 있었다. 하지만 그녀는 그들을 위해 흘리는 눈물을 감출 수밖에 없었다. 마음속 원망과 분노를 감추고, 자신이 가진 지혜와 마음을 다해, 마치 투명 인간처럼 깊은 궁궐 속 한구석에서 미지의 결말을 기다릴 수밖에 없었다.

정비와 이야기를 하고 나자 황제는 몸이 노곤해져 침대에 누워 잠을 청했다. 정비는 휘장을 내리고 화로 안의 향을 갈았다. 그런 다음 자리에 앉았는데 문득 걱정이 들었다. 자식은 어미가 잘 안다고 했듯이 정비는 아들인 소경염의 성격을 누구보다 잘 알고 있었다. 위쟁이 누구인지 그녀는 잘 모르지만, 적우영 부장이라면 소경염이 가만히 좌시하지만은 않을 것이다.

하지만 어떻게…… 황제에게 사면해달라고 빌까? 적염군 사건에 대한 판결이 뒤집힐 희망조차 없는 지금, 반역자를 사면해달라고 청할 명분은 없었다. 그럼 위쟁을 위해 대신들을 매수할까? 현경사 수좌 하강은 그물을 펼쳐놓고 뛰어들기를 기다리고 있었다. 무력을 써서 구해낼까? 실패하면 다시는 돌이킬 수 없는 최악의 방법이었다.

요리조리 생각해보아도 결론을 내릴 수 없던 정비는 한숨을 폭 쉬고 어지러운 생각을 털어내며 일어났다. 그녀는 바깥 전각의 곁채로 건너가 싱싱한 매화 꽃술을 따오게 한 다음, 직접 체를 쳐서 매화병을 찔 준비를 했다.

그때 시녀 신아(新兒)가 나무 상자 하나를 받쳐 들고 와서 말했다.

"마마, 내정사에서 보낸 최상급 개암입니다. 한번 보시겠어요?"

정비가 그쪽을 흘끔 바라본 후 대답했다.

"내려놓으렴."

"예."

신아는 상자를 탁자 위에 놓고, 정비 대신 체를 치며 웃는 얼굴로 물었다.

"마마, 요즘 내정사에서 보낸 열매가 별로인가봐요? 정왕 전하께 개암과자를 만들어주신 지가 오래되셨습니다. 전하께서 가장 좋아하는 간식이라고 하셨는데요."

정비가 꽃술을 고르던 손을 멈추고 시선을 모았다.

그렇게 오래되었나? 찬합을 두 개씩 채울 때부터 그만뒀지.

경염은 음식을 가리는 아이가 아니었다. 가장 좋아하는 간식이라는 말은, 그저 여러 개 중에서 가장 먼저 골라 먹는 것이라는 뜻일 뿐이었다. 주지 않아도 특별히 먹고 싶다고 생각하지 않을 터였다. 그래서 시간이 그렇게 흘렀는데도 여전히 그 변화를 알아차리지 못했다.

생각해보면 참 재미있는 일이었다. 더할 나위 없이 절친한 친구 사인데, 한 명은 개암을 가장 좋아하고, 다른 한 명은 어쩌다 한 알이라도 먹으면 온몸이 빨갛게 달아오르고 숨이 막혀 약을 먹어 토해내야만 했다. 아마도 그 두 사람이 유일하게 서로 맞지 않는 부분이리라. 이번 일에서도 그 사람이 경염의 조급한 성질을 잘 타이르고 해결책을 찾아 무사히 위기를 넘겼으면 싶었다.

"마마, 소인이 들어오다 혜비 마마의 행차를 뵈었습니다. 부축을 받고 계셨고 울어서 눈이 퉁퉁 부으셨어요."

신아는 소리를 낮춰 궁에 떠도는 소문을 들려줬다.

"제 공공께 들으니 정양궁에서 나오는 길이라 하시던데, 황후 마마께 혼이 나신 게 분명합니다."

정비가 눈을 찌푸렸다.

"무엇하러 그런 이야기를 물어보니?"

"물어본 것이 아닙니다."

신아가 황급히 대답했다.

"제 공공이 알아서 말해줬어요. 믿기지 않으시면 제 공공에게……."

"됐다."

정비가 빙그레 웃었다.

"큰일도 아니지 않니? 하지만 궁에서는 단정하게 행동해야 한다. 그래야 쓸데없는 화를 입지 않아."

"명심하겠습니다."

신아가 귀엽게 혀를 쏙 내밀었다가 과장된 표정으로 입을 가렸다.

사실 신아가 한 이야기는 정비도 이미 알고 있었다. 혜비는 셋째 황자인 녕왕(寧王)의 어머니였다. 궁에 들어온 지 오래되었고 성격도 온순하지만 총애를 받은 적이 없었다. 지난달 녕왕은 밖에서 한 말단 관리의 딸에게 반해 그녀를 측비로 들이는 일을 추진했다. 그런데 구두 약속을 하고 혼삿날을 정하던 도중에, 그 아가씨가 예왕비의 형제인 주월(朱樾)의 눈에 들게 되었다. 예왕의 세력이 탐난 말단 관리는 거짓말로 딸이 풍에 걸렸다고 둘러대고는 녕왕 몰래 딸을 주월의 집으로 들여보냈다. 그리고 마침내 그 소문이 녕왕의 귀에 들어갔다.

바깥일에 잘 나서지 않았으나 그 역시 필경은 황자였으므로, 화를 참을 수 없었던 녕왕은 사람을 보내 말단 관리를 질책했다. 이에 겁을 집어먹은 말단 관리가 뒷문으로 달아나다가 그만 실족하여 물에 빠져 죽고 말았다. 그 소식을 들을 말단 관리의 딸이 슬피 울었고, 주월은 첩의 분풀이를 해주려고 평소 친하게 지내던 어사에게 말해 녕왕이 사람을 핍박해 죽였다고 만천하에 알리고, 예왕비를 통해 황후에게도 고발했다. 연말이었기 때문에 사건 심리는 잠시 미뤄졌으나, 혜비는 아들을 잘 가르치지 못했다는 이유로 황후에게 몇 번이나 야단을 들었다.

정비는 후궁의 일에 전혀 나서지 않았다. 하지만 신아의 말을 들은 후 내일이 그믐날이라 중요한 모임이 많다는 것을 떠올렸다. 잠시 망설이던 정비는 일어나 약주머니 두 개와 고약 하나를 꺼냈다. 그리고 신아를 시켜 몰래 혜비의 궁으로 보내고, 부어오른 눈과 얼굴에 발라 연말 모임에서 황제의 눈에 띄어 한 번 더 야단을 듣는 일이 없게 하라고 전했다.

정오가 되자 황제가 깨어나 정비의 시중을 받으며 점심을 먹었다. 오후에는 예부상서를 만나 제례 의식을 최종 확정해야 하기 때문에 오래 머물지 않고 떠났다. 황제가 떠난 후 정비는 아들이 찾아오기를 이제나저제나 하며 기다렸다. 잘 타이를 생각이었지만, 해가 지고 등을 밝힐 때가 되어도 소경염은 나타나지 않았다.

바로 그때, 어제 간발의 차이로 정왕과 어긋났던 매장소는 정왕이 밀실에서 기다리고 있다는 반가운 소식을 들었다. 이제 회복기에 들어간 그는 오늘 몸 상태가 꽤 좋았다. 아침에 정원을 한 바퀴 돌았더니 전날보다 훨씬 가뿐했다. 하지만 려강과 견평은 만약을 위해서 반드시 비류를 밀실에 데리고 들어가라고 우겼다.

돌문이 열리고 안으로 들어간 매장소는 흠칫했다. 그를 기다리는 사람은 정왕 혼자가 아니었다.

"정왕 전하께 인사드립니다. 열 장군께서도 오셨군요."

약간 의외이긴 했으나 매장소는 곧 연유를 깨닫고 앞으로 나가 인사했다.

"몸이 약해 며칠 동안 병을 앓았습니다. 그사이 전하의 일을 그르쳤을지 모르니 부디 용서하십시오."

"어서 앉으시오, 선생."

정왕이 허리를 숙이며 인사했다.

"아직 요양 중이라 방해해서는 안 되지만, 급한 일이 있어 어쩔 수 없이 찾아왔소. 부디 좋은 방책을 찾아주시오."

"별말씀을."

매장소는 바로 본론을 꺼냈다.

"이번에 잡혔다는 위쟁의 일이겠지요?"

정왕은 깜짝 놀랐다.

"선생이 어떻게 아시오?"

매장소는 정왕 뒤에 시립해 있는 초조한 표정의 중랑장 열전영을 응시하며 빙그레 웃었다.

"지난날 적염군 사건을 조사하라는 전하의 명을 받고서 어찌 전력을 다하지 않았겠습니까? 하지만 위쟁이 체포된 일은 며칠 전에야 알았습니다. 강좌맹이 힘써 구하려고 했으나 성공하지 못했고, 결국 위쟁은 경성으로 압송되었습니다. 오늘쯤이면 전하께서도 소식을 들으셨겠지요. 그리고 제가 알기로는 열 장군께서는 지난날 위쟁과 사이가 무척 좋으셨습니다. 그런 열 장군이 특별히 함께 오신 것을 보고 그 이야기라는 것을 알았지요."

"그렇습니다."

열전영이 초조하게 대답했다.

"확실히 그 일입니다. 저는 위쟁이 억울한 누명을 쓰고 죽은 줄만 알았는데 하늘의 보우로 살아 있었더군요. 하지만 지금 감옥에 갇혀 목숨이 위험하다니, 서둘러 대책을 세워 구해내야 합니다. 전하께서는 항상 선생의 계략이 천하무쌍이라고 말씀하셨습니다.

수고스럽겠지만 부디 가르침을 주십시오!"

"열 장군의 깊은 우정은 감동적입니다만, 지금 장군은 정왕 전하의 첫째가는 심복입니다. 무슨 일이든 전하의 이익을 가장 먼저 생각해야 옳습니다."

매장소는 일부러 천천히 말을 이었다.

"억울한 누명이라는 말도 이곳에서만 말씀하셔야 합니다. 공개적으로 위쟁은 반역자이고, 그건 아무도 부인할 수 없습니다. 아시겠지요?"

열전영이 다급히 대답했다.

"역모를 꾸몄다는 죄명을 썼기 때문에······."

"진정하십시오, 장군."

매장소가 위로하는 손짓을 했다.

"장군의 마음은 잘 압니다. 하지만 가만히 생각해보십시오. 제가 어떤 방책을 내든 결국에는 전하께서 나서야 합니다. 그동안 적염군 사건으로 전하께서 얼마나 많은 핍박을 받으셨는지 장군도 분명 잘 아실 겁니다. 전하께서 나서면 폐하의 옛 기억을 끄집어내게 될 것이고, 지금처럼 은총을 누리는 상황은 끝장입니다."

"오늘 어전에서 이미 그 일로 부황의 노여움을 샀소."

정왕이 뻣뻣하게 말했다.

"그러니 소 선생도 앞뒤 잴 것 없소. 이 위기를 넘길 방법만 찾아주면 되오."

"그러신가요."

매장소가 그를 흘끗 보았다.

"구체적으로 어떤 일이 있었는지 먼저 설명해주십시오."

정왕은 기억력이 좋아서 무영전에 들어간 후로 안에 있던 사람들이 한 말을 똑같이 읊었다. 말을 할수록 안색이 점점 어두워지는 것으로 보아 다시 노기가 솟구치는 모양이었다.

"전하."

매장소가 고개를 흔들며 탄식했다.

"하강이 함정을 파놓고 전하께서 뛰어들기를 기다리고 있는데 못 느끼셨습니까?"

"알고 있소."

정왕이 이를 악물었다.

"허나 내게는 결코 할 수 없는 일도 있소."

"오늘 일은 하강과 예왕이 전하와 폐하를 충돌시키기 위해 준비한 함정입니다. 하지만 도중에 끊겼고 전하께서도 어느 정도 자제를 하셨으니, 그들이 예상한 효과는 얻지 못했습니다. 아마 조금 실망했겠지요. 그래도 위쟁이 그들 손에 있는 한 유리한 것은 그들입니다. 전하께서 무슨 방법으로 위쟁을 구해내든 그들의 함정에 빠질 뿐입니다. 아시겠지요?"

정왕은 고개를 끄덕였다.

"당연히 아오. 적염군 사건은 나와 부황 사이에 가로놓인 가장 깊은 틈이오. 하강이 위쟁을 이용해 나를 격분시킨 이유는, 부황께 내가 어떤 사람인지 명확히 알리기 위해서요. 내가 아직도 마음속에 옛 원한을 품고 있고 그 사건을 뒤집으려 한다는 것과, 내게 권력과 자리가 주어지면 부황을 위협하는 위험한 황자가 될 것이라는 사실을 말이오. 어찌되었건 그 사건에서 책임이 가장 큰 사람은 바로 부황이니까."

"잘 아시면 됐습니다."

매장소의 눈동자는 얼어붙은 호수처럼 고요하고 차가웠다.

"전하께서 적염군 사람들을 가엾이 여긴다는 것은 천하가 다 압니다. 그러니 오늘 전하와 폐하의 충돌은 무척 정상적인 일입니다. 폐하께서도 깊이 생각하지 않고 참아 넘기실 겁니다. 하지만 이것만은 꼭 명심하셔야 합니다. 이 정도가 한계입니다. 폐하께서는 마음이 약한 분이 아닙니다. 전하께서 정말 폐하의 권위에 도전한다는 생각이 들면, 추호도 망설이지 않고 인정사정없이 처벌하실 겁니다. 그렇게 되면 기왕 전하의 마지막이 전하의 미래가 될 겁니다."

"그럼……."

열전영이 두 사람을 번갈아 보며 저도 모르게 끼어들었다.

"위쟁은 대체 어떻게 되는 겁니까?"

매장소는 곤란한 듯이 눈을 감고 천천히 말했다.

"전하께서 지금 이루고자 하는 대업이 무엇인지 열 장군께서도 잘 아시겠지요. 위쟁을 아쉬워하는 것은 그저 정 때문일 뿐입니다. 이익을 따져볼 때 그를 구하는 것은 백해무익합니다. 대사를 도모하기로 한 이상 한두 개 정도는 잘라낼 줄도 아셔야 합니다."

열전영의 얼굴이 창백해졌지만 반박할 말이 없었다. 한동안 입술을 우물우물하던 그가 마침내 한마디를 뱉어냈다.

"구…… 구하지 않는다는 겁니까?"

"됐다, 전영."

정왕이 싸늘한 얼굴로 일어났다.

"가자."

"하지만 전하⋯⋯."

"소 선생의 뜻을 모르겠는가?"

정왕은 냉소를 지으며 잇새로 한 자 한 자 내뱉었다.

"한때는 소 선생이 보통 모사들과는 다르다고 생각했소. 그런데 이제야 확실히 알겠군. 소 선생 역시 사람 마음은 안중에도 없고 오로지 이익만 따지는 그렇고 그런 모사였소. 만일 내가 선생의 가르침대로 마음속에 있는 도의와 인정을 모조리 잘라내고 오로지 황위를 얻는 데만 혈안이 된다면, 애초에 황위를 얻기로 결심한 이유는 어떻게 되겠소? 정말 내가 그렇게 치가 떨릴 만큼 무정한 사람이 된다면, 훗날 다른 이익 때문에 나를 도운 선생과의 정리를 팽개치고 모른 척할까봐 걱정스럽지 않소? 아무튼 선생이 도와줄 수 없다니 나도 할 말이 없소. 강좌맹을 통해 위쟁을 구하려고 했으니 이미 최선을 다한 셈이지. 이 일은 못 들은 것으로 하시오."

"전하!"

매장소는 황급히 다가가 소경염의 앞을 막아섰다. 하지만 숨이 가빠져 바로 말을 하지 못하고 격렬하게 기침을 해댔다. 화가 난 정왕도 병약한 그의 모습에는 마음이 약해져, 억지로 떠나지 않고 걸음을 멈췄다. 한바탕 기침이 끝나자 매장소는 호흡을 가다듬으며 낮게 말했다.

"전하의 말씀은, 반드시 위쟁을 구하시겠다는 겁니까?"

"그렇소."

"그를 구하기 위한 대가가 아무리 커도, 심지어 전하 자신까지 말려드는 한이 있어도 반드시 구해야겠습니까?"

"해보지 않고 어떻게 알겠소?"

"위쟁은 적우영의 일개 부장일 뿐입니다. 그럴 만한 가치가 있습니까?"

"내가 죽어서 임수를 만났을 때, 그가 내게 어째서 그의 부장을 구하지 않았느냐고 물으면, 그럴 만한 가치가 없어서라고 대답하라는 말이오?"

"전하께서 얼마나 정이 많은 분인지는 너무도 잘 압니다."

매장소는 끓어오르는 감정을 억누르며 심호흡을 했다.

"하지만 그래도 안 됩니다."

"뭐라고?"

정왕이 버럭 화를 내는데 손 하나가 그를 붙잡아 눌렀다. 비록 그의 팔에 놓인 그 손은 연약하고 힘이 없었지만, 무슨 이유에선지 뿌리칠 수가 없었다.

"전하께서는 그를 구하시면 안 됩니다. 구하실 수도 없습니다."

매장소는 정왕의 눈을 똑바로 보며 단호하게 말했다.

"제가 하지요. 제가 위쟁을 구출할 방법을 생각해보겠습니다."

천금의 약속

—
46
—

"당신이?"

정왕은 온몸을 부르르 떨었다. 순간적으로 어떻게 반응해야 할지 알 수가 없었다.

"당신이 어떻게?"

매장소는 잠시 대답하지 않고 동쪽 벽을 향해 천천히 걸어갔다. 거친 돌로 된 벽에는 장식용 장검이 하나 걸려 있었다. 그가 손을 내밀어 장검을 뽑자 눈부시게 차가운 빛이 얼굴을 비췄고, 검날을 손가락으로 살짝 퉁기자 맑은 용트림 소리가 울렸다.

의미를 깨달은 소경염이 '헉' 하고 찬 숨을 들이켰다.

"강행 돌파할 생각이오?"

"그렇습니다."

"하지만 그곳은 현경사의 감옥이오! 경비가 삼엄하기로는 천뢰보다 더하고, 게다가 경성 안이오."

"하책이라는 것은 압니다. 하지만 과연 상책이 있을까요?"

매장소의 싸늘하고 엄숙한 안색은 마치 철판 같았다.

"폐하는 결코 위쟁을 사면하지 않을 겁니다. 그러니 폐하 앞에 서는 무엇을 하든 나쁜 결과만 있을 뿐입니다. 하강과 예왕에게 부자 관계를 이간질할 기회만 주겠지요. 본래부터 어떻게든 대가를 치러야 하는 일이었습니다. 아무런 피해도 입지 않는 완벽한 방법이 있겠습니까? 어차피 하기로 했으니 속전속결로 끝내야겠지요. 손에 박힌 가시는 시간을 끌어봤자 깊이 들어갈 뿐입니다. 피를 보지 않고서는 뽑아낼 수 없습니다."

"그렇다면 강좌맹 혼자 하도록 내버려둘 수는 없소."

정왕이 등을 꼿꼿이 펴며 엄하게 말했다.

"내가 데리고 있는 자들은 하나같이 혈전을 치르고 살아남은 용사들이오. 결코 피하지 않을 거요."

"전하의 말씀대로입니다."

열전영도 가라앉은 목소리로 말했다.

"다른 사람들은 몰라도, 최소한 저는 수수방관하지 않을 겁니다. 위쟁을 구해낼 수만 있다면 기꺼이 선생에게 한 몸 바치겠습니다."

"무얼 바치겠다고요? 하강이 어전에서 정왕부가 파옥에 참여했다고 고발하도록 증인이라도 바치겠다는 겁니까?"

매장소는 사정없이 내뱉었다.

"현경사에는 고수가 즐비합니다. 장군이나 정왕부의 누군가 나섰다가 절대로 잡히지 않는다고 보장할 수 있습니까?"

그 매몰찬 말에 열전영은 절로 얼굴이 붉으락푸르락 달아올랐지만, 대답할 수가 없었다. 반면 정왕은 차분한 표정으로 천천히 대꾸했다.

"일이 이렇게 된 이상, 어떻게 해도 나는 혐의를 벗어날 수 없소. 이 경성에서 위쟁을 구하려고 병력을 동원할 사람이 나 말고 또 있겠소? 그러니 하강이 내 사람을 잡지 못하더라도, 내가 뒤에서 조종했다고 하면 부황도 어느 정도 믿으실 거요."

"그건 그렇지요."

매장소가 말했다.

"지금 하강은 바둑판에서 장군을 부른 격입니다. 우리가 아무리 은밀하게 움직여도 누군가 위쟁을 구하면 폐하께서는 결국 전하를 의심하시겠지요. 현경사를 공격하는 것은 분명 황권의 위엄에 도전하는 반역 행위이니, 앞으로 폐하께서는 더욱더 적염군의 잔당들을 꺼리게 되실 겁니다. 전하께서 적염군 편에 서 있다는 것은 모르는 사람이 없는 만큼, 그 화살은 전하께 떨어지겠지요. 결국 은총은 끝날 겁니다. 전하께서는 다시 한 번 냉대 받고 탄압당하는 나날을 견딜 준비를 하셔야 합니다."

무겁고 심각한 말이었지만, 마디마디 과장 하나 없이 일리 있는 사실이었다. 정왕의 얼굴에는 아무 표정이 없었지만, 열전영은 식은땀을 뚝뚝 흘렸다.

"선생, 그토록 명확한데 해결할 방법이 있겠습니까?"

매장소는 고개를 숙이고 한참 동안 생각에 잠겼다. 드디어 그가 길게 한숨을 내쉬며 말했다.

"최선을 다해야지요."

꿋꿋하고 고집 센 소경염은 역경에 처할수록 굽히지 않는 기개가 있었다. 열전영의 당황스러운 눈빛과 매장소의 지친 얼굴을 보자, 그의 마음속 투지는 오히려 불꽃처럼 뜨겁게 타올랐다. 그가 결연히 말했다.

"일을 꾸미는 것은 사람이나 이루는 것은 하늘이라고 했소. 최후의 순간까지 결코 쉽게 포기하지 않을 거요."

매장소의 입가에 미소 한 줄기가 떠올랐다. 그런데 갑자기 현기증이 밀려왔다. 매장소는 이를 악물고 왼손으로 탁자를 짚으며 의자에 앉았다. 이때 정왕은 여전히 서 있었기 때문에, 매장소의 몸상태를 잘 모르는 열전영은 그 행동이 결례라고 생각했다. 그는 이 기린지재가 생각에 잠긴 나머지 깜빡했나보다 싶어, 남몰래 일깨워주기 위해 재빨리 헛기침을 했다. 정왕이 열전영을 바라보며 눈을 찌푸린 채 고개를 저었다. 그리고 매장소 맞은편에 앉아 직접 따뜻한 차를 따라 그의 손에 건넸다.

"선생, 피곤하겠구려. 일찍 돌아가 쉬시오. 지체할 일은 아니지만, 어쨌든 하루 이틀 안에 해결할 수 있는 것도 아니잖소. 게다가 내일이 섣달그믐이니 아무리 서둘러도 내년에나 가능할 거요. 일이 끝난 후의 냉대와 탄압에는 이미 익숙하니 견디지 못할 것도 없소. 그러니 나 때문에 무리하지 마시오. 건강이 가장 중요하오."

비록 인사치레였다 해도 꽤나 적절한 말이었다. 더군다나 일부러 듣기 좋은 말을 못하는 그의 성격을 잘 아는 매장소는, 그 말을 듣자 절로 가슴이 따뜻해지는 것을 느끼며 빙그레 웃었다.

"옳은 말씀입니다. 아무리 속전속결이라 해도 내일 당장 싸울 수야 없지요. 상세한 계획도 세워야 하고, 또 누군가 돌아와야만 합니다."

"누구 말이오?"

정왕이 눈썹을 치켰다.

"현경사 감옥을 부수고 죄수를 빼내는 것은 불가능한 일입니다. 하지만 그 사람이 돌아오면 불가능이 가능하게 될 수도 있지요."

그 빈약한 설명에 열전영은 무슨 말인지 알아들을 수가 없었다. 하지만 그보다 아는 것이 많은 정왕은 잠시 생각해본 후 깨달았다. 그가 약간 의심스러운 듯 물었다.

"그녀는 하강의 제자요. 그런데 우리를 도우리라 확신하오?"

"완전히 확신하는 것은 아닙니다."

매장소는 눈을 감았다.

"하지만 그녀는 저를 돕는 것이 아니라 죽은 남편의 전우를 돕는 겁니다. 비열하게 섭봉을 해친 일로 하강은 스스로 스승의 자격을 내던졌습니다. 하동의 성격상, 세상물정 모르고 그에게 계속 이용당하지는 않을 겁니다. 그녀가 도와주기만 한다면 제 계획의 반은 성공입니다."

"하동이 내년에 돌아오겠소?"

"그건 걱정 마십시오. 하동은 매년 초닷새에 고산에 올라 섭봉의 제사를 지냅니다. 한 번도 빠뜨린 적이 없지요. 그녀의 행적을 쫓고 있는데, 지금 추세라면 2~3일 안에 경성에 들어올 겁니다."

소경염은 잠시 침묵했다가 천천히 입을 열었다.

"선생이 직접 하동을 설득하러 갈 거요?"

"예."

"내 생각에는 적절치 않은 것 같소."

매장소는 약간 놀란 듯이 고개를 돌렸다. 물론 정왕이 반대 의견을 제시한 것은 이번이 처음이 아니지만, 예전에는 어떤 일을 해야 하는지 아닌지에 대해 다른 의견이 있었을 뿐, 구체적인 방식에

이의를 제기한 적은 한 번도 없었다. 계략을 세우고 설득하는 것은 매장소의 장기였고, 정왕은 늘 듣는 역할을 했기 때문이다.

"그냥 느낌이오."

정왕이 몸을 살짝 숙이며 말했다.

"선생은 지금 내 모사요. 공개적으로 알려지진 않았지만, 최소한 하동은 알 거요. 모사의 몸으로 그녀 앞에서 옛일을 꺼내며 대의를 위해 도와달라고 한다면, 아마도 그녀를 설득하기 어려울 거요. 아무래도 장경사이니 습관적으로 나쁜 것부터 떠올릴 테니까. 선생이 나서면 정치 싸움을 의심할 것이고, 선생이 단순히 위쟁을 구하기 위해 찾아왔다고는 믿지 않을지도 모르오."

"그도 그렇군요."

매장소는 애매하게 미소를 지으며 자조 섞인 목소리로 말했다.

"분란만 일으키는 저 같은 모사가 대의로서 설득하려고 하면 당연히 신뢰도가 낮겠지요."

정왕이 그를 흘끗 보며 정색을 했다.

"논의를 하자는 것이지 다른 뜻은 없소. 너무 마음에 두지 말기 바라오."

"전하의 말씀에 일리가 있는데 제가 왜 마음에 두겠습니까?"

매장소는 여전히 웃는 얼굴로 물었다.

"그럼 전하께서 직접 가시겠다는 겁니까?"

"그렇소."

매장소는 고민을 하는 듯 찻잔을 뱅글뱅글 돌렸다.

"13년 전 그 참혹한 사건으로 그녀는 남편을 잃었고, 나는 형님과 벗을 잃었소. 아마 서로의 고통을 이해할 수 있을 거요. 당시 사건의 당사자였던 내가 선생 같은 제3자보다는 지난 감정을 끄집어내기도 쉽겠지. 최소한 위쟁을 구하려는 내 진심은 의심하지 않을 테니, 처음부터 편견을 갖고 보지는 않을 거요."

정왕은 설명을 하고 있었지만 이미 결심했다는 것이 말투에 묻어났다.

"위쟁의 일에 나서지 말라는 선생의 호의는 알겠소. 하지만 어쨌든 그를 구하려는 사람도, 지난 사건을 낱낱이 밝히려는 사람도, 황위를 얻으려는 사람도 나요. 가장 열심히 노력하고, 가장 고생해야 할 사람도 당연히 나요. 무슨 일이든 다른 사람이 대신 해줄 수는 없지 않겠소?"

다른 모사였다면, 이럴 때 가장 적절한 반응은 당연히 '전하를 위해 애쓰는 것이야말로 영광입니다' 따위의 말을 하는 것이었다. 하지만 매장소는 순간적으로 처음 느낀 감정대로 기쁜 목소리로 말했다.

"전하께서는 전쟁터에서도 그러셨지요. 용기를 내어 앞장서고, 엄호를 받지도 않으려 하시고, 특히 쓰러뜨리기 힘든 적을 남들에게 미루는 것을 싫어하시지요. 선봉에 서지 못하면 차라리 같이 나가자고 하실 정도로……."

예의를 지키느라 가만히 서 있기만 하던 열전영도 이때는 참지 못하고 나섰다.

"왜 아니겠습니까? 우리 전하께서는 그런 성격을 타고나셨지요. 그런데 소 선생이 어찌 아십니까?"

매장소는 흠칫 놀랐다. 실언을 했다는 것을 알자 그는 재빨리 말했다.

"군에서의 전하의 위엄은 천하가 다 압니다. 저도 전하께서 전쟁터에서 싸우실 때의 걸출한 모습에 대해 적잖게 들었지요."

정왕도 처음에는 매장소의 말을 이상하게 느꼈지만, 곧 이 기린지재가 주인을 고를 때 아무렇게나 했을 리 없다는 생각이 들었다. 훗날 모시게 될 주군에 관해 상세하게 조사했을 테니, 그의 군에서의 모습을 아는 것이 이상한 일은 아니었다. 그래서 그 부분은 깊이 생각하지 않고, 확인차 말했다.

"내가 직접 하동을 만나러 가면 위험하겠지만 승산은 훨씬 크오. 어떻게 생각하시오?"

매장소도 정왕이 나서는 것이 효과가 크다는 것을 인정했다. 또, 설사 하동이 받아들이지 않더라도 그 일로 정왕을 고발하지는 않으리라 믿었기 때문에 동의의 뜻으로 고개를 끄덕였다. 다만 어떻게 만날 것인지는 좀 더 은밀하고 주도면밀하게 준비할 필요가 있었다.

대강의 방향이 정해진 뒤 매장소는 더욱 지쳐 보였다. 정왕도 내일 연말 제례에 참석해야 했으므로, 두 사람은 쓸데없는 말은 빼고 간단히 작별인사를 나눈 후 헤어졌다.

밀실에서 침실로 돌아온 매장소는 체력이 고갈되어 곧장 침대에 누웠다. 비류가 미리 당부 받은 대로 종을 울리자, 안 의원이 재빨리 들어와 매장소를 자세히 진맥했다. 그만하면 몸 상태가 만족스러웠기 때문에, 안 의원은 자기 전에 마지막으로 탕약 한 그릇을 먹인 다음 물러갔다.

비류 외에 방 안에서 밤새 지키던 또 다른 호위무사는 이틀 전에 명을 받고 물러갔다. 그래서 안 의원이 나가자 방 안은 금세 조용해졌다. 비류는 자기 침대에 누워 뒤척이다가 이불을 덮고 잠을 청할 준비를 했다. 그런데 잠들기 전 마지막으로 돌아보니, 매장소가 여전히 눈을 뜨고 있었다. 침대 휘장의 무늬를 멍하니 바라보는 모습이 어딘지 이상했다.

"자!"

소년이 외쳤다.

매장소는 쓴웃음을 지으며 한숨을 쉬고는 그를 달랬다.

"형은 잠이 오지 않는구나. 비류 먼저 잘래?"

"왜?"

"비류야, 모든 일에 다 이유가 있는 것은 아니란다."

"왜?"

소년이 고집스레 물었다. 대답을 들었다 해도 진정으로 이해하지는 못할 것이다.

매장소는 한동안 그를 가만히 보다가 천천히 일어나 옷을 걸치고 침대 머리맡에 앉았다. 그리고 소리 죽여 말했다.

"그래, 이야기나 하자꾸나."

"이야기?"

"그래, 이야기."

기분이 좋은지 얼음장 같던 비류의 표정이 약간 풀어졌다. 비류는 매장소의 침대에 책상다리를 하고 앉았다.

"사실 형은 오늘 저녁에 한 결정이…… 틀리지는 않았는지 생각하고 있었단다."

매장소의 시선이 흔들흔들 비류에게 향했다. 그와 이야기를 하고 있는 것 같지만, 한편으로는 혼잣말을 하는 것 같기도 했다.

"내가 모사로서 합격점을 받으려면, 온 힘을 다해 경염이 위쟁을 구하는 것을 막아야 했단다. 그러면 안 된다는 것을 아니까. 어쩌면 그걸 용기라고 부를 수 있을지도 모르지. 하지만 무척 어리석은 짓이기도 하지. 위쟁은 하강의 첫 번째 공격이란다. 무시해 버리면 두 번째는 없겠지. 이럴 때 그의 행동에 반응하는 것은 모두 어리석은 짓이야. 하지만 우리는 어리석은 짓을 할 수밖에 없구나."

비류는 무슨 말인지 알아듣지 못했지만, 몹시 차분하게 매장소를 바라보았다. 그의 두 눈동자는 잡티 하나 섞이지 않은 수정처럼 순수하고 깨끗하여, 어지럽게 뒤엉킨 마음을 차차 가라앉혀 줬다.

"경염은 오랫동안 군에 있었어. 그런 사람에게 의리란 무엇보다 중요한 거야. 예왕 같은 사람들은 절대 이해할 수 없는 감정이지. 전쟁터에 나가 어깨를 나란히 하고 싸워본 사람만이 그 가치를 알 수 있단다."

중얼거리는 매장소의 목소리가 점점 흐려졌다.

"경염도 그렇고, 그의 곁에 있는 대다수의 심복들도 그럴 거야. 그래서 황제의 노여움을 사면서까지 위쟁을 구하는 것을 만류할 사람이 없어. 이럴 때 나는 그의 모사로서 이해득실을 따져보고, 위험을 피하고 유리한 것을 선택하게 해서 최선의 결과를 내도록 하는 것이 맞아. 그런데……."

매장소의 목소리가 점점 줄어들고 낮아졌다. 비류가 고개를 돌려 그에게 좀 더 바짝 붙어 앉으며 눈을 끔뻑였다.

그런데…… 소경염의 유일한 모사는 직무를 다하지 못했다. 그 역시 과거에 묶이고, 전우들과의 의리를 중시하는 소경염과 똑같은 약점을 지니고 있었다. 그래서 잘못된 결정을 막지 못했고, 심지어 그 자신조차 주저 없이 잘못된 길로 들어섰다.

"비류, 난 경염에게 미안한 짓을 했단다. 모사는 나 한 사람으로 족하다고 말했는데, 사실 나는 모사라고 할 수도 없어."

매장소는 소년의 머리칼을 부드럽게 쓰다듬었다. 알아듣지 못한다는 것을 알지만, 그래도 계속 진지하게 말했다.

"이번에 내가 실패하면 경염의 미래도 끝이야. 내 부추김 때문에 황위 다툼에 뛰어들었는데, 내가 포기할 수 없는 원칙 때문에 절대적으로 옳은 일을 하도록 그를 인도하지 않았어. 그래서 미안한 거야."

"실패 안 하면."

비류가 단호한 말투로 내뱉었다.

"돼!"

매장소는 멈칫했다. 한참 시간이 지난 후 별안간 그가 폭소를 터뜨렸다. 너무나 신나게 웃는 바람에 허리가 꺾이고 숨이 막혀 콜록거리기까지 했다. 한참 만에야 겨우 고개를 든 그는 비류의 어깨를 힘껏 두드렸다.

"하긴, 비류 말이 맞아. 실패하지 않으면 아무 문제가 없구나. 우린 절대로 실패하지 않을 거야, 그렇지?"

비류는 가만히 생각한 다음 대답했다.

"없어!"

이번에는 매장소도 당황했다.

"뭐가 없어?"

"형이 그랬어. 없어!"

매장소는 시선을 모으고 생각의 흐름을 한참 동안 되짚어본 다음, 몸을 뒤로 기대며 바짝 긴장했던 허리 근육을 편안하게 풀어 줬다. 그리고 길게 한숨을 내쉬었다.

"그래, 이 세상에 절대적으로 옳은 일이란 없을지도 모르지. 내 마음은 위쟁을 구하는 문제에 한 번도 망설인 적이 없단다. 아마도 그건 이 일이 잘못된 것이 아니라는 뜻일지도 몰라. 내게 옳은 일이라면 경염에게도 그럴 거야. 우리 둘 다 과거에 있던 사람들을 완전히 버릴 수는 없으니까. 그렇다면 지금 할 수 있는 일은, 힘이 닿는 한 실패하지 않도록 노력하는 것뿐이야."

"실패 안 해!"

비류가 수정 같은 눈동자를 환하게 빛내며 쌀쌀하고 단호하게 말했다.

매장소는 막내 동생 같은 소년을 보며 부드럽게 미소 지었다.

"고맙다, 비류. 형이 너처럼 똑똑하지 못해서 늘 너무 복잡하게 생각하는구나. 너와 이야기를 하면 마음이 환해진단다. 넌 정말 이 형에게…… 없어서는 안 될 한쪽 팔이야."

비류는 조심스레 매장소의 팔을 잡아본 후 다시 자기 팔을 만졌다. 몹시 곤란한 그의 표정에 매장소는 또다시 웃음을 터뜨렸다. 그는 소년을 자기 침대로 돌려보내며 말했다.

"자려무나. 내일 설맞이를 해야지!"

비류도 보통 어린아이들처럼 설맞이를 기대하고 좋아했다. 그래서 방금까지의 의혹은 잊고 재빨리 이불 속으로 기어들어가 똑바로 누웠다.

밤은 평온했다. 하지만 그의 마음도 이 고요한 밤처럼 평온할 수 있을까? 그렇든 아니든, 바쁘고 긴장되고 잔혹하고도 교활한 낮은 결국 차례차례 다가올 것이다.

또 하루가 지나면 새해였다.

대량 황실에 지난 1년은 놀라운 변화가 있었던 한 해였다. 그 한 해는 피비린내 나는 태감 살인 사건을 시작으로 해서 연말 두 명의 친왕이 참석한 제례로 끝을 맺었다. 위세 당당하던 녕국후부가 무너지고 10년 동안 자리를 지켰던 태자가 폐위되었다. 상대적으로 평화로운 폐위였고 뒤따르는 잔혹한 숙청도 없었지만, 조정의 평온함과 균형은 무너지고 말았다.

태자파라는 낙인이 찍힌 관리들은, 예왕이 숙청을 하지 않은 것은 정왕의 등장에 막혔기 때문이라고 생각했다. 예왕이 움직이기 시작하면 줄을 잘못 선 사람들의 말로에서 그 누구도 무사할 수 없었다. 따라서 그들에게 정왕 소경염은 목숨을 부지해주는 지푸라기였다. 비록 당파를 만들지 않겠다는 태도를 분명히 했지만, 어쨌든 척을 지지만 않는다면 이 황자가 보위에 오르는 편이 예왕이 황제가 되는 것보다는 나았다.

제전에서 엄격하고 진지하게 예식을 치르는 정왕은 사람들에게 꿋꿋하면서도 차분한 인상을 심어줬다. 오랜 권력 투쟁에 싫증을 느끼고, 조정의 현 상황에 실망하고, 진심으로 나라와 백성을 위해 일하고 싶어 하는 대신들은 많건 적건 정왕에게 희망을 걸었다.

이 두 무리의 사람들을 합치면, 정왕 뒤의 지지 세력도 실제로 예왕보다 약하지 않았다. 그보다 중요한 것은 그 힘이 숨겨져 있다는 사실이었다. 덕분에 예왕은 예전에 태자를 공격할 때처럼, 황제 앞에서 누구누구가 정왕파라고 따지고 들 수도 없었다.

적을 공격할 방법이 없어진 예왕은 판돈 대부분을 하강에게 걸 수밖에 없었다. 태자파 대신들이 옛 원한 때문에 그에게 돌아설 수 없는 것처럼, 적염군 사건을 맡았던 하강도 정왕이 지존의 자리에 오르는 것을 두고 볼 수 없었다. 다행스럽게도 하강은 예왕을 실망시키지 않았다. 언제나 끄떡없이 자리를 지키고 있는 이 현경사 수좌는 단번에 정왕의 목을 틀어줬었다.

"그런데 하강은 정왕이 반드시 움직일 거라고 확신할까요?"

예왕부에서 진반약이 질문을 던졌다.

"아무래도 위쟁은 반역자예요. 정왕이 아무리 고집 세고 충동적이라 해도, 매장소에게는 그를 막을 방법이 있지 않을까요? 이해득실이 너무 분명한 일이니까요!"

"솔직히 본 왕도 모르겠다."

예왕은 어깨를 으쓱했다.

"하지만 하강은 자신이 있는 것 같더구나. 나면서부터 뼛속에 새겨진 것이 있어서 절대 떨쳐내지 못하는 사람도 있다던가."

"하지만 매장소가……."

"본 왕도 하강에게 매장소 이야기를 했다. 하지만 그는 매장소가 아무리 날고뛰는 재주가 있어도 모사일 뿐이고 정왕은 모사에게 쉽게 휘둘릴 사람이 아니라고 했다. 적염군 사건은 정왕의 마음속에 가장 깊이 박힌 바늘이니, 이번에는 매장소도 막지 못할 것이라고 자신만만하더구나."

예왕은 악의적인 웃음을 지었다.

"그 기린지재가 격렬하게 반대하면, 그 둘 사이가 멀어지는 불씨가 될지도 모르지. 초하루에 매장소가 정왕부를 찾아갔는데 향하나 탈 시간도 못 되어 나왔다는 말을 들었느냐? 분명 서로 말이 통하지 않은 것이겠지."

"그랬으면 좋겠군요."

진반약도 억지로 웃어 보이며 더 이상 의문을 제기하지 않았다. 지난날 적염군 사건이 벌어졌을 당시, 그녀는 아직 어렸지만 벌써 철이 들기 시작한 때였다. 하강의 꾀와 수완이 어떤지 잘 알지만, 마음 깊은 곳에서는 당시 적염군 원수와 기왕을 쓰러뜨리기 위해 상황을 조종하고 계략을 꾸민 사람이 그녀의 사부, 재주가 뛰어나고 비할 데 없이 총명한 망국의 공주라고 믿고 있었다. 선기(璿璣) 공주라는 초일류의 지혜 주머니를 잃은 하강에 대해서, 진반약은 예왕처럼 믿음이 강하지 않았다.

그러나 지금의 진반약은 예전처럼 거리낌 없이 자기 의견을 말할 수 있는 상황이 아니었다. 강좌맹의 반격으로 거의 모든 힘을 빼앗긴 이 재녀는 이제 예왕부에 속한 평범하기 그지없는 모사나 다름없었다. 다른 사람들에 비해 예왕을 미혹시킬 만한 미모를 가졌다는 것 말고는, 아무런 유리한 점이 없었다. 그래서 행동도 훨씬 조심스러워졌다. 더군다나 초조하고 화가 난 예왕이 예전처럼 관대하게 봐줄 것 같지도 않았다.

"어제 현경사에 가서 위쟁을 보았다. 퍽 경골한인 것 같더구나. 자살을 막기 위해 하강이 사지를 단단히 묶고 입도 틀어막아놔 이야기를 나누지는 못했다."

예왕은 눈을 가늘게 뜨며 다소 이상한 듯 말했다.

"죽을 지경에 처했는데도 본 왕을 보는 얼굴은 전혀 두려워하거나 후회하지 않더구나. 그런 반역자들은 정말이지 너무 오만해서 도저히 이해가 가지 않는다."

진반약도 이해할 수 없었다. 그러나 이런 기개 있는 남자에게는 악감정을 느끼지 못하게 마련이었다. 그래서 그녀 역시 '그러게요'라고 맞장구만 치고, 일어나서 예왕에게 차를 따라주었다.

"하지만 내가 현경사에 갔다는 것을 알고 하강은 화를 냈지."

예왕이 새로 따른 뜨거운 차를 받아 들며 말을 이었다.

"제자들이 나와 자기의 관계를 알아차리는 것을 원치 않는 것 같다. 그건 그가 옳아. 본 왕이 잘못하긴 했다."

"전하께서는 잘못을 시인할 만큼 용기도 있고 의견을 듣고 고칠 줄도 아시니, 참으로 군주다운 풍모이십니다."

진반약이 교태롭게 웃으며 말했다.

"현경사는 대대로 정치 싸움에 간여하지 않는다는 철칙을 지켜왔지요. 장경사들은 매우 독립적으로 일하기 때문에, 하강이 수좌에 있기는 해도 공공연히 마음대로 움직일 수는 없지요. 앞으로 하강에게 전할 소식이 있으시면, 제 넷째 언니를 통하는 것이 나을 겁니다."

그녀를 바라보는 예왕의 표정이 다소 차가워졌다.

"그 넷째 언니라는 사람은 대체 어떻게 된 것이냐? 본 왕을 돕고 싶기는 한 것이냐? 일을 시킬 때마다 온갖 핑계를 대며 거절하려고 하니, 하강이 예전에 알던 사이라 전갈할 사람으로 지목하지 않았더라면 그 방자함을 가만두지 않았을 것이다."

책망을 듣자 꽃같이 곱던 진반약의 웃음이 약간 어색해졌다. 넷째 언니에게 동로를 유혹해달라고 부탁했을 때, 그녀는 이것이 마지막이라고 했다. 예상대로 동로는 선기 공주 제자의 유혹을 이기지 못하고 함정에 빠졌다. 진반약은 가짜로 넷째 언니의 목숨을 위협하며 동로가 묘음방의 비밀을 털어놓게 만들었으나, 애석하게도 한발 늦어 큰 성과는 거두지 못했다. 실망하던 차에 의외로 넷째 언니가 정말 동로에게 마음을 주었다는 것을 알게 되었다. 그녀는 꾀를 내어, 일이 성공할 때까지 도와주면 동로와 함께 멀리 보내주겠다는 조건으로 하강과의 연락책 역할을 받아들이도록 넷째 언니를 꼬드겼다. 하지만 이런 거래에서의 약속은 믿을 만한 것이 못 되었고, 진반약 역시 넷째 언니를 자유롭게 부릴 수는 없었다. 그래서 예왕의 불만에 대꾸할 말이 없었던 것이다.

"그 넷째 언니라는 사람이 본디 매장소의 부하인 그 촌놈과 좋아하던 사이라고 했느냐? 또다시 본 왕의 일을 그르치면 그 연인의 손을 잘라 보여주어라. 그놈이 내 손아귀에 있는데 어쩌겠느냐?"

하지만 진반약은 넷째 언니가 겉보기에는 부드러워도 극한까지 몰아붙이면 누구보다 사납다는 것을 알고 있었다. 그래서 차마 응낙하지 못하고 부드럽게 달랬다.

"넷째 언니가 여러모로 잘못했다는 것은 압니다. 하지만 하강은 의심이 많아 다른 사람을 믿지 않아요. 언니가 아무리 잘못해도 결국 같은 편이니 설사 이 일에서 빠져나가도 절대로 배신하지 않을 겁니다. 부디 넓은 마음으로 용서해주십시오, 전하."

"너와 하강 모두 그녀를 믿는데 본 왕이 어쩌겠느냐."

사람을 부리는 방법을 잘 아는 예왕은 천천히 말투를 누그러뜨렸다.

"시간 날 때 잘 달래 상황 파악을 하도록 만들거라."

"예."

진반약은 고개를 숙이며 유순하게 대답했다. 새까만 머리칼이 뺨으로 흘러내리고 고운 눈을 내리뜬 나긋나긋한 그녀의 모습에, 예왕은 마음이 움직여 좀 더 가까이 다가갔다. 그리고 그녀에게서 나는 은은한 향기를 맡으며, 손을 뻗어 가녀린 허리를 감싸 품으로 끌어당겼다. 진반약은 거부하지 않았다. 그녀가 드디어 예왕을 따르기로 결심했기 때문이 아니라, 거부하기 전에 방 밖에서 부드러운 목소리가 들려왔기 때문이다.

"전하, 들어가도 될까요?"

예왕은 눈을 찡그리며 품에 안았던 진반약을 놓아주고, 옷가지를 정리하며 대답했다.

"들어오시오."

조각을 새긴 나무문이 천천히 열리고 예왕비가 사뿐사뿐 들어왔다. 진반약을 보자 그녀는 곧 평소대로 따스한 미소를 지어 보였다.

"진 낭자도 있었군요?"

"왕비께 인사드립니다."

진반약이 얼른 나아가 인사했다. 무릎을 굽히기 무섭게 예왕비가 그녀를 부축해 일으켰다.

"낭자와 나는 자매나 마찬가지니 이럴 것 없어요."

예왕비는 웃으며 말하고는 예왕을 돌아보았다.

"서재에서 진 낭자와 상의하고 계신 줄 모르고 미리 허락을 구하지도 않고 바로 찾아왔습니다. 부디 탓하지 마세요, 전하."

"무슨 말이오."

예왕이 핀잔을 주었다.

"당신은 왕비요. 내 서재에는 오고 싶을 때 오면 되지, 사전에 허락을 구할 필요가 어디 있소? 진 낭자와 논의하던 것도 그리 중요한 일이 아니었소."

진반약이 눈치 빠르게 말을 받았다.

"그렇지요, 이야기도 거의 끝났습니다. 저는 이만 물러갈 테니 허락해주십시오."

예왕비가 봄바람처럼 부드러운 미소를 지으며 예의 바르게 진반약을 배웅했다. 그러고는 돌아서서 예왕 곁에 앉았다.

"궁의 상황은 어떻소?"

예왕이 물었다.

"황후마마께서는 정비가 여전히 총애를 받고 있다 하셨어요. 연말 연회에서 받은 선물도 후비들 중에 가장 많았다지요. 하지만 정왕은 초하루에 연말 제례 때문에 입궁한 뒤로 며칠 동안 한 번도 오지 않았답니다. 무엇 때문인지 모르겠어요."

"설마…… 정말 계획을 짜느라……."

예왕이 혼잣말을 중얼거렸다.

"이렇게 급하게…… 설까지 기다리지 못하겠다는 것인가?"

"그리고 큰일이 하나 더 있어요."

예왕비가 남편의 귓가에 대고 속삭였다.

"황후마마께서 비밀리에 들으신 소식인데, 정비가 자기 불당의 작은 방에 죽은 신비의 위패를 놓고 매일 제사를 지낸답니다."

"뭐?"

예왕은 놀라 펄쩍 뛰었다. 처음에는 당황해 넋이 나갔지만, 정신이 들자 곧 흥분해서 두 손을 마구 비볐다.

"이거 참 엄청난 사건이군! 정비가 알아서 무덤을 파는구려! 지금 그녀는 정왕에게 가장 중요한 조력자요. 그녀가 쓰러지면 정왕은 크게 꺾여 더 이상 걱정할 필요가 없소! 황후마마께서 어떻게 처리하셨다고 하오?"

"마마께서도 엄청난 일인 줄 아시고, 함부로 움직였다가 실패할까봐 일격에 쓰러뜨릴 수 있도록 때를 기다리고 계세요."

"좋아! 아주 좋아!"

예왕은 크게 기뻐하며 방 안을 맴돌았다.

"역시 황후마마시구려. 이제 정비는 죽지 않으면 크게 상할 것이오. 아들이나 어미나 참으로 어리석군!"

남편이 오랜만에 먹구름을 벗어던지고 기뻐하는 것을 보자 예왕비도 따라 웃었다. 그녀가 일어나며 말했다.

"짧은 시일 내에 좋은 소식이 있을 거예요. 전하, 그만 진정하세요. 설이 다가오니 접대할 손님도 많고, 황숙들과 어른들에게도 다녀오셔야지요. 바깥에 눈이 그쳤으니, 가서 마차를 준비하라고 할까요?"

"그대는 정말 현모양처요."

예왕은 그녀를 와락 끌어안고 매끄러운 뺨을 친밀하게 비비며 농담을 던졌다.

"나중에 그대가 황후가 되면, 그 어떤 후비도 그대만큼 총애를 받지 못할 것이오."

내내 예왕비의 입가에 걸려 있던 미소가 갑자기 사라졌다. 예왕이 볼 수 없는 쪽의 얼굴은 슬픔으로 어두워졌다. 그녀는 팔을 뻗어 남편을 꼭 끌어안으며 중얼거렸다.

"전하, 오늘 하신 말씀, 꼭 기억하셔야 해요."

"물론이오."

기분이 좋아진 예왕은 예민한 여자의 마음을 살필 겨를이 없었다. 그래서 예왕비를 놓아준 다음 서둘러 밖으로 나가 주요 인물들을 방문할 준비를 했다. 새해인사도 하고, 동시에 떠오르는 정왕에게 전혀 기죽지 않고 건재하다는 것을 알리기 위해서였다.

초사흘부터 내리기 시작한 눈은 이미 그친 후였다. 어명을 받아 일산(日傘)과 술을 단 예왕의 사륜마차가 경성의 널따란 대로를 달릴 때, 금빛 햇살이 준마가 걸친 값비싼 마구를 반짝반짝 비춰 유난히 시선을 끌었다. 아쉬운 점은 거리 양쪽으로 물러나 왕의 행차에 목례를 하는 사람이 너무 적다는 것이었다. 적어도 너무 적어서 예왕은 어딘지 이상한 느낌이 들었다. 그러나 그는 곧 그 이상한 느낌의 원인을 알아냈다.

성문 수비만 담당하고 긴박한 상황일 때만 성내 안전을 위해 나서는 순방영이, 지금은 거리에 가득했다. 그들은 경성의 모든 교통 요지와 관문을 단단히 지키고 있을 뿐 아니라, 완전무장하고 무리를 지어 곳곳을 순찰하고 있었다. 중요한 사람들의 저택과 관아 밖에는 더욱더 많은 병력이 모여 마치 큰 적을 맞이하는 모양새였다. 놀라고 의아한 생각이 든 예왕이 사람을 보내 무슨 일인지 알아보려는데, 그의 휘하에서 경성에서 일어나는 각종 소식을 조사하는 일을 맡은 집사가 달려와 자초지종을 보고했다.

지방을 떠돌던 몇몇 대도(大盜)가 연말연시를 틈타 경성에 잠입했는데, 어젯밤 여러 고관 저택에서 보물을 훔쳤고 야진에서 바친 보광각(寶光閣)에 있던 봉황주마저 훔쳐갔다는 소식이었다. 그 이야기를 들은 황제는 대노하여, 야간 통행을 담당하는 순방영의 책임이라며 그 자리에서 정왕을 불러 크게 꾸짖었다. 정왕은 솔직히 잘못을 시인하고, 엄히 조사하여 반드시 범인을 잡고 잃어버린 보물들을 되찾겠다고 대답했다. 그리하여 모든 순방영 병사들이 거리로 쏟아져나와 성안을 단단히 지키기 시작했다. 황제는 번개 같은 정왕의 움직임에 무척 만족했다고 했다.

예왕의 마차는 검사 대열에 끼진 않았지만, 순방영의 감시를 받으며 움직인다는 것이 이 친왕에게는 몹시 불편했다. 하지만 어쨌든 교활하고 예민한 그는 종친의 저택 몇 군데를 다닌 후, 성안에 가득 퍼져 있는 것처럼 보이는 순방영 병사들이 사실은 한 구역에만 모여 있다는 것을 깨달았다. 바로 현경사가 있는 구역이었다. 이 점을 깨닫자, 예왕은 위에서부터 무엇인가 화르륵 끓어오르는 것을 느꼈다. 흥분되기도 했고 초조하고 불안하기도 했다.

과연 하강의 예측은 틀리지 않았다. 정왕이 행동을 시작한 것이다. 대도를 체포한다는 명목으로 황제의 허락을 얻고, 규범과 이치에 맞게 병력을 움직인 것은 확실히 영리한 방법이었다. 하지만……

"너는 손오공이다. 무슨 짓을 해도 내 손바닥을 벗어나지 못해."

예왕은 이를 악물고 소리 없이 중얼거렸다. 표정도 예사롭지 않을 정도로 음흉해졌다. 하지만 그것이 정왕을 저주하는 것인지, 자신의 텅 빈 마음에 용기를 북돋우려는 것인지는 알 수 없었다.

그때 저 앞 교차로에서 느닷없이 낭랑한 말발굽 소리가 들려왔다. 거리가 워낙 고요했기 때문에 그 소리는 유난히 높게 울려 퍼졌다. 예왕은 창을 덮은 두꺼운 가리개를 걷고 밖을 내다보았다. 화려한 안장과 고삐를 단 단색의 준마가 거리 입구를 지키고 선 관병들의 시선을 받으며 나는 듯이 달려오다가 남쪽으로 방향을 틀었다. 말 위에 탄 사람은 보기 좋은 최신 유행 새 옷을 입고 자수를 놓은 옥대를 둘러 잔뜩 멋을 낸 차림이었다. 온몸에서 멋과 귀티를 뚝뚝 흘리며 득의양양하게 달리는 모습이, 마치 신선한 꽃을 차지한 오만한 꿀벌 같았다.

"저 녀석이군. 이 경성 안에서 가장 속 편한 사람이야."

마음이 복잡한 예왕은 저 멀리 사라지는 언예진의 뒷모습을 바라보다가 가리개를 내리고 가볍게 탄식했다.

3권에 계속

랑야방2: 권력의 기록

제1판 1쇄 발행 | 2016년 6월 29일
제1판 7쇄 발행 | 2023년 4월 3일

지은이 | 하이옌(海宴)
옮긴이 | 전정은
펴낸이 | 김수언
펴낸곳 | 마시멜로
책임편집 | 이혜영
교정교열 | 김명재
저작권 | 백상아
홍보 | 이여진 · 박도현 · 정은주
마케팅 | 김규형 · 정우연
디자인 | 지소영
본문디자인 | 디자인 현

주소 | 서울특별시 중구 청파로 463
기획출판팀 | 02-3604-590, 584
영업마케팅팀 | 02-3604-595, 562   FAX | 02-3604-599
H | http://bp.hankyung.com   E | bp@hankyung.com
F | www.facebook.com/hankyungbp
등록 | 제 2-315(1967. 5. 15)

ISBN 978-89-475-4108-4   04820

마시멜로는 한국경제신문 출판사의 문학 브랜드입니다.
책값은 뒤표지에 있습니다.
잘못 만들어진 책은 구입처에서 바꿔드립니다.